소서노

한민족의 위대한 여성 재발견 ①

고구려와 백제를 건국한 창업여제

소서노

최정주 장편역사소설

세시

목차

백두산 천지에서 소서노를 만나고

사람과 사람의 만남, 혹은 그 인연을 소중하게 여기며 살아왔다. 작가가 된 이후로는 작품 속 인물과의 만남도 내 삶의 여정에서 만나는 인연만큼 귀하게 여겼다.

사람과 사람의 만남이 인연이듯이, 작가와 작품 속의 인물 또한 인연이 없으면 만날 수가 없기 때문이다. 그동안 몇 편의 인물 소설을 쓰면서 그리고자 하는 인물을 미화시키지도 않되, 왜곡한다든지 누를 끼치지는 않으려 애를 썼다.

내가 소서노를 만난 것은 백두산 가는 길의 조선족 민속마을에서였다. 2002년 여름의 내 화두는 소서노와 고주몽이었다. 고주몽을 쓰려고 삼국사기를 뒤적이다가 소서노를 만나는 순간 내 뇌리로 번쩍이는 빛 한 줄기가 스쳐갔다. 어차피 고주몽과 소서노는 뗄래야 뗄 수 없는 관계일 수밖에 없다. 소서노를 만나지 못했다면 고주몽이 고구려를 건국할 수 없었을지도 모른다.

그 해 여름 반년 가까이 고주몽과 소서노를 화두로 삼아 고뇌를 해도 내가 그려내고자 하는 두 인물은 영 가까워지지 않았다. 꿈에라도 만나기를 간절히 소망했으나, 스물한 세기쯤 전의 고주몽과 소서노는 꿈에도 얼굴을 보여주지 않았다.

그 여름의 어느 날, 속초에서 러시아의 자루비노항까지 가는 배 위에서, 중국 훈춘에서 연길까지 가는 낡은 버스 안에서, 내내 고주몽과 소서노만 생각했다. 그리고 그날 밤, 연변의 조선족 민속마을에서 소서노를 만났다. 흰빛 말갈기를 휘날리며 만주벌판을 달리는 소서노를 꿈 속에서 만났다.

다른 인물 소설을 쓸 때에는 꿈에 얼굴이 보이면 답답하던 가슴이 트이며 주인공의 모습이 선명하게 그려졌는데, 꿈에 만나고 나서도 소서노는 여전히 안개 속이었다.

백두산 가는 길은 멀고도 험했다. 안내원은 백두산은 하루에도 열두 번씩 날씨의 변덕이 심한 산이라서, 3대가 공덕을 쌓아야 정상이나 천지를 볼 수 있을 것이라고 기운 팽기는 소리를 했다.

안내원의 말을 들으며 '그래, 백두산에서 천지를 친견하면 소서노를 쓰고, 구름 속을 헤매다 내려온다면 소서노를 포기하자'라고 혼자 결정을 내렸다. 백두산 아래 주차장에 도착했을 때도, 조를 짜서 낡은 짚차를 타고 정상부근까지 올라갈 때까지도 백두산은 구름에 덮여 있었다. 짚차에서 내려 이십여 분을 걸어 백두산 정상에 섰을 때도 세상은 온통 구름바다였다. 그렇게 고주몽과 소서노는 내게서 떠나는가 싶었다.

그런데 아니었다. 약속된 시간이 되어 내려오려는 순간, 눈앞에서 빛 뭉치가 번득이는가 싶더니, 정말 눈 깜짝할 사이에 구름이 걷히고 천지가 푸른 모습을 드러내는 것이었다. 내게 소서노는 그렇게 만난 여인이었다.

고주몽을 도와 고구려를 건국했고, 두 아들 비류와 온조를 통해 십제국과 백제국을 건국했던 여걸 소서노, 이제 그녀를 세상으로 내보내려 한다. 내 꿈 속에서 그랬듯이 하얀 말갈기 휘날리며 세상을 한바탕 휘몰이 쳤으면 좋겠다.

지리산에서 최정주

1

BC 38년 겨울 밤, 소서노

문풍지가 푸르륵 울음을 울었다. 촛불이 한쪽으로 기우뚱 쓰러졌다가 벌떡 일어섰다. 여인은 촛불이 스스로의 몸을 태우듯이 제 몸을 태우고 덤비는 그리움에 온몸을 푸르륵 떨었다.

'기어코 내 사내로 만들 거야. 그 사내와 더불어 세상을 한번 내 걸로 만들어 볼 거야. 그런데 웬일이지? 아버님의 제의를 받고 돌아간 지 벌써 열흘이 지났지 않은가. 설마 거절하는 것은 아니겠지? 여자다운 멋이라고는 눈꼽 만큼도 없는 내 얼굴에 실망한 것은 아니겠지? 상관없어. 난 기어코 주몽님을 내 사람으로 만들고 말 거니까.'

여인의 눈에서 푸른빛이 쏟아져 나왔다.

참으로 잘난 사내였다. 백 걸음 밖의 나뭇가지에 앉은 까치를 쏘아 맞히던 활솜씨 만큼 잘난 사내였다. 밤마다 성을 넘어와 말을 죽이고 물어가던 호랑이를 쫓아 소리개가 둥지를 틀고 사는 모둔곡의 소나무골에서 만나기 전에 여인은 이미 사내의 소문을 들어 알고 있었다.

엄리대수 건너 금와왕이 다스리는 북부여에 주몽이라는 사내가 있는데 활을 그렇게 잘 쏜다는 것이었다.

그 사내는 해모수라는 아비와 유화라는 어미 사이에서 태어났다고 했다. 열 척 남짓의 배로 뱃길 장사를 하면서 바다를 지배하고 있던 하백은 딸이 떠돌이 사내와 정을 통해 뱃속에 아이를 심자 자기 손으로 차마 딸을 죽이지는 못하고, 금덩이 몇 개를 주어 쫓아냈다고 했다.

유화는 높은 산과 깊은 강이 있는 아름다운 마을의 오두막에 홀로 살고 있었다. 사람들이 하늘나라 천제의 아들이 어찌 하찮은 인간의 딸을 탐했겠느냐고, 더구나 천제의 아들이 어찌 자신의 씨앗을 심어놓고 나 몰라라 도망을 칠 수 있겠느냐고 입방아를 찧어댔다. 천제의 씨를 받았네, 어쨌네 하며 떠벌리는 것은 자신의 허물을 덮어보려는 여인의 얄팍한 말장난일 뿐이라고 했다.

그래도 사내들은 유화를 한번만 보면 밤잠을 설치기 일쑤라고 혀를 내둘렀다. 사내대장부가 한갓 여인네를 보고 혼을 내놓다니, 장담하며 여인이 사는 백산 밑 우발수를 찾아갔던 사내도 돌아올 때는 혼은 그곳에 빼놓고 몸만 돌아오기 일쑤라는 것이었다. 그만큼 유화는 천하절색이라고 했다. 그런 말을 해주는 것은 그녀가 어린시절 젖을 먹여 키웠던 유모였다.

훗날 그녀의 시아주버니가 되었던 부여의 금와왕이 빨래를 하는 유화 앞에서 낙마를 한 것은 일부러 그런 것이 틀림없다고 유모가 우겼다. 멀쩡한 다리를 다쳤다고 엄살을 부려 유화의 관심을 끈 것이라고 믿고 있었다.

낙마를 한 금와왕은 유화의 극진한 간호를 받으며 사흘을 머물렀다가 궁으로 돌아왔다. 유화도 함께였다.

"내가 하필이면 그곳에서 낙마를 한 것도 운명이고, 그대가 나를 돌보아준 것 또한 인연이 아니겠소. 내 지어미가 되어 주시오."

금와왕이 간곡히 간청했다.

그러나 막상 첫날밤을 치루려고 여인의 옷을 벗겨놓고 보니까, 배가 함지박을 품은 것처럼 불렀다.

유화가 말했다.

"천제의 아들 해모수님이 절 이렇게 만들었지요. 비몽사몽간에 당한 일이기는 하지만, 그 날 이후 따사로운 햇살이 늘 제 몸을 감싸고 돌았답니다."

"에잇, 빌어먹을."

유화가 이미 딴 사내가 거쳐간, 그것도 그 사내의 씨를 가져 배가 부른 여인이라는 것을 안 금와왕은 그녀를 캄캄한 골방에 가두어버렸다. 그러자 밤이나 낮이나 밝은 빛이 유화의 몽뚱이를 감싸고 돌았다.

그때 여인은 여덟 살이었다. 계루부의 족장이었던 아버지 연타발이 어느 날 말했다.

"거 참, 이상한 일이구나. 금와왕이 우발수 강가에서 주워온 여인이 하나 있었는데 글쎄, 아이를 낳는다는 것이 큼지막한 알을 낳았다는구나. 그 알을 돼지한테 던져주자 돼지가 제 몸으로 품어주고, 길에다 버리자 하늘을 날던 새 떼가 내려와 날개의 깃털로 감싸주더라는구나. 소문대로 천제의 아들이 심어준 아이였는가? 허나, 소서노야 소문이란 믿을 것이 못된단다. 사람의 입을 한번 거칠 때마다 두 배 세 배로 부풀려지는 것이 소문이니까. 어찌 지내느냐? 요즘도 여전히 사내들처럼 말을 타고 활을 쏘느냐?"

"예, 아버님. 저는 말 타고 활을 쏘는 것이 즐겁습니다. 오늘은 스무 걸음 밖에서 개복숭아 나무의 복숭아를 맞추어 떨어뜨렸습니다."

"그래? 많이 늘었구나. 난 네가 사내처럼 크는 것이 즐겁구나. 좋은 배필을 만나 내 장사일을 네가 물려받았으면 좋겠구나."

소서노의 아버지 연타발은 농사를 지을 땅도 많이 가지고 있었지만, 계루부의 족장이 될 수 있을 만큼 많은 재물을 모은 것은 바다 밖의 먼 나라까지 돌아다니며 장사를 한 덕분이었다. 사람을 놓아 장사를 했기 때문에 이웃 나라의 소문도 잘 물어왔다. 여덟 살짜리 어린 계집아이 소서노는 왠지 알로 태어났다는 유화부인의 아이가 궁금했다. 때로는 개복숭아 나무의 밤톨만한 개복숭아가 가을날 지붕 위에 하얗게 익어있는 박덩이처럼 보이기도 했다.

"알은 어찌 되었답니까? 아버님."

어느 날 소서노가 장사에서 돌아온 아버지 연타발에게 물었다.

"거 참, 이상하구나. 말 달리고 활 쏘는 일 외에는 통 관심이 없던 네가 어찌 그 아이한테는 연민을 갖느냐?"

연타발이 고개를 갸우뚱했다.

"소녀도 모르겠습니다. 어쩐지 자꾸만 궁금해집니다."

"번듯한 사내아이가 알에서 나왔다고 하드라. 소문은 그랬었니라. 여기저기 굴러다니며 괄시를 받던 알을 하늘의 새들까지 거두어주는 것을 본 금와왕이 따뜻한 방안에 들여놓자 이레만에 사내아이가 스스로 알을 깨고 나왔다는데, 뱃속을 나오자마자 벌떡 일어나 걸어다녔다고 하드구나."

"천제의 아들이 맞는 모양이지요?"

"글쎄다. 별스럽게 태어나기는 했다만, 어미의 궁색한 변명이 아니었겠느냐? 아무리 잘난 사내가 유혹을 한다고 해도 그렇지, 번듯한 집안의 처녀 몸으로 어찌 혼례도 치르기 전에 몸을 연단 말이더냐? 낳자마자 금와왕이 아이를 견가장에게 주었다고 하드구나. 어미 품을 떨어진 아이가 어찌나 큰소리로 울던지 견가장은 우가장에게 주었다고 하드구나. 우가장은 마가장에게 주었다고 하던가? 가는 곳마다 아이가 천둥처럼 울어대니 어찌하겠느냐? 차마 죽일 수는 없고, 다시 금와왕에게 돌려주었다고 하드구나. 어미한테 돌아오고 나서야 아이가 천둥같은 울음을 그쳤다고 하더라."

"어미 품이 그리웠던 게지요. 그 아이가 정말 천제의 씨앗이라면 더구나 있어야 할 자리에 있어야겠지요."

그때는 그러고 말았다. 아버지 연타발을 따라 장사를 다니면서도, 말을 타고 활을 쏘면서도, 화살에 설맞은 멧돼지를 쫓아 험한 계곡을 누비면서도 가끔가끔 알에서 나왔다는 그 아이는 잘 크고 있을까, 하고 궁금하지 않은 것은 아니었지만, 잠시잠깐 뿐이었다. 가슴의 개복숭아가 참복숭아만큼 커졌을 때 아버지 연타발은 그녀의 배필을 구하기 위하여 노심초사하고 있었다.

연노부나 관노부 출신의 건장한 사내들이 아버지를 찾아와 구혼을 하고 갔으나, 소서노는 알고 있었다. 자기 한 몸이 이미 혼자만의 몸이 아니라는 것을 눈치 채고 있었다. 족장이라고 다 같은 족장이 아니었다.

아버지 연타발이 모아놓은 재산으로 족장 가운데서도 우두머리 노릇을 하고 있었지만, 봄가을로 하늘에 지내는 제사에 제사장 노릇을 하고는 있었지만, 언제 그 지위를 잃을지 모를 일이었다. 더구나 내리 삼 년 동안 가뭄이 들고 흉년이 들었으며 사냥에 나갔던 사내들이 호랑이에게 물려 죽는 일이 종종 발생하자 타부족의 족장들이 연타발을 불신하고 있었다.

연타발은 삼 년째 곡간을 열어 기휼미를 내놓고 있었다. 그러나 다시 한 해 더 가뭄이 들어 실농을 하게 된다든지, 하늘을 흙빛으로 물들이며 날아와 순식간에 사람이 먹을 곡식을 갉아먹어 쭉정이만 남겨놓고 사라지는 메뚜기 떼의 재해라도 입는다면 제사장 자리를 내놓아야 할 판이었다.

백성들은 가뭄이나 홍수, 심지어는 메뚜기 떼의 습격까지도 하늘의 조화라고 믿었으며, 그런 재앙이 오는 것은 제사장의 정성이 부족하든지, 하늘의 노여움을 샀기 때문이라고 믿었다.

그때 구원의 손길을 뻗어온 것이 부여 왕 해부루의 손자인 우태라는 사내였다. 금와왕의 이복동생이었던 우태가 강 건너 계루부의 족장이었던 연타발의 힘을 빌려보려고 사윗감을 자청하고 찾아온 것이었다.

연타발을 찾아온 우태는 다짜고짜 큰 절로 인사를 드리고 소서노를 자신의 아낙으로 달라고 떼를 썼다. 금와왕의 이복동생이라는 말에 연타발이 돌아볼 것도 없이 고개를 끄덕였다. 십만금 재산을 들여 사람을 모으고, 힘을 기른다면 사위가 북부여의 왕이 되지 말라는 법은 없었다. 설령 금와왕의 뒤를 이어 왕의 자리를 이어받을 희망은 없어도 나날이 약해져가는 계루부를 지켜줄 힘은 가지고 있으리라고 믿었다.

곱상하게만 생긴 사내가 마음에 차지는 않았지만 소서노는 아버지의 뜻에 따라 우태의 아내가 되었다. 연타발은 금와왕의 궁실보다 더 크고 넓은 집을 두 사람에게 지어주었으며 백 명이 넘는 하인과 오백 명의 병사를 먹여살릴 수 있을 만큼 재산을 나누어 주었다.

우태의 아낙이 되었으면서도 소서노는 말을 타고 활을 쏘는 일에 열중했다.

소서노가 어린시절 소문으로만 듣던 주몽이라는 사내를 만난 것은 아끼던 말이 허방을 잘못 디뎌 다리 하나가 부러지는 부상을 입은 일이 있은 다음이었다.

말이 다리를 다친다는 것은 죽음이나 마찬가지였다. 다리를 다친 말을 죽여 땅에 묻은 소서노는 우태에게 좋은 말을 구해달라고 졸랐다.

"폐하께 말씀드려 보겠소. 아무리 이복동생이라고 할망정 그까짓

말 한 필이야 안 주시겠소? 재 너머 초원에 나라에서 말을 기르는 목장이 있소."

우태가 그 길로 금와왕을 찾아가 말 한 필만 달라고 부탁했다.

"아우가 모처럼 하는 부탁인데 내가 어찌 거절하겠는가? 거기 목동한테 일러놓을 테니, 가장 좋은 말을 한 필 달라고 하게."

금와왕이 선선히 고개를 끄덕였다.

다음 날 소서노는 우태와 함께 목장을 찾아갔다.

"그렇잖아도 말씀을 듣고 있었습니다. 폐하께서 마님이 오시면 가장 좋은 말로 한 필 내어드리라고 하셨습니다. 골라보시오소서."

그렇게 말하는 건장한 사내를 보는 순간 소서노는 숨이 컥 막혔다. 짙은 눈썹에 부리부리한 눈, 상대방을 한 눈에 빨아들일 것 같은 번쩍이는 눈빛, 남편인 우태보다 머리 하나는 더 있는 큰 키가 사내 중의 사내였다.

천리마를 타고 초원을 누비고 다닐 잘난 사내가 어찌 목동 노릇을 하고 있을까. 하긴 목동이라고 해서 하찮은 벼슬아치는 아니었다. 그 벼슬만 가지고도 서너 식구쯤의 넉넉한 끼니를 챙길 수 있을 것이었다. 그러나 말을 기르는 일은 잘 생긴 사내한테는 도무지 어울리지 않는 일이었다.

"그대가 골라주겠소? 늘 말과 함께 살았으니, 어느 것이 좋은 말인가는 더 잘 알고 있을 것이 아니겠소."

소서노의 말에 사내가 살찌고 튼튼한 말들이 유유히 풀을 뜯고 있는 곳으로 안내했다. 그러나 그곳의 말들은 살만 디룩디룩 쩌 있을 뿐, 다리가 튼튼하지 못했다.

"저 말들이 여기에서는 가장 좋은 것들입니다. 한 마리 골라보시오소서."

사내가 말했다. 그러나 소서노가 고개를 내저었다. 털에 윤기가 자르르 흐르는 것이 보기에만 좋았을 뿐, 험한 산야를 달리는 데는 어울리지 않았다. 무엇보다도 다리가 허약해 보였다. 소서노의 속내를 눈치 챈 사내가 그녀를 다른 곳으로 안내했다. 풀도 듬성듬성 자라는 황무지같은 곳에 열 마리 남짓의 말들이 풀을 뜯고 있었다.

순간 소서노의 눈이 번쩍 빛났다. 한결같이 명마였다. 나이 세 살 남짓 때부터 말과 함께 살았던 그녀는 한눈에도 좋은 말을 알아볼 수 있었다. 험한 산야를 바람처럼 달릴 수 있는, 어쩌면 바람보다 더 빨리 달릴 수 있는 명마가 그곳에 모두 있었다.

'보통 사내가 아니구나. 이 목장의 좋은 말들을 이곳에 모아 따로 기르고 있구나. 말을 모르는 사람들이 보면 한결같이 병들고 허약해 보이도록 먹이를 적게 주면서 기르고 있구나.'

그러나 그걸 내색하지는 않았다. 어떤 이유에서 사내가 명마만 골라 비루먹은 꼴로 기르고 있는지는 모르겠지만, 사내 덕분에 자신이 정말 좋은 말을 고를 수 있으면 되는 일이었다.

소서노는 비루먹은 말 중에서 가장 마른 말 한 필을 골라냈다. 사내가 말없이 그 말에 박차를 달고 안장을 얹어 고삐를 건네주었다.

"살찌고 좋은 말도 많은데 하필이면 가장 비루먹은 말이오. 체면을 차릴 일은 아니오. 형님폐하의 눈치를 볼 것도 없소. 정말 탐이 나는 명마를 골라보도록 하시오."

우태가 말했으나 소서노가 고개를 내저었다.

"아무리 말이지만 기른 정이라는 것도 있는 거예요. 다행이 큰 병이 든 것 같지는 않으니, 잘 먹이면 살이야 찌겠지요."

"당신 뜻대로 하시구려."

말을 잘 모르는 우태가 알 수 없다는 눈빛으로 말했으나, 천하의 명마를 얻은 소서노는 하늘을 날듯 즐거웠다.

"아까 그 사내가 누군 줄 아시겠소?"

돌아오는 길에 우태가 물었다.

"그걸 제가 어찌 알겠어요. 처음 본 얼굴인데요."

"바로 동부여 해모수왕의 아들이오. 내 형수님이신 유화왕후께서 그리 말씀하시니 그런가보다 하는 것이지, 사실인지 아닌지는 나도 잘 모르오. 이름은 주몽이라고 부른다오."

"정말 알에서 나왔는가요?"

소서노가 여덟 살 때의 일을 떠올리며 물었다.

"쓸데없는 소리. 사람이 어찌 알에서 나올 수가 있겠소? 허나 보통 아이가 아닌 것은 분명하오. 낳자마자 버렸으나 짐승들까지도 그 아이를 해치지 않았소. 이제는 왕이신 형님조차도 아들로 인정을 하고 있소. 백오십 보 밖의 과녁도 맞출 만큼 활솜씨가 뛰어나다고 했소."

"활솜씨가 정말 대단한 모양이지요? 언제 한 번 보고 싶네요."

목동 사내의 얼굴이 눈앞에 어른거린 소서노의 말에 우태가 고개를 내저었다.

"당신이 어찌 하찮은 목동 따위와 어울리겠소. 다시는 그런 소리 마시오, 자칫 대소 놈의 귀에라도 들어가면 나중에 안 좋은 일이 생길 수도 있소."

"왕자 중의 맏이인 대소 말인가요?"

"못나 빠진 것들이 샘은 많아 가지고, 주몽이 저희 놈들보다 재주가 뛰어난 것을 보고는 호시탐탐 노리고 있다고 아랫것들이 그럽디다. 아마 모르면 몰라도 주몽이라는 그녀석이 제 명대로 살기는 힘들 것이오."

"사내들이 무예를 닦을 생각은 않고 남의 재주에 투기나 하다니."

소서노가 혀를 끌끌 찼다. 어쩐지 목동 사내의 앞날이 걱정되었다.

겉으로 비루먹은 그 말은 한 눈에 알아 본 대로 천하의 명마였다. 먹이를 제대로 주자 하루가 다르게 살이 오르고 털에 윤기가 흘렀다. 그 뿐만이 아니었다. 하루에 천 리를 달릴 만큼 한번 달리기 시작하면 바람보다 먼저 풀잎을 누이며 초원을 누볐다. 한번은 화살을 날려놓고 달리기를 시켰는데, 화살이 나뭇가지에 박히는 딱 소리를 들을 수 있을 만큼 빨랐다.

계루부에 살 때처럼 사냥을 할 수는 없었지만, 소서노는 날마다 넓은 초원에서 말을 달리고 활을 쏘았다. 처음부터 몸이 약했던 우태는 아들 하나를 낳아놓고는 밤에도 찾아오지 않았다. 스무고개를 절반쯤 넘은 나이인 소서노는 독수공방의 외로운 밤을 낮의 말타기로 풀었다. 가끔은 자신도 모르게 말을 잘난 사내가 있는 목장으로 몰고 가기도 했지만, 멀리서만 바라보았을 뿐, 다시 마주치는 일은 없었다.

　소서노가 스물여섯 살 때에 우태가 죽었다. 명색이 왕손인 비류하나를 남겨놓고서였다. 그녀는 아들 비류를 강건한 사내로 길렀다. 제 아비를 닮아 허우대도 작고 몸도 약했으나, 날마다 말에 태워 초원으로 데리고 나갔다.

　안장에 앉혀놓고 말 엉덩이를 툭 치면 말이 저 혼자 초원을 한바퀴 돌고 왔다. 제 등에 앉은 아이가 고삐를 제대로 잡지 못해도 말은 제가 달려야할 길을 알고 있었다. 처음에는 안장의 손잡이도 제대로 잡을 줄 몰라 바닥으로 굴러 떨어지기 일쑤이던 비류가 제법 안장을 잡게 되었을 때였다.

　말을 기르던 주몽이라는 사내가 노골적으로 죽이려고 덤비는 대소를 비롯한 왕자들을 피해 밤도망을 쳤다는 소문이 돌았다. 주몽이라는 사내는 함께 말을 기르며 늘상 초원을 달리던 오이와 마리와 협보라는 친구와 함께 강을 건넜다고 했다.

　강까지 따라갔던 대소의 부하들이 말을 탄 채 강을 건너는 주몽을 멀뚱히 보면서도 어쩌지 못하고 되돌아 왔다고 했다. 목장에서는 병들고 비루먹었다고 돌아보지도 않던 말들이 시퍼런 강물을 땅 위에서처럼 날쌔게 건너가더라는 것이었다. 소문은 그것 뿐만이 아니었다.

　주몽이 활로 강바닥을 치며 내가 바로 천제이신 해모수님의 아들이니라, 갈대는 갈대끼리 몸을 묶어 끈을 만들고 물고기는 물고기대로 모습을 드러내 다리를 놓거라, 하고 외치니 그대로 되어 갈대와

물고기가 놓은 다리를 말을 탄 채 건넜다는 것이었다.

그러나 장사를 다녀오는 길에 마침 나룻배로 강을 건넜다는 장사치의 말은 그것이 아니었다. 강가 마을에 사는 장정들이 나와 뗏목을 만들어 주어 무사히 강을 건너게 했다는 것이었다. 말은 뗏목에 탈 수가 없어 그대로 헤엄을 쳐서 깊은 강을 건넜다고 했다.

그 말을 들은 대소가 땅을 쳤다는 소문도 돌았다. 주몽이라는 놈이 정말 좋은 말들에게는 먹이를 적게 주어 비쩍 마른 비루먹은 말로 위장을 해놓았다가 목숨이 경각에 달린 위급한 순간에 몽땅 데리고 도망을 쳤다고 한탄을 했다는 것이었다.

그 사내는 어디로 갔을까. 강을 건넜다면 혹시 계루부 쪽에 가 있는 것은 아닐까.

소서노가 사라진 주몽을 새삼 궁금해 하고 있을 때에 시어머니가 그녀를 불러들였다.

"언제까지 말이나 타고 놀 셈이냐?"

"무슨 말씀이신지요."

"비류 애비한테 동생이라도 있으면 네 한 몸 의탁하고 살겠지만, 동생도 없지 않느냐? 어떠냐? 비류 애비의 사촌 중에 너를 탐내는 아이가 있는데 함께 살겠느냐?"

"싫습니다, 어머님."

소서노가 완강하게 거절했다. 비록 남편이 죽으면 시동생한테 재가를 할 수는 있었지만, 남편 우태보다 허우대도 작고 약해 보이는 사내답지 않은 사내하고는 다시 한 방을 쓰고 싶은 생각이 없었다.

"싫다? 하면 계루부로 돌아가고 싶다는 소리냐? 네가 싫다고 해도 그 아이가 원하면 어쩔 수 없는 일이 아니드냐?"

"어머님께서 놓아주시면 돌아가겠습니다."

"그럼 그렇게 하려므나. 아녀자가 말이나 타고 활이나 쏘고 노는 꼴은 나도 보기 싫구나."

시어머니가 싸늘한 얼굴로 말했다.

소서노는 비류를 말에 태워 계루부로 돌아왔다. 제사장을 결국 연노부 족장 추랑에게 넘겨주고 그 자리를 되찾기 위하여 노심초사하고 있던 연타발이 딸을 반겼다.

"걱정을 했었느니라. 네가 사촌 시동생과 살까 싶어서, 차마 내가 먼저 돌아오라는 말은 못하고 애만 태웠었구나."

"제가 아버님을 도와드리겠습니다. 잘난 사내를 얻어 아버님의 자리를 꼭 되찾아드리겠습니다."

"그랬으면 오죽이나 좋겠느냐? 얼마 전에는 구천 리의 가라해를 건너 토인들의 나라 나패와 지가도까지 장사를 다녀왔느니라. 하필이면 그때 화산이 터지는 통에 죽을 목숨을 겨우 살아왔다만, 거기도 사람 사는 곳이기는 하드라만 아직은 사는 것이 형편없드라."

"손해만 보고 오셨습니까?"

"장사꾼이 그럴 수야 없지. 이곳에서는 귀하디 귀한 물소뿔을 수백 개 사왔느니라."

"물소뿔을 말입니까?"

"벌써 궁장이한테 활을 만들라고 넘겨주었느니라. 아마 한 오백 개쯤의 튼튼한 활을 만들 수 있을 것이니라. 내가 그럴듯한 사내들을 모아줄 것이니, 네가 가르치거라. 우리 여섯 부족을 통 털어도 너만큼 활을 잘 쏘는 사내는 없으니까. 한 오백 명쯤의 병사만 가지고 있어도 제사장이 되는 데는 지장이 없을 것이니라."

"알겠습니다, 아버님."

다음 날부터 소서노는 아버지 연타발이 모아준 사내들한테 말타기며 활쏘기를 가르쳤다. 이틀거리로 한 번씩은 씨름 시합을 시켜 그 날의 우승자에게는 특별히 많은 상금도 주었다. 날을 잡아 골짜기 하나를 송두리째 훑는 사냥대회도 열흘에 한 번씩은 벌였다. 잘 먹이고 잘 입히며 훈련을 시키자 사내들의 기량은 하루가 다르게 나아졌다. 그러나 연타발이 제사장의 자리를 되찾기에는 아직은 역부족이었다.

연노부에서도 병정들을 기르고 있었기 때문이었다. 연노부의 족장 추랑은 여섯 부족의 실질적인 왕이었다. 백성들이 왕이라고 부르지만 않을 뿐이지, 부여 왕의 궁궐같은 궁실을 짓고, 떵떵거리며 살고 있었다.

그걸 내놓지 않기 위해서라도 기를 쓰고 힘을 기르고 있었다. 따지고 보면 아버지 연타발이 모아놓은 사내라는 것들도 모두 연노부에서 내침을 당한 졸장부들 뿐이었다. 활을 잘 쏘고, 수박희를 잘하고, 씨름을 잘하는 사내는 눈을 씻고 봐도 없었다. 모두가 그만그만했다.

바탕이 그러니까 비록 훈련을 받아 기량이 나아졌다고는 해도 거기서 거기일 뿐이었다. 한번은 화살을 설맞은 집채덩이만한 멧돼지가 도망가다가 돌아서서 되쫓아오자 스무나믄 명의 사내들이 나 살려라, 하고 도망을 쳐왔다. 그런 담이 약한 사내들이니 호랑이 울음소리가 들리는 골짜기는 아예 멀리 피해서 다녔다.

'저런 허약한 사내들을 믿고 내가 무얼 도모할 수 있을까.'

그럴수록 소서노는 말을 기르던 주몽이라는 사내가 궁금했다. 세 친구와 함께 기르던 명마를 끌고 강을 건넜다는 주몽이라는 사내를 만나고 싶었다. 부여에서 들었던 소문으로는 이미 장가를 들어 뱃속에 아이를 가지고 있는 부인도 떼어놓고 강을 건넜다는 그 사내가 자꾸만 눈앞에 어른거렸다.

"어떻느냐? 일을 도모해도 되겠느냐? 내가 연노부의 추랑한테 제사장 자리를 내놓으라고 요구해도 되겠느냔 말이니라."

장삿길에서 반 년만에 돌아온 연타발이 안달을 했다.

"이제 겨우 설흔 보 밖의 과녁을 맞출 정도 밖에 안 됩니다, 아버님."

"쓸만한 재목감이 없었던 게지. 오죽했으면 연노부에서 내쫓김을 당했겠느냐? 그들도 사내 하나라도 아쉬울 판인데, 데리고 있어봐야 밥충이 노릇 밖에 못할 것 같으니까, 아예 안으로 들이지도 않았던 것이 아니겠느냐?"

잔뜩 실망한 낯빛으로 연타발이 말하자 소서노가 물었다.

"아버님, 혹시 주몽이라는 사내에 대해서 들은 일이 없습니까?"

"주몽? 금와왕의 세 번째 부인 노릇을 하고 있는 유화라는 여인이 낳은 아이 말이더냐? 목장에서 말을 훔쳐가지고 도망을 쳤다는 소문은 나도 얼핏 들었다만, 강을 건너왔다는 말만 들릴 뿐 어디서 사는지는 알 수 없구나. 모르지, 훨씬 남쪽으로 내려갔는지. 헌데, 그 사내는 왜 묻는 게냐?"

"제가 북부여에 살 때에 한 번 만난 일이 있습니다. 제 말이 낙상하여 다리를 다쳤을 때, 말을 구하려고 목장에 간 일이 있지요. 그 사내가 명마만을 골라 따로 기르고 있었습니다. 하찮은 말들에게는 먹이를 잘 주어 살찌게 길러놓고, 정말 좋은 말은 비루먹게 길러놓고 있었습니다. 한 눈에 그 사내가 말을 아주 잘 아는 사람이라고 눈치 챘었지요."

"야심이 있는 사내였던 게로구나."

연타발이 입맛을 쩝 다셨다. 그런 사내만 하나 있으면 그까짓 허깨비같은 사내들 백 명과도 견줄 수 있을 것이라는 욕심이 생겼다. 그러나 주몽이라는 사내는 오리무중이었다.

연노부의 족장 추랑은 갈수록 점점 더 많은 것을 요구해오고 있었다. 일 년에 두 번씩 하늘에 지내는 제사의 경비는 여섯 부족이 똑같이 나누어 냈는데, 추랑은 항시 경비의 열 배 스무 배를 요구해 왔다. 남는 걸로는 병사들을 기르고 소문난 도인을 모셔왔다. 갈수록 연노부의 힘은 커갔다.

이러다가는 제사장의 자리를 되찾기는커녕 재산을 송두리째 추랑에게 바쳐야 될지도 모른다고 안절부절못하던 아버지 연타발이 먼

길 장사를 떠난 며칠 후였다.

밤마다 호랑이가 계루부의 성을 넘어와 가축을 물고 갔다. 그것도 한 마리만 물고 가는 것이 아니라 대여섯 마리씩은 물어 죽여놓고 가는 것이었다. 죽어있는 소나 말을 보면 목덜미에 단 한 번 물린 자국이 남아있다든지, 머리통이 박살이 나 있었다. 그만큼 큰 호랑이였다.

소서노가 병사들 가운데 그 중 낫다고 하는 사내들만 골라 호랑이를 쫓았다. 놈은 겁도 없이 제 발자국을 당당하게 남기며 깊은 산 속으로 들어가고 있었다. 그것도 꼭 사람이 꼬리를 볼까말까할 정도의 거리를 두고 달아나고 있었다.

나흘째 나던 날 밤이었다. 무슨 생각이었는지 호랑이가 소서노와 병정들 주위를 밤 내내 빙빙 돌았다. 크렁 크렁 울면서 병정들의 머리 위를 획획 넘어 다니고 있었다. 모닥불을 피워놓아 차마 가까이 오지는 못하고 머리 위를 넘어 다녔다. 호랑이가 한번 넘어갈 때마다 병정들이 하나씩 정신을 잃었다.

소서노가 부릅 뜬 눈으로 호랑이의 장난을 지켜보았다.

날이 새자 병정들이 천금을 주어도 싫다면서 모두 골짜기를 나가 버렸다.

'못난 사내들 같으니라구. 내 어찌 한갓 졸장부인 네놈들을 믿겠느냐 오냐, 좋다. 나 혼자라도 꼭 호랑이를 잡고 말리라.'

소서노가 이를 갈았다. 날이 새자 호랑이는 더 깊은 산 속으로 들어가고 있었다. 옆구리에 활을 차고 날이 잘 선 검 하나만 들고 소서노가 바람만 바람만 호랑이 뒤를 따라갔다. 그리고 날이 저물었을 때 그녀는 바위굴 속에 몸을 숨겼다. 어차피 밤은 짐승들의 세상이었다.

호랑이는 사람이 보지 못하는 것도 볼 수 있으며 사람이 듣지 못하는 소리도 들을 수 있을 것이었다. 캄캄한 밤에 혼자 호랑이를 쫓는다는 것은 목숨을 호랑이한테 내맡긴 것이나 마찬가지였다. 호랑이는 밤 내내 바위굴 밖을 지키다가 날이 새자 슬그머니 몸을 돌려 산 속으로 들어갔다. 검을 단단히 꼬나쥐고 소서노가 뒤를 따랐다.

산은 오를수록 가파르고 험했다. 소나무에 가려 호랑이의 꽁무니가 보이지 않을 때는 사내보다 담이 센 소서노의 등줄기에서도 식은 땀이 흘렀다. 골짜기로 들수록 숲은 더욱 울창했다. 나뭇가지며 잎이 하늘을 가려 먼동이 틀 무렵의 새벽처럼 어두컴컴했다.

바위산 하나를 넘고 나서였다. 소서노가 이마의 땀을 소매깃으로 닦고 휴우 한 숨을 내쉴 때였다. 온몸에 소름이 좍 솟더니, 시커먼 뭉치 하나가 하늘에서 날아내려왔다. 순간 나무 위에 올라가 지키고 있던 호랑이의 습격이라고 믿은 소서노가 날쌘 동작으로 검을 휘둘렀다. 그러나 둔탁한 몽둥이 같은 것이 그녀의 머리를 내리쳤다. 하늘이 노랗게 변하면서 스르르 무너져 내리며 그녀는 정신을 잃었다.

'내가 기어코 호랑이의 밥이 되고 마는구나. 어이할꼬. 어이할꼬. 내 아들 비류를 어이할꼬.'

그런 생각이 그녀의 뇌리를 스쳐갔으나 이내 캄캄한 어둠이 온 몸을 감싸고 돌았다.

소서노가 정신을 차린 것은 채 두 식경이 지나기 전이었다. 머리맡을 지키는 강렬한 눈빛 때문에 차마 눈을 뜨지 못하고 있는데, 투박하고 거칠은 손이 이마를 짚고 있었다.

그녀가 살며시 눈을 뜨자 사내가 물었다.

"이제야 정신이 드십니까?"

귀에 익은 목소리였다. 살 찐 말을 가리키며 마음대로 고르던 주몽이라는 사내의 목소리가 틀림없었다.

"어떻게 된 일입니까? 제가."

사내의 강한 눈빛 때문에 다시 눈을 감은 채 소서노가 물었다.

"호랑이의 습격을 받고 있었습니다. 마침 그곳을 지나다가 구해낼 수 있었습니다."

"고맙습니다. 참으로 고맙습니다. 이 은혜를 어찌 갚아야 할지요."

소서노가 사내 앞에서 더 누워있을 수가 없어 몸을 일으켰다.

"은혜랄 것이 있는가요. 곤경에 처한 사람을 보면 구해 주는 것이 당연한 일이지요."

"호랑이가 무섭다고 함께 왔던 사내들은 모두 도망을 가버렸답니다. 장부님이 아니었으면 저는 꼼짝없이 호랑이 밥이 되고 말았을 것입니다."

"아닙니다. 호랑이는 이미 그대의 검에 치명상을 입고 있었습니다. 제가 한 일은 없습니다."

그것을 소서노는 사내의 겸손이라고 믿었다. 그런 겸손은 힘이 있을 때라야 나올 수 있는 것이었다. 힘없는 자의 겸손이라는 것은 아부 아니면 비겁함일 뿐이었다. 소서노가 눈이 부시도록 사내를 찬찬히 바라보았다. 주몽은 목동 노릇을 할 때보다 훨씬 사내의 기개를 품고 있었다. 산 속에서의 험한 삶이 오히려 사내를 강하게 만들어 준 것이 분명했다.

"가죽을 벗겨 놓았습니다. 가실 때 가지고 가시지요."

주몽이 몸을 일으켰다.

"저기 잠깐만요. 혹시 저를 모르시겠는지요. 전에도 우린 한번 만난 일이 있었지요."

"알고 있습니다. 한눈에 명마를 알아 본 부인을 어찌 몰라보겠습니까?"

"그렇습니다. 저는 계루부 족장의 딸입니다. 한때는 부여 왕실에서 살기도 했구요. 종종 대장부님을 생각했었습니다. 말 타고 활쏘기 시합이라도 붙어보자고 조르고 싶었습니다. 오늘의 은혜도 갚을 겸 언제 계루부에 한번 들려주시겠습니까?"

소서노가 간절하게 청했다.

"때가 되면요. 아직은 거처할 집도 없습니다. 농사를 지을 땅 한 뙈기 없구요. 함께 온 친구들과 겨우겨우 사냥으로 먹고 살고 있습니다."

"가슴에 큰 뜻을 품은 장부의 삶이 그래서는 안 되지요. 제가 집도 드리고 땅도 드리겠습니다. 언제든 오십시오. 계루부로 돌아오고 나서는 더욱 대장부님이 보고 싶었습니다."

소서노는 당장이라도 주몽을 계루부로 데려오고 싶었다. 그럴 수만 있다면 결박이라도 지어 말에 태워서 끌어오고 싶었다.

"산 너머에 말갈이 살고 있습니다. 우선은 그 땅이라도 내 걸로 만들어놓고 당당하게 찾아가겠습니다."

"그 일을 제가 도와드리면 안 되겠습니까? 제게는 오백여 명의 병정들도 있습니다."

"아닙니다. 내 힘으로 하고 싶습니다."

주몽이 고개를 내저었다. 더 이상 졸라야 될 수 없는 일이라는 것을 안 소서노가 입을 다물었다. 집 한 칸 없다고 했던 주몽의 말과는 달리 소나무 숲으로 둘러싸인 그 마을에는 스무나믄 채의 움막이 옹기종기 모여 있었으며 달랑 세 친구와 강을 건넜다는 소문과는 달리 백여 명의 사람들이 살고 있었다.

계루부의 작은 마을만한 촌락이 거기에 있었다. 아직은 엉성하기는 했지만 보리며 기장을 심을 밭도 있었고, 밭 가장자리로는 말이 달렸던 길이 뚜렷이 나 있었다. 그 뿐만이 아니었다. 밭의 가장자리와 가장자리에는 활쏘기 연습을 할 과녁이 열 개 남짓 세워져 있었다.

움막을 들고 나는 사람들 가운데 여자의 모습이 보이지 않은 것이 여늬 마을과 다른 점이었다. 몇 명의 사내들이 말을 달리고 활을 쏘는 연습을 하고 있었다. 사는 형편은 궁색해 보였지만, 사내들은 한결같이 근육이 퉁퉁한 팔뚝을 가지고 있었다.

'저들을 모두 계루부의 사람으로 만들 수만 있다면 천군만마를 얻은 것만큼 큰 힘이 될 텐데.'

소서노는 주몽의 마을에 사는 사내들이 탐이 났다.

"꼭 오십시오. 생명의 은인으로 모시겠습니다."

주몽의 마을에서 하룻밤을 묵은 소서노가 골짜기를 나오면서 간곡하게 부탁했다. 주몽은 가타부타 말이 없이 멀리 하늘을 바라볼 뿐이었다.

소서노와 주몽의 혼례를 서둔 것은 아버지 연타발이었다. 금방 오리라고는 믿지 않았지만 하마 하마 기다려도 주몽은 오지 않고 반 년 만에 장사에서 돌아온 아버지가 어디서 소문을 들었는지 다짜고짜 주몽 얘기를 꺼냈다.

"네가 말하던 주몽이라는 부여 사내 있잖느냐? 말갈 놈들이 살던 마을을 빼앗아 살고 있다더구나. 단 세 명이 강을 건넜다고 했는데 언제 사람을 모아 힘을 길렀는지 모르겠구나. 대단한 사내가 아니냐?"

"저도 한번 만난 일이 있습니다. 성을 넘어와 말을 물어가는 호랑이를 쫓아갔는데, 호랑이한테 죽을 뻔한 저를 그이가 살려주었지요."

소서노가 지난 번 일을 상세하게 털어놓았다.

"그런 인연이 있었느냐? 참으로 고마운 호랑이로구나. 너한테는 그런 사내가 어울리느니라. 어떠냐? 그 사내를 네 지아비로 맞이하는 것이."

"나이가 저보다 여덟 살이나 아래입니다, 아버님."

"그깟 나이가 무슨 소용이더냐? 너보다 여덟 살이 아래면 이제 스무 살 한참 때로구나. 그리고 형님이 일찍 죽으면 시동생이 형수를 데리고 사는 것이 우리네의 풍습이 아니더냐? 여자가 남자보다 나이가 많은 것이 허물은 아니니라. 너도 알 것이다만 연노부의 추랑이 우리를 업신여기고 호시탐탐 내 재산이며 상권을 노리는 것도 다 너에게 사내 형제들이 없기 때문이니라. 주몽을 우리 편으로 끌어들일 수만 있다면 천하를 얻을 수 있을 것이니라."

"그 사내가 아버님의 말을 따르겠습니까?"

소서노가 그런 식으로 고개를 끄덕였다.

다음 날 연타발이 집사를 주몽한테 보냈다. 혼인 얘기는 꺼내지 말고 다만 지난 번에 딸을 살려준 은혜에 보답하고자 하니, 찾아와 달라고 정중하게 초청했다.

"주몽이 집사를 따라오면 내가 담판을 지을 것이니라. 만약 무슨 핑계를 대고라도 그가 오지 않으면 너하고는 인연이 아닌 것일 것이니라."

아버지 연타발이 말했다.

'과연 올까, 주몽이라는 잘난 사내는.'

아버지 연타발보다 소서노가 더욱 주몽을 기다렸다. 스물여덟 소서노의 가슴에서 꽃바람이 불다. 잘 해야 일 년에 한누 번 볼까말까한 거울을 꺼내놓고 새삼 얼굴을 들여다보기도 했다. 자신이 보기에도 여자 얼굴로는 선이 너무 굵었다. 사내 중에서도 억센 사내의 얼굴이었다. 소서노는 스물여덟 해만에 처음으로 자신의 얼굴에 절망을 느꼈다. 도무지 사내가 탐을 낼 얼굴이 아니었다. 오히려 주몽보다 더 못 생긴 얼굴이었다. 한때 계루부는 물론 연노부며 관노부의 사내들이 청혼을 해온 것은 여자인 자신에게 반했다기보다는 아버지 연타발의 재산에 욕심을 냈기 때문이라는 것을 새삼 절감했다.

'오지 않을 거야, 주몽님은. 내 얼굴을 안 보았다면 모를까, 사내 중에서도 험한 사내꼴인 내 얼굴을 알고 있는데 올 리가 없지.'

소서노가 하루 낮 하루 밤을 절망 속에 살고 난 이틀 후였다. 주몽을 초청하러 갔던 집사가 돌아왔다. 달랑 혼자였다.

"이레 후에 오겠다고 했습니다. 쫓겨났던 말갈이 날마다 성 주위를 맴돈답니다. 그들을 굴복시키고 오겠다고 했습니다."

소서노가 절망에 빠져들 때 집사가 말했다.

"정말 오겠다고 했다는 말이지?"

"약속을 어길 사내로 보이지는 않았습니다."

"알겠다. 나도 준비를 해야겠구나."

연타발이 서둘러 다섯 부족장들에게 초청장을 보냈다. 씨름대회며 무술시합을 개최할 예정으로 각 부족들의 사내 중에 특별히 기량이 뛰어난 자를 데려오라고 했다. 소서노는 아버지의 속내를 짐작할 수 있었다.

'아버지는 주몽님을 부족장들에게 자랑을 하고 싶으신 게야. 나한테는 이런 뛰어난 사내가 있으니까 함부로 날뛰지 말라는 경고를 보내시려는 게야.'

소서노의 가슴이 살큼 긴장했다.

이레 후에 아버지 연타발은 계루부의 힘깨나 쓴다는 사내들을 모두 거느리고 성 밖 십 리까지 나가 주몽을 맞이했다. 부족장들이며 무술시합에 뽑힌 다른 부족의 사내들은 이미 이틀 전에 도착해 있었다.

이날 밤 여섯 부족의 사내들이 벌이는 씨름판이 계루부의 무술 수련장에서 벌어졌다. 처음에는 손님인 주몽을 위로한다는 뜻으로 여섯 부족의 사내들만 씨름에 참가를 했다. 그리고 마지막으로 연노부의 사내 하나가 남아 두 손을 번쩍 치켜들며 기뻐하고 있을 때였다.

연타발이 주몽을 돌아보았다.

"어떻소? 저 사내와 씨름을 한판 겨루어 보겠소? 실례가 되었다면 용서하시오만, 사내란 때로는 자신의 힘을 과시할 필요가 있을 때도 있는 법이 아니겠소?"

"사양한다면 소서노 부인께서 실망이 크시겠지요?"

주몽이 빙그레 웃으며 웃옷을 벗고 씨름판으로 나갔다. 그러나 샅바를 잡고 실갱이를 치고 말 것도 없었다. 연노부의 장수는 주몽의 상대가 될 수 없었다. 샅바를 잡고 심판의 시작신호가 떨어지자마자 주몽이 연노부의 사내를 불끈 들어 차마 패대기를 치지는 못하고 살며시 바닥에 내려놓으며 안다리를 걸었다. 첫판에 질려버렸는지 연노부의 사내는 다시 붙자는 소리도 못하고 슬며시 자리로 들어가 버렸다.

"대단한 힘이오. 내가 천하를 돌아다니며 수없이 많은 씨름판을 구경했지만 오늘처럼 허망한 씨름은 보지를 못했소."

연타발이 흡족한 표정으로 주몽을 돌아보았다. 다음 날은 검술 시합을 열었고, 그 다음 날은 말을 달리면서 활을 쏘아 과녁을 맞추는 활쏘기 시합이 열렸다. 처음에는 늘 손님으로 참석했지만 마지막에는 주몽이 최후의 승자가 되어 있었다.

사흘째 나던 밤이었다.

연타발이 조촐한 술상을 앞에 놓고 주몽과 마주 앉았다.

"내 딸아이를 만난 일이 있다고요?"

"예, 두 번 만났습니다."

"장수가 보기에는 어떻소? 내 딸이."

연타발이 단도직입적으로 본론을 꺼내었다.

"여걸 중의 여걸이더군요."

"함께 세상을 도모해 볼만 하더이까?"

연타발이 간절한 눈빛으로 주몽을 바라보았다. 그러나 주몽은 빙그레 웃기만 할 뿐 대꾸가 없었다. 서둘러서 될 일이 아니었다. 연타발은 그것을 알고 있었다. 야망이 있는 사내라면 이쪽이 원하는 것이 무엇인지 눈치챌 수 있을 것이었다.

"그대의 야망에 내가 힘이 되었으면 좋겠소. 내게는 억만금의 재산이 있소. 그만한 재산이면 한 나라를 세우는데 부족함이 없을 것이오."

연타발이 일단 밑밥을 던져 놓았다.

그랬는데, 아버지 연타발이나 소서노는 주몽이 이쪽의 제의를 거절하지 않을 줄 알았는데, 이레가 지나고 열흘이 되어가는 데도 소식이 없었다. 야망이 있는 사내라면, 북부여에서 당한 온갖 수모를 갚기 위해서는 자신의 제의를 거절하지 않을 것이라고, 그러니 며칠만 더 기다려보자고 아버지 연타발은 말했으나, 소서노는 애가 닳았다.

닭이 울고 개가 짖었다. 날이 새고 있었다.

2

BC 37년 봄, 주몽

"어찌할 텐가? 연타발 족장에게 가타부타 연락을 주어야할 것이
아닌가?"

계루부에 다녀온 보름 후에 협보가 주몽에게 조심스레 물었다.

"부여에 간 마리가 돌아오면 얘기하도록 하세."

주몽이 생각에 잠긴 눈빛으로 대꾸했다.

계루부의 족장 연타발의 제의를 받고 돌아온 그 다음 날 주몽은
마리를 부여로 보냈다.

"아무래도 안 되겠어. 그들을 거기에 두고는 내가 아무 것도 못하
겠어. 마리, 자네가 가서 데리고 오게. 어찌 살고 있는지, 대소 왕자
한테 핍박은 받고 있지 않는지, 걱정이 되어 견딜 수가 없네."

주몽이 그리움 가득한 눈으로 말했다.

"알았네. 사랑하는 사람은 곁에 두고 있어야 한다네. 강을 건널
때, 자네가 한 번도 뒤를 돌아보지 않았지만, 우리는 자네의 사무치

는 정을 알고 있었다네."

마리가 대꾸했다.

"부끄럽네. 얼마나 돌아보고 싶었는지 모른다네. 하지만, 돌아보는 순간 내가 말머리를 돌려 예리내에게 달려갈 것 같은 두려움에 차마 돌아볼 수가 없었다네."

주몽의 얼굴이 붉어졌다.

"허 참, 사람도. 자네답지 않게 수줍음을 타는군. 사랑은 결코 부끄러운 것이 아니라네. 그리움은 숨긴다고 숨겨지는 것이 아니라네. 예씨 부인과 유리를 곁에 두고 있는 것이 오히려 나라를 건국하자는 우리의 꿈을 이루는데 도움이 될지도 모르지."

협보의 말에 오이도 고개를 끄덕였다.

"아무렴, 예씨 부인이 지혜가 많은 분이니, 도움이 되었으면 되었지, 결코 손해를 끼치지는 않을 걸세."

"그렇게들 이해해 주니 고맙네. 자네들한테 미안하기도 하고."

"고마운 건 알겠는데, 미안한 건 또 뭔가?"

"자네들은 아직도 혼자이지 않은가? 그런 자네들 앞에서 사랑이네 그리움이네, 하는 것들이 호사스런 감정놀음이라는 것을 알고 있네."

"별소리를 다 하는군. 넉넉잡고 보름만 기다리게. 말을 타고 가니까, 그 정도면 충분할 걸세. 내 무슨 일이 있어도 예씨 부인과 유리를 자네 앞에 데리고 옴세."

마리가 평소 타고 다니던 애마 비호에 오르며 자신있게 말했다.

그랬는데, 북부여에 간 지 보름이 넘었는데도 마리가 돌아오지 않는 것이었다.

일이 잘못 되지는 않았을까, 걱정이 될 때면 예리내와 유리가 가슴이 떨리도록 그리웠다. 캄캄한 밤에 이웃집에 진을 치고 감시하고 있는 대소 왕자의 부하들의 눈을 피해 말 위에 오르던 일이 뇌리를 채우고 덤볐다.

"잠시만 기다리시오. 내 자리가 잡히는 대로 꼭 그대를 데리러 오겠소."

가슴에 고이는 피눈물을 삼키며 겨우 쏟아내는 주몽의 말에 예리내가 고개를 끄덕였다.

"기다릴 게요. 십 년이건 백 년이건 기다릴 게요. 부디 몸조심하시고, 꼭 뜻을 이루세요. 당신의 자식을 잘 기르면서 당신이 부르시는 날을 기다릴 게요."

눈을 감으면 아내의 목소리가 귀청을 울렸다. 다시 만날 기약도 없이 먼 길을 떠나는 남편 앞에서 예리내는 의연했다, 결코 눈물 한 방울 흘리지 않았다.

날마다 그리움이 가슴에 사무쳤다. 계루부 연타발 족장의 제의나 부신 듯 바라보던 사내같던 여자 소서노를 떠올릴 때마다 애간장을 녹일 듯 보고 싶은 것은 예리내와 아들 유리였다. 마음 같아서는 당장이라도 아내와 아들을 불러오고 싶었다.

말갈을 쫓아낸 땅에 농사를 지으면서 가끔 사냥을 한다면 처자식쯤 못 먹여살릴 것도 없었다. 그리운 아내와 사랑스런 자식과 오손도손 살려면 그까짓 못 살 것도 없었다.

그러나 강을 건너오면서 사내들끼리 했던 약속을 자신이 먼저 어길 수는 없었다. 북부여보다 더 번듯한 나라를 세우기 전에는 결코 강 건너편은 돌아보지 말자고 했던 약속을 깨뜨릴 수는 없었다.

예리내가 아들을 낳았다는 소식은 부여에서 온 장사꾼이 전해 주었다. 말갈을 쫓아낸 한 달쯤 후였다. 말갈의 추장에게 물소뿔을 팔러왔던 장사치 사내가 그 땅을 차지하고 있는 주몽을 보고 아는 체를 했다.

"주몽 장수님이 아니십니까? 목숨을 노리는 왕자들을 피해 강을 건넜다는 소문이더니, 여기에 계셨군요."

주몽에게도 낯이 익은 염추라는 이름의 장사꾼이었다. 한번은 물소뿔 열 개와 말 한 필을 맞바꾼 일도 있었다. 십 년 넘게 수레를 끌던 말이 병이 들었는지, 아니면 늙어서 그런지 힘을 통 못 쓴다면서 좋은 말을 한 필 구해달라는 장사꾼 사내에게 주몽이 물소뿔을 부탁했고, 사내가 물소뿔 열 개를 말 한 필과 맞바꾸자고 제의를 해왔다. 주몽은 자신이 기르던 말 중에서 다리가 튼튼한 말 한 필을 염추에게 주었고, 약속대로 염추는 물소뿔 열 개를 구해다 주었다.

"마침 잘 만났소. 여기서 살던 말갈은 내가 쫓아버렸지요. 이제 겨우 내 것이라고 말뚝을 박을 수 있는 땅을 조금 마련하였소."

"주몽 장수님께서 부여를 떠나신 뒤에도 소문이 자자했었지요. 뒤를 쫓는 대소 왕자 패거리에게 쫓기면서 엄리대수를 건너실 때에 배

한 척도 없어 꼼짝없이 잡혀 죽을 무렵에 물 속의 자라며 물고기들이 몰려나와 다리를 놓아 건넜다구요."

"허허, 그런 소문이 돌았소? 강가의 장정들이 도와주었지요. 어찌 물고기가 다리를 놓을 수 있겠소."

"그래도 사람들은 그리 말하더군요. 천제의 아드님이신 주몽 장수님은 물고기들도 알아본다구요. 참, 부인께서 아들을 낳으신 것은 알고 계시겠지요?"

"아들을 낳았소?"

"예, 장수감을 낳으셨지요. 울음소리가 어찌나 컸던지 뒷산 소나무들이 푸르르 떨었다고 하더군요. 숲에서 잠을 자던 새 떼가 깜짝 놀라 하늘로 날아오르기도 했다고 하구요. 낳은 지 한 달도 못 되어 방안을 걸어다닌다고 하더군요."

"허허허, 그래요? 고맙소. 소식을 전해 주어서. 앞으로 종종 들리시오. 좋은 물소뿔을 구하면 내게로 가져오시오. 창이며 칼을 만들 수 있는 무쇠도 마찬가지요."

"그러지요. 장수님의 부탁이라면 내 무엇이든 구해다 드리지요."

"그리고 한 가지 부탁이 더 있소. 내가 앞으로 사람을 모으고 힘을 기르려면 활이며 창 칼같은 무기를 만들어야 하는데, 내게 활을 만들어주던 궁장이 있지요? 내가 이곳에 있다고, 기다리고 있더라고 은밀히 전해주겠소?"

"그러지요. 다른 부탁은 없습니까?"

"오늘 만남이 끝은 아니니까요. 앞으로도 자주 만날 것이 아니오.

다른 부탁은 그때 하지요."

　그러나 장사꾼 사내는 반 년이 다 되어가는 데도 다시 얼굴을 내밀지 않았다. 그때 강 남쪽으로 간다고 하더니, 다른 길로 갔는지 부여로 돌아갈 때가 되었는데도 얼굴을 비치지 않는 것이었다.

　예리내와 유리를 데릴러 북부여에 간 마리는 스무 날이 다 되어가는 데도 돌아오지 않았다.

　'혹시 일이 잘못된 것은 아닐까. 대소 왕자 패거리들에게 붙잡혀 곤욕을 치루고 있는 것은 아닐까. 주몽 자신에게 유감이 많듯이, 단짝 친구였던 마리라고 역시 눈에 가시처럼 여길 대소 왕자였다. 만약 대소에게 잡혔다면 목숨을 부지하기 힘들지도 몰랐다. 예리내와 유리를 데리고 오다가 붙잡히기라도 했다면 세 사람 다 살아서 만나기는 힘들 것이었다.'

　"걱정하지 말게. 마리가 늦어지는 것을 보니까, 예씨 부인과 유리를 데려오는 것이 분명한 모양일세. 혼자 몸보다 셋이 함께 오다보면 그만큼 길이 늦어지는 것이 아니겠는가?"

　주몽이 얼굴이 핼쑥해지도록 걱정을 하자 협보가 위로했다.

　"그럴까? 셋이 함께 오느라 늦어지는 것일까?"

　주몽이 가느다란 희망을 가지고 되물었다.

　"틀림없네. 예씨 부인이야 말을 탄다고 해도 유리는 아직 어린 아이가 아닌가? 마리와 함께 타고 오자면 말도 힘이 들겠지."

　오이도 거들었다.

"정말 그렇겠지? 무슨 사고가 있어 늦는 것은 아니겠지?"

주몽이 조금 얼굴을 풀었다.

"그렇게 믿세나. 그것보다 예씨 부인이 오시면 연타발의 딸은 어찌할 셈인가? 연족장의 제의를 무시할 셈인가?"

협보가 물었다.

"두고 보세나. 우리의 꿈을 도모하는데 꼭 정략결혼만이 능사는 아닐 걸세. 소노부나 절노부와 힘을 합칠 수도 있을 것이고."

주몽의 말에 협보가 고개를 내저었다.

"그들 가지고는 힘드네. 지금은 계루부를 뺀 다섯 부족이 똘똘 뭉쳐있지만, 그 중에 하나만 계루부에 붙는다고 해도 권력은 다시 계루부로 오게 되어 있네."

"그건 나도 알고 있다네. 소서노라는 여인이 결국은 그렇게 만들 걸세."

계루부에 초청을 받아 갔을 때 주몽의 기량을 파악한 연노부며 절노부에서도 은밀히 사람을 보내왔다. 주몽이 한 편만 되어 준다면 수백 리의 땅을 가진 성을 내주겠다고 유혹해 왔다. 그런 땅만 가질 수 있다면 예리내와 유리를 데려다가 함께 살 수도 있을 것이었다.

그러나 마리는 혼자 돌아왔다. 꼭 스무 날만이었다.

"왜 이리 늦었는가? 오고 가는데 열흘이면 족할 길이 아니던가? 주몽이 목이 한 자나 늘어나도록 기다렸네."

협보의 말에 마리가 고개를 절레절레 내저었다.

"말도 말게, 우여곡절이 많았다네. 가는 길에는 비호가 병이 나서

44

이레나 주막에서 머물렀다네. 오는 길에는 홍수가 나서 강을 건널 수가 없었다네."

"그런데 어찌 혼자인가?"

벌써 얼굴에 그늘을 만들고 있는 주몽을 돌아보며 오이가 물었다.

"예씨 부인이 그러시더군. 아직은 자신이 엄리대수를 건널 때가 아니라고. 자네가 한 나라를 건국하여 왕이 되기 전에는 결코 북부여를 떠나지 않겠다고 하시더라구. 엄리대수를 건너오지 않겠다고 하시더라구."

"자신이 내게 거추장스런 존재가 되지 않겠다는 뜻이겠지. 어찌 살고 있던가? 유리 녀석도 이젠 제법 웃을 줄도 알겠군."

"여전히 대소 왕자의 부하들이 이웃집에 진을 치고는 있었네만, 큰 고통은 없으신 것 같았네. 왕후이신 유화마마께서 금와왕한테 다짐을 받아냈다고 하던가? 대소 왕자 형제들이 예씨 부인과 유리한테 해꼬지를 않도록 막아달라고, 다짐을 받아냈다고 하더라구."

"어머님께서 그래주실 걸로 믿었지. 유리 녀석의 얼굴은 보았던가?"

"유화 왕후마마께오서 자네의 어렸을 때를 꼭 닮았다고 하셨다더군. 이제 겨우 돌이 지난 녀석이 벌써 활을 손에 쥔다고 하던가? 눈빛이 수정처럼 맑았네. 덩치도 그 또래의 두 배는 될 것 같고. 한 마디로 장수감이 틀림없었네."

마리의 말에 잠시 생각에 잠기던 주몽이 협보를 바라보았다.

"알겠네. 나도 잠시 동안 예리내와 유리를 내 가슴속에서만 묻고 있겠네. 오직 나라를 건국하는데 온 힘을 쏟아야겠네. 소서노와의 혼인을 서둘러야겠군. 협보 자네가 가서 담판을 짓고 오려는가?"

"그러지. 내가 다녀오지."

협보가 고개를 끄덕였다.

"그리 결단을 내렸는가? 나중에 후회하지 않겠는가?"

오이가 우려의 눈빛으로 물었다.

"미루어 놓으면 결국 나는 날마다 예리내와 유리에 대한 그리움 때문에 아무것도 못할 걸세. 내가 엄리대수를 건너고 말겠지."

"그것은 안 되네. 예씨 부인도 그건 원하시지 않을 걸세. 자네가 설령 소서노 부인과 혼인을 한다고 해도 예씨 부인은 충분히 이해를 하실 걸세."

오이의 말을 협보가 받았다.

"그러지. 연족장과 소서노 부인을 너무 오래 기다리게 했네. 자네가 자신들의 제의를 거절한 걸로 믿고 있을지도 모르겠군. 혼인이 성사되면 나머지 다섯 부족을 굴복시켜 나라를 건국하고 주몽 자네가 왕이 되는 걸로 마무리를 짓고 오지."

"예리내한테는 안된 일이지만 어쩔 수가 없네."

주몽이 안타까운 표정을 지었다.

협보가 병사 하나를 거느리고 계루부를 찾아간 다음 날이었다. 말갈의 추장이 호피 석 장을 가지고 찾아왔다.

"저희들을 장수님의 휘하에 받아주십시오. 멀리 내쫓지만 않으신다면 장수님의 부하가 되어 시키시는 일은 무엇이든 다 하겠습니다.

싸움이 벌어지면 제일 앞장을 설 것이며, 싸움이 없을 때에는 농사일을 열심히 하겠습니다."

말갈의 추장이 열 번 머리를 조아렸다.

"자네들이 말썽만 부리지 않는다면 그것도 무방하겠지."

주몽이 허락해 주었다.

"감사하옵니다. 장수님의 충성스런 부하가 되겠습니다."

말갈의 추장이 돌아가고 나자 마리가 말했다.

"저놈들이 웬일이지? 설마 무슨 속셈이 있는 것은 아니겠지?"

"속셈은 무슨, 만약 약속을 깨고 말썽을 부리면 추장의 가슴에 화살을 박아버리겠네."

"하긴, 저놈들이 고개를 숙이는 까닭이 자네의 활 솜씨에 겁을 낸 때문인지도 모르지. 잘 되었네. 어차피 제놈들이 먹을 것은 스스로 해결할 테니까, 훈련을 잘 시키면 싸움에 앞장을 세워도 될만큼 용맹스런 병사가 될 수 있겠지, 워낙 이익을 쫓아 부나방처럼 옮겨다니는 놈들이라 믿을 것은 못 되지만, 그렇게라도 다독거려 놓는다면 한동안은 말썽은 안 부리겠지."

마리가 결론을 내렸다.

"혼인이고 뭐고 다 틀렸네, 주몽."

사흘만에 계루부에서 돌아온 협보가 말했다.

"무슨 소린가? 연타발 족장이 내 제의를 마다하던가?"

"그것이 아니라, 소서노 부인이 납치되었네."

"납치?"

"그렇다네. 흰 사슴을 쫓아 연노부 지역으로 들어갔는데, 연락이 끊겼다네. 그 때문에 계루부와 연노부 사이에 큰 싸움이 벌어지기도 했다더구만. 결국 계루부가 패해 자칫 연타발 족장의 전재산을 빼앗길 위기에 처해 있더군. 그렇잖아도 주몽 자네한테 사람을 보내려고 했다면서 반기더군."

"연노부로 간 것은 틀림없다고 하던가?"

"함께 사냥을 나갔던 부하들이 한 소리라니까 맞겠지. 못난 놈들이 연노부의 병사들이 습격을 해오자 소서노 부인만 떼어놓고 줄행랑을 친 모양이더군. 연타발 족장이 그러더군. 소서노만 구해 주면 자신의 전 재산을 자네한테 내놓겠다고 했네. 어떻게 방법이 없겠는가?"

"드러내놓고 쳐들어가기에는 우리 쪽 병사들이 너무 적고, 어차피 은밀히 일을 진행할 수밖에 없겠군. 일단은 그 쪽의 사정을 알아야 하는데, 누구를 염탐으로 보내지."

주몽이 생각에 잠길 때였다. 협보가 눈을 반짝이며 말했다.

"적당한 사람이 있네. 내가 돌아오는 길에 우리가 처음에 터를 잡았던 모둔곡이라고 있잖은가? 거기서 이상한 사내들을 만났다네."

"이상한 사내들이라니?"

"하루에 오백 리를 걷는 것은 물론 성벽이며 절벽을 다람쥐처럼 잘 타는 사내와 이백 근짜리 철퇴를 팽매처럼 휘두를 수 있다는 사내였네. 또 한 사내는 허약해 보였지만, 눈빛이 살아있는 것이 지혜는 있어 보이더군. 사흘 전에 엄리대수를 건넜다고 하더라구."

"대단한 사내들이군. 데리고 왔으면 좋았을 걸. 앞으로는 그런 재주를 가진 사내들도 필요할 텐데."

"자네가 그럴 줄 알고 데리고 왔네. 내가 주몽이라는 사람과 함께 있는데 동행하지 않겠느냐고 물었더니, 자네가 모둔곡에 있다는 소문만 듣고 찾아온 길이라면서 반색을 하더군. 이보게들, 안으로 들게나."

협보가 밖을 향해 소리를 지르자 키가 호리호리 크고 눈이 반짝이는 사내 하나와 키가 팔 척 장신인 사내와 땅딸막한 사내가 들어와 주몽 앞에 납작 엎드렸다.

"소인, 묵거이옵니다. 어렸을 때부터 장수님의 존함은 익히 듣고 있었지요. 제가 다른 재주는 없지만 걷는 재주가 뛰어나 하루에 오백 리는 넉근이 걷습죠. 그 뿐만이 아닙지요. 천 길 벼랑도 거미처럼 붙어 기어오를 수가 있습지요."

목면 옷을 입은 사내가 말했다.

"반갑소. 잘 와 주었소."

주몽이 손을 잡아 주었다.

"소인은 재사라고 하옵니다. 저는 두 친구한테 늘 신세만 지고 다닙니다. 한 마디로 밥충이지요."

삼베옷을 입은 사내가 고개를 들고 말했다.

"아닙니다. 재사의 말은 겸손일 뿐입니다. 힘은 약하지만 어려서부터 학문을 했습니다. 어지간한 병서는 안 읽은 것이 없습니다."

묵거가 말했다.

"반갑소. 참으로 반갑소."

주몽이 재사의 손을 꼭 쥐어 주었다.

"소인은 무골이라고 하옵니다. 다른 재주는 없고 힘을 쓰는 일이라면 남한테 뒤지지 않습지요."

키가 팔 척 장신에 얼굴이 우락부락하게 생긴 사내가 말했다.

"훌륭하오. 잘 와 주었소. 이렇게 만난 것도 인연이니까 우리 한번 힘을 모아 큰 뜻을 이루어 보십시다."

주몽이 무골의 어깨를 두드리다가 안아 주었다. 세 사내가 고개를 들어 주몽을 우러러 보았고, 묵거가 말했다.

"주몽 장수님께서 모둔곡에 계시다는 염추 어른의 말씀만 듣고 찾아온 길이었습니다."

"염추라면 행상을 하는 그 염추 말이던가요?"

"그렇습지요. 원래는 궁장이 각추와 대장장이 장추도 함께 오려고 했는데, 워낙 걸음이 늦어 저희들끼리 먼저 왔지요. 아마 낼 모레쯤은 두 사람도 모둔곡으로 올 것입니다."

"거 잘된 일이요. 듣던 중 반가운 소리요. 안 그래도 활이 낡아 새 활이 필요하던 참인데. 창이며 칼도 필요한데 아주 잘 되었어. 그건 그렇고 세 사람은 성씨가 어떻게들 되시오?"

"성씨같은 것은 없습지요. 어려서부터 떠돌이로 살아서요."

"그렇다면 내가 세 사람에게 제각기 성씨를 내주겠소. 묵거는 소실씨라 하고, 재사는 극씨라고 하고, 무골은 중실씨라 하시오."

"은혜가 크옵니다. 주몽 장수님을 위해서라면 한 목숨 기꺼이 바치겠습니다."

세 사내가 머리가 땅에 닿도록 숙였다. 그들을 일으켜 앉힌 주몽이 하루에 오백 리를 걷는다는 묵거에게 말했다.

"묵거, 연노부에 좀 가봐야겠네. 계루부 족장 연타발의 딸 소서노 부인이 그곳에 잡혀있다는데, 어디에 있는지, 형편은 어떤지 샅샅이 알아봐야겠어. 연노부는 여기서 삼백 리 거리니까, 하루면 그곳에 도착하여 사정을 알아낼 수 있겠지?"

"누워서 떡 먹기보다 쉬운 일이지요."

"하면 요기를 하고 당장 떠나게. 내가 바로 뒤따라가겠네."

묵거를 연노부로 보낸 주몽은 병사들 가운데 말을 잘 타고 활을 잘 쏘는 사내들 열 명을 골라 그 밤으로 출발했다. 머리를 잘 쓴다는 재사와 이백 근짜리 철퇴를 팽매처럼 휘두를 수 있다는 무골도 데리고 갔다.

시간을 끌면 끌수록 이로울 것이 없다는 생각이었다. 소서노가 비록 여걸이라고는 해도 여자였다. 자칫 연노부 족장의 협박에 굴복하여 덜컥 혼인이라도 하게 되면 계루부를 발판으로 나라를 건국하려던 꿈이 깨어질 수밖에 없었다.

대소 왕자한테 감시를 받으며 하루하루를 살고 있을 아내와 아들 유리를 생각하면 일각이 여삼추였다. 하루라도 빨리 나라를 건국하고 힘을 길러 부여라는 나라를 송두리째 도모해야할 판이었다. 밤마다 자객을 보내 목숨을 노리던 비열한 대소를 꼭 응징해야 했다. 그러기 위해서는 사랑과는 상관없이 소서노라는 여인이 필요했다. 그 걸 연노부 족장이 빼앗아갈 위험에 처해 있는 것이었다.

다음 날 주몽이 연노부 추량의 성 밖에 있는 주막에 도착하여 아 침을 먹고 있는데 묵거가 찾아왔다.

"소서노 부인은 족장 추량의 집 창고에 갇혀있습니다. 열 명의 병 사들이 번갈아 지키고 있는 것이 틀림없었습니다. 제가 수소문한 바 에 의하면 족장 추량이 계루부 족장 연타발에게 최후의 통첩을 보냈 다고 합니다. 소서노를 자신의 두 번째 부인으로 주지 않으면, 만약 소서노가 그걸 거절하면 죽일 수밖에 없다구요."

"다급하게 되었구나. 저녁에라도 당장 소서노 부인을 구해내야겠 구나. 그래, 그 성의 형편은 어떻던가? 혹시 밖에서 안을 들여다 볼 수 있는 나무같은 것은 근방에 없든가?"

주몽이 물었다.

"마침 추량의 집 창고가 빤히 보이는 곳에 장정 아름으로 한 아름 이 넘는 은행나무가 한 그루 있었습니다. 아직 잎이 덜 피기는 했습 니다만, 밤에는 한 두어 사람쯤 숨기에는 부족함이 없을 것 같았습 니다."

"성벽은 어떻던가?"

"다른 사람은 몰라도 제가 넘기에는 손바닥을 뒤집는 일보다 쉬웠 습니다. 제가 먼저 성벽을 올라가 밧줄을 내리면 무골이 올라와 함 께 성으로 들어가 문을 열겠습니다. 성문을 지키는 병사가 둘 뿐이 라 어려울 것도 없습니다."

"그렇다면 잘 되었구나. 내가 은행나무에 올라가 창고를 지키는 병사들을 활로 쏘아 쓰러뜨리면 묵거는 담을 넘어가 대문을 열고, 무골은 병사들을 데리고 들어가 철퇴로 창고문을 부수고, 소서노 부인을 구출하여 나오고 나머지는 뒤를 맡도록 해라. 그리고 묵거 자네는 이 길로 계루부로 가서 연타발 족장에게 오늘의 일을 알리고, 혹시 모르니까 병사들을 있는대로 이끌고 연노부의 경계선에서 대기하도록 일러라. 오늘이 마침 보름이구나. 달빛만으로도 활을 쏘는 데는 식은 죽 먹기보다 쉬울 것이야."

주몽의 눈이 번득였다.

그날 밤이었다. 뒷산 소나무 숲에서 소쩍새가 울고 있었다. 여나믄 그림자가 연노부 족장 추랑의 성 쪽으로 움직이고 있었다. 수몽의 화살통에는 스무나믄 개의 화살이 들어 있었다. 어쩌면 그 화살들을 다 소비하지 않고도 소서노를 구할 수 있을 것이었다.

은행나무는 성벽과 다섯 걸음 남짓 떨어진 곳에 있었다. 병사 하나를 엎드리게 하여 쉽게 은행나무에 오른 주몽은 널찍한 가지 사이에 걸터앉았다. 병사들이 수군거리는 소리가 들려왔다.

"지독한 여자군. 벌써 며칠째야, 물 한 모금 입에 넣지 않은 것이."

"열흘쯤 되었는가?"

"설마 죽은 것은 아니겠지?"

"조금 전에도 기침소리가 들렸네. 아직은 안 죽었지만 내일 모레면 죽겠지. 계루부의 연타발 족장도 지독한 사람이군. 자기 딸이 이렇게 죽어가고 있는데도 나 몰라라 하고 있다니."

"죽어도 연노부에는 무릎을 꿇기 싫다는 소리겠지."

주몽이 병사들의 소리를 귓가로 흘려 듣고 있을 때, 묵거와 무골이 성벽을 타고 내려가는 모습이 보였다. 무골의 철퇴에 성문지기가 쓰러지는 것을 본 주몽이 화살 하나를 시위에 매겼다. 활줄을 끌어당겨 바로 창고 앞을 지키고 있는 병사를 겨누었다. 그렇게 화살을 겨누고 숨을 멈추면 어느 순간 표적이 눈앞으로 바짝 다가왔다. 그 순간 시위를 놓으면 되었다. 그리고 첫 화살이 과녁에 명중하면 두 번째부터는 겨냥하고 말 것도 없이 연달아 화살을 날려보냈다.

주몽이 두어 번의 숨을 몰아쉴 동안에 일곱 명의 병사들을 쓰러뜨렸을 때 무골이 철퇴를 휘둘러 창고문을 부쉈다.

소서노가 달려나왔다. 주몽이 은행나무에서 내려와 소서노에게 다가갔다.

"고생이 많으셨습니다. 어제야 소식을 들었습니다, 소서노 부인."

"주몽 장수님께서 오시리라고 믿고 있었습니다. 아무런 약조도 안 되어 있었지만, 어쩐지 장수님께서 오실 것만 같았습니다."

두 사람이 그런 얘기를 나누고 있을 때였다. 계루부의 족장 연타발이 삼백여 명의 병사들을 이끌고 달려왔다.

"고맙소, 주몽 장군."

연타발이 주몽의 발 아래 무릎을 꿇었다. 그 곁에 소서노도 함께 무릎을 꿇었다.

"왜 이러십니까? 일어나십시오, 족장 어른."

"아니오, 나는 이제 늙었소. 주몽 장군께서 내 딸아이와 혼인을 해주시오. 그리고 계루부를 맡아주시오."

그때였다. 어느 사이 무골이 연노부의 족장 추랑을 끌고 왔다.

"살려주시오. 살려만 주시면 앞으로는 연타발 족장을 위해 충성을 다하겠소."

추랑의 말에 연타발이 고개를 내저었다.

"나한테 애원하지 말고 주몽 장수님께 목숨을 구하시오. 이제 계루부의 족장은 주몽 장수님이시오."

"연노부를 주몽 장수님께 넘기겠소."

추랑이 몸을 일으켜 크게 세 번 절했다.

"좋습니다, 두 분의 뜻이 그러시다면 예의는 아닙니다만 받아들이겠습니다."

주몽이 결단을 내려 흔쾌하게 말했다.

"만세, 만세, 주몽 장수님 만세!"

연노부에서 갑자기 만세의 함성이 터졌다.

사흘 후에 계루부 연타발의 성 안에서 주몽의 즉위식이 있었다. 소서노와 주몽의 혼례식을 겸한 자리였다. 제 각기 도토리 키재기를 하던 여섯 부족의 족장들이 하객으로 왔다.

혼례판이 무르익었을 때 연노부의 추랑이 일어나 말했다.

"사실 그동안 우리 여섯 부족이 한 나라로 살아왔으면서도 왕이라 칭하지 못했던 것은 제각기 뜻이 달랐기 때문입니다. 오늘 우리는 참으로 뜻깊은 경사를 맞이했습니다. 오늘의 주인공이신 주몽 장수님이 누구십니까? 천제의 자손이신 동부여 해모수왕의 아드님이 아니십니까? 나는 오늘 주몽 장수님을 우리 졸본의 왕으로 모실 것을 제안합니다. 주몽 장수님을 왕으로 모시고 우리 여섯 부족이 뜻을 합친다면 말갈은 물론 부여조차도 함부로 대하지 못할 것입니다. 어떻소? 내 뜻이."

추랑이 하객들을 둘러보았다.

"그러십시다. 주몽 장수님을 우리의 왕으로 모십시다."

다른 부족장들이 고개를 끄덕였다. 이미 여섯 부족의 족장들의 뜻이 그리 모아졌다는 것을 연타발로부터 귀띔을 받았던 주몽이 작정을 하고 일어나 하객들을 둘러보며 입을 열었다.

"고맙습니다. 여러분의 뜻이 그러시다면 제가 중책을 맡겠습니다."

주몽의 말에 족장들을 비롯한 하객들이 만세를 불렀다.

"주몽 폐하 만세! 주몽 폐하 만세! 주몽 폐하 만세!"

연타발이 혼례상 위의 기러기를 치우고 미리 준비해 놓았던 살아 있는 멧돼지 한 마리를 올려놓았다. 멧돼지는 일 년에 두 차례 봄 가을로 하늘에 제사를 지낼 때에만 젯상 위에 놓던 신성한 제물이었다. 그걸 상 위에 올려놓고 하늘에 고하므로 주몽의 즉위식을 대신하려는 것이었다.

주몽이 멧돼지가 놓인 상을 향해 크게 세 번 절하고 돌아서서 입을 열었다.

"제가 오늘 졸본의 왕이 되었다고 해서 특별히 달라지는 것은 없을 것입니다. 여섯 부족의 족장님들은 지금까지처럼 족장으로 계시면 될 것입니다. 다만 하늘에 제사를 드릴 때는 연노부의 추랑족장께서 제사장을 맡아주시면 되겠습니다."

"만세! 만세! 주몽 폐하 만세!"

다시 만세의 함성이 터졌다. 그걸 잠시 듣고 있던 주몽이 오른손을 번쩍 치켜들었다. 장내가 쥐 죽은 듯 고요해졌다.

주몽이 입을 열었다. 말투가 바뀌어 있었다.

"나는 오늘 우리가 세운 나라를 고구려라고 하겠습니다. 고구려는 크고 높은 나라라는 뜻입니다. 아직은 미미한 첫걸음입니다, 여섯 부족이 뜻을 합쳐 사람을 모으고, 땅을 넓혀나간다면 머지않아 중원을 도모할 수도 있을 것입니다. 아울러 나는 고구려의 왕으로 하늘과 나의 백성인 여러분들께 고하겠습니다."

주몽이 젯상을 향해 한 번 절하고 말했다.

"저는 백성들을 다스림에 효를 다하도록 할 것입니다. 백성들은 집에서는 부모처자를 온 힘을 다하여 받들고, 제사를 정성껏 모시도록 하겠습니다. 집에 오는 손님은 성의를 다하여 접대하도록 할 것이며, 이웃과는 사이좋게 지내도록 하겠습니다."

"받들어 모시겠습니다."

여섯 부족의 족장들과 백성들이 크게 절하며 입을 모았다.

주몽이 두 번째 절하고 말했다.

"저는 백성들을 다스림에 형제간에 우애있게 지내도록 하겠습니다. 형제는 부모가 갈라져 나온 한 몸이나 마찬가지입니다. 한 가지 일을 가지고는 형제가 뜻을 모으도록 하겠습니다. 형제가 화목하여야 이웃 간에도 화목하고, 이웃이 화목하여야 나라가 화평할 것입니다."

여섯 부족의 족장들과 백성들이 크게 절하고 입을 모았다.

"받들어 모시겠습니다."

주몽이 세 번째 절하고 말했다.

"저는 백성들을 다스림에 스승과 벗에게 믿음이 있도록 하겠습니다. 도와 법과 의를 숭상하도록 하겠습니다. 스승과 벗들이 도와 의를 실천함에 믿음과 성실로서 행하도록 하겠습니다."

여섯 부족의 족장들과 백성들이 크게 절하고 입을 모았다.

"받들어 모시겠습니다."

주몽이 네 번째 절하고 말했다.

"저는 백성들을 다스림에 나라에 충성하도록 하겠습니다. 나라는 백성들이 먹고 잠을 자는 편안한 집과 같은 곳이라 도적들로부터 굳게 지킬 것이며, 백성들로 하여금 그 일에 최선을 다하도록 하겠습니다."

여섯 부족의 족장들과 백성들이 크게 절하고 입을 모았다.

"받들어 모시겠습니다."

주몽이 다섯 번째 절하고 말했다.

"저는 백성들을 다스림에 서로간에 겸손하도록 가르치겠습니다. 교만은 백성들 사이에 금이 가게 하는 첩경이니, 서로가 서로에게 싫은 짓을 하지 않도록 하겠으며, 서로가 서로에게 겸손하고 양보하며 존경하고 화목하도록 하겠습니다."

여섯 부족의 족장들이 크게 절하고 입을 모았다.

"받들어 모시겠습니다."

주몽이 여섯 번째 절하고 말했다.

"저는 백성들을 다스림에 정사를 밝게 하는데 힘을 쓰겠습니다. 나라의 혜택이 백성들에게 골고루 펼쳐지도록 하겠습니다."

여섯 부족의 족장들과 백성들이 크게 절하고 입을 모았다.

"받들어 모시겠습니다."

주몽이 일곱 번째 절하고 입을 열어 말했다.

"저는 나라를 다스림에 병사는 싸움터에서 용맹하도록 힘쓰겠습니다. 싸움터야말로 나라와 부모처자와 이웃을 지키는 자리라, 그 자리에서는 죽음으로 물러서지 않도록 하겠습니다. 아울러 규율을 엄히 세우고 상과 벌을 공평하게 하겠습니다."

여섯 부족의 족장들과 백성들이 크게 절하고 입을 모았다.

"받들어 모시겠습니다."

주몽이 여덟 번째 절하고 말했다.

"저는 나라를 다스림에 왕과 백성들이 청렴하도록 힘쓰겠습니다. 청렴하지 않으면 힘이 하나로 모아지지 않을 것이며, 나라의 힘이 분열되면 나라가 없어져 백성들의 삶이 곤궁해질 것입니다. 모두가 청렴하여 하늘처럼 밝은 나라를 만들겠습니다."

여섯 부족의 족장들과 백성들이 입을 모았다.

"받들어 모시겠습니다."

주몽이 다시 젯상에 세 번 절하고 백성들을 향해 돌아섰다.

"내가 방금 하늘에 고했던 여덟 가지 일은 대부여를 세우신 구몰왕께서 하늘에 맹세했던 것입니다. 백성을 다스림에 이만큼 아름다운 약속도 없을 것입니다. 나는 앞으로 여덟 가지 일을 어기는 백성들은 지위고하를 막론하고 천 리 밖으로 쫓아내겠습니다. 이 여덟 가지만 잘 지켜준다면 고구려의 참백성이 될 것입니다."

"만세, 만세, 주몽 폐하 만세. 대고구려 만세!"

고구려 사람들의 함성이 푸른 하늘을 흔들었다.

이날 밤 주몽이 부끄러움으로 얼굴을 붉힌 채 고개를 숙이고 있는 소서노에게 말했다.

"고맙소. 그대를 만나 한 나라를 이루었소."

"천하가 폐하의 땅이 될 것입니다. 제가 그리 되도록 힘껏 돕겠습니다."

"그대같은 여걸이라면 충분히 그리고도 남을 것이오. 내게 큰 힘이 될 것이오. 그대도 알다시피 북부여에 내 첫부인과 유리라는 아들이 있소만, 그대의 자식 비류 또한 내 아들로 조금도 차별하지 않고 대하겠소."

"고맙습니다. 언제가 될지는 모르지만, 폐하의 큰 부인이 오시면 형님으로 깎듯이 모시겠습니다."

"그대의 뜻이 참으로 갸륵하오."

주몽이 육 척 장신의 소서노를 품에 안았다. 말을 타고 바람처럼 초원을 달리던 여걸답지 않게 소서노의 몸이 푸르르 떨었다.

3

비류국을 멸하다

연타발은 자기가 살던 집을 궁실로 삼아 나라를 다스리라고 했으나, 주몽은 협보를 시켜 비류수 가 홀승골성에 새로이 궁실을 짓고 성을 쌓게 했다.

천제의 아들 주몽이 나라를 세웠다는 소문이 퍼지자 사람들이 강을 건너고 산을 넘어 모여들었다.

연타발이 아낌없이 재산을 털어 모여드는 사람들에게 집을 지어 주고 농사 지을 땅을 마련하여 주었다. 모여든 사람들 가운데는 활을 만드는 궁장도 있었고, 쇠붙이를 다루어 창이며 칼을 만드는 대장장도 있었다. 궁장이 각추와 대장장이 장추를 우두머리로 삼아 끊임없이 활과 창, 칼을 만들게 했다.

"장인어르신께서는 모을 수 있을 만큼 물소뿔을 모으고, 무쇠를 모아 오십시오. 농사 지을 땅이야 우리가 힘을 기르면 얼마든지 확보할 수 있지만, 물소뿔이나 무쇠는 역시 장인어르신이 아니면 모으기 힘듭니다."

여섯 부족의 제사장 자리는 연노부의 추랑에게 맡기고 여전히 장사를 다니는 연타발에게 주몽이 단단히 부탁했다.

"알겠습니다, 폐하. 부여를 치고 중원을 도모하자면 많은 무기가 필요할 것입니다. 그걸 제가 책임을 지겠습니다. 물소뿔을 구하기 위하여 우리 대상의 일부를 토인들의 나라로 보내겠습니다. 철은 북부여의 백산 쪽에 많이 나기는 하지만, 그 길이 위험하기는 해도 장사꾼이란 어차피 이익을 위해서는 물불을 가리지 않으니까요. 그쪽 대상에게 철을 구해달라고 특별히 부탁하겠습니다."

연타발이 신하의 예로 깎듯이 머리를 조아렸다.

"저는 장인어르신만 믿겠습니다."

"응당 제가 해야 할 일입니다. 고구려가 어디 폐하 한 분만의 나라입니까? 저희 계루부의 나라이기도 하옵니다. 신명을 다하겠습니다."

연타발이 허리를 조아렸다.

그러나 연타발이 마음까지 주몽에게 바친 것은 아니었다. 부하들에게 물소뿔과 무쇠를 구해오라고 떠나보낸 뒤에 소서노를 찾은 연타발이 말했다.

"잊지 마시오소서, 왕후마마. 고구려는 마마와 저의 나라이옵니다. 계루부의 나라이옵니다."

"제가 어찌 그걸 모르겠사옵니까? 한때는 주몽 폐하의 사내다운 모습에 마음이 간 일도 있지만, 저는 주몽 폐하와 한 이불을 덮던 첫 날밤에 알았습니다. 이 사내는 내게 마음까지 주고 있는 것은 아니라고 말입니다. 다만 엄리대수를 건너오며 가슴에 품었던 한 나라를 건국하는데 저를 이용했다는 것을요. 북부여에 있는 예씨 부인과 유리라는 아들이 주몽 폐하의 가슴에 사무쳐 있다는 것을 저는 이미 알고 있사옵니다."

"그걸 겉으로 내색하지 마십시오, 마마. 그리고 하루라도 빨리 아이를 가지십시오. 비류가 안 되면 그 아이로 하여금 고구려의 다음 왕을 잇게 해야 하니까요."

"걱정하지 마십시오, 아버님. 폐하가 잠자리까지 피하지는 않으시니까요."

소서노가 대꾸했다.

작지만 위엄이 깃든 홀승골성의 궁궐이 완성되어가던 어느 날 주몽 왕이 아이를 잉태한 소서노를 불렀다.

"이제 시작이오. 여기서부터 고구려는 커나갈 것이오. 그대가 내 아이를 가져주어 얼마나 기쁜지 모르겠소. 앞으로는 말 타고 활 쏘는 일보다 궁궐의 안 살림에 더욱 힘을 써주시오. 바깥 일은 남정네들한테 맡기시오."

"그리하겠습니다. 이제 궁궐도 완성되었으니, 북부여에 계시는 형님을 모셔오는 것이 어떻겠습니까?"

"그것이 그리 급한 일은 아니오. 때가 되면 부르지 않아도 올 것이오."

"알겠습니다, 폐하."

대답은 그리하면서도 소서노는 머릿속을 흘러가는 서늘한 기운은 어쩔 수가 없었다. 혼례를 치룬 첫날밤, 비류를 친자식처럼 대해주겠다고 했으나, 그녀는 주몽이 틈틈이 강 건너를 그리운 눈빛으로 바라본다는 것을 알고 있었다. 그 뿐만이 아니었다. 아직도 대소 왕자의 핍박을 받고 있다는 예리내와 유리라는 아들 때문에 잠을 못 이루는 밤이 많다는 것을 눈치채고 있었다. 그들을 데려오자고 한 것도 짐짓 주몽의 속을 떠보기 위해서였다. 그녀는 알고 있었다. 자칫 예리내가 낳은 유리라는 아들 때문에 비류가 곤욕을 치룰 일이 생길지도 모른다는 것을.

그것은 아버지 연타발의 생각도 마찬가지였다.

일단 궁궐로 들어가고 나면 만나기가 쉽지 않을 것이라면서 찾아온 연타발이 다시 한번 다짐을 받았다.

"잊지 마시오소서, 왕후마마. 연노부의 추랑 때문에 계루부를 넘겨주고 주몽 폐하를 왕으로 삼기는 했습다만, 다음 왕은 꼭 계루부 출신이 되어야 합니다. 따지고 보면 주몽 폐하는 굴러온 돌이 아니더이까? 비류 왕자를 잘 키우십시오. 우리의 희망이니까요."

"염려 마세요, 아버님. 내 아들 비류를 꼭 고구려의 다음 왕으로 만들겠어요. 아버님이 많이 도와주세요."

"알겠습니다. 다른 부족들과도 잘 지내도록 하십시오. 인정이란 평소에 베풀어 놔야 하는 것입니다."

"아버님의 말씀 명심하겠습니다."

"또 한 가지가 있습니다, 왕후마마. 폐하와 함께 엄리대수를 건너왔던 세 친구들 말입니다. 그 가운데 하나만이라도 마마의 편으로 만드십시오."

"목숨을 걸고 강을 건넜던 친구들입니다. 제게 마음을 열어주겠습니까?"

소서노가 난감한 표정을 지었다. 누구보다 자신에게 깍듯이 대하는 세 친구들이었지만, 일단 이해가 엇갈리는 부분에서는 주몽의 편을 들어 줄 그들이었다. 세 친구의 철옹성같은 믿음을 깨뜨릴 자신이 없었다.

"방법이 전혀 없는 것은 아닙니다. 그들은 아직도 혼인을 않고 독신으로 살고 있습니다. 누군가 서둘러 주는 사람이 없기 때문이지요."

"하오면 아버님은 절더러 세 친구의 중매장이 노릇을 하라는 말씀입니까?"

소서노가 눈을 반짝였다.

"제가 미리 염두에 두었던 처자들이 있습니다. 계루부 출신으로 골라 둔 처자들이 있습니다. 내일이라도 세 친구를 불러 혼인을 권하십시오. 언제든지 제가 처자들을 마마 앞에 대령시키겠습니다."

"알겠습니다. 그리하겠습니다."

이날 밤 소서노가 주몽에게 말했다.

"폐하와 밤을 지낼 때마다 제게 미안한 일이 한 가지 있사옵니다."

"무슨 말씀이요?"

북부여에 두고 온 예리내에 관한 일이라고 짐작한 주몽의 눈에 그리움이 고이고 있었다. 그걸 빤히 바라보면서도 내색하지 않고 소서노가 세 친구의 혼사문제를 꺼내었다.

"목숨을 걸고 함께 강을 건너오신 세 친구분들의 일입니다."

"그 친구들이 왜요?"

"아직도 혼자 살고 있잖습니까? 때가 되면 이성을 찾는 것은 미물이나 사람이나 다 같은 이치가 아닐른지요. 더구나 한참 힘이 왕성할 나이들입니다. 그동안은 나라를 건국하는 일에 몰두하다보니 신경을 못 썼습니다만, 오늘 낮에 아버님께서 친구분들의 혼사문제를 말씀하셨습니다."

"맞소, 내가 미처 그 생각을 못했소. 고맙구려. 참으로 고맙구려. 그대가 친구들의 혼사를 서둘러 주시오."

주몽이 반겼다.

"아버님께서 눈 여겨 둔 처자들이 있다고 했사옵니다. 날이 밝는 대로 처자들을 불러드릴 터이오니, 폐하께서는 세 분 친구들을 제게 보내주십시오."

"그러리다. 많이 늦었지만, 친구들도 일가를 이루게 해야겠소."

다음 날 세 친구가 소서노를 찾아왔다. 그녀가 단도직입적으로 말했다.

"그동안 내가 너무 무심하였습니다. 세 분의 혼사를 미처 서두르지 못했습니다. 하찮은 미물도 다 짝이 있는데, 세 분은 아직도 혼자십니다. 이제 얼마 안 있으면 궁궐도 완성되어 저도 집을 떠나게 됩니다. 궁궐로 들어가면 여염집의 처자들을 만나는 것도 힘이 들 것입니다. 그래서 제가 아버님께 부탁드려 처자 셋을 물색하도록 했습니다. 어떻습니까? 제가 세 처자를 불러올 터이니, 선이라도 한번 보시겠습니까?"

소서노의 말에 오이가 대답했다.

"오기 전에 폐하께 왕후마마의 노심초사하심을 들어 알고 있사옵니다. 선은 무슨 선이옵니까? 마마께오서 지어주시는대로 짝을 지어 살겠사옵니다."

다른 두 친구도 얼굴을 붉히며 고개를 조아렸다.

"하면 내가 알아서 하겠습니다. 한 처자는 계루부 병사를 책임지고 있는 음보의 딸이라 했는데, 오이 나리가 맡아주시고, 다른 한 처자는 아버님 밑에서 집사를 맡아보고 있는 마군의 딸이라 했는데, 마리 나리께서 맡아주십시오. 나머지 한 처자는 계루부 당골의 딸인데 협보 나리께서 맡아주십시오. 처자들을 들이라 이르겠습니다."

소서노가 시종에게 미리 대기시켜 놓았던 세 처자를 들이라 분부했다. 얼굴에 분단장을 하고 비단옷을 입은 세 명의 처자가 수줍은 듯 고개를 숙이고 들어와 세 남자 앞에 앉았다.

"지금 마주앉은 처자들이 아까 말씀드린 그 처자들입니다. 내가 궁궐로 들어가기 전에 혼례를 치루었으면 합니다. 그리고 아버님께서 세 분께 각각 살 집과 노비 열 명씩을 내려주시겠다고 했습니다."

"왕후마마의 은혜가 참으로 크시옵니다."

세 친구가 함께 머리를 숙였다.

그 자리에서 소서노는 그들에게 다짐을 받고 싶었다. 내 은혜가 그리 크다면, 참으로 그리 생각한다면 장차 내가 그대들의 힘이 필요할 때 딱 한 번만 도와줄 수 있느냐고, 다짐을 받고 싶었다. 그러나 차마 그럴 수 없어 흐뭇한 낯빛으로 고개만 끄덕이고 말았다. 진정 그들의 힘이 필요할 때에는 부인들을 움직이면 될 것이었다.

세 친구의 혼례가 끝나고 제 각기 새 집에 신방을 차리던 날 찾아온 연타발이 말했다.

"어차피 소금 먹은 놈이 물 켠다고 했사옵니다. 마마께는 큰 힘이 될 것입니다. 다른 일은 걱정하지 마시고 비류 왕자나 잘 키워주십시오."

"늘 아버님의 말씀 명심하고 있습니다. 그 뿐만이 아닙니다. 제 뱃속에 또 하나의 아이가 자라고 있습니다."

"그래요? 참으로 큰 경사입니다. 하오나, 어디까지나 비류 왕자가 첫번째입니다."

"알고 있습니다, 아버님."

소서노의 희망대로 비류는 잘 자라주었다. 심약했던 제 아비 우태를 닮은 것이 아니라, 열 사내 스무 사내를 당해내던 제 어미를 닮아 말을 타고 창칼을 다루는 솜씨가 날이 갈수록 또래들을 압도해 나갔다.

주몽이 고구려를 세우고 왕이 된 지 1년이 되어가던 봄이었다. 사흘 낮밤을 비가 내렸다. 봄비답지 않게 많은 비였다.

"이보게, 오이. 때맞추어 비님까지 내려주고 있잖은가? 올해도 풍년이 틀림없겠군."

　모처럼 햇살이 물결을 따라 찬란하게 흘러가던 날, 강에서 말에게 물을 먹이던 주몽이 말했다.

　"그렇사옵니다, 폐하. 폐하께서 고구려를 건국하신 이후 백성들의 삶이 많이 편안해졌습니다. 요즘도 폐하의 소문을 듣고 찾아오는 백성들이 부지기수입니다."

　"나는 그들에게 넉넉한 땅과 편안한 집을 마련해주고 싶네. 허나 장인어른의 재력에도 한계가 있어. 아무래도 땅을 넓혀야겠어. 그것도 기름진 땅으로."

　"우리의 병사들이 날마다 열심히 훈련을 받고 있습니다. 목장에서는 좋은 말들이 새끼를 낳아 무럭무럭 자라고 있구요. 아직 우리의 힘은 미약하지만 머지않아 사방 일만 리의 땅을 폐하의 것으로 만들 수 있을 것입니다."

　"암, 그렇게 되어야겠지. 하루 빨리 그런 날이 와야겠지. 그래야만 북부여에 있는 예리내와 내 아들 유리를 데리고 올 것이 아닌가."

　"마음이 그러하시다면 지금이라도 왕후마마와 왕자님을 모시고 오시지요."

　오이의 말에 주몽이 고개를 내저었다.

　"아직은 내 힘이 미약하네. 다행이 어마마마께서 잘 보호해 주고 계시다하니, 당분간은 두고 보세나."

　"그러시던지요."

　오이가 고개를 끄덕일 때였다. 햇살을 받아 반짝이며 흐르는 강물에 햇살과는 다른 알록달록한 것이 떠내려 오고 있었다.

"이보게, 오이. 아무래도 저 위에 무릉도원이 있는 모양일세."

"무슨 말씀이십니까?"

"저기 강물을 보게. 복숭아 꽃잎이 떠내려 오고 있잖은가."

주몽이 손으로 강물을 가리켰다. 그쪽을 바라보던 오이가 대꾸했다.

"무릉도원이 아니라, 사람의 마을이 있는 모양입니다, 폐하."

"사람의 마을?"

"저걸 보시오소서. 배춧잎이 떠내려 오고 있잖습니까? 그것은 사람의 마을이 있다는 증거가 아니고 무엇이겠습니까?"

"그렇군, 사람의 마을이 있군."

주몽이 멀리 산 너머를 바라보았다.

"폐하, 한번 가보시겠습니까?"

주몽의 마음을 눈치 챈 오이가 앞장을 섰다.

"그러세나, 누가 살고 있는지 가서 확인을 해보세나."

주몽이 말에 박차를 가했다. 두 사람이 한 나절을 달려 험한 산의 깊은 계곡에 들었을 때였다. 와와, 하는 함성이 골짜기를 울리더니, 한 떼의 사냥꾼이 집채덩이 만한 곰을 쫓아왔다.

"사냥을 하고 있군. 어디 잠깐 구경할까."

주몽이 나무그늘 속에 말을 멈추며 중얼거렸다. 곰은 허벅지에 화살을 꽂고 있었다. 자칫 돌아서서 사냥꾼에게 반격을 가한다면 치명상을 입힐 수도 있었다. 죽을둥 살둥 도망오던 곰이 안간힘을 다해 바위 위로 풀쩍 뛰어올라갔다.

뒤를 쫓던 사냥꾼들이 활에 화살을 먹여 곰을 겨냥했다. 꾸루룩, 하늘을 향해 울음을 터뜨리던 곰이 바위 아래의 사냥꾼들을 쓱 훑어보았다. 단 한 번에 치명상을 입힐 상대를 찾고 있음이 분명했다.

사냥꾼들이 바위를 둘러싸고 와와 함성을 지를 때였다. 한 눈에 보기에도 그들의 우두머리로 보이는 사내가 다가왔다. 그리고 그 사내가 활에 화살을 먹여 겨냥했을 때였다. 곰이 하늘을 향해 포효를 내지르는가 싶더니, 우두머리 사내를 향해 훌쩍 뛰어내렸다. 그 순간 주몽이 곰의 심장을 향해 화살을 날렸다. 가슴에 화살을 맞은 곰이 공중에서 한바퀴 빙글 돌더니 우두머리 사내를 향해 떨어져 내렸다.

"태자마마, 위험합니다."

사내 하나가 태자라고 불린 사내에게 몸을 날렸다. 허공에서 한빈 허우적이던 곰이 나무둥치에 머리를 박고 마지막 용틀임을 했다.

"큰일날 뻔 했소이다. 아무리 화살을 맞은 곰일망정 정면에서 상대해서는 안 되지요."

주몽이 앞으로 나섰다.

"누구시오? 나를 구해주신 분이."

사냥꾼 가운데 우두머리 사내가 몸을 일으켜 세우며 물었다. 이분은, 하고 나서려는 오이를 말린 주몽이 대꾸했다.

"지나가던 길손이요. 도움이 되었다니, 다행이오."

"길손이 아니었으면 꼼짝없이 죽을 목숨이었소. 내 부하들이 날린 화살은 모두 허공을 갈랐지 않습니까? 길손의 화살이 곰의 급소를 꿰뚫은 것입니다. 저는 비류국 송양 왕의 아들입니다. 마침 재만 넘으면 궁궐이 있으니, 함께 가시지요. 오늘 사냥에서 잡은 사슴이 있으니, 잔치라도 벌이십시다."

"좋지요. 그렇잖아도 출출하던 참인데."

주몽이 따라나서자 오이가 소매 끝을 잡았다.

"폐하, 함부로 따라가도 되겠습니까? 비류국이라면 듣도 보도 못한 나라가 아닙니까?"

"사람의 목숨은 어차피 하늘에 있네. 목숨을 구해준 나한테 설마 해꼬지야 하겠는가?"

"알겠습니다. 하면 제가 대비를 하겠습니다. 정예병사들을 대기시키겠습니다. 만약 내일 정오까지 폐하가 그곳에서 나오시지 않으면 병사들을 투입시키도록 조처해 놓겠습니다."

"허허허, 안 그래도 될 것 같은데."

주몽이 큰소리로 웃으며 송양 왕의 아들을 따라갔다.

"뭣이라 했느냐? 폐하께서 비류국으로 가셨다고 했느냐?"

오이가 보낸 병사에게 소식을 들은 소서노가 깜짝 놀라 물었다.

"그렇사옵니다, 왕후마마."

병사가 죽을 죄라도 진 듯 어쩔 줄 몰라했다.

"안 되겠구나. 내가 나서야겠구나. 겨우 열 명도 못되는 병사를 끌고 적지에 들어가시다니. 비류국의 송양 왕이라면 우리하고는 친분도 없는 사이가 아니더냐?"

소서노가 갑옷을 입고 옆구리에 칼을 차고 어깨에 활을 둘러메고 나서자 시녀가 말렸다.

"참으시오소서, 마마. 폐하께서는 별 일이 없으실 것입니다. 더구나 지금 마마께오서는 수태중이십니다. 어찌 밤길에 말을 달려 가신단 말씀입니까?"

"폐하께서 변을 당하신다면 태어날 아이가 무슨 소용이 있다더냐?"

소서노가 기어코 병사들의 앞장을 서서 밤길을 달려갔다. 고구려의 병사들이 주몽 왕과 약속해 놓았던 비류국의 경계선에 도착했을 때, 기다리고 있던 병사가 말했다.

"오이 나리께서 전하라 하셨습니다. 별 일은 없을 것이니, 여기서 기다리라고 하셨습니다."

"정말 폐하가 무사하시다는 말이냐?"

"송양 왕이 자기 아들을 구해주었다고, 생명의 은인이라면서 내접이 아주 깍듯하다 했습니다."

"예의를 아는 사람인 모양이구나."

소서노가 한숨을 돌리고 말에서 내려와 그늘 속에 몸을 앉혔다. 소매 속에서 명주 수건을 꺼내어 이마의 땀을 닦는데 문득 뱃속의 아이가 발길질을 했다.

'아가야, 너한테 미안하구나. 미처 너를 생각하지 못했구나. 허나, 아가야, 사람의 목숨이란 어차피 하늘에 달려있단다.'

소서노가 중얼거리고 있는데, 십여 필의 말이 고개를 올라왔다. 제일 앞에 주몽이 당당히 달려오고 있었다.

"산달을 겨우 한 달 앞둔 몸으로 어찌 말을 탄단 말씀이오?"

주몽이 웃으며 나무랐다.

"폐하께서 단기필마로 적국에 가셨다는 말을 듣고는 정신이 하나도 없었습니다. 어떻게 말을 달려 여기까지 왔는지 모를 지경입니다."

"자신의 아들을 구해준 나를 설마 어쩌겠소. 악인이 아니라면 은인한테 해꼬지는 하지 않소."

"세상에는 도리를 알고 선을 행하는 선한 사람만 사는 것은 아닙니다."

"허허허, 송양 왕은 선한 사람이었소. 사방 삼백 리의 땅을 가지고 있는데, 그걸 나한테 넘기겠다고 했소."

"순순히요?"

"명색이 한 나라의 왕인데, 그럴 리가 있소? 처음에는 그럽디다. 내가 졸본의 여섯 부족을 합쳐 고구려를 건국했다고 하자, 송양 왕이 별로 넓지도 않은 땅인데, 두 사람이 왕의 칭호를 쓸 수가 없으니, 자기한테 양보하고 속국이 되는 것이 어떻겠느냐구요."

"그래서요?"

소서노가 눈을 반짝였다.

주몽은 빙그레 웃기만 하고 대답은 오이가 했다.

"폐하께서 그럴 수 없다고, 마음대로 그리하실 수 없다고 하시자 송양 왕이 제의를 해왔습니다. 그렇다면 우리 두 사람이 무예를 겨루어 이긴 사람이 왕이 되자구요. 활쏘기부터 시작하였지요. 송양 왕이 오십 보 밖에서 과녁을 맞추면 폐하는 칠십 보 밖에서 맞추시고, 송양 왕이 백 보 밖에서 과녁을 맞추면 폐하는 백이십 보 밖에서 과녁을 맞추셨습니다. 폐하께서 이백 보 밖의 과녁을 맞추시자 송양 왕이 무릎을 꿇었습니다. 하늘이 내리신 명궁이시라고, 자기가 오래 전에 부여에 신궁이 있다는 소문을 들었는데, 그래서 사람들이 주몽이라고 부르는 천하의 명궁이 있다는 소문을 들었는데, 혹시 그분이 아니시냐고, 정말 그분이시라면 나라를 바치겠다고 했습니다."

"응당 그래야지요. 허나 앞으로는 단기필마로는 적국에 들지 마시오소서."

"알겠소. 덕분에 비류국을 발판으로 옥저며 동예같은 나라를 도모하게 되었소."

"저도 그런 나라가 있다는 소문은 들어 알고 있습니다. 송양 왕이 사내는 사내였군요. 약속을 잘 지킨 것을 보니까요."

"썩 괜찮은 사람이었소. 그래서 사돈을 맺기로 했소."

주몽의 말에 소서노가 알 수 없다는 표정을 지었다.

"사돈이라니요? 폐하한테는 과년한 자식이 없사옵니다. 비류는 이제 겨우 다섯 살이고, 둘째는 아직 뱃속에 있습니다."

"유리가 있잖소. 송양 왕에게는 이제 두 살이 된 여식이 있었소. 서로가 잘 키워 혼인을 맺기로 했소."

"잘 하셨군요. 북부여에 계시는 예씨 부인께서 들으시면 기뻐하시겠군요."

"그대한테는 미안한 말이지만, 늘 그들이 그립소."

주몽의 눈길이 멀리 북쪽을 바라보았다. 그곳에 예리내와 유리가 있었다. 소서노는 주몽의 눈빛에서 진한 그리움을 읽었다.

'안 되겠구나. 아버님과 상의하여 비류를 태자로 삼자고 해야겠구나. 유리라는 아들이 오기 전에 뒷일을 마무리 지어놔야겠구나.'

소서노가 속으로 작정했다.

열흘 후였다. 송양 왕이 호피 열 장과 은자 일만 냥을 말에 싣고 주몽을 찾아왔다.

"폐하, 지난 번에는 경황중이라 예를 제대로 갖추지 못했습니다. 작은 것이오나 소신과 비류국의 백성들이 폐하께 드리는 성의이오니 받아주시오소서."

송양 왕이 주몽에게 세 번 큰 절을 올렸다.

"잘 오셨소. 그렇잖아도 오시라고 해서 우리 고구려 백성들이 살아가는 모습도 보여드리고 우의도 더욱 돈독히 하려고 했소이다."

주몽이 송양을 신하의 예로 맞이했다.

"황송하옵니다."

"그곳 비류국을 앞으로는 다물도라 부르겠소."

"다물도라고 했사옵니까?"

송양이 알 수 없다는 표정을 지었다.

"다물이 무슨 뜻인 줄 모르시오? 바로 간절한 염원을 이룬다는 뜻이오. 저기 동해바다 건너 한반도를 비롯한 중원의 넓은 땅이 모두가 고조선의 영역이었소. 그 땅을 되찾겠다는 염원이 바로 다물이라하오."

"그런 심오한 뜻이 있었사옵니까?"

"그대를 다물도주로 삼겠소. 나라의 큰 행사가 있을 때는 다물도의 주군자격으로 참석하면 될 것이며 병역이나 세금은 여기 여섯 부족들과 똑같이 하면 될 것이오."

"그리하겠사옵니다."

다물도주 송양이 다시 극진한 절을 올렸다.

사흘을 머물고 송양이 돌아간 그날 밤이었다.

주몽이 소서노에게 물었다.

"송양이 그대가 보기에는 어떻습디까? 장차 사돈으로 신의를 지키겠습디까? 아니면 임시방편으로 고개를 숙이고 들어온 것 같습디까?"

"신실해 보였습니다. 지금 말머리를 돌릴 사람이라면 폐하가 그곳에 가셨을 때 일을 저질렀겠지요. 한 입으로 두 말할 사람은 아닌 것 같았습니다. 그것보다도 폐하께 드릴 말씀이 있습니다."

소서노가 말끝에 주몽의 눈을 바라보았다,

"무슨 말씀이오?"

"이제 나라도 기틀을 잡았습니다. 더구나 비류국까지 폐하의 나라로 만드셨습니다. 앞으로도 폐하는 땅을 넓히기 위하여 많은 전쟁터에 나가셔야 할 것입니다. 나라가 있고, 왕이 있으면 태자 또한 있어야 할 것입니다."

"그야 물론이지요."

주몽이 고개를 끄덕였다.

"비류의 나이가 벌써 다섯입니다. 말을 타고 활을 쏘는 솜씨며 창칼을 다루는 것이 여늬 소년의 기상을 뛰어넘습니다. 한 나라의 태자가 되기에는 손색이 없습니다."

소서노의 말에 주몽의 얼굴에 그늘이 끼었다. 그걸 눈치 챘으나 기왕에 내킨 김이었다.

소서노가 말했다.

"비류를 태자로 삼아 나라의 기초를 더욱 튼튼하게 하십시오."

"내 나이 겨우 스물다섯이오. 급할 것이 없지 않소."

주몽이 싸늘한 눈빛으로 고개를 내저었다. 소서노는 온몸에 서늘한 기운이 흘러가는 것을 느꼈다. 지금껏 살아오면서 주몽의 눈빛이 그리 차갑게 돌변하는 것을 본 일이 없었다. 소서노는 주몽의 눈빛 앞에서 움직이지 않을 바위를 느꼈다. 물론 비류를 태자로 삼는 일이 쉽지 않을 것이라는 짐작은 있었지만 흔들어도 흔들리지 않을 바위 앞에서 그녀는 절망을 느꼈다.

'안 되겠구나. 다른 방법을 써야겠구나. 백만금을 가지면 부족장들의 마음을 살 수가 있겠지. 그들을 움직여 비류를 태자로 삼는 일을 몰아부쳐야겠구나.'

그런 속내를 숨기고 소서노가 말했다.

"태자가 없는 왕실은 있을 수가 없어 드려 본 말씀이었습니다. 비류가 싫으시면 북부여의 유리라도 데려다가 태자를 삼으시오소서. 이번 참에 예씨 부인도 모셔오시구요."

그 순간 주몽의 눈빛이 흔들렸다. 조금 전처럼 싸늘한 빛이 아니라 이내 물기가 괴는 따뜻한 흔들림이었다.

'저 그리움도 내게는 집채덩이같은 바위인가? 정녕 그러한가?'

소서노는 다시 절망을 느꼈다. 그러나 그걸 내색할 수는 없었다. 자신이 주몽의 마음을 읽고 있다면 그 역시 이쪽의 마음을 꿰뚫고 있을 것이었다.

"그 일도 급하지 않소. 유리가 되었건 비류가 되었건 태자는 급하지 않소. 아직은 제대로 된 성 하나 없는 고구려요. 우선은 땅을 넓히고 튼튼한 성을 쌓는 일이 중요하오."

"알겠습니다. 폐하의 뜻대로 하시오소서."

소서노가 온화한 낯빛으로 대꾸했다.

그러나 그녀의 마음까지 그런 것은 아니었다. 고구려의 다음 왕을 부여의 유리한테 빼앗기지 않기 위해서는, 자신이 낳은 아들로 다음 왕위를 잇게 하기 위해서는 예리내와 유리가 오기 전에 태자의 문제를 매듭지어야 했다.

때맞추어 다음 날 친정아버지 연타발이 먼 길 장사를 다녀왔다면서 물소뿔 오백 개와 무쇠 일천 근을 수레에 싣고 왔다. 주몽을 만나고 돌아가려는 연타발을 소서노가 왕후전으로 불러들였다.

"제게 하실 말씀이 있습니까? 왕후마마."

"어제 제가 폐하께 태자문제를 꺼내보았습니다."

"그랬더니요?"

연타발이 눈을 크게 뜨고 나즈막한 소리로 물었다.

"아직 급하지 않다는 말씀만 들었습니다. 폐하의 속뜻을 알기 위하여 부여에 있는 유리 태자를 불러 태자로 삼는 것이 어떻겠느냐고 넌즈시 떠보았지요. 당장 눈에 눈물이 고이더군요."

"그만큼 그리움이 크다는 뜻이겠지요. 아무리 그리움이 크다고 한들 쉽게 그러겠다고 하겠습니까? 그리 쉽게 자신의 속내를 드러낼 폐하는 아니지요."

연타발이 잠시 생각하는 눈빛이 되었다.

"하면 어찌해야 합니까? 태자문제를 접어두고 하염없이 기다려야 합니까? 이 몸은 내일이라도 예리내 부인과 유리 태자가 엄리대수를 건너올까 봐 노심초사입니다."

"제가 알아서 하지요. 언젠가도 말씀드렸지만, 고구려의 다음 번 왕은 꼭 계루부에서 나와야 합니다. 물론 마마가 잉태하고 계신 아이가 다행히 아들로 태어난다면, 그 아이도 계루부 출신이라고 할 수 있겠지요. 하지만 순수한 계루부 출신은 아니지 않습니까? 어떻게든 비류를 태자로 책봉 받아야 합니다. 주몽 폐하가 누구 덕으로 고구려를 건국하고 왕이 되었습니까?"

연타발의 눈빛이 번들거렸다.

"하오나, 태자책봉 문제는 순전히 폐하의 뜻에 달려있지 않습니까? 아버님."

"아무리 왕이라 한들 백 사람 천 사람의 입을 거역할 수는 없는 것입니다. 내가 백만금을 들여 부족장들의 마음을 얻어놓겠습니다. 부족장들만 우리 편으로 끌어들이면 왕이라도 함부로 뜻을 거스를 수는 없습니다."

"그래주시겠습니까? 아버님께서 부족장들의 마음을 잡아놓겠습니까?"

"걱정하지 마십시오, 왕후마마."

"문제는 북부여에 있는 예씨 부인과 유리입니다. 그들이 있는 한 안심할 수 없는 일입니다. 여섯 부족이 똘똘 뭉쳐도 폐하의 뜻을 움직일 수 없을지 모릅니다."

"그 일도 걱정하지 마십시오. 내가 장사로만 사십 년을 살아온 사람입니다. 내 한 몸 지킬 줄도 알고, 어느 길로 가는 것이 내게 이득이 되는가도 터득하고 있습니다. 내가 자객을 북부여에 보내겠습니다. 화의 근원은 미리부터 잘라버리는 것이 상책입니다."

"자객을 보내신다구요?"

"이것은 은자 몇백 냥의 사사로운 이익을 보자는 일이 아닙니다. 고구려라는 한 나라가 걸린 일입니다. 목숨이라도 걸고 도모를 해야지요. 무슨 수를 쓰건 마마의 근심을 덜어드리겠습니다."

"조심하십시오."

어떤 기대감으로 소서노의 눈이 반짝였다.

"내가 알아서 조처하겠습니다."

연타발이 소서노에게 예를 갖추어 고개를 숙였다.

"나라에는 태자가 있는 것이 정상이지요. 왕후마마의 말씀이 전연 틀린 것은 아닙니다. 누구를 태자로 삼느냐가 문제겠지요."

오이가 주몽에게 말했다.

"그렇다면 오이 자네는 비류를 태자로 삼으라는 소리인가?"

주몽이 이마를 찡그리며 물었다.

"그야 폐하의 뜻이지요. 폐하께서 비류 왕자를 태자로 삼고 싶으시면 그리하십시오."

오이가 대답했다.

"자네는 정녕 비류를 태자로 삼아도 상관이 없다는 소리인가? 하면 북부여에 남아있는 예리내와 유리는 어떻게 되지? 비류를 태자로 삼는 순간 예리내와 유리는 나한테 버림받는 꼴이 될 터인데?"

"폐하의 그리움이 크시다는 것을 알고 있습니다. 그것은 십 년을 가도 백 년을 가도 변치 않으리라는 것도 알고 있습니다. 또한 고구려의 태자로 유리 왕자를 염두에 두고 계시다는 것도 알고 있습니다. 왕후마마께서 태자문제를 서둘러 꺼내신 것도 유리 왕자를 경계했기 때문일 것입니다. 또한 폐하의 마음이 그곳에 가 있다는 것을 눈치 채셨다는 뜻이기도 합니다."

"내 그리움을 알고 있다?"

"사람의 마음이란 숨길 수가 없는 것입니다. 노련한 낚시꾼은 물의 냄새만 맡아도, 물빛만 보고도, 물의 작은 흔들림에도 물 속에 고기가 있는지 없는지 알 수 있습니다. 하물며 사람의 마음을 어찌 숨길 수가 있겠습니까? 진즉부터 제가 폐하께 드리고 싶은 말씀이 있습니다. 예씨 부인께 사람을 보내십시오. 각별히 몸조심하라 이르십시오."

"어머님이 강건해 계시니 대소인들 그들을 어찌할 수 없을 것이

네."

"꼭 그 때문이 아닙니다. 연타발은 장사로만 평생을 살아온 사람입니다. 무엇이 자신에게 이득이 되는지를 꿰뚫어보고 있습니다. 폐하를 끌어들여 고구려를 건국하게 하신 것은 연노부의 추량을 경계하기 위해서였습니다. 연타발에게는 억만금의 이득을 낼 아주 큰 장사였지요. 태자 문제도 마찬가집니다. 마지못하여 폐하께 고개를 숙이고 몸을 의탁하였으나, 고구려라는 한 나라가 걸린 큰 장사에서는 자신의 전 재산을 걸 수도 있는 사람입니다. 그런 이익을 위해서는 물불을 가리지 않을 사람이지요. 그 사람의 눈빛을 보면 알 수 있습니다."

"무슨 소린가? 오이 자네의 말대로라면 장인께서 북부여로 자개이라도 보낸다는 뜻인가?"

"매사에 조심하는 것이 좋지요. 제가 알아서 사람을 보내겠습니다. 마침 염추가 와 있습니다."

"염추가? 그런데 나한테는 왜 안 들리지?"

주몽의 말에 오이가 고개를 내저었다.

"이제 폐하는 대평원을 말 달리고 활을 쏘던 여늬 장수가 아닙니다. 한 나라의 왕이십니다. 하찮은 장사꾼이 어찌 폐하를 만날 수 있겠습니까?"

"그래도 염추는 나한테 각별한 사람이 아닌가?"

"제가 만나겠습니다. 장사꾼이긴 하지만 재물 모으는 일에만 관심이 있는 사람입니다. 연타발 족장처럼 나라에 욕심이 있는 사람이 아닙니다. 신의도 있지요. 염추를 통해 예씨 부인께 서찰을 한 통 보내겠습니다. 따로 예씨 부인과 유리 왕자를 보호할 무사도 하나 보내겠습니다. 염추를 따라다니는 장사꾼으로 위장하면 될 것입니다."

서두르고 나오는 오이를 주몽이 이상하다는 눈빛으로 바라보았다.

"무사까지 보낼 필요가 있겠는가?"

"왕후마마는 지고는 못 사시는 분입니다. 그런 마마께서 비류를 태자로 삼자고 먼저 말씀을 꺼냈다는 것은 일테면 승부수를 던진 것입니다. 그 일이 좌절되었을 때 무슨 짓을 할지 모르지요. 마마가 비록 여걸이기는 하지만, 또한 여자입니다."

"허나 왕후는 자객을 쓸 만큼 교활한 사람은 아니네."

"연타발 족장이 있잖습니까? 그자라면 무슨 짓인들 할 것입니다."

"괜히 분란을 일으키는 것은 아닌가 모르겠군."

"아무도 모르게 하겠습니다. 폐하는 아무 걱정 마십시오. 제가 하는 일을 모르신 체 지켜보기만 하십시오."

오이가 큰 절로 예를 갖추고 물러갔다.

'쓸데없는 걱정이 아닐까? 먼저 나한테 무릎을 꿇었고, 연노부는 물론 순노부며 관노부, 절노부의 여섯 부족장들을 설득하여 나를 왕위에 앉힌 장인이 아닌가? 왕후 또한 만삭의 몸으로 내가 걱정이 되어 비류국까지 밤길을 달려왔던 여인이 아닌가? 아무런 힘도 없는 예리내와 유리를 죽이기 위하여 자객을 보낼 만큼 악인들은 아니지 않은가.'

주몽이 곰곰이 생각했다. 오이가 한 말들이 쓸데없는 과민반응처럼 느껴지는 것이었다.

그러나 오이의 우려가 사실로 드러나는 데는 채 한 달도 걸리지 않았다.

그날 밤 주몽은 꿈을 꾸었다. 소서노한테 산기는 없었다. 그녀가 며칠 사이에 아이를 낳을 것이라는 짐작은 하고 있었지만 아무런 징조가 없어 일찍 잠자리에 든 밤이었다.

하늘에 해가 두 개 떠 있었다. 하나는 동쪽에서 솟아오르고 있었고, 다른 하나는 서쪽에서 솟아오르고 있었다.

붉은빛 천리마를 타고 푸른 초원을 달리던 주몽이 말을 멈추고 동서 쪽에서 떠오르는 두 개의 해를 바라보았다. 처음에는 서쪽의 것은 아직 지지 않은 달이거니 했다. 그런데 서쪽의 해도 뜨겁게 이글거리고 있었다.

'거 참, 이상한 일이구나. 무슨 해가 둘이나 떠오르지?'

주몽이 중얼거릴 때였다. 한 여인이 초원 가운데 서서 두 개의 해를 손짓하여 부르고 있었다.

"아가야, 이리 오너라. 아가야, 이리 오너라."

어미가 자식을 부를 때처럼 두 개의 해를 향해 손짓을 하고 있었다. 그러자 두 개의 해가 쏜살같이 달려 중간에서 만나더니 소서노의 양 가슴에 안기는 것이었다. 소서노의 온몸이 활활 불탔다.

'아, 안 돼.'

주몽이 고함 끝에 눈을 번쩍 떴다.

"꿈을 꾸시었사옵니까? 폐하."

극무가 두 손을 모으고 물었다. 그는 모둔곡에서 만난 세 사내 가운데 베옷을 입었던 자로 주몽이 극씨라는 성과 무라는 이름을 붙여주었다. 나라의 어지간한 일은 오이와 마리와 협보와 상의를 하여 결정했지만, 극무 또한 돌아다닌 세상이 넓어 아는 것이 많았다.

어디에 가면 어떤 부족이 있는데, 성의 넓이는 얼마이고 백성은 몇 명이나 되며 먹고 사는 형편은 어떻다는 것을 훤히 꿰뚫고 있었다. 그 뿐만이 아니었다. 지혜 또한 넘쳤다. 책사 겸 시종의 우두머리로 앉혀 가까이 두고 있는데, 이 날은 왠지 밤이 깊었는데도 돌아가지 않고 머리맡을 지키고 있었던 모양이었다.

"하늘에 해가 둘인 꿈을 꾸었네."

"무슨 꿈이든 꿀 수 있는 것이옵니다. 괘념치 마시오소서. 방금 왕후마마께서 왕자님을 생산하셨다는 전갈이 있었습니다."

"왕자를 낳았어? 정녕 사내아이를 낳았다는 말이지?"

"그렇사옵니다, 폐하. 왕자님께서 큰 울음을 터뜨리는 순간 하늘에서 서기가 내려왔다고 하옵니다."

"서기가?"

"장차 큰 일을 해내실 분입니다. 제가 태어난 년과 달과 시를 따져보았는데, 한 나라의 군주가 되는데 손색이 없는 사주였습니다."

"그래서 그런 꿈을 꾸었는가?"

그 순간 문득 북부여를 떠나오던 날 밤의 일이 주몽의 뇌리를 가득 채우고 덤볐다. 대소 왕자 형제들에게 쫓겨 엄리대수를 건너던 날 밤, 무사하거라, 제발 무사히 자라만 다오, 속으로 빌고 또 빌며 예씨 부인의 불룩한 배에 귀를 대고 자궁 속 아이의 숨소리라도 들으려고 안달을 할 때, 아이가 발길질을 했다.

"아이도, 제 뱃속의 아이도 아버지와의 이별을 알고 있는 모양이에요. 오늘따라 유난히 움직임이 심하네요."

"잘 키워주시오, 부인. 난 이 길로 강을 건널 것이오. 기어코 한 나라를 건설하겠소. 그러기 전에는 결코 이곳을 돌아보지 않겠소."

"이 아이의 이름을 지어주셔요. 그리고 이 아이가 자라 아버지를 찾으면 뭐라고 대답할까요?"

"유리라고 하시오. 해유리요. 그리고 내가 남쪽으로 내려가 나라를 건국하고 터전을 잡게 될 때쯤 유리가 나를 묻기든 내가 숨겨놓은 신표를 찾으라고 하시오. 그것은 일곱 모난 바위 위의 소나무 아래에 숨겨져 있소. 부인과 함께 오면 좋지만, 설령 혼자일지라도 그 신표를 가지고 찾아온 사내아이면 내 아들로 인정하겠소."

"알겠습니다. 우리 유리가 크면, 씩씩한 대장부로 자라 제 아버지를 찾으면, 능히 아버지의 뒤를 이을 재목감이 된다 싶으면 그리 전하지요."

예리내가 안으로 눈물을 숨기고 대답했다.

그들이 그리울 때면 제일 먼저 떠오르는 것이 예리내가 가슴에 숨기던 그 눈물이었다. 금방이라도 어미의 살을 찢고 나올 듯 힘차던 아이의 발길질이었다. 그 아이를 보고 온 염추의 말을 들으면 세상을 온통 다 담을 듯 눈빛이 맑다고 했다.

소서노가 아들을 낳았다는 이 새벽에 주몽은 그들이 몹시 그리웠다.

밝은 날 주몽은 왕후전으로 소서노를 찾아갔다. 아이를 낳은 여인 네답지 않은 건강한 모습으로 소서노가 추모를 반겼다.

"첫 이레가 지나기 전에는 산실에 남자를 들이는 것이 아니옵니다, 폐하."

"난 이 아이의 아비요."

"그래서 들인 것입니다. 이 아이를 좀 보시오소서. 폐하를 쏙 빼닮았습니다. 울음소리가 어찌나 크던지요. 깜박 정신을 잃었다가 이 아이의 첫 울음소리에 깨어났습니다. 들으셨사옵니까? 이 아이가 태어나는 순간 하늘에 서기가 돌았다고 했습니다. 하긴 태몽도 하늘에 밝은 해가 빛나는 꿈이었습니다."

소서노의 말에 주몽이 눈을 동그랗게 떴다.

"해가 떠 있는 꿈을 꾸었소?"

"그렇습니다. 하늘에 이글거리는 해가 떠 있는데 그걸 눈이 시리도록 바라보고 있자 해가 뚝 떨어져 제 가슴에 안기는 꿈을 꾸었습니다."

"그 말을 어찌 이제야 하는 것이오?"

"태몽은 감추는 것이라 했습니다. 더구나 좋은 태몽일수록 숨기는 것이라 했습니다. 아이를 낳기 전에 발설하면 그 순간 태몽의 효험이 사라진다고 했습니다."

소서노가 수줍은 낯빛을 띠었다.

"그래, 하늘에 해가 몇 개 떠 있었소?"

주몽이 전날 밤의 꿈을 떠올리며 물었다.

"하늘에 해가 어찌 둘일 수 있사옵니까? 그야 당연히 하나였지요. 너무 큰 해였사옵니다. 며칠 동안 해의 따뜻한 기운이 제 몸을 감쌌습니다. 그 달부터 태기가 있었지요."

소서노가 이번에는 빙긋 웃었다. 아이를 낳은 어미의 온화한 얼굴이었다.

'이런 여자가 정말 북부여에 자객을 보냈을까? 친정아버지 연타발과 모의하여 예리내와 유리를 죽이려고 자객을 보냈을까.'

그런 생각이 주몽의 뇌리를 흘러가는데 소서노가 물었다.

"무슨 생각을 그리 골똘히 하십니까? 이 아이의 이름은 생각해 보셨는지요?"

"온조라고 부르기로 했소."

"온조라구요?"

소서노가 곰곰이 생각하는 눈빛으로 물었다.

"온은 세상을 포용한다는 큰 뜻을 가지고 있소. 능히 한 나라를 다스릴 큰 이름이오."

"제 태몽과도 딱 맞아떨어집니다. 하면 성씨는 폐하처럼 고씨로 삼습니까? 하오면 이 아이는 고온조가 되는 것입니까?"

"우선은 온조라고 부르도록 합시다. 이 아이가 자라 한 나라를 경영하게 되면 내가 원래의 성씨인 해씨를 버리고, 크고 높다는 뜻을 가진 고씨로 삼았듯이 다른 성씨를 가질 수도 있을 것이오."

"그럴 수도 있겠지요. 비류가 아직은 해비류이지만, 언젠가는 폐하의 성씨를 물려받아 고비류가 될 수도 있겠지요."

소서노의 얼굴에 그늘이 내려앉았다. 비류를 태자로 책봉하지 않은 것이 아직도 그녀의 뇌리에 앙금으로 남아 있는 것이 분명했다. 그걸 느낀 주몽이 몸을 일으켰다.

"그대가 이리 건강한 것이 얼마나 다행인 줄 모르겠소. 허나 여자는 산후조리를 잘해야 합니다. 옛날에 북부여에 있을 때 내 어머니 유화왕후마마께서 그리 말씀하시는 걸 들었소. 찬 물에 손 담그지 말고, 차거운 바람은 피하시오. 뜨거운 방에서 한 달 이상을 땀을 흘려야 온전한 몸으로 돌아온다고 했소."

"그리 하겠습니다."

소서노가 고개를 끄덕였다.

이날 하루 종일 하늘에서 이글거리는 해를 태몽으로 꾸었다는 소서노의 말과 두 개의 해가 그녀의 가슴에 안기던 자신의 꿈이 주몽의 뇌리를 맴돌았다.

해는 신성한 것이고, 한 나라의 왕을 상징하는 위대한 존재가 아니던가. 자신의 꿈이야 그렇다고 치더라도 소서노가 꾸었다는 해는 또 무엇인가. 오늘 태어난, 온조라는 이름을 붙인 그 아이가 장차 한 나라를 다스리는 큰 인물이 된다는 소리인가. 아니면 두 개의 해가 소서노의 품에 안겼듯이 서로 왕의 자리를 차지하려고 싸움이라도 벌인다는 뜻인가.

이날 오후였다. 오이가 대전으로 찾아왔다.

"축복드립니다, 폐하."

오이가 우선 왕자의 탄생부터 축하했다.

"고맙네."

"산모와 왕자, 두 분 모두 강건하다니 그 더욱 다행입니다."

"그렇기는 하네만 사실은 마음에 걸리는 일이 있네. 어젯밤에 꾼 내 꿈도 괴이하고, 왕후가 꾸었다는 태몽 또한 심상치가 않네."

"무슨 꿈인데 그러십니까? 정 께름칙하면 책사 극무에게 물어보면 될 것이 아닙니까?"

"꿈은 아무 것이나 꿀 수 있다고만 하더군. 꿈을 잘 모르던지 아니면 알고도 나한테 얘기하기가 거북할 수도 있겠지."

주몽이 자신이 꾸었던 꿈과 소서노의 태몽을 오이에게 들려주었다.

"심상찮은 꿈이기는 합니다만, 책사 극무의 말대로 허황된 내용일 수도 있겠지요. 그것보다도 오늘 염추가 왔습니다."

"염추가? 그래, 예리내는 잘 있다고 하던가? 유리는?"

주몽이 다급한 마음에 몇 가지를 한꺼번에 물었다. 가슴에서 뜨거운 기운이 끓어올랐다.

"우리 쪽에서 미리 대비하기를 참으로 잘했습니다. 구체적인 것은 폐하께 말씀드리지 않았습니다만, 제가 예씨 부인에게 당부한 일이 있습니다. 밤으로 잠을 잘 때에 방을 바꾸라고 했습니다. 원래 예씨 부인과 유리 왕자가 거처하는 방에는 허수아비를 뉘어놓고, 두 분은 방을 바꾸어 주무시라고 했습니다."

"그랬더니?"

"열흘쯤 후엔가 자객이 들었다고 했습니다. 허수아비 두 개가 난 자당해 있었다고 했습니다. 허수아비인 것을 안 자객이 도망가는 것을 우리가 보낸 무사가 뒤를 쫓았다고 했습니다만, 결국 놓쳤다고 했습니다. 바람처럼 빠르더라고 했습니다."

"큰일 날뻔 했군. 내 이것들을 그냥."

주몽이 분노의 눈빛으로 온몸을 부르르 떨었다.

"참으시오소서. 연타발 족장이 보낸 자객이라는 증거가 없습니다. 또한 아직은 폐하의 힘이 그들과 대적하기에는 역부족입니다. 따지고 보면 병사들도 모두 부족장들이 거느리고 있습니다. 폐하의 직속 병사는 채 일천 명도 되지 않습니다. 폐하의 병사가 일만을 넘을 때까지는 알아도 모르는 체 참아야만 합니다. 지금 예씨 부인과 유리 왕자는 아주 안전한 곳에 있다고 했습니다. 한번 들었던 자객이 언제 또 들지 모르니까요. 제가 그랬습니다. 정말 자객이 들면 두 분을 안전한 곳으로 피신하여 모시라고 염추에게 단단히 당부를 했었습니다. 또한 무사로 하여금 두 분을 지켜내라고 했습니다. 왕후마마 앞에서나 연타발 족장 앞에서 모른 체 하십시오. 아무것도 모른 체 하시고 평소처럼 두 분을 대하십시오."

"혹시, 대소 왕자가 자객을 보냈던 것은 아닐까?"

"그들은 아닐 것입니다. 비록 폐하와의 감정이 있어 좋은 사이로 지낼 수는 없겠지만, 유리 왕자는 이미 그들의 경쟁상대는 아니지 않습니까? 더구나 유리 왕자의 할머니께서 아직은 강건해 계십니다. 금와왕도 그분을 아끼신다고 했습니다."

"그렇다면 연타발 족장이 보낸 자객이 틀림없겠군. 왕후도 그 일을 알고 있을까?"

"왕후마마는 욕심이 많으신 분입니다. 어떻게든 유리 왕자가 태자가 되는 일은 막고 싶으실 것입니다."

"그렇겠지. 예리내와 유리는 왕후에게 혹이나 마찬가질 테니까. 앞으로도 오이 자네가 그들 모자를 잘 보호하도록 하게."

주몽이 간절한 눈빛으로 부탁했다.

"알겠습니다, 폐하. 너무 염려하지 마십시오."

오이가 대답했다.

"참으로 훤출하게도 생겼습니다. 왕후마마의 건강이 좋으신 것 같아 기쁘옵니다."

연타발이 이제 얼굴에 부기가 빠져 원래의 일굴로 돌아온 소시노에게 축하의 인사를 했다. 딸 소서노가 왕자를 낳았다는 소식은 다음 날 바로 들었지만, 친정아버지의 몸으로 첫 이레가 지나기 전에 찾아오는 것이 거북하여 미루고 미루다가 열흘이 지나서야 손자와 첫대면을 하는 연타발이었다. 그 뿐만이 아니었다. 소서노에게 전해야 할 소식도 있었다.

"고맙습니다. 모두가 아버님께서 이 몸을 강건하게 낳아주시고 길러주신 덕입니다. 이름은 온조라고 하였습니다. 폐하가 그리 지어주셨습니다."

소서노가 새근새근 잠들어 있는 온조의 머리를 쓰다듬으며 말했다.

"온조라, 온조. 큰 이름입니다. 얼굴에 걸맞는 이름입니다. 제가 역술을 아는 사람에게 이 아이가 태어난 일시를 넌즈시 알려주고 사주를 물었더니, 능히 한 나라를 경영할 큰 인물이 될 것이라고 했습니다. 더구나 하늘이 밝은 빛으로 그 징조를 보였지 않습니까? 따지고 보면 꼭 비류가 태자로 왕위를 이어받을 필요는 없지 않습니까? 이 아이가, 온조가 고구려의 왕위를 이어도 마마나 저에게 나쁜 일은 아닐 것입니다."

연타발의 말에 소서노가 고개를 끄덕였다.

"온조를 낳기 전에는 저도 비류만이 고구려의 왕위를 이어받을 태자로 생각했습니다. 하온데, 온조를 낳아놓고 보니, 더구나 하늘의 징조까지 있고 보니 마음이 바뀌었습니다. 또한 이 아이의 사주가 그렇다하오니, 이제 노심초사하지 않겠습니다. 폐하도 유리한테 연연해 하지는 않으실 것입니다. 온조도 폐하의 친자식이 아닙니까."

"그렇사옵니다. 앞으로는 태자 문제를 가지고 안달하지 마십시오."

"북부여로 간 사람은 어찌 되었습니까? 아직 소식이 없사옵니까?"

소서노가 지나가는 말투로 물었다. 그만큼 온조를 낳은 그녀는 마음이 넉넉해져 있었다. 온조가 되었건 비류가 되었건 자신이 온몸을 쪼개는 산통 끝에 낳은 자식이면 된다는 생각이었다.

"며칠 전에 왔사옵니다. 유리 모자를 죽이는 일은 실패했답니다."

"실패해요?"

소서노의 눈빛이 갑자기 긴장했다.

"그렇사옵니다. 자객이 들어가니까 허수아비 두 개를 이불 속에 뉘어 놓았더라고 했습니다. 미리 알고 몸을 피한 것이지요."

"방을 바꾸었다는 말씀이지요?"

"그랬사옵니다. 어쩌면 폐하가 우리의 마음을 읽고 미리 대비를 시켰는지도 모릅니다."

"폐하가 말씀입니까?"

"아닐 수도 있지요. 예씨 부인의 조심성이 미리미리 방비를 하고 있었는지도 모르지요. 아직도 불씨는 남아 있는 셈입니다. 더구나 그 일이 폐하의 지시로 대비된 것이라면 언젠가는 결국 유리를 불러 들여 태자로 삼을지도 모르지요."

"그것은 아니 될 일입니다. 무슨 수를 쓰건 고구려를 유리에게 넘겨주는 불상사는 막아야 합니다."

"그들 모자는 자객이 들었던 다음 날 바로 집을 비웠답니다. 자객의 감시가 소홀해진 틈을 타 감쪽같이 몸을 숨겨버렸다고 했습니다."

"몸을 숨겼다면 멀리 이사라도 갔다는 말씀입니까?"

"자객도 며칠 후에야 알았다고 했습니다. 낮으로는 인기척이 있고, 밤으로 방마다 불이 켜져있어 그들 모자가 집에 있는 걸로만 알았다는 것이었습니다. 이레가 지나서야 집안에 하인들만 있다는 것을 알았답니다. 대소 왕자 쪽에서 유리를 찾는 것을 보고서야 알았다고 했습니다. 하인들이 대소 왕자에게 잡혀가는 것을 보고서야 눈치를 챈 것이지요."

"그런 멍청한 놈이 있습니까?"

소서노의 눈빛이 분노로 부르르 떨었다.

"사람이 사람을 속이려 들면 속을 수밖에 없는 것이 또한 사람입니다. 제가 다시 방책을 강구하겠습니다. 사람을 풀어 그들 모자가 살고 있는 곳을 탐문하겠습니다."

"마음먹고 숨어버렸다면 찾기가 쉬운 일이겠습니까? 북부여는 작은 나라이기는 해도 사방 이천 리가 넘습니다. 어디 그뿐입니까? 산은 높고 골은 깊습니다. 하잘 것 없는 촌부로 얼굴을 가리고 산다면 어찌 찾아낼 수 있겠습니까? 엄리대수에서 바늘 찾기지요."

"사람은 어차피 흔적을 남기기 마련입니다. 더구나 유리같은 뛰어난 아이라면 숨어 살 수가 없지요. 머지않아 사람들의 입살에 오르내리겠지요."

"유리가 그리 뛰어나답니까? 이제 그 아이의 나이 겨우 네 살입니다. 네 살 난 아이가 뛰어나면 얼마나 뛰어나겠습니까?"

"거기에 보냈던 자객이 이런 소문을 물어왔더군요. 제 아버지인 폐하를 닮아 활을 그렇게 잘 쏜다구요. 한번은 물동이를 이고 가는 여인네의 물동이를 쏘아 구멍을 뚫었는데, 아마 여인네가 그런 욕을 했던 모양입니다. 애비 없이 자란 자식이라 싸가지가 없다고 차마 입에 담기 힘든 욕을 했던 모양입니다. 그러니까 유리가 진흙을 뭉쳐 화살촉에 달아 쏘았는데, 구멍난 물동이의 구멍을 정확히 맞혀 물구멍을 막았다는 것입니다. 이제 겨우 네 살인 유리가 그러니 소문이 안 날 리가 없잖습니까? 대소 왕자 쪽에서 유리를 감시하고 있었던 것도 그 때문일 것입니다. 더구나 금와왕이 유화부인을 지극히 사랑한다고 했습니다. 아들 대신 손자를 왕위에 앉히지 말라는 법은 없잖습니까? 폐하이신 주몽께 위기를 느꼈듯이 그 아들인 유리한테 위기감을 느꼈는지도 모르지요."

"어떻게든 유리를 찾으세요. 죽이지는 않더라도 그들이 어디에서 어떻게 살고 있는가는 알아야할 것이 아닙니까? 그래야 만일의 경우 우리 쪽에서도 대비를 할 수 있을 것이 아닙니까?"

"염려하지 마십시오. 벌써 사람을 풀었습니다. 장사꾼으로 위장하여 스무 명이나 풀었습니다. 북부여를 이 잡듯이 뒤져 그들 모자를 찾아내라고 했습니다. 다만 걱정은 폐하가 이 일을 알고 있을까 하는 것입니다."

"설마요? 폐하가 어찌 눈치를 채셨겠습니까?"

"우리 쪽의 자객을 막은 것이 폐하가 보낸 보호병이었다면 벌써 자객이 들었다는 말이 폐하의 귀에 들어갔을 것입니다. 그리고 폐하는 누가 그런 일을 저질렀는지 눈치를 채셨을 것입니다."

"대소 왕자 쪽에서도 감시를 하고 있었다면서요? 그들의 짓이라고 생각할 수도 있겠지요."

"그러나 유리는 대소 왕자의 적수가 아니라는 것을 폐하도 알고 있습니다. 마음만 먹었으면 데리고 올 수도 있었을 그들 모자를 북부여에 그대로 둔 것도 그 때문이 아니겠습니까? 유화왕후를 믿는 마음도 있을 것이고요."

"제가 기회를 봐서 폐하께 넌즈시 떠보겠습니다."

"그러십시오. 그리고 폐하와는 상관없이 우리 쪽에도 사람을 모아야겠습니다."

"사람이야 많지 않습니까? 아버님께서 가지고 계신 병사가 오 천이 넘습니다."

"싸움터에서 싸움을 하는 병사가 아니라, 폐하가 데리고 있는 오이나 마리같은, 하다못해 책사 극무같은 지혜있는 자를 끌어들여야겠습니다."

"그들 중 하나를 끌어들이려구요?"

소서노의 얼굴에 우려의 빛이 나타났다. 그걸 모를 연타발이 아니었다.

"그자들은 이미 폐하와는 한 몸이나 마찬가집니다. 그들한테 억만금을 준다고 한들 우리 편이 되지는 않을 것입니다. 지난 번에 마마께오서 서둘러 그들을 혼인까지 시켰지만, 고마움은 고마움대로 간직하면서도 목숨을 바쳐 우리 사람이 되기는 힘듭니다. 마마께서도 태자문제랄지 하는 큰 문제는 그들의 부인들한테 속내를 털어놓지 마십시오."

"하오면?"

"새로운 사람을 찾아야지요. 마침 마음에 두고 있는 적당한 사람이 하나 있습니다. 삼 년 전에 장사길에 만난 사람인데 북부여 백산 아래 압록수 가의 허름한 초옥에 살고 있는 사내입니다. 홍수 때문에 사흘을 그 집에서 머물게 되었는데 말을 나눌수록 사람이 신실하고 지혜가 있어 보였습니다. 제가 한 눈에 반했었지요. 마침 칠순 노

모를 모시고 살고 있었는데, 제가 일 년내 땀 흘려보아야 하루 세 끼 끼니거리도 못 되는 농사일이나, 죽도록 그물을 던져야 벗어날 수 없는 가난 때문에 아내도 얻을 수 없는 여기서 살지 말고, 저랑 함께 졸본으로 가자고 청했지요."

"그랬더니요?"

"싫다고 했습니다. 자기는 나이 드신 어머님 때문에라도 몸을 움직일 수가 없다구요. 어디 사람이 살만한 곳으로 옮기고 싶어도 남편의 유골을 묻은 압록수 가를 어머님이 떠나고 싶어하지 않는다면서 거절을 하더군요."

"아버님이 욕심을 내실 정도라면 뛰어나기는 한 사내인 모양이군요."

"그렇습니다. 그 사내한테 직접 들은 것이 아니라, 이웃을 통하여 수소문한 것인데, 해루라는 이름을 가진 그 사내는 천문에 밝다고 했습니다. 아침 여명이나 저녁놀만 보고도 다음 날의 날씨를 미루어 알고, 개미 새끼의 움직임만 가지고도 사흘 동안의 날씨를 맞춘다고 했습니다. 봄이 되기도 전에 올해는 비가 많은 해이니 목화는 심지 말라고 한다든지, 올해는 지독한 가뭄이 있어 벼를 심지 못하니, 볍씨 대신 메밀씨를 많이 남겨두라고 하면 틀림없이 그리 되었다는 것입니다. 이웃 사람들은 해루를 도사나 신선처럼 생각하고 있었습니다."

"나이가 몇이나 되는데요?"

"그때 열일곱이었으니, 지금은 스물이 되었겠군요."

"나이도 어린 사람이 어디에서 그런 지혜를 얻었지요? 설마 타고 난 재능은 아닐 것인데요."

"해루의 아버지가 살아계실 때 어떤 도사가 집 앞을 지나다가 그랬답니다. 이 아이를 강가에서 계속 살게 하면 물에 빠져죽을 팔자라구요. 그러니 자기가 십 년만 데리고 있겠다구요. 그 도사한테 배운 것이겠지요. 도사를 따라 딱 십 년을 살다가 어느 날 그만 너희 집으로 가보거라, 해서 왔더니, 농사를 짓던 아버지가 독사에 물려 사경을 헤매고 있더라지 뭡니까? 해루의 얼굴을 확인한 아버지가 손한번 꼭 잡아주고는 그대로 숨을 거두었다지요."

"해루라는 그 사내를 제 곁에 두고 싶습니다, 아버님. 해루를 데려다가 제 책사 겸 비류와 온조의 스승으로 삼게 하여 주십시오."

소서노가 간절한 눈빛으로 욕심을 냈다.

"알겠습니다, 마마. 해루를 마마 곁으로 데리고 오지요. 만금을 들여서라도 데리고 오겠습니다."

"정과 믿음으로 데려와야지 재물을 가지고는 움직이지 않을 것입니다. 해루가 정말 뛰어난 사람이라면 재물같은 것은 길바닥을 구르는 돌멩이보다 하찮게 여길 것입니다."

"아무튼 저에게 맡겨주십시오. 해루뿐만이 아니라 앞으로도 좋은 사람이 있으면 무조건 모아들이겠습니다."

"저는 아버님만 믿습니다."

"그러십시오, 마마."

연타발이 자신있게 장담하고 돌아간 며칠 후였다. 주몽이 온조를 보러 왔다. 너무 갑갑하여 온조를 유모에게 맡기고 소서노가 말을 타고 백 리 밖까지 나갔다가 돌아와 보니, 주몽이 온조를 안고 있었다.

"폐하, 미리 기별이라도 하지 않으시구요."

"애비가 아들을 보러 오는데도 그런 격식이 필요하다는 말씀입니까? 말을 타고 나갔었다구요? 아직은 몸이 부실할 텐데요."

"너무 답답하여 미칠 것만 같았습니다. 제 몸은 걱정하지 마십시오. 보시옵소서. 이젠 완전히 정상으로 돌아왔지 않습니까?"

"그렇긴 하오만, 난 그대가 여인네의 삶을 살기를 원하오."

그런데 소서노를 바라보는 주몽의 눈빛에 예전같은 정감이 없었다. 하긴, 혼례를 치룬 이후 몇 번의 잠자리에도 받아들이는 사람의 가슴이 설렐 그런 따뜻함은 없는 눈빛이었다. 서로가 필요해서 만난 사이기는 했지만, 최소한의 정은 있었다. 바람 불고 비 내리는 밤이면 주몽의 건강한 몸이 그리워 안달하던 밤도 있었다. 그린 날 밤이면 어찌 알고 찾아와 따뜻하게 안아주기도 하던 주몽이었다. 그런데 온조를 낳은 이후부터는 겉으로 드러나게 주몽의 눈빛이 차거웠다. 아무리 사내처럼 활달하게 사는 소서노였지만, 한 이불 덮고 잠을 자는 사내의 변한 마음을 눈치 채지 못할 만큼 둔하지는 않았다. 사내 앞에서는 소서노도 연약한 한 여인이었다. 꽃바람이 불면 설레일 가슴도 가지고 있는 여인이었다.

그런 소서노가 주몽의 변한 마음을 모를 리가 없었다.

그걸 숨기고 소서노가 말했다.

"그렇게 살겠습니다. 제 안의 사내를 죽이고 폐하의 아낙으로만 살겠습니다. 제가 이번에 온조를 낳고 보니, 새삼 북부여에 계시는 예씨 부인이 생각났습니다. 지아비를 지척에 두고 아이를 낳아도 이리 고통스럽고 외로운데, 아버지도 없이 아이를 낳았을 예씨 부인은 얼마나 아팠으며 또 얼마나 외로웠을까를 생각하자 눈물이 나오려고 했습니다."

"그대의 마음이 참으로 곱소."

"여인네라면, 더구나 아이를 둔 어머니라면 누구나 할 수 있는 생각이겠지요. 그래, 예씨 부인의 소식은 종종 듣습니까?"

"아니오, 감감 무소식이오."

주몽이 짧게 잘라 대꾸했다. 그 순간 소서노는 서늘한 기운이 주몽의 눈에서 쏟아져 나오는 것을 보았다.

'나한테 벽을 두고 있는 것이 틀림없어. 지난 번의 자객이 아버지가 보낸 것이라는 것을 눈치 채고 있는지도 모르지.'

소서노의 가슴이 옥죄어 들었다. 그러나 기왕 내킨 김이었다. 주몽의 속내를 더욱 알고 싶어졌다.

"그래서 드리는 말씀인데요. 예씨 부인과 유리 왕자를 고구려로 모셔오는 것이 어떻겠습니까? 모셔다가 예씨 부인은 첫번째 왕후로 삼으시고 유리 왕자는 태자로 책봉하는 것이 어떻겠습니까?"

소서노의 말에 주몽이 뚫어지도록 바라보았다.

"정말 그걸 원하오?"

주몽의 물음에 소서노가 크게 고개를 끄덕였다.

"그러하옵니다. 진즉부터 생각하고 있었던 일입니다. 저는 폐하의 그리움을 압니다. 폐하가 사방 일만 리의 땅을 가진 대군주가 되기 위해서도 두 분은 필요합니다. 태산같은 그리움이 폐하의 가시는 길을 가로막고 있는 것을 알고 있습니다. 두 분을 모셔다 놓으면 폐하가 더욱 나라 일에 정진하실 것이 아닙니까?"

소서노의 말에 주몽의 눈빛이 흔들렸다.

"두고 봅시다. 그 일이 급한 것은 아니오. 내게는 비류와 온조가 있잖소. 아들은 둘만 있어도 충분하오."

주몽이 평정을 되찾고 말했다.

'거짓말이야. 폐하는 지금 애써 자신의 감정을 감추고 있는 거야. 아니, 나를 속이고 있는 거야.'

소서노는 그렇게 생각했다.

'어쩌면 유리를 데려옴으로 태자를 차지하기 위한 싸움이 일찍 시작되는 것을 두려워하고 있을지도 몰라. 아직은 아비지나 여섯 부족의 힘이 강하니까, 그들이 한 마음이 되면 하루 아침에라도 자신이 왕의 자리에서 물러나야 할 것을 알고 있을 테니까. 자신의 힘을 기르고 난 다음에 유리를 데려오려고 작정하고 있는지도 몰라. 그러나 결코 호락호락 고구려의 다음 왕 자리를 유리에게 넘겨주지는 않을 거야. 내가, 이 소서노가 그렇게 만들지는 않을 것이라구.'

소서노가 그런 마음을 숨기고 너그러운 낯빛으로 말했다.

"될 수 있으면 서두르시옵소서. 저도 예씨 부인과 유리 왕자가 보고싶사옵니다. 이것은 제 진심입니다."

"알겠소. 그대의 갸륵한 마음을."

주몽이 따뜻한 눈빛으로 대꾸했다. 그러나 소서노는 알고 있었다.

주몽의 따뜻한 눈빛이 자신을 향해 보내오는 것이 아니라, 예씨 부인과 유리 왕자에 대한 그리움의 징표라는 것을.

연타발이 해루를 데리고 온 것은 두 달이 거즌 지나서였다. 온조는 하루가 다르게 커갔다. 온조에게 젖을 먹이던 유모가 비명을 내질렀다. 무슨 일인가 쫓아가보니까 유모가 벌겋게 달아오른 젖꼭지를 내려다보며 눈물을 글썽이고 있었다.

"웬일인가? 무슨 일인데 그리 호들갑을 떠는가?"

"저도 모르게 비명을 질렀습니다. 송구스럽사옵니다. 왕자님께서 어찌나 세게 젖을 빠시는지, 너무 아팠습니다."

유모가 눈물을 질금거렸다.

"아무리 세게 젖을 빨아도 그렇지 온조는 채 다섯 달을 넘기지 않은 어린 아이요. 그런 아이가 젖을 세게 빨았으면 얼마나 세게 빨았겠소."

소서노가 속으로 흐뭇한 마음을 숨기고 유모를 나무랐다. 자신의 말대로 겨우 다섯 달이 되어가는 온조가 젖을 빠는 힘이 그리 강하다면 놀라운 일이 아닌가. 평소 경거망동하지 않던 유모가 자신도 모르게 비명을 내지를 정도라면 그 힘이 보통 아이들과는 다르지 않은가.

이라도 솟아 그 이로 물어뜯었다면 그럴 수도 있을 것이었다. 그것은 소서노 자신도 경험한 일이었다. 비류가 막 돌을 넘겼을 때였다. 그때는 유모를 들이지 않아 손수 젖을 먹였는데, 막 이가 솟기 시작하는 비류가 한번은 젖이 잘 나오지 않자 젖꼭지를 물어뜯었다.

눈물이 질금 솟을 만큼 아파 자신도 모르게 아얏, 하고 비명을 내질렀다. 그러나 온조는 아직 맨 잇몸이었다. 그 보드라운 잇몸으로 물었으면 얼마나 세게 물었단 말인가. 유모의 엄살이겠지. 아니면 보통 힘이 아닌 온조한테 젖을 먹이느라, 젖꼭지가 조금 헐기라도 했겠지. 소서노는 그렇게 믿었다.

그런 소서노의 마음을 눈치라도 챘는지 유모가 젖꼭지를 내보이며 말했다.

"보시오소서, 마마."

유모의 젖꼭지는 벌겋게 상기되어 있었다. 혹시나 싶어 찬찬히 살펴보았지만 거기에 상처같은 것은 없었다.

"힘이 대단하옵니다, 왕자 마마께오서는."

통증이 가라앉았는지, 아니면 자신의 호들갑이 부끄러웠는지 유모가 수줍음으로 얼굴을 붉게 물들였다.

"젖이 부족하지는 않겠지? 내 왕자님의 배를 골리는 것은 아니겠지?"

"그렇지는 않사옵니다. 드시고 나도 늘 젖은 넘쳐흐릅니다."

"좀 아프드래도 앞으로는 자네가 참게. 왕자님께서 놀라시면 안 되니까."

"송구스럽사옵니다. 조심, 또 조심하겠사옵니다."

유모가 고개를 조아렸다.

'잘만 기르면, 이대로 잘만 기르면 큰 인물이 되겠어. 고구려쯤은 넉넉히 다스릴 왕이 될 수 있겠어.'

소서노는 기분이 좋았다. 온조가 다른 어린 아이들보다 두 배쯤 되는 강건한 몸을 가진 것도 좋았고, 유모의 젖꼭지를 붉게 물들일 만큼 빠는 힘이 센 것도 흐뭇했다.

소서노가 즐거운 마음으로 내전으로 돌아오자 연타발이 낯선 사내와 함께 기다리고 있었다. 한 눈에 사내의 맑은 눈빛이 들어왔다. 그 눈빛은 상대방의 눈을 빨아들일 듯 강렬했다. 맑은 것은 눈빛뿐만이 아니었다. 얼굴에서 밝은 빛이 쏟아져 나오는 듯 눈이 부셨다.

'해루구나. 지난 번에 아버님께서 말씀하셨던 해루라는 사내구나.'

연타발이 사내와 함께 벌떡 일어나 인사를 차렸다.

"어디 다녀오시는 길이옵니까? 마마."

"예, 유모한테 좀 다녀오는 길입니다."

"용건이 있으면 불러들이시지 않구요."

"비명소리가 나기에 저도 모르게 달려갔습니다."

"비명소리요?"

"글쎄, 온조가 젖을 어찌나 세게 빨았던지 유모가 고통에 못 이겨 자신도 모르게 비명을 내질렀다고 했습니다."

"그래요? 허허허. 유모가 비명을 지를 만큼 기운이 세다는 뜻이지요? 거, 대단한 힘이군요."

연타발이 껄껄껄 웃다가 낯선 사내를 돌아보았다.

"지난 번에 말씀드린 해루입니다."

"반갑소. 아버님께 말씀을 듣고 만나고 싶었소."

소서노의 말에 해루가 큰 절을 했다. 여전히 눈빛은 맑고 흔들림이 없었다.

"마마를 위해 신명을 바치겠습니다. 그럴 결심으로 왔습니다."

"고맙소. 참으로 고맙소. 천군만마를 얻은 것보다 더욱 반갑소."

소서노가 환하게 웃으며 고개를 끄덕였다.

"마침 모친의 삼 년 상이 끝나 함께 올 수 있었습니다. 해공자께서도 언젠가는 제가 올 것을 알고 기다리고 있더군요. 우선은 폐하의 수족으로 들이겠습니다. 폐하 곁에서 폐하의 일을 돕게 하겠습니다."

연타발의 말에 소서노가 알 수 없다는 표정을 지었다.

"그것이 해루공자가 활동하는데 편하다고 했습니다. 어차피 폐하의 뜻이 북부여 쪽에 가 있으시다면, 암암리에 마마 전에 염탐꾼을 박아놓고 있을지도 모릅니다. 해루공자가 마마전에 자주 드나들다 보면 폐하 쪽의 의심을 사게 될 것입니다."

연타발의 말에 해루가 그 뒤를 이었다.

"그렇사옵니다. 어차피 저는 마마를 위해 목숨을 바치기로 작정하고 온 사람입니다. 연타발 족장님을 통해 고구려의 사정은 어느 정도 알고 있사옵니다. 폐하를 위해 일을 하되 목숨은 마마를 위해, 아니 비류와 온조 왕자를 위해 바치겠다는 뜻입니다."

"정녕 그래주실 수가 있겠소?"

"저를 믿으십시오. 그것보다는 두 분 왕자님을 보고 싶습니다만."

해루가 말했다.

"그러시지요. 해루공자는 어차피 두 왕자의 스승도 되어야 하니까요."

소서노가 시종을 시켜 비류와 온조를 데려오도록 했다. 두 왕자를 찬찬히 살피고, 사주까지 물은 해루가 혼자 고개를 끄덕였다.

"어떻소? 왕재가 되겠소?"

소서노가 물었다.

"그러하옵니다. 제가 목숨을 걸어도 되겠습니다."

누가 더 낫소? 그런 물음이 나오려는 걸 소서노가 얼른 입술을 물었다. 해루의 입에서 누구라는 대답이 나오는 순간 한 아들은 자신의 마음에서 멀어진다는 두려움 때문이었다. 비류면 어떻고, 온조면 또 어떤가? 자신의 살을 찢고 나온 두 아들 가운데 하나가 고구려의 다음 왕이 될 수만 있다면 그것이 누가 되었건 상관이 없는 일이었다.

연타발이 오이한테 말을 넣어 그 날로 해루는 주몽의 책사가 되었다. 주몽의 책사 노릇을 하면서 하루에 서너 시각씩 비류에게 학문을 가르쳤다. 그가 올 때마다 찾아가 비류를 가르치는 모습을 곁에서 지켜보고 싶은 걸 소서노는 꾹 참았다.

아버지 연타발의 말대로 주몽 쪽에서 염탐꾼을 심어놓고 있다면 해루와 너무 가까운 티를 보여주어서는 안 되는 것이었다. 해루는 다만 비류의 스승으로만 그들의 눈에 보이도록 해야 하는 것이었다. 그 날 물러가면서 해루가 말했다.

"자주 뵙지는 못할 것입니다. 저는 오직 폐하만을 위해 일을 할 것입니다. 마마께서도 여간 중요한 일이 아니시면 저를 찾지 말아주십시오. 남을 속이기 위해서는 자신들을 먼저 속여야 하는 것입니다."

"알겠소. 그렇게 하겠소."

그래서 소서노는 해루가 주몽을 위해서 세운 공들을 소문으로만 들을 수 있었다. 다물도가 행인국의 침략을 받아 위험하다는 송양의 전갈을 받고는 안개를 이용하여 적의 눈을 속이는 전략을 쓰라는 계책을 보내 안개 속에 수천 개의 허수아비를 세워놓고 뒤를 쳐서 물리쳤다는 소식도 있었고, 적군을 계곡 깊숙이 몰아넣고 일 주일만 가두어 놓으면 물살에 휩쓸려 몰살을 시킬 수 있을 것이라는 말을 듣고 그대로 했더니, 사흘 낮밤을 비가 내려 적의 주둔지를 물살이 덮쳐 화살 하나 허비하지 않고 싸움에 이겼다는 소식도 들었다.

　그런 소식을 전해 줄 때마다 연타발이 혀를 내둘렀다.

　"참으로 놀라운 사람이오. 하늘과 땅을 한 눈으로 보는 사람이오. 그 사람이 안개가 낀다고 하면 틀림없이 안개가 끼었고, 홍수가 진다 하면 분명 홍수가 졌다 합니다. 하늘과 땅의 일을 그리 꿰뚫는 사람이니, 사람의 일은 새삼 일러 무엇 하오리까."

　"아버님과 제가, 아니 우리 비류와 온조가 보물을 얻은 것이지요."

　해루만 생각하면 소서노는 저절로 웃음이 나왔다. 손수 병사들을 이끌고 전쟁터로만 다니느라 주몽이 찾아주지 않아도, 사내의 속살을 언제 느꼈던가 아득해도 하루가 다르게 커가는 온조를 바라보는 낙이, 학문을 익히고 무술을 연마하는 비류의 영민함에 소서노는 날마다 살맛이 났다.

4

연타발 승부수를 던지다

장다리 밭에 노란 장다리 꽃이 흐드러지게 피어있는 봄이었다. 나비 몇 마리가 꽃 위에 앉아 꽃술을 희롱하고 있었다.

'이제, 태자문제를 매듭지어야 할 때가 되었구나. 비류와 온조의 나이 벌써 스물과 열다섯이 아닌가. 노나라의 공자께서는 사내 나이 열다섯이면 뜻을 세울 때라고 했던가? 한 나라의 태자로 부족한 나이는 아니지 않은가.'

연타발은 이제 나이가 들어 장사길도 쉬고 있는 중이었다. 대대로 벼슬을 맡고 있었지만, 그것은 주몽이 여섯 부족장들의 마음을 사려고 내려준 형식적인 직함에 불과했고, 나라 일은 모두 세 친구와 상의하여 처리하고 있었다. 족장이라는 호칭이 대대로나 대로로 바뀌었을 뿐이었다.

생각해보면 주몽을 만나 사위를 삼고 그를 고구려의 왕위에 앉혀 살아온 열여섯 해라는 세월 동안 연타발의 장사길은 오직 주몽을 위한, 아니 고구려를 위한 장사길이나 다름 아니었다. 활을 만들 물소 뿔만 해도 십만여 개를 구해다 주었으며 무쇠는 수십만 근을 구해다 주었다. 그 물소뿔로 활을 만들고 무쇠로 창과 칼과 갑옷을 만들어 주몽은 사방 삼천 리의 땅을 가진 대고구려의 왕이 되어 있었다.

처음 시작은 겨우 여섯 부족을 합친 큰 부족의 족장에 불과했으나, 어느 사이에 부여를 넘볼 수 있는 큰 나라로 기틀을 잡고 있었던 것이었다. 더구나 주몽의 나이 마흔이 가까워지고 있었다. 주몽에게 딴 마음이 없다면 비류나 온조 가운데 하나를 골라 태자로 못 삼을 것도 없었다.

그러나 주몽은 태자 책봉 문제만 나오면 고개를 돌려버렸다.

"아버님이 나서십시오. 다른 부족장들을 움직이십시오. 차일피일 미루다가 어느 날 유리 왕자라도 덜컥 나타나고 그를 태자로 책봉해 버리면 어찌합니까? 만약 그런 일이 생기면 주몽 왕의 가슴에 제가 비수를 꽂을지도 모릅니다."

소서노가 서둘렀다. 주몽의 맨살 냄새를 맡은 것이 언제인지도 모르게 그들 사이는 이제 남남이나 다름없었다. 서로가 서로를 미워하지는 않으면서도 마주하면 어쩐지 서먹서먹했다. 그런 일이 되풀이되자 주몽이 소서노를 찾아오지 않았다. 그녀 또한 주몽을 청하지도 않았다. 그럴수록 소서노의 가슴에서는 비류나 온조 둘 중에 하나를 태자로 책봉하여 다음 왕위를 잇게 해야 한다는 욕심만 커갔다.

"알겠습니다, 마마. 이제 때가 된 것이지요."

연타발이 고개를 끄덕였다. 그리고 그 날로 바로 주몽을 찾아갔다.

"어서 오십시오, 장인어른."

주몽이 앉은 채 연타발을 올려다 보았다.

"이번에 또 사방 삼백 리의 땅을 넓히셨다구요? 축하드립니다, 폐하."

"모두가 장인어르신 덕입니다. 장인어르신께서 다른 것은 다 접어 두고 만 리 밖의 물소뿔이며 무쇠를 구해다 주신 덕분에 병장기를 확보할 수 있었고, 병사들을 무장시킬 수 있었습니다. 고맙습니다. 늘 고맙게 여기고 있습니다."

"폐하의 신하로서 제가 응당 해야 할 일입니다. 새삼 고마우실 것이 무엇입니까?"

"아닙니다. 장인어른이야말로 고구려의 실질적인 주인이십니다."

주몽의 말에 연타발이 잠깐 눈을 반짝이다가 물었다.

"정녕 그리 생각하시옵니까? 폐하."

"사내가 어찌 한 입 가지고 두 말을 하겠습니까? 제 말은 제 마음을 그대로 표현한 진심입니다."

주몽의 대꾸에 연타발이 잠시 망설이다가 작정하고 입을 열었다.

"그러시다면 제 청을 하나 들어주시겠습니까? 폐하."

"무슨 일입니까? 장인어른의 청이라면 들어드려야지요. 말씀하십시오."

그 순간 연타발은 주몽의 미간이 살짝 일그러졌다가 펴지는 것을 보았다. 주몽은 연타발이 꺼내놓을 청이 무엇인지 알고 있는 것이 분명했다.

"이제 폐하의 춘추가 공자님께서 불혹이라고 했던 사십이십니다. 폐하의 아들이신 비류와 온조 왕자의 나이가 스물에 열다섯이구요. 둘 중에 하나를 태자로 삼으시오소서. 그것이 순리일 것이옵니다."

"그 얘기였소? 장인어른의 청이라는 것이."

주몽이 노골적으로 얼굴을 일그러뜨렸다.

"폐하께 이런 말씀을 드리는 것이 송구스럽기는 하옵니다만, 한 나라가 있으면 왕이 있어야 하고, 왕이 있으면 왕의 뒤를 받쳐줄 태자 또한 있어야 할 것이옵니다. 이제 우리 고구려는 세상의 어느 나라와도 견줄 수 있는 강건한 나라가 되었습니다. 그런 고구려에 태자가 없다는 것은 이웃 나라에서 비웃음을 살 일입니다. 이 늙은이의 말을 허투로 듣지 마시고 부디 태자 책봉을 서두르시오소서."

연타발이 목소리를 높였다.

"알겠소. 나도 그 문제를 생각하지 않았던 것은 아니오. 곧 매듭을 짓도록 합시다."

"송구스럽기는 하옵니다만, 저한테는 이런 말씀을 드릴 자격이 있다고 생각되옵니다만, 왕후마마나 저나 폐하를 만난 이후는 오직 폐하만을 위해 살아왔습니다. 폐하를 위해 모든 것을 바쳤습니다. 비류가 되었건 온조가 되었건 제 손자가 태자로 책봉되는 의젓한 모습을 하루라도 빨리 보고 싶습니다."

"알겠다고 하잖았소. 알았으니, 그만해 두시오."

주몽이 왈칵 짜증을 냈다. 연타발의 눈이 동그래졌다. 모둔곡에 있는 주몽을 끌어내려 고구려를 건국한 이후 주몽이 자기 앞에서 짜증을 낸 것은 한 번도 없었다.

'이제 나를 귀찮아하고 있구나. 어쩌면 유리를 태자로 앉히는 일에 방해꾼으로 여기고 있는지도 모르지. 안 되겠구나. 이러다가는 죽 쒀서 개 주는 꼴이 되겠구나. 서둘러야겠구나. 십수 년간 공을 들였던 부족장들의 힘을 빌려야겠구나.'

연타발이 그렇게 작정하고 주몽 앞을 물러나왔다.

'노골적으로 나오는구나, 이제. 그러나 태자는 유리 밖에 없어. 내가 엄리대수를 건널 때 이미 결정이 되어 있었던 거야. 내가 이 강을 살아서 건너고 나라를 건국하여 왕이 된다면, 그 나라를 키워 유리에게 물려주겠다고 얼마나 맹세했는가? 유리한테 사람을 보내기를 잘 했구나. 유리를 은밀히 데려오라고 한 것은 참으로 잘한 일이구나.'

주몽의 뇌리로 그런 생각이 흘러갔다. 얼마 전에 북부여의 대소 왕이 어머니 유화왕후가 돌아가셨다는 부고를 보내왔을 때, 조문 사절을 보내면서 연타발이나 부족장들이 모르게 은밀히 유리에게도 사람을 보냈다. 이제 고구려로 들어오라는 말을 전하기 위해서였다.

따지고 보면 고구려를 작은 나라라고 업신여기던, 자기에게 쫓겨난 겁쟁이 주몽이 감히 왕을 칭한다고 비웃던 부여의 대소 왕이 유화왕후가 죽었다는 부고를 보내온 것은 고구려를 어려워하고 대접해 준다는 뜻이 아니고 무엇인가.

그만큼 고구려는 커 있었다. 사방 삼천 리의 땅을 가진 고구려는 이제 당당한 대국이 되어 있었다. 나라를 이만큼 키우기 위하여 얼마나 노심초사했던가? 병사들과 함께 풍찬노숙을 하면서 죽을 고비는 또 몇 번이나 넘겼던가? 물론 장인인 연타발이나 왕후 소서노의 도움이 컸던 것도 사실이었다. 그들이 없었다면 고구려를 건국할 수도 없었을 것이고, 연타발이 장사길에 구해다 준 맥궁의 재료인 물소뿔이나 무쇠가 없었다면 병사들을 무장시킬 수도 없었을 것이다. 병장기가 부실한 병사는 아무리 용맹스럽다 해도 쓸모가 없다. 연타발이나 소서노가 오직 고구려를 위해서, 주몽이라는 한 사내를 위해서 혼신의 힘을 바친 것을 알고 있었다.

그러나 그들이 원하는 대로 태자자리를 비류나 온조에게 넘겨줄 수는 없었다. 온조도 어차피 자신의 핏줄이니까, 다음 왕위를 잇는다고 해도 상관없지만 유리처럼 애틋한 정이 생기지 않았다.

'태자는 오직 유리뿐이야. 유리가 태자가 되어야 해.'

주몽이 골똘히 생각하고 있을 때였다.

오이가 들어왔다.

"어서 오게, 오이."

주몽이 반겼다.

"무슨 생각을 그리 골똘히 하십니까? 마음에 걸리는 일이라도 있으십니까?"

"태자 문제를 생각하고 있었네. 자네는 고구려의 태자로 누구를 삼았으면 좋겠는가?"

"그야, 폐하의 뜻에 달린 일이 아닙니까? 저는 폐하께서 유리 왕자를 염두에 두고 계신 걸로 알고 있습니다만."

"그 일이 순탄하게 이루어지리라고 믿는가? 자네는."

"저항이 있겠지요. 연타발 족장이나 왕후께서는 온조를 생각하고 있을 것이옵니다. 비류야 어차피 처음부터 포기를 하고 있을 테지요."

오이의 말에 주몽이 고개를 끄덕였다.

"며칠 전에 장인이 찾아왔었네. 노골적으로 온조나 비류 가운데 하나를 태자로 책봉하라고 하더군. 생각해보겠다고 했네만, 그들은 아니야. 내게는 오직 유리뿐이야."

"알고 있사옵니다. 그걸 예상했기 때문에 다물도의 송양과 일찍이 정혼을 했고, 고구려의 제사장은 연노부의 추랑을 시킨 것이 아닙니까? 문제는 계루부를 비롯한 세 부족입니다. 아무리 폐하시지만, 부족장들의 뜻을 거스르면서 유리 왕자를 태자로 삼기는 힘들 것입니다. 더구나 절노부는 비류 왕자의 처가가 아닙니까? 우리 편이 될 수 없는 사람이지요."

"세 부족이 왕후 편에 붙었다면 우리한테 불리하지 않은가?"

주몽의 얼굴에 그늘이 졌다.

"그렇사옵니다. 사실 확실한 폐하의 편은 연노부와 다물도주 송양 밖에 없습니다. 그러나 걱정하실 일은 아닙니다. 폐하께는 일 만이라는 일당백의 정예병이 있습니다. 무력으로라도 그들을 굴복시킬 수 있을 테니까요."

"허나 난 무력까지 동원하고 싶지는 않네. 어떻게든 순리대로 풀어야지. 순노부와 관노부 가운데 하나만 끌어들여도 양쪽의 균형이 맞지 않은가? 양쪽의 균형이 팽팽하면 내가 결정하는 것에 큰 불만은 없을 것일세."

"알겠사옵니다. 제가 그 두 족장을 따로 만나보겠습니다."

"오이 자네를 믿네, 나는."

주몽이 신뢰의 눈빛을 보내왔다. 북부여에서 대소 왕자의 핍박을 받으면서도 신의를 변치 않던 오이와 마리와 협보였다. 무슨 까닭인지 협보만이 유리를 태자로 앉히는 문제에 시큰둥한 반응일 뿐, 마리와 오이는 여전히 주몽의 최측근이었다. 마리는 전쟁터에서, 오이는 궁실에서 언제나 믿음직한 벗이기도 했고, 길을 인도하는 스승이기도 했다.

"폐하의 뜻대로 이루어질 것입니다. 너무 심려하지 마시오소서."

"고맙네. 그런데 북부여에 조문을 갔던 책사 극무는 아직 안 돌아왔는가?"

"며칠 더 있어야 할 것입니다. 그것보다는 백산에 있는 유리 왕자가 걱정입니다. 일당백의 무사를 보내기는 했지만, 오시는 길이 순탄할지, 더구나 예씨 부인도 돌아가시고 안 계시니, 중간에서 누가 장난을 치지는 않을지 걱정이 되옵니다."

"걱정하지 말게, 오이. 신표를 가지고 올 걸세. 그리고 만약 유리가 중간에서 해꼬지라도 당하여 사라진다면 난 그 아이를 포기하겠네. 자기 목숨 하나 지킬 수 없는 아이가 어찌 고구려라는 한 나라를 지켜나갈 수 있겠는가? 그 아이가 무사히 내 품에 안겨야만 난 그 아이를 태자로 삼을 걸세. 능히 고구려의 왕이 될 자격이 있을 때에만 태자로 책봉할 걸세. 실상은 내 마음속에 유리만이 태자로 자리를 잡고 있는 것은 아닐세. 그 아이의 능력이 비류나 온조보다 뛰어나거나 최소한 같을 때에 태자로 책봉할 걸세."

"폐하의 뜻을 알겠사옵니다."

오이가 큰 절로 예를 표하고 궁실을 물러갔다. 주몽의 뇌리로 문득 예리내의 해맑은 얼굴이 떠올랐다. 그녀가 병으로 죽었다는 소식을 들었을 때는 가슴이 찢어질 듯 아팠다. 당장에라도 달려가 그녀의 무덤 앞에 엎드려 통곡이라도 터뜨리고 싶었다. 혼자 놔둬서 미안하다는 말이라도 해주고 싶었다. 그러나 그가 할 수 있는 것은 오직 눈물 몇 방울을 흘리는 것뿐이었다.

예리내 때문에라도 주몽은 꼭 유리를 태자로 앉히고 싶었다. 그것이 예리내의 한스런 죽음에 보답하는 길이라고 믿었다.

"이제야, 폐하의 뜻을 확실히 알겠습니다, 왕후마마."

연타발이 말했다.

"역시 오직 유리뿐이지요?"

소서노가 물었다.

"그렇습니다. 제가 비류나 온조 가운데 하나를 태자로 책봉하자고 했더니, 노골적으로 화를 냈습니다. 주몽 폐하가 나한테 그래서는 안 되지요. 오늘의 주몽 폐하가 누구 때문에 있게 되었는데, 내 말을 허투로 듣는단 말입니까? 내 육십 평생에 오늘 같은 수모는 처음입니다."

연타발이 가슴을 끓어오르는 불쾌감으로 얼굴을 벌겋게 물들인 채 씩씩거렸다.

"우리가 호랑이 새끼를 기른 것입니다. 고양인 줄 알았는데, 막상 다 자라고 보니까 호랑이더라는 말씀이지요. 허지만 이대로 물러설 수는 없잖아요."

"아무렴요. 이 연타발의 말을 무시하면 무슨 꼴을 당하는지 보여주어야지요."

"주몽 폐하와 싸움이라도 하겠다는 뜻입니까? 아버님. 폐하의 병사도 이젠 일 만이 넘습니다. 그것도 최정예병으로 말입니다."

소서노가 얼굴에 우려의 빛을 띠었다. 성품이 치밀하면서도 다혈질인 아버지였다. 한번 작정하면 물고 불고 우선은 뛰어들고 보는 성미였다. 저녁에라도 당장 일 만의 계루부 병사들을 이끌고 궁궐로 쳐들어올지도 몰랐다. 그러나 일이 그 지경이 되어서는 아니 되었다. 자칫 이십 년 공든 탑이 무너질 염려가 있었다.

"제가장 회의를 소집하겠습니다."

"제가장 회의요?"

"이제는 대로 회의라고 해야 할까요? 여섯 족장들이 모두 대로 벼슬을 한 자리씩 꿰어차고 있으니까요."

"그래서는요?"

"비류나 온조 가운데 하나를 태자로 책봉하는 문제를 매듭지을 것입니다."

"대로들이 아버님의 말씀을 들을까요? 더구나 관노부의 우족장은 지난번 혼사문제도 있고 하여 유감이 많을 것인데요."

"혼사문제요?"

연타발이 그것은 또 무슨 소리냐는 듯 눈을 크게 떴다.

"얼마 전에 그런 일이 있었습니다. 관노부 우대로의 부인이 찾아 왔었습니다. 화희라는 딸이 있다구요. 열다섯이 되었는데 온조 왕자와 짝을 맞추는 것이 어떻겠느냐구요?"

"그래서요?"

"일단 한번 데려오라고 했지요. 다음 날 바로 화희라는 처자를 데리고 왔더군요. 해루 책사와 함께 처자를 보았습니다."

"해루 책사를 곁에 두신 것을 보니까, 마마께오서도 전연 마음이 없었던 것은 아닌 게지요."

"사람의 관상을 보는데 무뢰한인 제가 보기에도 화희라는 계집은 투기의 화신이더군요. 눈꼬리가 찢겨 올라가고, 사람을 볼 때 마주 보지 못하고, 왼쪽 오른쪽으로 눈망울을 굴리는 것이 경박스럽게 보였습니다. 몇 가지를 물어보고 가타부타 말도 않고 그냥 돌려보냈지요."

"책사 해루는 무어라고 하던가요?"

"고개를 젓더군요. 사람이 신실하지 못하고, 투기가 심해 함께 사는 남자가 견디지 못할 것이라구요."

"해루 책사의 말이 그렇다면, 더구나 왕후마마께서 그렇게 보셨다면 틀림없는 사실이겠지요. 그래서 거절했습니까?"

"그쪽에서는 노심초사 기다리고 있을 것입니다만, 아직 다른 혼처를 알아보라는 전갈은 보내지 않았습니다."

"잘하셨습니다. 정 세가 불리하면 온조 왕자를 우족장의 딸과 혼인을 시킵시다. 꿩 잡는 것이 매라는 말도 있잖습니까."

"어떻게든 비류나 온조가 태자로 책봉되게 하십시오. 아버님의 말씀만 믿고 저도 족장들의 부인들과 우의를 돈독히 해놓았습니다. 한 달에 한 번씩 불러 음식대접도 하고, 어려운 일이 있으면 해결해 주었습니다."

"기다리십시오, 왕후마마. 모든 일이 순리대로 잘 풀릴 것입니다."

그런 말을 남기고 왕후전을 물러나온 연타발은 다섯 부족의 족장들에게 전갈을 보냈다. 명목은 제가장 회의였지만, 태자책봉 문제를 의논하는 것이 목적이었다. 아니, 비류나 온조를 태자로 책봉해달라고 주몽 폐하께 간곡하게 건의하자는 의견을 끌어내기 위한 모임이었다.

찬모에게 특별히 분부하여 기름지고 맛갈진 음식을 만들게 하고 계루부 처녀들 가운데 예쁘고 춤을 잘 추는 아이들만 골라 분단장도 시켰다.

"무슨 일이오? 대대로 나리. 제가장 회의는 폐하를 모시고 궁궐에서 하는 것이 도리가 아니오?"

제일 먼저 달려온 관노부의 우족장이 물었다.

"사실은 제가 대로 나리들과 술이나 한잔 하고 싶어 청했습니다. 그런 이름이라도 붙여야 쉽게 오실 것 같아서요. 불쾌하셨다면 용서하십시오."

"불쾌하기는요. 좋은 음식과 술에 미희들까지 있으니, 오늘이 내 생일같습니다, 허허허."

"그리 생각하신다면 더욱 좋지요. 그래, 우대로 나리의 아름다운 여식은 여전히 잘 있겠지요?"

연타발이 슬쩍 미끼를 던졌다.

"아니, 연대대로 나리께서 어찌 제 딸을 아십니까? 규중심처에서 곱게만 자란 아이를요."

"왕후마마께오서 말씀을 하시더이다. 온조 왕자와 짝을 맺어주면 어떻겠느냐구요."

"허허, 이런 황송할 데가."

우족장이 얼굴에 웃음을 띠었다. 그런데 어쩐지 어색한 웃음이었다. 무엇인가 숨기고 있는 것이 분명한 그런 낯빛이었다. 장사로만 평생을 살아온 연타발이었다. 그런 것을 눈치 못 챌 리가 없었다.

"우리 좋은 인연을 한번 맺어보십시다."

연타발이 그렇게 말했을 때 다른 족장들이 수레를 타고 왔다.

"어서들 오십시오, 어서들 오십시오. 내가 좋은 술을 몇 단지 구했길래 같이 한잔 마시고 싶어 먼 길을 오시라고 했습니다. 자 앉으시지요, 다들."

연타발이 유난스레 큰소리로 손님을 맞았다.

미리 준비된 술상이 나오고, 무희들이 춤을 추기 시작했다.

"자, 드시요, 들어요. 술과 안주는 얼마든지 있습니다. 이 밤을 우리 흠뻑 취해보십시다. 저 계집아이들은 여러분이 다 가져도 좋소이다."

연타발이 일일이 술잔을 권하며 분위기를 잡아 나갔다.

술판이 무르익고, 무희들의 춤가락이 간드러지게 돌아가고 있을 때 연노부의 추랑이 고개를 쳐들고 말했다.

"자 자, 연대대로께서 우리를 불러모은 데는 필시 까닭이 있을 것입니다. 더 취하기 전에 그 얘기나 들어보십시다."

그제서야 다른 족장들이 고개를 흔들어 술기운을 털고 연타발을 바라보았다.

"하실 말씀이 계시면 하십시오. 미희에 취해 자칫 정신을 잃기 전에요."

순노부의 마내로가 거들고 나왔다.

연타발이 자리에서 일어나 손짓으로 무희들과 시녀들을 물리친 다음에 입을 열었다.

"우리가 큰 뜻을 가지고 고구려를 건국한 지 벌써 열일곱 해가 지났습니다. 여러 대로나리들의 도움으로 고구려는 이제 북부여를 도모해도 될 만큼 큰 나라로 일어섰구요. 그런데 아직 왕실에 태자가 없습니다."

"맞아요, 맞아. 아마 중원천지에 태자가 없는 나라는 우리 고구려밖에 없을 것입니다."

누군가 큰소리로 호응했다.

"폐하께서 무슨 생각을 하고 계신지는 모르겠습니다만, 이래서는 나라의 체통이 서지 않습니다. 태자가 누구입니까? 폐하가 유사시에 폐하를 대신하고, 왕위를 이을 막중한 분이 아닙니까? 만에 하나 전쟁터에 나가신 폐하께서 일이라도 당하신다면 누가 왕위를 잇겠습니까? 아마 그 날로 우리 고구려는 산산이 쪼개지고 말 것입니다."

"옳아요. 나도 늘 그것이 마음에 걸렸소이다."

연노부 족장 추대로가 맞장구를 치고 나왔다.

"그래서 저는 여러 대로 나리들과 의견을 모으고 싶습니다. 일단은 우리 제가장 회의에서 뜻을 모으고, 모아진 뜻을 폐하께 강력하게 요청하는 것입니다."

"허나, 태자책봉 문제는 순전히 폐하의 뜻에 달린 것이 아닙니까?"

연노부의 추대로가 말했다.

"하지만, 아무리 폐하라고 할망정 우리 제가장들의 뜻을 거스르지는 못할 것입니다. 그래, 연대대로 나리께서는 누구를 태자로 책봉했으면 좋겠습니까?"

비류 왕자의 장인인 절노부의 마대로가 물었다.

"비류 왕자가 되었건 온조 왕자가 되었건, 하루라도 빨리 태자를 책봉했으면 할 뿐이지, 꼭 누구를 마음에 두고 있는 것은 아닙니다."

연타발의 말에 마대로가 이내 반박했다.

"그것은 아니 될 일이지요, 두 분 왕자들 가운데 하나를 결정하여 요청하기로 하십시다. 나는 여러분께 비류 왕자를 태자로 책봉하자고 말씀드리고 싶습니다. 꼭 내 사위래서가 아니라, 그만하면 고구려의 다음 왕위를 잇는데 부끄럽지 않을 태자감이 아닙니까?"

"마대로의 말씀에도 일리가 있습니다. 헌데, 풍문에 듣자하니 폐하께오서는 북부여에 계시는 유리 왕자를 태자로 꼽고 계시다는데, 그것이 사실입니까?"

순노부의 저대로가 연타발을 향해 물었다.

그러나 연타발이 대답하고 어쩌고 할 사이도 없이 마대로가 불끈하고 일어섰다.

"무슨 말씀이시오? 굴러온 돌한테 박힌 돌이 자리를 내주자는 말씀입니까? 하늘이 무너져도 그것은 아니 될 일이오. 누가 뭐래도 고구려의 다음 왕은 우리 졸본 출신에서 나와야 합니다. 만약 비류가 폐하의 친자가 아니라서 꺼리신다면 저는 온조 왕자를 밀겠습니다."

"좋습니다. 하면 비류나 온조 두 분 왕자들 가운데 한 분을 태자로 책봉해 달라고 폐하께 건의 드리기로 하십시다. 어떻습니까? 여러분의 뜻이 그리 모아진 걸로 믿어도 되겠습니까?"

연타발이 좌중을 향해 묻자 모두 고개를 끄덕였다.

"내일이라도 제가 폐하를 찾아뵙고, 대로회의를 소집하겠다고 말씀드리겠습니다. 그 자리에서 여러분은 방금 모은 뜻을 말씀하시면 되겠습니다."

원래 사이가 안 좋았던 연노부의 추대로만이 불만스런 표정이었을 뿐, 다른 족장들은 흔쾌히 고개를 끄덕였다.

연타발은 흡족했다.

여섯 족장들이 뜻을 하나로 모은다면 비록 주몽 왕인들 쉽게 거부하지는 못할 것이라는 믿음 때문이었다. 주몽 왕의 정예병이 일 만이 넘었다고는 해도, 여섯 부족의 병사들을 모두 합치면 오 만에 가까웠다. 한판 붙지 못할 까닭이 없었다.

"국장으로 모셨습니다. 대소 왕을 비롯하여 왕자들의 정성이 지극했습니다. 저 또한 다른 나라의 조문 사신들과 조금도 차별없는 대접을 받았습니다."

사신의 우두머리로 북부여에 다녀 온 책사 극무가 주몽에게 말했다.

"내 어머님의 따뜻함이 그들의 차거움을 녹인 것이오. 비록 자신의 배로 낳은 자식들은 아닐망정, 친자인 나를 쫓아낸 그들일망정 내 어머님은 지극한 정성으로 보살폈던 것이오."

"그렇사옵니다. 대소 왕을 비롯한 왕자들이 흘린 눈물은 진심이었사옵니다. 어깨를 떨면서 오열을 했사옵니다."

"그러나 내게는 원한이 사무친 자들이오. 내 어머님의 죽음에 지극 정성으로 장례를 모셨다고 해도 내 복수심이 사라지지는 않을 것이오."

주몽의 눈빛이 이글거렸다. 아직도 그는 캄캄한 밤에 오이와 마리와 협보를 데리고 죽을둥 살둥 도망치던 그 밤의 치욕을 잊지 못하고 있는 것이었다. 새벽녘 엄리대수에 도착했을 때 배는 없고, 대소의 부하들은 시시각각 다가올 때, 절망에 차서 울부짖었던 고함을 잊을 수가 없었다.

"여러분, 나는 천제인 해모수님의 아들이오. 지금 대소 왕자의 부하들이 나를 죽이려고 쫓아오고 있소. 나를 살려주시려면 배를 만들어 주시오. 은혜는 꼭 갚겠소. 제발 배를 만들어 주시오. 나는 여기서 이대로 죽어서는 아니 될 사람이오."

진심이 통한 것일까. 강가 마을의 장정들이 나와 산의 나무를 잘라 부랴부랴 뗏목을 만들어 주었다. 그 뗏목을 타고 강을 흘러흘러 내려오면서 핏방울이 맺히도록 입술을 깨물었었다. 이 수모는 꼭 갚겠다고, 열 배 백 배로 갚아주겠다고 입술을 악물었었다.

병사가 이 만이 넘고 오 만이 넘었을 때, 말이 일만 필이 넘고 이만 필이 넘었을 때, 병기고 가득 수만 개의 활이, 수만 자루의 창과 칼이 가득 찼을 때, 주몽은 병사들을 말에 태우고 창과 칼과 활로 무장하여 부여를 치러가고 싶은 욕망에 가슴을 떨었다. 차마 그러지 못한 것은 거기에, 그 원수들의 땅에 어머니가 살고 게시기 때문이었다. 그곳 백산의 한 골짜기 양지바른 초옥에 예리내와 유리가 살고 있기 때문이었다.

그러나 이제 어머니와 아내는 세상에 없고, 유리는 고구려를 향해 오고 있었다. 유리를 태자로 앉히고 나면 오 만 병력을 총동원해서라도 북부여로 달려갈 것이었다. 대소 왕의 무릎을 꿇려놓고 항복을 받아낼 것이었다. 잘못했노라고, 그때는 어린 소견에 죽을 죄를 지었었노라고 사죄를 받아낼 참이었다. 그것만이 평생을 설움으로 살다 간 어머니와 아내의 한을 풀어주는 길이었다.

주몽은 그렇게 믿었다.

물론 온조와 비류가 아닌, 피 한 방울 섞이지 않은 유리를 태자로 앉히기까지는 몇 번의 우여곡절이 있을 것이었다. 연타발과 소서노가 극렬하게 저항을 할지도 몰랐다. 그러나 주몽은 걱정하지 않았다. 계루부와 절노부가 똘똘 뭉치고, 순노부나 관노부 가운데 하나가 그들 쪽에 붙는다고 해도 걱정할 일은 아니었다. 그들끼리 단합하여 무력이라도 동원해온다면 더더욱 잘된 일일지도 몰랐다.

주몽에게는 목숨을 던져올 수 있는 병사가, 연타발을 비롯한 부족장들에게 칼을 겨눌 수 있는 온전한 자신의 병사가 일 만이 넘는 것이었다. 그 일 만을 가지면 세상을 한 번쯤 도모해 볼 수도 있으리라. 더구나 그 병사들이 누구인가. 왕의 측근이라 하여 특별 조련을 받은 정예들이 아닌가. 부족의 병사들과는 일당십은 될 것이었다.

'그나저나 유리는 지금 어디쯤 오고 있을까. 백산을 출발은 했을까? 북부여 땅의 어디쯤 오고 있는 것은 아닐까.'

유리에 대한 그리움이 주몽의 가슴에 사무칠 때였다. 연노부 족장 추대로가 찾아왔다.

"어서 오시오, 추대로."

주몽이 일어나 추랑을 맞이했다.

"어찌 일어서십니까? 폐하. 앉으시오소서, 앉으시오소서, 폐하."

추랑이 송구하여 몸둘 바를 몰라했다.

주몽이 먼저 자리에 앉으며 말했다.

"추대로께는 늘 미안하게 생각하고 있습니다. 대대로로 모셔야 하는데 대로로 모신 것이 미안했습니다. 하지만 머지않은 날 추족장님을 대대로로 모실 날이 있을 것입니다."

"무슨 말씀을요. 제가 몸둘 바를 모르겠습니다. 제사장을 떼지 않으신 것만도 저는 감지덕지합니다. 폐하를 빼놓고는 고구려의 실질적인 이 인자는 제사장이 아닙니까? 그 자리마저 연대대로 나리께 물려주지 않으신 것을 감사하게 여기고 있습니다."

"그렇게 말씀하시니, 내 마음이 한결 편해집니다. 헌데, 무슨 일로 오셨는지요?"

"사실은 어제 여섯 족장들이 대대로 나리의 집에서 만났습니다. 태자책봉 문제를 의논하였지요. 비류나 온조 왕자 가운데 하나를 태자로 책봉하여 달라는 건의를 폐하께 드리자는 의논이 있었습니다."

"그런 일이 있었습니까?"

주몽의 얼굴에 이내 불쾌감이 드러났다. 그 모습을 흘끔거리던 추랑이 말했다.

"저는 그냥 듣고만 있었습니다. 폐하의 뜻을 확실히 몰라서지요. 태자책봉은 어차피 폐하께오서 결정하실 문제가 아닙니까? 대대로나 대로가 간섭할 일이 아니지요. 하오나, 저는 폐하의 속뜻을 분명히 알고 싶사옵니다. 그래야 제가 폐하를 도울 수 있을 것이 아니옵니까?"

추랑의 말에 주몽이 잠시 눈을 감고 생각에 잠겼다. 마음 같아서는 고구려의 태자는 유리 밖에 없소, 유리를 태자로 앉히겠소, 그러니 도와주시오, 하고 매달리기라도 하고 싶었다.

그러나 추랑을 믿을 수가 없었다. 연타발처럼 무서운 사람은 아니었지만, 쉽게 자신을 드러내고 마음이 변할 사람이었다. 만약 연타발의 힘이 강하다고 믿는다면 하루 아침에라도 그쪽으로 붙을 사람이었다. 그런 사람에게 속내를 보일 필요가 있을까? 적당히 이용만 하면 될 것이었다.

주몽이 입을 열었다.

"연대대로께도 말씀을 드렸지만, 태자책봉이 급한 것이 아니오. 아직도 나를 믿고 찾아오는 백성들이 많소. 그들이 편히 먹고 살 수 있는 집과 땅을 주어야 하오. 또한 도모해야 할 주변 소국들이 많소. 태자책봉에 신경을 쓸 여력이 없소."

"알고 있습니다. 폐하께오서는 오직 땅을 넓히는 것에만 온힘을 다하신다는 것을요. 하오나, 이번에는 제족장들이 그냥 넘어가지는 않을 것 같았사옵니다. 연대대로께서 그리 만들지는 않을 것입니다. 어젯밤의 회의에서 곧 제가장 회의를 소집하겠다고 폐하께 말씀을 드리겠다고 했습니다. 폐하, 저에게만은 진심을 말씀하여 주십시오. 아니, 제가 먼저 말씀을 드릴까요? 저는 고구려의 태자가 세 분 왕자 가운데 누가 되어도 상관이 없다고 생각합니다. 저는 폐하께서 염두에 두고 계신 왕자님을 밀겠습니다. 유리 왕자십니까? 들리는 풍문으로는 폐하께서 고구려로 부르셨다는 유리 왕자를 태자로 책봉하고 싶습니까?"

"추대로께서 어찌 그 일을 알고 계십니까?"

주몽의 눈빛이 흔들렸다.

"어찌 모르겠습니까? 아마 여섯 족장들이 다 알고 있을 것입니다. 연대대로께서 제가장 회의를 서두르신 것도 그 때문이지요. 하오나 저는 어디까지나 폐하의 편입니다. 폐하께서 유리 왕자를 태자로 책봉하신다면 기꺼이 따르겠습니다. 아니, 다른 족장들을 설득이라도 시키겠습니다."

"정말 나를 도와주시겠습니까?"

주몽이 추랑을 빤히 바라보았다.

"목숨이라도 내놓으라면 내놓겠습니다."

"그래만 주신다면 앞으로 나라 일을 추대로와 의논하여 결정하겠습니다."

그것은 추랑에게 대대로 자리를 주겠다는 뜻이었다. 영리한 추랑이 그걸 모를 리 없었다.

"황송하옵니다. 하옵고, 한 말씀 더 드리겠사옵니다. 폐하의 힘이 막강하기는 하옵니다만, 연대대로를 따르지는 못하옵니다. 제가 가만히 따져보니, 폐하께는 확실히 믿을 수 있는 편이 다물도주 송양과 연노부 족장인 저밖에 없사옵니다. 절노부는 연대대로의 편이 확실하고 관노부의 우족장도 연대대로 쪽에 붙을 확률이 높습니다."

"무슨 말씀입니까? 관노부까지 말입니까?"

주몽이 놀란 얼굴로 물었다.

"관노부 우족장에게는 혼기에 찬 여식이 하나 있습니다. 얼마 전에 우족장이 그런 말을 하였사옵니다. 연대대로와 사돈을 맺고 싶어 말을 넣어놓았는데 가타부타 응답이 없다구요. 자칫 두 집안이 혼사라도 맺는다면 팔이 안으로 굽는 것은 인지상정이 아닙니까?"

"그런 일이 있었습니까?"

"폐하, 나중 일이야 어찌되건 우족장의 딸을 유리 왕자의 비로 맞겠다고 하십시오. 우선은 제가 중매장이 노릇을 하겠습니다. 오늘이라도 당장 우족장을 만나 폐하께서 그리 말씀하시더라고 전하겠사옵니다."

"알겠습니다. 그렇게 하십시오."

주몽이 망설임도 없이 고개를 끄덕였다. 유리를 태자로 책봉할 수 있다면 정략결혼인들 못할 것이 없었다. 송양의 딸과 오래 전에 혼약을 해놓았지만, 태자비가 둘이건 셋이건 크게 흉될 일도 아니었다.

"유리가 오고 있다고 합니다, 마마."

제가장 회의를 소집하자고 주몽 왕을 찾아갔다가 거절을 당한 연타발이 얼굴을 붉힌 채 왕후전에 들러 고했다.

"정말이옵니까? 기어코 유리를 불러들였다 하옵니까?"

소서노의 눈에서 불꽃이 튀었다.

"궁실에 박아놓은 염탐꾼이 그리 말했습니다. 알고 보니까 백산 자락에서 살고 있었다 하옵니다. 제가장 회의를 소집하여 태자 문제를 매듭짓자고 폐하께 진언드리러 갔다가 나오는데, 제가 심어놓은 시종이 그리 말했습니다."

"그리 찾아도 행방이 묘연하더니, 거기에 살고 있었군요. 백산이라면 아직도 하얀 연기를 내뿜고 있는 화산이 아닙니까? 산 정상에 호수가 있는 신령스런 산이 아닙니까?"

"그렇사옵니다. 십여 명의 무사들을 보내 이웃으로 위장하여 살고 있었다 하옵니다. 유리가 밭을 갈면 가까운 곳에서 밭을 갈며, 유리가 잠을 자면 번갈아 집 밖에서 번을 서며 유리를 보호했다고 하옵니다."

"폐하의 뜻이 그만큼 확고하다는 뜻이겠지요. 태자감으로는 오직 유리만을 마음에 두고 있다는 뜻이겠지요."

소서노가 입술을 깨물었다. 그런 딸을 잠시 바라보던 연타발이 은밀한 목소리로 말했다.

"허나 걱정하지 마옵소서. 병사들을 몇 패로 나누어 유리가 오는 길목을 지키고 있습니다. 유리 일행을 만나면 모조리 죽이라고 했습니다."

"그랬습니까? 아버님."

"어차피 유리는 열 명 남짓의 사람들괴 들어올 것입니다. 백산 자락에서 함께 살던 무사들과 이쪽에서 보낸 전령을 보탠다고 하드래도 열다섯 명 안팎일 것입니다. 아무리 무예가 뛰어나다고 해도 오백의 군사를 당해낼 수는 없을 것입니다."

"물론이지요. 폐하의 정예병만은 못해도 아버님의 군사도 조련에 게으르지 않으니, 열 명 남짓이야 물리치겠지요. 화는 뿌리부터 뽑아내야 합니다. 유리가 아예 고구려 땅에 발을 딛지 못하게 해야 합니다. 그것이 최상책입니다."

어떤 기대감으로 소서노의 눈이 번들거렸다.

"어찌 일군 고구려입니까? 누가 키운 고구려입니까? 마마와 저는 주몽을 위해 아니, 고구려를 키우기 위해 혼신을 다했습니다. 이제 탄탄대로에 선 고구려를 유리라는 굴러온 돌에게 넘길 수는 없습니다. 이번 일에 저는 목숨을 걸 것입니다."

"그래 주십시오, 아버님. 유리가 태자가 되는 불상사가 생기면 저 또한 고개를 들고 하늘을 우러러 살 수가 없습니다. 저 또한 죽을 것입니다."

"알겠습니다. 아무리 폐하라 한들 족장들의 뜻을 무시하고 쉽게 유리를 태자로 앉히지는 못할 것입니다. 다물도주 송양과 연노부 족장 추랑을 빼고는 모두 제 뜻을 따를 것입니다. 만에 하나 병사를 동원한다고 해도 폐하의 일만 병사보다는 우리 쪽 오만 병사가 월등합니다. 마마는 너무 심려하지 마십시오."

"저는 아버님만 믿습니다."

소서노는 아버지 연타발이 어느 때보다 믿음직스러웠다. 따지고 보면 연노부의 추랑에게 넘어간 제사장 자리를 되찾기 위한 작은 일에서 시작된 고구려 건국이었다. 연노부의 추랑을 누르기 위하여 신궁이라는 주몽을 끌어들였고, 그의 탁월한 활쏘기가 결국 고구려의 왕으로 만들었으며, 주몽이 고구려의 땅을 넓혀 부여보다 큰 나라를 만드는데 억만금 재물을 다 바쳤지 않은가.

온조나 비류가 태자로 책봉되기만 하면 아버지의 꿈은 이루어지는 것이었다. 그 꿈을 완성하기 위해서라면 무슨 짓인들 해낼 아버지였다. 소서노는 아버지 연타발의 성품을 잘 알고 있었다. 자신의 뜻을 이루기 위해서는 사람을 죽이는 일도 서슴치 않으리라는 것을.

연타발이 눈을 가늘게 뜨고 나즈막한 목소리로 말했다.

"그래도 되실 것입니다. 제 목숨을 내놓는 한이 있더라도 유리에게 태자자리를 바치는 일은 없을 것입니다. 헌데 마마, 우족장의 딸 화희 말입니다. 혼담을 넣는 것이 어떻겠습니까? 자칫 유리와 혼례라도 올리게 되는 불상사가 생기면 큰 일입니다."

"꼭 그래야 되겠습니까?"

"돌다리도 두드려 보고 건너라 했습니다. 폐하 쪽에도 오이며 극무같은 책사가 있습니다. 우리가 폐하 쪽을 환히 들여다 보고 있듯이, 폐하 쪽에서도 이쪽을 환히 들여다 보고 있을 것입니다. 양쪽의 세가 팽팽하다는 것도 알고 있겠지요. 내일이라도 마마께서 우족장의 부인을 불러들이십시오. 온조 왕자와 혼인을 시키자고 하십시오. 우선은 그래놓고 나중에 온조 왕자가 태자로 책봉 받으면 더 좋은 처자를 골라 테지비로 삼을 수도 있잖습니까?"

"우족장을 속이자는 말씀이십니까? 그것은 사람의 도리가 아니지 않습니까?"

소서노가 내키지 않은 표정으로 말했다.

"지금은 사람의 도리를 따질 때가 아닙니다. 어떻게든 온조 왕자가 태자로 책봉받게 하는 것이 급선무입니다. 정략결혼은 폐하 쪽에서 먼저 사용하고 있습니다."

"알겠습니다. 아버님의 말씀에 따르겠습니다."

다음날 소서노는 우족장의 부인을 왕후전으로 불러들였다.

"너무 오래 기다리게 하여 미안합니다. 지난 번에 말이 나왔던 온조 왕자와 우대로님의 여식을 혼인시키는 문제로 오시라고 했습니다."

소서노가 말했다.

그런데 어쩐지 우족장의 부인은 반기는 기색이 아니었다. 이쪽에서 혼담을 승락하자마자 반가운 낯빛으로 즐거워할 줄 알았는데, 반응이 시큰둥했다.

우족장의 부인이 대꾸했다.

"그러십니까? 마마. 하온데 이 일을 어쩐답니까? 제 딸년은 유리 왕자님과 혼인을 시키기로 이미 결정이 되었습니다."

"뭐라구요? 우대로의 여식은 온조 왕자와 혼담이 있었던 것이 아니던가요? 어찌 유리 왕자와 그리 될 수 있단 말씀이오?"

"아무리 기다려도 말씀이 없으시길래 거절하신 걸로 알았습니다. 때마침 연노부 추대로께서 혼담을 가져오셨길래 허락을 하였습니다."

"허나, 부인. 유리 왕자는 지금 고구려에 있지도 않소. 당사자도 없는데 어찌 혼담이 오고갈 수 있으며, 더구나 유리 왕자는 오래 전에 다물도주 송양의 여식과 혼약을 맺어놓은 사입니다."

"알고 있사옵니다. 허나 그 일도 문제가 되지는 않는다고 했습니다. 송양의 딸 여옥이가 몸이 약하여 혼례를 치룰지도 의문이라고 했습니다. 설령 화희가 유리 왕자의 두 번째 부인이 된다고 하드래도 감수할 작정으로 있습니다."

"알겠소. 너무 미루었던 내 잘못이지요. 그만 돌아가 보시오."

소서노가 씁쓸한 기분으로 우족장의 부인을 내보냈다.

'절대 그럴 일은 없을 거야. 유리는 고구려 땅을 밟지도 못할 것이니까. 아버님의 병사가 유리를 갈기갈기 찢어 죽이고 말 테니까. 내 아버님이 결코 유리가 태자가 되는 일만은 막아주실 것이니까. 억만 금이 걸린 장사가 아닌가. 아버님께서 그 큰 장사에 실패하실 리가 없어.'

꽉 움켜 쥔 소서노의 주먹이 부르르 떨렸다.

"여기서 세 패로 나누어야겠습니다. 각기 따로 행동해야겠습니다. 왕자님."

엄리대수를 앞에 놓고 장사꾼 염추가 말했다.

"무슨 소리요? 염추. 오히려 왕자님은 고구려 땅에서 더 위험하다고 했잖소?"

구추가 알 수 없다는 눈빛으로 염추를 쏘아보았다.

"위험하기 때문에 흩어지자는 것입니다. 이것은 제 뜻이 아니라 오이 나리의 생각이십니다. 연대대로 쪽에서 왕자님께서 오시는 길목을 지킬 것이라고 했습니다. 그럴 때 스무 명 가까이나 되는 건장한 젊은이들이 함께 움직이면 바로 유리 왕자님이라는 것이 들통날 것이라고 했습니다."

"그래서 어찌하라고 했습니까? 오이 나리께서는."

옥지가 물었다.

"모두들 장사꾼으로 위장하라고 하셨습니다. 유리 왕자님 역시 저를 따라다니는 장사꾼으로 위장하여 저하고 단둘이만 행동하라고 하셨습니다. 다른 분들은 일정한 거리를 두고 앞서거니 뒤서거니,

사람들의 눈에 띄지 않게 왕자님을 보호하시면 될 것입니다."

"그리 하겠소. 오이 나리는 지혜가 많은 분이라고 하셨소. 내가 어렸을 때 자객이 들 것을 미리 아시고 보호를 해주신 것도 그분이었소."

유리가 결단을 내렸다.

오이라면 한번도 얼굴을 본 일은 없지만, 어머니 예씨 부인이 살아있을 때 귀가 따갑도록 들은 이름이었다.

"고구려의 폐하이신 네 아버님께는 오이와 마리와 협보라는 세 친구분이 계시다는 얘기를 내가 했었지? 피를 나눈 형제보다 더 가까운 친구분들이시니라. 그분들의 말이라면 네 아버님의 말씀처럼 받들어야 할 것이니라."

어머니의 말씀이 아니더라도 어차피 오이의 말을 들을 수밖에 없었다.

염추가 엄리대수 포구의 주막에 미리 준비하여 놓았던 행상보따리를 제각기 하나씩 나누어 주었다. 그걸 등에 짊어지고 배를 탔다. 도지와 옥지와 구추가 먼저 배를 타고 엄리대수를 건너고, 그 다음에 유리와 염추가 탔다. 그리고 마지막으로 십여 명의 무사들이 엄리대수를 건넜다. 누가 보드래도 그들은 일행이 아니었다.

유리가 엄리대수를 건너 삼십여 리쯤 갔을 때였다.

백여 명의 병사들이 길목을 지키고 있었다.

"수고들 하십니다."

염추가 익살스레 아는 체를 했으나 병사들은 관심을 보이지 않았다. 누군가를 기다리고 있음이 분명했다.

그들의 눈길 밖으로 벗어났을 때 염추가 말했다.

"계루부의 병사들입니다. 아마 왕자님을 기다리고 있었을 것입니다."

"나를?"

"모르면 몰라도 고구려로 들어가는 길목마다 저렇게 지키고 있을 것입니다. 계루부 족장인 연타발 대대로 나리나 왕후마마께오서는 왕자님께서 고구려에 오시는 것을 반가워하지 않으실 테니까요."

"말을 타고 칼을 차고 왔더라면 싸움이라도 붙었겠군요."

유리가 별 표정없이 대꾸했다.

십 리쯤 더 갔을 때 세 친구가 기다리고 있었디.

"세 분은 이제 출발하십시오. 왕자님과 저는 여기서 잠깐 쉬었다가 다음 일행이 오면 출발하겠습니다."

"알겠소."

구추를 비롯한 세 친구가 먼저 자리를 떴다.

궁궐까지 오는 동안 길목마다에서 계루부 병사들을 만났으나, 다행이 아무런 시비도 없이 무사히 궁궐 앞에 도착했다.

"여기가 주몽 폐하께서 계시는 궁궐입니다. 이제야 다 왔습니다. 여기는 계루부 병사들의 눈길이 미치지 않는 곳입니다."

염추가 감격에 겨워 말했다.

"고맙습니다. 이 은혜는 잊지 않겠습니다."

유리가 눈에 눈물이 글썽하여 궁궐을 바라보았다.

"마마, 유리 왕자가 궁실에 들어왔다 하옵니다. 제가 보낸 병사들이 유리를 죽이는 일에 실패했습니다."

"예? 뭐라구요?"

소서노가 깜짝 놀라 큰 소리로 물었다.

"아직 병사들이 돌아오지 않아 잘 모르겠습니다만, 대궐에 박아놓은 염탐꾼에 의하면 유리 왕자처럼 보이는 사내 하나가 장사꾼 염추와 함께 폐하를 만나고 있다고 했사옵니다."

"그것이 유리라는 것이 확실하지는 않잖아요?"

소서노가 물었을 때였다.

주몽의 시종이 찾아와 아뢰었다.

"왕후마마, 폐하께오서 대전으로 드시라 하옵니다."

"폐하께오서? 무슨 일로 나를 찾으시는가?"

"소인은 잘 모르옵니다. 마마를 모셔오라는 분부만 받자왔습니다. 연대대로께서도 마침 여기에 계시는군요. 모셔오라고 사람을 보내는 걸 보고 왔습니다. 마마와 함께 드시면 되겠습니다."

시종의 말에 연타발이 물었다.

"폐하께오서 마마와 나만 부르시던가?"

"아니옵니다. 다른 부족장들도 부르셨습니다."

"다른 부족장들을? 그들은 모두 수십 리에서 수백 리 밖에 있는데?"

"미리 통기를 하여 궁실 밖 민가에 대기시켜놓고 있었던 걸로 알고 있습니다."

시종의 말에 소서노와 연타발이 서로 마주 바라보았다. 유리가 언제 도착할 것을 짐작하고 미리 부족장들을 불러모아났다면, 오늘 당장 그들이 있는 자리에서 유리를 태자로 책봉한다고 선언할지도 모르지 않은가.

'설마 그렇지는 않겠지. 주몽이 그리 경거망동하지는 않겠지.'

소서노는 그리 짐작했다. 아무리 유리에 대한 정이 애틋하다고 해도 한 나라의 군주인 주몽, 누구보다 용맹스럽고 지혜있고, 사람을 가려 쓸 줄 아는 주몽이 그런 무모한 짓을 저지르지는 않을 것이다.

소서노는 그리 믿었다.

"알겠네. 곧 뒤따라 갈 터이니, 먼저 가게."

연타발이 시종을 보내고 소서노를 바라보았다.

"그러지는 않을 것입니다, 아버님."

소서노의 말에 연타발이 고개를 끄덕였다.

"그렇겠지요? 오자마자 유리를 태자로 책봉한다고 선언하지는 않겠지요?"

"누구보다 사람을 가리는 폐하이십니다. 일단은 유리의 재능을 부족장들을 비롯하여 우리들에게 선을 보이고 나서 이만하면 태자감으로 손색이 없지 않느냐, 과시를 한 다음에 그리할 것입니다. 가시지요, 아버님."

"그러십시다, 마마."

소서노는 연타발과 함께 대전으로 갔다. 한 눈에도 유리가 분명한 건장한 사내가 주몽 앞에 앉아 있었다. 그 곁에 오이와 마리와 협보와 함께 장사꾼 염추가 상기된 얼굴로 막 들어서는 소서노와 연타발을 흘끔거렸다.

'저놈을 내가 먼저 죽였어야 했는데. 저놈이 폐하와 유리 사이의 다리 역할을 한 걸 내 어찌 짐작을 못했을꼬?'

소서노가 통탄했다.

아버지 연타발과 함께 폐하께 필요한 물소뿔이며 무쇠를 사들이는, 연타발과는 달리 다른 장사를 하는 것보다 훨씬 많은 이득을 남기면서 장사를 하는 장사꾼인 걸로만 알았던 염추가 그런 짓을 하고 있는 줄은 꿈에도 몰랐었다.

그러나 이미 때는 늦었고, 한눈에도 비류나 온조보다 잘 생기고 사내다운 젊은이가 폐하 앞에 버티고 앉아 있는 것이었다. 무예 또한 뛰어나다고 했던가? 소서노도 유리가 세 살인가 네 살 때에 아낙네의 물동이에 구멍을 뚫었다가 진흙을 화살촉에 매달아 그 구멍을 막았다는 소문은 들어 알고 있었다.

활솜씨가 그렇다면 다른 무예도 마찬가지일 것이었다. 무엇보다 눈빛이 세상을 삼킬 듯 빛났다. 주몽을 처음 만났을 때의 그 눈빛이었다. 우태를 졸라 말 한 마리를 얻으러 갔을 때, 명마만 골라 비루먹게 길러놓았던 그 목동 사내의 눈빛을 유리는 닮아 있었다.

'힘든 싸움이 되겠구나. 참으로 힘든 싸움이 되겠구나.'

소서노가 생각할 때였다.

주몽이 웃으며 말했다.

"왕후가 그리 보고 싶어하던 유리가 왔소. 이 아이가 바로 유리요."

"그렇사옵니까? 감축드립니다, 폐하."

소서노가 온화한 낯빛을 지어 말했다.

그때 연타발이 나섰다.

"폐하의 말씀이 진실이라면 이보다 더 경하할 일이 없겠지요. 하오나, 이 젊은이가 유리 왕자라는 증표가 없잖습니까? 제가 듣기로는 폐하께서도 유리 왕자의 얼굴을 보신 적이 없다고 했습니다. 뱃속에 든 유리 왕자를 남겨놓고 엄리대수를 건너신 걸로 알고 있사옵니다. 어찌 주위 사람들의 말만 믿고 이 젊은이가 유리 왕자라고 단정을 하십니까?"

연타발의 말에 소서노는 역시 아버님이야, 하는 생각을 했고, 주몽이 웃으며 유리를 바라보았다.

"들었느냐? 유리야. 네가 정녕 내 아들이라면 신표가 있을 것이니라. 어디 그걸 내놓아 보거라."

"예, 아버님."

유리가 품 속에서 절반으로 부러진 칼 한 조각을 꺼내어 가만히 주몽 앞으로 밀어놓았다.

그걸 잠시 바라 본 주몽이 물었다.

"이걸 어디서 어떻게 찾았느냐?"

"일곱 모난 돌 위의 소나무 아래에서 찾았습니다. 제가 어렸을 때 이웃 사람들이 아비 없는 자식이라고 작은 잘못에도 크게 나무랐습니다. 어느 날 어머님께 여쭈었지요. 제 아버님은 누구십니까? 하고요. 그랬더니, 어머님께서 말씀하셨습니다. 아버님은 멀리 남쪽 엄리대수 건너 고구려라는 나라의 왕이시라구요. 그러시면서 네가 아버님을 만나기 위해서는 아버님이 숨겨놓고 가신 신표를 찾아야 한다고, 그 신표는 일곱 모난 바위 위의 소나무 아래에 있다고 하셨습니다. 제가 채 세 살이 되기 전이었습니다. 그 날부터 저는 주위의 산이란 산은 다 뒤지고 다녔습니다. 바위가 있는 험한 산만 골라서 뒤졌습니다. 바위 위에 소나무가 서 있으면 백 리 밖까지 찾아가 살폈습니다. 그러나 신표는 없었습니다. 제가 막 네 살이 되던 어느 봄날이었습니다. 마루에 앉아 아버님을 그리워하고 있는데, 기둥 아래에서 쇠붙이가 우는 소리가 들렸습니다."

유리의 목소리는 맑았고, 말 마디마다 힘이 넘쳤다. 첫 대면의 아버지 앞에서, 더구나 한 나라의 왕 앞에서 조금도 기죽지 않고 또렷또렷하게 말하고 있었다.

그것이 또 대견했는지 주몽이 빙그레 웃으며 물었다.

"쇠붙이가 울어?"

"제 귀에는 그렇게 들렸습니다. 이상하다 여기고 울음소리가 들리는 곳을 살펴보았지요. 그랬더니, 주춧돌이 일곱 모로 되어 있었습니다. 그리고 기둥은 소나무였습니다. 일곱 모 바위와 소나무는 제가 살고 있는 집에 있었던 것입니다. 자세히 살폈더니, 거기에 반짝이는 칼 조각이 있었습니다. 그걸 꺼내어 천장 깊숙이 숨겨놓고 아버님을 만날 때만 기다리려고 했습니다. 어머님께도 말씀드리지 않고 저 혼자 간직하고 있었습니다. 저를 죽이려는 자객만 들지 않았으면 어머님과 거기에서 살다가 아버님을 찾아왔을 것입니다. 백산으로 옮길 때에도 다른 것은 다 버리고 신표 하나만 들고 갔습니다. 어머님께서 돌아가시면서 신표 걱정을 하셨습니다. 언젠가 네 아버님을 만나야할 것인데, 내가 없으면, 네가 그분의 아들이라는 유일한 증인인 내가 없으면 네 아버님이 어찌 너를 아들로 믿을 수가 있겠느냐? 하고 걱정을 하셨습니다. 제가 신표를 보여드렸더니, 그제서야 어머님께서 안심하고 눈을 감으셨습니다."

"장하구나, 참으로 장하구나. 허나 아직은 네가 내 아들이라고 인정할 수가 없구나. 내게도 칼 한 조각이 있느니라. 오늘같은 날을 기다리면서 잘 간직하고 있던 칼 한 조각이 있니라. 두 개의 칼 조각이 하나로 완전하게 합쳐질 때에야 네가 비로소 내 아들이 될 것이니라."

주몽이 일어나 대전의 다락 깊숙이에서 비단 보자기로 싼 보따리를 꺼내었다. 거기에는 부러진 활과 화살촉들, 그리고 절반으로 부러진 칼 한 조각이 있었다. 주몽이 북부여를 떠나면서 보물처럼 소중히 간직하고 온 것들이었다.

칼 조각을 들고 자리로 돌아온 주몽이 그걸 유리가 내놓은 칼 조각과 맞추었다.

숨이 멈출 듯한 긴장된 눈빛으로 소서노가 그 모습을 바라보았다.

'제발 저것이 어긋났으면, 저 젊은이는 다만 소문만 듣고 칼 조각 하나를 마련하여 찾아 온 엉뚱한 젊은이였으면 얼마나 좋을까.'

그런 심정으로 주몽의 손길을 바라보았다.

"보시요, 여러분. 이 젊은이가 내 아들 유리라는 증거가 여기에 있소. 하나로 맞추어진 이 칼을 보시오."

주몽이 아귀가 딱 맞아 하나로 이어진 칼을 앞에 앉아있는 사람들에게 내보였다. 그것은 한 자루의 칼이 두 동강이 났던 것이 틀림없었다.

소서노가 가만히 한숨을 내쉬었다.

"틀림없사옵니다, 폐하. 이 젊은이는 폐하의 장자이신 유리 왕자가 틀림없사옵니다."

다물도주 송양이 먼저 엎드려 고함을 질렀다.

"그렇사옵니다. 소인들이 두 눈으로 똑똑이 보았습니다. 경하드립니다. 폐하. 유리 왕자를 찾으신 것을 경하드리옵니다. 지금 당장 유리 왕자를 태자로 책봉하여 후사를 튼튼하게 하옵소서."

연노부의 추랑이 눈물까지 글썽이며 청을 드렸다. 그, 그것은 아니 될 일입니다, 하고 소서노가 막 나서려는 순간이었다.

주몽이 고개를 내저었다.

"아니오. 이 아이가 내 아들인 것만은 확실하오만, 난 아직 이 아이에 대해서 아는 것이 하나도 없소. 무예는 어느 정도며 학문은 또한 얼마나 깊이 닦았는지 알지를 못하오. 내가 아직 강건하니, 태자가 그리 급한 것은 아닐 것이오. 난 유리도 비류나 온조와 같이 다만 내 아들로만 곁에 두고 볼 것이오. 그리하여 누가 되었건 진정으로 고구려를 천하의 대국으로 키울 재목감이다 싶은 왕자를 여러분과 의논하여 태자로 책봉할 것이오."

소서노의 입에서 저절로 안도의 한숨이 나왔다. 폐하가 유리만을 일방적으로 편애한 것이 아니었구나, 하는 안도의 한숨이었다.

주몽이 유리 왕자의 혼사를 서두르자 오이가 말렸다.

"잠시만 기다리오소서, 폐하. 아직은 때가 아니옵니다."

"무슨 소린가? 유리의 나이 열아홉일세. 고구려의 다른 청년들은 열다섯이면 혼인을 하네. 많이 늦었지 않은가."

주몽이 알 수 없다는 표정을 지었다.

"하오나, 유리 왕자를 송양의 딸인 여옥 양과 혼인을 시키면 그것은 폐하께서 먼저 짝짓기의 모범을 보이는 것이 되옵니다."

"짝짓기?"

"그렇사옵니다. 계루부는 관노부나 순노부와 짝을 지으러 서두를 것입니다. 아직은 저들이 겉으로 드러내놓고 힘을 합치지 않지만, 유리 왕자가 송양의 여식과 혼인을 하면 바로 짝짓기를 하여 힘을 합칠 것이 분명합니다."

"그렇다면 유리를 언제까지 혼자 살게 내버려두자는 소린가?"

"그리 오래 걸리지는 않을 것이옵니다. 사실은 관노부 쪽에서 저한테 은밀히 사람을 보내왔습니다. 유리 왕자를 태자로 책봉하기 전에 혼인을 시키자구요."

"혼인을 먼저 시킨다?"

"믿을 수 없다는 뜻이겠지요. 혹시 유리 왕자가 태자로 책봉되고 나면 혼담을 파기할지도 모른다는 우려를 하고 있을지도요."

"허허, 이것 참."

주몽이 난감한 표정을 지었다. 오래 전에 송양과는 정혼을 한 사이라는 것을 알만한 사람은 다 아는 처지에 관노부 족장 우대로와 혼담의 말이 오고갔었다는 것도 다물도주 송양을 보기에 미안할 일이었는데, 그걸 감수하고 반승낙을 했으면 잠자코 기다리면 될 것이 아닌가. 그런데도 말뚝을 박듯이 혼인 먼저 시키자는 우대로의 속셈이 주몽은 영 못마땅했다.

주몽의 속내를 짐작한 오이가 말했다.

"폐하의 마음이 괴로우신 것은 알고 있사옵니다. 사람의 도리가 아니지요. 더구나 혼인이라는 것은 인륜지대사라고 했습니다. 그걸 정략적으로 이용한다는 것이 옳은 일은 분명 아니지요. 하지만, 지금은 송양이나 우대로의 힘이 어느 때보다 필요합니다. 폐하의 일만 병사들이 막강하기는 합니다만, 고구려 병사들끼리 칼을 겨누는 일은 없어야지요. 연대대로는 세가 막상막하라고 믿으면 물불을 가리지 않고 덤벼들 것입니다. 그럴 때에 우대로가 연대대로 편에 붙는다면 폐하께서 불리합니다. 지금은 무슨 수를 쓰든 우대로를 붙잡아 놔야합니다."

"무슨 수를 쓰든?"

"그렇사옵니다. 우대로가 그랬습니다. 자기의 딸과 유리 왕자의 혼인을 추대로를 통해서만 들었을 뿐, 폐하의 승낙을 받은 것은 아니라구요. 그러면서 이런 말까지 했습니다. 막상 추랑이 폐하의 뜻도 모른 채 자신을 끌어들이기 위해서 거짓말을 했을 수도 있지 않느냐구요."

"그 말은 옳네. 사실은 우대로의 딸을 며느리로 맞겠다고 확실한 언질을 준 것은 아니니까. 그럴 수도 있다는 희망을 심어주었을 뿐, 혼인을 시키겠다는 말은 하지 않았네."

"그렇기 때문에 우대로가 폐하의 측근인 저한테 매달리고 있는 것입니다. 어떻게든 폐하께 직접 승낙을 얻고 싶은 것입니다."

"내가 어떻게 하면 좋겠는가?"

"일단은 우대로를 불러 승낙을 하십시오. 유리가 태자로 책봉되고 나면 혼인을 시키자구요."

"알겠네, 그리 하지. 헌데, 오이, 언제쯤이 좋을까?"

주몽이 고개를 끄덕이다가 오이를 향해 물었다.

"무엇이 말씀이오니까?"

"유리를 태자로 책봉하는 것 말일세."

"조금만 더 늦추오소서. 유리 왕자께서 고구려를 완전히 익히고, 부족의 족장들이 유리 왕자의 실상을 다 알 때까지는 서두르지 마시오소서."

"나는 하루라도 빨리 유리를 태자로 책봉하고 싶네."

"일에는 순서가 있는 법이옵니다. 그래서 혼사를 늦추라고 한 것입니다. 어쩌면 유리 왕자의 혼사는 훨씬 늦어질지도 모릅니다. 딸을 가진 족장들의 협조를 얻어 유리 왕자가 태자가 되고 왕위를 물려받은 다음에야 그 중 하나를 골라 혼사를 하게 될 일이 생길지도 모릅니다."

"그러다가 내가 일찍 죽지 않으면 유리는 영영 혼인도 못하고 총각으로 살게 되겠군."

"무슨 그런 험한 말씀을 하시옵니까? 유리 왕자가 비류 왕자나 온조 왕자에게 조금도 뒤지지 않으니까, 뒤지는 것이 무엇입니까, 오히려 뛰어나니까, 폐하의 진심을 알면 계루부나 절노부를 빼놓고는 목숨을 걸고 반대하지는 못할 것입니다. 너무 서두르지 말자는 뜻이지요."

"알겠네. 헌데, 유리는 요즘 어떻게 지낸다고 하던가?"

"함께 온 옥지, 구추, 도조와 함께 사냥을 다닌다 하옵니다. 벌써 호랑이를 세 마리나 잡았다고 하옵니다."

"참, 세 친구와 함께 왔다고 했지. 그들도 유리만큼 무예가 뛰어나다고 했지. 우리 넷이 엄리대수를 건너던 밤이 떠오르는군. 녀석도 참, 어찌 그런 일까지 이 애비를 닮았을꼬."

"그러게 말입니다. 셋이 함께 사냥을 나가면 호랑이도 꼼짝을 못한다 하옵니다. 세 친구가 몰아주면 유리 왕자는 화살이나 창을 날린다고 했습니다. 잘못하면 인근 산에 호랑이가 남아나지 않겠다고 사람들이 그런 답니다."

"심신을 단련시키고 무예를 익히는 사내의 운동에는 사냥만한 것도 없지. 녀석, 호랑이를 잡았으면 애비한테 호피 한 장은 가져올 것이지."

주몽이 흐뭇한 웃음을 웃었다.

"호피는 따로 잘 모아두라고 제가 옥지한테 특별히 당부해 놓았습니다."

"그걸 왜?"

"호피가 일곱 장이 되면 여섯 족장들과 송양에게 선물을 하려구요. 호피를 선물하면 그들의 마음을 즐겁게 하여 좋고, 호랑이를 잡을 만큼 무예가 뛰어나다는 것을 은근히 알려주는 셈도 되구요. 아무리 산에 호랑이가 많다 해도 호피는 천금이나 되는 귀한 것이 아닙니까?"

"그래, 그래. 자네의 마음을 알겠네. 내가 서둘렀군. 이제 때가 되었으니, 유리를 태자로 앉히라고 자네가 말하기 전에는 그 일을 꺼내지 않겠네. 아무리 그렇다고는 해도 혼사가 늦어지는 것은 아쉬운걸."

"조금만 더 기다리시옵소서."

오이의 말에 주몽이 고개를 끄덕였다.

소서노는 초조했다. 북부여에서 온 유리 왕자의 무예가 뛰어나다는 소문은 날마다 들려왔다. 어떤 사람은 비류와 비슷하다고 했고, 어떤 사람은 호랑이도 유리 앞에서는 꼼짝을 못한다면서 혀를 내둘렀다. 그 소문을 들은 주몽의 입가에 웃음이 떠날 날이 없다고 했다.

'안 되겠어. 이젠 결판을 내야지. 이대로 가다가는 내 가슴에 병이 들겠어.'

그녀는 시간이 흐르면 흐를수록 온조나 비류한테 불리하다는 것을 알고 있었다. 송양은 그렇다 치더라도 벌써 관노부의 우족장이 자기 딸을 유리와 혼인시키기로 했다면서 뻐기고 다닌다는 소문이

나돌고 있는 중이었다.

'이럴 줄 알았더라면 우대로의 부인이 처음 왔을 때, 흔쾌히 혼담을 승낙할 것인데, 화희라는 아이가 너무 경박스럽고 투기가 강할 것 같아 포기한 것이 후회가 되는구나.'

어찌 생각하면 굴러들어 온 복을 차버린 것이나 마찬가지였다.

그때 우대로와 사돈을 맺어놓았으면 추랑과 송양만이 유일한 주몽왕의 편이었다. 설령 그들이 주몽왕 편에 선다고 하드래도 병사들의 수가 이쪽이 월등히 많았다.

'내가 내 발등을 찧었구나. 쉬운 길을 놔두고 어려운 길로 들어섰구나. 이 일을 어이할꼬. 이 일을 어이할꼬. 결국 고구려의 태자 자리는 유리라는 아이가 차지하게 되는 것인가.'

소서노가 한탄을 하고 있을 때, 연타발이 찾아왔다.

"무슨 심려를 그리 하십니까? 마마의 한숨 소리가 궐 밖까지 들리더이다."

"살아도 사는 것 같지를 않습니다, 아버님."

"그러실 것입니다. 관노부의 우대로는 이제 완전히 폐하 편에 섰습니다. 아예 유리 왕자의 장인노릇을 하고 다닌답니다."

"우쭐한 성격에 그럴 수도 있겠지요. 순노부나 절노부는 어떻습니까? 확실한 우리 편이지요?"

"그들은 믿을만 합니다. 하온데 마마, 그 소문 들으셨습니까?"

"무슨 소문이오?"

"알고 보니까, 추대로에게도 과년한 딸이 있다고 합니다. 소문으로는 마마를 닮아 여걸이라고 합니다. 아녀자들의 바느질이나 길쌈을 좋아하는 것이 아니라, 말 타고 활 쏘는 것을 더욱 즐긴다고 합니다."

"그런 아이가 비류나 온조의 아내가 되어야 하는 것인데요. 그런데 어찌 그 얘기를 저한테 하십니까?"

"추대로가 딸아이를 유리한테 시집을 보내려고 집안에서 먼저 상의를 했던 모양입니다."

"그 사람 성격에 그러고도 남겠지요. 그런데 어찌 자기 딸은 젖혀두고 우대로의 딸을 천거했답니까?"

"금실래라고 하던가요? 그 아이가 죽어도 싫다고 했답니다. 궁궐 같은 갇힌 곳에서는 살기 싫다고, 만약 유리 왕지한테 시집을 보내면 스스로 목을 내어 죽겠다고 했답니다. 평소 딸아이의 성품을 잘 알고 있던 추대로가 포기를 한 것이지요. 자칫 고집을 부리다가는 딸을 죽이겠구나, 겁을 낸 것이지요."

연타발이 그렇게 말했을 때였다. 소서노의 눈이 번쩍 빛났다.

"마마의 뜻을 제가 짐작하겠습니다. 제가 추대로를 만나 은근히 속을 떠보았지요. 금실래가 그리 여걸이라면 온조 왕자와 짝을 맺어주는 것이 어떻겠느냐구요."

"그랬더니요?"

"이미 혼담이 오고가는 자리가 있다고 했습니다. 무흘이라고 폐하의 호위병을 책임지고 있는 장수였습니다. 무흘을 집으로 초청하여 금실래와 선도 보인 모양이었습니다. 무흘 쪽에서는 적극적으로 매

달리는 모양입니다만, 들리는 소문으로는 무휼이 올 때마다 금실래가 자리를 피한다고 하던가요? 사냥을 나간다고 했습니다."

"여자의 몸으로 사냥까지?"

"마마는 아니 그러셨습니까? 한번 사냥을 나가실 때마다 제가 얼마나 가슴을 졸였는데요."

"그러셨습니까? 아버님. 말을 타고 활을 쏘는 것이 왜 그리 즐겁던지요. 금실래라는 그 아이가 탐이 납니다. 그 아이를 온조와 맺어주고 싶습니다."

"하오나, 이미 때가 늦었습니다. 추대로가 결코 승낙하지 않을 것입니다. 저는 그렇지 않은데, 추대로는 묵은 원한을 아직도 가슴에 품고 있는 모양입니다."

"원한이랄 것도 없잖습니까? 그런 권력 투쟁이야 언제든 있었던 일이 아닙니까? 원한이라면 오히려 아버님 쪽에서 더 많지요. 흉년과 호환을 핑계 삼아 제사장 자리를 빼앗아간 것은 우대로였으니까요. 나중에 아버님의 힘이 막강해지셨을 때도 제사장 자리를 그대로 두었습니다."

"그때는 제사장같은 힘이 필요없게 되었을 때였지요. 추대로는 자신이 막강한 힘을 갖고 싶은 것입니다. 자신의 힘으로 유리를 태자로 앉히고 그 덕을 보겠다는 뜻이지요. 기왕이면 폐하 편에 붙고 싶은 것입니다. 제 힘이 월등하지 않으면 결코 고개를 숙이고 들어올 사람이 아닙니다. 헌데, 아직도 유리 왕자의 혼사 얘기는 없습니까?"

"며칠 전에도 폐하께 말씀을 드렸지만, 서두르지 말자는 말씀만 있었습니다."

"그 이유가 무엇이라고 생각하십니까? 마마."

"글쎄요."

"폐하는 우대로의 딸과는 혼인을 시키고 싶지 않은 것입니다. 어쩌면 송양의 딸도 마찬가지겠지요. 제가 수소문한 바에 의하면 송양의 딸 여옥이 가슴을 앓고 있답니다. 병을 앓고 있는 송양의 딸도 싫고, 우대로의 딸도 마음에 안 드는 것입니다. 어떻게든 미루어 놓았다가 일단 태자로 책봉되고 나면 파혼을 하겠다는 속셈일 수도 있지요."

"파혼까지요?"

소서노가 눈을 크게 떴다.

"생각해 보십시오. 나이 스물이 넘은 유리를 아직 혼자인 채 둔다는 것은 다른 까닭이 있을 수 없습니다. 폐하께서는 둘 다 마음에 안 차는 것입니다. 어쩌면 유리한테 다른 여자가 있을 수도 있구요."

"다른 여자요? 설마 그럴 리가 있습니까? 백산 자락에서 온갖 고생을 하며 자랐다고 했는데, 여자가 생길 틈이 어딨겠습니까? 또 여자가 있었다면 함께 왔겠지요."

"아무튼 폐하는 혼인을 미끼로 송양과 우대로를 꽉 잡고 있는 것입니다. 송양의 딸이야 오래 전에 맺어놓은 혼약이니까, 어쩔 수 없다고 치더라도 우대로의 딸은 태자책봉만 받으면 내칠 수 있는 것이 아니겠습니까? 그래서 망설이고 있는 것이 분명합니다. 주몽왕의 머리에서 나온 것은 아닐 것이고, 책사 오이나 극무의 머리에서 나온 수작이겠지요."

"그럴 수도 있겠네요. 며칠 전에는 호피를 한 장씩 족장들에게 돌렸다지요?"

"마마도 들으셨사옵니까? 저도 호피를 한 장 받았습니다."

"호피를 받은 족장들이 좋아했다는 소리까지 들었습니다. 호랑이를 그리 잘 잡을 정도라면 무예가 그만큼 뛰어나다는 뜻이 아니고 무엇이겠습니까?"

소서노의 얼굴에 그늘이 내려앉았다.

"심려하지 마십시오. 백산에는 원래 호랑이가 많다고 들었습니다. 그곳에서 호랑이만 잡고 살았는지도 모르지요. 호랑이가 다니는 길목, 호랑이의 습성을 알면 호랑이에게 무뢰한보다는 잡기가 쉽겠지요. 함께 온 세 친구들도 유리 못지 않게 무예가 뛰어나다고 했습니다. 어디 혼자 잡은 것이겠습니까? 세 친구와 함께 잡은 것이지요."

"허나, 제가장들은 호랑이 일곱 마리를 유리 혼자 잡은 걸로 알고 있습니다."

"원래가 모든 공은 장수에게 돌아가게 되어 있으니까요. 이젠 정말 결판을 낼 때입니다. 내일이라도 폐하를 찾아뵙고 은근히 속을 떠보십시오."

"그리하겠습니다. 저도 더 이상 미룰 수가 없습니다."

다음날 소서노는 주몽을 찾아갔다.

"유리 왕자가 그렇게도 용맹스럽다지요? 맨 손으로 호랑이를 일곱 마리나 잡았다지요? 저도 얼마나 기쁜지 모르겠습니다."

"고맙소. 저 혼자 살면서도 세상을 허투로 살지 않았다는 믿음이 있어 나도 기쁘오."

주몽이 드러내 놓고 즐거워했다.

소서노가 그런 주몽의 얼굴을 가만히 살피다가 입을 열었다.

"폐하, 유리 왕자의 나이 스물이 넘었습니다. 혼인이 너무 늦은 것이 아니옵니까?"

"그 또한 서두를 것이 뭐가 있겠소? 아직 유리는 고구려의 풍습도 제대로 익히지 못했소. 고구려의 풍습, 고구려의 산천을 다 익히고 난 다음에 시켜도 늦지 않을 것이오."

"하오나, 폐하의 연세 마흔이 넘으셨고, 기운도 예전만 같지 않습니다. 지금 혼인을 해도 결코 빠르지는 않사옵니다. 디물도주 송양의 여식은 제가 본 일이 없어 모르겠사옵니다만, 관노부 우족장의 여식은 참으로 곱게 큰 처자이옵니다. 달덩이처럼 넉넉하고 꽃송이처럼 예쁘지요. 우족장의 여식이 되었건, 송양의 여식이 되었건 하루라도 빨리 짝을 정해주소서. 나이 스물이 넘은 유리 왕자가 짝도 맺지 못하고 산골짝을 헤매면서 호랑이 사냥에나 몰두하는 것이 안타까워 그럽니다."

"왕후의 마음이 참으로 고맙소. 그리 오래 걸리지는 않을 것이오."

주몽의 얼굴이 심각했다. 이 날도 소서노는 결국 주몽의 속내를 알지 못하고 대전을 물러나왔다. 그러나 주몽의 뜻이 비류나 온조에게 있지 않다는 것만은 확실히 알 수 있었다. 자신과 연타발의 저항이 두려워 쉽게 결정을 내리지 못하고 있을 뿐, 마음은 유리 쪽에 있는 것이 분명했다.

그래서 더욱 시간을 끌 수가 없었다. 관노부처럼 다른 한 부족만 유리 쪽으로 기울면 싸움은 끝난 것이나 마찬가지였다.

연타발과 함께 소서노를 찾아온 해루가 말했다.

"폐하는 아직도 자신이 없으신 것입니다. 계루부와 한판 싸움이 붙었을 때 폐하의 정예병이 계루부의 병사들을 이길 수 있을지 그것이 두려운 것입니다. 혼인을 늦추는 것도 결국 어느 한 쪽을 선택하면 어느 한 쪽을 잃기 때문에 그러는 것입니다. 지금이 적기입니다. 비류 왕자나 온조 왕자를 태자로 앉히려면 지금 밖에 때가 없습니다. 마침 이레 후에 영고제가 열립니다. 그 자리에는 여섯 족장들과 다물도주 송양도 참석을 합니다. 따로 날을 잡아 그들을 불러들일 것이 아니라 영고제가 끝난 다음에 태자를 책봉하자고 하십시오."

"그건 해루 책사의 말이 맞습니다. 제가 여섯 족장들과 미리 의논을 해놔야겠소. 여섯 족장들이 한 입으로 태자를 책봉하자고 나오면 폐하인들 어쩔 수가 없을 것이오. 지금은 양쪽의 세가 팽팽합니다. 절노부와 순노부는 확실한 우리 편이고, 다물도주 송양과 연노부 추대로, 그리고 관노부의 우대로는 유리 왕자의 편이오. 양쪽이 가지고 있는 병사수를 보면 말입니다. 어디가 되었건 한 부족만 우리 쪽으로 끌어들일 수 있다면 폐하도 어쩔 수가 없을 것입니다."

연타발의 말을 받은 해루 책사가 말했다.

"지금 끌어들일 수 있는 곳은 관노부 밖에 없습니다. 며칠 전에 폐하가 우대로를 불러 유리 왕자가 태자로 책봉되고 나면 혼례를 치루

자고 확답을 주었습니다. 하오나 우대로가 그 말을 신뢰하는 것 같
지는 않았습니다."

"신뢰하지 않았다면?"

연타발이 생각에 잠긴 표정으로 해루를 바라보았다.

"아직도 우리 쪽으로 끌어들일 여지가 있다는 뜻이지요. 폐하의
속뜻을 넌즈시 일러주고, 아예 온조 왕자와 혼약을 맺어버리는 것입
니다. 정도가 아니긴 합니다만, 폐하 쪽에서도 어차피 혼사를 정략
으로 이용하고 있습니다. 우족장도 폐하와 송양과의 관계를 알고 있
으니까, 무엇 때문에 폐하가 쉽게 대답을 못하는가 그 이유를 얘기
해 주면, 유리가 태자로 책봉되고 나면 당신의 딸은 태자비로 선택
되지 않는다는 것을 얘기하면 마음이 기울어져 올 것입니다."

"우대로가 따라올까요?"

"사람의 마음이란 어차피 물결과 같은 것입니다. 가끔은 여울이
되어 한 곳에서 맴돌기도 합니다만, 다른 물이 흘러가는 쪽으로 휩
쓸려 흘러가게 되어 있습니다. 자신이 이쪽에 붙어 확실히 승리할
수 있다는 가능성이 보이고, 더구나 온조 왕자가 태자로 책봉되기
전에 정혼을 하자고 하면 마음이 돌아설 수도 있을 것입니다."

"아버님의 생각은 어떠십니까?"

"우대로는 추대로와는 달라 제 말을 들을지도 모르겠습니다."

"하면 그렇게 하십시다. 아버님. 오늘이라도 관노부 우족장을 만
나 혼약부터 맺자고 하십시오. 유리 왕자가 태자로 책봉되고 나면
틀림없이 파혼이 될 혼약인데, 그러지 말고 온조 왕자와 정혼부터

하고 온조 왕자가 태자로 책봉되는데 도움을 달라고 하십시오."

"그렇게 하겠사옵니다. 지금은 하나라도 우리 편으로 끌어들이는 것이 급선무입니다."

연타발이 머리를 조아리며 대답했다. 그러나 사흘 후에 찾아온 연타발이 뜻밖의 소리를 했다.

"우리가 한 발 늦었습니다. 우족장의 마음은 차돌과 같았습니다. 아마도 폐하께 단단히 약속을 받은 모양이었습니다."

"그래요? 송양의 딸 얘기도 하셨습니까?"

소서노가 섭섭한 표정을 지었다. 그 모습을 잠시 바라보던 연타발이 말했다.

"송양의 딸과도 혼약이 있는 것을 알고 있었습니다. 그것까지 감수하고 혼약을 맺은 것 같았습니다. 일단 유리가 태자로 책봉되고 나면 송양의 딸은 첫째 태자비로 삼고 우족장의 딸 화희는 두 번째 태자비로 삼기로 했다는군요."

"그렇다면 일을 순리대로 풀기는 어렵지 않습니까? 아버님."

절대로, 설령 내 목숨을 던지는 일이 있드래도 유리한테 태자자리를 넘겨줄 수는 없어, 라고 생각하며 소서노가 말했다.

"영고제 때 우리 병사들로 주위를 둘러싸도록 하겠습니다. 병사들의 위엄으로 주몽왕을 협박하겠습니다."

"무슨 수를 쓰건 유리가 태자가 되는 일은 막아야지요."

"너무 심려하지 마십시오, 모든 일이 마마의 뜻대로 이루어질 것입니다. 하온데 이상한 소문이 있사옵니다. 한족의 딸 하나가 유리 왕자를 찾아왔다고 하옵니다."

"한족의 딸이요?"

"소문으로는 그랬습니다. 이름이 치희라고 하던가요? 유리가 백산에 살면서 세상을 떠돌 때에 만나 신세를 진 여자라고 했습니다. 호랑이를 쫓다가 바위벼랑에서 떨어져 꼼짝없이 죽을 목숨을 그 여자의 아버지가 구해주었다고 하던가요? 백산에서 일 년여를 함께 살았다고 했습니다."

"자식은 없구요?"

"없다고 했사옵니다. 그 소문을 들은 우족장과 송양이 펄펄 뛰었다고 했습니다. 기왕에 맺어놓았던 혼약을 파기하겠다고 했답니다."

"어쩌면 관노부의 우족장이 치희라는 그 아이를 죽이려 들지도 모르겠습니다. 아버님께서 사람을 보내 잘 보호하도록 하십시오."

연타발의 말에 소서노의 눈이 반짝 빛났다. 그 쪽에 그런 일이 있다면 비집고 들어갈 틈이 있잖은가. 우선 우족장부터 혼인을 빌미로 끌어들여야겠구나, 그런 마음으로 소서노가 연타발을 바라보았다.

"벌써 믿을만한 병사 몇을 보내 보호를 하라 일렀습니다. 그 아이가 눈치 채지 못하게 숨어서 보호하라 일렀습니다."

"잘 하셨습니다. 우족장이 그리 펄펄 뛰었다면 유리 왕자와의 혼사를 다시 생각할지도 모르겠습니다. 마지막으로 한 번만 더 만나보십시오."

"알겠습니다, 마마. 제가 바로 우족장을 만나 다시 한 번 매달려 보겠습니다. 어차피 모레 있을 영고제 때 태자책봉을 하겠다고 했으니까, 시간이 없습니다. 한족의 딸이 때맞추어 잘 나타나준 셈입니다."

연타발이 말했다.

'이제 며칠 남지 않았어. 사흘 후면 온조가 고구려의 태자가 되는 게야. 그렇게만 된다면 다른 족장들도 모두 우리 편이 되어 줄 거야.'

소서노가 중얼거렸다.

그러나 일은 그녀가 원하는 대로 풀려주지 않았다. 그날 소서노를 만나고 내전을 나간 연타발이 왕의 호위병사들에게 체포되어 간 것이었다.

책사 해루로부터 그 소식을 들었을 때 소서노는 모든 것이 끝났구나, 생각했다. 이쪽에서 주몽왕 쪽에 귀를 대고 있듯이 주몽왕 쪽에서도 이쪽에 귀를 대놓고 있음이 분명했다. 그러다가 결정적인 순간에 반대편의 중심에 있는 연타발을 구금한 것이라고 믿었다.

소서노가 곧 바로 대전으로 주몽왕을 찾아갔다.

"폐하, 그것이 사실입니까? 정녕 제 아버님을 구금하셨습니까?"

"그렇소. 장수 무흘의 말에 의하면 대대로가 반역을 꾀했다는 것이오. 사사로이는 내 장인이지만, 반역은 용서할 수가 없소."

"아닙니다, 폐하. 고구려 건국에서부터 오늘까지 아버님이나 저는 오직 폐하만을 위해 살아왔습니다. 그런 아버님께서 반역이라니요?"

소서노가 펄펄 뛰었다.

"조사해 보면 알겠지요. 죄가 없으면 바로 내보내 줄 것이지만, 만에 하나 죄상이 드러나면 용서할 수가 없소."

"그럴 리가 없습니다. 누군가의 모함입니다. 내 아버님을 지금 당장 풀어주시오. 이것은 은혜를 원수로 갚는 일이오. 하찮은 필부도 그래서는 안 되거늘, 더구나 폐하가 그러시면 아니 됩니다. 백성들한테 영이 서지 않습니다. 제발 내 아버님을 풀어주십시오."

소서노가 매달렸으나 주몽왕의 낯빛은 싸늘했다.

5

펄펄 나는 저 꾀꼬리는

영고제는 궁궐 밖 드넓은 초원에서 열렸다. 여섯 부족의 족장들과 십만이 넘는 백성들이 나라잔치에 모여들었다.

동산만한 제단이 초원에 자리를 잡았으며 삼백 근이 넘는 멧돼지가 제물로 준비되어 있었다.

여섯 족장들 뿐만이 아니라 일반 백성들도 고구려의 태자가 이번 영고제에서 결정이 된다는 것을 알고 있었다.

"태자야 응당 온조 왕자께서 되셔야지. 우리 연타발 족장님과 왕후마마께서 고구려를 위하여 얼마나 애를 쓰셨는가?"

계루부 백성들은 온조가 태자가 되어야 한다고 주장했다.

"무슨 소리를? 고구려를 사방 삼천 리의 땅을 가진 큰 나라로 일으켜 세우신 것은 순전히 주몽 폐하의 공일세. 누가 뭐래도 그분의 뜻이 중요하지. 폐하께서는 유리 왕자를 태자로 점찍어놓고 계시다는구만."

"암, 태자는 유리 왕자가 되어야 하고 말고. 용맹스럽기가 폐하 못지 않다고 하더군. 호랑이 앞에서도 눈 한번 깜짝을 않고 눈싸움을 하신다고 하더군. 유리 왕자의 눈빛에 호랑이도 기를 못 폈다고 하드라구."

연노부와 다물도 백성들은 유리 왕자 편을 들고 나왔다. 그러다가 백성들끼리 싸움이 붙기도 했다. 서로 멱살잡이를 하다가 어? 우리는 한 폐하를 모시고 있는 고구려 백성이 아닌가? 태자를 책봉하는 문제는 폐하께 맡기고 우린 술이나 마시세나, 하고 임시로 마련된 주막으로 어깨동무를 하고 들어가 술잔을 기울였다.

술은 독한 고량주였다. 일 년에 두 차례 영고제를 위하여 주모들은 옥수수로 고량주를 빚었다. 그뿐만이 아니있다. 여섯 부족에 피져있던 유녀들도 한몫 단단히 보려고 옷단장, 몸단장을 하고 모여들었다. 영고제가 열리기도 전에 술에 취해 비틀거리며 유녀를 끌고 숲으로 들어가는 사내들도 있었다.

세상은 왁자지껄했다.

영고제가 열리는 날 아침, 해루가 침울한 얼굴로 소서노를 찾아왔다. 그렇잖아도 연타발이 풀려나지 못해 애가 닳던 참이었다.

"대대로께서는 끝까지 풀려나지 못하셨사옵니다, 마마."

"폐하는 아버님이 두려우신 게지요. 유리를 태자로 책봉하는데 방해꾼이라고 여긴 것이지요. 아버님의 입만 막아놓으면 누가 있어 유리를 태자로 책봉하는데 반대하겠습니까?"

"우리가 방심했습니다. 모두가 제 불찰이옵니다."

"설마 아버님을 구금할지 누가 짐작이나 했겠습니까? 폐하께서 그러실 줄은 몰랐습니다. 은혜를 원수로 갚을 줄 몰랐습니다."

"대대로 나리의 병사들도 꼼짝을 못하고 있습니다. 병사들을 배치하지 못했습니다."

"뭐라구요?"

소서노는 마지막 기대가 무너지는 느낌에 온몸이 부르르 떨렸다. 연타발이 구금된 뒤에 소서노는 책사 해루에게 계획된 대로 영고제 때 병사들을 배치하도록 일렀다. 만약 주몽왕이 유리를 태자로 책봉하면 병사들을 동원하여 주몽왕과 유리를 포박하라고 분부했다.

"유리가 태자가 되면 어차피 우린 살아도 사는 목숨이 아니오. 기왕 죽을 목숨이면 저항은 해보아야지요."

"그렇게 하겠습니다. 사무 장수에게 어찌어찌 병력을 배치하라 이르겠습니다."

그랬는데 병사들을 동원하지 못했다고 하잖은가.

해루가 말했다.

"마마와 제가 나누는 얘기까지 폐하의 귀에 들어간 것이 틀림없습니다. 그렇지 않다면 어찌 병사들은 영고제에 참석하지 말라는 영을 내리겠습니까? 그뿐만이 아닙니다. 족장들의 호위병사도 열 명으로 제한했답니다."

"영고제에는 폐하의 호위병들만 득시글거리겠군요."

"그 병사들로 하여금 족장들을 협박하자는 뜻이지요. 살기가 번득이는 병사들 앞에서 누가 폐하의 뜻에 거슬리는 진언을 하겠습니까?

연노부 족장 추대로가 폐하께 그랬답니다. 연대대로를 반역의 죄로 참수를 해야 한다구요. 그 참형을 영고제에서 시행하여 여섯 족장들은 물론 백성들에게 폐하의 위엄과 경고를 보여야 한다고 했답니다."

"저런 간을 씹어먹어도 시원치 않을 놈."

소서노가 이를 뿌드득 갈았다.

"폐하의 유리 왕자에 대한 사랑이 그리 크신 줄은 몰랐습니다. 처음부터 폐하께는 오직 유리 왕자 밖에 없었던 것입니다."

"그걸 몰라 방심한 것이 오늘날 일을 이 지경이 되게 만든 것이지요."

소서노의 얼굴이 분노로 달아올랐다.

'꿈이, 비류나 온조를 태자로 앉히려던 내 꿈이 사라지는구나.'

소서노의 눈에 눈물이 고였다.

해루가 말했다.

"세가 불리할 때는 일단 한 걸음 뒤로 물러서는 것이 상책입니다. 우선은 족장 어른을 무사히 살려내는 것이 급합니다. 자칫 폐하의 기분을 상하게 했다가는 연족장께서 화를 당하실지 모릅니다. 지금은 추대로만이 연대대로 나리의 죄를 말하고 있습니다만, 세가 불리하다 싶으면 추대로는 언제든지 다른 족장들을 설득하려 할 것입니다."

"그런 일이 생겨서는 안 되지요."

"아직 폐하의 연세 적으시니, 설령 유리 왕자가 태자로 책봉이 된다고 해도 즉위까지는 오랜 시간이 있습니다. 다음을 도모해야겠지요."

"알겠습니다. 그리하겠습니다. 오늘은 폐하께 숙이겠습니다."

소서노는 눈물을 닦고, 얼굴을 단장하고 대전으로 갔다. 주몽왕과 함께 영고제에 나가기 위해서였다.

"어서 오시오, 왕후."

주몽왕은 어느 날보다 기분이 좋아 보였다.

"폐하의 낯빛이 편안해 보이십니다."

"안 좋을 일이 뭐가 있겠소? 내 백성들이 저리 즐거워하고 있잖소? 백성들의 삶만 즐겁다면 난 걱정이 없소. 작년에는 가뭄이나 홍수도 없었고, 메뚜기 떼의 습격도 없었소. 다 하늘의 돌보심이 아니고 무엇이겠소?"

"폐하의 은혜가 골고루 퍼지는 것이지요. 감축드립니다."

"고맙소. 제단으로 나갑시다. 준비가 되어 있을 것이오."

"예, 폐하."

소서노가 다소곳이 대답했다.

비단으로 치장한 두 대의 수레가 대전 뜰에 대기하고 있었다. 그 수레를 타고 나란히 걸어가면서 소서노가 말했다.

"오늘 하늘에 제사를 드리기 전에 유리 왕자를 태자로 책봉한다는 선포를 하십시오. 백성들도 그걸 원하고 있사옵니다."

그러나 주몽왕은 흘끔 돌아보았을 뿐, 아무런 대꾸도 없었다.

"제 아버님의 욕심이 과했습니다. 어리석은 소견에 폐하의 기분을 상하게 하신 모양입니다. 용서해 주시고, 오늘 영고제에 참석하도록 해주십시오. 그것이 폐하의 너그러운 은혜를 백성들에게 보여주는 일이 될 것입니다."

소서노는 입이 바싹바싹 탔다. 지금 칼자루는 주몽이 쥐고 있는 셈이었다. 해루의 말대로 폐하의 뜻에 따르는 척 할 수밖에 없었다. 우선은 아버지 연타발을 살리는 것이 문제였다. 자칫 태자도 놓치고 아버지 연타발도 잃게 된다면 영영 희망이 없었다.

그러나 주몽은 대답이 없었다.

"폐, 폐하."

소서노가 안간힘을 다하여, 그러나 나즈막한 목소리로 불렀다.

"장인의 죄가 너무 크오. 내가 조사한 바에 의하면 대대로는 이번 영고제 때 병사들을 동원하여 나를 협박하려 했다고 하오. 그건 반역이오. 아무리 장인일망정, 내가 고구려를 건국하는데 막중한 힘을 보탠 장인일망정, 용서할 수가 없소."

"아니옵니다. 제 아버님이 어찌 그런 마음을 가졌겠습니까? 팔은 안으로 굽는다고, 비류 왕자나 온조 왕자가 태자로 책봉되었으면 하고 바랐을 뿐, 어찌 감히 폐하전에 병사들의 창칼을 겨누도록 하겠습니까? 그건 폐하의 오해십니다."

"두고 보십시다. 지금 내 기분이 좋소. 그걸 망치지 마시오, 왕후."

주몽이 소서노의 입을 막았다.

"알겠사옵니다. 폐하의 뜻대로 하소서."

소서노가 입술을 깨물었다.

'내가 너무 방심하고 있었던 게야. 주몽의 힘이 더욱 강해지기 전에 태자 문제를 매듭지었어야 했는데, 주몽왕을 믿었던 것이 잘못이

었어. 최소한도의 의리를 믿었던 것이 실수였어.'

입술이 찢어지도록 깨물며 소서노가 중얼거렸다.

"주몽 폐하 만세! 주몽 폐하 만세! 고구려 만세!"

왕과 왕후가 나란히 수레를 타고 등장하자 여섯 부족장들과 백성들이 일제히 만세를 불렀다. 주몽이 한 손을 번쩍 치켜들고 얼굴에 웃음을 띠며 수레에서 내려 제단 앞으로 갔다. 소서노가 굳은 얼굴로 뒤를 따랐다.

장내가 안정되었을 때 연노부 족장 추랑이 제단 앞으로 나가 향을 피우고 주몽을 향해 섰다.

"폐하, 하늘에 제사를 올리기 전에 드릴 말씀이 있사옵니다."

"말해 보시오, 제사장."

주몽왕이 고개를 끄덕였다. 소서노가 매서운 눈빛으로 추랑을 쏘아보았다. 추랑의 입에서 나올 말을 뻔히 짐작할 수 있었기 때문이었다.

"오늘은 경사스런 날입니다. 저희 족장들과 여섯 부족의 백성들은 태자마마가 책봉되기를 간절히 바라옵니다. 태자마마를 책봉하시어 고구려를 더욱 튼튼한 기반 위에 올려놓으소서."

"알겠소. 내 그렇잖아도 오늘은 고구려의 태자를 하늘에 고할 생각이었소. 부족장들의 뜻은 어떻소? 비류와 온조, 그리고 유리 왕자 가운데 누가 고구려의 태자로 적당하다고 생각하고 있소?"

주몽왕이 제단 앞에 나란히 서 있는 세 왕자를 바라보며 물었다.

"세 분 왕자 모두 훌륭한 분들입니다만, 저희 여섯 부족의 족장들은 유리 왕자님이 태자로 책봉되기를 원하옵니다. 유리 왕자는 폐하의 적통일 뿐만 아니라, 용맹스러움이 호랑이를 능가한다고 들었습니다. 부디 유리 왕자를 태자로 책봉하여 주시옵소서."

추랑의 말이 끝나자 족장들과 백성들이 유리 왕자를 연호하며 만세를 불렀다. 그 모습을 흐뭇한 낯빛으로 바라보던 주몽왕이 한 손을 번쩍 치켜들었다.

장내가 쥐 죽은 듯이 고요해졌다.

"짐은 오늘 경사스런 날을 맞아 유리 왕자를 고구려의 태자로 책봉하고자 하오. 지금부터 유리 왕자는 고구려의 태자가 되어 짐의 유사시에 대통을 이을 것이오."

"만세, 만세, 유리 태사 만세!"

백성들의 만세소리가 하늘을 찔렀다. 소서노는 후둘거리는 다리를 겨우 버티고 서서 다시 한번 입술을 깨물었다. 아버지 연타발이 없는 지금 미리 입을 맞추어 놓았던 순노부와 절노부의 족장도 말 한마디 못하고 있잖은가. 눈앞에 문득 부연 안개가 끼었다.

다음 날 소서노는 옥방으로 연타발을 찾아갔다. 이미 소식을 듣고 있었던 연타발이 눈물을 흘렸다.

"눈물을 보이지 마십시오, 아버님. 아직 유리가 왕이 된 것은 아닙니다."

"오십 년 제 공든 탑이 무너졌습니다, 마마. 이제 힘은 유리 왕자를 향해 모아지게 되어 있습니다. 그것이 사람의 마음입니다."

연타발은 절망하고 있었다. 단 사흘만에 얼굴이 반쪽이 되어 있었다. 사흘 밤을 단 한숨도 못잔 것이 분명했다.

"억만금을 들인 제 인생의 가장 큰 장사를 실패한 것입니다."

"아버님이 그러시면 전 누굴 믿고 삽니까? 힘을 내시오소서. 저를 위해서라도 부디 힘을 내시오소서."

"아닙니다, 전 이미 늦었습니다. 폐하의 병사들에게 묶여오면서 전 살기를 포기했습니다. 한 번 부러진 대나무는 다시 일어서지 못합니다. 내일 을음을 좀 데리고 오십시오."

을음은 연타발의 조카였으며 소서노의 사촌 동생이었다. 어려서부터 연타발의 장사길을 따라다녔는데 머리가 영리하고 지혜가 있었다.

"을음 동생은 왜요?"

"그 아이한테 해줄 얘기가 있사옵니다."

"저한테 하소서. 자칫 을음 동생까지 폐하의 미움을 살까 두렵습니다."

소서노의 말에 연타발이 옥방을 지키는 병사의 눈치를 흘끔 보고는 목소리를 낮추어 말했다.

"그 아이한테 전하소서. 앞으로 장사길에서는 무조건 금덩이나 은자를 모으라구요. 지금 집에 있는 재물도 팔 수 있는 것은 모두 팔아 부피가 적은 금덩이나 은자로 바꾸라고 하십시오. 그렇게 바꾸어 잘 숨겨두라고 하십시오."

소서노는 연타발의 속내를 짐작할 수 있었다.

'아버님은 도피를 염두에 두고 계시는구나. 계루부에서, 아니 주몽

왕의 그늘에서 살 수 없는 날을 생각하고 계시구나.'

소서노가 말했다.

"아버님의 말씀 잘 알겠습니다. 그리고 또 전하실 말씀은 없습니까?"

"앞으로는 장사길에서 얻은 이익을 계루부까지 가져오지 말고 강남쪽의 요로 요로에 있는 창고에 보관하라고 하십시오. 한 곳에 두지 말고 창고마다 곡식을 채우라고 하십시오. 아무리 작은 이익이라도 계루부까지 가져오지는 말라고 하십시오."

"예, 아버님. 그리 전하겠습니다. 조금의 빈틈도 없이 그리하도록 하겠습니다."

"마마, 사천 리 밖 하남 땅에 제가 마련해 둔 사방 백 리의 땅이 있습니다. 십 년쯤 전이던가요? 그곳에 흉년이 들고 메뚜기 떼의 습격으로 땅에서 벼 한 톨 수확하지 못했을 때, 제가 십만 석의 기휼미를 풀어 부황 든 백성들을 구제한 일이 있었지요. 그곳 태수가 은혜를 갚는다고 제게 소원을 물었습니다. 제가 그랬지요. 언젠가 나이가 들면 따뜻한 남쪽에 내려와 살고 싶다고요. 그랬더니 저한테 사방 백 리의 땅을 내려 주었습니다. 하늘이 도와 날씨만 좋다면 십 만쯤의 백성은 능히 먹여 살릴 수 있는 기름진 옥토지요."

"저도 몰래 그런 대비까지 해놓으셨군요."

"다만 노후를 대비하느라 그랬는데, 어쩌면 마마께 요긴하게 쓰일수도 있겠습니다."

연타발의 눈에 눈물이 어렸다.

"전 결코 계루부를 떠나지 않을 것입니다. 끝까지 싸워 계루부의 고구려로 다시 만들겠습니다."

소서노의 대꾸에 연타발이 고개를 끄덕였다.

"마마, 부디 꿈을 잃지 마시오소서. 제가 주몽왕을 너무 믿었던 것이 실수이긴 합니다만, 마마의 꿈은 부디 이루소서."

"걱정하지 마십시오. 이대로 쓰러질 소서노가 아닙니다. 제 꿈뿐만이 아니라, 아버님의 꿈도 꼭 이루도록 하겠습니다."

"마마의 꿈과 제 꿈은 본래 하나입니다."

"제가 어찌 그걸 모르겠습니까? 아버님은 부디 몸조리 잘하십시오. 태자가 책봉되었으니, 곧 풀어주실 것입니다. 폐하가 그리도 매정한 분은 아닐 것입니다. 그동안 베풀었던 은공을 모르실 분도 아니구요."

소서노가 마지막 희망을 불어넣었다. 그러나 연타발은 그날 밤 목을 맸다. 그 소식을 들은 소서노가 이를 갈았다.

'내 아버님의 한은 기어코 풀어드리고 말리라. 비류가 되었건 온조가 되었건 꼭 왕의 자리에 앉히고 말리라.'

번들거리는 눈빛으로 태자궁을 노려보았다.

"왕후마마, 어제 치희라는 한족의 딸이 사는 초옥에 자객이 들었다 하옵니다."

연타발의 장례를 마치고 우울한 낯빛으로 앉아있는 소서노를 찾아온 해루가 말했다.

"자객이? 기어코 자객이 들었다는 말이지요?"

"예, 마마."

"얼마나 놀랬을꼬? 산 설고 물 설은 곳에 와서 자객까지 만났으니, 얼마나 놀랬을꼬?"

"장수 사무의 말에 의하면 치희 아가씨는 자객이 든 줄 모를 것이라고 했습니다. 비수를 입에 물고 문고리를 잡는 걸 쫓았다고 했으니까요."

"관노부에서 보낸 것이 틀림없겠지요?"

"붙잡아 놓고 보니, 관노부 병사라고 했습니다. 그들도 아마 쉽게 여겼던 모양이었습니다. 그까짓 연약한 여자 하나쯤 하고 가벼이 여겼던 모양이었습니다."

"우리가 지키기를 잘했군요."

"그렇습니다. 대대로께서는 역시 선견지명이 있으셨습니다. 관노부에서 자객을 보낼 줄 미리 아시고 대비를 하신 것이 아닙니까?"

소서노는 부러진 대는 다시 일어서지 못한다면서 스스로 목을 맨 아버지가 한없이 그리웠다. 송양의 딸 여옥과 관노부 우대대로의 딸 화희를 함께 맞아들여 유리 태자의 혼례를 올려주면서도, 약한 티는 보이지 말자고 입술을 깨물면서도 소서노는 아버지 연타발이 그리웠다.

유리가 한족의 여자를 수미산 자락에 숨겨놓고 있다는 걸 안 소서노가 그 아이를 보호하라고 한 며칠 후에 찾아온 연타발이 말했었다.

"한족의 계집아이한테 사람을 보냈습니다."

"이상하게 여기고 경계하지 않을까요?"

"계집아이들을 댓 명 보냈지요. 수미산을 뒤져 약초를 캐어 생계를 잇는 약초꾼으로 꾸며 보냈지요. 한족의 계집아이가 사는 초옥 가까운 곳에 막사를 짓게 했습니다."

"그만큼 무예가 출중한 계집아이들이 있었던가요?"

"마마만큼은 못해도 어지간한 사내들 열 명은 당해낼 수 있는 여병사가 제게 백 명은 있습니다."

"그래요? 약초꾼으로 위장했으면 그 아이가 경계할 일도 없고, 관노부에서도 무심히 지나칠 것이 아닙니까?"

"그럴 것입니다. 낮이건 밤이건 그 아이한테서 눈을 떼지 말라고 단단히 일렀습니다."

"잘 하셨습니다."

그랬는데, 자객이 들었다고 하지 않는가. 이제 슬슬 한족의 계집아이를 궁으로 끌어들여야 하는 것이 아닐까. 유리 태자를 관노부나 송양에게서 떼어내야 하는 것이 아닐까.

그런 생각을 하다말고 소서노가 해루에게 말했다.

"해루 책사, 내가 그 아이를 한번 만나는 것이 어떻겠소?"

"궁궐로 부르시렵니까?"

"사람들의 눈이 있는데 그럴 수야 없지요. 내가 거기까지 가서 만나보겠소."

"마마께오서 말입니까?"

"궁궐이 너무 갑갑하오. 지금까지는 폐하의 뜻에 따라 내 안의 사내다움을 버리고 아낙의 삶을 살았소만, 이젠 그러지 않을 작정이오. 말도 타고 사냥도 나갈 것이오. 사냥차림으로 가면 설마 누가 왕후인 줄 알아보겠소."

"위험합니다, 마마."

"계루부의 날쌘 병사들이 있잖소. 사무 장수에게 일러 내가 사냥을 나갈 때에 여병사들 열 명만 붙여달라 이르시오. 내일 당장 사냥을 나가겠소."

"폐하께서 허락을 하실까요?"

"허락같은 건 필요없소. 어쩌면 폐하도 내가 그렇게 사는 것을 더 좋아할지도 모르겠소. 태자의 일로 속 썩을 일은 없을 테니까요."

"알겠습니다, 사무 장수에게 그리 일러놓겠습니다. 마마께오서 타실 말도 준비를 시키겠습니다."

한번 마음에 품은 일은 당장 시행하지 않으면 견디지 못하는 소서노였다. 다음 날 바로 수미산으로 사냥을 나갔다. 아버지 연타발의 말대로 여병사들은 무예가 뛰어났다. 한 나절 동안 사슴을 세 마리나 잡았다. 출발하면서 당부한 대로 소서노에게 왕후마마라고 부르지도 않았으며, 한족의 계집아이를 지키고 있는 여병사들과도 처음에는 아는 체를 하지 않았다.

해가 질 무렵에 모닥불을 피워놓고 사슴을 통째로 구울 때에 자연스레 한 자리에 앉게 하였다.

사슴이 익어가고 있을 때 소서노가 주위를 산책하는 체 하며 초옥으로 다가갔다. 집 밖에 있는 우물가에서 치희가 야채를 씻고 있었다.

얼굴이 햇볕에 타서 검은 빛을 조금 띠고 있었으나, 두툼한 귓밥이며 초롱초롱한 눈매가 귀티가 배어나는 얼굴이었다. 여옥이 같은 연약함이나 화희 같은 경박함이 없었다.

'유리 태자가 여자를 보는 눈은 있구나. 왕후감으로 손색이 없는 얼굴이구나. 저 아이를 궁궐로 데려다 놓으면 화희가 분을 참지 못하겠지? 스스로 목이라도 매는 일이 생기면 더욱 좋고.'

자기 얼굴을 찬찬히 살펴보고 있는 것을 알았을까. 치희가 고개를 들고 소서노를 바라보았다. 낯선 사람을 마주하는 두려움같은 것도 없는 눈빛이었다.

"사냥을 나오신 모양이지요? 목이 마르십니까?"

"물 한 그릇 주시겠는가?"

목도 마르지 않으면서 소서노가 물 한 그릇을 청했다. 치희가 바가지에 물을 절반쯤 담아 두 손으로 받쳐 올렸다.

그 물을 맛있게 몇 모금 마신 소서노가 바가지를 돌려주며 물었다.

"너무 외딴 곳이라 쓸쓸하겠구먼. 지아비는 무얼 하는 사내인가?"

"사냥을 다니고 있습니다."

"그런가? 오늘은 혼자인 것 같은데, 우리와 어울리면 어떻겠는가? 마침 사냥으로 잡은 사슴을 굽고 있으니, 함께 가세나."

"아, 아닙니다. 저는 고기를 먹지 못합니다."

그렇게 대꾸하며 치희가 제 아랫배를 손으로 쓰다듬었다. 소서노의 눈길이 저절로 그쪽으로 갔다. 겉으로 보기에 별다른 티는 나지 않았다. 그러나 소서노는 치희가 수태중임을 대번에 눈치 챌 수 있었다. 불그스레 물 드는 치희의 얼굴이 아니드래도 여자의 본능으로 알 수 있었다.

"아이를 가진 모양이구려."

소서노가 물었다. 치희의 대답은 없었다.

"수태를 한 몸이라면 사냥으로 잡은 고기를 먹기가 께름칙하겠지. 물 잘 마셨네."

소서노가 돌아서기 전에 다시 한번 찬찬히 치희를 바라보았다. 고개를 살포시 숙여 인사하는 치희의 자태가 아름다웠다.

'저 아이를 궁궐로 들일 방도를 생각해 보아야겠구나. 화희 년의 가슴에 불을 질러야겠구나.'

다시 한번 작정했다.

그러나 사냥을 마치고 궁궐로 돌아온 소서노는 서두르지 않았다. 태자궁에 심어놓은 염탐꾼에 의하면 유리는 사흘거리 나흘거리로 사냥을 나간다고 했다. 장수 사무의 보고가 아니드래도 소서노는 유리 태자가 사냥을 핑계로 치희를 만나고 다니는 걸 알고 있었다.

태자로 책봉된 뒤에도 유리는 기분이 좋지 않았다. 다물도주 송양의 딸 여옥을 첫번째 태자비로 관노부 우족장의 딸 화희를 두 번째 태자비로 맞이해 동서궁에 거처를 마련해 주고도 산골짜기를 헤매고 다녔다.

두 여자 모두 유리의 마음에 들지 않았다. 송양의 딸 여옥은 가슴을 앓고 있어 밤낮으로 기침을 했으며, 우족장의 딸 화희는 투기가 심했다. 유리가 여옥에게서 잠을 잔 다음이면 노골적으로 비난하고 나왔다.

"여옥이 그년이 그리도 좋던가요? 당신이 누구 때문에 태자가 된 줄 아세요? 다 내 아버님 덕이었어요. 배은망덕도 유분수지, 가슴을 앓느라 밤 내내 콜록거리기만 하는 그년이 뭐가 좋다고 하루가 멀다고 찾아가는 거예요. 누가 뭐래도 첫 아이는 내가 낳아야 해요."

눈까지 까뒤집고 입에 게거품을 물고 덤볐다. 그녀가 그럴수록 유리의 발걸음은 점점 멀어졌다. 기침쟁이 여옥이도 싫었고, 투기꾼 화희도 진절머리가 났다.

하루는 여옥의 기침이 너무 심하여 금방이라도 숨이 넘어갈 것 같다는 시녀의 전갈을 받고 찾아가 밤을 새워 머리맡을 지키고 나오는데, 화희의 시녀가 중간에서 가로막았다. 화희가 아프다는 것이었다. 몸이 불덩이라고 했다.

'틀림없이 투기 때문이야. 그놈의 투기가 화희의 몸에 불을 지른 것이라구.'

내키지 않은 걸음으로 동궁을 찾아갔을 때 온몸을 떨며 누워있던 화희가 벌떡 일어나며 손톱으로 유리의 얼굴을 긁어버렸다.

"이게 무슨 돼 먹지 못한 짓이오?"

유리가 화를 벌컥 냈다.

"여옥이 년한테는 왜 갔소? 그년이 그리 좋던가요? 갔으면 아예 거기서 살지 여기는 뭣하러 왔소?"

"그대가 아프다길래 왔소. 서궁의 여옥이도 많이 아프오. 의원 말로는 고치기 힘든 가슴 병이라고 했소. 그러니 너무 닥달하지 마오."

"아무튼 안 돼요. 당신은 내 곁에만 있어야 해요. 최소한 내가 첫 아들을 낳을 때까지만이라도 다른 여자한테는 가지 마세요."

나중에는 화희가 유리의 가슴에 얼굴을 묻고 눈물로 하소연했다. 그러나 유리의 마음은 이미 천 리 밖으로 도망을 가고 있는 중이었다. 화희를 매정하게 밀어내고 동궁을 나왔다.

밖에서 기다리고 있던 구추가 놀란 얼굴로 다가왔다.

"아니, 태자마마, 얼굴이 왜 그렇사옵니까?"

"아무 일도 아닐세."

유리가 쑥스러운 웃음을 씩 흘렸다. 아무리 목숨을 나눌 만큼 가까운 친구라고 해도 아내한테 긁힌 자국이라고 딜어놓기가 멋쩍었다. 그렇다고 그걸 모를 구추도 아니었다.

"부여에서 같으면 능지처참감이 아닙니까?"

구추의 말에 유리가 흠칫 놀랐다.

"능지처참?"

"안 그렇습니까? 다른 것은 모두 부여의 제도를 따르는 고구려에서 어찌 아내의 투기문제는 너그러운가 모르겠습니다. 안 그렇습니까? 부여에서는 아내가 투기를 하면 살을 찢어 산 위에 버렸습니다. 친정에서 소식을 듣고 시체를 찾아가려면 혼인하기 전에 가져다주었던 재물을 돌려주어야 했구요."

"고구려에서도 여염의 아내는 그렇지 않은가? 허나 화희는 여염의 아내가 아닐세. 한 부족을 책임지고 있는 부족장의 딸일세. 내가 태자로 앉는데 막강한 공을 세운 관노부의 여자란 말일세."

"아무리 그렇다고 해도 태자의 얼굴을 이렇게 만든다는 것은 도리가 아니지요. 화희 부인의 투기는 도가 지나치십니다."

"조금만 참세. 그 여자의 성깔이 무슨 일을 저지를지 모르니까. 언제까지나 두고 보지는 않을 걸세. 도조와 옥지를 불러 사냥이나 가세."

"그러시지요. 차라리 백산에 살 때가 즐거웠습니다. 그때는 마마의 얼굴에 그늘은 없었으니까요. 마음의 병은 없었으니까요?"

"세상에 쉽게 얻어지는 것이란 없는 법이 아닌가? 하다못해 호랑이 한 마리를 잡는데도 몇 번이나 목숨을 걸어야 하네. 사냥이나 가세."

유리가 얼굴의 그늘을 훌훌 털고 말했다.

"치희 아씨가 기다리실 것입니다."

"나도 보고 싶구만. 치희가 너무 그리워."

유리의 얼굴에 그리움이 내려앉았다. 그런 유리의 속내를 짐작한 구추가 서둘러 옥지와 도조를 불렀다.

동궁과 서궁에는 사냥을 떠난다는 전갈을 보냈으나 실상 사냥이 목적도 아니었다. 여옥의 기침소리도 싫었고, 화희의 투기도 질색이었다. 거칠은 기장 밥에 산나물 한 가지 차림의 밥상이었지만, 치희가 차려준 따뜻한 밥상이 그리웠다. 한족의 딸로 고구려 궁궐에 아무런 힘도 발휘할 수 없었지만, 치희한테만 가면 유리는 마음이 편했다. 백산 자락에서 어머니 예씨 부인과 함께 살 때처럼 아늑한 기분이 들었다.

유리가 한 나절을 달려 수미산 아래 동강 가에 자리잡은 아담한 초가 앞에 당도했을 때 뒤편에 전에는 없었던 막사가 하나 있었다.

"약초꾼인 모양이군."

유리가 중얼거리자 진즉 보고 있었는지 옥지가 말했다.

"모두가 여자들입니다, 태자마마."

"여자들?"

"비록 남장을 했으나 가슴이 불룩하지 않습니까? 헌데 예사 여자들 같지가 않습니다."

"무슨 소린가? 여자면 다 같은 여자지, 별난 여자가 있다던가?"

"왜요? 왕후마마같은 어장부도 있잖습니까? 얼마 전에는 사냥을 다녀오셨다는 말씀을 들었습니다. 멧돼지에 곰까지 잡아와 계루부 병사들이 포식을 했다고 들었습니다."

"마마는 여걸이시지. 어머님께서 살아계실 때 나도 들은 소리가 있네. 지금의 고구려를 건국하고 키우는데 가장 큰 공을 세우신 분이 왕후마마시라고 말일세."

"그걸 모를 저희들이 아니지요. 마마와 저희들은 늘 한 몸이었잖습니까? 헌데 아무래도 저 여자들의 태도가 이상합니다. 흘끔흘끔 우리 쪽을 보는 눈빛이 예사롭지가 않습니다."

"그래?"

유리가 다시 약초꾼 여자들을 찬찬히 살펴보았다. 그러나 무심한 듯 햇살 내려앉은 바위 위에 약초를 널고 있는 여자들에게서 특별한 점은 발견할 수 없었다.

"치희가 적적하지는 않겠군. 늘 그것이 걱정이었는데, 동궁과 서궁의 눈을 피한다고 외진 곳에 혼자 둔 것이 마음에 걸렸는데."

유리가 그렇게 말할 때였다. 뒤안 텃밭에서 잡초를 뽑고 있던 치희가 하얗게 웃으며 다가왔다.

"어서 오시오소서, 태자마마."

"별 일 없었소?"

"마마를 기다리느라, 그리움이 너무 커서 병이 되었을 뿐, 별 일은 없었사옵니다."

치희가 유리를 방으로 안내하며 돌아보았다.

"미안하오. 자주 찾아오지 못해서."

"아닙니다. 전 늘 행복한 걸요. 마마가 거기에 계신 것만 생각해도 가슴이 뜨거워지고 제 마음에는 즐거움이 넘친답니다. 더구나 요즘엔 즐거움이 하나 더 늘었지요."

치희가 수줍은 미소를 입가에 달았다.

"즐거움이 하나 더?"

유리가 치희의 얼굴을 찬찬히 살폈다. 그녀가 고개를 숙이고 자신의 배를 내려다 보고 있었다.

"사실은 이 안에 마마의 씨가 자라고 있사옵니다."

"내 씨가?"

유리가 덥썩 치희를 가슴에 끌어안았다. 고맙소, 참으로 고맙소, 하고 중얼거리며 으스러지도록 치희를 안아 주었다.

그러나 다음 순간 유리의 가슴이 덜컥 내려앉았다. 무슨 일이 있건 첫번째 아이는 내가 가져야 해요, 하던 화희의 목소리가 귓청을 때리고 덤볐다.

'이 아이가, 치희가 낳을 이 아이가 무사히 자랄 수 있을까.'

유리의 얼굴에 그늘이 내려앉았다.

"왜요? 마마. 걱정되는 일이라도 있으십니까?"

치희가 물었다.

"아니오. 걱정은 무슨, 그대가 이렇게 내 가까이 있는데, 무슨 걱정이 있겠소. 뒷산의 약초꾼들은 어떻소? 혹시, 그대한테 귀찮게 하지는 않소?"

"아닙니다. 우물을 함께 쓰는 섯 외에는 신경 쓰일 일이 없습니다. 참, 대단한 여자들입니다. 산을 잘 아는지 가끔은 덫을 놓아 멧돼지도 잡아먹고, 사슴도 잡아먹는데, 날래기가 사내들 이상이었습니다."

"그대를 귀찮게만 하지 않는다면 적적하지 않아 괜찮겠소. 오래오래 머물렀으면 좋겠소."

"수미산의 약초가 바닥이 나면 옮긴다고 했어요. 가끔은 밤으로 자기들끼리 고기를 구워 먹으며 노래를 부르는데, 얼마나 든든한지 몰라요."

"다행이구려."

유리가 다시 으스러지도록 치희를 끌어안았다.

사흘을 머물고 궁으로 돌아오는 길에 구추가 말했다.

"동궁의 마마가 펄펄 뛰겠습니다, 태자마마."

"그러기에 말일세. 치희가 잉태한 것을 알면 아마 죽이려고 덤비지나 않을까 걱정이군."

"그래서 아가씨의 집을 옮기기로 했잖습니까? 우선은 우리 네 사람만 알고 있어야겠습니다. 동궁이나 서궁 마마들의 귀에는 들어가지 않도록 각별히 조심해야겠습니다."

"언제까지나 그럴 수는 없잖은가? 차라리 어마마마께 의논을 드리는 것이 어떨까 싶네만."

유리의 말에 옥지가 깜짝 놀란 낯빛을 지었다.

"왕후마마는 아직도 태자마마한테 유감이 많을 것입니다. 진정 마마를 위하여 힘을 써주실 분이 아니지요."

도조와 구추도 고개를 내저었다.

"허나, 치희의 일을 폐하께 의논드린다는 것도 이상하지 않은가? 아무리 나를 미워하고 계실망정 왕후마마는 여자일세. 같은 여자 입장으로 잉태한 치희를 내치지는 않을 걸세."

"동궁이나 서궁 마마보다는 낫겠지요. 속이야 어떠실망정 거두어는 주시겠지요. 마마의 뜻이 정 그러시다면 왕후마마께 의논을 드리시던지요."

그렇게 작정하고 궁궐로 돌아왔는데, 궁에서는 유리를 찾느라 난리가 나 있었다. 서궁의 여옥이 위독하다는 것이었다. 하루에도 몇 번씩 피를 토하며 정신을 놓았다가 깨어났다는 것이었다.

유리가 서궁으로 달려갔을 때 여옥은 얼굴에 검은 빛을 띤 채 숨을 할딱거리고 있었다. 유리가 손을 잡아주자 눈을 가늘게 뜨고 겨우 바라보는가 싶더니, 고개가 한쪽으로 돌아갔다. 특별히 애착이 있던 여인은 아니었지만, 아바마마인 주몽왕이 다만 다물도주 송양의 힘을 빌리기 위하여 어린 시절 정략적으로 맺은 혼사라서 어쩔 수 없이 맞이했던 부인이었지만, 유리가 눈물 한 줄기를 볼 위로 흘리면서 잘 가시오, 하고 중얼거렸다.

그러나 그 순간 유리의 뇌리에는 치희의 얼굴이 가득 채우고 있었다. 자신의 아이를 잉태하고 있는 치희가 못 견디게 보고 싶었다. 가슴을 갈기갈기 찢을 것 같던 그리움은 장례를 치루는 닷새 동안 내내 계속되었다. 마음만 먹으면 쉽게 달려갈 수 있을 때에는 그리 사무치지 않더니, 장례 때문에 꼼짝을 못하게 되자 숨이 막힐 만큼 치희가 보고 싶었다.

'기다려, 치희. 장례만 끝나면 내가 곧 바로 달려갈게.'

여옥의 장례가 끝난 지 사흘 후였다. 책사 해루가 헐레벌떡 찾아왔다.

"마마, 일이 다급하게 되었사옵니다."

"무슨 일인데, 해루 책사 답지 않게 서두르시오?"

소서노가 물었다.

"관노부의 병사 삼십여 명이 수미산으로 달려갔다 하옵니다."

"뭐라구요?"

"자객을 보내 실패하니까, 이제는 드러내놓고 병사들을 보내 죽이려는 모양입니다. 어떻게 할까요? 계루부의 여병사들이 다섯 명이 있기는 합니다만, 상대가 되지 않을 것입니다."

그건 그럴 것이다.

소서노는 그렇게 믿었다. 아무리 날래고 용맹스럽다고 할망정 여자는 여자였다. 더구나 숫자에서 열세이지 않은가. 이 일을 어찌한다?

"유리 태자에게 알리는 것이 어떻겠습니까? 폐하의 호위병이라도 끌고 달려가면 막을 수 있을 것이 아닙니까?"

"폐하의 병사들과 관노부의 병사들을 싸움을 붙인다? 누가 이기건 둘 사이는 금이 갈 수밖에 없겠지요? 좋소. 유리 태자에게 알려줍시다. 태자궁에 심어놓은 염탐꾼이 있지요? 그 아이한테 넌즈시 귀띔을 해놓으시오. 아무 것도 모른 체하면서 관노부의 병사들이 수미산으로 사냥을 갔다는 사실만 유리가 눈치 채게 해주시오."

"직접 알려주는 것이 아니구요? 숨겨놓은 치희를 죽이러 갔다고 노골적으로 알려주는 것이 아니라, 변죽만 울려주자구요?"

"그렇소. 일단은 관노부의 병사들이 수미산으로 간 것을 유리가 알게만 해줍시다. 뒷일은 두고 보십시다. 유리가 폐하의 호위병들을 이끌고 수미산으로 가는지, 아니면 치희를 방치해두는지 두고 보십시다. 혹시 모르니까, 계루부의 여병사들을 사냥꾼으로 위장시켜 수미산으로 보내시오. 다만, 양쪽에 싸움이 붙었을 때에는 끼어들지 말라고 하십시오. 그럴 리야 없지만, 유리 태자가 끝내 폐하의 호위병을 보내지 않을 때에는 무슨 수를 쓰던 치희를 살려 계루부에 데려다 놓으시오."

"마마의 말씀대로 하겠습니다."

그렇게 돌아간 해루 책사가 채 한 시각도 못 되어 다시 찾아왔다.

"또 무슨 일이시오?"

"말씀대로 계루부의 여병사들을 수미산으로 보냈습니다. 장수 사무에게 특별히 무예가 뛰어난 자들로만 골라 보내라고 했습니다. 사무의 말이 열 사내들도 당할 여병사들이라고 했습니다. 하온데 이상한 일입니다, 마마."

"무엇이 말씀이요?"

"사랑하는 여인이 위기에 처해있다면 달려가서 구하는 것이 사내의 도리가 아닐른지요?"

"그야 그렇지요."

소서노가 고개를 끄덕였다.

"헌데 유리 태자는 태자궁에서 꿈쩍을 않는 답니다."

"혹시 모르고 있는 것은 아니요?"

"그럴 리는 없습니다. 유리 태자가 분명히 알았다고 했습니다. 아니, 처음에는 장수 무휼을 만나 무엇인가 부탁을 했는데, 무휼이 들어주지 않았다고 합니다. 폐하께서 사냥을 나가신다면 몰라도 폐하께서 궁궐에 계시는데 호위병을 밖으로 움직일 수가 없다고 거절을 했다 하옵니다."

"무휼 장수로서는 본분을 다한 것이 아니겠소? 설령 장차 왕위에 오를 유리지만, 아직은 다만 태자일 뿐이니까요."

"그렇다면 유리 태자라도 달려가야 할 것이 아닙니까? 세 친구를 데리고라도 달려가야 하는 것이 아닙니까?"

"사내가 아닌 게지요. 치희가 진정으로 사랑하는 계집이 아니든지요. 아마 친구들이 그랬을 것입니다. 지금 달려가 관노부 병사들과 싸움이 붙는다면, 설령 치희를 구해낸다고 하드래도 관노부와는 영영 돌이킬 수 없는 사이가 된다구요. 아직은 왕위에 오른 것이 아니니까, 자중자애할 때라구요. 적극적으로 말렸겠지요. 누구에게나 권력에 대한 욕심은 있으니까 말이오. 못난 놈 같으니라구. 사랑하는 계집 하나 보호할 수 없는 사내가 어찌 고구려를 끌어나갈꼬."

소서노가 한탄했다.

"마마의 말씀대로 치희를 계루부에 데려다 놓겠습니다. 그리되면 어차피 마마께오서 관련된 것을 관노부에서 알게 될 것입니다만, 될 수 있으면 우연히 거기에 있어 치희를 구한 걸로 해보겠습니다."

"꼭 그렇게 해주시오. 치희, 그 아이는 지금 수태를 하고 있소. 그 아이가 홑몸이기만 해도 내가 이리 애닳아 하지는 않겠소. 그가 비록 적의 여자일망정 수태한 어미는 보호받아야 마땅하오."

"알겠습니다, 마마."

책사 해루가 돌아간 다음이었다.

'못난 사내 같으니라구, 참으로 못난 사내 같으니라구.'

그렇게 중얼거리는 소서노의 뇌리로 벌써 스무 해도 전에 홀홀단신 비류국으로 들어갔다는 주몽을 구하기 위해 온조를 가져 배가 부른 몸으로 밤길을 말을 달려갔던 일이 흘러갔다.

'내게는 그리도 소중했던 폐하였는데, 정말 내 목숨이라도 걸고 싶었던 폐하였는데. 사랑은 그리 덧없는 것인가? 어쩌면 유리가 옳을지도 모르지.'

"이보게, 도지. 내가 꼭 이래야만 하는가? 치희가, 내 사랑 치희가 관노부 병사들의 칼에 맞아 죽어가고 있는지도 모르는데, 내가 이렇게 술이나 마시고 있어야 하는가?"

유리가 울부짖었다.

"참으십시오, 태자마마. 거긴 마마께서 가실 자리가 아니었습니다. 동궁마마의 투기심만큼이나 우대로의 욕심 또한 많습니다. 아닐지도 모릅니다. 나만 병사들의 훈련을 겸해 사냥을 나갔을지도 모릅니다. 사실 동궁마마께오서 그런 내색은 없었다고 했잖습니까? 치희 아가씨가 거기에 계신 것을 모르고 있음이 분명하다고 했잖습니까?"

도지가 대꾸했다.

"십중팔구는. 만약 안다면 나를 가만 두지 않았겠지. 질투의 화신인 화희가 가만히 있지는 않았겠지."

"별 일 아닐 것입니다. 그냥 훈련용 사냥이었을 것입니다. 태자마마께서 과민반응을 보이신 것입니다."

"제발 그랬으면 오죽이나 좋겠는가? 내가 너무 경거망동한 것은 아닐까? 장수 무휼에게까지 사정을 했으니, 이제 무휼이 치희가 거기에 있는 것을 알지 않았는가?"

"그러기에 말입니다."

구추가 우려의 빛을 얼굴에 드러냈다.

그 모습에 또 유리는 자신의 경거망동이 후회가 되었다.

'내 정신이 아니었어. 관노부의 병사 삼십여 명이 수미산 쪽으로 가고 있다는 말을 들었을 때, 치희를 죽이러 가는구나. 내 사랑 치희를 죽이러 가는구나, 하는 생각 밖에 안 들었으니까.'

정신없이 무휼에게 달려가 사정했었다.

"무휼 장수, 내 치희를 살려주시오. 내게 병사 설흔 명만 빌려주시오. 아니, 스무 명만 빌려주시오. 내 치희가, 내 사랑 치희가 관노부 병사들의 칼에 죽을지도 모르오."

"무슨 일이십니까? 태자마마."

무휼이 눈 한번 깜짝 않고 물었다.

"관노부의 병사들이 내 치희를 죽이러 수미산으로 갔다 하오. 그들을 물리치고 치희를 구해야 하오. 제발 병사를 빌려주시오. 스무 명이 안 되면 열 명도 좋소."

유리가 사정했다.

그러나 무휼이 고개를 내저었다.

"무슨 일인지는 모르겠사오나 폐하의 병사는 단 한 명도 내어드릴 수가 없사옵니다. 궁궐의 호위병은 오직 폐하만을 위해 존재하는 병사들입니다. 비록 태자마마라 할지라도 내어드릴 수가 없습니다."

"이 은혜는 꼭 갚겠소. 한 번만, 이번 한 번만 나를 도와주시오."

"안 됩니다. 폐하께오서 궁궐에 계시는데 어찌 폐하의 병사를 궁 밖으로 내보낼 수가 있겠습니까? 마마께오서 훗날 왕위에 오르신 다음에 이놈의 목을 치신다고 해도 어쩔 수가 없사옵니다."

"정 아니 되겠소?"

"차고 계신 그 칼로 제 목을 치십시오."

아무리 흔들어도 움직이지 않을 바위같은 얼굴로 무휼이 거절했다.

'친구들하고라도 달려가야 해. 치희가 관노부 병사들의 칼에 죽게 할 수는 없어.'

태자궁으로 돌아온 유리가 즉시 세 친구를 불러들였다. 무슨 일인가 하고 세 친구가 허겁지겁 달려왔다.

"관노부의 병사들이 수미산으로 갔다고 하네. 삼십여 명이 갔다 하네. 나와 함께 그곳으로 가야겠네."

유리가 서둘렀다.

"관노부의 병사들이? 그것이 정말입니까?"

"치희를 죽일 걸세. 어찌 알았는지 우대로가 치희가 거기에 있다는 걸 안 걸세. 지금 당장 가세."

"가만, 설령 관노부의 병사들이 수미산으로 갔다고 해도 꼭 치희 아가씨를 해치러 간 것은 아닐지도 모르잖습니까? 경거망동할 일이 아닙니다."

옥지가 유리를 말렸다.

"경거망동하지 말라고?"

유리가 눈을 부릅 뜨고 옥지를 노려보았다.

"설령 관노부의 병사들이 치희 아가씨를 해치러 갔다고 해도 태자마마가 함부로 움직이실 일이 아닙니다. 달려가서 어찌하시렵니까? 관노부 병사들과 싸움이라도 하겠습니까?"

"싸워야지. 그들과 싸워서라도 치희를 구해야지."

"안 됩니다. 정말 관노부의 병사들이 갔다면 치희 아가씨를 포기할 수밖에 없습니다. 아직 마마는 왕위에 오르신 것이 아닙니다. 왕후마마께서 어떤 수작을 부리실지 모를 일입니다. 마마께서 자칫 관노부의 병사들과 싸움이라도 벌였다가는 관노부는 당장 왕후마마 쪽에 붙을 것입니다."

"그건 옥지의 말이 옳습니다. 또한 우리 셋이 간다고 해도 관노부의 병사들을 이길 수 없습니다. 자칫 마마마저 다치실 수가 있습니다. 우대로가 정말 치희 아가씨를 해치러 갔다면 죽고 살기로 덤빌 것이 분명합니다. 아닐 수도 있습니다. 다만 사냥이나 훈련을 목적으로 거기에 갔을 수도 있습니다. 그동안 얼마나 조심했습니까? 치희 아가씨가 거기에 계신 것을 숨기려고 얼마나 노심초사했습니까? 집을 옮기자고까지 하잖았습니까? 관노부에서 알 리가 없습니다. 마마의 오해이실 것입니다."

도조도 거들었다.

"그래, 그럴 수도 있겠지. 그런데 내가 왜 이렇게 불안하지? 더구나 치희는 지금 홀몸이 아니네. 내 아이까지 가지고 있는 몸이란 말일세. 이러면 어떨까? 우리 셋이 사냥을 핑계로 그곳에 가 보면 어떨까?"

"오늘은 참으시오소서. 사냥을 가시더라도 내일 가셔야 합니다."

구추도 말렸다.

"그러다가 치희가 해를 당하면 어떻게 하고?"

"포기하는 수밖에 없습니다. 정말 관노부에서 병사들을 보내 치희 아가씨를 해하려 한다면 포기하는 수밖에 없습니다. 지금 관노부를 말릴 수 있는 것은 폐하의 호위병들 밖에 없는데, 무흘이 쉽게 움직이지 않을 것입니다."

"내가 벌써 다녀왔네. 거절을 당했네."

"경솔하셨습니다. 이젠 기다리는 수밖에 없습니다. 내일까지 기다렸다가 사냥을 가십시다. 이번에는 치희 아가씨를 아예 옮기고 오십시다. 더 깊은 산 속으로 옮기십시다."

세 친구가 한 입으로 말렸다.

답답한 가슴에 술을 들이부어도 답답하고 안타깝기는 마찬가지였다.

'이럴 줄 알았으면 고구려에 오지 않는 것인데. 그냥 백산에서 살 것인데.'

밤 내내 후회를 하며 치희의 무사를 빌었다. 얼핏 든 잠 속에서 피를 흘리며 쓰러진 치희를 만났다. 살려주세요, 살려주세요, 태자마마. 하소연하는 치희의 목소리가 밤 내내 귀청을 때렸다.

그리고 밝은 날 세 친구와 함께 찾아간 수미산 자락의 초옥에 치희는 없었다. 집은 불에 타 내려앉았고, 치희가 기르던 흰 강아지만이 목이 잘린 채 마당에 널부러져 있었다.

"치희야, 치희야."

아무리 불러도 메아리는 없었다.

"죽었어, 치희가 죽었어. 내가 치희를 죽였어."

유리가 잿더미를 뒤지며 미친놈처럼 울부짖었다.

세 친구가 함께 잿더미를 뒤졌으나 치희의 주검은 발견되지 않았다. 어제의 일을 물어보려고 찾았으나 약초꾼 여자들도 눈에 띄지 않았다. 막사도 없었다.

"치희라는 한족의 여자를 계루부에 데려다 놓았습니다. 마마."

책사 해루가 찾아와 고했다.

"많이 놀랐을 것인데, 태아는 괜찮답니까?"

"의원을 불러 보였는데, 다행히 무사하답니다."

"잘된 일이군요. 헌데, 관노부에서는 아무 말이 없던가요?"

"은밀히 진행하던 일이라 자기들끼리도 쉬쉬하는 모양이었습니다. 어찌 할까요? 그대로 계루부에 둘까요?"

"당분간은 그대로 둡시다. 유리 태자가 어찌하는가 두고 보십시다. 못난 사내 같으니라구. 사랑하는 여자가 해꼬지 당할 것을 뻔히 알면서 술이나 마시는 못난 사내 같으니라구. 고구려의 앞날이 걱정이구려."

"이번 일을 잘만 이용하면 태자는 유리 왕자가 되었을망정 왕위는 온조 왕자가 이을 일이 생길지도 모르겠습니다."

"비류가 아니고 온조입니까?"

소서노가 얼굴을 조금 찌푸렸다.

"진짜 폐하와 마마의 적통은 온조 왕자이십니다. 비류 왕자 또한 폐하 쪽에서 보면 한 다리 건너니까요."

"하긴 그렇소. 을음은 떠났지요?"

"예, 마마. 병사들을 장사꾼으로 꾸며 오백이나 데리고 갔습니다. 이제부터는 곳곳에 있는 창고를 지키라고 했습니다."

"앞으로의 일이 어찌될지 모르니까, 그 준비도 철저히 하라 이르십시오. 온조가 왕위에 오르는 날, 철수를 하면 될 테니까요."

"을음이 그리 할 것입니다. 심려하지 마시옵소서."

또 소서노의 입에서 한숨이 쏟아져 나왔다. 아버지 연타발의 말대로 떠날 준비를 시키고는 있지만, 이만큼 키워놓은 고구려를 버리고 떠나야할 일이 생길지도 모른다고 생각하자 저절로 한숨이 나왔다.

'안 돼, 누구 좋으라고 떠나? 기어코, 기어코 계루부의 고구려로 만들어야 해.'

소서노가 입술을 깨물었다.

사흘 후에 소서노는 유리 태자를 불러들였다.

마음 고생 때문인지 얼굴이 반쪽이 되어 있었다. 수미산에 다녀온 다음부터 절망에 빠져 술로 산다고 하더니, 아닌 게 아니라 입에서 술냄새도 풍겼다.

"마음 고생이 많으셨소, 태자."

소서노가 온화한 낯빛으로 말했다.

"죽은 사람이 불쌍하지요."

여옥의 죽음을 말하는 걸로 믿은 유리의 대꾸에 소서노가 고개를 내저었다.

"망자를 두고 하는 소리가 아니요. 치희라는 한족의 딸을 말함이오."

"예? 마마께오서 그걸 어찌 알고 계시옵니까?"

유리가 깜짝 놀라 소서노의 눈치를 살폈다.

"처음부터 알고 있었지요. 태자께서 고구려로 오신 얼마 후에 그 아이가 온 것도 알고 있었고, 태자께서 사냥을 핑계로 그 아이를 만나고 다니는 것도 알고 있었지요. 치희라는 그 아이가 잉태를 한 것 또한 알고 있소."

소서노의 말에 유리가 잠시 망설이다가 입을 열었다. 기왕에 내킨 김일지도 몰랐다. 왕후가 이미 모든 것을 알고 있으니 사실을 털어놓고 하소연이나 하려는 심사인지도 몰랐다. 소서노는 그리 믿었다.

"제 목숨을 구해준 분의 딸이었습니다. 치희는 출신은 비천하나 마음이 비단결처럼 고운 여인이었지요."

유리의 목소리에 울음이 배어들었다. 치희라는 이름을 입에 올리는 순간 가슴은 뜨거워지고 목울대가 울컥 막혀오는 것이 분명했다.

'못난 사내 같으니라구. 그리 목이 메일 여인이었으면 어찌 죽음을 뻔히 알면서도 가만히 두었을꼬. 왕의 자리가 그토록 중한 것이었던가? 사랑하는 여인의 죽음도 나 몰라라 할 만큼 욕심이 났던 것인가.'

소서노가 말했다.

"알지요, 잘 알지요. 그 아이가 좋은 아이였다는 것을 잘 알고 있지요. 마침 서궁이 비었으니, 그 아이를 데려다 앉힙시다. 언제까지 숨겨놓고 사냥을 핑계로 만날 것입니까? 더구나 왕손을 잉태한 아이를 말이오."

"저도 그러고 싶었습니다. 하오나 치희는 이제 이 세상에 없습니다. 관노부의 병사들이 갈기갈기 찢어 불에 태워 죽였습니다. 비록 주검은 못 보았지만, 그리 된 것이 분명합니다."

유리의 눈에서 눈물이 뚝뚝 흘러내렸다.

"눈물을 거두시오. 사내대장부가, 더구나 한 나라의 태자로서 어찌 눈물을 보인단 말이오. 치희는 죽지 않았소. 그 아이는 두 눈 시퍼렇게 뜨고 살아 있소."

"예? 치희가 살아 있다구요?"

유리가 깜짝 놀라 물었다.

"내가 보호를 하고 있소. 진즉부터 내가 계루부를 시켜 보호를 하고 있었지요. 태자도 알겠지만, 그 아이가 살던 초옥 뒤에서 막사를 지어놓고 약초를 캐던 여자들은 계루부의 여병사들이었소."

"마, 마마."

"관노부에서 알면 틀림없이 해꼬지를 할 걸로 믿고 지키고 있었소. 꼭 관노부가 아니더라도 여자 혼자 몸으로 외진 곳에 산다는 것이 어디 쉬운 일이오? 호환을 당할 수도 있고, 음심을 품은 사냥꾼에게 당할 수도 있지요. 그래서 내가 보호하라고 한 것이오. 태자는 모를 것이오만 자객도 한 번 들었었소. 그 일은 치희라는 그 아이도 눈치를 못 챘을 것이오만 캄캄한 밤에 자객이 방에 들려는 것을 계루부의 여병사가 물리쳤지요. 닷새 전이던가요? 관노부의 병사들 삼십여 명이 수미산으로 갔다고 하길래 계루부의 병사들을 뒤따라 보냈습니다. 자객으로 안 되니까, 드러내놓고 해꼬지를 하려는 걸로 믿고 여병사들을 보냈습니다. 관노부에서 쉽게 생각했던 모양입니다. 그까짓 여자 하나 못 당하랴 싶었는지, 무예가 형편없는 병사들만 보냈다고 하더이다. 칼싸움 몇 번에 꽁지가 빠져라 도망을 치더랍니다. 그냥 돌아가기가 무엇했던지 집에 불만 지르고 도망을 갔다 합니다."

"고, 고맙습니다, 마마."

유리가 일어나 큰 절로 예를 갖추었다.

"어떻게 하시려오?"

"도와주소서. 도와주소서, 마마."

유리가 엎드려 애원했다.

"도와드려야지요. 그럴려고 태자를 오라 한 것입니다. 어떻게 도와주었으면 좋겠소?"

"치희를 계루부에서 보호해 주십시오. 계루부에서 살게 하여 주십시오."

"그럴 수도 있겠지요. 계루부에서 살게 할 수도 있겠지요. 허나 그것은 임시방편일 뿐입니다. 태자가 계루부에 한두 번 드나들다보면 관노부에서 바로 눈치를 챌 것입니다. 아직은 이번에 수미산에서 치희를 빼돌린 것이 계루부인 줄을 우대로가 모르고 있습니다. 헌데

200

만약 눈에 가시같은 치희를 계루부에서 보호하고 있는 줄 알면 싸움을 걸어올 것이 분명합니다. 관노부와 계루부가 피를 흘리는 싸움을 해야 할 것입니다."

"하오면 어찌 했으면 좋겠습니까? 왕후마마께오서 하라는 대로 하겠사옵니다."

"마침 서궁이 비었으니, 치희를 그곳으로 데려다 놓읍시다."

"그래주시겠습니까? 그래도 괜찮겠습니까? 폐하께서 허락을 하실까요?"

"폐하인들 이제 와서 어쩌시겠습니까? 손자를 잉태하고 있는 여인을 어찌하겠습니까? 폐하보다는 동궁이 문제지요. 자객을 보내고, 병사들을 동원하여 죽이려던 치희를 서궁에 들인다면 결사적으로 반대할 것이 분명합니다. 그러나 일단 치희를 서궁에 들이기만 하면 관노부로서도 드러내놓고 해꼬지를 하지는 못할 것입니다. 계루부보다 더욱 안전하지요."

"도와주소서, 마마."

유리가 소서노 앞에 다시 엎드렸다.

"암요, 도와드려야지요. 따지고 보면 내가 태자의 어미가 아니오. 비록 피 한 방울 안 섞였지만, 어미 뻘이 아니오. 어미가 자식을 도와주지 않으면 누가 돕겠소. 도와주리다. 이번에 아예 정식 비로 책정받아 서궁에 머물게 하도록 도와주겠소."

"고맙사옵니다, 어마마마."

유리의 입에서 어마마마라는 호칭이 나왔다. 고구려로 들어온 이후 한 번도 부르지 않던 어마마마라는 호칭이 나왔다. 왕후마마 아니면 그냥 마마라고 부르던 유리가 어마마마라는 호칭을 쓴 것이었다.

그 호칭이 소서노의 귀에는 덜 익은 복숭아처럼 쓰디쓰게 들렸다. 귀에 들어와 앵기지 않았다. 그러나 그걸 내색할 필요는 없었다.

"대신 태자가 한 가지 약속을 해주어야겠소."

"어마마마의 부탁이시라면 제가 무엇이든 들어드리겠습니다. 말씀 하시오소서."

"훗날 태자가 왕위에 오르면 내 아들 비류와 온조를 보호하겠다는 약조를 해주시오."

"물론입니다. 제가 어찌 형님과 동생한테 딴 마음을 품겠습니까? 아바마마이신 폐하의 뜻에 따라 태자가 되긴 했습니다만, 늘 미안하게 여기고 있습니다. 하늘이 무너져도 비류 형님과 온조 동생을 보호하겠다는 약조를 드리겠습니다."

"좋소. 내가 이 밤으로 폐하의 허락을 받아내지요."

소서노가 서둘렀다. 관노부에서 눈치를 채고 주몽왕을 만나기 전에 미리 손을 써놓아야 했다. 주몽왕의 승낙을 받아야 했다.

'내가 이것이 잘한 일일까. 치희라는 그 계집을 관노부의 손에 죽게 내버려두는 것이 차라리 더 나았던 것이 아닐까. 어쩔 수 없는 형편에 의해 관노부의 신세는 졌지만, 사랑하는 여인을 죽인 관노부에게 유리가 원한을 갖도록 내버려두는 것이 낫지 않았을까.'

그러나 그럴 수는 없었다. 그것은 사람의 도리가 아니었다. 아이를 잉태한 치희를 그대로 방치하여 자칫 죽기라도 했다면 두고두고 후회가 될 것이었다. 제대로 된 사람노릇을 못했다고 가슴을 칠 것이었다.

일단은 유리한테 약조를 받아낸 것만으로도 다행이라고 소서노는 생각했다. 비류와 온조를 해치지 않겠다는 약조를 받아낸 걸로 만족하자고 자신을 다스렸다.

'하루에도 열두 번씩 변하는 것이 사람의 마음이라 훗날을 기약할 수는 없지만, 내가 살아있는 동안이라도 사람의 도리를 지키겠지.'

소서노는 그리 믿었다.

태자가 돌아간 다음에 소서노는 대전을 찾아갔다.

"왕후께서 어인 일이시오? 이 늦은 밤에."

주몽이 노골적으로 싫은 기색을 얼굴에 드러냈다. 처음부터 애잔한 정을 가지고 찾아온 것은 아니었지만, 자신의 감정을 곧 바로 드러내는 주몽에게 소서노도 애착은 없었다. 더구나 유리를 태자로 책봉하고, 그 과정에서 아버지 연타발이 자결하고 나자 소서노는 주몽이 원수처럼 미웠다.

"폐하께 태자의 일로 드릴 말씀이 있어 왔사옵니다."

"그 문제는 진즉에 끝났지 않았소? 이제 와서 새삼 무슨 태자 문제란 말씀이오?"

"태자한테 다른 여자가 있다는 말씀을 들으셨는지요?"

"다른 여자?"

주몽이 알 수 없다는 표정을 지었다.

"백산에 살 때 만난 한족의 여자라고 했습니다. 태자가 고구려로 온 얼마 후에 뒤를 따라왔는데, 얼마 전까지 수미산 자락에 살고 있었지요. 아이를 잉태한 채 말입니다."

"아이를 잉태했다구요?"

"그렇사옵니다. 조금 전에 태자와 그 문제를 의논했습니다. 태자는 비어있는 서궁에 치희라는 그 아이를 데려다 놓기를 원했습니다. 비록 미천한 출신이기는 하지만, 폐하의 손자를 잉태한 아입니다. 소홀히 대할 수는 없지요."

"왕후의 뜻도 그렇소?"

"사정이야 어찌 되었건 아이를 가진 어미는 보호하는 것이 마땅합니다. 치희를 데려다 놓으면 동궁에서 가만히 있지는 않을 것입니다. 폐하께서 정식으로 치희라는 그 아이를 태자비로 책봉하시고, 동궁의 태자비를 불러다가 각별히 당부를 하십시오. 서궁의 치희와 사이좋게 지내라고 단단히 다짐을 받으십시오."

"꼭 그럴 필요까지 있겠소? 한 사내가 두 여자 세 여자를 데리고 사는 것은 흉이 되지 않소."

"화희는 조금 특별난 여자입니다. 서궁이 살아있을 때 투기를 그리도 했답니다. 태자의 얼굴에 몇 번이나 손톱자국이 났었답니다. 그뿐만이 아닙니다."

소서노가 그동안 있었던 일을 주몽왕께 아뢰었다. 자객이 들었던 일이며 관노부의 병사가 수미산까지 찾아갔던 일을 모두 고했다.

"알겠소, 내 왕후의 말대로 하리다. 오늘 보니까 왕후도 어쩔 수 없는 어미구려. 고맙소. 유리 태자의 일에 그리 신경을 써주어서."

"응당 제가 해야 할 일인 걸요. 왕실 아녀자들의 문제인 걸요."

다음 날 소서노는 치희를 왕후전으로 불렀다.

큰 절로 예를 갖추고 고개를 들던 치희가 흠칫 놀란 표정을 지었다.

"네가 나를 알아보겠느냐?"

소서노가 웃으며 물었다.

"그때 사냥을 나오셨던 그분이 아니십니까?"

"물맛이 참 좋았었지. 그래, 얼마나 놀랐느냐? 이젠 걱정하지 말거라. 내가 너를 지켜주마."

그때 대전에서 폐하가 찾으신다는 전갈을 시종이 가지고 왔다.

"가자, 폐하께서 찾으신다는구나."

소서노가 치희를 데리고 대전으로 갔다.

주몽왕이 여섯 부족의 족장과 농궁의 화희를 불러다 놓고 기다리고 있었다.

"폐하, 치희라는 아입니다. 치희야, 폐하께 큰 절을 올리거라."

소서노의 말에 따라 치희가 주몽왕께 큰 절을 올렸다. 고개를 끄덕이며 절을 받은 주몽왕이 입가에 웃음을 띠고 말했다.

"낯선 곳에 와서 고생이 많았구나. 내가 진즉에 알았더라면 너를 고생시키지 않았을 것인데 그랬구나."

"황송하옵니다, 폐하."

"서궁이 비어 내가 가슴이 아팠는데, 네가 와서 다행이구나. 어떻소들, 태자비로서 손색이 없지 않소? 나는 치희라는 이 아이를 유리 태자의 세 번째 비로 책봉하려 하오."

주몽왕의 말에 다물도주 송양은 고개를 돌려 눈물을 글썽였고, 관노부의 우족장은 벌레 씹은 얼굴이 되었다.

  주몽왕의 눈길이 화희에게 머물렀다.

  "그리고 동궁 비는 듣거라. 치희는 지금 아이를 잉태하고 있느니라. 동궁의 화희 네가 각별히 아껴주어야 할 것이니라. 알겠느냐? 내 말을."

  "예, 아바마마."

  "만에 하나 투기심 때문에 치희를 괴롭힌다든지 태아에게 해가 되는 일을 한다면 나는 너를 여염의 아녀자들처럼 벌을 줄 것이니라. 또한 이 아이의 일로 태자를 괴롭히는 일이 있어서도 아니 될 것이니라. 나는 그동안 네가 여러 차례 태자의 얼굴에 상처를 낸 것을 알고 있느니라. 한 번만 더 그런 일이 생기면 목숨을 부지하기 힘들 것이니라."

  "명심, 또 명심하겠사옵니다, 아바마마."

  얼굴이 하얗게 질린 채 대답하던 화희가 앞으로 푹 고꾸라지며 그대로 정신을 놓아버렸다. 동궁의 시종들에게 화희를 부축하여 돌려보낸 주몽왕이 우족장을 돌아보았다.

  "우대로, 그동안 서궁비에게 한 일을 내가 알고 있소. 자객을 보내고, 저 연약한 것을 해치려고 병사들까지 동원했던 것을 말이오. 이미 지나간 일이고, 그때는 태자비로 책봉되기 전이었으니, 죄를 묻지는 않겠소만 다시 한번 불경스런 일을 저지른다면 내가 용서하지 않겠소."

"죽을 죄를 지었사옵니다. 다시는 그런 일이 없을 것이옵니다."

우족장이 얼굴을 붉게 물들이며 머리를 조아렸다.

"다물도주만 남으시고 그만 물러들 가시오."

주몽왕이 피로한 기색으로 말했다.

대전을 나오는 길에 관노부의 우족장이 투덜거렸다.

"이건 배신이오. 난 폐하가 그러실 줄 몰랐소. 비천한 한족의 딸을 태자비로 삼다니."

"우족장의 말씀이 옳소. 잘못하다가는 한족 출신이 고구려의 왕이 아니 된다는 법이 어딨겠소?"

연노부의 추랑이 거들었다. 그는 연타발이 맡고 있던 대대로가 되어 나라 일을 관장하고 있었지만, 태자책봉 이후 관노부의 우족장이 제사장 자리는 물론 대대로 자리를 호시탐탐 노리고 있는 걸 눈치 채고 있었다. 언제 폐하를 부추겨 대대로 자리를 빼앗아갈지 모를 일이었다. 겉으로는 우족장의 불만에 동조하는 체하면서 폐하와 둘 사이를 갈라놓아야 하는 것이었다. 아니, 이번 참에 우족장은 물론 태자비인 화희의 기를 꺾어놓을 필요가 있었다.

우족장이 반색을 했다.

"대대로께서도 그리 생각하시오? 한족의 딸을 태자비로 책봉한 것을 잘못되었다고 생각하시오?"

"잘된 일은 아니지요. 내가 기회를 봐서 폐하께 말씀을 드리리다."

"고맙소. 참으로 고맙소, 대대로 나리, 그 일만 잘 풀리면 내 집에서 큰 잔치를 한번 하겠습니다. 대대로 나리를 위한 잔치를 열겠습

니다."

"둘이 힘을 합쳐 한족의 후예가 고구려의 태자가 되는 일은 막아 보십시다."

추랑이 말했다.

"이게 뭔가? 구추. 차라리 궁궐 밖에 두는 것이 낫지 않았는가?"

유리가 투덜거렸다. 그럴 수밖에 없는 것이 치희를 두 번째 태자 비로 책봉하여 서궁에 데려다 놓고는 오히려 마음대로 만날 수가 없는 것이었다. 화희의 투기야 예상했던 일이지만, 우족장이 노골적으로 나오는 것은 전연 뜻밖이었다.

치희를 태자로 책봉한 다음 날이었다. 우족장이 태자궁으로 찾아 왔다.

"장인께서 어인 일이십니까?"

떫떠름한 낯빛으로 유리가 우족장을 맞았다.

"태자마마께 드릴 말씀이 있어 왔사옵니다. 태자마마, 저희 관노 부에서는 태자마마를 그 자리에 앉히기 위하여 재산은 물론 목숨까 지 걸었습니다. 태자마마도 아시겠지만, 태자 책봉이 있기 전에 계 루부의 연타발 대대로가 은근히 제의를 해 온 일이 있습니다. 제 딸 화희를 온조 왕자의 아내로 달라고 말입니다."

"알고 있습니다. 장인어른이 아니셨으면 제가 태자로 책봉되지 못 했을 것이라는 걸요. 늘 고맙게 여기고 있습니다."

유리의 말에 우족장이 눈을 가늘게 뜨고 한참이나 바라보았다.

"정말이십니까? 정말 저나 제 딸 화희한테 고맙게 여기고 있습니까?"

"어찌 허튼소리를 하겠습니까?"

"그러신 분이 느닷없이 치희라는 여자를 데려오고, 더구나 잉태까지 시킵니까? 이것은 배은망덕이 아니고 무엇입니까? 태자마마는 지금 기왕에 태자로 책봉이 되었으니까, 모든 일이 끝난 걸로 믿고 계실지 모르지만, 일은 지금부터 시작입니다. 계루부를 실질적으로 이끌고 계시는 왕후마마께서는 호시탐탐 마마의 그 자리를 노리고 계십니다, 절노부는 처음부터 계루부 편이었구요. 그뿐입니까? 다물도주 송양도 이젠 마마의 편이 아닙니다. 들리는 소문으로는 마마께 오서 앓아누우신 태자비를 소홀히 대하셨다고 원망이 많다고 했습니다. 막상 무슨 일이 생겼을 때 목숨을 걸고 마마를 도울 수 있는 것은 관노부뿐이라는 말씀입니다."

우족장이 은근히 협박을 하고 나왔다. 물론 전연 틀린 말은 아닐 것이다. 절노부가 계루부 편이라는 것은 이미 알고 있는 일이었다. 다물도주 송양 또한 여옥이 살아있을 때 같은 끈끈함은 없었다. 연노부의 추랑은 야심이 많은 사람이기에 자신의 이익을 위해서라면 언제든지 등을 돌릴 수 있다는 것도 알고 있었다. 그러나 유리는 주몽왕을 믿고 있었다. 주몽왕이 버티고 있는 이상, 계루부는 물론 연노부나 절노부도 함부로 나서지 못할 것을 알고 있었다.

"알고 있습니다, 장인어른. 저한테 정말 하시고 싶은 말씀이 무엇입니까?"

유리가 짜증을 섞어 물었다.

그걸 모를 우족장이 아니었다. 그러나 기왕 한 발걸음이었다. 그리고 이런 말은 한번에, 그것도 상대방의 가슴에 쏙 박히도록 강하게 하는 것이 상책이었다. 그 한 번에 승부를 내지 못하면 그만이었다. 정말 유리 태자를 그 자리에서 끌어내리는 일에 앞장을 서든지, 아니면 죽이든지 살리든지 마음대로 하십시오, 하고 고개를 숙이는 수밖에 없었다.

아직은 고개를 숙일 때가 아니었다.

"제 말을 명심하십시오. 전 화희를 제 목숨만큼 아낍니다. 그런 화희를 마마께 드렸던 것은 마마를 믿었기 때문입니다. 서궁에 자주 드나들지 마십시오. 화희가 싫어하는 일은 저도 싫습니다. 명색이 태자비인데 전연 모른 체 하실 수는 없으니까, 열흘에 한 번씩만 들리십시오. 내 딸이 비록 욕심이 많다고는 해도 그 정도는 이해를 할 것입니다. 마마께서 제 말을 듣지 않으시면 저도 뒷일은 책임질 수가 없습니다. 치희라는 한족의 계집아이 때문에 생긴 제족장들의 불만을 다스릴 수 없다는 말씀입니다."

우족장이 번득이는 눈빛으로 쏘아보았다. 분명 협박이었다. 내 말을 듣지 않으면 다른 부족장들을 선동하여 태자자리에서 끌어내리겠다는 경고였다. 그러나 유리는 겁이 나지 않았다. 연타발이 죽고 없는 지금, 그런 중대한 문제를 앞장서서 제기할 배짱 좋은 족장은 없었다. 혹시 왕후마마 쪽이라면 모를까, 다른 부족은 걱정할 것이 없었다.

'화희의 사주를 받고 찾아온 것이겠지. 만약 태자를 협박이라도 하여 서궁에 발길을 끊게 하지 않으면 목이라도 매겠다는 엄포에 부랴부랴 달려온 것이겠지.'

 유리는 그렇게 믿었다.

 그러나 서궁에 한 번씩 들리려면 괜히 뒤꼭지가 시려웠다. 아니, 동궁의 화희가 태자궁에 사람을 심어놓고 유리의 일거수일투족을 감시하고 있었다. 사흘에 한번, 나흘에 한번 서궁에 들렸다 나오면 화희가 눈에 쌍심지를 켜고 덤볐다. 서궁은 가고 싶어도 못 가고, 동궁은 발걸음이 떨어지지 않아 못 갔다. 도조와 구추를 데리고 사냥이나 나가는 것이 훨씬 마음이 편했다. 사냥감을 쫓아 산을 누비다 보면 궁궐에서의 일은 까마득히 잊게 마련이었다. 사흘거리 사냥이 닷새로 늘어났고, 닷새거리 사냥이 이레로 늘어나는 일이 잦아졌다.

 이 날도 유리는 동궁의 화희가 찾는다는 전갈을 받고 그 길로 사냥을 나온 길이었다. 세 친구와 함께 말을 타고 기산으로 가면서 치희를 서궁에 들이는 것이 아닌데, 하는 후회가 되었다. 그것이 친구들 앞에서 푸념으로 나온 것이었다.

 "어쩌겠습니까? 잉태한 마마를 민가에 모신다는 것도 도리가 아니지 않습니까? 세월은 잠깐입니다. 마마가 왕위를 이으실 때까지만 참으시옵소서."

 "치희가 수미산에 있을 때에는 보고 싶을 때면 언제든지 볼 수 있었네. 빤히 보이는 곳에 두고도 난 날마다 치희가 그리워 미칠 지경일세."

"참으시오소서. 그 길 밖에 없사옵니다."

도조도 거들었다.

"그렇사옵니다. 왕후마마가 아니셨으면 벌써 돌아가셨을 서궁마마이십니다. 생각해 보십시오. 서궁마마를 죽이려고 자객을 보내고, 병사를 동원했던 우대로의 소행을 말입니다. 잠시 못 보는 고통이야 훗날을 위한 대비라고 여기십시오. 우대로의 말대로 당분간은 서궁에 발길을 끊고 동궁에만 납시십시오. 그래도 서궁마마께서는 이해를 하실 것입니다."

옥지도 한 마디 했다.

세 친구의 말에 유리가 고개를 끄덕였다.

"알겠네, 자네들의 뜻을. 하긴, 그리움이 크면 반가움도 크더군. 이번 사냥길은 어느 때보다 시일이 오래 걸리겠군. 우리 기산으로나 가세. 거기에 호랑이가 많지."

"기산까지 가시렵니까?"

"동궁의 화가 풀어지려면 열흘은 걸려야 할 걸세. 오라는 걸 안 가고 사냥길에 나섰거든."

"애가 닳으시겠군요, 동궁마마가 말입니다."

구추가 흐흐 웃었다.

그러나 유리가 편한 마음으로 사냥길에 나서는 그때 서궁에서는 난감한 일이 벌어지고 있었다. 불러도 오지 않은 유리를 기다리던 화희가 밤을 꼬박 새우고는 태자궁으로 쳐들어갔다. 그러나 유리는 태자궁에 없었다. 시종의 말이 태자마마께서 말씀이 없으셔서 어디에 가신 줄을 모르겠다고 했다.

'틀림없어, 서궁에 갔을 거야.'

그 길로 화희는 서궁으로 달려갔다. 사이좋게 지내라는, 만약 불화를 하게 되면 둘 다 큰 벌로 다스리겠다는 주몽왕의 당부도 머리에 없었다.

"태자 어디 있어? 어디에 태자를 숨긴 거야?"

화희가 번들거리는 눈빛으로 서궁을 온통 뒤지며 포악을 부렸다. 그러나 서궁 어디에도 유리는 없었다. 유리가 서궁에 없는 것을 확인하고도 화희의 분노는 수그러들지 않았다. 눈에 가시같던 여옥이년이 죽어 한시름 놓는가 했더니, 비천한 한족의 딸이 뱃속에 아이를 심고 나타나다니, 치희만 생각하면 목을 조르고 싶던 화희였다. 절반은 미친 상태인 화희가 치희를 그대로 둘 리가 없었다.

"네년 때문이야. 태자마마께서 겉돌고 계시는 것은 모두가 네년 때문이야. 죽어라, 이년. 죽어라, 이년."

화희가 치희의 머리끄덩이를 잡고 흔들며 발길질을 했다. 양쪽의 시종들이 달려들어 화희를 떼어냈을 때 그녀의 손에는 치희의 검은 머리가 한 주먹이나 뽑혀 있었다. 그러고도 분노를 삭히지 못한 화희가 소리를 질렀다.

"사라져! 태자마마가 안 계실 때 제발 사라져. 여기는 네년이 살곳이 아니야. 네년이 끝까지 버티고 있다가는 태자마마의 신변이 안전하지를 못해. 내 아버님이 가만있지 않을 거야. 여섯 부족의 족장들이 유리태자를 폐하자고 나올 거야. 비천한 한족의 딸이 고구려의 태자비가 되다니, 말이 되는 소리냐구? 네년이 정말 태자마마를 생각한다면 오늘이라도 곱게 사라져 주는 것이 좋을 거야. 안 그러면 내 손에 죽어."

화희의 눈에서 퍼런 불꽃이 튀었다. 한바탕 포악을 부리고 화희가 돌아간 다음이었다. 치희가 보따리를 챙겼다. 실상은 챙길 보따리도 없었다. 시종을 불러 말 한 필을 준비시켰다. 유리가 아끼던 시종이었고, 그만큼 믿을만한 사내였다.

"어디로 가시옵니까? 마마."

시종이 물었다.

"바람이나 쐬고 오겠네."

"홀몸도 아니신데, 말을 타시는 것은 무리가 아닙니까?"

"늘상 타던 말일세. 조심하면 되겠지."

어쩔 수 없이 시종이 말 한 필을 준비하여 주었다. 아무 것도 없는 빈 몸으로 치희가 말을 타고 서궁을 나갔다. 챙긴 짐이 없어 시종도 치희가 그냥 바람을 쐬러 나간 걸로 믿었다. 그러나 날이 어두워지고 밤이 깊어도 치희는 돌아오지 않았다. 병사들을 동원하여 궁궐 주변을 샅샅이 뒤졌으나 찾을 수가 없었다. 밭을 갈던 농부 하나가 웬 여자가 말을 타고 고개를 넘어가더라고 했다는 말만 가지고 돌아왔다.

주몽왕께 직접 고할 수도 없는 시종이 소서노를 찾아가 사태를 털어놓았다.

"서궁의 태자비 마마가 궁을 나가셨사옵니다, 왕후마마."

"무슨 일로 서궁의 태자비가 궁을 나갔다는 말이더냐?"

소서노가 별로 놀라지도 않고 물었다. 그녀는 낮에 있었던 일을 이미 들어 알고 있었다. 동궁의 화희가 와서 치희의 머리카락을 한 주먹이나 뽑았다는 소식을 듣고 있었다. 화희가 치희의 배를 발로 차며 죽어라, 죽어라, 하고 미친년처럼 울부짖었다는 소리도 듣고 있었다. 그래서 하루내 이 일을 어찌 처리할꼬, 궁리에 궁리를 하고 있던 중이었다. 유리가 세 친구와 함께 기산으로 사냥을 나갔다는 것까지 알고 있었다.

그런데도 전연 모른 체 묻고 있는 것이었다.

"아무래도 서궁을 나가신 것 같사옵니다."

"서궁을 나가? 알겠느니라. 폐하께는 내가 고할 테니, 너희는 다시 한번 주변을 샅샅이 찾아보거라."

고개를 넘어 이미 멀리 가버린 것을 알면서도 소서노가 말했다.

낮에 그 일을 듣고 유리를 불러올까 말까 한참을 망설였던 소서노 였다. 기산으로 사냥을 나갔다니까, 하루에 오백 리를 걷는 묵거를 보내면 내일 아침에는 유리를 불러올 수 있을 것이었다. 묵거는 원래 주몽왕의 사람이었으나, 연타발이 데려다 쓰다가 지금은 을음 밑에서 집사 노릇을 하고 있었다.

그러나 소서노는 그러지 않았다. 일단은 두고 보자는 속셈이었다. 주몽왕은 어찌 처리하며 유리 태자는 어떻게 나오는가 두고 보자는 요량이었다. 그들 사이에 분란이 잦으면 잦을수록 비류나 온조한테 는 좋은 일일지도 몰랐다. 유리와 관노부 사이에 싸움이라도 붙는다면 다른 부족장들을 한둘만 끌어들이면 태자를 폐할 수도 있을 것이었다. 낮의 일로 관노부도 바빠지고 있다는 소식도 이미 듣고 있는 중이었다. 그들의 속셈은 뻔했다. 사냥에서 돌아온 유리가 우족장의 딸 화희를 내칠지도 모르니까, 거기에 대비하느라 신발이 닳게 뛰어다니고 있는 것이 분명했다.

시종한테는 폐하께 말씀드리겠다고 했으나 소서노는 그 일로 주몽왕을 찾아가지 않았다. 그쪽에서 부르기를 기다리고 있는 중이었다. 너무 겁이 나서 주몽왕한테는 고하지 못할지도 몰랐다. 그래도 상관없었다. 주몽왕을 비롯하여 유리가 벌이는 관노부와의 싸움을 지켜보기만 하면 될 판이었다. 그러다가 기회가 닿으면 다른 족장들을 끌어들여 태자를 폐하고, 그 자리에 온조를 앉히면 될 것이었다.

그런 저런 생각으로 소서노는 그 밤 잠을 설쳤다. 그런데 이상한 일이었다. 주몽왕이 부르지도 않았고, 들려오는 소식으로는 동궁이나 관노부 쪽이 너무 조용하다는 것이었다. 서궁의 시종들만이 눈물로 날밤을 보낸다는 것이었다.

'그래, 유리가 없으니까 담판을 지을 일도 없겠지. 관노부냐? 한족의 딸이냐? 선택을 강요할 일도 없겠지.'

소서노는 그리 짐작했다. 주몽왕은 아직도 모르고 있는 것이 분명했다. 그가 알고 있다면 궁궐이 이리 조용할 리가 없었다.

유리가 사냥에서 돌아온 것은 꼭 열흘만이었다. 그래도 염치는 있었던지 동궁의 화희를 먼저 찾아갔다. 마음은 치희 쪽으로 달려가고 있었지만 말은 동궁으로 몰았다.

"일찍도 오시오."

머리를 싸매고 누운 화희가 일어나지도 않고 쏘아부쳤다.

"어디가 아픈 거요? 왜 머리를 싸맨 거요?"

유리가 물었다.

"치희 년이, 치희 그년이 나를 이렇게 만들었어요. 마마도 안 계시고, 사이좋게 지내라는 폐하의 엄명도 생각나서 찾아갔지요. 그랬더니, 그년이 무엇하러 왔느냐며, 아이도 못 갖는 주제에 어디라고 감히 발길을 했느냐고, 내 머리를 쥐어뜯고 발길로 찹디다. 그 날 넘어져서 옆구리에 어혈이 졌소."

화희가 눈물을 주르르 흘렸다.

'그럴 리가 없어, 그 착한 치희가 그럴 리가 없어. 이 여자는 지금 제가 치희한테 한 일을 반대로 말하고 있는 거야. 제가 치희를 그렇게 한 거야.'

유리가 벌떡 몸을 일으킬 때였다. 화희가 표독스럽게 소리를 질렀다.

"그년한테 가기만 해요. 당신의 태자자리가 온전할 줄 알아요?"

그 말을 귓가로 흘려들은 유리가 방을 나올 때였다. 문 밖에서 지키고 있던 우족장이 앞을 막아섰다.

"경거망동하지 마시오소서, 태자마마."

"비키시오, 치희한테 가야 하오."

"비천한 한족의 딸 때문에 모든 것을 잃겠다는 말씀입니까? 태자마마의 뜻이 정녕 그러하오이까? 호시탐탐 태자마마를 폐하려는 왕후마마와 계루부의 뜻대로 되어도 좋다는 말씀이오이까?"

그러나 우족장의 말이 유리의 귀에는 들어오지 않았다. 질투의 화신이 된 화희가 저지른 해꼬지에 치희가 얼마나 놀랐을까, 뱃속의 아이는 무사한가, 그것만이 걱정이 될 뿐이었다.

우족장을 밀치고 동궁을 나온 유리는 서궁으로 말을 달렸다.

"치희, 내가 왔어. 치희, 내가 왔다니까."

고함을 지르며 달려들어갔다. 그러나 서궁은 쥐죽은 듯 조용했다. 시종 몇 명이 한쪽에 모여앉아 눈물을 찍어내고 있었다.

"어찌 된 일이냐? 서궁마마는 어디에 있느냐?"

"안 계시옵니다. 마마는 궁을 나가셨사옵니다."

"뭣이라구?"

유리가 눈앞이 노랗게 변하는 걸 느끼며 고함을 질렀다. 치희 곁에서 손발처럼 시중을 들던 시종이 땅에 고개를 처박고 울음을 터뜨렸다.

"제 탓이옵니다. 저를 죽여주십시오, 태자마마."

"왜 치희가 궁을 나갔다는 것이냐?"

유리가 분노를 가라앉히고 물었다. 시종이 일의 자초지종을 털어놓았다.

"제가 모시겠다고 했더니, 혼자서 잠깐만 다녀오시겠다고 했사옵니다. 날이 어두워져도 오시지 않기에 샅샅이 찾아보았으나, 계시지 않았습니다. 밭을 갈던 농부가 고개를 넘어가더라고 했습니다."

시종의 말에 유리의 온몸이 부르르 떨렸다.

'내 이번 일을 용서하지 않으리라. 결코 용서하지 않으리라.'

유리가 말머리를 돌렸다. 치희가 돌아가는 길은 뻔했다. 수미산 골짜기가 아니면 백산 자락이리라. 아버지도 없는 한으로 돌아가는 않을 것이었다.

'그 착한 여자가 얼마나 황당했을까. 명색이 태자의 아이를 잉태하고 있는 몸을 발로 차고 주먹으로 칠 때에 얼마나 서러웠을까.'

유리의 눈에서 눈물이 흘러내렸다. 울면서 밤길을 달렸다. 치희를 만나지 못하면 살아도 사는 것이 아니라는 생각이었다. 그깟 태자가 무엇인가. 한 여자도 보호할 수 없는 태자라면 차라리 그만 두는 것이 낫다는 생각이었다. 치희, 그 여자를 위해서라면 모든 것을 다 버려도 좋다는 생각이었다.

꼬박 밤을 새워 달리고, 다시 하루 낮을 달렸을 때, 나즈막한 산마루에 한 여자가 나뭇가지에 말을 매놓고 하염없이 앉아 있었다.

치희였다. 치희가 가던 길을 멈추고 기다리고 있는 것이었다.

"치희야, 이것이 무슨 짓이냐? 왜 궁을 나온 거야? 돌아가자, 궁으로 돌아가자."

유리가 울부짖었다. 그러나 치희가 고개를 내저었다.

"아닙니다, 태자마마. 저는 돌아가지 않겠습니다. 여기서 태자마마를 기다리고 있었던 것은 조금이라도 마마의 수고로움을 덜어드리기 위해서였습니다. 제가 어디에 가 있건 찾아오실 태자마마의 수고를 덜어드리기 위해서였습니다."

"네가 없으면 내가 살 수가 없어. 네가 없는데 태자면 무엇하고 장차 왕이 된들 무엇하겠느냐? 다시는 너를 혼자 두지 않으마. 제발 돌아가자, 치희야."

유리가 치희의 무릎 아래 무릎을 꿇었다. 치희가 털썩 주저앉아 유리를 끌어안았다.

"태자마마가 없이는 살 수 없는 것은 이 몸도 마찬가지옵니다. 하오나 지금은 헤어지는 것이 우리 두 사람이 모두 사는 길입니다. 태자마마는 무슨 일이 있어도 고구려의 왕이 되셔야 합니다. 그러셔야만 마마께오서 이 몸도 보호하실 수가 있는 것이옵니다."

치희가 서럽게 울었다.

"아니다, 난 네가 없으면 살 수가 없어. 돌아가자, 돌아가자, 치희야."

치희의 눈물에 유리가 자신의 눈물을 보탰다.

"죽을 결심으로 살면 못 살 것도 없겠지요. 동궁의 횡포가 아무리 심한들 설마 죽이기야 하겠습니까? 하오나, 그리되면 마마의 신변이 안전하지를 못합니다. 제가 미천한 출신이기 때문에 마마를 보호해 줄 수가 없습니다. 지금 죽는 것은 죽는 것이 아닙니다. 나중을 사는 길입니다. 저를 보내주시오소서. 어디에 간들 마마만 생각하면서 아이를 낳아 기르고 있겠습니다. 마마의 힘이 동궁의 기세를 누를 수 있을 때, 마마의 한 말씀이 천하를 호령할 수 있을 때 저를 데릴러 오십시오. 마마께오서 정 저를 서궁으로 끌고 가신다면 전 목을 맬 수밖에 없습니다. 제가 당하는 수모야 견딜 수가 있지만, 마마까지 피해를 당하는 꼴은 제가 살아서는 볼 수가 없습니다. 저 하나 없어지면 여럿이 편해집니다. 지금은 그렇습니다."

치희가 일어나 말고삐를 풀었다.

"정녕 가야겠느냐? 나를 버리고 정녕 가야겠느냐?"

유리가 눈물 그렁한 눈으로 물었다.

"제가 가는 것은 정말 가는 것이 아닙니다. 전 항시 마마 곁에 있을 것입니다. 마마의 숨소리가 들리는 곳에, 마마의 눈빛이 머무는 곳에 저는 있을 것입니다. 부디 자중자애하소서. 고구려의 왕이 되오소서."

치희가 큰 절로 작별을 고하고 말에 올라 박차를 가했다. 그녀가 가는 길에 안개가 자욱했다. 눈을 가린 눈물 때문이었다.

'치희야, 너는 갔지만, 나는 너를 보내지 않았어. 네가 내 곁에 없지만, 넌 늘 내 곁에 있어.'

유리가 중얼거릴 때였다. 소나무 가지에서 노란 꾀꼬리가 암놈은 숫놈을 어우르고 숫놈은 암놈을 어우르며 사랑의 유희를 하고 있었다. 꾀꼬리가 그리 다정해 보일 수가 없었다.

'하찮은 미물인 꾀꼬리도 저리 마음대로 사랑을 속삭이고 있거늘. 명색이 한 나라의 태자라는 이내 몸은 사랑하는 여인 하나 곁에 두지 못하는구나.'

이 가지에서 저 가지로 날 잡아봐라, 날 잡아봐라, 푸륵푸륵 날아다니는 꾀꼬리를 보며 유리가 나즈막히 중얼거렸다.

펄펄 나는 저 꾀꼬리는
암수 쌍쌍 즐거운데
외롭구나, 이 내 몸은
뉘와 함께 돌아갈꼬.

6

마지막 싸움

"왕후마마, 태자마마께오서 혼자 돌아오셨다고 하옵니다."

시종이 문 밖에 와서 고했다.

'결국 그랬구나. 유리도 태자자리를 지키기 위하여 사랑하는 여인을 보내고 말았구나.'

소서노는 그리 생각했다. 치희를 찾으러 가는 유리한테 우족장이 둘 중에 하나를 선택하라는 최후통첩을 했다는 말은 듣고 있었다. 태자자리냐? 아니면 비천한 한족의 딸이냐? 둘 가운데 한 가지를 선택하라고 눈을 부릅 뜨고 협박을 했다는 소리를 들었다.

'사내대장부가, 장차 한 나라를 끌어갈 태자가 그리 허약할 수가 있단 말인가. 더구나 자신의 씨를 잉태한 여인을 그리 허망하게 보내고 말다니.'

소서노는 유리한테 배신감을 느꼈다. 유리가 혼자 돌아온 것이 비류나 온조를 위하여 좋은 일인지 나쁜 일인지 판단이 잘 안 되는 속에서도 부화가 끓어올랐다. 더구나 울면서, 하염없이 눈물을 흘리면서 혼자 산을 넘고 강을 건넜을 치희를 생각하면 가슴이 아팠다.

'못난 놈, 못난 놈 같으니라구. 정말 사랑하는 여인이라면 데리고 와야 할 것이 아닌가. 데리고 와서 우족장이나 화희 앞에 당당하게 내놓고, 내 여자니까, 고구려의 태자인 유리의 여자니까, 함부로 대하지 말라고 선언해야 하는 것이 아닌가. 그것이 대장부의 도리가 아닌가.'

소서노가 혼자 속을 끓이고 있을 때였다. 해루가 찾아왔다.

"어서 오시오. 해루 사부."

소서노가 반겼다. 언제 만나도 든든한 해루였다. 그렇잖아도 하고 싶은 말이 있었다.

"유리 왕자의 태자자리는 이젠 넘볼 수가 없게 되었습니다."

해루의 말에 소서노의 이마에 주름살이 생겼다.

"무슨 말씀이오?"

"관노부의 우족장을 비롯하여 여섯 족장들이 유리 태자 앞에서 충성을 맹서했다고 하옵니다. 다시는 한족의 딸 치희라는 여자를 궁궐에 들여놓지 않는다는 조건으로 말입니다."

"못난 사내 같으니라구."

소서노가 내뱉었다.

"유리 태자가 못난 사내가 아니라, 치희라는 여자가 참으로 잘난 여자였습니다. 유리 태자한테 그랬다고 하더군요. 지금 헤어지는 것이 둘이 함께 사는 길이라구요. 지금 죽는 것이 영원히 함께 사는 길이라구요. 유리 태자가 왕이 되면, 유리 태자의 말 한 마디가 천하를 호령할 수 있을 때 만나자고 했다더군요. 현명한 여자였지요. 무엇이 사는 길인가를 알았던 지혜있는 여자였지요."

"화희보다 백 배는 낫군요."

소서노가 중얼거렸다. 유리의 비겁함과 치희의 현명함이 그녀의 마음을 아리송하게 만들었다. 그러나 한 가지 확실한 것은 있었다. 유리의 태자 자리는 결코 흔들리지 않으리라는 것을.

소서노가 목소리를 낮추어 말했다.

"을음 동생은 아직 안 돌아왔소?"

"전령이 왔사옵니다. 하남까지 다녀온다고 했답니다."

"하남?"

소서노가 눈을 크게 뜨고 물었다. 열세살 때던가? 아버지 연타발을 따라 장사길에 나섰을 때 황토빛으로 흘러가는 강물 앞에서 하룻밤을 묵은 일이 있었다. 원래는 그 강을 건너려고 했으나, 상류 쪽의 홍수로 배가 뜰 수 없다고 했다.

쉽게 줄어들 물이 아니라서 도강을 포기하고 돌아서면서 아버지 연타발이 말했다.

"황하니라. 굽이굽이 몇만 리를 흐르는 강이니라. 저 강을 건너면 일 년 사계절이 뚜렷하여 농사를 짓기에 좋은 옥토가 무궁무진 널려 있느니라. 산이 좋고 물이 맑아 사람이 살기 좋은 땅이 무궁무진 널려 있느니라. 언제가 될지는 모르겠지만 내가 수억만금을 모으게 되면 계루부를 옮길 생각도 하고 있느니라."

그때는 다만 아버지의 발길이 거기까지 닿는다는 것이 신기할 뿐이었다.

그런데 사촌동생 을음이 그 하남까지 갔다고 하지 않은가. 아버지 연타발이 십만 석의 기휼미를 내놓고 받은 사방 백 리의 땅을 보러 갔다고 하지 않은가.

해루가 말했다.

"제가 들려오라고 했습니다. 정말 사람이 살만한 땅인지 보고 오라고 했습니다. 가는 길에 길을 닦으라고 했습니다. 육로도 좋고 뱃길도 좋으니, 길을 닦으라고 했습니다."

"해루 사부께서는 계루부가 이 땅을 떠날 수밖에 없다고 생각하십니까?"

"그런 일이 생기지 않으면 좋겠지만, 유리 태자의 위치는 철옹성입니다. 더구나 다물도주 송양이 둘째 딸 홍옥을 유리 태자에게 주겠다고 했답니다."

"송양에게 딸이 또 있었습니까?"

"그렇습니다. 이제 열다섯이라고 하던가요? 이름이 홍옥이라 했습니다. 어쩌면 폐하께서 먼저 청한 일인지도 모르지요. 폐하께오서는 아직도 유리 태자가 믿음직스럽지 못한 것이지요. 그날 한족의 딸을 태자비로 책봉할 때 송양이 흘린 눈물을 마마께오서도 보셨다면서요. 그날 폐하께서 송양만 따로 남겨가지고 그 말씀을 하셨답니다."

"우리가 한 발 늦었군요. 송양에게 혼기에 찬 딸이 있는 것을 알았으면, 우리가 먼저 혼담을 낼 것인데 그랬습니다."

"유리 태자도 두 말 없이 승낙을 했다고 합니다. 왜 안 그렇겠습니까? 송양의 사위가 됨으로 든든한 버팀목이 하나 더 생기는 일인데요. 어차피 사랑과는 상관없이 정략으로 맺어지는 사이가 아닙니까? 우대로를 견제할 수도 있을 것이구요."

"내가 계루부에서는 살기가 힘들겠군요. 나중에 가장 중요한 순간에 송양을 끌어들일 수 있을까, 실낱같은 희망을 가지고 있었는데, 둘째 딸까지 유리에게 주기로 했다면 영영 그른 일이 아닙니까?"

"그러게 말입니다. 을음 나리께 전령을 보내야겠습니다. 일을 서두르라구요."

해루의 말에 소서노가 그건 또 무슨 소리냐는 표정을 지었다.

"아직은 폐하가 정정합니다. 설마 계루부를 포기할 날이 그리 빨리 오겠습니까?"

"아닙니다, 마마. 주몽 폐하의 날은 얼마 남지 않았습니다. 제가 천기를 살펴 본 일이 있는데, 폐하의 빛이 많이 약해져 있었습니다."

"빛이 약해져요?"

"사람의 일을 사람은 잘 모르지만, 하늘은 미리 알고 그 징조를 보이지요. 폐하는 잘해야 반 년을 넘기시지 못할 것입니다."

"그래요?"

소서노가 눈을 가늘게 뜨고 잠시 궁리에 잠겼다.

"해루 책사는 온조 왕자가 왕위를 잇는 것은 불가능하다고 믿는 것이오? 그래서 을음 동생에게 서두르라는 전갈을 보내려는 것이오?"

"두 분 왕자님의 별도 밤마다 찬란하게 빛나고 있습니다."

"그렇다면 왜?"

"유리 태자의 빛이 좀 더 강하기 때문입니다. 주몽 폐하의 빛이 약해지면서 유리 태자의 빛이 강해지고 있습니다. 폐하의 빛이 태자에게로 옮겨가고 있는 것이지요."

"알겠소. 내가 일단은 폐하를 만나 뵙겠소. 정말 송양의 둘째 딸을 유리 태자와 맺어주기로 했다면 궁실의 안주인인 내가 몰라서야 되겠소. 그 일도 의논을 드릴 겸 찾아뵈어야겠소."

"그러십시오. 될 수 있으면 송양과의 혼담을 없었던 일로 돌이키면 좋겠지요. 하오나 무리하지는 마십시오. 폐하의 뜻이 확고하시다면 마마께오서는 다만 혼사를 주관하는 걸로 만족하십시오."

"알겠소. 그러리다. 그런데 내가 한번만 더 묻겠소. 해루 사부는 천문에 밝으시니, 어떻소? 비류나 온조가 고구려의 왕위를 잇는 것은 불가능하오? 정말 우리가 계루부를 포기하고 황하를 건너야 하겠소?"

소서노의 물음에 해루가 난감한 표정으로 바라보기만 했다.

"알겠소. 결정된 운명이 그렇다면 어쩔 수 없지요. 하늘의 뜻에 따르는 수밖에."

"하오나, 마마. 사람의 운명이란 스스로 개척할 수도 있는 것이옵니다. 절망은 이릅니다. 미리 대비하자는 뜻이지요."

해루가 실낱같은 희망을 주었다.

"폐하, 동궁비를 저대로 두실 것입니까? 왕손을 잉태한 아이를 포악을 부려 쫓아낸 동궁비입니다. 지난 번에도 말씀을 드렸지만 동궁비 화희는 질투의 화신입니다. 그 아이를 그대로 두면 두고두고 왕실의 골칫거리가 될 것입니다."

송양의 딸과 유리의 혼사문제로 대전을 찾은 소서노가 엉뚱한 애기부터 꺼냈다.

주몽의 얼굴이 저절로 일그러졌다.

"왕후는 어찌했으면 좋겠소? 동궁비를 벌이라도 주자는 말씀이오?"

"하오면 그대로 두실 것입니까? 폐하께오서 특별히 당부까지 하셨습니다. 사이좋게 지내라고, 만약 서궁비에게 해꼬지를 하면 여염의 여자처럼 벌을 내리겠다고 선언하셨습니다. 그 일을 그대로 두면 화희는 더욱 기고만장할 것입니다. 폐하의 위엄이 서지 않을 것입니다."

"허나 여염의 여자처럼 사지를 찢어 산에 버릴 수도 없잖소. 우대로가 찾아와 무릎을 꿇고 빌었소. 다시는 그런 일이 없을 것이라고 말이오."

주몽왕의 말에 소서노가 송양의 딸 얘기를 꺼낼까 하다가 말머리를 돌렸다.

"서궁이 비어있는 마당에 질투를 할래야 할 상대도 없잖습니까? 그런 일이 생길 일이 없지요."

"곧 서궁을 채울 것이오."

주몽왕이 조금은 미안한 낯빛으로 대꾸했다.

"서궁을 채워요? 하오면 치희를 다시 불러들이겠다는 말씀입니까? 제가 알기로는 태자도 그 아이가 간 곳을 모른다고 했습니다. 폐하의 호위병사들이라도 풀어 치희를 찾으실 것입니까?"

"아니오. 다물도주 송양의 둘째 딸을 서궁에 들일 예정이오. 그렇잖아도 내가 그 일로 왕후를 부르려고 했소."

"폐하는 이제 저를 완전히 허수아비 대접이시군요. 궁실에 왕자가 유리만 있는 것은 아닙니다. 아직 혼례를 올리지 않은 온조도 있습니다. 어찌 유리만 챙기시옵니까? 오직 유리만이 폐하의 자식입니까?"

소서노가 드러내놓고 섭섭한 표정을 지었다.

"무슨 소리요? 송양이 하도 사정을 하길래 그리하자고 대답한 것이오. 내가 온조를 생각하지 않은 것은 아니오. 송양이 유리를 원했소. 내가 온조와 맺어주는 것이 어떻겠느냐고 했더니, 유리와 맺기를 원했소."

"자기 한 몸 안위 때문에 참으로 추잡한 수작을 부렸군요. 그러지 않아도 목을 칠 일은 없을 것인데, 다물도주 자리는 늙어 죽을 때까지 지킬 것인데, 아비란 자가 그리 추잡한 궁리나 하다니요."

"그러지 마시오, 왕후. 우대로의 콧대가 오죽이나 높아졌소. 기고만장한 그 콧대를 꺾기 위한 방편이기도 했소. 미리 상의하지 않은 것은 미안한 일이오만, 왕후가 이해해 주시오."

"알겠사옵니다. 나머지 일은 제가 알아서 추진을 하지요. 다만 폐하께오서는 우대로와 동궁을 불러 단단히 다짐을 받으십시오."

"곧 두 사람을 부를 것이오. 불러서 엄히 당부를 할 것이오."

"이번 참에 아예 우대로의 벼슬을 내놓게 하십시오. 딸이 저지른 잘못을 아비에게 물으십시오."

소서노가 주몽 왕의 속을 떠보기 위하여 억지 소리를 했다.

"고양이가 쥐를 쫓을 때에도 도망갈 구멍을 남겨놓는다고 했소. 다짐만 받으면 되었지, 그럴 것까지 무에 있겠소."

하오면 지난 번처럼 여섯 족장들을 불러 그들이 있는 자리에서 다짐을 받으십시오."

"알겠소. 그리하리다."

주몽왕이 고개를 주억거렸다.

며칠 후였다. 주몽왕이 여섯 부족의 족장들과 동궁의 화희를 불러 말했다.

"다들 알고 있겠지만, 내가 이번에 다물도주의 둘째 딸을 태자의 비로 맞이하려 하오. 다행이 둘째 딸은 몸이 강건하다하니, 지난 번 같은 애석한 일은 일어나지 않을 것이오."

"폐하의 뜻대로 하소서. 비어있는 서궁을 볼 때마다 마음이 아팠는데, 참으로 다행한 일이옵니다."

연노부의 추랑이 얼른 머리를 조아렸다.

"우대로는 할 말이 없소?"

주몽왕의 싸늘한 눈길이 우대로에게 머물렀다.

"새로이 태자비를 맞으시는 것을 경하드립니다, 폐하."

우대로가 붉게 상기된 얼굴로 머리가 바닥에 닿도록 숙였다.

"지난 번 서궁에서 있었던 불상사는 덮으려 하오. 허나 앞으로 다시 한번 그런 일이 생기면 여염의 아낙처럼 엄중한 벌을 내리겠소. 동궁이 되었건 서궁이 되었건 투기를 하는 태자비는 몸을 갈기갈기 찢어 산에 버리겠소. 또한 그 아비도 참형에 처하여 본보기로 삼을 것이오. 동궁비는 알아들었느냐?"

"예, 아바마마."

동궁비 화희가 온몸을 부들부들 떨었다.

"마마, 다녀왔사옵니다."

먼 길을 떠났던 을음이 반 년 만에 돌아와 소서노 앞에 무릎을 꿇었다.

"수고했구나. 갔던 일은 잘 되었느냐?"

"언제든 떠날 준비를 해놓고 왔사옵니다. 하남은 참으로 좋은 땅이었습니다. 저도 몇 번 숙부님을 따라가 본 일이 있기는 했사옵니다만, 이번에 다시 가서 찬찬히 살펴보니, 사람이 살기에 아주 적당한 땅이었사옵니다."

"우리 일가가 살려는 것이 아니니라. 계루부가 몽땅 갈 것이니라."

"사방 백 리의 땅이옵니다. 더구나 그 주변으로는 버려진 땅이 무궁무진이옵니다. 사람이 모여들면 한 나라를 건국해도 될 만큼 넉넉한 땅이 널려 있었습니다."

"허나, 그것은 최후의 보루니라. 아직도 난 고구려를 포기하지 않앞느니라. 어떻게든 송양이나 우대로만 우리 쪽으로 끌어들일 수 있다면, 늦지는 않았느니라."

"마마의 뜻을 알고 있사옵니다. 어찌 고구려를 떠나실 수 있사옵니까? 어찌 일군 고구려이옵니까? 그걸 생각하면 이놈의 눈에서도 피눈물이 흐르옵니다. 가는 길목의 창고마다 양식을 비축하면서도, 장사꾼들을 병사들과 남겨 여러 일을 지시하면서도 피눈물을 흘렸사옵니다. 하오나, 마마의 뜻대로 이루어지면 결국은 고구려로 돌아올 재물이라 여겼습니다. 떠나시는 일은 걱정하지 마시고, 떠나시지 않을 궁리를 하십시오."

을음이 눈물을 글썽였다.

"꿈은 크나 그걸 이룰 길이 너무 막막하구나."

소서노의 얼굴빛이 어두웠다.

송양의 둘째 딸 홍옥을 서궁비로 맞이한다고 했을 때, 틀림없이 분란이 생기리라고 믿었는데, 화희의 불같은 투기가 결국은 일을 저지를 것이라고 믿었는데, 의외로 조용했다.

아니 한바탕의 분란이 있기는 했다. 서궁의 홍옥이 자초한 분란이었다. 혼례를 치루고 주몽왕과 소서노에게 예를 올린 홍옥이 동궁에도 들렀다. 여염집의 격식으로 따지더라도 화희가 엄연히 윗사람이니, 아랫사람으로 예를 올린다고 찾아갔다.

화희는 머리를 싸매고 누워있었다. 시종들의 권유에 마지못해 일어나 앉은 화희가 눈꼬리가 찢겨져 올라간 모습으로 앉아 절을 받았다. 그러나 막 신방을 차리고 태자와 꿈같은 밤을 보냈을 홍옥의 모습에 불같은 투기가 끓어오른 화희가 가만히 있을 리가 없었다. 주몽왕의 엄한 분부도 떠오르지 않았다. 오직 앞에 앉아있는 홍옥을 죽이고 싶은 생각뿐이었다.

막 큰절을 올리고 일어나는 홍옥을 향해 화희가 물그릇을 날렸다.

그러나 이미 시종에게 귀띔을 받아 화희의 투기를 알고 있던 홍옥이었다. 더구나 그녀는 말을 타고 활을 쏘는 솜씨가 여늬 사내 못지 않았다. 여옥이 병으로 죽은 다음, 시름에 잠겨있는 송양에게 태자마마한테 시집을 보내달라고 조른 것도 그녀였다.

"동궁비의 투기가 하늘을 찌른다고 하더구나. 오죽했으면 아이까지 잉태한 한족의 딸이 말도 없이 도망을 쳤겠느냐? 아마 하루도 못 견디고 머리를 뽑힌 채 쫓겨나고 말 것이니라."

송양의 말에 홍옥이 실실 웃었다.

"만약 동궁마마께서 제 머리채를 잡으면 손목을 비틀면 되지요. 무엇 때문에 병신처럼 당하기만 한답니까? 그런 걱정일랑 마시고 저를 태자비로 보내주십시오. 언니 몫까지 제가 사랑을 듬뿍 받을 자신이 있으니까요."

"정말 그 자리가 탐이 나느냐? 꼭 그 자리에 가고 싶으냐?"

"보내만 주십시오. 아버님께 누를 끼치지는 않을 것입니다."

"너 혹시 네 힘만 믿고 그러는 것은 아니냐? 네 힘으로 동궁비를 이길 자신이 있다고 믿는 것은 아니더냐? 네가 알다시피 네가 한번 궁궐로 들어가면 애비와는 일 년에 한번 만나기도 힘들 것이니라. 다물도는 궁궐과 오백 리가 떨어져 있느니라. 네가 거기서 죽어나가도 애비는 한참 후에야 알 것이니라."

"그런 염려는 마시라니까요. 성난 멧돼지 앞에서도 꿈쩍 않던 소녀이옵니다."

"알겠다. 내가 폐하께 말씀을 드리마. 그렇잖아도 너를 어디로 보낼까, 걱정이 많았는데, 네가 그리 원하니 폐하께 말씀은 드려보마."

그렇게 하여 맺어진 혼사였다. 화희의 투기심이야 여옥 언니가 살아있을 때도 들은 소리였다. 아랫사람의 예를 갖춘다고 찾아갔다가 머리채를 잡힐 것을 뻔히 알고 온 길이었다.

그러나 달려드는 멧돼지도 피하던 홍옥이었다. 날아오는 물그릇쯤 피하지 못할 그녀가 아니었다.

물그릇이 벽에 맞아 산산조각이 나자 화희의 분노가 극에 다달았다. 홍옥의 앞으로 북북 기어온 화희가 덥석 머리채를 잡으려는 순간이었다. 날쌘 동작으로 홍옥이 화희의 손목을 나꾸어 챘다.

부러지지 않을 만큼 손목을 비틀면서 홍옥이 말했다.

"마마, 어찌 이리 경박하십니까? 저는 아랫사람의 예를 갖추느라 찾아왔는데, 반가운 대접을 받으려고 온 것은 아닙니다만, 여염의 무뢰배들이나 부리는 행패를 부리시다니요?"

멧돼지를 노려보듯 홍옥의 눈에서 불꽃이 튀었다.

"여기가 어디라고 네년이 왔더냐? 그 잘난 꼴을 보이자고 왔더란 말이냐?"

화희가 증오를 담아 내뱉으며 손목을 빼내려고 몸부림을 쳤다. 그러나 홍옥의 손아귀 힘은 사내들 못지 않았다. 화희가 몸부림을 치면 칠수록 점점 더 조여올 뿐이었다.

"이년, 이 손을 놓지 못하겠느냐? 어서 손을 놓아라."

화희의 이마에서 땀이 부쩍 솟아올랐다.

홍옥이 눈 한번 깜짝하지 않고 화희를 노려보았다.

"잘 들으소서. 저는 약하디 약한 여옥 언니가 아닙니다. 짓밟으면 짓밟히는 여옥 언니가 아닙니다. 머리채 한번 휘어잡혔다고 울면서 궁을 떠난 한족의 딸은 더더구나 아니지요. 어쩌시렵니까? 저와 함께 이 길로 폐하께 가시겠습니까? 예를 갖추러 온 아우에게 물사발을 던지는 행패를 부리더라고 고해보리까?"

홍옥의 눈에서 불꽃이 튀었다. 그럴수록 화희의 눈빛은 수그러들었다.

"자, 잘못했네. 내가 잘못했으니 이 손을 놓게."

"정녕 잘못하셨습니까?"

"그, 그렇네."

화희의 눈에서 눈물이 흘러내렸다. 분노와 고통을 동반한 눈물이었다. 그 눈물이 볼따구니를 거쳐 턱밑으로 흐를 때까지도 홍옥은 화희의 손목을 놓아주지 않았다.

"태자마마께오서는 앞으로 오랜 기간 서궁만 찾으실 것이옵니다. 형님께서는 그동안 태자마마를 혼자서 차지하고 계셨지 않습니까? 서궁을 자주 찾으신다고 행여 태자마마의 얼굴에 손톱자국은 내지 마십시오. 제가 가만히 있지 않겠습니다. 형님에게 끌려 태자마마께서 동궁을 찾으시는 것은 투기하지 않겠습니다. 하오나, 서궁을 찾으셨다는 이유로 태자마마께 포악을 부리며 손톱자국을 내시면 제가 용서하지 않겠습니다. 알겠습니까?"

"아, 알겠네. 그러니 제발 이 손을 놓아주게."

"하오면 제 절을 다시 받으십시오."

손목을 놓아준 홍옥이 두어 걸음 물러나와 큰 절로 인사를 올렸다. 화희가 눈물 글썽이며 고개를 주억거렸다.

그 소식을 들은 소서노가 모처럼 허허허 웃었다.

"참으로 맹랑한 아이가 아닌가. 이제 동궁은 죽은 목숨이나 마찬가지구나. 포악이나 행패로 투기를 할래야 할 수도 없으니, 그 끓는 속을 어이 달랠꼬."

그 이후 동궁이나 서궁은 조용하다고 했다. 유리는 사냥을 나가지 않을 때면 늘 서궁에 머무른다고 했다. 그래도 화희는 조용했다. 들리는 소문으로는 긴 긴 밤을 고양이 울음소리를 내며 견딘다고 했다.

동궁과 서궁이 조용할수록 소서노는 아쉬웠다.

'내가 어찌 다물도주 송양에게 그런 여식이 있는 것을 몰랐을꼬. 천상 온조의 배필이었는데, 내 어찌 홍옥이를 몰라보았을꼬.'

그러나 이미 때는 늦어있었다. 홍옥이를 데려다가 온조를 줄 수도 없는 일이었다. 가슴을 치며 애닳아할 뿐이었다.

홍옥이를 서궁에 들인지 석 달만에 수태를 했다는 전갈이 왔다. 의원의 진맥이 두 달이 다 되었다고 했다. 그 소식을 들은 화희가 서너 차례나 까무라쳤다가 일어났다는 전갈이 왔다. 그러나 소서노는 아무런 감정이 없었다. 딸들의 일로 작은 말다툼은 있었으나, 우대로와 송양도 특별히 사이가 나빠진 것 같지는 않았다. 고구려는 점점 유리를 향해 다가오고 있었고, 소서노의 눈길이 자주 멀리 남쪽 하늘 끝에 머물렀다.

주몽왕이 병이 들었다. 유리를 태자로 책봉한 지 두 해만이었다. 미운 지아비였지만 소서노가 머리맡을 지키며 병수발을 했다. 나라를 다스리는 일은 대대로 추랑의 도움을 받아 유리 태자가 대행했다.

"미안하오, 미안하오. 참으로 미안하오."

펄펄 끓는 몸으로 정신을 잃고 있다가 가끔 눈을 뜨면 희멀건 눈빛으로 바라보며 미안하다고 중얼거렸다.

그러나 소서노는 주몽왕이 미안하다고 중얼거리는 대상이 자신이 아님을 잘 알고 있었다. 자신이 낳은 비류나 온조를 태자로 책봉하지 않아 미안하다는 뜻이 아님을 알고 있었다. 주몽왕이 미안하다고 하는 것은 예리내였다.

벌써 스무 해도 전에 세 친구와 함께 캄캄한 밤에 엄리대수를 건너올 때 떼어놓고 와서 미안하다고 하는 것을 눈치 채고 있었다. 몸져 눕기 전에 주몽왕은 어떻게든 예리내의 시신을 수습하여 고구려 땅에 묻기를 소원했었다. 그 일로 북부여의 대소왕에게 조공을 바치기까지 했었다.

그러나 대소왕의 반대로 결국 뜻을 이루지 못했다. 그것이 죽음에 임박해서 한으로 남은 것이었다. 그래서 미안한 것이었다.

"내게 오 만의 병사만 더 있었으면, 고구려의 힘이 조금만 더 강했으면 예리내를 고구려 땅으로 데리고 올 수도 있었을 텐데."

정신이 들면 소서노를 향해 한탄했다.

"걱정하지 마시오소서, 폐하. 어서 건강을 되찾으셔서 뜻을 이루셔야지요. 폐하는 틀림없이 예씨 부인을 모셔올 수 있을 것입니다."

"아니오, 난 틀렸소."

주몽의 눈빛은 이제 죽어있었다. 과녁을 쏘아보던 신궁의 눈빛이 아니었다. 죽음을 앞에 둔 한 필부의 눈빛일 뿐이었다.

소서노는 주몽왕을 간호하는 한편 해루와 을음을 시켜 떠날 준비를 하고 있는 중이었다. 그리고 스스로는 마지막 승부수를 준비하고 있었다. 주몽왕이 다시 일어나 천하를 호령할 희망은 없었다. 주몽왕이 죽고 나면 고구려의 왕은 유리 태자가 이어받게 되어 있었다. 소서노는 막판 뒤집기를 해보고 싶었다. 떠날 때 떠나더라도 마지막 몸부림은 쳐보고 싶었다.

소서노는 절노부의 저대로와 순노부의 마대로를 은밀히 왕후전으로 불러들였다. 유리가 태자로 책봉될 때에도 그들은 온조 편에 섰음을 그녀는 알고 있었다. 연노부 족장 추랑이 앞장서서 유리를 태자로 책봉하자고 했을 때, 드러내놓고 반대를 하지 못했을 뿐, 속내는 온조에게 있었음을 알고 있었다. 그것을 알고 있었기에 그날 이후로도 계속 친분을 맺어왔던 것이 아닌가.

이번이 마지막이다. 그들의 도움으로 온조가 태자가 될 수 있다면, 병들어 누워있는 주몽왕을 이어 고구려의 왕이 될 수 있다면 서로가 좋은 일이 아닌가. 대대로 추랑의 횡포를 막아낼 수 있을 것이 아닌가.

"어인 일로 부르셨사옵니까? 왕후마마."

절노부의 저대로가 물었다.

"폐하의 용태가 심상치 않소이다. 언제 승하하실지 불안하기만 할 뿐입니다."

"그렇게 위중하십니까?"

순노부의 마대로가 눈을 크게 떴다.

"하루에도 몇 번씩 정신을 놓으십니다. 한 달을 버티실지 두 달을 버티실지 왕실의 의원도 장담을 못하고 있습니다."

"큰일이군요. 아직 연세 미천하신데, 훌훌 털고 일어나시리라고 믿었는데, 참으로 난감합니다, 마마."

저대로가 입맛을 쩝 다셨다.

"차마 드리기 어려운 말씀이긴 합니다만, 뒷일을 미리 의논을 드리려고 두 분을 오시라고 했습니다. 폐하께서 돌아가시고 나면 꼼짝 없이 유리 태자가 왕위를 잇게 됩니다. 그리되면 두 분 족장님들은 찬밥 신세가 됩니다. 나는 두 분께서 유리 왕자가 태자로 책봉이 될 때에 속으로는 반대를 하고 있었음을 알고 있습니다. 늘 고맙게 여기고 있었습니다."

"별 말씀을 다하십니다, 마마. 실상 저희들이 도와드린 일은 아무 것도 없잖습니까? 그냥 구경만 하고 있었을 뿐입니다."

순노부의 마대로가 흘끔 문 쪽을 돌아보았다. 혹시 듣는 귀나 없을까 걱정하는 것이 분명했다. 그것을 눈치 챈 소서노가 말했다.

"걱정하지 마시오. 왕후전의 시종들은 모두가 내게 목숨을 맡긴 자들입니다. 계루부 출신들입니다. 말을 들어 옮길 자들이 아니지요. 마음놓고 말씀을 하시오."

"먼저 왕후마마의 뜻을 알고 싶습니다. 마마께오서는 저희들이 어찌 하기를 원하십니까?"

절노부의 저대로가 물었다.

소서노가 두 사람을 뚫어지게 바라보다가 입을 열었다.

"두 분의 목숨을 제게 잠시만 맡겨주시겠습니까?"

"예?"

두 사람이 깜짝 놀란 눈빛으로 마주보았다.

"두 분 족장께서도 아시겠지만, 유리가 왕위를 이어받으면 나나 두 왕자들은 고구려의 하늘 아래서 살 수가 없습니다."

"그야 그렇지요. 우대로나 송양이 가만 있지를 않을 것입니다. 화근은 미리 뽑아야 한다고 서두르고 나올 것입니다. 마마는 모르겠사오나 두 분 왕자님의 목숨은 장담할 수가 없겠지요."

절로부의 저대로가 고개를 끄덕였다.

"지금 순노부에는 병사가 몇 명이나 되지요?"

"일 만이 조금 못 됩니다."

"저희 절노부에는 일만 이천이 조금 넘습니다."

"하면 계루부의 병사가 일만 삼천쯤 되니까, 합해서 삼만 오천이군요. 그 정도면 세상을 한번쯤 도모해볼 수 있겠군요. 어떠시오? 그 병사들을 내게 빌려주시겠소?"

241

"어찌 하시려구요?"

저대로가 긴장된 눈빛으로 물었다.

"폐하께서 숨을 거두시면 그 병사들로 하여금 연노부와 관노부, 그리고 왕궁과 태자궁을 봉쇄할 것입니다."

"그런 다음에는요?"

순노부의 마대로가 침을 꼴깍 삼켰다.

"폐하의 유언을 핑계삼아 온조를 왕위에 앉히는 것입니다. 온조 왕자가 왕위에 앉고 일단 폐하의 호위병사만 장악하면 일은 의외로 쉽게 풀릴지 모릅니다."

"하오나 마마, 태자를 책봉하는 문제나 왕위를 잇는 문제는 여섯 부족장과 다물도주 송양의 찬성이 있어야 합니다. 그들이 가만히 있겠습니까?"

"우리 쪽에 반대하는 족장들과 다물도주 송양을 체포하여 구금해야겠지요. 실상 연노부 추랑을 빼놓고는 유리 태자를 위해 목숨까지 바칠 족장은 없습니다. 사태가 우리 쪽이 유리하다 싶으면 망설이지 않고 우리 쪽으로 붙을 것이오. 두 분 족장께서는 병사들을 내게 빌려주시고, 온조가 왕위를 이을 때 찬성만 해주시면 됩니다. 훗날 나라를 경영하는 일은 두 분과 의논하겠습니다. 연노부의 추랑같은 횡포는 결코 부리지 않을 것입니다. 관노부의 우족장에게 수모는 당하지 않게 해드리겠습니다."

소서노가 번쩍이는 눈빛으로 두 남자를 바라보았다. 긴가민가하면서도 두 남자가 고개를 끄덕였다.

"좋소이다. 일단 폐하께서 돌아가시고 나면 내가 은밀히 사람을 보내겠소이다. 그러면 두 분께서는 병사들을 동원하여 아까 말씀드린 태자궁과 관노부, 그리고 연노부를 봉쇄하여 주시오. 다물도는 멀리 떨어져 있으니까, 크게 걱정하지 않아도 될 것이오."

"알겠사옵니다. 마마께 저희들의 목숨을 한번 맡겨보겠습니다."

두 사람이 돌아간 다음이었다. 해루가 찾아왔다. 자신이 손수 가서 보고 오겠다며 을음과 함께 하남까지 다녀오는 길이었다.

"다녀왔사옵니다, 마마."

"고생이 많으셨소. 그래, 준비는 잘 되어 있습디까?"

"여기서 삼천 리 밖 남쪽에 황하가 있습니다. 그 강을 건너 백 리쯤 가면 오만 호쯤의 사람들이 모여 살기에 알맞은 땅이 있었습니다. 한눈에 보기에도 한 나라를 건국하는데 맞춤 맞다는 생각이 들었습니다. 만일을 몰라 일단은 마마와 두 분 왕자께서 머무실 집을 마련하여 수리를 하라 이르고 왔습니다. 십 년 이상을 소작료도 바치지 않고 공짜로 농사를 지어먹던 그곳 백성들을 동원하도록 했사옵니다."

"다른 준비는 어떠했소? 을음 동생이 준비는 제대로 해놓았던가요?"

"물론입니다, 마마. 가는 길목이며 포구마다 머물 자리에 양식을 비축하여 놓았으며, 사람을 부려 말을 기르고 있었습니다. 그뿐만이 아닙니다. 창고에는 활이며 창, 그리고 칼같은 병장기도 보관을 하고 있었습니다. 일 만 명의 병사는 능히 무장을 시킬만 했사옵니다."

"원래 을음이 빈틈이 없었소. 해루 사부, 머지않아 폐하는 돌아가실 것이오. 난 마지막 승부를 걸려하고 있소. 조금 전에 절노부와 순노부의 족장들이 다녀갔소. 유사시에 그들의 병사를 빌리기로 했소."

"문제는 폐하의 호위병사들입니다. 그들만 확실히 우리 편으로 잡을 수만 있다면 온조 왕자를 왕위에 앉히는 일이 식은 죽 먹기보다 쉬울 것입니다."

"해루 사부도 그리 생각하시오?"

소서노가 빛나는 눈빛으로 물었다.

"하오나, 호위병사를 책임지고 있는 무흘은 연노부 추족장의 사람입니다. 그를 끌어들이는 것은 힘들 것입니다."

"그렇다면 어떻게 하면 좋겠소?"

"소인이 계책을 짜보겠습니다. 너무 심려하지 마시오소서."

"만금, 아니 십만금을 들여도 좋소. 어떻게든 무흘을 우리 편으로 만드시오."

소서노가 간절하게 말했다.

그러나 해루가 미처 손을 쓰기도 전에 주몽왕의 병세가 위독했다. 목에서는 가래끓는 소리가 났고, 눈빛은 금방이라도 꺼질 듯 가물거렸다.

그날 아침 소서노가 물수건으로 주몽왕의 이마를 닦고 있을 때였다.

두 눈을 번쩍 뜬 주몽왕이 유리 태자를 찾았다.

"유리를, 태자 유리를 불러주시오."

주몽왕이 안간힘을 다하여 말했다.

"알겠사옵니다, 폐하."

소서노가 잠시 대전을 비웠다. 그러나 유리 태자를 부르지는 않았다. 대신 해루한테 사람을 보냈다.

"곧 올 것이옵니다, 폐하."

소서노가 주몽왕한테 말했다. 그러나 주몽왕은 이내 다시 눈을 감아 버렸다.

우대로가 일천금을 들여 염탐꾼으로 심어놓은 대전의 시종 하나가 허겁지겁 우대로의 집을 찾아갔다.

"폐하께오서 위독하십니다."

"그것이 정말이냐?"

"조금 전에 태자마마를 찾으셨사옵니다. 하온데 왕후마마께오서는 태자마마 대신 측근인 해루를 불러들여 무언가를 지시하셨습니다."

"허허, 이런 고약한 일이."

우대로가 펄쩍 뛰었다.

"아무래도 서두르셔야할 것 같사옵니다. 대전이 심상치가 않사옵니다."

"알겠느니라. 나는 태자궁에 들렀다가 대대로 나리를 뵈올 것이니, 너는 즉시 대전으로 돌아가 장수 무흘에게 일러 추대대로 나리의 댁으로 오라고 일러라."

"알겠습니다."

시종이 돌아간 다음 우대로는 수레를 타고 태자궁으로 달려갔다. 그러나 유리는 태자궁에 없었다. 시종의 말로는 서궁에 갔다고 했다.

"이, 이런, 지금이 서궁에 가서 노닥거리기나 할 때인가? 화급한 일이라고 당장 가서 불러오너라. 아니다, 내가 가야겠구나."

우대로가 체면도 없이 서궁을 향해 달려갔다. 여걸 소리를 듣는 소서노였다. 태자자리를 유리한테 빼앗긴 이후 절치부심 그 자리를 되찾기 위하여 온갖 술수를 다 부리고 있는 걸 알고 있었다. 이제 그 마지막이 다가온 것이었다. 미우나 고우나 딸을 데리고 사는 사위였다. 아니, 두고두고 권세를 누리기 위해서도 유리가 기어코 왕위에 올라야 했다. 체면같은 걸 따질 계제가 아니었다.

"아니, 대로께서 여기까지 어인 일이십니까?"

홍옥과 함께 후원을 산책하고 있던 유리가 얼굴을 찡그렸다. 투기심 많은 딸의 부추김을 받고 거기까지 온 것이라고 믿은 것이었다.

"태자마마, 지금 이러고 계실 때가 아니옵니다. 어서 대전으로 가십시오. 폐하께오서 위중하시다 하옵니다. 두 분 태자비를 모시고 어서 대전으로 가십시오. 누가 뭐라고 해도 꼼짝말고 폐하의 머리맡을 지키십시오."

"왕후마마께서 위중한 순간이 오면 통기를 하겠다고 했습니다. 통기하기 전에는 대전에는 들지 말라고 했습니다."

"어찌 왕후마마를 믿으시옵니까? 호시탐탐 태자를 노리는 왕후마마를 믿으십니까? 한 시가 급합니다. 어서 가시오소서. 저는 다른 방책을 세우겠습니다. 벌써 왕후마마 쪽에서는 움직이고 있다 하옵니다."

"알겠습니다."

그제서야 유리가 서두르는 것을 확인하고 우대로는 곧장 추랑의 집으로 달려갔다. 벌써 무흘이 와서 무슨 일인가 하고 기다리고 있었다.

"무슨 일이오? 우대로. 무흘 장군까지 불러내다니요."

"폐하께서 위중하시다 합니다. 왕후마마는 벌써 움직이고 있구요."

"뭐라구요?"

추랑이 놀란 눈빛으로 무흘을 바라보있다.

"저는 곧장 대전으로 들어가봐야겠습니다."

무흘이 벌떡 일어섰다.

"잠시만 기다리게. 지금 즉시 절노부와 순노부를 봉쇄하게. 틀림 없이 그쪽의 병사들이 움직일 것이니, 폐하의 명령을 핑계대고 꼼짝을 못하도록 하게. 저대로나 마대로가 말을 듣지 않고 조금이라도 병사들을 움직일 기색이 있으면 그 자리에서 죽여도 좋네."

추랑의 말에 무흘이 고개까지 숙이며 대꾸했다.

"소인 명심하여 거행하겠나이다."

"이번 일을 어찌 처리하느냐에 따라 금실래와의 혼인을 매듭지을 걸세. 무사히 유리 태자께서 왕위만 이어받으면 내가 딸년의 코를 꿰어서라도 자네한테 보냄세."

"심려 마십시오. 다른 일이나 잘 처리하십시오."

무흘이 허둥지둥 대전으로 돌아갔다.

"이번이 마지막 싸움입니다. 왕후마마께서 가만히 있지는 않을 것입니다. 태자더러도 부를 때까지는 대전에 들지 말라고 했답니다. 속셈이 있지 않고서야 어찌 자식더러 아픈 아비 곁을 멀리하라 하겠습니까?"

우대로의 말에 추랑이 고개를 흔들었다.

"허나 싸움은 진즉에 끝난 것이 아니던가요? 절노부나 순노부만 가지고는 일을 도모하지 못합니다."

"왕후마마는 호락호락한 분이 아닙니다. 우리가 모르는 무슨 일을 꾸미고 있을지 모르지요."

"무흘 장군이 잘 처리할 것입니다. 내 딸아이한테 목을 매고 있으니까요. 폐하의 명령보다 내 분부를 더 잘 따르게 되어 있지요. 사랑 앞에서는 어차피 사내들의 눈은 멀게 되어 있으니까요."

추랑이 껄껄 웃었다.

해루가 시종 편에 병사들을 배치할 준비가 끝났다고 전해왔을 때, 유리 태자가 화희와 함께 나타났다.

"폐하께서 부르시지도 않았는데, 태자께서 어인 일이오?"

"우대로께서 폐하 곁을 지키라고 하셨습니다. 그것이 아들 된 도리라구요. 제가 지킬 것이오니, 마마께오서는 잠시라도 쉬시오소서."

유리의 말에 소서노가 고개를 내저었다.

"아니오, 태자. 폐하는 내가 지킬 것이오니, 태자야말로 쉬시오. 요즘 폐하를 대신하여 나라 일을 보시느라 수고가 많다는 것을 내가 알고 있소. 이럴 때일수록 태자가 중심을 잡아야하오. 폐하께서 찾으시면 부를 터이니, 그만 가보시오."

어떻게든 유리를 주몽왕 곁에서 떼어놓으려고 소서노가 안간힘을 썼다. 그때였다. 주몽왕이 눈을 뜨고 유리를 올려다 보았다.

"왔구나, 내 아들 유리야."

주몽왕의 입가에 가느다란 웃음이 피어났다.

"예, 아바마마."

유리가 허공에서 허우적이는 주몽왕의 손을 잡았다.

"내 말을 잘 듣거라. 내가 죽거들랑 하루도 지체하지 말고 네가 왕위를 잇거라. 그리고 나라를 강성하게 키우는데 힘쓰거라. 고구려의 힘이 능히 북부여를 이길 수 있을 때, 과감히 도모하여 북부여를 속국으로 만들거라."

"예, 아바마마."

"북부여를 도모하고 난 다음에는 단 한 달도 지체하지 말고 네 어머니를 고구려로 모셔라. 왕후의 예로 다시 장사를 지내거라. 내 곁에 나란히 묻거라. 세상의 어떤 나라의 왕후보다 더 큰 능을 만들어 모시거라."

"그 일은 염려하지 마시오소서. 소자도 그리 결심하고 있었사옵니다."

유리가 고개를 숙이며 오열을 참고 있을 때였다. 주몽왕의 눈길이 소서노 쪽으로 왔다. 무슨 말인가 하려고 입술을 달싹거리다가 고개를 한쪽으로 떨어뜨렸다.

"아, 아바마마."

유리의 통곡이 궁궐을 빠져나갔다. 소서노가 미처 손을 쓸 사이도 없이 왕의 호위병사들이 궁궐을 겹겹이 둘러쌌다. 시종을 통하여 절노부와 순노부의 족장들이 집안에 구금당하였다는 소식을 들은 소서노가 유리를 향해 말했다.

"태자마마, 왕위에 오르시는 것이 급선무이옵니다."

주몽왕의 장례를 치루고 난 다음 날이었다. 유리왕이 위사좌평 도조를 불러들였다. 그는 유리왕의 신변안전을 책임지는 호위병사의 수장인 위사좌평을 맡고 있었다. 그것은 구추의 뜻이었다. 무휼은 어차피 추랑의 사람이니, 언젠가는 폐하를 배신할지도 모른다면서 그 자리에 도조를 앉혀야 한다고 권했다. 그러나 왕위를 물려받자마자 등을 돌리는 식으로 무휼을 내쫓는 것도 모양이 좋지 않아, 위사좌평이라는 자리를 만들어 도조를 앉힌 것이었다.

구추에게는 나라의 정치는 물론 병사관계까지 일일이 챙겨야 하는 조의두 대형을 맡겼고, 옥지에게는 호적과 문서를 관장하며 세금을 거두어들이는 울절을 맡겼다. 대대로나 대태사자 같은 벼슬은 부족장들의 마음을 잡기 위한 방편으로 내려주는 벼슬일 뿐, 허수아비나 마찬가지였다. 실권은 호적과 문서를 관장하며 세금을 부과하는 울절이나 정치와 병사의 일을 돌보는 조의두 대형이 훨씬 강했다. 대대로 벼슬을 우족장과 추랑과 송양에게 내려주면서도 그들이 원하는 다른 벼슬은 구추와 도조와 옥지에게 맡긴 것은 나라의 일을 자신이 직접 챙기기 위해서였다.

"부르셨사옵니까? 폐하."

도조가 예를 갖추어 물었다.

"위사좌평, 내가 치희를 보내면서 불렀던 노래를 알고 있소?"

유리의 눈이 눈물 때문에 번들거렸다.

"황조가 말씀이오니까? 신이 어찌 그걸 모르겠사옵니까? 항간의 백성들도 부르는 노래인걸요."

"치희를 찾아와야겠소? 벌써 아이도 낳았을 텐데, 아들인지 딸인지, 혼자 얼마나 고생을 했는지, 참으로 보고 싶소. 위사좌평, 하루라도 빨리 사람을 풀어 치희를 찾아오시오."

"폐, 폐하. 서두르실 일이 아니옵니다."

도조가 난감한 표정을 지었다.

"서두를 일이 아니라니? 내가 오늘이 오기를 얼마나 기다린 줄 아시오? 일각이 여삼추였소. 내 여자를, 내 아이를 가진 내 사랑하는 여자를 내 곁에 데려오기 위하여 온갖 수모도 참고 견디었소. 이제 나는 고구려의 왕이오. 왕이 사랑하는 여자 하나 마음대로 못한대서야 말이 안 되지 않소?"

"그렇긴 하옵니다만, 아직은 때가 아니옵니다. 아직도 폐하의 위치는 확고하지가 않습니다. 이번 인사에 실권이 있는 자리를 자기들한테 주지 않았다고 대대로와 대로들 쪽에서 불만이 많은 걸로 알고 있사옵니다. 언제 그들이 등을 돌릴지 모릅니다."

"등을 돌리면 그뿐, 그들의 횡포를 보고만 있지는 않을 것이오. 내게 저항하면 용서치 않을 것이오. 내게는 내 말 한 마디에 목숨을 던질 궁궐 호위병사가 이 만이나 있소."

"알겠사옵니다. 사람을 풀어 서궁마마를 찾겠사옵니다."

도조가 돌아간 다음이었다. 어디서 무슨 소리를 들었는지 화희가 얼굴을 붉힌 채 찾아왔다.

"왕후가 여긴 웬 일이요?"

유리왕이 싸늘한 낯빛으로 물었다.

"사람을 풀었다지요? 서궁에 있던 한족의 딸을 찾기 위하여 사람을 풀었다지요? 홍옥이 년만으로는 부족하여 치희 년까지 불러들이시렵니까?"

"그것이 어쨌다는 말이오?"

"그래도 되는 것이옵니까? 폐하의 자리가 거저 생긴 것인 줄 아십니까? 선왕께서 돌아가시던 날의 일을 벌써 잊으셨사옵니까? 계루부와 순노부, 그리고 절노부가 작당하여 폐하를 밀어내고 온조를 왕위에 앉히려던 수작을 잊으셨사옵니까? 그때 대대로이신 내 아버님께서 신속하게 손을 쓰지 않았다면 폐하는 지금 그 자리에 앉지도 못하셨을 것입니다."

화희의 눈이 표독스럽게 빛났다. 저 눈빛, 유리는 온몸에 소름이 끼치는 것을 느꼈다. 화희의 그 눈빛만 떠올리면 자다가도 벌떡 몸을 일으켰다. 이제 화희는 사랑하는 여자를 쫓아낸 악녀에 불과했다. 어떻게든 치희를 찾아 궁궐로 데려다 놓아야했다. 그녀가 다행히 아들을 낳았다면 그 아들을 태자로 삼을 것이었다.

"그래서요? 왕후가 지금 나를 협박하는 것이오? 대대로의 힘만 믿고 나를 협박하는 것이오?"

"폐하의 처지를 알라는 말씀이오."

화희는 여전히 수그러들지 않았다.

"내 힘? 왕후, 정녕 내 힘을 알고 싶소? 정녕 그걸 원하오?"

"폐하야말로 나를 협박하고 있군요. 마치 왕후자리에서 쫓아내겠다는 말씀 같군요. 두고 보시오. 치희 년까지 불러들이게는 하지 않을 테니까요."

화희가 입가에 비웃음을 매달고 대전을 나갔다. 거만한 걸음걸이였다. 폐하쯤 아무것도 아니라는, 내 아버지가 마음만 먹으면 언제든지 내려앉힐 자신이 있다는 오만함이 물씬 배어나오는 몸짓이었다.

동궁으로 돌아온 화희는 시종을 시켜 대대로 우족장을 불러들였다.

"부르셨습니까? 마마."

아비가 딸 앞에서 깍듯이 고개를 숙였다.

"아버님, 도대체 무슨 일을 그리하십니까?"

불꽃이 튀는 눈빛으로 아비를 쏘아보며 딸이 쏘아부쳤다.

"어인 말씀이신지요?"

"그까짓 계집년 하나 찾아내지 못하고 무얼 하시느냐구요? 찾아서, 꼭 찾아내서 갈기갈기 찢어 죽이라고 내가 몇 번이나 당부를 드렸습니까?"

"우리 병사들을 풀어 찾는다고 찾았으나, 찾을 수가 없었습니다.

허나 심려하지 마십시오. 아직도 찾고 있으니까, 그년이 고구려 땅
에는 발을 딛지 못할 것입니다."

"폐하가 위사좌평을 시켜 치희 년을 찾는다고 합니다. 만약 그년
이 궁궐로 들어오면 내가 대전이건 어디건 불을 싸질러버리고 말 것
입니다. 홍옥이년 하나만으로도 이년은 밤마다 잠을 못 이룹니다.
치희 년까지 오면 내가 죽지 못삽니다."

"알겠습니다. 아비가 그년을 꼭 찾아 죽이겠습니다. 하오니, 마마
께서는 심려치 마시고 하루라도 빨리 수태할 생각이나 하십시오. 마
마께서 수태를 하시고, 왕자를 낳으셔야 훗날을 도모할 수 있을 것
이 아닙니까? 우리 관노부 출신이 고구려의 다음 왕이 될 것이 아니
겠습니까? 이 애비가 폐하의 외할아버지 노릇을 할 것이 아닙니까?"

우족장이 자신의 간절한 염원을 담아 말했다.

"하늘을 보아야 별을 딸 것이 아닙니까? 폐하는 이제 동궁 쪽으로
는 눈길도 돌리지 않습니다. 밤마다 독수공방이지요."

화희의 눈에 눈물이 어렸다.

'못난 것 같으니라구, 불같은 투기가 결국 폐하를 쫓아낸 것인 줄
은 모르고. 나래도 너 같은 성깔이면 발걸음을 않겠구나.'

우족장이 속으로 혀를 끌끌 찼다. 그러나 피붙이였다. 따지고 보면
화희를 태자비로 주었기에 대대로 벼슬을 얻었으며, 연노부 추랑으
로부터 제사장 자리를 빼앗아 올 꿈이라도 꾸고 있는 것이 아닌가.

"마마, 남자란 누구나 나긋나긋한 여자를 좋아합니다. 폐하 앞에
서 여자다운 사근사근한 면을 보이십시오. 남자란 편한 여자를 찾게

마련입니다."

"서궁의 홍옥이 년은 계집이 아니라 사내랍니다. 다물도에 살 때에는 말을 타고 활을 쏘았다고 합니다."

"그래도 폐하 앞에서는 한낱 여자이겠지요. 외로울 때 찾아가 안기고 싶은 포근한 여자겠지요. 서궁마마와도 잘 지내십시오. 한족의 딸을 불러들이는 일은 마마 혼자서는 대적할 수 없습니다. 오늘이라도 찾아가서 서궁마마의 가슴에 질투의 불길을 지피십시오. 폐하와의 싸움은 서궁마마한테 맡기시고, 마마는 폐하께 여자다운 멋을 보이십시오. 하면 폐하께서 동궁을 자주 찾으실 것입니다."

"찾아오기만 하면 얼굴을 박박 긁어주려던 참인 걸요. 이제는 투기했다고 벌을 주실 아바마마노 안 계신 걸요."

"그러시면 안 됩니다. 마마께서 그러시면 폐하는 영영 동궁을 찾지 않으실 것입니다. 얼굴을 꽃처럼 꾸미시고 비단결 같은 보드라운 마음을 보여주십시오."

"찾아와야 분단장을 하건, 애교를 부리건 할 것이 아닙니까?"

"한번 돌아선 마음을 되돌리려면 많은 수고가 필요합니다. 마마의 마음부터 너그럽게 가지십시오. 우선은 서궁을 찾아가 의논을 하십시오. 한족 출신의 계집년을 어찌할 것인가 의논을 하십시오."

우족장이 당부하고 돌아간 다음이었다. 화희가 아껴놓았던 비단 한 필을 들고 홍옥을 찾아갔다.

"어인 일로 서궁까지 납시셨습니까? 마마."

홍옥이 무심한 낯빛으로 물었다.

"복중의 태아는 잘 자라고 있겠지요? 서궁마마라도 폐하의 씨앗을 가져 얼마나 다행인지 모르겠소. 각별히 조심하시오."

"고맙습니다, 동궁마마."

홍옥이 불그레 상기된 얼굴로 자기 배를 내려다보며 손으로 쓰다듬었다. 그 모습에 가슴에서 열불이 끓어올랐으나 화희가 온화한 낯빛으로 말했다.

"마마하고 상의할 일이 있어 왔소. 마마께서도 들으셨겠지만, 폐하께서 한족의 계집년을 불러들인다고 하오."

"알고 있습니다. 폐하께서 하시는 일을 어찌하겠습니까?"

"어찌할 수 없다? 하면 마마께서는 그 계집이 궁궐로 돌아와도 상관이 없다는 말이오? 정녕 그러하오?"

"기분 좋은 일은 아니지만, 나는 폐하께서 하시는 일을 간섭하고 싶지는 않사옵니다. 이곳 시종을 통해 치희라는 한족 여자의 말을 들었습니다. 아이까지 가진 몸으로 울면서 궁을 나갔다고 했습니다. 폐하께서 부르신 황조가도 글자 하나 잊지 않고 기억하고 있습니다. 같은 여자 입장으로 가슴이 아파 혼났습니다. 내 힘으로 할 수 있는 일이라면 치희라는 한족의 딸을 찾아다 폐하께 대령하고 싶었습니다."

홍옥이 아이를 가진 어미의 낯빛으로 대꾸했다.

"이 보시오, 서궁마마. 지금 제 정신으로 하는 소리요? 뭐요? 한족의 딸년을 폐하께 대령이라도 하고 싶었다고요?"

"그것이 사랑하는 분께 드릴 수 있는 최상의 선물이 아니겠습니까? 폐하께서 마음 편히 국사에 전념하실 수 있다면 저는 무슨 일이건 하고 싶습니다."

"허나, 마마. 만에 하나 한족의 딸년이 돌아오면 마마나 나는 그날로 찬밥 신세가 될 것이오. 그뿐인 줄 아시오? 복중의 태아인들 어찌 제대로 된 왕자대접을 받을 수 있겠소. 자칫 한족 계집년이 아들이라도 낳아놓았다면 그 아이를 태자로 책봉할지도 모를 일이오. 어떻게든 막아야 하오."

"폐하의 사랑이 내게서 떠나신다면 어찌하겠습니까? 돌아오실 날을 기다려야지요. 한없이 기다려야지요. 나는 그럴 것입니다. 안달하지 않고 폐하의 씨앗을 기르면서 돌아오실 그날까지 말없이 기다릴 것입니다."

홍옥의 말에 화희는 도저히 그녀를 이번 일에 끌어들일 수 없음을 깨달았다. 마음이 그만큼 넓은 것인지, 아니면 폐하의 치희에 대한 사랑을 알고 미리 포기하는 것인지 알 수 없지만, 홍옥의 불같은 질투심을 유발하여 유리왕을 얽어매려던 계획은 포기를 해야 했다.

그러나 곱게 물러날 화희가 아니었다.

"마마는 지금 폐하의 사랑을 듬뿍 받고 있으니까, 속편한 소리를 하고 있소만, 폐하의 발걸음만 멀어져 보시오. 독수공방의 긴 긴 밤을 한숨으로 지새는 날이 많아져 보시오. 아마 눈이 뒤집힐 것이오. 폐하의 목이라도 조르고 싶어질 것이오. 어디 서궁마마의 그 넉넉한 마음이 언제까지 가는가 두고 보십시다."

욕심 같아서는 홍옥의 머리카락이라도 한 움큼 뽑아주고 싶었지만, 힘으로는 당할 수 없으니 어쩔 수 없었다. 입술을 깨물며 서궁을 나왔다.

하늘이 자꾸만 노랗게 보였다.

투기심을 버리고 부드러운 여자가 되라고, 그것만이 유리왕의 발길을 되돌릴 수 있는 길이라고, 딸에게 간곡히 당부하고 집으로 돌아온 우족장은 곰곰이 궁리에 잠겼다. 우족장도 유리 폐하가 한족의 딸에게 애틋한 정을 가지고 있는 것을 알고 있었다. 꼭 화희의 부탁이 아니더라도 치희를 찾아 죽이려고 병사를 풀어 백산이며 수미산 자락을 샅샅이 뒤졌으나, 흔적이 없었다.

그까짓 계집 하나가 문제가 아니었다. 질투심 많은 딸아이를 위한 일도 아니었다. 문제는 치희가 수태하고 있던 아이였다. 어디서부터 흘러나온 것인지 치희가 아들을 낳아 기르고 있다는 소문이 은밀히 나돌고 있었다. 그 옛날 예씨 부인이 유리 폐하를 낳아 기르고 있었듯이 치희가 아들을 낳아 기르고 있다는 것이었다. 지금의 유리 폐하처럼 엉뚱하게도 굴러들어온 돌인 한족 출신이 고구려의 왕이 되지 말라는 법은 없었다.

'그런 일이 있어서는 안 돼. 하찮은 한족의 딸이 왕후가 되고, 한족 출신이 고구려의 왕이 되는 일은 막아야 해. 내키지는 않지만 추대대로와 상의를 해야겠군.'

우족장은 꽃수레를 타고 추대대로를 찾아갔다.

"우대대로께서 내 집에는 어인 일이시오? 제사장 자리를 내놓으라고 강제라도 하러 오셨소?"

추대대로가 빈정거리는 낯빛으로 말했다.

"무슨 그런 말씀을 하십니까? 내가 제사장 자리를 탐내다니요? 오랫만에 추대대로 나리와 술이나 한잔하려고 왔소이다."

"나라고 귀가 없는 줄 아시오? 눈이 없는 줄 아시오? 다 들어 알고 있소이다. 우대대로께서 폐하께 제사장 자리를 가지고 말씀을 올렸다는 것을요. 허나, 제사장 자리는 나라의 벼슬과 달라 폐하께서도 마음대로 하실 수가 없는 일이오."

"알고 있소. 알고 있소이다. 아마 무슨 오해가 있었던 모양이오. 하늘에 걸고 맹세하오만 나는 결코 제사장 자리를 탐을 낸 일이 없소이다. 오해를 푸시오."

우족장이 손까지 홰홰 내저었다.

"그 일이 아니라면 다행이오. 아무튼 올라오시오. 잘 익은 술이 한 동이나 있소. 다물도주께서도 때마침 여기에 와 계시다 하니 불러다 함께 마십시다."

"송대대로가 궁도에 와 있다는 말씀이오?"

"다물도 너머 행인국이 올해는 아직까지 조공을 바치지 않고 있다 하오. 그뿐만이 아니라, 병사수를 자꾸만 늘리고 있다 하오."

"저런 버릇없는 것들 같으니라구."

"그러니 어찌하겠습니까? 다시 한번 행인국을 쑥대밭을 만들어야 하지 않겠소? 그 일을 의논드리러 온 모양입니다. 불러오십시다. 그 일도 들을 겸, 따지고 보면 우리는 한편이 아니오? 폐하를 오늘의 그 자리에 계시게 한 일등 공신이 아니오."

"그야 그렇지요."

우족장이 고개를 끄덕였다. 추대대로가 하인을 불러 다물도주 송양에게 보냈다.

송양이 오고, 술이 몇 순배 돌았을 때였다.

추대대로가 입을 열었다.

"그렇잖아도 두 분과 상의드릴 일이 있었습니다. 비류와 온조 왕자 말이오. 그대로 둘 것입니까?"

"무슨 말씀입니까?"

송양이 눈을 깜박였다.

"소서노 대왕후가 살아 계시고, 두 왕자가 있는 한 언제든지 폐하의 자리가 위험합니다. 열 남자 백 남자를 당해내신 소서노 대왕후입니다. 지금 무슨 꿍꿍이 속인지 어찌 알겠습니까? 지난 번에도 우리 쪽에서 신속하게 움직였기에 망정이지 조금만 늦었어도 큰일 날 뻔하지 않았습니까?"

"그야 그렇지요. 무흘 장군이 추대대로의 말대로 움직여 주었기에 망정이지, 무흘이 만약에 소서노 대왕후의 편에 붙었다면 아마 지금쯤 우리는 목숨도 부지하지 못하고 있을 것입니다."

"그렇소이다. 비류와 온조 왕자는 화의 뿌리입니다. 살려두면 두고두고 골칫거리가 될 것입니다. 폐하께 말씀드려 죽입시다."

"폐하가 우리 말을 들으실까요? 황조가나 부르는 걸 보면 심약한 폐하입디다. 비류와 온조 왕자를 죽이는 일은 패륜을 저지르는 일인데, 그리하려고 하겠습니까?"

송양의 말에 추대대로가 고개를 흔들었다.

"그 둘을 안 죽이면 폐하의 자리가 위태롭다고 강력하게 말씀드립시다. 우리 셋이 힘을 합하면 이루지 못할 일이 무엇이 있겠습니까?"

"그러십시다. 우리 셋이 힘을 합하면 이루지 못할 일이 없지요. 비류와 온조를 죽이기로 하십시다. 헌데, 그 일보다 더 화급한 일이 있소이다."

우족장의 말에 추대대로와 송양이 돌아보았다.

"두 분 대대로께서도 들어 알고 계시겠지만 폐하께서는 지금 한족의 딸을 찾느라 혈안이 되어 있다 합니다."

"한족의 딸을 말씀이오?"

추대대로가 놀란 낯빛으로 물었다.

"모르고 계셨소이까? 왕위에 오르자마자 위사좌평을 불러 그 일부터 분부를 내렸다 합니다."

"아니되지요, 그것은. 비천한 한족 출신의 여자가 어찌 다시 고구려 땅에 발을 딛습니까?"

송양은 가만히 있었고, 추대대로가 화를 벌컥 냈다.

"그렇지요? 하늘이 무너져도 아니 될 일이지요?"

우족장이 반겼다.

"말해 무엇하겠소. 폐하가 정신이 있는 게요? 없는 게요? 그 자리가 어떤 자린데 한족의 딸을 다시 부르시다니요. 아무래도 우리 셋이 함께 대전에 들어야겠소이다."

"추대대로께서 그리 말씀해주시니, 천군만마를 얻은 것처럼 힘이 납니다. 더구나 지금 한족의 딸이 아들을 낳아 기르고 있다는 소문입니다. 정말 그렇다면 지금의 폐하처럼 한족 출신이 고구려의 다음 왕이 되지 말라는 법이 없잖소."

"하늘이 무너져도 그 일만은 막아야 하오."

추대대로의 말에 송양이 우려의 빛을 나타냈다.

"이것 괜히 긁어부스럼이 되지 않을지 모르겠소. 남녀간의 일이란 곁에서 말리면 말릴수록 더욱 불이 붙는다고 했소."

"하면 송대대로께서는 반대라는 말씀이오? 생각해 보시오. 지금은 폐하의 사랑이 서궁에 머물러 있으니, 느긋할지 몰라도 한족의 계집이 들어와 보시오. 서궁마마도 아마 동궁마마처럼 밤마다 독수공방을 눈물로 지샐 것이오."

"누가 반대라고 했소? 사람의 정이란 그런 것이 아니라는 말씀이지요."

"일단은 두 왕자를 죽이는 일과 한족의 딸 문제를 가지고 대전으로 가십시다. 우리 셋의 마음은 합쳐진 것이오? 폐하께 말씀은 내가 드리겠소. 두 분은 곁에서 거들어주시기만 하면 됩니다."

우족장이 서둘렀다.

"내일 들어가십시다. 하루 사이에 무슨 일이야 생기겠소. 우리는 지금 술이 취해 있소. 아무리 우리가 모신 폐하라고 하지만, 술이 취한 채 찾아뵐 수는 없지요."

추대대로가 우족장을 말렸다.

다음 날 세 사람은 대전으로 들어갔다. 평소에는 유리왕이 찾으면 들렸는데, 이번에는 작당을 하여 부르지도 않았는데 들어간 것이었다.

마침 화희가 뾰루퉁한 얼굴로 유리왕 앞에 앉아 있었다.

추랑과 송양이 큰 절로 예를 갖추자 마지못해 따라서 예를 차린 우족장이 화희를 향해 말했다.

"동궁마마께오서도 납시어 계셨사옵니까?"

"예, 아버님. 한족 계집년의 문제로 폐하께 드릴 말씀이 있어 왔습니다. 글쎄, 폐하께서 치희 년을 불러들이려고 병사를 풀었다지 뭡니까?"

화희가 일그러진 얼굴로 우족장을 바라보았다. 그 모습이 그랬다. 아우가 형의, 혹은 형이 아우의 잘못을 부모한테 고자질하고 혼내주기를 갈망하는 그런 모습이었다.

"그렇잖아도 폐하께 그 일을 여쭈어보러 왔습니다. 마마께오서는 조금도 걱정하지 마시옵소서."

"폐하는 지금 제 정신이 아닙니다, 아버님."

"무슨 그리 험한 말씀을 하십니까? 마마. 설마 폐하께서 그러실 리가 있사옵니까?"

"폐하께 직접 여쭈어 보세요."

화희의 말에 우족장이 눈길을 유리왕 쪽으로 돌렸다.

"정말이옵니까? 폐하. 한족 출신의 딸을 궁궐로 불러들이시려고 병사를 풀었습니까?"

우족장의 눈매가 꼿꼿했다.

유리왕의 눈 밑이 실룩였다. 가슴을 치밀어 오르는 불쾌감을 억누르고 있음이 분명했다. 그러나 내킨 김이었다. 우족장이 다그치듯 물었다.

"정말이십니까? 정녕 한족의 딸을 궁궐로 불러오시렵니까?"

"그렇소."

유리왕이 짧게 대꾸했다.

"그것은 아니 되옵니다. 어찌 고구려의 왕실에 한족의 딸을 들일 수가 있단 말이옵니까? 다른 부족장들이 결코 용납하지 않을 것이옵니다. 폐하께서 어찌 얻은 그 자리시옵니까? 아직도 소서노 대왕후와 두 왕자가 눈을 시퍼렇게 뜨고 살아 있습니다. 언제 무슨 일이 생길지 어찌 알겠습니까? 폐하께 지금 화급하신 일은 치희라는 한족의 계집을 불러들이는 일이 아닙니다. 소서노 대왕후와 두 왕자들의 문제를 처리하는 일입니다."

"아니오. 내게는 무엇보다 치희를 데려오는 일이 급하오. 그러니, 그 문제를 가지고는 더 이상 말하지 마시오."

"정말이오이까? 부족장들이 한 마음으로 반대를 해도 정녕 한족의 계집년을 끌어들이시렵니까? 그리되면 폐하의 지금 자리가 위태로워져도 그리하시렵니까?"

"내 자리가 위태롭다? 그래서 세 분 대대로께서 작당을 하여 찾아오신 것이오? 우대대로는 지금 나를 협박하는 것이오?"

유리왕의 눈에서 불꽃이 튀었다.

"폐하께서 기어코 한족의 딸을 데려오신다면 저희들도 폐하를 도와드릴 수가 없습니다. 하오니, 양단 간에 결정을 하십시오. 한족의 계집인가, 아니면 고구려의 왕위인가, 선택을 하십시오."

말끝에 우족장이 송양과 추랑을 돌아보았다. 그러나 두 사람은 꿀 먹은 벙어리였다.

"두 분 대대로께서도 그리 생각하십니까? 내가 치희를 데리고 오면 나를 왕위에서 끌어내리실 것입니까?"

"아, 아니옵니다. 저희가 어찌 그런 불경을 저지르겠습니까? 천부당 만부당한 말씀이시옵니다. 폐하의 뜻대로 하시옵소서."

송양이 얼른 머리를 조아렸다.

유리왕의 매서운 눈빛이 추대대로에게 머물렀다.

"폐하의 사사로운 문제입니다. 한족의 딸 때문에 어찌 폐하께 불경스런 마음을 먹겠습니까? 하늘이 무너져도 그런 일은 없을 것이옵니다. 그보다는 두 왕자를 어찌하실 것인가, 그 문제를 말씀드리러 왔사옵니다."

추랑도 한 발 뺐다.

우족장이 황당한 눈빛으로 두 사람을 노려보았다.

"어찌, 이제 와서 딴소리를 하는 것이요? 나와 뜻을 함께 하기로 했잖소?"

"언제 우리가 우대대로와 뜻을 합치겠다고 했소. 왕후궁의 문제는 순전히 폐하께서 결정하실 문제요. 신하된 도리로 어찌 그런 일까지 간섭을 한단 말씀이오."

추랑이 시치미를 뗐다.

이런 못난 놈들 같으니라구, 하고 내뱉은 우족장이 유리왕 앞에 다시 머리를 조아렸다.

"제발 체통을 지키시옵소서. 폐하. 정히 한족의 딸을 왕실에 들이시려거든 이놈을 죽이고 들이시옵소서."

대대로 우족장이 유리왕을 노려보았다. 그 눈빛을 고스란히 받아내던 유리가 밖을 향해 고함을 질렀다.

"거기 누구 없느냐? 위사좌평을 불러오너라."

대대로 우족장이 흠칫 놀라는 표정으로 유리왕을 바라보았다.

"위사좌평은 무슨 일로 부르시옵니까?"

"방금 그러지 않았소? 치희를 불러들이려면 차라리 죽여달라구요. 내가 지금 위사좌평을 시켜 우대대로를 죽이겠소."

"뭐라구요?"

"난 그럴 것이오. 살려달라는 사람은 살려주고 죽여달라는 사람은 죽여줄 것이오. 이제 부족장들의 말 한 마디에 이리저리 흔들리는 나뭇가지 신세는 면하고 싶소."

유리왕이 매서운 눈으로 세 대대로를 쏘아보았다. 그때 도조가 대전으로 들어와 납짝 엎드렸다.

"부르셨사옵니까? 폐하."

"우대대로께서 죽고 싶다고 하오. 데려다가 죽이도록 하시오."

도조가 영문을 몰라 멀뚱한 표정으로 두 사람을 번갈아 바라보았고, 대대로 우족장이 얼른 유리왕 앞에 엎드렸다.

"살려주시오소서, 폐하. 소신이 잘못했사옵니다. 아, 뭐하십니까? 왕후마마. 마마께오서는 소신이 죽는 꼴을 보시고 싶으시옵니까?"

우족장의 말에 왕후 화희도 얼른 무릎을 꿇고 엎드렸다.

"용서하여 주시오소서. 저 또한 폐하께오서 치희마마를 모셔오는 것을 반대하지 않겠사옵니다. 반대하는 것이 무엇이오니까? 깍듯이 모시겠사옵니다."

화희가 눈물까지 글썽이며 애원했다.

그러나 유리는 알고 있었다. 원래 교활한 우족장이 대궐을 나가자마자 무슨 짓을 꾸밀지 뻔히 짐작하고 있었다. 호락호락 풀어주었다가는 다른 부족장들을 선동하여 대궐을 향해 창을 겨누지 않는다는 보장이 없었다.

"어찌하오리까? 폐하."

도조가 물었다.

"일단은 옥에 가두시오. 아무리 장인이고 대대로지만, 짐을 모욕한 것은 용서할 수가 없소."

"알겠사옵니다, 폐하."

도조가 유리왕한테 예를 갖추고 대대로 우족장을 데리고 나갔다. 밖에서 기다리고 있던 병사들이 우족장의 팔목을 비틀어 잡고 끌고 나갔다.

"폐하, 제 아버님을 용서하여 주시옵소서. 사사로이는 폐하의 장인이시며, 신하 중의 으뜸이신 대대로가 아니십니까? 어디 그뿐이옵니까? 폐하가 그 자리에 앉으시는데 가장 큰 공을 세우신 분입니다. 은혜를 원수로 갚아서는 아니 되지요."

"그 공을 모르는 것이 아니오. 그 공을 빙자하여 교만방자한 것을 용서할 수 없을 뿐이오. 공이 있을수록 겸손해야만 대접을 받는 법이오. 장인은 그 도가 지나쳤소. 왕인 나도 안중에 없었소. 내 어찌 그 꼴을 당하면서 한 나라를 다스릴 수 있다는 말이오. 동궁왕후도 그만 물러가시오. 한 번만 더 내 앞에 와서 포악을 부리면 왕후 또한 용서하지 않을 것이오."

"그러지 않겠사옵니다. 다시는 폐하 앞에서 큰소리를 지르지 않겠 사옵니다. 그러하오니, 제발 제 아버님을 용서하여 주시옵소서."

"그 일은 다른 신하들과 의논하여 결정하겠소. 두 분 대대로께서 도 그만 물러가시오."

왕후 화희가 눈물을 질금거리며 돌아간 다음, 송양과 추랑도 뒷걸 음질로 물러나왔다.

궁궐을 나오면서 송양이 추랑에게 말했다.

"이것 우리가 이래도 될지 모르겠소? 우대대로가 해꼬지나 않을 지 모르겠소."

"너무 기고만장했소. 사람이란 누울자리 뻗을자리를 가리라고 했 소. 동궁왕후가 오죽 투기가 심했으면 폐하께서 발걸음을 끊으셨겠 소. 일단은 돌아가는 꼴을 지켜보십시다."

무엇이 즐거운지 추랑이 하늘을 향해 흐흐 웃었다.

대대로 우족장을 옥방에 가둔 도조가 다시 왔다.

"어찌 하시렵니까? 폐하. 정말 대대로를 죽이실 작정이십니까?"

"위사좌평은 어찌 생각하는가?"

"누가 뭐래도 폐하께서 왕위를 물려받는데 공이 있는 사람입니다.

그런 그를 죽인다면 세상 사람들은 폐하를 의리없는 왕이라고 수군 거릴 것입니다. 또한 폐하께 어떤 위기가 닥쳤을 때 목숨을 걸고 도와 줄 사람도 없을 것입니다. 그만하면 폐하의 위엄을 보이는 것으로 되었습니다. 어디 그뿐입니까? 다른 부족장들도 교훈으로 삼을 것입니다. 아무리 공이 있어도 경거망동하고 교만하면 목숨을 잃을 수도 있다는 위엄은 보이신 것입니다."

"알겠네. 허나 쉽게 풀어주어서는 안 되지. 고생을 시킬 만큼 시키고 풀어줄 걸세. 다시는 경거망동하지 못하게 혼찌검을 낼 걸세."

"그러셔야지요. 그렇게 하시옵소서."

도조가 맞장구를 쳤다.

"헌데 조금 전에 우대대로와 추대대로가 이상한 말을 했네."

"무슨 말씀이오니까? 폐하."

"비류 형님과 온조 아우를 그대로 둘 것이냐고, 소서노 대왕후마마를 어찌할 것이냐고 묻더군."

"충분히 나올 수 있는 소립니다. 사실 소서노 대왕후께서 살아계시면 폐하의 자리는 늘 흔들리게 되어있습니다. 두 분 왕자님의 뜻과는 상관없이 그리될 것입니다. 소서노 대왕후마마께서는 아직도 꿈을 버리지 못하고 계십니다."

"하면 위사좌평도 그들을 내 손으로 죽여야 한다는 뜻인가?"

"서두르실 일은 아닙니다. 진즉부터 제가 그 문제로 폐하께 드리고 싶은 말씀이 있었습니다. 부족장들이 폐하도 무서워하지 않고 함부로 날뛰는 것은 사사로이 병사를 가지고 있기 때문입니다. 부족장들이 가지고 있는 병사들을 나라에서 관리하십시오. 일개 부족의 병사가 아니라 고구려의 병사, 아니 폐하의 병사로 편입을 시키십시오. 그리되면 두 분 왕자들의 일은 물론 부족장들의 경거망동도 막을 수 있을 것입니다."

"허나 왕실의 재정으로는 수만 병사를 먹이고 입히고 재우기가 힘이 드네."

"부족장들로 하여금 그 경비를 내놓게 해야겠지요. 어차피 자기들 집에서 다 했던 일이 아니옵니까? 그 관리를 나라에서 대신해주겠다는 것일 뿐이옵니다."

"알겠네. 그러면 되겠군."

유리왕이 고개를 끄덕였다.

도조가 덧붙여 말했다.

"이번에 부족들이 따로 기르는 말목장도 나라의 것으로 만들어야 합니다. 사실은 병사가 없으면 사사로이는 말도 필요 없게 됩니다만. 또한 부족장들이 사사로이 가지고 있던 병장기를 만드는 대장간이며 활을 만드는 궁간도 거두어 들이셔야합니다. 부족장들의 손발을 묶고 나면 누가 감히 경거망동하겠사옵니까?"

"옳네, 옳아. 위사좌평의 말이 참으로 옳네."

"제가 할 일은 잠시의 방심도 없이 부족장들의 동태를 감시하는 것입니다. 특히 추랑의 동태를 잘 살피도록 하겠습니다. 송대대로나 우대대로는 왕후마마들이 계시니까, 안심이 됩니다만, 추대대로는 사정이 다릅니다. 지금까지는 원수처럼 지냈지만 언제 계루부와 힘을 합쳐 폐하께 창을 들이댈지 모릅니다."

"알고 있네. 대왕후전은 어떻든가? 두 왕자는? 별다른 기색은 없던가?"

"유심히 살펴보고 있는 중입니다만, 아직은 조용하옵니다. 비류나 온조도 가끔 사냥이나 나갈 뿐, 다른 부족의 사람들을 만나는 기색은 없었사옵니다."

"집안에 구금했던 순노부 족장과 절노부 족장은 어찌 되었는가?"

"십만금의 재물을 내놓게 하고, 폐하께 충성을 다하겠다는 다짐을 받고 구금을 풀겠사옵니다. 그들도 이젠 경거망동하지 않을 것이옵니다."

"알겠네. 아까 말한대로 병사들을 모두 나라에 내놓게 하고, 그들을 풀어주게."

"그리하겠사옵니다, 폐하."

위사좌평 도조가 돌아간 다음 유리왕은 다시 한번 입술을 깨물었다.

'내 다시는 슬픈 노래는 부르지 않으리라. 노란 꾀꼬리의 사랑을 부러워하지 않으리라.'

7

머나먼 남행

"떠나자, 비류야. 여긴 우리가 살 곳이 아니니라."

유리왕이 어명으로 부족의 병사들을 나라에서 거두어들이겠다고
했을 때, 그 일로 위사좌평이 다녀갔다는 말을 해루가 전해왔을 때
소서노가 결단을 내렸다.

더구나 대전에 심어놓은 염탐의 말에 의하면 연노부 족장 추랑이
비류와 온조 왕자를 그대로 두고는 폐하의 자리가 늘 위태로우니,
죽이라고 했다지 않던가.

"뭐야? 비류와 온조를 죽이라고 했다고?"

소서노가 이를 뿌드득 갈며 온몸을 부들부들 떨었다.

'간을 내어 씹어 먹어도 시원치 않을 놈 같으니라구.'

그러나 어차피 칼자루는 그쪽에서 쥐고 있었다. 언제 칼끝을 가슴
에 꽂아올지 몰랐다. 자신들의 안위를 위해서라도 연노부의 추랑이
나 관노부의 우족장은 틈만 나면 비류와 온조를 죽여야 한다고 물고

늘어질 판이었다. 지금은 각 부족의 병사들만 거두어들인다지만, 아직은 왕위가 튼튼하지 못한 유리왕이 언제 계루부의 전 재산을 몰수하여 다른 부족장들에게 나누어줄지 모를 일이었다. 하긴, 계루부는 이제 속 빈 강정이나 마찬가지였다. 땅과 집만 남아있을 뿐, 값이 나가는 재물은 패수를 건넌 지 오래였다.

"어마마마의 뜻대로 하십시오. 저는 어마마마의 뜻에 따르겠습니다."

비류가 고개를 숙이고 예를 갖추어 대꾸했다.

"온조, 너는 어찌 생각하느냐?"

이번에는 소서노가 온조를 향해 물었다.

"진즉부터 이곳을 떠나야 한다고 생각했습니다. 여기 고구려에서는 어마마마의 꿈도, 제 꿈도 이룰 수가 없습니다. 남쪽으로 내려가 나라를 건국하는 것이 나을 것 같습니다."

온조 역시 무릎을 꿇고 허리를 굽히며 예를 다해 대답했다.

"오냐, 떠나자. 너희들의 뜻이 그렇다면 하루라도 빨리 떠나자. 내가 폐하를 만나 담판을 지으마."

소서노의 말에 비류가 깜짝 놀란 표정을 지었다.

"담판을 지어요?"

"하면 너는 밤도망이라도 치자는 말이더냐? 난 그럴 수 없다. 고구려가 어떤 나라더냐? 계루부로부터 시작된 나라가 아니더냐? 오늘의 폐하가 계시기 위해서 계루부가 어떤 희생을 치루었느냐? 허나 모든 것이 물거품이 되었느니라."

소서노의 온몸이 분노와 허탈감으로 떨었다.

"그렇사옵니다. 따지고 보면 고구려는 계루부의 나라입니다. 어마마마의 나라입니다. 고구려를 이만큼 키우기 위하여 어마마마는 전 재산을 바치다시피 하셨습니다. 여기서 천대를 받느니, 목숨을 구걸하기 위하여 전전긍긍하느니, 떠나는 것이 옳습니다."

비류가 분개하여 말했다.

"내가 폐하를 만나 당당하게 말할 것이니라. 계루부는 고구려를 떠나겠다고, 그것이 폐하를 위해서도 좋을 것이라고, 허니 우리가 떠나는 것을 방해하지 말라고 당당하게 말할 것이니라."

"어마마마께 해가 돌아오지나 않을지 모르겠습니다. 폐하가 가로막고 나서지나 않을지 모르겠습니다."

"그러지는 못할 것이니라. 폐하도 소득 없는 피를 보고 싶지는 않을 것이니라. 내가 가는 길을 가로막으면 정말 목숨을 걸고 싸울 판인데, 그리되면 폐하의 병사인들 어찌 희생이 없겠느냐?"

그 길로 소서노는 대전을 찾아갔다. 치희를 찾으러 갔던 도조의 병사들이 허탕을 치고 돌아온 일로 유리왕은 시름에 잠겨 있었다.

그걸 알고 있는 소서노가 먼저 위로부터 했다.

"상심하지 마시오, 폐하. 서궁 왕후는 결국 폐하께 돌아올 것이오. 폐하가 승하하신 주몽 폐하를 찾아오신 것이 몇 년만이었습니까? 폐하처럼 서궁 왕후도 꼭 돌아올 것입니다."

"고맙습니다, 마마. 그러나 너무 답답합니다. 아이를 낳아 기르고 있을 치희의 소식을 모른다는 것이 너무 안타깝습니다. 이제 겨우 그녀를 보호할 힘이 내게 생겼는데, 막상 그녀는 내 곁에 없습니다."

유리왕의 눈에 눈물이 고여 글썽였다.

"세상사가 다 뜻대로 되는 것은 아닙니다. 언젠가 돌아올 것을 믿고 희망을 가지시오. 폐하의 유약한 모습을 백성들에게 보이지 마시오."

"알겠습니다. 하온데 무슨 일로 저를 찾아오셨습니까?"

그제서야 유리왕이 용건을 물었다.

"우리 계루부는 고구려를 떠나겠습니다. 그 말씀을 드리려고 왔습니다."

"떠나시다니요?"

유리왕이 놀란 얼굴로 물었다.

"어차피 비류나 온조는 폐하한테는 눈에 가시같은 존재입니다."

"난 그런 생각을 한 번도 해본 일이 없습니다. 오히려 늘 미안하게 생각하고 있습니다. 아직은 내 기반이 튼튼하지를 못해 비류 형님이나 온조 아우한테 신경을 못 썼습니다만, 내 기반이 튼튼해지면 대대로 벼슬이라도 내려 대접을 하려고 했습니다."

유리왕의 말투가 그냥 해본 소리가 아님은 분명했다.

그러나 소서노는 고개를 저었다.

"폐하의 마음은 고맙습니다. 허나 아무리 폐하가 고구려의 군주라고 하실망정 나라 일의 모든 것이 폐하 뜻대로 돌아가는 것은 아닙니다. 비류와 온조가 고구려에 남아 있으면 다른 부족장들이 가만히 있지를 않습니다. 결국 폐하는 이복형님과 동생을 죽여야 하는 일이 생길지도 모릅니다. 우리가 떠나는 것이 폐하를 위해서 좋은 일입니다. 폐하는 홀가분한 마음으로 고구려를 다스릴 수 있을 것입니다."

"정녕 떠나시겠습니까? 내 편이 되어 내 곁에 머무를 수는 없습니까? 내가 온힘을 다하여 마마와 비류 형님과 온조 아우를 보호하겠습니다."

"계루부를 폐하께 드리겠습니다. 사방 오백 리의 땅과 십만 호의 집을 바치겠습니다. 병사들과 백성들은 원하는 자들만 내가 데리고 가겠습니다. 허락하여 주시오."

"내가 도울 일은 없겠습니까?"

유리왕이 그런 식으로 허락했다. 어쩌면 시원섭섭할 것이었다. 소서노는 그렇게 믿었다. 호시탐탐 자신의 자리를 노리는 눈에 가시같은, 아니 목덜미의 혹같은 비류와 온조였는지도 몰랐다. 그런 그들이 스스로 떠나준다니, 그보다 더 다행한 일은 없다고 여기고 있을 것이라고 소서노는 생각했다. 더구나 사방 오백 리의 땅과 십만 호의 집이 그냥 생기지 않는가? 나라에 공을 세운 자들에게 그 땅과 집을 상으로 나누어 주어도 수많은 사람들의 마음을 살 수 있을 것이었다.

대전을 물러나오는 소서노의 가슴에 피눈물이 고였다. 주몽이라는 한 사내를 믿고 온힘을 다하여 고구려를 건국했으나, 고구려를 사방 삼천 리의 땅을 가진 큰 나라로 키우는데, 아버지 연타발과 자신이 전 재산을 바치다시피 공을 들였는데, 결국 고구려를 유리라는 피 한 방울 섞이지 않은 북부여 출신에게 넘겨준 꼴이 아니고 무엇인가.

'내 오늘의 한은 꼭 갚으리라. 고구려보다 더 큰 나라를 건국하여

당당하게 고구려와 맞서리라.'

소서노가 입술을 깨물 때였다. 절로부 족장 저대로가 찾아왔다.

"오서 오시오, 사돈."

소서노가 쓸쓸한 낯빛으로 맞이했다.

"무슨 말씀이오니까? 대왕후마마. 고구려를 뜨신다는 소문이 돌던데, 참말이오니까?"

저대로가 물었다.

"그렇습니다. 고구려에서는 내 꿈을 키울 희망이 보이지 않습니다. 유리 폐하의 위치는 갈수록 견고해지고 있습니다. 그뿐만이 아닙니다. 연노부의 추랑과 관노부의 우대로가 비류와 온조를 죽여야 힌다고 폐하께 말씀을 드렸다고 합니다. 내가 어씨 고구려에서 살 수가 있겠사옵니까?"

"대왕후마마, 소신이 있지 않습니까? 제가 아무리 힘이 없는 대로이지만, 제 사위가 죽는 꼴을 두고만 보겠습니까? 만약 그런 일이 생기면 목숨을 걸고 싸울 것입니다."

저대로가 얼굴까지 붉히며 말했다.

그러나 소서노는 그 말을 믿지 않았다. 저대로는 여섯 부족장들 중에도 제일 마음이 유약한 사람이었다. 막상 일이 생기면 자신의 한 몸을 돌보느라 전전긍긍할 판이었다.

"고맙습니다. 허나 나는 떠나겠습니다. 그렇잖아도 사돈께 며느리를 보내려고 했습니다. 어찌하시렵니까? 우리 계루부와 함께 떠나시지 않겠습니까? 이건 나 소서노의 문제가 아니라 사돈의 사위인 비류 왕자의 일입니다. 난 무슨 수를 쓰건 비류를 꼭 한 나라의 왕으로 만들 것입니다. 사돈, 우리 함께 고구려를 떠나 큰 꿈을 한번 이루어 보십시다."

저대로가 결코 따라나서지 않을 것을 뻔히 짐작하면서도 소서노가 말했다.

잠시 생각에 잠긴 체 하던 저대로가 대꾸했다.

"아닙니다, 대왕후마마. 저는 여기에서 그냥 살겠습니다. 마음이야 백 번이고 천 번이고 대왕후마마를 따라가고 싶지만, 모든 일이 여의치를 않습니다."

"내키시지 않다면 어쩔 수 없지요. 며느리는 어찌하오리까? 내가 데리고 가도 되겠습니까?"

"연화, 그 아이야 대왕후마마의 며느리가 아닙니까? 계루부의 여인이 아닙니까? 알아서 하시오소서. 떼놓고 가시려면 그리하시고, 데리고 가시려면 그리하소서."

"알겠습니다. 내가 그 아이한테 물어보지요. 그 아이의 뜻에 따르겠습니다."

소서노가 그렇게 말을 맺었다.

"부디, 뜻을 이루소서. 소신은 멀리서나마 대왕후마마의 꿈이 이루어지기를 빌고 또 빌겠사옵니다."

저대로가 염치없다는 얼굴로 몸을 일으켰다.

"금실래, 난 떠나오. 그대도 함께 가지 않겠소?"

온조가 말했다.

"제가 어찌, 대왕후마마께는 원수의 딸인 소녀가 어찌 갈 수 있겠사옵니까? 지칫 왕자마마께 누가 될까 걱정이 되옵니다."

금실래가 대답했다.

그녀는 연노부 족장 추랑의 막내딸이었다. 영고제가 열리던 날, 유리가 태자로 책봉되던 그 날, 사냥을 나갔다가 만난 여자였다. 처음에는 해맑은 그녀가 추랑의 딸인 줄도 몰랐었다.

그날 온조는 오간, 마려와 함께 사슴 한 마리를 쫓고 있었다. 오간과 마려가 몰아올린 사슴을 쏘기 위하여 산정상으로 올라가던 온조가 나뭇가지에 걸려 말에서 떨어져 대여섯 바퀴 굴러가다 바위에 머리를 부딪쳐 정신을 잃었다.

그가 정신을 차린 것은 꼬박 하루가 지난 다음이었다. 방안에 촛불이 타고 있었다. 그리고 바람에 흔들리는 촛불 아래 한 여인이 꾸벅꾸벅 졸면서 앉아 있었다. 사냥복 차림이었으나 한 눈에 여자인 것을 알아 본 온조가 몸을 일으키다가 그대로 몸을 누일 때였다.

여자가 말했다.

"이제 정신이 드십니까? 왕자님. 꼬박 하루 동안 정신을 잃고 계셨사옵니다."

"여기가 어디요? 내 친구들은 어디에 있소?"

"친구분들에 대해서는 모르옵니다. 소녀가 발견했을 때 왕자님께서는 혼자 계셨사옵니다. 이마에서 피를 흘리며 정신을 잃고 계셨사옵니다. 여기는 연노부의 땅입니다. 이곳은 제 아버님께서 사냥을 나오실 때 임시로 거처하시는 막사구요."

"그대의 아버님이라면?"

"제사장을 맡고 계시는 분이 제 아버님이십니다. 소녀의 이름은 추금실래라고 하옵니다."

"하면 그대는 추랑의 딸?"

온조의 얼굴이 저절로 일그러졌다. 이번 태자 책봉에서도 연노부 족장 추랑이 유리를 적극 밀었기에 그리된 것이 아니던가? 따지고 보면 여인은 원수의 딸이나 마찬가지였다. 온조는 추랑이 금실래를 유리의 아내로 들이기 위하여 주몽왕과 담판을 벌였다는 소문을 들어 알고 있었다. 주몽왕까지 허락을 한 것을 금실래가 싫다고 했다던가? 이미 부인이 있는 유리 왕자의 두 번째 부인이 되느니 차라리 목을 매겠다고 했다던가? 소문은 그랬었다.

추랑에게는 왕후마마인 소서노같은 딸이 있다고. 한 마디로 사내도 따르지 못할 여걸이라고 했었다. 여인네의 바느질보다는 병사들과 함께 사냥을 즐긴다고 했었다.

그런 금실래가 세상에서 가장 순한 여인네의 모습으로 다소곳이 앉아 있는 것이었다.

"이번 일은 참으로 안되셨습니다. 저는 온조 왕자께서 태자로 책봉되실 줄 알았사옵니다."

"다 지나간 일이오. 고구려의 태자는 이미 유리 형님으로 결정이 되었소."

"그래서 절망하신 것이옵니까? 그 때문에 말에서 떨어진 것이옵니까? 고구려에서 가장 말을 잘 탄다는 왕자님께서 낙마를 하신 것이옵니까?"

"내 정신이 아니있소. 나뭇가지가 있는 줄도 몰랐소."

그때 온조는 금실래의 새끼손가락이 헝겊으로 싸매진 것을 보았다.

"손가락은 왜 그렇소? 다쳤소?"

온조의 물음에 금실래가 수줍은 웃음을 띠었다. 순간 혹시 하는 생각이 온조의 뇌리를 스쳐갔다.

"왕자님께서 피를 너무 많이 흘리셨습니다. 얼굴이 핼쓱해지실 정도로 말입니다."

"그래서 단지를 한 것이오? 내게 정녕 그대의 피를 나누어 주었소?"

"소녀가 할 수 있는 일이 그것 밖에 없었습니다."

"고맙소, 참으로 고맙소."

온조가 벌떡 일어나 금실래의 손을 잡았다.

"이만하기 참으로 다행이옵니다. 왕자님께서는 소녀를 처음 보셨겠지만, 소녀는 몇 번 보았사옵니다. 얼마나 늠름하고 당당하신지, 이목구비가 훤출하신지, 뵐 때마다 소녀의 가슴이 설레었지요. 먼 발치에서 왕자님을 뵈온 날은 밤을 꼬박 새우기도 했답니다. 연노부와 계루부가 사이만 좋았더라면, 견원지간으로 으르릉거리는 사이만 아니라면 제가 아버님께 졸랐을 것입니다. 하오나, 그러지를 못하고 소녀 혼자 속만 태웠습니다."

금실래의 얼굴이 꽃처럼 붉었다.

그날 이후 둘은 추랑의 사냥막사에서 종종 만났다. 소서노나 추랑은 자신의 아들과 딸이 그런 만남을 이어가고 있는 줄도 모르고 원수처럼 살고 있는 중이었다. 아니, 소서노는 한 때나마 온조를 절노부의 화희와 맺어주려고 애를 썼고, 추랑은 금실래를 유리와 맺어주려고 하다가, 결국은 왕의 호위병사를 책임지고 있는 무흘에게 주려고 마음먹고 있었다. 금실래를 미끼로 무흘의 마음을 잡아놓고 있었다.

무흘 역시 금실래를 자신의 아낙이 될 여인으로 믿고 무시로 추랑의 집을 드나들고 있었다. 무흘이 올 때마다 금실래는 사냥을 핑계로 집을 비웠다. 그렇게 이어온 사랑이었다. 그런데 온조가 계루부를 떠날 날이 다가온 것이었다.

"금실래, 그대가 없는 내 삶은 상상해 본 일이 없소. 어마마마께서는 사천 리 밖 남쪽에 새로운 나라를 건국하겠다고 하시었소. 비류 형님이 계시지만, 금실래 그대가 함께 가준다면 폐하께서 그러셨듯이 나 또한 한 나라를 일으켜 세울 것이오."

"왕후마마께오서 소녀를 어찌 생각하실지요."

"어마마마가 여걸이기는 하셔도 속은 여리신 분이오. 모든 것을 버리고 나를 따라온 그대를 어찌하겠소? 나와 함께 나서는 순간 그대는 연노부의 딸이 아니라, 계루부 사람이 되는 것이오."

"왕자님의 뜻이 그러시다면 함께 가옵지요. 왕자님이 안 계시면 저 또한 살 수 없사옵니다."

금실래가 고개를 끄덕였다.

"오늘 어마마마께 그대 얘기를 하겠소."

금실래가 조금은 두려운 눈빛을 지었으나 이내 전 왕자님을 믿어요, 하는 눈빛으로 바뀌었다.

"계루부 병사의 옷을 구해 입겠습니다. 병사들 속에 섞여 있겠습니다."

"그렇게 해주시오. 내가 하고 싶던 말이었소. 얼굴을 드러내놓고는 함께 출발하지 못할 것이오. 언젠가는 추랑 제사장님이나 무휼도 눈치를 채겠지만, 최소한 우리가 삼백 리 밖을 벗어나기 전에는 조심해야 하오."

"알고 있사옵니다. 저로 하여 왕후마마께오서나 왕자님께서 위험해지실 수도 있다는 것을요. 조금도 염려하지 마시옵소서."

금실래가 말했다.

계루부에서의 마지막 밤이었다.

태풍이 불고 있었다. 문풍지가 푸르륵 떨고, 그때마다 촛불이 온몸으로 흔들렸다.

'내일이구나, 내일 고구려를 떠나는구나, 내가.'

소서노의 입에서 저절로 한숨이 쏟아져 나왔다. 철이 들고 난 이후 늘 씩씩하게만 살아온 소서노였다. 가슴에는 사내 못지 않은 야망도 품고 있었다. 어디 품고만 있었던가? 그 야망을 키우기 위해 아버지 연타발과 고구려를 세우고 사방 삼천 리의 땅을 가진 큰 나라로 키웠지 않은가.

그 고구려로부터 떠나려는 것이다. 아니, 내쫓김을 당하고 있는 것이었다. 그까짓 비굴하게 살량이면 못살 것도 없었다. 유리가 원하는대로 병사들을 모두 내어주고, 가진 재산도 절반으로 뚝 잘라 비류와 온조 그리고 나, 세 사람의 목숨값입니다, 받아 주시고 제발 목숨만 부지하게 해주십시오, 하면 설마 죽이지는 않을 것이었다.

추랑이나 우대로가 종종 시비야 붙겠지만, 꼬리를 내린 짐승은 어차피 싸울 뜻이 없는 것을 그들이라고 모를 리가 없었다. 자신들에게 해를 가할 뜻이 없다는 것을 알면 구태여 죽이자고 부득부득 우기고 나오지는 않을 것이었다.

그러나 그것은 사는 것이 아니었다. 죽은 목숨이나 한 가지였다. 소서노는 그리 살 수는 없었다.

'과연 얼마나 따라나설까. 을음 동생한테는 병사와 백성을 합쳐 일만 명 남짓이 아니겠느냐고, 그 정도의 사람이 움직일 준비만 하면 될 것이 아니냐고 말했지만, 그보다 더 적은 사람이 따라나선다면 어찌 한다지?'

그 일이 또 걱정이었다. 저대로까지 자기 딸 연화한테 따라가지 말라고 은근히 권했다고 하지 않던가? 계루부는 이제 끝난 부족이라고, 그 먼길을 따라가 봐야 네게 남는 것은 고생 밖에 없을 것이라면서 절노부에 남아 애비와 함께 살자고 권했다고 하지 않던가.

그것이 세상 인심이었다. 어쩌면 비류와 온조, 그리고 그들의 단짝 친구 몇과 심복 백여 명이 따라나설지도 모를 일이었다.

장수 부분노만 해도 그랬다. 원래는 계루부 사람이었다. 아버지 연타발이 누구보다 아끼던 장수였다. 그런 그를 구태여 주몽 밑으로 들여보낸 것도 따지고 보면 그의 우직한 충성심을 믿었기 때문이었다. 주몽왕 밑으로 들어가도 마지막 충성은 계루부에 바칠 것을 믿었기 때문이었다.

소서노는 마지막 충성심을 시험해보고 싶어 어젯밤에 책사 극무를 시켜 부분노를 은밀히 불러들였다.

그러나 부분노는 소서노의 함께 떠나자는 말에 망설임도 없이 고개를 내저었다.

"아니옵니다, 대왕후마마. 소신은 고구려에 남겠습니다."

"부분노 장수, 정녕 나와 함께 가기가 싫으시오?"

배신감 같은 것이 소서노의 가슴을 치밀고 올라왔다. 세 살인가, 네 살 때에 떠돌이 무사였던 제 아비를 따라 계루부에 흘러들었던 것을 아버지 연타발이 거두어 먹여주고 입혀주고, 무술을 연마시켜 당당한 장수로 키웠었다.

아버지 연타발이 아니었으면 부분노는 세상에 살아있지도 못했을 것이었다. 떠돌이 무사라고 했지만, 부분노의 아버지가 계루부에 왔을 때는 병이 골수에 사무쳐 있었다. 검 하나 들어올릴 힘도 남아있지 못했다. 연타발의 사랑에서 딱 한 달을 앓다가 부분노를 부탁한다는 유언을 남기고 눈을 감았다.

소서노와는 또래였다. 그녀가 어려서부터 손에 활을 잡고 검을 쥘수 있었던 것도 어쩌면 부분노 때문인지도 몰랐다. 그가 활을 쏘는 것이 재미있어 보여 나이든 병사를 졸라 활을 쏘았고, 그가 말을 타는 것이 재미있어 보여 나이든 병사를 졸라 말을 탔고, 그가 지푸라기로 만들어 세운 허수아비의 목을 자르는 모습이 재미있어 나이든 병사를 졸라 손에 검을 쥐었다. 늘 나중에 시작했으나, 시간이 흐르면 둘은 서로가 적수가 되어 있었다.

모든 시합에서 부분노한테 지면 밤으로 잠을 못 잤다. 어떻게든 부분노를 이겨야 잠이 들 수 있었다. 달이 밝은 밤이면 달빛을 동무 삼아 말을 달리고, 별빛이 초롱한 밤에는 별빛을 동무 삼아 검을 휘둘렀다.

그렇게 열서너 살이 되었을 때 부분노의 눈빛이 달라져 있었다. 은혜를 베풀어 준 주인 집 딸을 바라보는 어려워하는 눈빛이 아니라, 애잔한 사모의 정을 담은 눈빛으로 소서노를 바라보았다.

사내처럼 자란 소서노였지만 사내의 그런 마음까지 모를 리가 없었다. 그녀 또한 우직한 부분노가 싫지만은 않았다. 아버지 연타발이 너희들도 이제 클 만큼 컸으니, 짝을 이루거라, 했다면 두 말없이 그대로 따랐을 판이었다.

그러나 아버지 연타발의 뜻은 그것이 아니었다. 자신의 힘을 기르기 위해서는 어떻게든 힘있는 집안으로 소서노를 시집보내야 했다. 또한 부분노는 어디까지나 머슴이나 마찬가지인 계루부의 사병일 뿐이었다. 아무리 무예가 뛰어나도 언젠가는 계루부를 위해 자신의 목숨을 던져야 하는 사병일 뿐이었다.

소서노가 북부여에서 살다가 비류를 데리고 돌아왔을 때, 잠시 부분노의 눈빛이 반짝일 때가 있었다. 가끔은 소서노가 잠 든 별채 뜨락 밖에서 부분노의 기침소리가 들리기도 했다. 그러나 그것도 잠깐이었다. 그녀가 주몽을 만났기 때문이었다. 주몽을 맞아들여 혼례를 올리고, 소서노가 왕후가 되고 난 다음에는 부분노의 눈빛은 이제 무심이었다. 주인집 딸을 바라보는 어려운 눈빛도 아니었고, 사모하는 여인을 바라보는 애잔한 정도 담고 있지 않았다.

아무리 그렇다고 해도, 이제는 아무런 감정이 남아 있지 않은 여인이라고 해도, 소서노는 부분노가 함께 가겠다고 할 줄 알았다. 말씀이 없으셔도 제가 따라가려고 했다고 나올 줄 알았다. 그것이 도리라고 믿었다. 그것이 은혜를 갚는 길이라고 믿었다.

그런데 망설임도 없이 고개를 내젓지 않은가.

꽉 움켜 쥔 소서노의 주먹이 부들부들 떨렸다.

그 모습을 잠시 바라보던 부분노가 입을 열었다.

"소신, 대왕후마마를 뫼시고 가는 것이 도리라는 것을 잘 알고 있사옵니다. 그것이 은혜를 갚는 길이라는 것을 모르지도 않습지요. 하오나, 소신은 고구려에 남아 고구려를 지키겠사옵니다. 유리 폐하께 충성을 바치자는 것이 아니옵니다. 연대대로와 대왕후마마께오서 세우신 고구려에 충성을 다하자는 뜻입니다. 고구려를 지키는 것 또한 은혜를 갚는 길이라고 생각합니다. 제가 불충을 저지르고 있다면 죽여주십시오."

"아니오, 내가 부분노 장수의 깊은 마음을 몰랐구려."

소서노가 말했다.

그러나 섭섭한 마음이 가신 것은 아니었다. 섭섭하기는 했지만, 부분노가 괘씸한 것은 아니었다. 그를 데리고 가고 싶은 마음은 어쩌면 여인네의 작은 욕심일지도 몰랐다. 부분노의 말대로 누가 세운 고구려인가? 아버지와 자기가 주몽을 내세워 세운 고구려가 아닌가. 비록 떠나기는 할망정 영원무궁히 커나가야 할 고구려였다. 중원을 다스리고 천하를 다스릴 큰 나라로 커나가야 할 고구려였다. 그런 고구려를 만들겠다는 부분노가 정말 고구려의 충신일지도 몰랐다.

그래도 소서노는 쓸쓸했다. 바람이 불고 빗방울이 후두둑거렸다. 한번 시작되면 열흘이건 보름이건 계속될 여름 장맛비였다.

또 바람이 불고 촛불이 흔들렸다.

소서노의 뇌리에 비에 맞은 생쥐꼴로 먼 길을 가고 있을 자신의 모습이 스쳐가고 있는데, 온조가 찾아왔다.

"어마마마, 드릴 말씀이 있사옵니다."

온조의 표정은 비장했다. 그 모습에 심상치 않은 일이구나, 짐작한 소서노가 물었다.

"무슨 일이더냐? 마치 전쟁터에라도 나가는 낯빛이구나."

"내일 어떤 여자를 데려가려고 합니다."

온조의 말에 소서노가 뜻밖이라는 표정을 지었다.

"여자? 네게 내가 모르는 여자가 있었단 말이더냐?"

"예, 어마마마. 추금실래라고 대대로 추랑의 딸입니다."

"추랑의 딸? 네가 추랑의 딸과 만나고 있었다는 말이더냐?"

소서노의 얼굴이 이내 분노로 일그러졌다. 추랑이라는 이름을 입에 올리는 순간, 그녀의 온몸에 소름이 돋았다. 온조는 그걸 알고 있었다. 그러나 내친 김이었다.

"이 년 전에 사냥터에서 제가 낙마를 하고 죽을 고비에 있을 때 단지를 하여 제게 피를 나누어준 여인입니다. 함께 가도록 해주십시오."

온조가 애원했다.

소서노가 눈을 감고 생각에 잠겼다. 쉽게 결정할 문제가 아니었다. 그녀를 데리고 가려면 몇 가지 위험을 감수해야 했다. 추랑이 병사들을 풀어 뒤를 쫓을지도 몰랐고, 무휼이 왕의 병사들을 끌고 쫓아올지도 모를 일이었다. 자칫 싸움이라도 붙는다면 출발부터 꼬일지도 몰랐다.

"포기하거라. 위험하다. 계루부가 고구려를 떠날 수 있는 것은 어떻든 폐하의 은전이다. 폐하인들 어찌 즐거운 마음으로 우리를 보낼 수 있겠느냐? 더구나 그 아이는 무휼 장수가 탐을 내고 있는 여자가 아니더냐? 무휼의 힘이라면 폐하의 병사들을 동원할 수도 있느니라. 우리가 가는 곳은 멀고 험한 길이다. 출발부터 말썽이 있어서야 되겠느냐?"

소서노가 고개를 내저었다.

"소자, 알고 있사옵니다. 하오나, 소자 금실래가 없으면 살아도 사는 것 같지를 않을 것이옵니다. 어마마마의 뜻에 따라 큰일을 이루지 못할 것이옵니다. 제발 금실래를 데리고 가도록 허락하여 주시옵소서."

온조의 눈에 눈물이 고였다.

소서노가 혀를 끌끌 찼다.

"그 아이가 네 목숨만큼 소중하느냐? 네 목숨과도 바꿀 수 있을 만큼 소중하느냐?"

"예, 어마마마."

온조의 눈에서 눈물 한 방울이 뚝 떨어졌다.

"못난 것 같으니라구. 사랑처럼 부질없는 것도 없느니라. 내가 주몽 폐하를 처음 만났을 때 그랬었니라. 그분이 송양의 나라에 단기필마로 들어가셨다는 말을 듣고 죽을 둥 살 둥 밤길을 달려갔었니라. 뱃속에 너를 가진 채 밤을 새워 달려갔었니라. 그때 내 마음은 그랬었니라. 폐하가 잘못되면 단 하루도 내가 살 수 없을 것 같았니라. 그러나 결국 어찌 되었느냐? 태자책봉 문제로 한번 마음이 틀어지자 원수처럼 살았니라. 사랑은 그처럼 덧없는 것이니라. 더구나, 금실래가 누구더냐? 우리한테는 원수나 마찬가지인 추랑의 딸이 아니더냐?"

"금실래는 모든 것을 다 버리고 저를 따라가는 것입니다. 금실래가 계루부를 따라나서는 순간 연노부의 딸이 아닙니다. 오직 계루부의 여자일 뿐입니다. 제 아낙일 뿐입니다. 결코 어마마마께 누가 되는 일은 없을 것이옵니다. 계루부의 병사처럼 꾸미고 함께 갈 것입니다. 추랑이나 무흘이 눈치 채지 못하게 남장을 할 것입니다."

"정녕 함께 가야 하겠느냐?"

"예, 어마마마."

"알겠다. 네 마음대로 하거라."

소서노가 결단을 내려 고개를 끄덕였다.

"대왕후마마, 이 빗속을 정녕 떠나셔야 하겠습니까? 다시 생각해 보실 수는 없습니까?"

절노부의 저대로가 하늘을 남서로 가로지르며 번쩍이는 번개를 올려다보며 안타까운 표정을 지었다.

이내 땅을 박살낼 듯한 천둥이 귀청을 찢었다.

"안 나오셔도 되는데요. 이 빗속을 어찌 나오셨습니까?"

소서노가 담담한 표정으로 저대로에게 눈길을 주었다. 그들의 떠남을 시샘이라도 하는 것일까. 빗줄기는 더욱 굵어지고 있었다. 천둥과 번개를 동반한 장대같은 빗줄기가 마차의 포장을 사정없이 후려치고 덤볐다.

"대왕후마마를 더욱 충심으로 모시지 못해 죄송합니다. 동행하지 못한 것은 송구스럽구요. 먼 길에 부디 강녕하십시오."

저대로가 딸 연화를 찾아 눈길을 두리번거렸다.

그걸 눈치 챈 소서노가 말했다.

"며느리는 내가 데리고 가겠습니다. 남고 싶으면 남으라고 했더니, 함께 가겠다고 했습니다."

"그리 하십시오. 연화는 진즉부터 계루부의 여자였습니다. 애비라고 가라 마라 할 수는 없지요."

저대로가 대구했다.

"부디, 폐하를 도와주십시오. 추랑이나 우족장의 횡포가 심해질지도 모릅니다. 폐하를 도와 고구려를 지켜주십시오."

"그리하겠습니다. 염려 마십시오."

저대로가 고개를 끄덕이며 딸 연화가 탄 수레로 돌아섰을 때였다. 무흘이 말을 타고 찾아왔다.

"대왕후마마, 쉽게 그칠 비가 아니니, 출발을 며칠 늦추시라는 폐하의 말씀이 계셨사옵니다."

무흘의 말에 소서노가 고개를 내저었다.

"어차피 먼 길을 가다보면 비가 내리는 날이 어디 하루 이틀이겠느냐? 편하자고 가는 길이 아니니라. 폐하의 뜻은 고마우나 이대로 떠나겠다."

누구도 소서노의 고집은 꺾을 수가 없었다.

"가자, 남을 사람은 남고 떠날 사람은 따르거라."

소서노의 명령에 행렬이 움직이기 시작했다.

백 리가 넘는 긴 행렬이었다. 계루부 백성 절반 이상이 소서노를 따라 나섰다. 5천의 병사가 앞장을 서서 길을 열었고, 2천의 병사가 소서노와 비류, 그리고 온조의 마차를 호위했다. 그리고 나머지 5천의 병사가 맨 뒤를 따르며 백성들을 보호했다. 하루에 삼십 리도 가고 오십 리도 갔다. 가다가 비가 오는 날은 며칠씩 한 곳에 머물러 쉬었다 갔다.

날이 갈수록 소서노의 눈빛은 번들거렸다.

"비류야, 온조야. 이 치욕을 잊지 말거라. 고구려는 너희들의 땅이니라. 비록 유리가 차지하고 있지만, 언젠가는 꼭 너희들의 땅으로 만들어야 하느니라. 잊지 말거라. 오늘의 한을 잊지 말거라."

소서노가 두 아들에게 당부했다.

"예, 어마마마."

비류와 온조가 눈물을 글썽였다.

"울지 말거라. 사내대장부가 어찌 눈물을 흘린단 말이더냐? 가슴에 큰 뜻을 품은 너희들이 하찮은 고생에 어찌 눈물을 보인단 말이냐?"

소서노가 두 아들을 매섭게 나무랐다. 그러나 그녀도 지쳐 있었다. 비록 마차를 탔다고 했으나, 강을 건너고 산을 넘을 때는 걷는 일이 더욱 많아졌다. 엉덩이가 짓무르고 발이 부르텄다.

보다 못한 해루가 권했다.

"마마, 두 분 왕자님과 배를 타시오소서. 아직도 사천 리를 가야 하는 길입니다. 오백의 병사와 더불어 배를 타고 민저 황하를 건너가 계십시오."

"아니오. 저 백성들을 두고 내 어찌 혼자 편하기를 바라겠소."

소서노가 고개를 내저었다. 그녀는 편한 계루부를 버리고 따라나서준 백성들이 고마웠다.

'내 무슨 일이 있어도 고구려보다 더 번듯한 나라를 세워 저 백성들을 편히 살게 해주리라. 꼭 그렇게 하리라.'

백성들을 위해서라면 무슨 짓이든 할 것 같았다. 엉덩이가 짓무르고 발이 부르트는 것쯤이야 못 참을 것도 없었다. 백성인들 어찌 발이 아프지 않겠는가? 배를 타고 먼저 가서 백성들을 기다리고 있어서는 안될 것 같았다. 처음부터 모든 고락을 함께 하고 싶었다. 그것이 믿고 따라준 백성들한테 보은하는 길이라고 믿었다.

행렬이 고구려 밖 이백 리를 벗어났을 때 소서노가 온조에게 물었다.

"그 아이는 어찌 되었느냐? 따라나서기는 한 것이냐?"

"모르겠사옵니다. 병사들 속에 섞여있겠다고 했는데, 소자도 아직 만나지를 못했사옵니다."

"추랑이나 무흘이 따라오는 기척이 없구나. 이젠 그 아이를 네 곁에 두어도 괜찮을 것 같구나. 찾아보도록 하거라."

"예, 어마마마."

온조가 마려와 오간을 시켜 금실래를 찾게 했다. 그녀의 얼굴을 아는 것은 그들 두 친구뿐이었다. 마려는 앞쪽의 병사들을 뒤졌고, 오간은 뒤에 따르는 병사들을 뒤졌다. 한 나절만에야 오간이 금실래를 데리고 왔다.

"네가 금실래구나, 잘 왔다."

소서노가 스스럼없이 반겼다. 기왕 함께 가기로 허락한 이상 처음부터 며느리 대접이었다.

"진즉 인사드리지 못해 죄송합니다."

"아니다, 네가 그럴 처지가 아니었잖느냐? 진즉에 알았더라면, 온조 왕자가 너를 가까이 두고 있는 것을 진즉에 알았더라면, 일이 이 지경이 되도록 두지는 않았을 것이니라. 허나, 이젠 모두 지나간 일, 어찌 하겠느냐? 부디 몸조심하거라. 누구도 너를 보호해줄 수 없을 것이니라. 네 스스로 너를 보호해야 할 것이니라."

"소녀, 알고 있사옵니다."

"지금부터는 우리와 함께 가자. 어찌 힘상궂은 병사들 속에 섞여 있겠느냐?"

"제가 그래도 괜찮겠사옵니까?"

"별 일이야 생기겠느냐? 고구려를 떠난 지 닷새가 지났느니라. 여기는 고구려 이백 리 밖이고. 대군사가 쫓아온다면 몰라도 염탐꾼 한둘 쯤이야 못 당해내겠느냐?"

"저로 하여 마마께 누를 끼칠까 걱정이 되옵니다."

"넌 이제 우리와 한 식구니라. 한 몸이니라."

소서노가 자식을 사랑하는 어미의 눈빛으로 금실래를 합류시켰다.

그런데 금실래의 얼굴이 밝지를 못했다. 사랑하는 사내 곁에서, 그 사내 가까운 곳에서 잠을 자고, 그 사내와 함께 앉아 밥을 먹고, 그 사내의 숨결을 가까이 느끼면서 가고 있는데도 얼굴이 어두웠다.

"무슨 걱정이 있어?"

온조가 물었다.

"어쩐지 불안해요. 무흘이라는 사내가 참 끈질기거든요. 제가 왕자님을 따라온 줄 알면 세상 끝까지라도 쫓아올 거예요."

"설령 따라온다고 해도 충분히 대적할 수가 있어. 무흘이 설마 이만 명의 호위병사를 모두 끌고 오지는 못할 것이 아니냐구. 잘해야 백여 명일 텐데, 우리 병사도 일만 명이 넘는다구."

"그래도요. 그래도 저 때문에 말썽이 생기는 것은 싫어요."

"그런 일은 벌어지지 않을 것이니, 걱정하지 마. 그렇잖아도 멀고 험한 길이야. 금실래가 쓸데없는 일로 걱정을 하면 내가 마음이 편치를 않아."

"알겠어요."

금실래가 얼굴을 펴는 시늉을 했다.

'거 참, 이상하군. 금실래 낭자는 도대체 어디로 간 것이지? 사냥을 나갔드래도 벌써 이레가 지났지 않은가. 낭자가 이리 긴 시간을 사냥터에서 지낸 일은 없어. 더구나 늘 데리고 다니던 하녀도 함께 가지 않은 사냥길이 아닌가.'

무흘이 혼자 중얼거리다가 부하 한 명을 불러들였다.

"자네, 추대대로 나리의 사냥 막사를 알고 있지? 거기 가서 금실래 낭자를 찾아보게. 하녀도 안 데리고 혼자 갔다고 하니, 말에서 떨어져 다쳤을 수도 있으니까 주위를 샅샅이 찾아보기도 하고, 거기 막사를 관리하는 하인에게 잘 알아보도록 하게."

부하를 추랑의 사냥막사로 보낸 무흘은 곰곰이 생각에 잠겼다. 어쩐지 금실래가 자신의 여자가 아닌 것처럼 느껴지는 것이었다. 따지고 보면 대대로 추랑만이 자네는 내 사위가 될 사람일세, 했을 뿐, 당사자인 금실래의 속내를 모르겠는 것이었다. 아니, 자신이 무시로 추랑의 집에 드나들었지만, 단 한 번도 정이 담긴 눈빛을 못 보았다.

가끔은 무흘이 먼저 차 한 잔을 요청한 일도 있었다. 그러나 금실래는 사냥을 핑계로 집을 떠나버리기 일쑤였다. 가까이 마주앉아 얘기할 기회를 주지 않았다. 언젠가 한번은 추랑에게 그걸 하소연한 일도 있었다.

"금실래 낭자는 도무지 저한테 마음을 열지 않습니다, 나리."

"부끄럼이 많기 때문일세. 여걸이라고는 해도 여자는 여자일세. 그 아이가 지금껏 살아오면서 내 말을 거역한 일이 없네. 내가 자네를 사위로 삼으면 자네는 내 사위가 되는 것일세."

추랑이 자신했다. 그때 무휼은 한때는 유리폐하께 금실래 낭자를 보내시려고 한 일도 있 지 않느냐고 따지고 싶은 걸 꾹 참았다. 이미 태자비가 있는 유리 태자의 두 번째 부인은 죽으면 죽었지 싫다고 했다는 말을 전해들었기 때문이기도 했고, 자칫 추랑의 눈 밖에 날까 겁이 나기도 했다.

소서노 일행이 백 리 밖을 벗어났다는 부하의 보고를 받은 나흘 전에두 무휼은 추랑을 찾아갔었다. 이제 금실래와 혼인을 시켜달라고 할 참이었다. 그걸 위하여 폐하보다 먼저 추랑에게 충성을 바쳤던 무휼이었다. 아니, 시일을 끌다가는 권력욕이 많은 추랑이 무슨 수를 쓰건 금실래를 유리 폐하의 세 번째 왕비로 들여보낼지도 모를 일이었다. 어쩐지 자신을 대하는 추랑의 태도가 예전같지 못한 것을 무휼은 느끼고 있는 중이었다. 더구나, 유리 폐하가 도조를 호위병사의 우두머리 자리인 위사좌평에 임명하고 자신이 두 번째 자리인 좌평으로 물러나자 눈길 자체가 변해 있었다. 무휼은 물론 추랑이 위사좌평 자리를 자신에게 맡기려고 유리 폐하께 간곡히 간청을 드린 것을 알고 있었다. 그런데도 그것이 이루어지지 않고, 왕의 호위병사를 움직일 힘이 사라지자 추랑의 믿음까지도 변한 것이라고 여긴 것이었다.

그럴수록 금실래와 혼인을 서둘러야 했다. 대대로이면서 제사장 자리를 그대로 맡고 있는 추랑의 사위가 되면 자신의 앞날도 그만큼 탄탄할 것이었다. 가까운 장래에 위사좌평 자리를 꿰찰 수 있을 것이었다.

그래서 계루부가 백 리 밖을 벗어났다는 보고를 받자마자 달려갔는데, 금실래는 집에 없었다.

"집에 없네. 아무래도 사냥을 나간 모양일세."

추랑이 말했다.

"이 빗속을 말입니까?"

무흘이 물었다.

"가끔은 그 아이가 그럴 때가 있다네. 마음이 울적하다든지, 가슴속의 사내끼가 발동하면 무작정 말을 타고 나가지. 그 아이가 한 사내의 아내가 되어 지어미 노릇을 제대로 해낼지, 아이를 낳아 어미 노릇인들 제대로 해낼지 늘 걱정이라네."

"소서노 대왕후같은 분도 어미 노릇을 했습니다. 금실래 아가씨라고 못할 리가 없지요. 사실은 그 일로 왔습니다. 저희들의 혼인을 서둘러 주십시오."

"그럴 예정으로 있네. 목덜미의 혹같은 계루부도 떠나고 없으니, 홀가분한 마음으로 자네와의 혼인을 서두르려고 했네."

"고맙습니다. 제 남은 평생을 오직 대대로 나리께만 충성하며 살겠습니다."

그랬는데, 계루부가 고구려를 떠난 지 열흘이 가까워지는데도 금실래의 모습이 보이지 않는 것이었다. 사냥을 나갔더라도 그리 긴 시간 동안 집을 비운 일은 없었다. 길어야 닷새 아니면 사흘이면 돌아왔었다. 또한 차겁기가 얼음같은 금실래였지만, 닷새 이상 얼굴을 못 본 일도 없었다.

아무리 사내처럼 말 타고 활 쏘는 것을 즐기는 금실래였지만, 한 달에도 몇 번씩 사냥터를 찾아갔지만, 닷새 이상 집을 비운 일은 없었다. 그래서 부하를 추랑의 사냥막사까지 보낸 것이었다.

그런데 다음 날 돌아온 부하의 보고가 엉뚱했다.

"금실래 아가씨는 추대대로 나리의 막사에 안 계셨습니다. 거기 사는 백성의 말에 의하면 요즘은 금실래 아가씨가 사냥을 나오신 일이 없답니다."

"뭐야? 사냥을 나온 일이 없어? 하면 아가씨가 어디로 가셨다는 말이더냐?"

그 순간 무휼은 혹시 하는 생각이 들었다.

'혹시 금실래가 계루부를 따라간 것은 아닐까. 아니, 소서노 부인이 뒷날의 안위를 걱정하여 금실래 아가씨를 납치라도 하여 끌고간 것이 아닐까. 틀림없어. 그렇지 않다면 금실래 아가씨가 사라질 까닭이 없지 않은가.'

불길한 예감이, 어쩌면 금실래가 영영 자신의 곁을 떠났는지도 모른다는 불길한 예감이 뇌리를 휘감고 돌았다. 스스로 자청했건, 아니면 납치되어 갔건 금실래가 계루부와 함께 갔다면 다시는 돌아오기 힘들 것이었다.

무휼은 부랴부랴 추랑의 집으로 달려갔다.

"그렇지 않아도 자네한테 사람을 보내려고 했네. 금실래가 사냥터에 너무 오래 있지 않은가? 자네를 보내 그 아이를 데려오라고 하려던 참이었네."

추랑이 그늘진 얼굴로 말했다.

"대대로 나리의 사냥막사에 금실래 아가씨는 없었습니다. 근래에는 그쪽으로 사냥을 나오신 일도 없답니다. 소인이 부하를 시켜 알아보았습니다."

"뭐야? 금실래가 사냥터에 없다고? 하면 이 아이가 어디로 갔다는 말인가?"

추랑이 소리를 질렀다.

"소인도 그걸 알고 싶사옵니다. 혹시 금실래 아가씨한테서 이상한 낌새는 없었습니까?"

"계루부가 고구려를 떠나기 전날 밤이었네. 그 아이한테 계루부가 떠나고 나면 자네와 혼인을 시키겠다고 했네."

"그러니까 뭐라고 하더이까? 흔쾌히 그러겠다고 했습니까?"

"그 아이가 어디 그럴 아이인가? 아무 말없이 내 얼굴을 바라보기만 했네. 그리고 다음 날 사라졌네. 비가 억수로 내리고 있었지. 혼인을 앞두고 착잡한 마음을 달래려고 사냥을 나간 걸로만 믿었는데, 다른 때보다 며칠이나 늦어지는 것도 혼인문제를 혼자 고민하느라 그러는 걸로만 알고 있었는데, 그 아이가 막사에 없었다니, 그것이 무슨 소리인가? 이 아이가 어디로 갔다는 말인가?"

추랑의 말에 무흘이 잠시 생각하다가 물었다.

"계루부를 따라간 것은 아닐까요? 아니면 혹시 뒤따를지도 모를 나리의 병사들이 두려워 금실래 아가씨를 볼모로 납치해 갔던지요."

무흘의 말에 추랑이 고개를 내저었다.

"이미, 폐하께서 허락을 하신 남행이었네. 또한 아무리 원수처럼 살았다지만, 땅과 집을 고스란히 내놓고 빈 몸으로 떠나는 계루부한테 내가 그럴 까닭이 없잖은가? 그것이 아닐 것일세."

"하오나, 계루부가 떠나고 금실래 아가씨가 사라졌습니다. 달리 생각할 여지가 없잖습니까? 어쩌면 계루부 쪽에서 당치도 않게 겁을 먹고 있었는지도 모를 일입니다."

무흘의 말에 추랑이 평소 금실래가 아끼던 몸종을 불러들였다. 너는 어찌 아씨와 함께 가지 않고 집에 남아있느냐고 물었을 때, 아가씨께서 혼자 조용히 다녀오고 싶으시다고 해서 그렇다고 대답했던 하녀였다.

"아가씨가 사냥을 나가신 것이 틀림없느냐?"

겁먹은 얼굴로 달려온 하녀에게 추랑이 엄한 낯빛으로 물었다.

"이년에게는 그리 말씀하셨사옵니다, 나리."

"분명히 사냥복 차림으로 집을 나갔느냐?"

이번에는 무흘이 물었다.

"틀림없사옵니다. 떠나시기 전날 밤에 활이며 검을 손질하는 것을 이년이 곁에서 도와드렸는걸요. 이년이 몇 번이나 졸랐사옵니다. 함께 데려가 달라구요. 하오나 아가씨는 막무가내셨습니다. 기어코 혼자 다녀오시겠다고 했사옵니다. 생각할 일이 많은데, 이년이 함께 가면 거추장스럽다구요."

"허나, 네 아가씨는 사냥을 나가지 않았느니라. 이번에는 분명 사냥을 나간 것이 아니니라."

"예? 그러실 리가요. 그러실 리가 없사옵니다. 그날 새벽 아가씨께서 사냥복 차림으로 말을 타고 나가시는 걸 제가 배웅을 해드렸습니다."

깜짝 놀라는 모습이 거짓말은 아닌 모양이었다.

"분명합니다, 나리. 금실래 아가씨는 계루부와 함께 간 것이 분명합니다."

무흘의 말에 추랑이 하녀에게 물었다.

"정직하게 대답해야 한다. 평소 아가씨한테 이상한 점은 없었느냐?"

그러자 하녀가 망설이는 기색을 보였다.

"왜 말을 못하느냐? 아가씨한테 이상한 점이 없었더냐고 물었다."

"그것이 저, 아가씨와 비밀을 지키기로 약조가 되어 있어서."

하녀의 말에 무흘이 화를 벌컥 냈다.

"네 이년, 네년의 목이 달아나야 제대로 말하겠느냐? 이번 일은 아가씨의 생사가 걸린 문제니라. 단 한 마디도 거짓을 말하면 안될 것이니라."

"괜찮다. 무흘 장군의 말대로 아가씨의 생사가 걸린 문제니라. 네가 알고 있는 사실을 말하거라."

추랑이 거들었다.

"사실은 아가씨께서 온조 왕자님을 만나고 계셨사옵니다."

"뭐야? 금실래가 온조를 만나고 있었다고? 그 말이 사실이냐?"

추랑이 불같이 노했다.

하녀가 무흘의 눈치를 흘끔 살피고 대답했다.

"사실이옵니다. 유리 폐하께서 태자로 책봉되신 그날 사냥터에서 만나셨습니다. 온조 왕자님께서 말에서 떨어져 다쳐 정신을 잃고 계실 때 아가씨께서 간호를 하셨습니다."

무흘의 얼굴은 핼쓱하게 질려있었고, 추랑이 온몸을 부들부들 떨었다.

"이, 이럴 수가, 어찌 이런 일이 있을 수 있다는 말이더냐?"

"그날 이후 두 분은 종종 사냥막사에서 만나셨습니다. 함께 사냥도 하시구요. 이번에 아가씨의 사냥이 길어지시는 것을 저는 온조 왕자님께서 먼 길을 떠나셨기 때문이라고 생각했습니다. 사랑하는 분과의 이별이 고통스러워 그걸 달래느라 사냥이 길어지는 것이라고 믿었습니다."

"알겠다, 너는 그만 나가보거라."

하녀를 내보낸 추랑이 무흘에게 눈길을 돌렸다. 이 일을 어쩌면 좋겠는가, 묻는 눈빛이었다.

"제가 뒤를 쫓겠습니다. 왕실의 호위병사를 동원하여 소서노 대왕후의 뒤를 쫓겠습니다."

"그래 주겠는가? 자네가 가서 그 아이를 붙잡아 오겠는가?"

"비록 계루부의 병사들이 거즌 다 따라나섰다고 해도 호위병사 오천이면 충분히 대적할 수 있을 것입니다. 대대로 나리께서 위사좌평 나리를 만나 호위병사를 움직일 수 있도록 허락만 얻어주십시오."

"알겠네. 세상에 어찌 이런 일이 있단 말인가? 제 아비가 계루부와 어떤 사이인가를 잘 아는 그 아이가 어찌 그럴 수가 있단 말인가? 내가 어찌 그 일을 감쪽같이 몰랐다는 말인가? 자네는 명색이 호위병사를 거느린 좌평이면서 그런 것도 눈치를 못 채고 있었다는 말인가?"

"설마 대대로 나리의 집안에서 그런 일이 벌어지리라고는 생각을 못한 것이지요. 금실래 아가씨가 저한테 쌀쌀한 것이 아가씨의 성격 탓이라고만 믿었던 게지요."

"헌데 말일세, 우리가 괜한 오해를 하고 있는 것은 아닐까? 그날 계루부가 떠날 때 자네는 지켜보았다고 했잖은가? 유리 폐하를 섬기기 싫은 어떤 신하들이 함께 가는가, 눈이 뚫어져라 지켜보았다고 했잖은가? 떠날만한 사람들만 떠나더라고 했잖은가? 그런 자네가 그 아이를 몰라볼 리가 없잖은가?"

"저는 다만 소서노 대왕후 주변만 살폈습니다. 병사들이나 백성들은 눈여겨 보지 않았습니다."

"하면 자네는 그 아이가 병사나 백성으로 위장하여 떠났다는 말인가?"

"그럴 가능성이 많습니다. 가시지요. 지금 즉시 도조 나리께 말씀을 드려주십시오. 오늘이라도 당장 뒤를 쫓겠습니다."

"그러세. 쇠뿔은 단김에 빼랬다고, 소서노가 한 걸음이라도 멀리 가기 전에 그 아이를 붙잡아 와야지."

두 사람은 즉시 궁궐로 들어가 위사좌평 도조를 만났다. 그러나 호위병사 오천 명만 내어달라는 추랑의 말에 도조가 완강하게 반대했다.

"그럴 수 없습니다. 다른 부탁이라면 제가 얼마든지 들어드릴 수 있습니다만, 병사를 움직이는 일은 아니 됩니다. 왕실의 호위병사는 오직 폐하를 위해서만 움직일 수 있습니다."

"이보시오, 위사좌평. 이건 내 딸아이의 생사가 걸린 문제요. 폐하께서도 충분히 이해를 하실 것이오. 그러니 눈 딱 감고 이번만 도와주시오."

"아니 됩니다. 제 목이 달아나도 아니 됩니다."

"좋소, 하면 내가 폐하를 만나겠소. 폐하의 영이 떨어져도 아니 되오?"

추랑이 불쾌한 낯빛으로 도조를 쏘아보았다.

"폐하의 명령이라면 따라야지요. 폐하의 병사이니 폐하께서는 마음대로 움직일 수가 있습니다."

"알겠소."

무휼을 남겨놓고 추랑이 혼자 대전으로 들어갔다.

"마침 잘 오셨소. 계루부의 땅과 집을 어찌 처리할까 궁리중이었는데, 잘 오셨소."

혼자 생각에 잠겨있던 유리왕이 반겼다.

"그것이야 어려울 것이 뭐가 있겠습니까? 남아있는 부족의 백성들을 옮겨 살게 하면 될 것이옵니다. 기름진 땅과 좋은 집은 공이 있는 병사들에게 나누어 주시면 될 일이구요."

"그렇잖아도 그런 생각을 하고 있었소. 우선은 남아있는 계루부 백성들과 비어 있는 집을 확인하도록 하시오. 또한 계루부를 따라가지 않은 병사들도 이삼 천은 되는 걸로 알고 있소. 그들 가운데서 나이가 스물다섯이 넘지 않은 병사는 고구려의 병사로 정식으로 편입을 시키고, 나머지는 집과 땅을 주어 여늬 백성처럼 살게 해야겠소."

"그리하시면 될 것이옵니다. 그것보다 제가 화급을 다투는 일이 있어 폐하께 간청드릴 말씀이 있사옵니다."

"무슨 일이오?"

"폐하의 병사 오천 명만 제가 좀 쓰겠습니다."

추랑의 단도직입적인 말에 유리왕의 얼굴이 일그러졌다. 자신의 병사 오 천을 쓰겠다고 말하는 추랑의 얼굴에서 오만방자함을 발견한 것이었다.

"무슨 일인데 그러시오? 누가 반역이라도 도모하고 있소?"

"아니옵니다. 그럴 리가 있사옵니까? 아무래도 제 딸아이가 계루부를 따라간 모양입니다. 그 아이를 찾아와야 하는데, 백여 명의 병사만 보내면 계루부 병사들을 당해내지 못할 것 같사옵니다. 폐하의 정예병 오 천이면 피로에 지친 계루부 병사 일만 명이야 쉽게 이길 수 있을 것이옵니다."

"아니 되오, 그것은."

유리왕이 한 마디로 잘랐다.

"예? 아니 되다니요?"

추랑이 고개를 빳빳이 쳐들고 물었다.

"계루부를 그대로 두시오. 난 계루부를 떠나보낸 것이 마음이 아프오. 그들이 떠나주는 것이 내가 마음 앓을 일이 없을 것 같아 떠나보내기는 했지만, 빗속을 피울음으로 떠났을 소서노 대왕후마마를 생각하면 몸둘 바를 모르겠소."

"폐하, 제 딸아이를 찾아와야 합니다. 제발 소인의 청을 들어주시오소서."

"그럴 수 없소. 그들이 편히 가게 그대로 두시오. 내 병사들을 내어주지 못할 뿐만 아니라, 연노부의 병사들도 사사로이 움직이지 마시오."

결국 추랑은 유리왕의 병사를 빌리기는커녕 자신이 거느리고 있는 병사들도 못 움직인다는 지엄한 영만 받아가지고 돌아왔다.

"폐하께서 그러실 줄 몰랐습니다. 누구 때문에 차지한 그 자리입니까? 대대로 나리가 아니면 어찌 왕위에 오를 수 있었겠습니까? 이건 배은입니다."

"계루부를 떠나보내기는 했지만, 폐하는 소서노 대왕후한테 신세를 지고 있다고 생각한 것이네. 그들이 가는 길을 무슨 명목으로건 방해하지 말라고 했네. 연노부의 병사들도 못 움직이게 했네."

"허나 저는 금실래 아가씨를 포기할 수 없습니다. 호위병사들 가운데는 제게 목숨을 맡긴 자들이 백 명은 넘습니다. 그들을 데리고 가서라도 기어코 금실래 낭자를 데리고 오겠습니다."

"폐하의 귀에 들어가지 않도록 조심하게."

추랑이 별로 기대하지 않은 낯빛으로 말했다.

"말갈로 위장하여 뒤를 쫓겠습니다. 무슨 일이 있어도 금실래 아가씨를 연노부로 데리고 오겠습니다."

무흘의 눈빛이 번들거렸다.

"왕후마마, 가죽옷을 입은 자들이 앞에서 얼쩡거리옵니다."

고구려를 떠난 지 스무 날이 지나서였다. 소서노 일행이 청하를 건너 겨우 한숨을 돌리고 있을 때였다. 맨 앞에 섰던 전령이 기별을 보내왔다. 가죽옷을 입은 사내들 백여 명이 어슬렁거린다는 것이었다.

"가죽옷을 입을 자들이? 하면 말갈이 아니더냐?"

"예, 마마. 말갈이 틀림없어 보였사옵니다."

"말갈이라면 주몽 폐하께서 쫓아낸 자들이 아니더냐? 일부는 고구려의 용병 노릇을 하고 있고. 그래, 그들이 싸움이라도 걸어오고 있느냐?"

"아직은 앞을 서서 움직이면서 우리 쪽의 동태만 살피고 있사옵니다."

"안 되겠구나. 내가 만나봐야겠다."

소서노가 앞으로 나섰다.

"위험하옵니다, 어마마마."

비류가 말렸다.

"그렇사옵니다. 말갈은 잔인한 놈들입니다. 계루부의 재물을 노리고 길목을 지키는지도 모릅니다. 소인이 가서 물리치겠습니다. 대왕후마마께오서는 자중자애하소서."

장수 사무도 간곡히 만류했다.

그러나 소서노가 고집을 부렸다.

"처음부터 기습을 하지 않는 걸로 보아 싸울 마음이 있는 것은 아닌 것 같구나. 안 그래도 가슴속의 울분을 풀 데가 없어 찾고 있던 중이었구나. 내가 그놈들의 목이라도 잘라야겠다."

소서노의 고집에 온조가 수레에서 갑옷을 꺼내왔다.

"하오면 이 갑옷이라도 걸치오소서."

그것까지 거절할 수가 없었던지 소서노가 갑옷을 입고 말을 타고 당당하게 가죽옷의 사내들이 진을 치고 있는 맨 앞쪽으로 갔다.

행렬이 멈추고 소서노를 비롯한 온조와 비류가 다가가자 말을 탄 가죽옷의 사내들이 길 양편에 쭉 늘어서서 일행을 기다렸다. 화살을 겨눈 자도 없었고, 칼을 빼어 든 자도 없었다.

"그대들은 말갈이 아닌가? 계루부와는 원한이 없는 걸로 아는데, 무슨 일로 가는 길을 방해하는가?"

"우리는 대왕후마마께서 가시는 길을 방해하고 싶은 생각은 없소."

가죽옷의 사내 하나가 말했다.

"그렇다면 무슨 일로 앞을 막는가? 우리와 함께 가고 싶은가?"

소서노가 물었다.

그때였다.

가죽옷의 사내들 속에서 눈에 익은 한 사내가 앞으로 나섰다.

"대왕후마마, 소인 무흘이옵니다. 제 정혼녀 금실래 아가씨를 찾으러 왔사옵니다."

"그렇구나, 무흘이었구나. 헌데 금실래를 찾으러 왔다고?"

소서노가 무흘을 노려보았다.

"그렇사옵니다. 금실래 아가씨는 제 정혼녀이옵니다. 대대로 추랑나리와 그렇게 약조가 되어 있사옵니다. 어서 내어주소서."

무흘의 말에 소서노가 고함을 버럭 질렀다.

"못난 놈 같으니라구. 명색이 위사좌평 밑에서 폐하의 안전을 책임지고 있는 놈이, 맡은 일은 내팽개치고 수백 리 길을 따라왔더란 말이더냐? 네놈을 믿고 호위를 맡긴 폐하가 안되셨구나. 어서 썩 물러가지 못할까?"

"아니 되옵니다, 저는 무슨 일이 있어도 금실래 아가씨를 데리고 가겠사옵니다."

"하면 나하고 싸움이라도 하겠다는 말이더냐? 네 뜻이 정녕 그러하냐?"

소서노가 옆구리에서 칼을 빼어들 기세로 소리를 질렀다.

"소인, 그러고 싶은 마음은 없사옵니다. 하오나 금실래 아가씨를 내어 주시지 않으면 어쩔 수가 없사옵니다."

무흘이 칼을 빼어 들었다. 그것이 신호였을까. 무흘의 부하들이 칼을 빼들고 노려보았다.

"저런 쳐죽일 놈이 있는가? 대왕후마마, 저놈은 소인에게 맡기시고 구경이나 하십시오. 야이, 추랑의 개야, 네 어찌 불경스럽게도 대왕후마마 앞에서 칼을 빼어든단 말이더냐?"

장수 사무가 창을 높이 치켜들고 고함을 지르며 달려나갔다.

"오냐, 계루부의 개 사무였더냐? 얼마든지 오너라."

무휼이 마주 달려왔다. 중간에서 마주친 두 장수의 창칼이 몇 번 부딪치며 번쩍였다. 소서노가 지켜보기만 하자 무휼 쪽의 병사들도 별 움직임이 없었다.

그때 금실래가 소식을 듣고 달려왔다.

"멈추시오. 어서 썩 칼싸움을 멈추시오."

금실래가 소리를 질렀다.

"오, 금실래 아가씨. 나와 함께 돌아가십시다. 대대로 나리께서 식음을 전폐하신 채 아가씨를 기다리고 계시오."

무휼이 칼싸움을 멈추고 금실래를 내려다 보았다.

"참으로 한심한 분이시군요. 고구려를 떠나던 날 난 이미 계루부의 여자가 되었습니다. 한 여자가. 한 남자를 목숨을 걸고 따라나섰다면, 한번 떠난 그 길이 바꾸지 못할 길이라는 것을 모르신단 말씀이오? 돌아가시오. 돌아가서 아버님께 말씀을 드려주시오. 금실래는 이미 온조 왕자님의 여자가 되었사오니, 죽은 딸로 치시라구요."

"아니 되오. 난 금실래 아가씨를 두고는 돌아갈 수가 없소."

"잘 들으시오, 무휼 장수. 난 단 한 번도 장수님께 내 마음을 드려본 일이 없습니다. 장수님과 아버님이 어떤 약조를 하셨는지 모르겠으나, 소녀의 마음은 단 한 번도 장수님께 간 적이 없습니다. 어서 돌아가십시오."

금실래의 호통이 추상같았다.

소서노가 거들었다.

"우린 갈 길이 바쁘니라. 어서 길을 비키거라. 금실래의 마음은 이미 알았을 것이 아닌가. 싫다는 여자를 데려가겠다고 고집을 부리는 것은 대장부의 도리가 아닐 것이니라."

"마, 마마. 금실래 아가씨를 내어 주소서. 이대로는 제가 대대로 나리 앞에 설 수가 없사옵니다. 금실래 아가씨를 모셔오겠다고 약조를 했사옵니다."

"될 수 없는 일이라는 것을, 네놈이 금실래를 데려가려면 우리와 싸움을 해야 하는데, 싸움이라도 해서 기어코 빼앗아 가고 싶으냐? 어디, 그럴 수 있으면 그렇게 해보거라."

말끝에 소서노가 칼을 빼들었다. 병사들이 활에 화살을 매어 겨누었다.

"네놈도 우리 계루부의 병사들이 고구려의 병사들 가운데 가장 용맹스럽다는 것은 알 것이니라. 화살을 맞아 고슴도치가 된 다음에야 돌아가겠느냐?"

소서노의 눈빛에서 불꽃이 튀었다.

"대왕후마마, 차라리 소인을 죽여주시오. 이대로 돌아가느니, 마마의 칼에 죽겠사옵니다."

무흘이 말에서 내려 소서노 앞에 납짝 엎드렸다. 그런 무흘을 잠시 내려다보며 혀를 끌끌 차던 소서노가 말했다.

"상대할 값어치가 없는 사내 같구나. 무흘아, 듣거라. 만약 다시 우리의 뒤를 따른다든지, 가는 길을 방해하면 네 목숨을 내가 보장할 수가 없겠구나. 자비는 한 번으로 족하니라. 너를 죽여도 내 속이 시원치 않을 것이다만, 네가 폐하의 호위를 책임지고 있는 자이기에 살려두는 것이니라. 돌아가거라. 살려줄 때 돌아가거라."

"대왕후마마, 차라리 소인을 죽이고 가시옵소서."

무흘이 다시 한 번 울부짖었으나 소서노가 가던 길을 재촉했다. 무흘은 더 이상 따라오지 않았다. 장수 사무가 소서노를 더욱 가까이서 호위했다.

"죄송하옵니다, 미마. 소녀 내문에 길이 지체되었사옵니다."

"괜찮다. 하긴, 무흘의 너에 대한 정이 애틋하기는 하구나. 사내란 그처럼 멍청할 때가 있느니라. 사내의 사랑이란 때로 그토록 맹목적일 때가 있느니라. 거기에 속아서는 안 되지."

소서노가 따뜻한 눈빛을 금실래에게 보냈다.

비록 무흘과의 작은 실랑이는 있었지만, 가는 길은 순탄했다. 하루 걸이 길목마다 을음이 비축해둔 양식이 있었으며 잠을 잘 수 있는 집을 마련해 놓아 노숙은 면할 수 있었다. 그러나 소서노는 될 수 있으면 백성들과 함께 있으려고 애를 썼다. 매 끼니 식사도 백성들과 함께 했으며, 비가 내리지 않는 날은 백성들과 같은 막사에서 밤을 새웠다.

그래도 백 리가 넘는 긴 행렬이었다. 병든 백성, 굶주린 백성들이 대열에서 떨어져 나갔다. 고구려를 출발한 지 두 달이 지나 발해 바닷가에 도착했을 때는 천여 명의 병사와 일 만의 백성이 줄어 있었다.

을음이 말했다.

"마마, 이곳에서는 배를 타셔야 하옵니다. 마마의 배 열세 척이 여기에 있사옵니다. 며칠 머무르시면서 여독을 푸시고 배로 발해만을 건너시오소서."

"꼭 배를 타야만 하겠느냐?"

"육로로 가시면 하남 땅까지 반 년이 걸릴지 일 년이 걸릴지 모를 일이옵니다. 소인은 마마께오서 배를 타실 줄 알고 준비를 하였사옵니다."

"백성들은 어찌하려느냐?"

"일단은 마마께오서 먼저 건너신 다음에 백성들을 건너도록 하겠사옵니다. 바람길만 잘 타면 사흘이면 바다를 건널 수 있을 것이옵니다. 배 한 척에 백 명은 탈 수 있으니까, 두 달이면 모두 바다를 건널 수 있을 것이옵니다."

을음이 그렇게 말했을 때였다.

해루가 나섰다.

"두 달 가지고는 힘든 일입니다. 앞으로 보름쯤 후부터는 바람이 불 것입니다. 바다에 배를 띄우지 못할 만큼 거센 바람이 불 것입니다."

"바람이 불어요?"

소서노가 얼굴에 근심을 드러냈다. 해루가 천문에 밝다는 것은 진즉부터 알고 있었다. 아버지 연타발이 데려오기 전에 농사를 지을 때도 다음 해 봄의 날씨를 미리 알고 대비를 했다고 하지 않았는가? 바람의 냄새만 맡고도 비가 얼마나 내릴지 짐작하는 사람이라고 했다.

그런 해루의 말이라면 틀림이 없을 것이었다.

"그것도 한 번 불기 시작하면 백 날을 부는 그런 바람이 될 것이옵니다."

"하긴, 여름입니다. 장마와 더불어 태풍이 기승을 부리는 철이지요."

장사를 다니느라 뱃길에도 익숙한 을음이 고개를 끄덕였다.

"일단은 오 백의 병사와 일 백의 백성들을 데리고 마마께오서 먼저 바다를 건너십시오. 두 분 왕자님을 뫼시고 바다를 건너십시오."

해루가 권했다.

"백성들은 어찌하고?"

"바람이 시작되기 전에 건널 수 있을 만큼 건너고 일부는 여기에서 기다리고, 일부는 육로로 오라고 하면 될 것입니다. 먼 길이기는 하지만 바닷길보다 안전할지도 모르지요. 동부여의 요수를 건너면 바로 낙랑 땅이지요. 하수와 패수를 건너면 대수가 나오는데, 대수를 건너 이천오백 리쯤 동남쪽으로 가다보면 황하가 나옵니다. 황하를 건너 삼백 리를 남으로 가면 땅이 바다 쪽으로 움푹 들어간 곳이 있습니다. 거기가 하남이지요. 그곳이 숙부님께서 기휼미 십만 석을 내놓고 받으신 땅이 있사옵니다. 사방 백 리의 땅이 있사옵니다. 계루부 백성들이 모여 살기에 충분한 땅이 마련되어 있사옵니다."

을음의 말에 소서노가 고개를 끄덕였다. 모든 병사들과 백성들이 배로 바다를 건널 수 있다면 좋겠지만, 그럴 수 없다면 을음의 말을 들을 수밖에 없었다. 시간이야 걸리겠지만 결국은 만나게 될 것이 아닌가? 계루부 백성들이 한 곳에 모여 한 나라를 이룰 수도 있지 않겠는가?

"그렇게 합시다, 해루 사부. 을음아, 가지고 있는 은자를 백성들에게 골고루 나누어 주도록 하거라. 짊어진 양식으로 며칠이나 버티겠느냐? 하남까지 찾아오는 동안 백성들이 굶주리지 않도록 은자를 나누어 주도록 하거라."

"마마, 백성들에게 은자까지 나누어 줄 필요는 없습니다. 제가 길목마다 비축해 놓은 양식만 가지고도 충분히 하남까지 올 수가 있을 것입니다."

"사람의 일이란 모르는 법이니라. 은자를 백성들에게 풀도록 하거라."

"하오면 그렇게 하겠사옵니다, 마마."

"너와 함께 장사를 다니던 사람을 몇 명 남겨 길 안내로 삼도록 하거라."

"그럴 요량을 하고 있었사옵니다. 또한 길목의 창고마다 지키는 사람이 있으니, 길을 잃을 염려는 없사옵니다."

을음이 대답했다. 그런 사촌 동생이 소서노는 믿음직스러웠다. 유리가 태자로 책봉된 후, 2년도 채 안 되는 짧은 시간에 이렇게 준비를 해놓다니, 그런 능력이라면 두 아들과 더불어 한 나라를 세우는

데도 큰 힘이 되리라.

다음 날 소서노는 배를 탔다. 혹시나 싶어 배 열 척에 오백 명의 병사를 먼저 보내고, 나머지 세 척의 배에 열 가구 남짓의 백성들과 함께 배를 타고 바다를 건넜다. 바람은 순탄했고, 물결은 잔잔했다. 햇살이 쏟아져 누렇게 반짝이는 바다를 보면서 소서노는 바닷길처럼 자신들의 앞날도 순탄하기를 바랐다. 쉰 명의 사공들이 노를 젓는다고 해도 바람의 힘으로 가는 배였다. 뱃길은 꼬박 사흘이 걸렸다. 한나절 먼저 출발했던 병사들이 막사를 지어놓고 기다리고 있었다.

"여기가 무황제가 다스리는 한나라입니다. 이천 리쯤 남으로 가면 황하가 나옵니다. 늦어도 두 달이면 거기에 도착하실 수 있을 것이옵니다."

"나도 기억이 나는구나. 내가 열다섯 살 때던가? 아버님의 장사 길에 따라나선 일이 있었지. 뱃길 장사에는 여간해서는 데리고 다니시지 않던 아버님께서 비록 여자이기는 하지만, 나이가 열다섯이면 세상사는 이치도 배워야 한다면서 데리고 나오셨지."

"그렇사옵니까?"

"그래, 하남이란 곳도 이제 기억이 나는구나. 거기서 배를 타고 이레를 가면 옛날 고조선이 있던 반도 땅이 나오지. 거기 마한까지 가서 장사를 했었느니라. 거기 사람들도 부여인들과 다를 바가 없더구나. 흰옷을 입고 있었는데, 얼굴이 참으로 순박하게 생겼었지."

"저도 숙부님을 따라 딱 한 번 반도 땅에 가본 일이 있사옵니다."

을음이 감회에 젖어 멀리 바다 끝을 바라보았다.

"그뿐만이 아니었다. 난 가보지 못했지만, 아버님 말씀으로는 하남에서 배로 스무 날을 가면 토인국이 나오는데, 아버님은 토인국까지 가셔서 물소뿔을 구해오셨다고도 하셨니라."

"앞으로는 그 일을 제가 할 것이옵니다, 마마. 제가 장사를 하여 재물을 모아 계루부가 꼭 고구려보다 더 강성한 나라로 발전하도록 돕겠습니다."

"암, 그래야지. 그럴려고 떠나온 것이 아니더냐? 아버님이 하셨던 일을 네가 해야 할 것이니라. 그리하여 비류가 당당한 한 나라의 왕이 되도록 해야 할 것이니라."

'어마마마께오서는 늘 비류 형님만 챙기시는구나.'

한 나라를 건국하여 비류를 왕의 자리에 앉혀야 한다는 소서노의 말에 온조가 중얼거렸다. 고구려에 있을 때에도 종종 느낀 일이었지만, 소서노의 마음은 언제나 비류가 차지하고 있었다. 고구려를 떠나 낙랑 땅까지 오는 동안에도 소서노의 눈길은 늘 비류에게 머물러 있었다. 밥을 먹을 때도 비류를 먼저 챙겼고, 저녁 잠자리에서도 비류의 이부자리를 먼저 챙겼다.

조금 전에도 그랬지 않은가. 비류를 당당한 한 나라의 왕이 되게 해야 한다고.

그러나 아직은 시작이었다. 온조는 서둘 일이 아니라고 생각했다. 안달할 일이 아니라고 생각했다. 우선은 어머니를 도와 나라를 건국하는데 힘을 쏟을 때였다. 지금은 한 몸을 누일만한 땅도 없지 않은

가. 언제 한나라의 군사들이 싸움을 걸어올지 모르지 않는가. 목숨을 보전하여 하남까지 가는 것이 급했다.

그래도 온조는 쓸쓸했다. 어머니의 마음이 형인 비류에게만 머물고 있는 것이 슬펐다.

"왕자님, 얼굴이 어둡습니다."

막사와는 조금 떨어진 바닷가 바위에 앉아 멀리 동쪽을 바라보고 있는 온조에게 다가온 금실래가 말했다.

"몸은 괜찮아?"

온조가 돌아보았다. 아직도 금실래의 얼굴은 핼쑥했다. 사흘 동안 뱃멀미로 물 한 모금 목구멍을 넘기지 못하던 그녀였다.

"많이 좋아졌어요. 조금 전에는 어마마마께오서 꿀물을 주셔 한 그릇이나 마셨는걸요."

"꿀물을?"

"속이 허할 때에는 꿀물 만한 것도 없다면서 손수 타 주셨어요."

"그대가 안 돼 보였던 게지."

"정이 많으신 분이예요. 겉으로만 보면 무서운데, 속은 안 그러신 것 같아요."

"어머님은 비류 형님만 챙기시지. 나는 늘 뒷전이라구."

"그러나 어차피 왕자님의 의지에 달린 일이 아닐까요? 조금 전에 저도 들었어요. 어마마마께오서 비류 왕자님을 왕으로 만드셔야 한다고 하신 말씀을요."

"그러셨어. 고구려에서도 어머님은 그러셨지. 아바마마와 태자 문제로 말씀을 나누실 때에도 비류 형님을 들먹이셨어."

"실망하지 말아요. 낙담은 결코 왕자님께 도움이 되지 않으니까요. 난 왕자님을 믿어요. 새로 건국하는 나라의 왕이 되실 거예요."

"안될 수도 있어."

"된다고 믿으세요. 제가 도울 수 있는 일은 힘껏 도울 게요."

"그대가 내 곁에 있는 것만으로도 내겐 큰 힘이 되고 있어."

"고마워요."

둘이 그런 얘기를 나누고 있을 때였다. 사부 해루가 다가왔다.

"전 어마마마께 갈게요."

금실래가 자리를 비켜주었다.

해루가 바다 건너를 가리키며 말했다.

"저기 바다 건너에 남북으로 삼천 리 남짓 되는 땅이 있지요. 지금은 여러 부족들이 나누어 살고 있는 옥토가 있지요. 사계절이 있어 농사짓기에 좋고, 날씨가 순탄하여 사람들의 마음씨가 고운 그런 땅이 있지요."

"사부께오서는 어찌 그리 잘 아십니까?"

"제 사부님을 따라 세상을 떠돌 때에 저 땅에 가 본 일이 있지요. 북쪽만 빼놓고 삼 면이 바다로 둘러쌓여 있는 땅이지요. 중원에 비하면 열에 한 칸도 안 되는 작은 땅이지만, 사람이 살기에 아주 좋은 땅이었습니다."

"그래요? 허나 이미 차지하고 사는 사람이 있을 것이 아니오? 거기에도 나라가 있을 것이 아니오?"

"백산을 중심으로 한 북쪽에는 말갈이 있고, 동옥저와 동예가 있지요. 남쪽으로 내려가면 마한과 진한, 그리고 변한이 있구요. 모두가 그만 그만한 부족들이 모여 살고 있습니다. 하남에서 제일 가까운 뱃길이 아마 마한 땅일 것입니다."

"언젠가 저도 한번 가보고 싶습니다. 거기쯤 가서 한 나라를 일군다면 좋겠습니다."

"결국은 그렇게 될 것입니다."

해루가 의미있는 눈빛으로 온조를 바라보았다. 그것이 무슨 뜻입니까? 온조는 그렇게 묻고 싶은 것을 꾹 참았다. 천문에 통달해 있고, 내일 일뿐만 아니라, 몇 달, 몇 년 후의 일까지 알 수 있다는 해루니까, 자신의 앞날도 충분히 꿰뚫고 있을 것이었다. 그러나 그것은 함부로 누설할 수 없는 천기같은 것일지도 몰랐다. 결국은 그렇게 될 것이라는 말이 무얼 뜻하고 있겠는가? 온조 자신의 뜻대로 이루어질 것이라는 암시가 아니고 무엇인가?

온조는 알고 있었다.

해루 사부가 비류와 자신을 앞에 놓고 가르칠 때 눈길이 유난히 자신에게 많이 머물렀던 것을. 비록 겉으로 내색은 하지 않았지만, 비류보다는 자신을 더욱 신뢰하고 있었다는 것을.

배가 바닷길을 세 번 왕복하며 병사들과 백성들을 실어 나르고 막 네 번째 출발하려던 때였다. 바닷가에 서서 묵상에 잠겨있던 해루가 소서노를 찾았다.

"마마, 이제 배가 떠서는 아니 되옵니다."

"바람 때문이오?"

"그렇사옵니다. 곧 바람이 시작될 것입니다."

"바다가 저리 잔잔한데?"

"처음 시작은 늘 그렇지요. 하오나, 제 눈에는 바닷속이 훤히 보입니다. 속에서부터 일렁이기 시작하는 바다가 보입니다. 채 세 시각이 지나지 않아 집채만한 파도가 바다를 덮을 것이옵니다."

"을음아, 바다 건너에 얼마나 되는 백성이 남아 있느냐?"

"오 천쯤 될 것입니다. 하오나 걱정하지 마시오소서. 바람이 시작되면 다시는 배가 오지 않으니까, 육로를 타라고 했사옵니다. 길 안내할 사람도 열 명 남짓 남겨두었습니다. 미리 비축해둔 양식이 있으니까, 계루부 백성들이 굶주리지 않고 마마를 찾아올 것입니다. 사무 장수와 함께 병사들도 이천여 명이 남아있으니까, 안전에도 별 문제가 없사옵니다."

"알겠다, 애썼구나."

소서노가 알았다는 듯이 고개를 끄덕였다. 바닷가에서 이레를 쉬고 다시 남행을 시작했다. 가는 길마다 지방관리들이 나와 어디로 가는 길이냐고 물었다. 어떤 관리는 백여 명의 병사들을 끌고 나와 길을 막기도 했다.

"우리는 하남으로 가는 고구려의 계루부 백성들입니다."

소서노가 대답하면 어떤 관리는 그녀가 여자인 것을 알고 시비를 붙기도 했다.

"남의 땅을 지나가려면 통행세를 내야할 것이 아닌가?"

"얼마를 드리면 되오리까?"

"내가 달라는 대로 주겠소? 여자가 상당히 억세군."

"형편 닿는대로 드리지요. 허나, 길이란 사람이 다니라고 뚫어놓은 것이 아니던가요? 기왕에 뚫린 그 길을 이용한다고 통행세를 받아서야 어찌 사람이 사는 나라라고 할 수 있겠소?"

소서노의 눈에서 불꽃이 튀면 관리가 슬그머니 뒤로 물러섰다.

"농이오, 농. 통행세는 받지 않을 것이니, 천천히 쉬면서 가시오."

"고맙소."

남쪽으로 내려갈수록 길은 더디었다. 그만큼 소서노와 백성들이 지쳐있다는 뜻이었다. 그래도 수레를 탄 소서노의 가족들은 덜했다. 하루에도 지쳐 쓰러지는 백성들이 수십 명씩 생겼다. 그 백성들을 두고 차마 먼저 갈 수 없어 하루 걷고 이틀 쉬는 날이 많아졌다.

"먼저 가시오소서, 마마. 저희들은 몸을 추스려 천천히 따르겠사옵니다."

지치고 병든 백성이 말하면 소서노가 고개를 내저었다.

"어찌, 그대들을 두고 먼저 갈 수 있겠소? 우린 이제 살아도 함께 살고 죽어도 함께 죽는 것이오. 그러기로 작정하고 나를 따랐던 것이 아니오?"

어떤 날은 하루에 채 이십 리도 못 갔다.

그러는 사이 가을이 깊어 첫서리가 내렸다. 반 년 이상을 길에서 허비한 것이었다.

첫눈이 내리는 날 소서노가 결단을 내렸다.

"을음아, 올 겨울은 여기서 나도록 하자. 준비를 하거라."

"예, 마마."

강가 마을의 민가를 얻을 수 있을 만큼 얻고 병사들 용으로는 막사를 지었다. 비축해둔 양식이 달랑달랑 했다. 을음이 근심스런 얼굴로 소서노를 찾아왔다.

"마마, 양식이 떨어져가옵니다. 여섯 달이면 충분히 도착할 걸로 믿고 양식을 그리 준비하였는데, 아직도 천 리나 남았사옵니다."

"어쩌겠느냐? 사는 데까지 살아보자. 은자를 팔아 양식을 사고, 병사들로 하여금 산에서 칡뿌리를 캐도록 해라."

"은자도 채 일만 냥이 못 됩니다. 양식을 산들 열흘을 버티기 힘들 것입니다."

"하루 두 끼 먹던 것을 한 끼로 줄여야지. 어린 아이나 노약자를 빼놓고는 하루 한 끼씩만, 그것도 죽으로 먹도록 하자."

"예, 마마. 소인의 준비가 소홀하였사옵니다. 송구스럽사옵니다."

"어디 네 탓이라고만 할 수 있느냐? 이렇게 많은 백성들이 따라나설 줄 알았느냐? 겨우 일 만을 예상하고 준비했던 것이 아니더냐? 여기까지 온 것도 천행이니라."

소서노가 말했다.

그런 그녀의 눈에 근심이 어렸다. 오 만이 넘는 백성들의 겨울나기가 걱정인 것이었다. 계루부를 믿고, 아니, 자신을 믿고 따라와 준 백성들이 아닌가. 어떻게든 그 백성들을 먹여살려야 했다. 그런데 그 길이 막막한 것이었다.

'어이할꼬, 어이할꼬. 내 백성들을 어이할꼬.'

소서노가 한숨을 내쉬고 있을 때였다. 해루가 엎드려 말했다.

"마마, 너무 심려하지 마시오소서. 건장한 병사들이 일 만이 가깝습니다. 그 병사들로 하여금 사냥을 시켜도 될 것이고, 하다못해 약탈을 시켜도 계루부 백성들은 살아갈 수가 있사옵니다."

"사냥은 알겠는데, 약탈을 시키다니요? 그리되면 지방의 관리가 병사를 이끌고 달려올 판인데, 지치고 허기진 병사들을 데리고 싸움이라도 하자는 소리요?"

소서노가 이해할 수 없다는 눈빛을 지었다.

"마마께오서는 아무 걱정 마시고 소인이 하는 것을 지켜보기만 하시옵소서."

해루가 자신있게 말했다. 의심쩍기는 했으나, 어차피 특별한 방법이 있는 것도 아니었다.

"큰 말썽만 생기지 않게 하시오."

소서노가 그런 식으로 허락했다.

그날 해루가 병사들을 모아놓고 말했다.

"우리는 지금 양식이 바닥이 났소. 여러분들이 양식을 구해오지 않으면 계루부 백성들은 모두 굶어 죽게 생겼소. 지금부터 양식을 구해오되 사냥을 할 병사는 최소한 산토끼 한 마리씩은 잡아와야 할 것이며, 따로이 양식을 구해올 사람은 쌀이건 밀이건 한 되박 이상이 되어야 하오. 칡뿌리를 캐올 병사는 쌀 반 가마니 무게가 되는 칡을 캐오시오."

"저 작은 산에 산토끼가 있으면 몇 마리나 있을 것이며, 칡은 또 얼마나 있겠습니까? 차라리 저희들더러 민가에 들어가 약탈을 해오라고 명령을 내려주십시오."

병사 하나가 버럭 고함을 질렀다. 한 눈에 봐도 큰 나무도 없고, 바위 골짜기도 없는 나즈막한 산이었다. 일 만의 병사가 하루만 뒤지면 산짐승들의 씨가 마를 판이었다.

"바로 그것이오. 산토끼를 잡을 자신도 없고, 목표량 만큼의 칡뿌리도 캘 수 없는 병사는 민가에 들어가 약탈을 해오시오."

"정말이오니까?"

"다만, 무슨 일이 있어도 사람을 상하게 해서는 아니 되오. 단 하나라도 낙랑의 백성이 다치는 일이 생겨서는 아니 되오."

"예, 알겠사옵니다."

병사들이 뿔뿔이 흩어져 갔다. 사냥이나 칡뿌리를 캘 병사는 산으로, 약탈을 나갈 병사는 민가로 함성을 지르며 달려갔다. 그리고 한나절이 지났을 때 병사들은 제각기 손에 먹을 것을 들고 돌아왔다. 계루부 백성들이 사흘은 먹을 수 있는 분량이었다.

"괜찮겠소? 해루 사부."

소서노가 걱정스런 표정으로 물었다.

"마마께 누를 끼치는 일은 없을 것이옵니다."

해루가 자신있게 대꾸했다.

"민가의 재물을 약탈하고도 어마마마께 누를 끼치는 일이 없을 것이라니요? 낙랑의 태수가 가만히 있을 것 같소? 여긴 고구려도 아니고, 계루부도 아니오. 산 설고 물 설은 한나라의 낙랑이란 말이오."

비류가 얼굴을 붉히고 나섰다.

"사부님께 어떤 방안이 있을 것입니다. 형님, 두고 보십시다. 어차피 약탈이라도 해서 목숨은 부지해야 할 것이 아닙니까? 낙랑이 병사들을 끌고 오면 한판 붙지요, 뭐."

온조가 해루 편을 들고 나왔다.

"아직도 갈 길이 멀다. 가는 곳마다 그곳 관리들과 시비가 붙는다면 앞길이 험악해지는 것이 아니겠느냐?"

비류는 여전히 얼굴을 풀지 않았다. 그러나 온조는 해루 사부의 속내를 알고 있었다. 그가 왜 병사늘로 하여금 민가를 약탈하라고 했는지 눈치를 채고 있었다. 민가를 약탈하되 사람을 다치는 일이 있어서는 절대로 안 된다고 단단히 당부를 했는지 알고 있었다.

온조의 예상대로 다음날 낙랑의 태수가 이백여 명의 병사들을 끌고 나타났다.

"어서 오소서, 나리."

해루가 앞에 나서 맞이했다.

"어서 오라? 너무 뻔뻔스럽군. 나는 진즉에 당신들한테 낙랑의 길을 허락하지 않을까 했었소. 허나, 사람의 도리가 그것이 아니라, 조용히 지나가 주기를 바랐던 것이오. 헌데, 민가에 내려와 약탈을 한단 말이오?"

낙랑태수의 기세가 등등했다.

해루가 웃으며 말했다.

"소인, 해루라고 하옵니다. 일찍부터 공손도 나리의 너그러움을 소문으로 들어 알고 있었지요."

"나를 알고 있소? 내가 공손도인 것을 어찌 알았소?"

"고구려에 있을 때부터 듣고 있었지요. 한나라의 여러 태수들 가운데서도 가장 너그러운 분이시라는 것을요. 사실은 나리를 뵙고 싶어서 제가 병사들로 하여금 본의 아니게 민가를 털도록 시켰습니다."

"그건 또 무슨 소리요? 나를 만나려면 관아로 오면 되지 강도짓을 시킨단 말이오?"

"관청의 문턱이 오죽이나 높아야지요. 그렇다고 병사들을 끌고 관청을 찾아갈 수도 없잖습니까? 역시 제 예상대로 나리께서는 백성들을 하늘처럼 아끼시는 분이군요."

"여러 소리 말고, 고구려의 병사로 낙랑의 민가를 약탈한 까닭이나 들어봅시다."

낙랑태수 공손도는 여전히 얼굴을 풀지 않고 있었다.

해루가 공손한 자세로 말했다.

"저희들이 준비를 한다고 했으나, 너무 갑작스런 출발이라 양식의 비축이 부족했습니다. 저희 계루부 백성들과 병사들은 지금 양식이 떨어져 이 겨울을 날 것이 걱정입니다. 나리께서 곡식 만 석만 빌려주시면 2년 안으로 틀림없이 갚겠사옵니다."

"나더러 곡식을 빌려달라? 낙랑의 백성들을 위해 비축해둔 곡식을 내달라. "

공손도가 어이없는 표정을 지었다.

그때 온조가 나섰다.

"인사드리겠습니다. 저는 주몽 폐하의 세째 아들인 온조라고 합니다. 해루 사부를 대신하여 제가 말씀을 드리지요. 저희에게는 열세 척의 배가 있으며, 하남에 십만 호가 충분히 기거할 수 있는 땅도 마련하여 놓았습니다. 거기까지 나리의 손길이 미치니, 당장에라도 알 수 있을 것입니다. 하남에 자리를 잡고 장사를 시작하면 일만 석쯤이야 일 년이면 모을 수 있을 것입니다. 농사를 지으면 우리 계루부 백성들이 먹을 양식은 나올 것이구요. 하오니, 믿고 빌려주시면 고맙겠습니다."

"허나, 관곡이라는 것을 그리 쉽게 풀 수가 있겠소? 더구나 낙랑의 백성이 아닌, 고구려 유민을 위하여 관곡을 풀 수가 있겠소?"

"태수 나리, 우리 계루부의 병사가 일 만에서 조금 모자랍니다. 나리께서도 소문을 들으셨겠지만, 다른 어느 부족의 병사들보다 날쌔고 용맹스럽지요. 그 병사들이 굶주림 앞에서 가만히 있겠습니까? 이레를 굶으면 도둑이 안 되는 사람이 없다고 했습니다. 그래서 해루 사부가 일부러 병사들로 하여금 민가를 털게 하고, 나리를 이곳까지 모셨을 것입니다."

온조가 말끝에 공손도를 바라보았다. 당신이 만약 곡식을 빌려주지 않으면 우리 병사들은 할 수 없이 도둑이 되어 민가를 털 수밖에 없다. 그리되면 낙랑과 계루부가 전쟁을 하는 일이 생길지도 모른다. 그러니 알아서 하거라, 하는 뜻이 담긴 눈빛으로 바라보았다.

얼핏 공손도의 눈빛이 흔들렸다. 온조의 속내를 그대로 읽은 것이 분명했다.

"공손도 나리, 제 이름을 걸고 약조를 드리겠습니다. 일만 석의 곡식을 빌려주시면 다시는 우리 병사들이 낙랑의 민가에 들어가지도 않을 것이며, 일만 석의 곡식은 이 년 후에 틀림없이 갚겠습니다."

"허허, 이것 참. 내가 지금 협박을 당하고 있는 것이 아닌가. 곡식을 빌려주지 않으면 굶주린 병사들이 도둑이 되어 낙랑의 민가를 턴다? 그걸 막으려면 전쟁을 하는 수밖에 없고?"

해루가 나섰다.

"나리, 우리 계루부 백성들은 여기에서 조용히 겨울을 나고 하남으로 가고 싶습니다. 어차피 하남까지도 나리의 힘이 미치는 곳이 아닙니까? 약속은 틀림없이 지키겠습니다. 제발 우리 병사들이 말썽만 부리지 않도록 해주십시오."

"알겠소. 나도 계루부와 전쟁을 원하는 것은 아니오. 관곡을 푸는 일은 나 혼자 결정할 문제가 아니오. 저녁에 의논을 하여 내일 답을 드리리다."

"고맙습니다. 참으로 고맙습니다. 나리께서 저희 오 만의 계루부 백성들을 살리신 것입니다."

해루가 고개를 깊숙이 숙여 인사를 챙겼다.

"아직 고마워할 것은 없소. 내가 곡식을 빌려준다고 확답을 한 것은 아니지 않소."

공손도가 그런 말을 남기고 돌아간 다음이었다.

"공태수가 양식을 빌려주겠소? 그자의 말대로 관곡이라는 것은 일개 태수가 함부로 풀 수도 없는 것이 아니오?"

소서노가 걱정스레 물었다.

"계루부와 싸움을 원하지 않으면 결국 빌려줄 것이옵니다. 공태수가 거느리고 있는 낙랑의 병사들이 능히 계루부의 칠 천 병사를 당해 낼 자신이 있다면 몰라도 그렇지 않으면 빌려줄 것이옵니다. 며칠만 기다려 보시옵소서, 마마."

"그럴 수밖에 더 있겠소만, 나는 자꾸만 걱정이 앞서는구려. 공태수가 다시 올 때까지는 병사들을 함부로 움직이지 마시오."

"그리하겠사옵니다. 오늘 공태수가 직접 온 것은 계루부의 형편을 살펴보기 위해서일 것입니다. 우리 병사들과 백성들을 보고 갔으니, 양단 간에 수이 결정을 할 것입니다."

"그렇겠지. 그나저나 육로를 탄 백성들은 어찌하고 있을꼬? 굶고 있지나 않은지, 병든 백성은 없는지."

소서노가 한숨을 내쉬었다.

"약한 티를 보이지 마소서. 계루부의 백성들이 누구를 믿고 따라 나선 것입니까? 모두가 마마를 믿고 따라나섰습니다. 마마께오서 약한 티를 보이시면 백성들은 절망에 빠집니다."

"알겠소. 백성들 걱정 때문에 그렇지 내가 약해진 것은 아니오."

말끝에 소서노의 눈길이 금실래 쪽으로 돌아왔다.

"고구려에 그대로 남아 있었으면 편한 삶을 살았을 것을, 네가 괜한 고생을 하고 있구나."

"아니옵니다, 마마. 소녀를 내치지 않으시고 받아주신 마마가 하늘처럼 우러러 보이십니다. 계루부의 아낙으로 계루부를 섬기며 살 것입니다. 가다가 설령 죽는 한이 있더라도 소녀는 결코 후회하지 않을 것이옵니다."

"네 마음이 갸륵하구나. 공태수가 양식을 빌려주어 겨울을 날 희망이 보이면 온조와 네 혼인을 서둘러야겠구나. 젊으나 젊은 것들이 밤마다 가까이 두고 그리는 꼴을 내 어찌 볼꼬."

"마, 마마."

금실래의 얼굴이 붉어졌다.

"난 네가 밤마다 잠을 못 이루고 몸을 뒤척이는 것을 보았느니라. 짝을 그리는 몸부림이라는 것을 알고 있느니라."

소서노의 눈빛이 자애로웠다.

사흘 후였다. 공손도가 다시 찾아왔다.

"어서 오시오소서. 일각이 여삼추로 기다렸습니다."

소서노가 웃으며 맞이했다.

"양식을 빌려주겠소이다."

공손도의 첫 마디가 그랬다.

"정말입니까? 태수 나리."

소서노의 얼굴이 활짝 퍼졌다.

"대신 마마께서 차용증서를 써주셔야겠습니다. 양곡 일만 석을 빌린다는, 이 년 내로 일만 일천 석을 갚겠다는, 아니면 은자 일만 일천

냥을 갚겠다는 차용증서를 마마의 이름으로 써주셔야겠습니다."

"써드려야지요. 내 백성들을 살리는 길인데, 그보다 더한 것인들 못 쓰겠습니까? 목숨이라도 내놓으라면 내놓아야 할 판인데, 차용증서가 대수겠습니까?"

소서노가 그 자리에서 공손도가 원하는 차용증서를 써서 넘겨주었다. 그걸 품에 간직한 공손도가 말했다.

"관곡을 함부로 내놓을 수 없는 것이긴 합니다만, 옛날의 은혜를 생각하니, 아니 내놓을 수도 없었습니다."

"옛날의 은혜라니요?"

소서노가 물었다.

"빌써 스무 해 가까이 되는가요? 대상 연타발 나리한테 내가 큰 은혜를 입은 일이 있지요. 황하 건너의 하남현령을 하고 있을 때였지요. 내리 삼 년 동안 흉년이 들어 십 만에 가까운 하남의 백성들이 굶어죽을 처지에 있었습니다."

공손도가 문득 감개에 젖은 눈빛이 되면서 목이 잠겼다.

"그때 연타발 나리께서 십만 석의 양곡을 흔쾌히 내놓으셨지요. 하남 백성들을 살리시라고 아무 조건 없이 내놓으셨지요."

해루가 말을 이었다.

소서노가 깜짝 놀라 물었다.

"하면 해루 사부께서는 공태수가 그때 그분이었다는 걸 알고 있었소?"

"오는 길에 낙랑의 백성을 통해 들었습니다. 어쩌면 공태수께서 그때의 은혜를 갚아주실지도 모르겠다고 혼자 생각을 했었지요."

"그러시다면 귀띔이라도 해주시지 않구요."

"사람의 마음이란 모르는 것이니까요. 공태수가 그때 일을 나 몰라라 하신다면, 그토록 표리부동한 사람이라면 마마께 심려를 끼칠 것 같아 말씀을 아니 드렸습니다. 방금도 공태수께서 그 말씀을 아니 하시면 저 혼자 가슴에 덮어두려고 했습니다."

해루의 말에 공손도가 고개를 끄덕였다.

"내가 연족장께 물었지요. 십만 석의 양곡대신 무얼 원하느냐구요? 원하는 것이 있으면 말을 하라고 했지요."

"땅을 조금 떼어 달라고 했습니다. 하남 땅 일백여 리를 떼어주었지요. 내가 정식으로 매매문서를 작성해주겠다고 했더니, 연족장은 나를 믿는다고 했습니다. 사람과 사람 사이에 믿음이면 그만이지 그까짓 종이쪽지가 무슨 소용이 있느냐구요. 내가 구태여 마마께 차용증서를 쓰시게 한 것은 내가 내드린 양곡이 내 개인의 것이 아니라, 관곡이기 때문입니다. 결례를 용서하여 주십시오."

"결례라니요? 응당 그러셔야지요. 그것이 백성을 섬기는 공복의 도리지요."

"내일부터 양식을 수레에 실어 보내겠습니다."

"고맙습니다. 참으로 고맙습니다. 공태수는 계루부 백성들의 생명의 은인입니다. 내가 살아있는 한 예를 다하겠습니다."

"은혜라니요? 나와 내 백성들이 입은 은혜의 열에 한 칸입니다. 겨우 그것을 갚고 있는 중입니다. 이곳의 날씨는 부여보다는 덜해도

334

겨울이면 살을 에입니다. 칼바람이 사정없이 살을 후벼파고 들지요. 부디 건강에 유념하십시오."

그렇게 시작된 겨울이었다. 공손도는 약속대로 양곡을 일백 석씩 백 번에 걸쳐 수레에 실어왔다. 그뿐만이 아니었다. 솜을 넣어 만든 이부자리며 두툼한 옷가지들을 가져다 주기도 했다. 계루부 오 만의 백성들이 배를 채우기에는 부족했으며, 밤이면 살을 에이는 추위가 막사를 덮쳤지만, 하루에 한두 끼만 먹으면서, 추위에 언 몸을 살과 살을 맞대고 견디면서 모진 겨울을 나고 있었다.

8

십제국을 건설하다

살을 에이는 바람이 하루가 멀다고 백성들의 막사를 뒤집고 덤볐다. 병들어 죽고, 추위에 얼어죽은 백성들이 하루에도 수십 명씩 생겼다. 그 백성들을 꽁꽁 언 땅에 묻을 때마다 소서노는 피눈물을 흘렸다.

"비류야, 온조야, 오늘 일을 잊지 말거라. 우리가 꿈을 이루어 번듯한 나라를 건국했을 때, 이 백성들의 원혼을 데리고 가 고구려를 도모하거라."

멀리 북쪽 하늘을 바라보는 소서노의 눈은 번들거렸다.

그래도 어차피 봄은 오기 마련이었다. 바람결에 느껴지는 따뜻한 기운, 언 땅을 비집고 올라오는 어린 새싹들은 모두가 살아남은 자들의 기쁨이었다.

소서노의 기쁨은 그뿐만이 아니었다. 육로로 갔던 나머지 백성들이 찾아왔다. 절반쯤은 얼어죽고 병들어 죽고 굶어죽는 불상사야 있었지만, 멀고 먼 길을 돌아 거기까지 찾아와준 백성들이 한없이 고마웠다.

"내 그대들의 믿음을 결코 배신하지 않으리라. 하늘 아래 어떤 백성들보다 안락한 삶을 살게 하리라. 헌데 어찌 사무 장수가 보이질 않느냐? 아직도 뒤에 남은 백성이 있더냐?"

소서노가 지친 백성과 병사들을 둘러보며 물었다.

"대왕후마마, 사무 장수님은 돌아가셨사옵니다."

병사 하나가 땅에 엎드리며 울음을 터뜨렸다.

"사무 장수가 죽다니? 그것이 무슨 소리냐? 오다가 싸움이라도 붙었다는 말이더냐?"

"아니옵니다, 병으로 돌아가셨사옵니다. 돌아가시는 순간 사무 장수님께서 그러셨사옵니다. 혼이라도 대왕후마마를 뫼실 것이오니, 부디 꿈을 이루시라구요. 나라를 건국하시고, 그 나라를 대국으로 키우셔서 꼭 고구려를 도모하시라고, 혼이라도 대왕후마마를 돕겠다고 하셨사옵니다."

"이 일을 어이할꼬. 사무가 죽다니, 내 수족이 하나 잘렸구나. 이 일을 어이할꼬."

소서노의 탄식에 해루가 나섰다.

"안타깝기는 합니다만, 너무 낙망하지 마십시오. 백성들이 보고 있사옵니다. 대왕후마마께오서는 저 백성들의 희망이옵니다. 살아남은 저희들이 성심으로 모시겠사옵니다."

"어마마마, 소자들을 믿으시옵소서."

비류와 온조도 땅에 엎드려 머리를 조아렸다.

"이것이 내가 빌려주기로 했던 양곡 일만 석 가운데 나머지 오백 석이오. 이제 더는 없소."

낙랑의 태수 공손도가 마지막이라면서 오백 석의 양곡을 싣고 왔다. 언 땅을 비집고 나온 어린 싹들이 제법 초록빛의 윤기를 더해 가던 날이었다.

"고맙소. 태수 나리 덕분에 우리 계루부 백성이 이나마 살아남을 수 있었소. 그 은혜와 함께 빌린 양곡을 꼭 갚으리다."

"암, 갚아야지요. 사실은 내 목을 걸고 빌려주었던 양곡이니까요. 언제 떠나려오? 사흘 전부터 황하가 녹아 흐르고 있소. 누런 물살이 흘러가는 것만큼 빠른 것이 또한 세월이지요. 아마 흐르는 황하보다 봄이 먼저 올 것이오."

"내일이라도 떠나겠소."

"두 달 남짓이면 황하를 건너 하남에 도착할 것이오. 겨울을 나라 고생이 많으셨소. 내 평생에 가장 혹독한 추위였소. 헌데, 소서노 부인. 내가 한 가지 제안을 하려는데 들어주려오?"

말끝에 공손도가 비류를 흘끗 바라보았다.

"무슨 일이시오? 은혜를 입었는데, 들어드릴 수 있는 일이면 들어드리지요."

"내가 석 달 남짓 오고가며 보았는데, 첫째 자제 비류가 참으로 신실해 보이고, 효도 또한 하늘을 감동시킬 만큼 뛰어났소. 어떠시오?

나하고 사돈을 맺는 것이."

그것은 뜻밖의 제안이었다.

"내 아들 비류를 사위로 달라는 말씀이시오? 허나 그 아이는 이미 아내가 있소. 고구려 절노부 족장의 딸이지요."

"한 남자가 두 아내를 데리고 사는 것이 큰 흉은 아니지 않소? 나하고 사돈을 맺어놓는 것이 소서노 부인한테도 큰 힘이 될 것이오. 유민생활을 하다보면 여기저기서 시비를 붙는 지방관리들이 많을 것이오. 그럴 때 나하고의 인연을 대면 크게 괄세는 하지 않을 것이오."

공손도의 말에 소서노가 잠시 생각에 잠겼다. 기왕 일만 석의 양곡으로 은혜를 입었지만, 제 아비의 간곡한 만류도 뿌리치고 비류를 따라나선 며느리한테 할 일은 아니었다. 그러나 힘든 길을 공손도의 도움을 받고 싶은 마음도 있었다.

"쉽게 결정할 문제가 아니오. 인륜지 대사가 아니오. 오늘 저녁 생각해 보고 내일 말씀을 드리리다."

그렇게 공손도를 돌려보낸 소서노가 비류를 비롯한 몇몇 신하들을 불러들였다.

"어떻게 했으면 좋겠소? 낙랑의 공태수가 나하고 사돈을 맺자고 제안해 왔소."

소서노의 물음에 비류는 말이 없었고, 온조는 형님의 일이라 이렇다 저렇다 말할 처지가 아니라서 입을 다물고 있는데, 해루가 나섰다.

"저씨 부인께는 안된 말씀입니다만, 공태수와 사돈을 맺으면 우리가 손해 볼 일은 없습니다. 공태수도 어차피 정략적으로 제안한 것이긴 합니다만, 한 나라를 건국하자면 앞으로도 우리는 공태수의 도움을 받아야할 일이 많을 것입니다. 허락을 하시지요."

"비류야, 너는 어찌 생각하느냐?"

소서노가 눈길을 비류에게 돌렸다.

"소자, 어머님의 뜻에 따르겠습니다. 연화한테 미안한 일이긴 하지만, 해루 사부의 말씀대로 공태수의 도움을 받을 일이 많을 테니까요."

"알겠구나. 하면 공태수와 사돈을 맺기로 하자꾸나."

그렇게 결론을 내린 소서노가 비류의 부인인 저연화를 불러들였다.

"너도 알다시피 공태수가 네 남편인 비류를 탐내고 있구나. 그만큼 잘난 사내라는 뜻이겠지. 한 나라를 경영할 능력이 있는 사내로 본 것이겠지. 너한테는 미안한 일이다만, 공태수의 딸을 비류의 두 번째 부인으로 맞아야겠구나."

"알겠습니다, 어머님. 저 또한 비류 왕자님을 저 혼자만의 사내라고 여긴 일은 없었습니다. 언젠가는 이런 날이 오리라고 믿고 있었습니다."

저연화가 눈물이 글썽이는 눈으로 지나온 길 쪽을 돌아보았다.

"고맙구나, 네가 이해해 주어서."

소서노가 고개를 끄덕였다.

일단 혼인을 하기로 결정하자 일은 일사천리로 진행되었다. 비류와 공리의 혼례는 낙랑의 객사에서 이루어졌다. 공손도가 특별히 많은 음식과 술을 내려 계루부의 백성들을 배불리 먹이고, 하루 밤 하루 낮을 즐겁게 놀게 했다. 그리고 잔치가 절정에 이른 어느 순간 백성들 사이에서 소서노 대왕후마마 만세! 비류 왕자님 만세! 하는 만세의 함성이 터져나왔다.

그 자리에서 온조는 쓸쓸했다. 겉으로 내색하지 못하고 다른 백성들처럼 웃으면서 음식을 즐기고 있었지만, 온조는 외로웠다. 소서노의 마음이 갈수록 단단해지고 있는 것이었다. 어머니 소서노에게는 오직 비류 형님 밖에 없는 것이 분명했다. 공손도가 먼저 제안한 일이기는 했지만, 낙랑 공태수의 딸 리를 비류 형님의 아내로 맞이한 것도 따지고 보면 그를 장차 한 나라의 왕으로 만들기 위한 밑자리 깔기였다.

'허나, 어머님의 뜻대로 호락호락 비류 형님이 왕이 되는 일은 없을 거야. 내게도 포부가 있다구.'

온조가 주먹을 꽉 움켜쥘 때에 해루가 그 주먹 위에 자신의 손바닥을 덮어 감싸주었다. 온조가 흘끔 바라보았다. 해루가 가만히 고개를 끄덕였다. 걱정하지 말라는 그런 뜻이 담긴 몸짓이었다.

비류의 혼례를 치룬 사흘 후에 그들은 하남을 향해 출발했다. 공손도가 새 신랑과 신부가 탈 화려한 수레를 한 대 내주었다.

덜커덩거리는 낡은 수레 위에서 온조가 금실래의 손을 꼭 잡아주었다.

"난 오직 금실래만을 사랑하겠어. 형님처럼 다른 여자를 아내로 맞는 일은 없을 거야."

금실래가 생긋 웃으며 대꾸했다.

"때로 대장부한테는 사랑보다 더 소중한 것도 있답니다. 왕자님께 불가피한 일이 생긴다면 저 또한 찬성을 할 것입니다. 저는 왕자님께서 저 하나만을 사랑하시는 것보다, 번듯한 나라의 주인이 되기를 바랄 뿐입니다."

그런 금실래의 얼굴은 밝았다.

다시 두 달을 더 남쪽으로 내려갔을 때 누런 강물이 앞을 가로막았다. 상류에서 비라도 내렸는지 거센 물살이었다. 소서노의 눈빛이 망연자실할 때 을음이 말했다.

"황하입니다, 마마. 중원을 가로질러 흘러오고 있지요. 여기서 기다리셔야겠습니다. 우리 배가 와 있기로 했는데 아직 도착을 못한 모양입니다."

"배가 여기까지 올 수 있느냐?"

"홍수만 지지 않으면 동쪽 바다를 내려와 강을 거슬러 오르면 충분히 올 수 있는 곳이지요. 저기를 보십시오. 배를 댈 수 있는 포구가 있잖습니까? 큰 아버님을 따라 장사를 다닐 때 몇 번 저 포구에 배를 댄 적이 있지요."

"나는 한 번도 안 와 본 곳이구나."

"마마께오서는 주로 바다 쪽으로만 다니셨지요. 하지만, 장사를 하다보면 강을 거슬러 오르기도 하지요."

"언제쯤 올 것 같느냐? 우리 배가."

"물이 줄어야 합니다. 저 거센 물살은 배가 거슬러 오를 수가 없습

니다."

"알겠구나, 기다려야겠구나."

소서노가 고개를 끄덕였다.

그러나 황하의 물은 쉽게 줄어들지 않았다. 줄어들기는커녕 오히려 물살이 거세어지고 있었다. 다행이 날씨가 따뜻해서 얼어죽는 백성은 없었지만, 먹을 것은 늘 달랑달랑 했다.

황하 강변에서 한 달을 묵고 난 다음 해루가 소서노에게 말했다.

"아무래도 안 되겠사옵니다, 마마. 황하의 물줄기가 줄어들 기세를 보이지 않습니다. 지금 이곳은 가뭄이 들고 있지만, 이 강의 상류에서는 연일 비가 내리고 있습니다. 워낙 긴 강이기 때문에 어느 곳에서리도 비가 내리면 물은 불어나지요."

"그래서 어찌했으면 좋겠소? 해루 사부."

"병사들로 하여금 나무를 잘라 뗏목을 만들게 해야겠습니다. 일단은 이곳에 자리를 잡을 수도 있겠습니다만, 낙랑이 가만 두지 않을 것입니다. 공태수가 있기는 하지만 일개 군의 태수일 뿐입니다. 큰 도움을 얻기는 힘들겠지요."

"공태수의 도움이 힘들다?"

소서노가 무슨 소리냐는 뜻으로 바라보았다.

"그냥 낙랑의 백성으로, 대방부의 백성으로 살려면 못살 것도 없겠지요. 하오나 우리는 한 나라의 건국을 꿈꾸고 있사옵니다. 성을 쌓고 목책을 설치하여 국경을 삼아야 할 것입니다. 그럴 때에 그들이 가만히 있겠습니까? 처음부터 싹을 자르려고 나설 것입니다."

"그 말을 왜 이제야 하는 것이지요? 공태수의 딸을 비류와 혼인시키기 전에도 충분히 할 수 있는 말이 아니었소?"

"우리의 목적지가 하남이었기 때문입니다. 다행이 하남 땅은 낙랑이나 대방부의 간섭을 덜 받는 곳입니다. 우리가 터를 잡고 성을 쌓는다고 해도 낙랑이 크게 간섭은 못할 것입니다."

"알겠소. 해루 사부의 말씀대로 뗏목을 만들어 이 강을 건너야겠소."

그렇게 작정한 소서노가 비류에게 뗏목을 만들도록 명령을 내렸다. 건장한 장정들 칠천여 명이 달려들자 뗏목 스무 척 남짓을 만드는 데는 채 열흘이 걸리지 않았다.

뗏목에 오르기 전에 을음이 하루에 오백 리를 걷는 묵거에게 말했다.

"하류 쪽으로 쭉 내려가다 보면 강과 바다가 만나는 곳에 우리 배가 있을 것이오. 거기 도사공에게 내 말을 전하시오. 강남에서 제일 따뜻한 포구, 옛날 고조선 땅이 있던 한반도를 가는 가장 빠른 포구에 배를 정박시키라고 말이오. 강을 건너고도 열흘은 더 가야 하니, 어쩌면 배가 먼저 그곳에 도착할지도 모르겠소."

"강을 건너서도 열흘을 더 간다구?"

소서노가 놀라 물었다. 그만큼 그녀 또한 지쳐있었다.

"마지막 고생입니다, 마마. 거기 반도처럼 바다로 빠져 들어간 마지막 지점에 우리가 마련해 놓은 땅이 있사옵니다. 십만금을 들여 마련해 놓은 사방 일백 리의 땅이 있습니다."

"그렇다면 어쩔 수 없지. 모두들 뗏목을 타자."

소서노가 먼저 첫 뗏목을 탔다. 물살이 너무 빨랐기 때문에 뗏목은 십 리쯤 밑으로 흘러가고 난 다음에야 반대편에 도착할 수 있었다. 그러면 일단 뗏목으로 강을 건넌 백성들이 그 뗏목을 이십 리쯤 강 상류로 들어 옮겨야 출발했던 건너편에 닿을 수 있었다.

그렇게 사만여 명의 계루부 백성들이 황하를 건너는데 또 이레가 걸렸다. 모두들 강을 건넜을 때, 소서노가 말했다.

"수고들 했소. 이제 큰 고생은 끝난 셈이오. 아직도 열흘 남짓 더 가야 한다지만, 우리가 그동안 겪었던 일 년 이상의 고통에 비하면 아무 것도 아닐 것이오. 우리는 참으로 먼 길을 왔소. 중간에 떨어지지 않고 여기까지 와준 계루부 백성들에게 난 하늘같은 고마움을 느끼고 있소. 여러분, 고맙소. 앞으로 내 아들 비류를 중심으로 잘 살아봅시다."

"비류 왕자님 만세! 대왕후마마 만세!"

백성들 사이에서 다시 만세의 함성이 터졌다. 이제 열흘만 가면 된다니까, 풀뿌리만 캐먹고 가도 열흘은 버틸 수 있으리라는 희망이, 목적지에 가까이 와있다는 기쁨이 백성들을 그렇게 만들었다.

'어머님은 또 비류 형님이시구나.'

온조가 어두운 얼굴로 중얼거리면서 고구려에 있을 때 주몽왕의 신하였던 몇몇의 얼굴을 하나하나 둘러보았다.

'저 중에 누가 과연 끝까지 내 편이 되어 줄까. 해루 사부와 을음 숙부님, 그리고 먼 길을 떠난 묵거 장수와 육손 장수는 나의 힘이 되어줄 것이 확실하고, 어머님과 비류 형님, 그리고 재사 극무와 병사들을 이끌고 있는 칠중 장수는 비류 형님 편이 확실하니, 팽팽하구나. 허나 결국 모든 일은 어머님의 뜻에 따라 이루어질 것이 아닌가. 그 옛날 아바마마이신 주몽왕께서 하셨던 대로 무예를 겨루자고 할 수는 없잖은가.'

온조가 한숨을 내쉴 때였다.

금실래가 말했다.

"얼굴을 펴세요. 지금 왕자님의 얼굴이 어떤 줄 아세요? 너무 어두워요. 어두운 얼굴은 백성들도 결코 좋아하지 않을 거예요. 저기 비류 왕자님을 보세요. 백성들과도 스스럼없이 지내고 있잖아요."

"알겠어. 금실래가 있어 내가 얼마나 든든한지 몰라. 계루부 병사 일만 명보다 더 큰 힘이 되고 있어."

온조가 말했다.

강가에서 하룻밤을 묵고 계루부 백성들은 하남을 향해 떠났다. 그들의 앞길처럼 하늘에는 구름이 잔뜩 끼어 있었다.

"여기옵니다, 마마. 여기가 바로 하남입니다. 준비는 제가 했습니다만, 이곳을 마음에 두고 계신 분은 대대로 백부님이셨습니다. 아주 오래 전이었지요. 벌써 스무 해나 가까이 되는 옛날이었습니다. 장사길에 이곳에 들리신 백부님께서 저기 한산과 북아악에 올라 보시고는 한 나라의 도읍으로는 천혜의 조건을 갖추고 있다는 말씀을 하셨습니다. 더구나 황하까지도 말을 타면 겨우 하루 거리 밖에 되지 않사옵니다. 옛부터 산과 강과 들이 어우러진 곳이야말로 사람이 모여 살만한 곳이라고 하지 않았습니까? 북으로 북아악과 한산이 버티고 있어 겨울에도 찬바람을 막을 수 있는 곳입니다. 겨울이면 바다 건너 마한이나 진한 땅의 제비들은 물론 중원이나 부여의 제비들까지 날아와 겨울을 나는 곳이기도 하지요."

열사흘 만에 도착한 하남 땅에서 을음이 눈물까지 글썽이며 말했다.

"그렇구나, 여기가 하남이구나. 이곳에 오느라 우리가 일년 반이라는 길고 긴 세월을 허비했구나."

소서노 또한 감격에 겨워 중얼거리면서 산과 강을, 그리고 끝이 보이지 않게 펼쳐진 들을 바라보았다.

"이곳까지 오느라 계루부 백성들이 얼마나 큰 고통을 당했는가? 굶어죽고 얼어죽은 백성들은 또한 얼마나 많았는가? 비류야, 여기에 번듯한 나라를 건국해야 하느니라. 고구려보다 더 큰 나라를 세워 함께 출발했으나, 여기까지 못 오고 중간에 죽어간 사무 장수를 비롯한 계루부 백성들의 한을 풀어주어야 하느니라."

"알겠사옵니다, 어마마마."

비류가 고개까지 깊숙이 숙이며 대답했다. 온조는 또 속으로 섭섭했으나 내색하지 않았다.

그때였다. 미리 와서 기다리고 있던 사공들이 소서노 앞에 엎드렸다.

"먼 길을 오시느라 노고가 크셨사옵니다, 대왕후마마. 저희들은 배를 부리는 사공들입니다."

"오, 그런가? 헌데 우리 배는 어디에 있지?"

"이곳으로부터 삼십 리 밖에 있는 포구에 정박해 있사옵니다. 사실은 저희들이 이곳까지 오는 동안 장사를 했사옵니다. 포구에 오백석의 쌀이 있사옵니다. 내일 수레로 옮겨오겠사옵니다."

"애들 썼구나. 그 험한 길을 오면서 장사를 하다니. 참으로 고마운일이구나."

소서노가 번쩍이는 눈빛으로 크게 고개를 주억거렸다. 이제야 한시름 놓았는가 싶은 것이었다.

해루가 나섰다.

"마마, 조금 좁기는 하지만 한 나라의 궁실을 짓기에는 부족함이 없을 듯하옵니다. 더구나 북쪽을 가로막고 있는 저 두 개의 산이 있어, 추위는 물론 적으로부터의 방벽도 되겠습니다. 우선은 거처를 마련하는 것이 급합니다. 백성들과 병사들은 임시방편으로 막사를 짓도록 하고, 마마와 왕자들께서는 을음 나리께서 마련하여 놓은 집으로 드시오소서."

"그래야지요. 이제 우리 땅에 왔으니, 차근차근히 살아갈 준비를 해야지요. 그것보다 우선 여러분들한테 드릴 말씀이 있소. 주몽왕의 신하였던 일곱 분과 두 왕자들은 안으로 드시오."

소서노가 앞장을 서서 을음이 마련해 놓은 민가로 들어갔다. 일곱명의 신하들과 두 왕자가 따라갔다.

자리가 잡히자 소서노가 말했다.

"내가 여기까지 오는 동안 내내 생각한 일이오만, 우리가 건국할 나라를 십제라고 하면 어떻겠소? 나를 비롯한 열 사람이 건국한 나라라는 뜻이오."

"참으로 깊은 뜻이 있사옵니다."

재사 극무가 고개를 조아렸다.

"그리고 십제의 왕은 비류 왕자를 모셨으면 어떨까 하오."

"마마의 뜻대로 하소서. 성심껏 받들어 모시겠습니다."

이번에는 해루가 앞으로 나서면서 찬성을 했다. 다른 반대 의견이 없자 소서노가 선언했다.

"여러분의 뜻이 다 한 곳으로 모아진 걸로 믿고 우리나라를 십제라고 칭하며 비류 왕자를 왕으로 모시겠소. 비록 사만여 명의 백성과 겨우 열 명의 뜻있는 신하가 모여 건국한 나라지만, 중원을 도모하는 큰 나라로 키워 가까운 장래에 고구려까지 속국으로 만들어야 하오. 십제국을 키워 고구려를 꼭 찾아야 하오."

"알겠사옵니다, 마마. 성심으로 받들어 모시겠사옵니다."

비류를 비롯한 여덟 명의 신하들이 허리를 조아렸다.

'결국은 십제의 왕은 비류 형님의 자리였던가? 이런 허망한 꼴을 보자고 여기까지 따라왔는가?'

온조가 우울한 얼굴로 나올 때였다. 어느 사이에 따라붙었는지 해루가 말했다.

"오늘 일을 마음에 두지 마십시오, 온조 왕자님."

"마음에 두지 말라니요? 사부님. 저는 가슴이 찢어질 듯합니다."

"별 의미가 없는 일입니다. 나라를 십제라 칭한 것도 비류 왕자님을 왕이라 칭한 것도 의미가 없습니다. 아직 궁실도 없는 십제입니다. 변변한 성 하나 없는 십제입니다. 오만 명도 못 되는 백성을 가지고 어찌 나라를 칭할 수 있겠습니까?"

"그래도 신하가 있고, 백성들이 있소. 그들은 모두 비류 형님을 폐하라 부를 것이 아닙니까?"

"부르면 부르는 대로 두면 되지요. 이웃 나라에서 인정이 되지 않습니다. 우선 낙랑만 해도 십제를 국가로 믿어주겠습니까? 아직은 한갓 고구려 계루부의 유민일 뿐입니다. 소서노 대왕후께서 너무 성급하셨습니다. 그래서 제가 다른 사람이 뭐라고 하기 전에 찬성을 하고 나선 것입니다. 아직은 때가 아닙니다."

해루 사부의 말에도 온조의 마음은 풀어지지 않았다. 바닷가에 나가 멀리 동쪽을 바라보았다. 거기에 삼한이 있다고 했었던가? 마음이 순박한 사람들이 살고 있는 땅이 있다고 했었던가?

'차라리 이 바다를 건너가면 어떨까? 이 바다를 건너가 내 힘으로 나라를 세우면 어떨까?'

온조의 가슴에 꿈이 하나 자리를 잡았다.

그러나 아직은 시작이었다. 목적지에 도착은 했으나 첩첩산중이었다. 우선은 사람이 살 집이 문제였다. 병사들과 백성들을 시켜 일부는 농사 준비를 하고 일부를 동원하여 산의 나무를 베다가 집을 지었다. 그러는 한편 해루가 잡아준 북아악 기슭의 양지바른 곳에 성을 쌓게 했다.

집을 짓는 일도 성을 쌓는 일도 더디었다.

하루는 해루가 소서노에게 말했다.

"계루부의 백성들만 가지고는 집을 짓는 일도 성을 쌓는 일도 힘이 듭니다. 원래 여기서 살았던 낙랑의 백성들을 동원해야겠습니다."

"말썽이 생기지 않을까요?"

"사방 백 리 안의 백성들만 동원한다면 별 일은 없을 것입니다. 어차피 그들은 계루부의 땅 안에 살고 있으니까요. 동원을 거절한다면 병사들을 시켜 쫓아내야지요. 우선 육손 장수와 칠중 장수를 시켜 낙랑의 백성들을 한 곳에 모으라고 하십시오."

"그런 다음에는요?"

"십제의 백성으로 모든 의무를 다할 사람만 남으라고 마마께오서 선언을 하십시오."

"말썽을 부리지 않고 따라줄까요?"

소서노는 그것이 걱정이었다. 자칫 토박이들과 싸움이라도 붙는다면 일은 더욱 어려워질 것이었다.

"어차피 계루부의 백성만 가지고는 십제를 키울 수 없습니다. 기회만 닿으면 백성의 수를 늘리고 땅을 넓혀야 합니다."

"그야 그렇지요. 내 말은 너무 서두르지 말자는 뜻이지요."

"일에는 서둘러야할 일과 서두르지 말아야할 일이 있습니다. 제가 그렇게 말씀드린 것은 지금은 토박이 낙랑 사람들한테 그들이 살고 있는 사방 백 리 안의 땅이 십제의 영역이라는 것을 확실하게 인식시키자는 뜻입니다."

"알겠소, 내 해루 사부의 말대로 하리다."

고개를 끄덕인 소서노가 비류한테 해루가 말한대로 영을 내렸다. 비류가 육손 장수와 칠중 장수를 불러 명령을 전하는 사이에 소서노가 해루를 돌아보았다.

"헌데 해루 사부, 내가 궁금한 것이 한 가지 있소."

"무엇입니까? 마마."

"조금 전에 나한테 했던 말들 말이오. 비류 폐하한테 직접 해도 되는 일이 아니오? 혹시, 비류 폐하를 왕으로 인정하기 싫은 것이 아니오?"

소서노가 조금은 매서운 눈빛으로 쏘아보았다.

"그럴 리가 있습니까? 마마의 뜻에 제일 먼저 찬성했던 저입니다. 다만 저는 십제의 실질적인 지도자는 마마이시고, 아직은 비류 폐하의 영보다는 마마의 영이 더욱 위엄이 있기에 그런 말씀을 직접 드린 것입니다."

"알겠소. 허나 앞으로는 나라의 일은 비류 폐하와 상의하도록 하시오."

"마마의 말씀 명심하겠습니다."

해루가 고개를 깊숙이 숙였다. 그러나 마음까지 숙인 것은 아니었다. 소서노는 고구려나 십제가 정통 계루부 출신이 왕이 되어 다스리는 나라가 되어야 한다고 믿고 있지만, 그래서 유리왕이나 온조보다는 비류를 늘 앞세우고 싶어한 것을 알고 있었지만, 자신이 따져

본 사주나 천기로는 비류는 한 나라의 왕이 될 사람이 아니었다. 온조야말로 왕의 사주를 타고 난 사람이었다.

'그러나 이곳은 아니야. 온조 왕자가 있을 곳은 바다 건너 삼한 땅이야. 거기야말로 온조 왕자께서 한 나라를 일구실 옥토라구.'

며칠 후였다. 사방 백 리 안의 백성들이 꾸역꾸역 모여들었다. 처음부터 한 집의 가장들만 참석하도록 했기 때문에 이만 명 남짓이 모였다. 일 년여를 고생했던 계루부 백성들보다는 나았으나, 그들도 한결같이 초라하기는 마찬가지였다. 군데군데 구멍이 난 옷은 허술했고, 얼굴은 초췌했다.

그 꼴을 본 소서노가 실망해서 을음을 돌아보았다.

"내리 삼 년을 흉년이 들었다고 했습니다. 오죽했으면 움직일 힘만 있으면 살 길을 찾아 황하를 건너간다고 하겠습니까? 하지만 한번 풍년이 들면 이곳 백성들이 오 년은 먹고산다고 했습니다. 그만큼 땅이 기름지다고 했습니다. 제가 알아 본 바에 의하면 이곳 현령이 백성들한테는 신경을 쓰지 않는다고 했습니다. 날마다 사냥이나 다니고 주색잡기에 정신을 못 차린다고 했습니다. 백성들의 삶이 피폐해질 수밖에요."

"알겠구나, 주군이 잘못되면 고달픈 것은 백성들의 삶뿐인 것을. 내 저들을 배불리 먹이고 두툼한 옷을 입힐 날이 꼭 오리니, 비류 폐하께서 그렇게 만들 것이니. 폐하, 저 헐벗고 굶주린 백성들에게 한 말씀하시지요."

소서노의 말에 장수 칠중이 앞으로 나섰다.

"나는 고구려의 계루부에서 온 칠중이라는 장수요. 지금 여러분 앞에 비류 폐하께오서 납시실 것이오. 만세삼창으로 맞이해 주시기 바랍니다."

장수 칠중의 말에 처음에는 멀뚱거리던 낙랑의 백성들이 누군가 먼저 비류 폐하 만세! 하고 선창을 하자 이내 손을 들며 만세를 따라 불렀다. 세 번의 함성과 만세가 끝났을 때 비류가 백성들 앞에 섰다.

"백성들이여, 여러분들의 모습에서 나는 힘들고 어려운 여러분들 의 삶의 모습을 보았도다. 나라가 왜 있는가? 왕이 무엇 때문에 있는 것인가? 모두가 백성들을 위해 있는 것이 아닌가? 백성을 추위에 떨 게 하는 왕은 존재할 이유가 없으며, 백성을 굶주림의 고통에 빠뜨 리는 왕은 왕의 자격이 없도다. 나는 여러분을 배불리 먹이고, 따뜻 하게 입힐 것이다. 꼭 그렇게 만들 것이다."

비류의 말에 백성들 사이에서 와, 와하는 함성이 쏟아져 나왔다.

"장차 목책을 쌓아 경계를 확실히 할 것이지만, 내가 서 있는 이곳 으로부터 사방 백 리의 땅은 십제의 영토니라. 그 안에서 사는 사람 들은 십제의 백성이 될 수밖에 없느니라. 십제의 백성이 되기 싫은 자는 땅과 집을 내놓고 백 리 밖으로 나가면 될 것이니라."

낙랑의 백성들이 서로의 얼굴을 바라보며 수군거렸다. 소란이 길 어지자 장수 육손이 칼을 빼들어 치켜올렸다.

"남아있는 자들은 십제의 백성으로 의무를 다해야 할 것이니라. 나이 열다섯이 넘은 장정들은 성을 쌓는 부역에 동원되어야 할 것이 며, 아녀자와 노약자는 농사를 지어 부과된 세금을 내야 할 것이니

라. 여러분들이 내 뜻에 잘 따라주기만 하면 나는 여러분을 굶주리지 않고, 추워하지 않는 십제의 백성으로 만들 것이니라."

비류의 말이 끝났을 때 육손이 두 손을 번쩍 치켜들고 만세를 부르며 백성들을 선동했다. 처음에는 멀뚱거리던 백성들이 이내 깨닫고 호응했다.

"비류 폐하 만세!"

"비류 폐하 만세!"

비류가 벌겋게 상기된 얼굴로 단을 내려오자 소서노가 말했다.

"잘 말씀하셨소, 폐하. 참으로 의젓하셨습니다."

"송구합니다, 마마."

"아니오, 아닙니다. 폐하는 이제 겨우 주춧돌을 놓았습니다. 을음의 말을 들어보면 여기 살던 원래 토박이가 십 만쯤 된다고 했습니다. 폐하는 십오 만의 백성을 가진 십제국의 왕이십니다. 그들의 목숨이 폐하의 손에 달려 있습니다."

"잘 알고 있사옵니다."

비류가 예를 갖추어 대답했다.

십제의 백성이 되기 싫은 자는 사방 백 리 밖으로 떠나라고 했으나, 떠난 백성은 별로 없었다. 어디를 가건 헐벗고 굶주리기는 마찬가지라는 생각이었다. 흉년이 들수록, 백성들의 삶이 고달플수록 어진 관리는 없는 법이었다. 백성들의 삶이 편안할 때, 백성들이 세금을 잘 낼 때라야만 어진 관리도 나오기 마련이었다.

하남은 내리 삼 년째 흉년이었다. 처음에는 가뭄이 들어 벼를 심지 못하게 하다가, 겨우겨우 메밀이라도 심어놓고 나면 이번에는 홍수가 나서 농사를 망쳐버리기 일쑤였다.

하남은 버려진 땅이었다. 백성들이 초근목피로 하루 한 끼를 때워도 관리는 관곡을 풀지 않았다. 아니, 풀어 줄래야 풀어 줄 관곡이 창고에 없었다. 백성들의 삶이 고달플수록 가렴주구하는 관리들만 득실거릴 뿐이었다.

이날 참석한 하남현의 백성들에게 쌀 한 됫박씩을 나누어 주면서 온조는 한숨을 내쉬었다. 너무 막막한 것이었다. 저들 하나 하나에는 다섯 명 남짓의 식구들이 딸려 있다는데, 쌀 한 됫박으로 무엇을 할 것인가. 그래도 어떤 백성은 눈물까지 글썽이며 땅에 머리를 댔다.

"나리, 삼 년만에 쌀을 구경하옵니다. 참으로 고맙사옵니다."

고마움을 아는 백성이었다.

'어떻게든 저들을 먹여 살려야 한다. 그러고 난 다음에라야 나라가 있고, 왕이 있는 것이 아닌가.'

온조는 그리 생각했다.

온조가 우울한 얼굴로 쌀을 나누어 주고 있는데, 해루가 다가왔다.

"손수 됫박을 잡으셨습니까? 왕자님."

"저들의 얼굴을 가까이서 보기 위해섭니다."

"하늘도 관리들도 저들을 돌보지 않았습니다. 내일도 저들은 올 것입니다. 나와서 성을 쌓고 집을 지으면 다만 얼마라도 양식이 생기니까요. 허나 그것은 임시방편일 뿐입니다. 우리들의 양식이 떨어지면 저들은 오지 않을 것입니다."

"어찌 해야 합니까?"

"대방의 양곡을 끌어내야지요. 제가 집을 짓고 성을 쌓는 일이 급한데도 병사들의 훈련에 게으르지 않도록 한 것은 다 그 때문입니다. 두고 보십시오. 오늘 이만여 명의 대방 백성들이 움직였습니다. 며칠 내로 무슨 일인가 하고 이곳 부사가 올 것입니다. 그때 담판을 지어야지요. 어쩌면 십제국의 첫 싸움이 있을지도 모릅니다."

"알겠습니다, 사부님의 뜻을."

그제서야 해루의 말을 이해한 온조가 고개를 끄덕였다.

이날 밤 소서노를 비롯한 열 명의 중신들이 모여 회의를 가졌다. 어떻게 하면 십제의 백성들이 굶주리지 않고 살 수 있는 그 방도를 찾기 위해서였다.

"집도 지어야 하고 궁실도 지어야 하며 성도 쌓아야 하지만, 가장 급한 것이 백성들을 굶주림으로부터 벗어나게 하는 것이오, 폐하. 거기에 대해서 의논들을 해보시오."

소서노의 말에 비류가 난감한 표정을 짓다가 입을 열었다.

"저도 오늘 초췌한 낙랑 백성들을 보고 가슴이 아팠습니다. 허나 지금으로서는 특별한 방법이 없습니다. 농사를 지어야 그들을 먹여 살릴 수 있을 텐데, 이제 겨우 씨앗을 뿌리고 있습니다. 지금은 지난번 장사에서 벌어 온 양식으로 겨우겨우 버티고 있습니다. 오늘 대방의 백성들에게 나누어 준 양식이 이백 석 남짓 됩니다. 그 양식을 발판으로 나는 집을 짓고 성을 쌓으려 하고 있습니다. 얼마나 버틸지 한 달을 버틸지 두 달을 버틸지는 모릅니다."

비류의 말에 온조가 나섰다.

"다른 방도를 찾아야 할 것입니다, 폐하."

"다른 방도라?"

비류가 온조를 바라보았다.

"원래 그들은 대방의 백성들이었습니다. 대방부사로 하여금 관곡을 풀도록 해야 합니다."

"허나, 대방의 관리가 관곡을 풀겠는가? 더구나 이제 그들은 대방부의 백성이 아니라 십제국의 백성인데."

"스스로 풀지 않으면 힘으로라도 풀게 만들어야지요. 그것만이 추수를 할 때까지 우리 십제가 버틸 수 있는 길입니다."

"힘으로 풀게 한다면, 아우는 우리 십제가 대방과 싸움이라도 해야 한다는 소린가?"

"어쩔 수 없다면 싸움이라도 해야겠지요."

"우리 병사들은 지쳐있네. 집을 짓고 성을 쌓는 일도 겨우겨우 하는 병사들을 동원하여 싸움을 한다?"

비류가 고개를 내저었다. 그때 해루가 나섰다.

"아닙니다, 폐하. 온조 왕자님의 말씀이 옳습니다. 지금 씨앗을 뿌린다고는 하지만, 올해 풍년이 든다는 보장은 없습니다. 올해도 흉년이 들면 백성들을 먹여 살리는 길은 대방의 것을 빼앗아오는 수밖에 없습니다. 다행히 우리 십제국에는 장사에 통달한 상인들이 있습니다. 모두가 돌아가신 연타발 나리의 덕입니다만, 우리 십제국의 상인들은 지금도 부지런히 장사를 하여 재물을 모으고 있을 것입니다. 십만금쯤은 일 년이면 모을 수 있을 것입니다. 그걸 가지면 계루부의 백성들은 먹고 살 수가 있겠지요. 문제는 대방의 백성들이다가, 이제는 십제국의 백성이 된 토박이들입니다. 토박이들을 동원하여 집을 짓고 성을 쌓게 하면서 그 노임으로 양식을 주면 될 것입니다. 그 양식을 이웃 대방부에서 빌리든지, 아니면 힘으로 굴복시켜 빼앗자는 것입니다. 우리 병사들은 훈련을 시켜 싸움에 대비하고, 대방의 백성들을 동원하여 집을 짓고, 성을 쌓게 하자는 것입니다.”

해루가 열변을 토했다. 근래 들어 그가 그토록 목소리에 힘을 준 일이 없어 소서노를 비롯한 열 명의 중신들이 놀란 얼굴로 바라보았다.

온조가 말했다.

“어마마마, 해루 사부님의 말씀이 옳으십니다. 우리 십제국이 대국으로 성장하기 위해서는 어차피 이웃과의 전쟁은 피할 수가 없는 일입니다. 소자가 병사들의 훈련을 책임지고 시키겠습니다. 폐하께서는 토박이 백성들을 데리고 성을 쌓고 궁실을 짓는 일에만 심혈을 기울여 주십시오.”

온조의 말에 비류가 소서노를 바라보았다.

소서노가 고개를 끄덕였다.

“그러십시다, 폐하. 온조 왕자에게 병사들을 훈련시키는 일을 맡깁시다. 해루 책사가 곁에서 도와주도록 하시오.”

“예, 마마.”

다음 날부터 본격적인 훈련이 시작되었다. 온조의 예상대로 날이 갈수록 몰려드는 대방부의 백성들은 그 숫자가 늘어났다. 아녀자와 노약자만 집에 남아 농사일을 했을 뿐, 힘을 쓸만한 장정들은 모두 축성 현장과 집을 짓는 현장에 나와 일했다. 따로 부역에 동원시키지 않아도 스스로 나왔다.

그렇게 열흘쯤 지났을 때였다.

대방부사라는 자가 거들먹거리며 나타났다.

"나는 이곳 대방부의 부사 공탁이다. 여기 우두머리가 누구인고?"

공탁이 몇 날 되지도 않는 코밑의 수염을 쓰다듬으며 물었다.

해루가 나섰다.

"나는 여기 십제국의 책사 일을 보고 있는 해루라고 하오. 그렇잖아도 한번 찾아뵙고 고견을 듣고 싶었는데 마침 잘 오셨구려."

"십제국이라 했는가? 내 백성들이 어떤 자가 감히 폐하를 칭한다고 하더니, 십제국이라? 이것은 나라를 칭하고 있지 않은가? 허허허, 채 오 만도 못 되는 백성을 데리고 나라를 건국했다? 하늘을 날던 새가 웃을 일이 아닌가?"

공탁이 너털웃음을 터뜨렸다.

"시작은 늘 미미한 법이지요. 그리고 나리의 말씀에 틀린 부분이 있습니다. 오 만도 못 되는 백성이 아니라, 십오 만이 되는 백성이지요?"

"십오 만이라니? 그 중 십만은 내 백성이 아닌가?"

"이제는 십제국의 백성이지요. 나리도 아시겠지만, 여기 하남은 계루부의 땅입니다. 스무 해쯤 전에 낙랑태수를 맡고 계시는 공손도 나리께서 대상이신 연타발 나리께 매도하신 땅이지요. 십제국의 비류 폐하께서 말씀하셨습니다. 십제의 백성이 되기 싫은 자는 살던 곳을 떠나라고 말입니다. 백성들은 떠나지 않았습니다. 그걸로 십제국의 백성이 된 것입니다."

해루의 말에 이마를 잔뜩 찡그린 채 잠깐 생각에 잠기던 공탁이 고개를 내저었다.

"나는 십제국을 인정할 수 없다. 너희들도 다만 낙랑군 대방부 하남현의 백성들일 뿐, 감히 나라를 칭하다니, 용납하지 않겠다."

"용납하지 않겠다면 십제국과 싸움이라도 하겠다는 뜻이오? 정녕 싸움을 원하시오?"

"순순히 낙랑의 백성이 되어준다면 몰라도 감히 십제를 칭한다면, 너희들의 우두머리를 폐하라 칭한다면 용서하지 않겠다. 폐하라는 칭호는 우리 한나라의 무황제 외에는 칭할 수가 없다."

"나리께서 인정을 하고 안 하고는 크게 상관이 없소이다. 사실은 나리께 부탁이 있소이다."

해루가 본론을 꺼냈다.

"무슨 부탁이오?"

공탁이 물었다.

"여기 하남 땅은 삼 년을 내리 흉년이 들었다고 했소. 계루부에서 온 백성들은 장사에서 남은 양곡으로 겨우겨우 목숨을 지탱할 수가 있지만, 원래 대방의 백성들까지 먹여 살리기가 난감합니다. 나리께서 관곡을 일천 석만 빌려주시면 고맙겠소."

"관곡 일천 석을 빌려달라?"

공탁이 어이없다는 듯 하늘을 향해 흐, 웃었다.

"만약 안 빌려주시면 우리 십제국에서는 병사들을 풀어 대방의 민가를 약탈하게 할 것이오."

"약탈을 한다?"

"그렇소. 사흘 굶어 도둑이 안 되는 사람이 없다는 말은 진리요."

"듣자 듣자하니 오만방자하기가 이를 데 없구나. 내 너희들을 가만 두지 않으리라."

공탁이 성난 얼굴로 해루를 노려보다가 말머리를 돌렸다.

비류가 걱정스런 얼굴로 물었다.

"해루 사부, 너무 심하게 대한 것은 아니오? 그러다가 정말 병사들을 끌고 쳐들어오면 어찌할 것이오?"

"폐하, 걱정하지 마시오소서. 설령 침략해 온다고 해도 우리 십제국의 병사들이 충분히 대적할 수 있사옵니다."

"우리의 병사는 겨우 칠천 명이 될까말까하오."

"대방의 병사들도 그 정도 밖에 안 됩니다. 더구나 요근래 낙랑은 평화가 계속되었기에 병사들의 훈련에 게을렀을 뿐만 아니라, 굶기를 밥 먹듯이 했다고 하옵니다. 그런 병사들이 어찌 우리 계루부 병사들과 싸울 수 있겠습니까? 하오나, 만약의 경우를 대비는 하겠습니다."

"병사들의 일은 해루 사부께 맡기겠소. 아직 미약한 십제국이오. 한나라는 중원을 지배하는 큰 나라이고, 낙랑군 대방부만 해도 십제국의 열 배 스무 배가 되오. 장인이신 공손도 태수는 황하 건너에 계시오. 그분의 도움을 바란다는 것도 힘이 드오."

"알고 있사옵니다. 너무 심려치 마십시오."

해루가 자신있게 말했다.

그러면서도 그는 밤으로 병사들을 동원하여 허수아비를 만들게 했다. 사람의 키 만한, 사람의 몸체와 비슷한 허수아비를 밤마다 만들어 한 곳에 쌓아 놓았다. 병사들은 해루가 가을의 참새 떼를 대비하여 허수아비를 만들게 하는 모양이라고 짐작했다.

다시 한 달쯤 지났을 때였다. 대방부와의 경계를 지키고 있던 병사들 가운데 하나가 허겁지겁 말을 타고 달려왔다.

"나리, 대방부의 군사들이 훈련을 받고 있습니다. 그동안에는 훈련하는 모습을 못 보았는데, 사흘 전부터 말을 달리고 활을 쏘며 창을 휘두르는 훈련을 받고 있습니다."

"그래? 대방의 병사들이 훈련을 받는다는 말이지?"

"그뿐만이 아니옵니다. 병사들의 수가 날이 갈수록 늘어나고 있습니다. 아무래도 다른 부의 병사들까지 불러들이는 것 같았습니다."

"알겠다. 대방의 병사들을 예의 주시하고 있다가 움직임이 수상하면 즉시 내게 달려오너라. 만약 십제국의 영역으로 단 하나의 병사라도 들어오면 즉시 달려오너라."

병사를 돌려보낸 해루는 묵거가 그려 가지고 온 십제국의 지도를 찬찬히 들여다 보았다. 그는 하남에 도착하던 다음 날 바로 묵거에게 한 가지 임무를 주었다. 사방 백 리 십제국의 경계를 돌면서 산이며 강이며 들을 자세히 그려 오도록 한 것이었다. 산이 있으면 산의 높이는 어느 정도이며 골은 몇 개이고, 그 깊이는 또한 얼마인가, 강이 있으면 강폭은 얼마이며 깊이는 어느 정도이고, 물살의 빠르기며 느리기까지 자세히 기록하도록 했다.

열흘 남짓 지나 묵거가 돌아왔을 때 해루는 십제국을 한눈에 들여다 볼 수 있었다. 더구나 골짜기마다 백성들이 부르는 이름이 있었는데, 해루가 연무골이라고 적힌 곳을 가리키며 물었다.

"어떻던가? 여기에는 안개가 끼지 않던가?"

"끼었사옵니다. 지척을 분간할 수 없는 안개가 끼었습니다. 처음에는 그곳에 산이 있는 줄도, 계곡이 있는 줄도 몰랐었지요. 한낮이 되어서야 산과 골짜기를 발견할 수 있었습니다."

"산 이름 하나, 강 이름 하나인들 그냥 붙여진 곳이 없지. 연무골이라는 이름에서 안개를 생각해 본 것일세. 연무골의 생김새를 자세히 일러보게. 마침, 대방부의 부청이 있는 곳과 그리 멀지 않은 곳이군."

"나즈막한 산이었습니다. 능선 또한 순한 모습이었구요. 들어가는 입구는 좁았으나, 그 안에 수만 필의 말을 기를 수 있을 만큼 넓은 초원이 있었습니다."

"알겠네. 요긴하게 쓰일 때가 있을 걸세. 자네는 이 길로 즉시 대방부로 들어가 그곳 움직임을 탐문하도록 하게."

그렇게 보낸 묵거는 오지 않고, 변방을 지키는 병사가 달려와 대방부의 병사들이 느닷없이 훈련에 돌입했다고 알려온 것이었다.

"대왕후마마, 아무래도 대방부와 한바탕 싸움을 해야 할 것 같사옵니다."

해루가 소서노를 찾아가 고했다.

"싸움을?"

소서노가 얼굴에 우려의 빛을 띠며 물었다.

"변방을 지키는 병사의 말이 대방부의 병사들이 훈련을 시작했다고 하옵니다. 부사 공탁이 많이 섭섭했나 봅니다."

"그러니까 지난 번에 너무 심하게 대하는 것이 아니었습니다. 우리의 힘을 기르기 전까지는 고개를 숙였어야 합니다. 이것 괜히 긁어 부스럼을 만든 것은 아닌지 모르겠소."

비류가 불만을 털어놓았다.

"아니지요, 폐하. 처음부터 얕잡아 보이면 두고두고 우리를 업신여기고 괴롭힐 것이오. 우리의 힘을 보여줄 필요도 있소. 다행히 우리 병사들이 먼 길의 노독이 풀린 듯 하고, 훈련에 열심이었으니, 옛 기량을 십분 발휘하면 쉽게 무너지지는 않을 것이오."

소서노가 해루의 편을 들고 나왔다.

"저는 걱정이 됩니다, 마마. 아직 성도 완성되지 않았습니다."

비류는 여전히 대방부의 병사들이 마음에 걸리는 모양이었다.

"너무 심려하지 마십시오, 폐하. 우리 병사들이 못해도 일당 십은 될 것입니다. 병사들의 눈빛이 살아나고 있습니다."

온조가 나섰다.

"그렇습니다. 허나 아직 묵거 장수가 돌아오지 않은 것으로 보아 별 일은 없는 것 같습니다. 소인이 대비를 하겠습니다."

해루가 자신감을 보였다.

"나는 해루 사부만 믿소. 헌데 아까운 병사들을 시켜 허수아비는 무엇 하러 만드시오? 가을 추수는 아직 멀었고, 그까짓 참새 떼야 백성들을 시켜 쫓으면 되잖소?"

비류가 마지못해 고개를 끄덕이면서도 허수아비를 물고 늘어졌다. 해루의 마음이 온조에게 있는 것을 눈치 챈 비류가 작은 일에도 간섭을 하고 나오는 것이었다.

그러나 이번에도 소서노가 해루 편을 들고 나왔다.

"아닙니다, 폐하. 참새를 쫓기 위한 허수아비가 아닐 것이오. 나는 해루 사부가 고구려에 있을 때도 싸움에 허수아비를 이용한 것을 알고 있소. 그 일은 해루 사부에게 맡겨 둡시다."

해루가 막 소서노 앞을 물러나와 병사들이 훈련을 하고 있는 곳으로 걸어가고 있는데, 한 사내가 바람처럼 달려왔다.

묵거였다.

"대방현의 병사들이 움직이기 시작했는가?"

"그렇사옵니다. 내일 십제국을 향해 출발한다고 했습니다. 마병 오백과 보병 일만 삼천이 동원된다고 했사옵니다. 한 달 남짓 잘 먹여 사기가 하늘을 찌를 듯 높다고 했습니다. 이번 싸움에 이기기만 하면 나이 설흔이 넘은 병사는 집으로 돌려 보내주겠다고 했답니다."

"알겠네. 이제 우리 쪽에서도 준비를 서둘러야겠군."

해루가 육손이와 칠중이를 불러 병사들로 하여금 허수아비를 연무골로 옮기도록 했다.

"연무골에서 대방부의 병사들을 기다릴 것입니까?"

온조가 물었다.

"그렇습니다."

해루가 짧게 대꾸했다.

"연무골 능선에 허수아비를 세워 안개 속에 병사처럼 위장해 놓고, 우리 병사들은 매복을 시키겠지요? 우리 병사 일부가 대방부의 병사들과 싸우다가 후퇴를 하여 대방부의 병사들을 연무골로 유인하여 물리치겠다는 뜻이겠지요?"

온조의 말에 해루가 빙그레 웃었다.

"내가 백 명의 병사들을 데리고 가 허수아비를 세워놓고 대방부의 병사들을 기다리겠소."

"될 수 있으면 목청이 큰 자들만 골라서 데리고 가시옵소서."

해루의 말뜻을 알아들은 온조가 빙긋 웃었다.

드디어 대방부의 병사들과 한판 붙게 되었다는 해루의 말에 소서노가 서두르고 나왔다. 갑옷을 챙긴다, 말안장을 돌본다, 활을 손질한다, 싸움에 나갈 준비를 한 것이었다.

"대왕후마마는 참으시오소서."

해루가 웃으며 말렸다.

"아니오. 나도 싸움에 나가겠소. 두 왕자와 십제국의 전 병사가 동원되는 첫번째 싸움이오. 내 어찌 팔짱을 끼고 지켜보기만 하겠소. 나도 단 한 명의 적이라도 죽이겠소."

"어마마께오서는 기다리고 계시오소서. 싸움은 저희들이 하겠사옵니다."

비류와 온조가 함께 말렸다.

"아니오. 폐하까지 나가는 싸움이오. 만에 하나 잘못되면 어미는 살아도 살아있는 몸이 아니오. 내 어찌 마음 편히 기다리고 있을 수 있겠소. 해루 사부, 내가 할 일을 알려주시오. 상군에 서리까? 아니면 중군에 서리까? 그것도 아니면 하군에 서리까? 일러만 주시오. 내 해루 사부의 명령에 따르겠소."

"제가 어찌 대왕후마마께 명령을 내릴 수 있겠사옵니까? 정히 그러시다면 상군에 참여하십시오. 폐하와 온조 왕자님과 연무골 능선에서 대방부의 병사를 기다리십시오."

"알겠소."

소서노가 고개를 끄덕이는데, 금실래가 저도 나가겠습니다, 하고 나섰다.

"넌 안 된다. 홀몸이 아니잖느냐? 그 몸을 해가지고 어찌 말을 타며 활을 쏜다는 말이더냐?"

"어마마마, 제가 듣기로는 어마마마께오서도 수태하신 몸으로 말을 타고 밤길을 달리셨다 하셨사옵니다. 우리 십제국이 죽느냐, 사느냐 하는 싸움입니다. 저도 나가 적을 하나라도 죽이겠습니다. 데려가 주시옵소서."

"정 나서고 싶으냐?"

"여기서 걱정을 하며 기다리느니, 차라리 싸움터로 나가겠습니다."

금실래의 뜻이 간절했다.

"하면 함께 가도록 하자. 해루 사부의 계책이 잘만 들어맞으면 적군이 우리가 있는 곳까지는 오지도 못할 것이니라."

소서노가 고개를 끄덕이는 걸 보면서도 온조는 금실래를 말리지 못했다. 말린다고 들을 그녀가 아니었다. 작년 겨울 황하를 건너기 전에 두 사람은 간단하게 혼례를 치루고 합방을 했다. 소서노의 배려였다.

"가을이면 왕자님은 아기 아버지가 되실 거예요."

황하를 건너고 나서야 금실래가 수줍은 얼굴로 고백했다.

"부디, 몸조심 하구려."

그 말 밖에 해줄 수가 없었다. 모두가 제 한 몸 챙기기에 급급한 판이었다. 시어머니인 소서노의 배려라는 것도 고작 식사시간에 밥 한 술을 금실래의 밥그릇에 더 얹어주는 것이었다.

그런데 이번에는 무거운 몸을 이끌고 싸움터로 나가겠다고 하잖은가?

온조는 말리고 싶었다. 내가 그대 몫까지 싸울 터이니, 그대일랑 여기에 있으시오. 그렇게 말리고 싶었다.

그러나 어머니 소서노가 먼저 고개를 끄덕여버린 것이었다.

"조심하구려, 제발."

말 위에 훌쩍 뛰어오르는 금실래를 도와주며 온조가 속삭였다.

"걱정하지 마시어요. 전 제 아이를 강건하게 키울 것입니다."

금실래가 하얗게 웃으며 돌아보았다.

해루가 즉시 병사들을 미리 계획된 대로 움직였다. 중군 삼천 명은 연무골에 매복을 시키고, 하군 이천 명을 이끌고 연무골에서 십 리쯤 떨어진 곳까지 나아갔다. 곧 들이닥칠 대방군사들을 맞아 싸우다가 적당한 시기에 후퇴를 시킬 참이었다. 대방 병사들은 기가 살아 쫓아올 것이었다.

연무골까지만 끌어들이면 수천, 수만의 병사라도 몰살을 시킬 수 있을 것이었다. 해루는 알고 있었다. 연무골의 초지는 습기가 많았다. 그리고 밤낮의 기온 차가 컸다. 틀림없이 안개가 낄 것이다. 그것도 서너 자 앞을 분간할 수 없는 짙은 안개가 낄 것이다.

해루는 그리 믿었다.

백여 명의 병사들을 동원하여 연무골 능선에 오백여 개의 허수아비를 세우면서 비류가 투덜거렸다.

"무슨 이런 싸움이 다 있다는 말인가? 아무리 멀리서 보아도 한눈에 허수아비인 것을 모를 사람이 어디 있을라구. 여기 배치한 일 백의 병사라도 싸움다운 싸움에 배치하는 것이 훨씬 나을 것 같은데. 안개를 이용한다? 적군이 닥쳤을 때 안개가 꼭 낀다는 보장도 없지 않은가?"

"해루 사부를 믿어보십시다, 폐하."

소서노가 달랬다.

병사들이 밥을 짓고 있는 곳을 둘러보던 온조가 계곡의 중간쯤에서 하얀 백토를 발견하고 그걸 물에 풀어 보았다. 쌀뜨물처럼 하얀 물이 계곡을 흘러 내려갔다. 그 순간 어떤 생각 하나가 온조의 뇌리를 스쳐갔다.

"여기 백토를 파다가 물에 풀도록 하여라."

온조가 나무 그늘에서 쉬고 있는 병사들을 동원하여 분부를 내렸다.

"허수아비로는 모자라 백토까지 동원하는가? 아우는 정말 적이 속을 것이라고 믿는가?"

백토를 풀어 하얗게 물들이며 흘러가는 계곡물을 쌀뜨물인 양 적을 속이려는 계책을 알면서도 비류가 비아냥거렸다. 안개가 꼭 낄 것이라고 믿는 온조의 행위가 도무지 미덥지가 않는 것이었다.

이튿째 나던 날이었다. 묵거가 달려와 아뢰었다.

"마마, 드디어 대방부의 병사들이 십제국의 경계를 넘어 쳐들어오고 있사옵니다. 지금쯤은 십제국의 병사들과 한판 붙고 있을 것이옵니다."

"그래? 해루 사부는 뭐라고 하시더냐?"

"일단은 싸우는 척만 하다가 오늘밤 해가 지면 적을 연무골로 유인할 것이라 했습니다. 피차간에 캄캄한 밤이라 싸움은 중단될 것이라고 했사옵니다. 내일 날이 밝으면 바로 싸움을 시작할 것이라고 했사옵니다."

"이쪽에서는 어떻게 하라고 이르던가?"

"골짜기로 몰려드는 적을 향해 고함만 지르라고 하셨습니다. 여기 연무골 능선에 수천의 병사들이 있는 양 고함만 지르면 된다고 하셨습니다."

"알겠느니라."

소서노가 조금은 긴장된 눈빛으로 비류와 온조를 돌아보았다. 여걸인 그녀도 내일 아침 꼭 안개가 끼어줄까 의심스러운 것이었다. 물론 해루 책사가 그 반대의 경우도 대비를 해놓았겠지만, 적군이 다가올수록 미심쩍어지는 것은 어쩔 수 없는 모양이었다.

백토를 푼 하얀 물이 계곡을 흘러내려 산 아래까지 도달했을 때 멀리에서 병사들의 고함이 들려왔다.

"드디어 우리 병사들이 대방부의 병사를 연무골로 끌어들인 모양이구나. 아니, 싸움이 시작된 모양이구나. 헌데, 어찌 안개가 끼지 않는단 말이더냐?"

소서노가 멀리 함성에 귀기울이며 얼굴에 그늘을 만들었다.

"심려치 마시옵소서, 어마마마. 안개란 순식간에 끼는 것이기도 하고, 또한 안개가 끼지 않아도 우리 병사들이 호락호락 당하지는 않을 것입니다."

"안개가 끼지 않으면 저녁내 흘려보낸 백토물도 소용이 없지 않느냐? 안개가 끼어 허수아비를 진짜 병사로 알아야 백토물도 효과를 볼 것이 아니드냐? 이 안에 수천의 병사들이 있는 걸로 알고 적병이 겁을 먹을 것이 아니더냐? 이럴 줄 알았으면 내가 중군에 가담하여 매복을 하던지, 하군에 가담하여 적군과 싸울 것을 그랬구나."

소서노가 발을 굴렀다. 함성은 점점 다가오고 있었다. 가끔은 병사들의 모습이 눈에 띄기도 했다. 조금만 더 가까워지면 능선에 세워놓은 허수아비가 들통이 날 판이었다.

"안개는 끼지 않을 것이옵니다, 어마마마."

비류가 불만을 터뜨렸을 때였다. 병사 하나가 소리를 질렀다.

"폐하, 저기를 보시옵소서. 안개가 피어오르기 시작했사옵니다."

"정말이구나. 정말 안개가 피어오르기 시작하고 있구나."

소서노가 감탄을 했다.

처음 시작은 실낱같은 하얀 줄기에 불과했다. 작은 초옥의 민가 굴뚝에서 피어오르는 연기처럼 피어오르던 안개가 조금씩 퍼지고 있었다.

"어마마마, 보시옵소서. 안개의 영역이 점점 넓어지고 있사옵니다. 잠시 후년 연부골을 완전히 덮고도 남겠습니다. 해루 사부의 계책이 참으로 신통합니다."

온조가 소리를 질렀다.

안개는 점점 골짜기를 덮었고, 병사들의 함성 또한 가까워지고 있었다.

"투항하는 자는 살려 줄 것이다! 대방부의 병사들은 듣거라! 너희들은 이제 독 안에 든 쥐꼴이니라! 산능선에도 우리 병사 오천 명이 기다리고 있느니라! 살고 싶은 자는 창을 버리고 무릎을 꿇어라! 투항하는 자는 살려 줄 것이니라!"

병사들의 고함이 골짜기를 쩌렁쩌렁 울렸다.

"어마마마, 우리 쪽에서도 상응을 해야겠사옵니다. 병사들로 하여금 고함을 지르도록 해야겠사옵니다."

금실래가 나섰다.

"그러자꾸나. 안개 속을 적병이 기어오르고 있을지도 모르겠구나. 병사들로 하여금 고함을 지르게 하거라."

"예, 어마마마."

비류가 칼을 빼들고 고함을 질렀다.

"대방부의 병사들은 듣거라! 투항하는 자는 목숨을 부지할 것이나, 끝까지 저항하는 자는 죽일 것이니라! 여기 산능선에 우리 병사 오천 명이 대기하고 있느니라! 죽고 싶은 자는 기어오르거라! 어서 오너라!"

비류의 선창에 병사들이 입을 모았다.

"죽고 싶은 자만 올라오거라! 오냐, 너 이놈 잘 왔구나. 이놈 죽어 보거라!"

병사들이 정말 싸움이라도 하는 듯 고함을 질러댔다. 그렇게 두어 시각이나 지났을까? 산능선에서부터 안개가 걷히기 시작했다. 햇살 한 줄기가 안개를 비추는가 싶더니, 사정없이 빠른 속도로 산을 타고 내려간 것이었다.

골짜기의 함성은 어느 사이에 걷혀 있었다. 산능선을 타고 오르는 적군은 한 명도 눈에 띄지 않았다. 언제 싸움이 있었더냐 싶게 골짜기는 햇살이 내려앉고 있었다.

"내려가 보자. 싸움이 끝난 모양이구나."

소서노가 앞장을 섰다.

"예, 어마마마. 참으로 싱거운 싸움이었습니다. 이쪽에서는 화살

한 대 날려보내지 않았습니다."

"해루 사부의 계책이 신통하지 않느냐? 오늘 어찌 안개가 낄 것을 미리 알았더란 말이더냐? 해루 사부야말로 우리 십제국의 보물이니라."

"그렇사옵니다, 마마."

비류가 맞장구를 쳤다.

오 리쯤 걸어 내려오자 병장기를 던져놓고 무릎을 꿇은 대방부의 병사들이 눈에 들어왔다. 십제국의 병사들이 그들이 버려놓은 병장기를 한 곳에 모아 쌓고 있는 중이었다. 그뿐만이 아니었다. 말 삼백 필이 고스란히 한 곳에 옹기종기 모여 있었다.

"어서 오시오소서. 대왕후마마."

해루가 소서노를 맞이했다.

"수고했소. 장하오, 해루 사부. 우리 병사들의 희생은 어떻소?"

"경미한 부상을 입은 자는 더러 있을 것이옵니다만, 죽은 병사는 없는 걸로 아옵니다. 안개가 끼기 전에 이미 대방 병사들은 겁을 먹고 있었사옵니다. 골짜기를 흐르는 물이 온통 쌀뜨물이니, 그 안에 얼마나 많은 병사들이 있는가, 하고 미리 겁을 먹은 것입니다."

"쌀뜨물 때문에?"

"쌀뜨물이 계곡을 가득히 흘러내려오니, 수천 수만의 병사가 있는 걸로 믿은 것이지요. 싸울 의욕을 잃었습니다."

"그것은 쌀뜨물이 아니고 백토를 푼 물이었소. 온조 왕자가 그런 계책을 내놓았소. 물에 백토를 푸는 것을 보면서도 긴가민가했었는데, 그 덕을 보았다니, 참으로 다행이구려."

"그뿐만이 아닙니다. 안개 속에 어렴풋이 서 있는 허수아비가 저들의 눈에는 산을 가득 메우고 있는 병사로 보였던 것입니다."

"장하오. 모두가 해루 사부의 계책 덕이오."

소서노가 흡족하게 웃고 있을 때였다. 장수 육손이와 칠중이가 갑옷을 입은 사내 하나를 끌고 왔다.

"아니, 이 사람은 대방 부사가 아니요?"

"그렇사옵니다, 마마. 혼자 도망가는 것을 붙잡아 왔사옵니다."

공탁을 무릎 꿇린 육손이가 아뢰었다.

"살려주시오. 그대들을 깔보고 업신여긴 것은 참으로 잘못되었소. 살려만 주시면 십제국을 상국으로 섬기겠소. 나 또한 십제국의 백성이 되겠소."

공탁이 비굴한 얼굴로 애걸했다.

소서노가 어찌할 것이냐는 눈빛으로 해루를 바라보았다.

"잠깐 막사로 드시오소서, 마마."

해루의 말에 소서노가 앞장을 서서 막사로 갔다. 비류와 온조, 그리고 해루가 따라갔다.

"저 사람을 어찌할 것이오? 해루 사부."

"마마의 뜻대로 하소서."

해루의 대답에 소서노가 잠시 생각에 잠겼다.

"눈알을 자주 굴리는 것이 신의가 있는 사람은 아니었소. 살려주면 분명 우리를 배신하고 나올 것이 분명하오."

소서노의 말에 해루가 고개를 끄덕였다.

"소인도 그리 보았사옵니다. 십제국에 충성을 다 할 사람은 아닙니다."

"하면 죽이겠소? 화의 뿌리는 처음부터 뽑아버려야 하는 것이오."

소서노의 말에 비류가 나섰다.

"죽입시다. 처음부터 시건방진 꼴이 영 눈에 거슬렸소."

"아닙니다, 폐하. 어차피 이제 대방부는 십제국의 땅이옵니다. 그 땅을 잘 아는 것은 공탁만한 사람도 없을 것입니다."

이번에는 온조가 나섰다.

"아우는 공탁을 살려주자는 소리인가?"

"잘만 이용하면 그리 큰 해는 입히지 못할 것입니다. 일단은 대방부를 십제의 속국으로 삼고, 앞으로는 낙랑에 바쳤던 세금을 십제국에 바칠 것이며, 대방부의 병사들이나 백성들이 십제국 건설을 위한 노역에 참여시키도록 하는 것입니다. 하남의 백성들만 가지고는 성을 쌓는 일이나 궁실을 짓는 일이 지지부진합니다. 대방부의 병사들과 백성들을 동원시키면 한결 일이 수월해지고 빨라질 것입니다."

온조의 말에 소서노의 눈길이 해루에게 머물렀다.

"온조 왕자님의 말씀이 옳으십니다. 공탁이 비록 믿을만한 사람은 아닐망정 살려주고 잘만 이용하면 십제국에 이득을 줄 수도 있습니다."

"일단은 대방부에 보관되어 있는 양곡을 이쪽으로 옮겨야 할 것입니다. 그리고 병사들이나 백성들을 노역에 동원시키면서 양식을 나누어주는 것입니다. 공탁은 계속 대방부를 다스리도록 하면서 십제국을 위해 일하도록 하면 될 것입니다. 또한 대방부의 말이며 병장기를 이쪽으로 옮겨놓아야 할 것입니다."

온조의 말에 소서노가 고개를 주억거렸다.

"온조의 말이 그럴듯하구나. 병사와 말과 병장기만 우리가 확보하면 공탁은 빈 껍데기를 다스리는 일이 아니더냐? 제 놈이 설령 딴 마음을 먹는다고 하더라도 어느 세월에 우리를 대적할 수 있는 말이며 병장기며 병사를 확보할 수 있겠느냐? 공탁을 살려놓고 이용하도록 하자."

소서노가 결단을 내렸다.

"공부사, 정녕 십제국의 백성이 되겠소? 비류 폐하의 백성이 되겠소?"

막사를 나와 공탁 앞에 버티고 선 소서노가 뚫어질 듯 노려보며 물었다.

"신명을 다하겠습니다. 살려만 주시옵소서."

공탁이 머리가 땅에 닿도록 조아렸다.

"공부사, 지금 대방부에 양곡이 얼마나 보관되어 있소?"

"잘해야 일천 석 남짓입니다. 그것도 대방부에서 생산한 것이 아니라, 백성들의 기휼미로 풀기 위하여 낙랑의 공손도 태수께서 특별히 내려주신 것이옵니다."

"그것을 우리 쪽으로 옮겨놓겠소."

"뜻대로 하시옵소서."

"말은 몇 필이나 되오?"

"말 또한 잘해야 천여 필일 것이옵니다."

"말은 연무골에서 기를 것이오. 병장기도 이쪽으로 옮겨놓을 것이오. 앞으로도 계속 그대가 대방부를 다스리도록 하시오. 그 대신 그대의 아들 하나를 볼모로 데려다 놓겠소."

해루의 말에 공탁이 몇 번이나 고개를 조아렸다.

"살려만 주신다면 무슨 일이든 감수하겠습니다."

"대방부의 백성들한테 고하시오. 이제 한나라 무황제의 백성이 아니라 십제국 비류 폐하의 백성이 되었다고 선포하시오."

"그리하겠사옵니다. 은혜가 하해와 같사옵니다."

"지금 병사를 대방부로 보내 아들 하나를 데리고 오도록 하시오. 말과 병장기를 옮겨놓고 난 다음에, 그대의 아들이 도착하면 보내주겠소. 다시 한번 말하지만 십제국을 배반할 생각일랑 마시오. 세금을 잘 바쳐야할 것이며, 병사들이나 백성들의 노역을 충실히 하도록 하시오. 노역에 동원되는 백성들만이 양식을 받아갈 수 있을 것이오."

"고맙사옵니다. 이 은혜 잊지 않겠사옵니다."

"그대가 그대의 병사들에게 한 마디 하시오. 이제 십제국의 병사이며 십제국의 백성이 되었다고 선포를 하시오."

해루의 말에 공탁이 자리에서 일어나 무릎을 꿇고 있는 대방부의 병사들 앞에 섰다.

"내 말을 잘 듣거라. 우리 대방부는 십제국을 맞아 싸움에 졌으니

라. 원래 싸움에 진 병사는 포로가 되어 끌려가든지, 목이 잘리는 것이 도리니라. 헌데, 십제국의 비류 폐하께서는 우리 모두를 살려주시겠다고 약속하셨다. 나는 오늘부터 십제국의 백성이니라. 너희들 또한 마찬가지니라. 앞으로는 십제국을 위하여 충성을 다해야 할 것이니라."

공탁이 거기까지 말했을 때였다. 대방부의 병사들 속에서 와! 와! 하는 함성이 터져나왔다.

"비류 폐하께 충성을 다해야 할 것이니라!"

공탁이 얼굴을 찡그리며 고함을 질렀다. 그러자 대방부의 병사들 속에서 비류 폐하 만세! 십제국 만세! 하는 만세의 함성이 일어났다.

해루가 비류를 돌아보았다.

"이제 저들은 모두 폐하의 백성입니다. 폐하의 병사입니다. 저들은 폐하의 말씀을 따를 것이옵니다. 한 말씀 내리시옵소서. 십제국과 폐하께 충성을 바치는 자만이 살아남을 것이라고 이르십시오."

"어마마마께오서 말씀하시지요."

비류가 소서노에게 미루었다.

"아니오. 폐하의 백성들이지, 어미의 백성이 아니오. 어미 또한 폐하의 한 백성일 뿐이오. 어찌 내가 앞에 나서겠소."

첫 싸움에 승리한 소서노가 상기된 낯빛으로 고개를 저었다.

비류가 무릎을 꿇고 있는 대방부의 병사들 앞에 섰다.

"내 너희들에게 이르노라. 출발할 때는 대방부의 병사들이었으나 이제 돌아갈 때는 십제국의 병사가 되었느니라. 나이 설흔이 넘은

자는 집으로 돌아갈 것이며 그렇지 않은 병사는 병영에 남아 십제국의 병사로써 충성을 다해야 할 것이니라. 감히 내 이름을 걸고 맹서하노니, 내 너희들을 굶주리지 않게 하며 헐벗지 않게 하며, 편안한 삶을 살아갈 수 있도록 할 것이니라. 너희들이 먹으면 나도 먹을 것이며, 너희들이 입으면 나도 입을 것이니라. 너희들이 먹지 못하면 나 또한 먹지 않을 것이니라. 십제국은 충성하는 자들과 함께 편안하고 안락한 삶을 누릴 것이니라."

"비류 폐하 만세!"

"십제국 만세!"

만세의 함성이 하늘을 찔렀다.

황하를 건넌 지 석 달만에 소서노는 사방 사백 리의 땅을 가진 십제국의 실질적인 지도자가 된 것이었다.

그뿐만이 아니었다.

하늘이 도왔음인가, 사 년만에 대풍이었다. 수확량의 절반을 나라에 세금으로 내고도 이 년은 먹고 살 수 있겠다고 백성들이 춤을 덩실덩실 추었다. 그 만큼 하남은 기름진 땅이었다. 흉년은 하늘 탓이었지 사람들 탓이 아니었다.

"하늘에 감사해야 하오, 폐하. 올해 풍년이 든 것은 폐하의 덕이기도 하지만, 하늘이 도와주었기 때문이오. 백성들이 모두가 폐하의 은덕이라고 칭송을 한다 하오. 백성들과 더불어 사흘을 즐기도록 하십시다. 부여의 영고제 같은 제사를 하늘에 올립시다."

소서노가 말했다.

아직 갈 길은 멀지만 그 만큼 소서노의 마음은 넉넉해져 있었다. 영고제 날은 풍성한 음식과 술을 마련하여 백성들로 하여금 실컷 먹고 마시게 했다. 백성들의 입에서 저절로 비류 폐하 만세가 흘러나왔다. 십제국 만만세가 쏟아져 나왔다.

소서노는 모처럼 살맛이 났다. 따지고 보면 고주몽을 만난 이후 늘 가슴 조이며 살아온 세월이었다. 고구려의 열에 한 칸도 안 되는 작은 십제국이었지만, 그토록 소원하던 폐하의 자리를 비류에게 물려준 것이었다.

영고제도 끝나고 백성들이 긴 겨울 준비에 들어갔을 때, 금실래가 아들을 낳았다. 자정이 가까울 무렵 배가 아프다고 몇 번 신음을 내더니, 측간에서 변을 보듯 쑥 뽑아낸 아들이었다.

울음소리가 서까래를 울렸다.

"그놈 울음소리 한번 우렁차구나. 눈 한번 푸지게 내리는구나. 좋은 징조야. 우리 십제국이 번창할 징조야."

소서노가 중얼거렸다.

9

하남과의 작별

"위례성이라고 하십시다. 황하의 남쪽에 있으니 하남 위례성이지요."

북아악을 등지고 아담한 성과 궁궐이 완성되었을 때 소서노가 말했다.

"어마마마의 뜻대로 하소서. 하온데 특별한 뜻이 있사옵니까?"

소서노 앞에서는 늘 신하처럼 행동하는 비류가 머리를 조아리며 물었다.

"예의를 숭상한다는 뜻이오. 따지고 보면 공왕후의 아버님이신 공태수의 은혜가 컸소이다. 겨울은 오고 양식은 떨어졌는데, 꼼짝없이 죽을 목숨을 부지한 것은 다 그분의 은혜가 아니더이까? 또한 그분께 예의를 다하자는 뜻에서 붙인 이름이기도 하오."

"알겠사옵니다, 어마마마."

"어미가 약속은 지킬 것이오. 올 가을이면 빌린 양곡 일만 석을 갚을 수 있겠지요. 가까운 사이일수록 약속을 지켜야 할 것이오."

"그리될 것이옵니다. 지난 번 사신이 갔을 때 그리 전하라 일렀습니다."

비류의 말에 소서노가 두 왕후를 바라보며 말했다.

"헌데 어찌된 일이오이까? 두 왕후가 다 아이를 갖지 못하고 있소? 하루라도 빨리 태자를 보아야 할 것이 아니오? 어미는 일각이 여삼추로 기다려지오."

"소자도 기다리고는 있사옵니다만, 마음대로 되지 않사옵니다. 너무 조급해 하지 마십시오. 머지않아 손자를 보시게 될 것이옵니다."

"손자가 아니라 태자요. 폐하에게서 십제국의 태자가 나와야 하오."

소서노의 말에 온조는 또 가슴에서 울화가 치밀어 올랐다. 어머니는 늘 그랬다. 비록 폐하이기는 하지만, 비류만 챙겼다. 그것은 며느리들에게도 마찬가지였다. 금실래보다는 저연화나 공리에게 더 다정한 눈길을 보냈다.

"어머님은 어찌 나를 미워하실까. 내게 무슨 잘못이 있을까."

아무리 궁리해 보아도 딱 부러지게 떠오르는 것이 없었다. 처음 하남에 도착했을 때는 병사들을 훈련시켜 대방부를 속국으로 만들었으며, 겨울 석 달 동안에는 병사들과 백성들을 독려하여 성과 궁궐을 완성해냈지 않은가? 십제국을 건국하고 이만큼 안정시키는 데는 비류보다 자신의 힘이 더 컸다고 온조는 믿고 있었다.

"심려하지 마십시오, 왕자님. 대왕후마마께오서 그러시는 것은 주몽 폐하에 대한 원한이 가슴에 사무쳤기 때문이옵니다."

좌보 해루가 위로했다. 대방부를 굴복시킨 다음 그는 신하 가운데 으뜸인 좌보가 되었다. 을음은 우보가 되어 장사선단을 책임지고 있었다. 아직은 직접 배를 타고 나가지는 않았으나, 봄이 되면 먼 뱃길까지 손수 나가겠다고 했다.

"도사공을 비롯하여 모두 믿을 수 있는 자들이기는 하옵니다만, 전에 숙부님과 닦아놓은 기반은 물려주어야 할 것입니다. 한 푼이라도 더 벌어야 공손도 태수께 빌린 양곡을 갚을 것이 아닙니까? 제가 상인들한테 될 수 있으면 은자를 모으라고 했습니다. 일만 천냥이 되면 제가 손수 배를 끌고 황하를 건너 공태수께 빌린 양곡을 은자로 갚겠습니다."

을음의 말에 소서노가 웃었다.

"역시 장사꾼이라 다르구나. 빚을 갚지 못해 안달하는 것을 보니. 어찌, 아버님을 그리 닮았을꼬."

"한 푼이라도 어김없는 계산이 장사꾼의 생명이지요. 한번 신용을 잃으면 다시는 설 수 없는 것이 장사꾼이옵니다. 숙부님께서 대상이 되신 것은 천하에 심어놓으신 신용 때문이었습니다."

"알지, 알고 말고. 그 신용 하나만 믿으시고 큰 장사를 하셨다가 실패를 하셨지. 주몽 폐하와 어그러진 거래를 하셨던 것이지. 그래서 자결을 하셨던 것이고. 하루라도 빨리 십제국을 고구려나 부여보다 큰 나라로 키워야 한다. 사천 리 밖이라고는 하지만, 언젠가는 고구려를 도모해야 할 것이 아니더냐? 유리를 내 무릎 아래 꿇려야 할 것이 아니더냐? 그렇지 못하면 내가 죽어서도 눈을 감지 못하느니라. 내가 죽어 저승에 가면 주몽 폐하를 만나 당당하게 말할 것이니라. 십제국을 건국하여 고구려를 도모했노라고, 유리를 내 아래 무릎 꿇렸노라고 말할 수 있어야 할 것이니라."

가슴에 사무친 한이 소서노의 눈을 가득 채웠다.

그 만큼 소서노는 주몽에 대해서 한을 가지고 있었다. 그래서 온조에게 등을 돌리고 있는 것인지도 몰랐다. 비류와는 달리 주몽의 피를 받아 태어난 온조가 미웠는지도 몰랐다.

좌보 해루의 말도 그랬다. 비류를 편애하는 것은 주몽왕에 대한 한 때문이라고 했다.

'결국은 떠나야 하는 것이 아닐까? 어마마마 밑에서는 아무 것도 이루지 못할 것이 아닌가. 난 비류 형님과 왕위를 놓고 싸우기는 싫다. 차라리 바다를 건너가 내 손으로 나라를 건국하는 것이 낫겠지. 그것이 언제였더라? 사부이신 해루 좌보께서 그리 말씀하신 적이 있었지 않은가? 바다 건너 반도 땅에 기름진 옥토가 있다고, 능히 한 나라를 건국할만한 땅이 있다고.'

온조의 마음이 들떠 있을 때였다.

장사꾼 염추가 십제국에 왔다.

소서노가 불같이 노해 당장에 목을 치라고 호령했다. 그러나 염추가 조금도 겁먹지 않은 낯빛으로 소서노 앞에 무릎을 꿇었다.

"대왕후마마, 그간 강녕하셨사옵니까? 소인 문안 여쭙니다."

"네 이놈, 네놈의 눈에는 내가 강녕한 것으로 보이느냐? 네놈이 나

몰래 유리와 주몽 폐하 사이를 내통하는 통에 내가 큰 낭패를 본 줄 모르느냐? 네놈 때문에 아버님께서 돌아가신 것을 모르느냐?"

소서노의 눈에서 불꽃이 튀었다. 괘씸한 것으로 치자면 당장 목을 베어도 시원치 않을 판이었다.

염추가 너스레를 떨었다.

"소인은 다만 거래를 했을 뿐이옵니다. 한 번 소식을 전해 줄 때마다 은자 열 냥을 받는 거래를 했을 뿐이옵니다. 소인은 그것을 장사라고 생각했사옵니다. 대왕후마마께오서 제게 그런 부탁을 하셨드래도 들어드렸을 것이옵니다."

"장사를 했다? 저절로 뚫린 입이라고 잘도 나불대는구나. 내가 네놈의 주둥이를 찢어줄 것이니라."

"하이구, 그러지 마십시오. 소인의 주둥이가 찢기면 밥은 어이 먹으며 장사꾼이 입으로 먹고 사는 것인데, 장사는 또한 어찌 하옵니까?"

"허허허, 저놈의 넉살하고는."

조금도 겁먹지 않고 너스레를 떠는 염추 앞에서 소서노가 웃음을 터뜨렸다. 도무지 화를 낼래야 낼 수가 없게 되어버린 것이었다.

'하긴, 저 정도의 넉살이나 되니까, 그 험한 길을 다니면서 장사를 하는 것이겠지. 한낱 장사치인 저놈한테 네 편이 어디 있으며, 내 편이 어디 있을꼬. 한 푼의 이익을 위해서라면 간까지 빼어 맡길 놈이 아닌가.'

소서노가 얼굴을 펴고 물었다.

"그래, 네놈이 죽을 자린 줄 뻔히 알면서 무슨 일로 여기까지 왔느냐?"

"황하까지 왔다가 대왕후마마께옵서 하남에 계신다는 소문을 듣고 일부러 왔습지요. 그 먼 길을 오신 대왕후마마께옵서 어찌 사시는가, 제게 심부름시키실 일은 없으신가, 한 달음에 달려왔습지요. 하온데, 사돈이신 공손도 태수께서 돌아가신 것은 알고 계시옵니까?"

염추의 말에 소서노가 공태수께서 돌아가셨어? 하고 놀랐고, 공리가 얼굴이 하얗게 질려 물었다.

"내 아버님께서 돌아가시다니요? 그것이 무슨 말씀이세요? 지난 겨울에 사신이 오고갔는데, 그때만 해도 건강하시다고 했는데 돌아가시다니요?"

"그곳 관리들의 말이 그랬사옵니다. 공태수께서 저한테 부탁하신 물건이 있어 전해주러 들렀는데, 돌아가신 지 열흘이 넘으며 벌써 장사까지 치루었다고 그랬습니다."

"어찌, 어찌 돌아가셨다고 했습니까?"

공리가 눈에 눈물을 그득 담고 물었다.

"저녁까지 잘 드시고 잠자리에 드셨다는데, 해가 동산에 떠오르도록 기침을 않으시기에 시종이 들어가 보니 돌아가셨더라고 했습니다. 모르지요. 곽란이라도 일으켰는지, 암튼지 숨을 쉬지 못할 사정이 있었겠지요."

염추가 무심한 낯빛으로 공리를 바라보았고, 해루가 나섰다.

"그래, 공태수의 후임으로는 어떤 사람이 부임했다고 하던가?"

"소인도 얼굴은 못 보았습니다만, 손중이라고 성질이 깐깐한 사람이 태수로 왔다고 하더군요. 부임한 지 사흘도 못 되었는데, 사사건건 따지고 드는 통에 관리들이 고개를 내저었습니다. 몇 년 간 숨도 제대로 못 쉬겠다고 말입니다. 아무래도 성격이 꼬장꼬장한 사람 같았사옵니다."

염추의 말에 해루의 얼굴에 그늘이 끼었다. 온조는 그 까닭을 알고 있었다. 공손도가 태수로 있을 때에는 십제국이 대방부를 도모한 것을 알면서도 눈을 감아 주었었다. 그런데 공손도는 죽고 성질이 꼼꼼한 사람이 태수로 왔다고 하잖은가? 공태수와는 달리 앞으로 사사건건 낙랑과 마찰이 생길지도 몰랐다.

해루가 걱정하는 것이 그것이라고 온조는 짐작했다.

"고구려는 어떤가? 유리왕은 잘 있는가?"

"잘 계시지 못합니다요. 계루부가 떠난 다음에 관노부가 노골적으로 폐하를 무시하고 나갔습지요. 관노부의 우족장이 위사좌평 자리를 자신의 측근인 사비에게 달라고 사정을 했다고 하옵니다. 헌데 유리 폐하께서 거절을 하셨다지요. 그러자 우족장이 협박을 했다고 하옵니다. 자기를 무시하면 폐하의 자리가 온전할 줄 아느냐고, 겁을 주었다고 하옵니다."

"우족장이라면 충분히 그럴 수 있는 사람이지. 욕심이 목구멍까지 차 있는 사람이니."

"그래서 어찌 되었느냐?"

"유리 폐하께서 교시(郊豕) 사건을 일으켜 사비를 죽여버렸지요."

"교시사건이라니?"

"한 마디로 멧돼지 사건입지요. 대왕후마마께오서도 하늘에 지내는 제사 때 제물을 살아있는 멧돼지를 쓰는 것은 알고 계실 것이옵니다. 지금까지는 멧돼지의 네 다리를 꽁꽁 묶어 젯상에 올려놓았는데, 이 날은 무슨 까닭인지 멧돼지를 묶지 않고 올려놓았다고 합니다. 살아있는 멧돼지가 가만히 있겠습니까?"

"도망을 갔겠지."

소서노가 짐작이 간다는 듯 말했다.

"유리 폐하께서 사비에게 멧돼지를 붙잡아 오라고 시켰다고 하옵니다. 그러자 사비가 자기의 친구인 탁리와 함께 돼지를 쫓아갔는데, 오십 리 밖 산 속에서 겨우 잡았다고 합니다. 느닷없이 멧돼지를 쫓느라 화가 잔뜩 난 사비가 다시는 도망가지 못하도록 멧돼지 다리의 힘줄을 잘라버렸다고 하옵니다."

"큰 일을 저질렀구나. 신성한 제물에 상처를 내다니. 그러고도 살아남기를 바랄까? 어리석은 것들 같으니라고. 유리가 노리고 있었거늘, 멧돼지의 다리를 묶지 않을 때부터 덫을 놓아놓았거늘. 그걸 모르고 스스로 죽을 자리로 찾아들다니."

"결국 사비와 탁리는 참형을 받았지요. 탁리 또한 관노부 장수로 우족장을 섬기는 사람이었는데, 유리 폐하는 돌 하나를 던져 참새 두 마리를 잡은 셈이었지요."

"또 다른 소식은 없더냐?"

"선비족의 약탈이 갑자기 많아졌사옵니다. 고구려의 변방 백성들이 불안하다고 떠나는 자들이 많아졌다고 하옵니다."

"추악한 놈들이니라. 주몽 폐하 때도 그랬느니라. 자신들의 세가 유리하면 고구려의 변방에 들어와 약탈을 해가고, 토벌에 나서면 깊은 산 속에 숨어버리는. 주몽 폐하도 가끔 속앓이를 하셨느니라."

"유리 폐하께서 부분노 장군에게 수만의 병사를 주어 대대적으로 토벌했다 하옵니다. 선비족 놈들이 요수를 건너 도망가는 것을 끝까지 쫓아가 기어코 항복을 받아냈다고 하옵니다. 덕분에 부분노 장군은 병사의 최고 우두머리인 대장군이 되었습니다."

"부분노 장군이라고 했느냐?"

소서노가 물었다.

"예, 대왕후마마. 이번에 장사길을 떠나기 전에 그분을 뵈었습니다. 물소뿔을 구해달라고 하셔 그걸 가져다 드리려고 갔는데, 제 손을 꼭 잡고 말씀하셨사옵니다. 혹시 하남에 가게 되면 대왕후마마께 안부말씀을 여쭈어 달라고요. 뫼시고 오지 못해 참으로 송구스럽다구요. 하오나, 마마께 드렸던 약속은 꼭 지키겠다고 했사옵니다."

"나하고의 약속을?"

소서노의 뇌리로 문득 사람의 도리로 따지면, 인정으로만 따지면 응당 열 번이고 백 번이고 함께 가야하지만, 자신은 고구려에 남겠다고 당당하게 말하던 부분노의 얼굴이 스쳐갔다. 고구려에 남아, 고구려를 튼튼하게 키우는 것이 돌아가신 연족장님이나 대왕후마마의 은혜를 갚는 길이라고 했던 말도 귀청을 울렸다.

"그랬사옵니다. 대왕후마마께 드렸던 약속은 목숨을 걸고 지키겠다고 했사옵니다. 당신이 두 눈을 부릅 뜨고 살아있는 이상, 선비족이 되었건, 행인국이 되었건 고구려를 넘보지 못할 것이라고 했사옵니다."

"그럴 것이야. 암, 그렇구 말구."

소서노가 고개를 끄덕였다.

"부분노 장군만 강건해 있다면 고구려의 앞날은 순탄할 것이다. 승승장구 뻗어갈 것이니라. 유리왕 또한 흔들리지 않고 제대로 된 왕노릇을 할 것이니라. 제 부족장들이 반발을 한다고 해도 충분히 방패가 되어 줄 것이니라."

소서노는 그리 믿었다.

"그렇습니다. 유리 폐하는 이제 강건한 군주가 되셨습니다. 부족장들도 함부로 나서지 못할 것입니다. 교시 사건이 일어난 다음에 부분노 장군이 선언을 하셨답니다. 누가 되었건 폐하께 불경을 저지르면 가만 두지 않겠다고 했답니다. 주몽 폐하를 모시듯이 유리 폐하를 모시겠다고 맹약을 했답니다."

"유리는 이제 명실상부한 고구려의 왕이 되었구나. 그 자리가 흔들릴 염려는 이제 없겠구나."

소서노는 왠지 쓸쓸했다. 주몽을 도와 아버지 연타발과 자신의 힘으로 건국한 고구려였지만, 자신과는 피 한 방울 섞이지 않은 유리가 다스리는 나라였다. 애착은 없었다. 언젠가는 도모하여 속국으로 만들든지, 아니면 비류나 온조를 왕위에 앉혀야 할 나라였다. 그런데 그럴 희망이 점점 멀어지는 것이 아닌가.

"소인이 종종 지나는 길에 들리겠습니다. 시키실 일이 있으시면 시키십시오."

"오냐, 목숨 걱정은 말고 자주 들리거라. 내 어찌 한낱 장사치인 네 목을 욕심내겠느냐? 내게도 대선단이 있다마는 네 입이 필요할 때도 있을 것 같구나. 부분노 장꾼께도 안부말씀을 여쭈어라. 네가 보고 들은대로 잘 말씀을 드리거라."

"알겠사옵니다. 종종 들려 피로한 다리를 쉬어가겠사옵니다."

염추가 돌아간 다음이었다.

"우리가 사람노릇을 제대로 못했구나. 공태수께서 돌아가셨다는데 문상도 못했구나. 우리한테는 큰 은인이신데, 사람의 도리를 못했구나. 아가, 내 너를 볼 낯이 없구나."

소서노가 우울한 낯빛으로 며느리 공리를 바라보았다.

공리는 눈물만 글썽거렸고, 해루가 말했다.

"공태수의 죽음으로 우리 십제국에 곤란한 일이나 생기지 않을까 걱정이옵니다, 마마."

"그렇지? 새로 왔다는 손중인가 뭣인가 하는 태수가 당장에 빌린 양곡부터 갚으라고 나서겠지?"

"양곡도 문제지만, 그것보다는 우리가 도모한 대방부를 문제삼고 나올 것이 분명합니다. 대방부를 우리는 우리 땅이라고 믿고, 또한 백성들로부터 세금을 받고 노역을 시키고는 있습니다만, 손태수가 그걸 인정하지 않으면 두고두고 시비거리가 될 것입니다."

"그야 문제될 것이 뭐가 있소? 중원에서는 하룻밤에도 여러 번씩 국경이 바뀐다고 하지 않았소? 아무래도 안 되겠소. 손태수가 시비를 걸기 전에 대방부와 낙랑의 경계에 성을 쌓고, 목책을 세워야겠소."

해루의 걱정에 비류가 서두르고 나왔다.

"서두르실 일이 아닙니다, 폐하. 일단은 손태수에게 사신을 보내시지요. 이웃은 어차피 사이좋게 지내는 것이 도리입니다. 정성스레 선물을 마련하여 보내고, 공태수님께 빌린 양곡은 올 가을까지는 틀림없이 갚겠다고 약조를 하면 큰 문제는 삼지 않을 것입니다."

온조의 말에 해루가 동조했다.

"그렇습니다. 일단은 화친 사신을 보내시지요."

해루까지 거들고 나서자 비류가 수긍을 했다.

"좋소. 우선은 사신부터 보내기로 합시다. 내 장인이신 공태수님의 문상도 겸해 사신을 보냅시다. 헌데 누구를 보냈으면 좋겠소?"

"우보이신 을음 나리를 보내면 될 것입니다. 어차피 장사길에 나서려던 참이 아닙니까? 뱃길을 돌리면 될 것입니다. 우보 나리는 그 길로 장사를 나서야 할 것이니까, 묵거를 딸려보내면 될 것입니다."

해루의 말에 비류가 고개를 끄덕였다.

"빌린 양곡은 가을까지만 틀림없이 갚는다면 별 문제가 없다고 했습니다."

낙랑에 사신으로 다녀 온 묵거가 말했다.

"그래? 꼬장꼬장한 성품이라더니, 의외로 호쾌한 면도 있는 사람인 모양이구나. 우리 쪽의 화친제의를 어찌 생각하더냐?"

"화친도 좋다고 했습니다. 대신 일 년 동안 대방부에서 거두어들인 세금을 내놓으라고 했습니다. 대방부는 낙랑의 땅이 분명하니, 세금 또한 낙랑의 세금이라고 했습니다."

"뭐라구? 화친을 받아들이겠다면서 그런 말을 하더란 말이더냐?"

"그것이 화친의 조건이었습니다."

"만약 우리가 듣지 않으면?"

소서노의 얼굴이 분노로 실룩였다.

"을음 우보께서 차마 그 말씀은 하지 못하셨습니다. 제가 판단하기로는 손태수의 말을 듣지 않으면 싸움이라도 걸어 올 기세였습니다. 곧 낙랑에서도 사신을 보내오겠다고 했습니다."

"사신을 보내온다고?"

"그렇습니다, 대왕후마마."

"알겠느니라. 그쪽에서 사신이 오면 낙랑 손태수의 속셈을 확실히 알 수가 있겠지. 우리와 화친할 사람인지, 아니면 싸움을 해야 할 사람인지 알 수 있겠지."

소서노의 얼굴이 밝지를 못했다. 그녀는 아직 십제국이 낙랑과 대적할 상대가 되지 못함을 잘 알고 있었다. 십제국의 병사는 겨우 칠천 명 남짓이었다. 대방부 출신의 병사를 다 합친다고 해도 채 이만 명이 못 되었다. 대방부는 버려져있다시피한 땅이라, 백성들이며 병사들이 헐벗고 굶주린 상태라 쉽게 마음과 몸을 끌어올 수 있었지만,

황하 건너편의 낙랑은 그렇지 않았다. 천 리가 넘는 황하강변의 옥토는 해마다 풍년이었다. 어쩌다 가끔은 누런 황토물이 수확을 앞둔 곡식을 휩쓸고 가기도 했지만, 백성들이 굶주릴 정도는 아니었다.

황제의 위엄이 미치는 곳이었다. 황제가 백성들이 굶주리도록 놔두지 않았다. 병사들 또한 마찬가지였다. 화살 하나 허비하지 않고 굴복을 시켰던 대방부의 병사들이 아니었다. 날마다 훈련을 받는 정예병이었다. 십제국의 병사들 역시 훈련에 게으르지는 않았지만, 그것은 이웃 현들을 도모하기 위한 것이었지, 낙랑을 상대로 싸우기 위한 것은 아니었다.

'십제국의 위기구나. 이 일을 어찌할꼬, 그렇다고 다시 낙랑의 한 속부로 들어가는 것은 꿈을 허무는 일이 아닌가. 그럴 수는 없지. 십제국 백성들이 모두 죽는 한이 있더라도 비류를, 내 아들 비류를 왕의 자리에서 내려앉힐 수는 없지.'

소서노가 생각할 때였다.

비류가 굳은 얼굴로 말했다.

"너무 심려하지 마시옵소서, 어마마마. 우리 병사들의 용맹 또한 뛰어납니다. 쉽게 당하지는 않을 것입니다. 내일부터는 훈련에 더욱 박차를 가해야겠사옵니다. 낙랑에서 사신이 오면 우리 병사들의 용맹스러움을 보여주어야겠사옵니다."

"오히려 낙랑의 손태수를 자극할 염려가 있습니다, 폐하."

온조가 우려 섞인 눈길로 비류를 쳐다보았다.

"아우는 그것이 무슨 소린가? 우리가 약해 보이면 낙랑의 손태수는 십제국을 송두리째 도모하려들 걸세. 어찌 일군 십제국인데 호락 호락 내어준단 말인가? 아우는 내가 대방부의 부사노릇이나 하면 좋겠는가?"

"제 말씀은 그런 뜻이 아닙니다. 아직은 우리 십제국의 힘이 미약하니, 될 수 있으면 화친을 하는 쪽으로 나가자는 것이지요. 병사들이 훈련하는 모습을 보여 자극하지는 말자는 뜻이지요."

온조의 말에 소서노가 나섰다.

"아니다, 그것은 그렇지 않다. 폐하의 말씀처럼 십제국의 위용을 보여주어야 한다. 그렇게 하시오, 폐하. 내일부터 전 병사를 동원하여 훈련을 하시오. 낙랑에서 오는 사신의 코를 납작하게 해주시오."

이럴 때 좌보 해루가 한 마디쯤 할만도 한데 무슨 일인지 그는 듣고만 있었다.

다음 날부터 대대적인 훈련이 시작되었다. 원래 대방부의 병사였던 자들까지 모두 끌어 들여 훈련을 했다. 일 천의 마병과 이 만의 보병이 벌이는 훈련은 참으로 장관이었다. 소서노가 몸소 나와 비류를 격려했다.

"장하오, 폐하. 우리 병사들의 눈빛이 살아있지 않소? 낙랑이 업신여기지는 않으리다."

그러나 해루의 얼굴은 어두웠다. 온조는 그 까닭을 알고 있었다. 비류의 만용을 염려하고 있다는 걸 알고 있는 것이었다.

"곧 십제국을 뜰 때가 온 것 같습니다, 왕자님."

대전을 물러나오며 해루가 온조에게 말했다.

"짐작하고 있습니다. 십제국은 오래 못 갑니다. 하다못해 옛날의 진번 지역이었던 일곱 개의 부라도 도모하고 난 다음이라면 모르겠습니다. 소명, 대방, 함자, 열구, 장잠, 제혜, 해명 등 일곱 개의 부 가운데 겨우 대방 하나를 도모한 상태입니다. 더구나 대방부의 병사들도 아직은 완전한 십제국의 병사라고 볼 수가 없습니다. 낙랑이 침략해 오면 언제 창을 거꾸로 잡고 나설지 모릅니다."

"쉽게 그렇지는 않을 것입니다. 저들은 배고픔의 설움을 알고 있으니까요. 대방부에 속해 있을 때 굶주렸던 기억을 잊지 않을 것이니까요. 그래서 백성들은 굶어도 병사들은 배불리 먹이라고 했던 것입니다. 백성들이나 병사들은 배불리 먹이는 군주를 따르게 되어 있습니다. 그런 군주에게 충성을 바치게 마련입니다. 하오나 저 훈련은 쓸데없는 짓입니다. 언제 올지 모르는 낙랑의 사신에게 보여주기 위한 훈련은 화를 불러들이는 짓입니다."

해루가 말했다.

온조 역시 고개를 끄덕였다. 그런 그의 마음은 벌써 십제국을 떠나고 있는 중이었다. 바다를 건너고 있는 중이었다.

'언제 말씀을 드릴까. 바다를 건너가 반도 땅에 나라를 건국하겠다고 언제 어마마마께 말씀을 드릴까.'

온조가 며칠을 혼자 끙끙대고 있을 때였다. 낙랑에서 사신이 왔다. 대한국낙랑군태수 손중'의 깃발을 달고 사신행렬이 왔다. 온조와 해루가 이십여 명의 병사들을 이끌고 나가 사신을 맞이했다.

사신의 눈빛은 날카로왔고, 걸음은 당당했다. 처음부터 시비였다.

"사신을 맞으러 왔다면서 수레도 준비하지 않았소?"

"우리 십제국에는 아직 사신을 위한 수레가 없습니다. 양해하여 주십시오."

해루가 공손하게 대꾸했다.

"흥, 수레도 없는 주제에 나라를 칭한다? 세상에 어찌 이런 웃음거리가 있다는 말인가? 그대들이 폐하라고 부르는 사람의 수레는 있을 것이 아닌가? 나는 다리가 아파 걸어서는 못 가겠으니, 가서 수레를 가져오시오."

사신은 오만방자했다. 주막에 임시로 마련한 객사에 머물러 움직일 생각을 하지 않았다.

"어찌 했으면 좋겠습니까? 사부님."

해루가 난감한 표정을 지었다.

"왕자님의 뜻대로 하십시오만, 수레를 요구하는 것을 보니까, 우리를 깔보고 있음이 분명합니다. 한번 고개를 숙여주면 저들은 더욱 기고만장할 것입니다."

"하지만 우리의 뜻은 화친입니다. 어떻게든 저들을 달래야합니다."

"일단은 병사들을 폐하께 보냅시다. 이쪽의 사정을 설명하고 수레를 가져오든지, 아니면 사신을 돌려보내든지 결정하게 하십시다."

"폐하는 결코 수레를 보내오지 않으실 것입니다. 병사를 보내느니, 우리가 해결을 보는 것이 어떻겠습니까?"

"결정은 폐하가 직접 하시는 것이 좋습니다. 그래야 뒤탈이 없습

니다."

그래서 병사를 비류에게 보냈으나, 돌아온 병사의 말이 그랬다.

"폐하께서 진노하셨습니다. 사신의 목을 베라고 하셨습니다."

"허허허, 사신의 목을 베라?"

해루가 어이없는 웃음을 터뜨렸다. 그러나 비류의 말대로 사신의 목을 벨 수는 없었다. 비류가 그 정도로 세상 물정을 모른다고는 믿지 않았다. 화가 나서 그냥 해본 소리려니 했다. 설마 정말 사신을 목을 벨 리야 없겠지, 하고 해본 소리라고 여겼다.

이날 밤 조촐한 술상을 마련하고 사신과 마주 앉았다.

"폐하의 말씀이 수레는 내어줄 수 없다고 합니다. 말을 타고 가시지요. 말은 몇 필 내어드릴 수가 있습니다."

"그럴 수 없소."

사신의 우두머리가 한 마디로 잘랐다.

"우리 십제국과 화친을 위하여 온 것이 아닙니까?"

온조가 물었다.

"화친? 낙랑이 무엇이 무서워 화친을 원하겠소? 손중 태수의 말씀이 그러셨소. 작년에 대방부에서 거둔 세금을 가져오고, 감히 왕을 칭하는 자가 직접 낙랑군까지 와서 머리를 숙이고 사죄를 하면 대방부사 자리는 맡기겠다고 했소. 화친이라니? 그것은 나라와 나라 사이에만 하는 것이오. 서로 대등할 때 화친을 하는 것이오."

사신의 우두머리가 눈을 부릅 떴다.

"알겠소. 술이나 드십시다."

"사신을 접대할 객관 하나도 없이 어찌 나라를 칭할 수 있단 말이오. 참으로 가소로운 일이오. 날이 밝으면 우리는 돌아갈 터이니, 왕이라 칭하는 자에게 이르시오. 앞으로 한 달 내에 낙랑으로 와서 머리를 숙이라고 하시오. 그때 세금도 함께 가져오라고 하시오."

다음 날 사신들은 황하를 건너 돌아갔다. 수레를 준비하지 않았다는 것이 핑계였지만, 처음부터 그들은 사신이 아니었다. 다만 낙랑 태수 손중의 협박을 전하러 온 자들일 뿐이었다.

"아무래도 왕자님께서 십제국을 뜰 때가 빨리 다가올 것 같습니다."

돌아오는 길에 해루가 말했다.

온조는 대답하지 않았다. 이미 마음의 작정을 마친 상태지만, 어려울 때 어머니를 버리고 떠난다는 것이 마음에 걸린 것이었다.

"어떻게 된 일이냐? 사신들은 왜 아니 오느냐?"

침울한 낯빛으로 들어서는 온조와 해루의 눈치를 살피며 소서노가 물었다.

"수레가 없이는 움직일 수 없다면서 돌아갔습니다."

해루의 말에 소서노가 펄펄 뛰었다.

"저런 괘씸한 놈들 같으니라구. 명색이 사신으로 왔다는 놈들이 그깟 핑계로 돌아가? 그러고도 살아남을 수 있을까?"

"그들의 목숨이 위태롭지는 않을 것이옵니다, 어마마마. 그들은 사신으로 온 것이 아니었사옵니다. 수레는 다만 핑계에 불과했을 뿐, 손태수의 말을 전하러 왔을 뿐이었습니다."

온조가 말했다.

"그래, 무얼 전하라고 하더냐?"

비류가 물었다.

"저들은 십제국을 한 나라로 인정하지 않았습니다. 낙랑의 한 속부로 보고 있었습니다. 한 달 안으로 폐하께서 작년에 거두어 놓은 세금을 가지고 낙랑으로 오시라고 했습니다. 머리를 숙이고 사죄를 하면 대방부의 부사 자리를 주겠다고 했습니다."

"뭐, 뭐야? 너는 그 말을 듣고도 그놈들을 가만 두었더란 말이냐? 그 자리에서 목을 잘랐어야 할 것이 아니더냐? 내가 그놈들의 목을 자르라고 이르지 않았더냐?"

비류가 애꿎은 온조한테 화를 냈다.

"어찌 그럴 마음이 없었겠습니까? 소인의 손으로 그놈들의 목을 치고 싶었사옵니다. 하오나 그러지 않은 것은 십제국의 안위를 위해서였습니다. 아무래도 폐하께서 낙랑에 한번 다녀오셔야 할 것 같습니다. 우선은 머리를 숙이셔야 할 것입니다."

해루가 말했다.

"이보시오, 좌보. 그걸 지금 말이라고 하는 것이오? 누가 뭐래도 나는 십제국의 왕이오. 손중은 말 그대로 한나라의 낙랑군 태수일 뿐이오. 머리를 숙이려면 제 놈이 와서 숙여야지, 감히 나더러 머리를 숙이라고?"

비류가 불같이 노해 금방이라도 해루의 목을 칠 듯이 노려보았다.

결국 비류는 낙랑에 가지 않았다. 한 달이 지나고 두 달이 지나도 낙랑에서는 아무 소리가 없었다. 다시 사신이라는 놈들이 오면, 마중을 나갈 필요도 없이 제 놈들의 발로 궁궐까지 오게 만든 다음에 지껄이는 소리를 들어보고 자신의 손으로 목을 치겠다고 큰소리를 치는 한편, 병사들의 훈련에 열중했다.

걱정은 소서노가 했다. 사신이 되돌아간 다음부터 소서노가 생각에 잠기는 시간이 많아졌다. 비류에게 낙랑에 가란다든지, 가지 말라는 말도 없이 침묵을 지켰다.

그렇게 석 달이 지났을 때였다. 장사에서 돌아온 을음을 소서노가 불러들였다.

"을음아, 너도 바다 건너 반도 땅에 가 본 일이 있다고 했지?"

"그렇사옵니다. 바람만 잘 타면 여기서 이레면 닿을 수 있는 곳에 마한이라는 나라가 있사옵니다. 땅이 기름지고 인심이 후한 곳이지요."

"한 나라를 건설할 수 있는 곳이더냐? 나도 아득한 옛날에 한번 가 본 일이 있다만, 기억이 가물가물하구나. 지금은 형편도 많이 바뀌었을 것이고."

"마한이며 동예며 말갈 같은 그만그만한 나라들이 있는 곳입니다. 어찌 시비가 없겠습니까만, 작은 나라들이니 백성들의 인심만 얻으면 정착을 못할 것도 없을 것입니다."

을음의 말에 잠시 생각에 잠기던 소서노가 눈을 번쩍 뜨고 온조를 바라보았다.

"가거라, 온조야. 네가 그곳으로 가서 나라를 건국하거라."

"어마마마께서는 어찌 하시렵니까?"

"나는 비류 폐하와 여기에 남아 있겠다. 고구려를 도모하려면 여기에 있어야 할 것이 아니더냐? 가서 나라를 건국하고 인편을 하거라. 정 견디지 못하겠으면 우리도 바다를 건너마."

"그렇게 하십시오, 마마. 어쩌면 고구려를 도모하는 데는 여기 하남 땅보다 반도의 마한이 더 나을지도 모르겠습니다. 육로로 천오백 리쯤 북쪽에 백산이 있는데, 백산을 넘으면 부여이고, 그 옆이 바로 고구려입니다. 말갈을 도모하고 나면 바로 고구려와 국경이 됩니다."

"알겠소. 좌보가 함께 가서 도와주도록 하시오. 육손 장수가 병사들을 오백 명쯤 데리고 가시오. 또한 계루부 백성들 가운데 함께 가기를 원하는 자들은 데리고 가시오."

소서노의 눈빛이 번들거렸다.

열세 척의 배에 온조 일행을 태워 보낸 소서노가 비류를 불러들였다.

"폐하, 내가 낙랑에 다녀와야겠소. 돌아가신 공태수님의 문상도 겸해 내가 다녀와야겠소."

"어마마마께서요?"

비류가 깜짝 놀라 물었다.

"그렇소. 폐하의 나라가 바로 설 수 있다면, 당당한 한 나라가 될 수 있다면 어미가 무슨 짓인들 못하겠소. 여자인 내가 가면 손중인들 어찌 함부로 대하겠소. 공왕후를 데려가야겠소."

"그러십시오. 공왕후의 어머니를 비롯하여 친척들이 아직 거기에 살고 있을 것입니다. 선물은 무엇을 준비할까요?"

"고구려에서 가져온 맥궁이 있지요? 그걸 한 자루 가져가겠소. 옛부터 무기를 바치는 것은 평화를 원한다는 뜻이었소. 우리는 당신들과 싸울 마음이 없다는 뜻을 전해주는 것이오. 활을 선물로 주고 일단은 손태수의 반응을 볼 참이오."

"부디 몸조심하십시오. 소자가 어머님께 불효를 저지르고 있습니다."

"그런 소리 마시오. 어미가 못나 폐하를 고생시키고 있는 것입니다. 어미가 조금만 현명했던들 고구려의 왕위를 어찌 유리한테 빼앗겼겠소."

소서노의 눈에 물기가 축축했다.

다음 날 소서노는 공리와 세 명의 병사만 데리고 낙랑으로 출발했다. 공리를 제외하고는 사내들 열을 대적할 수 있을 만큼 무예가 뛰어난 여병사들이었다. 소서노는 가슴에 비수를 품고 있었다. 손태수가 계속 오만방자하여 사신 대접을 안 해주면 그까짓 놈의 가슴을 후벼파고 그 자리에서 자신도 자결을 할 참이었다. 십제국을 만만히 보았다가는 큰코를 다친다는 본보기를 보여주고 싶었다.

그런데 의외로 소서노를 맞이하는 손중의 태도가 공손했다. 전임 공태수의 문상도 겸해 드릴 말씀이 있어 왔다는 소서노의 말에 먼 길에 노고가 크셨다고 깍듯이 예의를 챙기는 것이었다.

"지난 번에는 참으로 유감이었습니다. 경황중이라 사신 대접을 제대로 못했습니다."

"우리 쪽의 사신이 무례를 범했지요. 내가 크게 나무랐습니다."

손태수가 소서노를 찬찬히 살피며 대꾸했다.

"이것은 내가 고구려를 떠나올 때 가지고 나온 맥궁입니다. 천하에 이만한 활도 없지요. 남국에서 온 물소뿔로 만든 활입니다."

"귀한 선물을 가져오셨군요. 나도 소문을 들어 부인에 대해서는 잘 알고 있습니다. 내일이라도 부인의 신궁 솜씨를 보고 싶습니다."

손태수가 소서노를 부인이라는 호칭으로 부르고 있었다.

'이놈이 나를 능멸하고 있구나. 입으로는 웃으면서 마음으로는 능멸하고 있구나. 제 놈도 내 아들 비류가 십제국의 폐하인 것을 모르지는 않을 터, 하면서도 나를 부인이라고 부르는구나.'

그러나 그걸 내색하지 않고 소서노가 말했다.

"내.활솜씨라니요? 태수."

"왜 이러십니까? 중원이 아무리 넓어도 소문은 떠돌게 마련입니다. 내가 청년 시절에 졸본에 여걸이 있다는 소문을 들었지요. 말타기며 활솜씨가 열 사내 백 사내를 능가하는 여걸이 있다는 소문을 들었지요. 역시 신궁이라는 주몽의 부인이 되어 고구려를 건국했다는 것도 들었습니다. 헌데, 이번에 낙랑의 태수로 부임하여 부인이 황하를 건너 대방 땅에 계시다는 말을 들었습니다. 전임이신 공태수와 사돈을 맺었다는 것도 알고 있었습니다."

"소문은 늘 부풀리게 마련이지요. 여자의 몸으로 어찌 사내들을 당해내겠습니까?"

말은 그리 하면서도 소서노의 가슴에서 오기가 생겼다.

'오냐, 이놈아. 네가 그토록 원한다면 내가 못 보여줄 까닭이 없지. 나이가 들어 몸이 둔해지기는 했다만, 네 놈의 활솜씨가 얼마나 뛰어난 줄 모르겠다만 일백 보쯤의 대결이라면 내가 못 당할 것도 없느니라.'

손중이 말했다.

"겸손이시지요. 처음 그 소문을 들었을 때 부인과 꼭 한번 겨루어 보고 싶었습니다. 말을 타고 초원을 달려보고도 싶었고, 활솜씨를 겨루어 보고도 싶었습니다."

"사신을 모욕하는 방법도 여러 가지군요. 허나 내 어찌 사양할 수 있겠소. 좋소이다. 활쏘기로 손태수와 겨루어 보고 싶소."

"역시 여걸이시군요. 어떻습니까? 술 한잔하시겠습니까? 사신이 오면 술대접을 하는 것 또한 우리네의 관습이 아닙니까? 헌데 어찌하지요? 사신이 남자면 아름다운 계집을 들여 여독을 위로하는데, 부인께는 남자를 들일 수도 없고, 어찌하지요?"

말끝에 손중이 허허허 웃었다.

활쏘기를 겨루자고 당차게 나가는 소서노가 가소로운 것이 분명했다. 기름기가 번드레한 얼굴에 비웃음이 역력히 드러나고 있었다.

'이놈, 두고 보거라. 내 너를 기어코 이기리라. 코를 납작하게 만들고 말리라.'

소서노가 입술을 물었다.

다음 날이었다. 낙랑군의 훈련장에서 낙랑의 병사들이 무술 시범을 보여주었다. 말을 타고 검술 시합을 했고, 말을 타고 달리며 화살을 쏘아 과녁을 맞추기도 했다. 병사들의 기량이야 십제국의 그것과 별반 다를 것이 없었다. 그 정도의 검술이며 그 정도의 활쏘기는 십제국의 병사들도 능히 해낼 수 있었다.

'저 정도라면 능히 대적할 수도 있겠구나. 내가 괜히 겁을 먹었던 것이로구나. 우리가 병사들의 숫자만 모자랄 뿐, 기량은 결코 뒤지지 않겠구나.'

소서노는 부쩍 자신감이 생겼다.

판이 무르익었을 때였다. 손태수의 부하가 활 두 자루와 화살 열 개씩을 가져다가 놓았다. 그걸 몇 번 당겨 본 손태수가 말했다.

"낙랑에서 제일 강한 강궁이오. 부인께 꼭 강권하는 것은 아니오. 또한 너무 강궁이라 당길 수가 없으면 약한 걸로 드릴 수도 있소. 자신이 없으면 그만 두어도 좋소."

손태수가 소서노의 오기에 불을 지피고 있었다. 그대로 물러날 소서노가 아니었다. 어젯밤 몸을 뒤척이면서 아버지 연타발에게 빌었다. 내 아들 비류를 위해 도와달라고, 활쏘기 시합에서 꼭 손태수를 이기게 해달라고 빌고 또 빌었다.

"아니오. 해보겠소. 겉보기에는 별로 강해 보이지 않는 활인데, 어디 당길 힘이 얼마나 되는지 보십시다."

소서노가 활을 들어 힘껏 당겼다. 숨을 들이마시고 뱃가죽에 힘을 넣어 온 힘을 다하여 당겼다. 활등이 휘어지면서 활줄이 앞으로 쑥

당겨왔다. 손태수가 어쭈, 하는 눈빛으로 바라보고 있었다. 눈가에 웃음빛을 띤, 이쪽을 한껏 깔보는 듯한 그 눈빛에 소서노의 오기가 도를 넘쳤다. 입술을 깨물면서 조금 더 당기자 활의 중둥이 뚝 소리를 내면서 부러졌다.

"활의 등에 금이라도 나 있었던 모양입니다, 손태수. 이거 어쩌지요? 아까운 활 하나를 내가 버려놓고 말았으니."

부러진 활을 내려놓으면서 소서노가 말했다.

"힘이 대단하십니다, 부인. 그 활은 어지간한 사내들은 당기지도 못하는데, 단 한 번에 부러뜨리다니요?"

손태수가 조금 놀란 낯빛으로 말했다.

"궁장이가 아무리 정성을 쏟는다고 해도 백에 하나는 부실한 활도 나오니까요."

"부인의 이해심이 넓습니다. 활을 다시 가지고 오겠습니다."

손태수의 눈짓에 부하가 다른 활을 가지고 왔다. 몇 번 당기는 시늉을 해보고 소서노가 말했다.

"이번에야말로 제대로 된 활이군요. 헌데 활을 쏘기 전에 내가 태수께 드릴 말씀이 있습니다."

"그러실 줄 알았습니다. 말씀하십시오."

"내가 태수를 이기면 화친을 합시다. 작은 나라로서 갖추어야할 예의는 다하겠소. 우리 십제국을 한 국가로 인정해 주시고, 국가대 국가로 화친을 하자는 것입니다."

"좋습니다. 그런 제의를 해오실 줄 알았습니다. 그렇게 하지요. 헌데 부인께서 지면 어찌하겠습니까?"

"십제국을 낙랑에 바치겠습니다. 낙랑의 한 속부가 되겠습니다."

"좋습니다. 그렇게 하십시다. 시합은 어떤 식으로 할까요? 말을 타고 할까요? 아니면 과녁을 향해 서서 할까요? 부인께서 편리한 대로 선택하십시오."

"손태수께서 결정하시오."

"허허허, 자신만만하군요. 좋습니다. 두 가지 방법으로 다 하십시다. 처음에는 과녁 앞에 서서 쏘고, 두 번째는 말을 타고 달리면서 쏘기로 하십시다."

손태수는 여전히 자신만만했다. 오만스런 걸음으로 먼저 과녁을 향해 걸어갔다.

'도와주소서, 아버님. 십제국의 운명이 제 손에 걸려 있사옵니다. 고구려를 도모할 수 있는 첫 걸음이 제 손에 달려있사옵니다.'

빌고 또 빌며 소서노가 뒤를 따랐다.

과녁의 일백 보 앞에서 손태수가 걸음을 멈추고 돌아보았다. 이쯤에서 시합을 시작하자는 눈치였다. 소서노가 고개를 끄덕였다.

"다섯 발씩을 쏘기로 합시다. 과녁의 정중앙에 화살을 많이 꽂는 편이 이기기로 합시다."

손태수가 활줄에 화살을 먹이며 말했다.

"그러십시다."

소서노가 고개를 끄덕이며 과녁을 노려보았다. 일백 보 밖의 과녁이 아슴히 멀리 보였다.

"숨을 멈추고 과녁을 뚫어지게 바라보고 있으면 과녁이 눈앞으로 바짝 다가오는 한 순간이 있소. 손톱만 하던 과녁이 손바닥처럼, 보름달처럼 덩시렇게 보이는 순간이 있소. 그 순간 화살을 날리면 되는 것이오."

문득 주몽의 목소리가 귀청을 울렸다.

'그래, 과녁은 멀리 있는 것은 아니야. 일백삼십 보 밖에서도 정중앙을 명중하던 내 활솜씨가 아닌가.'

소서노가 정신을 집중하여 과녁을 눈앞으로 끌어당기고 있는 순간이었다.

손중이 회살을 날렸다. 그러나 그쪽에는 신경을 쓰지 않았다. 어차피 다섯 발을 다 쏘고 나서 과녁을 확인할 것이었다.

과녁을 뚫어지게 바라보자, 한 순간 머릿속이 텅 빈 듯 하면서 과녁이 눈앞으로 다가왔다. 손만 내밀면 잡힐 만큼 과녁이 다가왔을 때 소서노가 첫번째 화살을 날렸다. 그리고 과녁에서 눈을 떼지 않은 채 두 번째 화살을 날렸다.

낙랑병사들의 탄성이 일어났으나 소서노의 귀에는 들어오지 않았다. 나머지 화살도 마찬가지였다. 과녁은 여전히 물러가지 않고 바로 눈앞에 있었다. 나머지 세 발의 화살을 날리고 소서노가 서너 걸음 뒤로 물러서서 자신의 과녁부터 확인했다. 다섯 대의 화살이 한가운데 가지런히 꽂혀 있었다.

손태수는 아직 두 발의 화살을 남겨놓고 있었다. 과녁을 보니 세대의 화살이 한가운데 꽂혀 있었다. 그러나 이미 승부는 난 것이었다. 설령 손태수의 나머지 화살이 과녁의 중앙을 꿰뚫는다고 해도 시간에서 늦은 것이었다.

과녁을 한참 노려보던 손태수가 활을 내리면서 물러섰다.

"대단한 솜씨요. 역시 신궁이라는 소문이 헛되지 않습니다, 그려. 첫번째 시합은 부인이 이겼소이다."

손태수의 얼굴에 얼핏 당혹감이 스쳐가고 있었다.

"손태수님의 활솜씨 역시 천하의 제일입니다. 하면 나머지 시합을 하실까요."

"이것 겁이 납니다. 자칫 내 병사들 앞에서 창피나 당하지 않을까 걱정입니다."

"무슨 말씀을요. 젊었을 때 얘기지, 말을 안 타 본 지 오래되었습니다."

소서노의 말에 손태수가 부하들에게 말을 가져오라고 시켰다. 손태수의 부하가 말을 몰고 와 고삐를 넘겨주는 것을 보니, 손태수의 말은 갈기에 윤기가 흘렀다. 태수의 말이라고 특별히 관리하고 있었던 것이 분명한 말이었다. 그런데 소서노의 말은 비쩍 말라 있었다. 그러나 살찐 손태수의 말보다 월등히 좋은 말이었다. 아마 짧은 시간에 끝내는 말타고 활쏘기 시합이 아니고, 백 리나 이백 리쯤 달리기 시합을 시키면 충분히 이길 수 있는 말이었다.

그 말의 목덜미를 쓰다듬으며 소서노가 중얼거렸다.

'낯이 설 것이다마는 네가 나를 도와줘야겠구나. 꼭 좀 도와줘야겠구나.'

말이 하늘을 향해 히히힝 소리를 냈다. 그것을 소서노는 말이 자신의 말을 알아들은 것이라고 믿었다.

말에 오른 손태수가 말했다.

"훈련장을 전속력으로 달리다가 금을 그어 표시한 곳에서 활을 쏘는 것입니다. 역시 다섯 대씩 쏘기로 합시다."

"그러시지요."

소서노가 다시 한번 잘 부탁한다고 중얼거리며 말 위에 올랐다. 말등에 올라앉은 첫 느낌이 상쾌했다. 오래 전부터 타고 놀았던 것처럼 안장이 엉덩이에 착 달라붙었다.

밀을 슬슬 몰면서 눈은 과녁을 향했다.

'설령 말을 탔다고 해도 눈은 과녁에서 떼지 마시오. 숨을 멈추고 과녁을 뚫어져라 바라보다 보면 과녁이 역시 눈앞으로 다가올 때가 있을 것이오. 그 순간을 놓쳐서는 아니 되오.'

살아서 도망가는 멧돼지를 쫓을 때도 마찬가지라고 했다. 목표물에서 눈만 떼지 않으면 끌어 당겨놓은 과녁처럼 그것은 늘 눈앞에 있다고 했다. 산짐승을 가지고 시험해 본 일은 없지만, 가만히 서 있는 과녁을 놓고는 수도 없이 시도해 보았던 소서노였다. 말을 타고 달리면서 과녁을 눈앞에 끌어당겨 놓고 보면 과녁이 사람과 함께 움직였다. 아니, 과녁이 사람을 따라다니고 있었다.

첫 화살은 손태수가 날렸다. 과녁의 한가운데를 꽂았다.

두 번째 화살은 소서노가 날렸다. 역시 과녁의 한가운데를 꽂았다.

손태수가 두 번째, 세 번째 화살을 연달아 날렸다. 역시 과녁의 한

가운데를 뚫었다.

소서노도 두 번째와 세 번째 화살을 연달아 날렸다. 역시 과녁의 한가운데를 뚫었다.

손태수가 나머지 네 번째 다섯 번째 화살을 과녁의 한가운데 꽂았다.

이제 소서노의 화살 두 대만이 남았다. 네 번째 화살을 과녁의 한가운데 꽂고 다섯 번째 화살을 날리려던 소서노의 뇌리로 퍼뜩 한 생각이 흘러갔다.

'손태수의 자존심을 살려주자. 부하들 앞에서 기를 살려주자. 자칫 오기에 불을 지핀다면 약속을 파기하고 나올지도 모르잖은가.'

다섯 번째 화살은 일부러 과녁의 귀퉁이에 꽂았다.

"허허허, 부인의 솜씨가 대단하십니다. 천하의 신궁이십니다. 사내들도 힘이 든다는 마상 활쏘기까지 거뜬하게 해내시다니요."

"손태수님이야말로 천하의 명궁이십니다. 다섯 발을 모두 과녁의 한가운데 꽂았지 않습니까? 역시 대장부이십니다. 존경스럽습니다."

"별 말씀을 다하십니다, 대왕후마마."

손태수의 입에서 대왕후마마라는 호칭이 나왔다. 그것은 십제국을 한 국가로 인정한다는 뜻이었다.

소서노의 눈앞이 부옇게 흐려졌다.

"폐하, 이제는 당당한 십제국의 폐하이십니다. 낙랑의 손태수가 화친을 하자고 했습니다. 보십시오. 수레 두 대와 창 일백 자루를 주더이다. 화친의 뜻으로 주는 선물이라고 했습니다."

낙랑에서 돌아온 소서노가 모처럼 얼굴을 활짝 펴고 말했다.

"고맙사옵니다, 어마마마. 참으로 큰 일을 해내셨사옵니다. 어마마마의 노고에 보답하는 뜻으로라도 십제국을 중원의 큰 나라로 키우겠사옵니다."

"아무렴 그래야지요. 그나저나 온조는 어찌 하고 있는지. 바닷길이 사납지는 않았는지, 무사히 반도 땅에 도착하여 어디에 터를 잡았는지. 낙랑의 손태수가 그리 쉽게 화친할 줄 알았더라면 온조를 보내지 않을 터인데. 훗날을 대비한다고 이 어미가 너무 서둘렀나 봅니다."

낙랑과 화친을 맺고 나자 소서노는 바다를 건너보낸 온조가 걱정이 되었다.

"심려하지 마십시오, 어마마마. 아우는 아우대로 그곳에서 한 나라를 건국하여 왕이 되고, 소자는 이곳에서 십제국을 키운다면 그 또한 좋은 일이 아니겠사옵니까?"

"그렇기는 하오만, 어미의 심정은 그것이 아니구려."

"소자가 십제국을 키워 어마마마의 한을 풀어드리겠사옵니다. 우선은 황하 남쪽의 땅만이라도 소자의 영토로 만들어 어마마마께 바치겠사옵니다."

"고맙소, 폐하. 참으로 고맙소이다. 하루라도 빨리 그런 날이 와야지요. 고구려를 도모해야지요."

소서노의 두 눈이 어떤 기대감으로 야행성 동물처럼 반짝였다.

　그러나 낙랑의 손태수가 손을 놓고 있는 것은 아니었다. 십제국의
일거수 일투족을 샅샅이 파악하고 있었다.

10

온조, 백제국을 세우다

"미추홀이라는 곳입니다. 숙부님과 장사길에 나서면 여기에 배를 정박시켜 놓고 마한이며 진한, 동예를 돌아다니며 장사를 하였지요."

꼭 여드레만에 바다를 건너 육지에 닿은 을음이 말했다.

"한 눈에도 사람이 살만한 땅으로 보입니다. 공기의 냄새부터 다른 것 같습니다. 여기가 어디 땅입니까?"

온조가 감개에 젖어 산과 들을 둘러보았다.

"마한 땅입니다. 마한은 쉰 개 남짓의 소국으로 이루어진 나라인데, 실질적으로 나라를 다스리는 것은 소국의 족장들입니다. 여기서 한수를 타고 올라가면 강 북쪽에 색리국이라는 소국이 있는데, 말갈과 경계를 이루고 있지요. 말갈족은 원래가 성품이 교활하고, 약속을 밥먹듯이 뒤집어 마한 왕이 골치를 썩이고 있었습니다."

"대륙에서도 말갈은 늘 말썽꾸러기였습니다. 믿을만한 족속이 아니지요."

"아마 두고두고 속을 썩일 것입니다. 왕자님께서 나라를 건국하신 다면 제일 먼저 말갈부터 멀리 내쫓으셔야 할 것입니다."

"그래야겠지요. 순순히 물러갈 놈들이 아닐 테니까요. 그런데 지금 우리가 발을 딛고 서 있는 땅은 어느 소국의 땅이오?"

"마한의 인주국 땅이지요. 어떻게 하시렵니까? 이곳도 사람이 살만한 곳이기는 합니다만, 강을 거슬러 더 올라가 볼까요?"

을음의 물음에 온조가 해루를 돌아보았다.

"여기도 사람이 살만한 곳이기는 합니다만, 우리는 장차 사방으로 땅을 넓혀 나가야 합니다. 유사시에 배를 타고 도망을 치기에는 좋을지 몰라도 한 나라의 도성을 세우기는 적합하지 않습니다."

해루의 말에 온조가 고개를 끄덕였다.

"그럽시다. 어쩐지 바닷바람에 섞여오는 소금냄새가 싫습니다."

"하면 그러시지요."

을음이 다시 일행을 배에 싣고 하루 밤 하루 낮을 올라갔다. 넓은 들판 너머 낮으막한 산과 더 멀리 봉우리가 하얀 바위로 되어 있는 산이 보이는 곳에서 해루가 배를 대게 했다.

"마음에 드십니까?"

온조가 물었다.

"능히 한 나라의 도성을 세울만한 곳입니다. 강 남쪽에 터를 잡고 도성을 세우시지요."

"남쪽에 도성을 세우면 말갈과 부딪힐 일도 별로 없겠습니다, 사부님."

온조가 말했다.

"우리의 힘이 아직은 말갈과 대적하기에는 역부족입니다. 우선은 땅을 넓히는 일보다 도성과 궁실을 짓는 것이 급하지요."

해루의 말에 온조가 을음더러 배를 강 남쪽의 포구에 대도록 했다.

그들이 배에서 내려 일부는 막사를 세우고 일부는 저녁을 준비하고 있을 때였다. 한 눈에 우두머리가 분명한 사내 하나가 이십여 명의 부하를 이끌고 나타났다.

"그대들은 누구인가? 어디서 온 사람들인가? 우리 마한의 백성들은 아닌 것 같은데."

우두머리가 천여 명이나 되는 온조 일행을 쓱 훑어보며 물었다.

대답은 해루가 했다.

"예, 우리는 바다 건너 대륙에서 온 사람들입니다. 낙랑의 횡포가 심해 바다를 건너왔지요. 여기가 마한 땅이라고 들었습니다. 폐하를 뵙고 우리가 머물 수 있도록 허락을 받았으면 합니다만."

"마한의 폐하에게 허락을 얻고 싶다고? 홋홋홋, 내가 바로 마한의 왕 주걸이오."

"그렇사옵니까? 몰라 뵈어 죄송스럽습니다. 저는 해루라고 하옵니다. 마침 저희 온조 왕자께서 계시오니, 말씀이나 나누시지요."

해루의 말에 마한 왕 주걸이 온조라고? 하면서 눈을 깜박거렸다.

"그렇사옵니다. 대륙의 고구려 왕이셨던 주몽 폐하의 아드님이시지요."

"나도 그 이름을 들어 본 일이 있소. 주몽왕한테는 세 아들이 있다고 했소. 헌데 정작 고구려의 왕위를 이은 것은 북부여에서 온 유리라는 아들이었다고 했지요. 그 때문에 주몽의 부인이 두 아들을 이끌고 남행을 하였다는 소식을 들었지요. 헌데, 그 중 하나인 온조가 바다를 건너왔다고?"

"말씀하신 대로입니다. 어쩌시렵니까? 온조 왕자님을 만나보시겠습니까?"

"좋소, 못 만날 것도 없지요. 데리고 오시오."

그제서야 마한 왕 주걸이 말에서 내려왔다. 연락을 받은 온조가 막사에서 나왔다.

"나 주걸이오."

"온조라고 합니다. 바다같은 은혜로 우리 일행이 머물만한 땅을 내주시면 고맙겠습니다."

"땅을 내어달라?"

주걸의 눈 밑이 실룩였다.

"배은하는 일은 없을 것입니다. 열흘 남짓의 뱃길에 지친 제 백성들입니다. 아무쪼록 은혜를 베풀어 주십시오. 예를 다해 모시겠습니다."

"허허허, 듣던 대로 예의가 바른 젊은이구려. 좋소. 여독이 풀릴 때까지는 이곳에 머무르시오. 허나, 여기에 뿌리를 박고 살 수는 없소. 딱 사흘만 머무르고 강을 건너 북쪽으로 가시오. 거기는 색리국이라고 역시 마한의 속국이오. 내가 사람을 보내 색리국 족장에게 말을 일러놓을 터이니, 강북으로 가시오. 강남의 땅은 단 한 치도 내어줄 수가 없소."

마한 왕 주걸의 어투가 강경했다.

"알겠습니다, 베풀어 주신 은혜는 두고두고 갚겠습니다."

온조가 고개를 숙였다.

주걸이 돌아간 다음이었다. 해루가 근심어린 눈빛으로 강의 북쪽을 바라보았다. 저 멀리 아슴히 보이는 몇 채의 초옥에서 연기가 피어오르고 있었다. 겉보기에는 대륙의 여늬 집과 다를 것이 없었다. 평화로워 보였다.

"얼마나 다행인지 모르겠소. 마한 왕의 마음이 넓습니다. 소국이기는 하지만 색리국을 두 말없이 내주다니요."

"그것이 좀 이상합니다. 혹시 색리국도 마한에서는 버린 땅이 아닐까요? 을음 나리의 말에 의하면 색리국은 말갈족과 경계를 이루고 있다고 했는데, 말갈족 때문이 아닐까요?"

해루의 말에 을음이 고개를 끄덕였다.

"누가 자기 땅을 쉽게 내줄 수 있겠습니까? 틀림없이 무슨 속셈이 있을 것입니다. 혹시 우리를 말갈에 대한 방패막이로 쓰려는 것이 아닐까요?"

"설령 그런들 어떻습니까? 우리가 지금 더운 밥 식은 밥을 따질 때가 아니지 않습니까? 여기서 꼭 사흘을 머무를 것이 아니라, 내일이라도 당장 강을 건넙시다. 배도 일곱 척은 십제국으로 돌려보내야 하지 않습니까? 어마마마께서 기다리실 것입니다."

떠나올 때 소서노가 그랬다. 배 열세 척 가운데 일곱 척은 되돌려 보내라고. 우보 을음은 십제국에서 꼭 필요하니, 함께 오라고 했다.

을음이 말했다.

"배는 돌려보내야지요. 하지만 저는 가지 않겠습니다."

"숙부께서 아니 가시다니요?"

"대왕후마마와 비류 폐하를 위해서는 내가 할 만큼 했소이다. 이제 온조 조카를 위해서 살겠습니다. 그리 아십시오."

"숙부님께서 그래주신다면 저한테는 큰 힘이 되겠지요."

낯선 땅에서 밤을 새운 다음 날이었다. 해루가 온조에게 말했다.

"제가 강 건너에 다녀오겠습니다. 무턱대고 건너가서 말뚝을 박을 수는 없지 않습니까? 색리국의 족장을 만나 형편도 알아보고, 머무실 만한 집도 구해놓고 오겠습니다."

"그러시지요."

온조가 허락하자 해루가 즉시 묵거를 데리고 배로 강을 건너갔다. 어제 다녀간 마한 왕은 다시 발걸음을 하지 않았다. 근처에는 백성이 사는 마을도 없었다. 넓은 들판과 나즈막한 산만이 있을 뿐이었다.

다음 날이었다. 온조가 막사에 누워 피로를 풀고 있는데, 해가 뜨고 얼마 안 되어 해루가 강을 건너왔다.

"역시 제가 예상했던 대로였습니다. 색리국은 마한에서 버리다시피 방치해 놓은 곳이었습니다. 형식적으로 세금을 걷어 마한에 바친다고는 해도 말갈족에게 뜯기는 것이 더욱 많다고 했습니다. 그걸 알고 마한 왕도 색리국에서는 절반 밖에 안 되는 세금을 받는다고 했습니다."

"그래요? 그렇다면 색리국은 말갈과 공유하는 땅이 아닙니까?"

온조의 물음에 이번에는 묵거가 나섰다.

"색리국에서 칠팔십 리쯤 벗어나자 말갈이 있었습니다. 저기 봉우리가 민둥인 바위산이 보이지요. 그 너머에 바로 말갈이 있었습니다. 백 리 남짓 둘러보았습니다만, 경계선에 방책도 없었습니다. 말갈이 무시로 드나든다고 했습니다."

"그렇습니다. 색리국의 족장을 만나보았는데, 말갈을 쫓아낼 자신만 있으면 언제든지 오라고 했습니다. 자신이 살고 있는 집을 내어주겠다고 했습니다. 눈치를 보아하니, 말갈한테 상당히 시달림을 받고 있는 것 같았습니다. 묵거가 여기저기 둘러 본 바에 의하면 백성들의 삶 또한 풍요롭지 못하다고 했습니다. 여기서 배로 두어 시각쯤 강을 거슬러 올라가면 도성으로 삼을만한 땅이 있었습니다. 앞에는 강이 막고 뒤에는 낮으나 산이 있어 그런대로 적을 대비할 수도 있었습니다."

"수고하셨습니다. 지금 당장 강을 건너십시다. 하루를 쉬었더니 여독도 풀린 듯 싶습니다."

"그러시지요. 헌데 색리국의 창고에 관곡이 얼마나 있는지 모르겠습니다."

"관곡이오?"

"지금 우리한테 제일 필요한 것이 양식입니다. 어차피 강을 건너면 성을 쌓고 궁실을 지어야합니다. 그러려면 백성들을 동원해야 하는데, 굶주린 백성을 움직이는 데는 양식 밖에 없지요. 헌데 우리에게는 양식이 충분하지 않습니다. 배에 실어온 것은 겨우 두어 달을 버틸까말까 입니다."

해루의 말에 온조가 얼굴에 근심을 띠었다.

"색리국 족장이 양식을 내놓겠소? 낙랑의 공태수에게 했던 대로 약탈을 시키겠다고 협박을 할 수도 없지 않습니까?"

"관곡이 있다면 크게 심려하지 않아도 될 것입니다. 어차피 색리국을 내놓겠다고   사람입니다. 그것은 관곡도 함께 내놓겠다는 뜻이지요."

"만약 관곡이 없다면 낭패가 아닙니까?"

온조가 근심어린 얼굴로 말하자 이번에는 을음이 나섰다.

"백성에 비해 옥토가 많은 땅입니다. 모르면 몰라도 몇 천 석의 관곡은 쌓아놓고 있을 것입니다. 설령 관곡이 없다고 하드래도 걱정하지 마십시오. 일단 자리가 잡히면 내가 장사길에 나서겠습니다. 싣고 온 은자와 비단만 양식으로 바꾸어도 우리 계루부 백성들이 반 년은 먹고 살 수 있을 것입니다. 나는 부지런히 장사를 하여 재물을 모을 것이니, 조카님은 나라를 건국하여 훗날을 도모할 생각이나 하시오. 해루 사부, 부디 내 조카 온조님을 잘 도와주시오. 신명을 바쳐 번듯한 나라를 건국해 보십시다."

을음이 자신감을 보였다.

"고맙습니다, 숙부님. 큰 뜻에 실망을 드리지는 않겠습니다."

온조가 목이 메어 말했다.

"강을 건너시지요. 여기서는 아무 것도 이룰 수가 없습니다. 색리국의 창고에 관곡이 없으면 마한 왕한테 양식을 빌릴 수도 있을 것입니다."

해루가 서두르고 나왔다.

"그러시지요, 사부님."

온조가 먼저 배 위에 오르자 함께 온 신하들과 백성들, 그리고 병사들이 차례로 배에 올랐다. 넓지 않은 강폭이었으나 거슬러 오르느라 또 한나절을 소비했다.

온조 일행이 포구에 배를 대고 막 내리려 할 때였다. 십여 명의 말을 탄 병사들이 다가왔다.

해루가 보고 말했다.

"저기 제일 앞에 오는 자가 색리국의 족장입니다."

"그래요? 사람이 순하게 생겼군요."

"겁이 많은 듯 싶었습니다. 말갈한테 그만큼 시달림을 받았다는 뜻이겠지요."

"결국은 말갈을 이기느냐 못 이기느냐에 우리의 성패가 달렸군요."

"그렇습니다."

온조와 해루가 배에서 내리자 색리국의 족장이라는 자가 말에서 내려 다가왔다.

"먼 길을 오시느라 수고가 많았습니다. 나는 색리국의 족장 마령이라 합니다."

마령의 깎듯한 인사에 온조가 예를 다해 고개를 숙였다.

"온조라고 하옵니다."

"폐하가 보내신 시종한테 말씀을 들었습니다. 잘 오셨습니다. 어서 저희 집으로 가시지요."

마령이 부하가 끌고 온 말 다섯 필을 내놓았다.

을음이 말했다.

"두 분과 왕자비마마께오서만 가시지요. 저는 육손 장수와 여기 강변에 임시 막사를 짓겠습니다."

"그래주시겠습니까? 고맙습니다."

온조는 또 눈 밑이 시큰해지도록 을음 숙부가 고마웠다.

"여깁니다, 누추하지만 안으로 드시지요."

백성이 사는 집이 백여 채 있는 마을의 한가운데 마령의 집이 있었다. 마을에 있는 단 한 채의 기와집이었다.

그런데 어쩐지 집안이 썰렁한 느낌을 주었다. 대문 앞까지 나와서 오시라고, 깎듯이 인사를 차리는 집사도 밝은 얼굴이 아니었다. 집 주위를 지키는 병사들이 스무나믄 명, 그리고 마당과 부엌에서 얼쩡거리는 시종들이 댓 명 보였을 뿐, 다른 식구들의 모습은 눈에 띄지 않았다. 한 소국 족장의 집으로는 너무 허술했다. 관곡을 보관하고 있을 창고같은 것도 눈에 띄지 않았다.

"사연이 많습니다. 우환이 있는 집이라 모든 것이 부실합니다."

방안으로 들어가 자리를 잡고 앉아 마령이 눈에 눈물을 글썽이며 말했다.

"혼자서 객지에 나와 계십니까? 하면 여기가 마족장님의 탯자리가 아닙니까?"

온조가 물었다.

"아니지요. 조상 대대로 터를 잡고 살았던 곳입니다. 북쪽에 말갈이 들어오기 전만 해도 평화스러운 곳이었습니다."

"오나가나 말갈이 문제군요. 헌데 어찌 가족들이 없습니까?"

"하나 있던 아들은 말갈에 볼모로 잡혀갔고, 내자는 아들을 걱정하다가 병을 얻어 죽었습니다. 명색이 족장이라고 차마 살던 곳을 떠날 수가 없어 자리나 지키고 있었던 셈이지요. 주걸 폐하가 사람을 보내왔습니다. 고구려에서 오신 온조님께 땅과 집을 내어주고 강을 건너오라구요."

"송구스럽습니다."

"아니오. 오히려 내가 고마울 뿐이지요. 나야 앓던 이가 빠진 듯 시원섭섭합니다만, 그대가 걱정이오. 무슨 사연으로 여기까지 오셨는가는 모르겠지만, 말갈을 곁에 두고는 속깨나 썩을 것입니다."

"말갈은 몇 명이나 됩니까?"

"확실히는 모르겠습니다. 북쪽에 봉우리가 하얀 산이 있지요? 그 너머부터 말갈이 살고 있습니다. 한번 침략을 해오면 보통 이삼백 명인데, 그보다 더 많은 수가 살고 있겠지요."

"아드님은 나이가 몇이나 되었습니까?"

"채 스무 살이 안 됩니다. 볼모로 간 지 삼 년이 되었는데, 말갈의

427

족장이 그랬습니다. 강 북쪽의 땅을 넘겨주면 언제든지 내 아들을 돌려주겠다고 말입니다."

"그렇다면 이것 곤란하게 되었지 않습니까? 마족장께서 영토를 저한테 물려주신 것을 알면 아드님의 신변에 위험이 닥칠지도 모르잖습니까?"

"당분간은 숨겨야겠지요. 가을 추수나 끝나야 나타날 것입니다. 일 년에 한 차례 추수가 끝나면 나타나 세금이라면서 양식을 거두어 갑니다. 그때 아들이 함께 왔다가 돌아가지요."

"색리국의 병사들은 없습니까?"

"오천 명 남짓 있기는 하지요. 허나 먹이고 입힐 수가 없어 평상시에는 자기 집에서 살다가 일이 생기면 소집합니다. 그러나 열에 한 명도 채 안 모이지요. 백성들조차도 말갈과 색리국을 왔다갔다하며 살고 있는 셈이지요. 나는 내일 강 남쪽으로 가겠습니다. 색리국을 온조 왕자님께 넘기겠습니다."

"그래도 되겠습니까? 여기서 우리와 함께 살 수는 없습니까?"

"지긋지긋합니다. 온조 왕자님께 부탁이 있습니다. 다음에 혹시 말갈과 대적할 일이 있으면 내 아들의 볼모가 풀리도록 해주십시오. 내가 색리국을 넘긴 줄을 알면 어쩌면 내 아들을 죽일지도 모릅니다."

"자리가 잡히는 대로 아드님부터 구할 방도를 찾아보겠습니다."

"그래만 주신다면 고마운 일이지요."

다음 날 마령은 집에서 부리던 시종만 데리고 강을 건너갔다. 다시 온다는 말도, 잘 있으라는 말도 없었다. 아들을 찾게 되면 강 남쪽 마한 왕한테 보내라는 말만 했다.

온조가 함께 바다를 건너온 네 중신을 불러모았다.

"다행이 마한의 왕이 색리국을 내어주고 마령 족장이 두 말 없이 떠나기는 했습니다만, 우리가 가야할 길은 참으로 멀고도 험합니다. 그러나 험한 바닷길을 건너오면서 우리가 가졌던 꿈을 포기할 수는 없습니다. 나는 일단 색리국을 우리의 영토로 하겠습니다. 말갈과 공유하는 일은 없을 것입니다."

온조의 말에 해루가 나섰다.

"꿈을 키우기 위해서는 먼저 나라를 세워야합니다. 마한의 속국이 아닌, 고구려의 정통을 잇는 나라를 세워야합니다. 그러기 위해서는 우선 나라 이름부터 정해야합니다."

"그렇습니다. 나는 우리가 세울 나라를 백제(百濟)라고 하겠습니다."

온조의 말에 을음이 물었다.

"백제라고 했습니까?"

"그렇습니다. 내가 하남을 떠나올 때 멀고 험한 길인 줄을 알면서도 목숨을 걸고 흔쾌히 따라나서 준 일백 가구 남짓의 백성들이 한없이 고마웠습니다. 그래서 백제라고 하고 싶은 것입니다."

"백 가구 남짓의 백성들이 세운 국가이니, 백제라? 참으로 괜찮은 이름입니다. 백제라고 하시지요."

해루가 찬성했다.

"우선은 해루 사부님께서 좌보를 맡아 나라의 기틀을 잡는 일부터 해주십시오. 을음 숙부님께서는 우보를 맡으시고, 나라의 살림살이를 책임져 주십시오."

"그렇게 하겠습니다."

해루와 을음이 나란히 고개를 조아렸다.

"육손 장수는 좌평을 맡아 나라의 병사를 책임져 주십시오. 하남에서 온 병사들은 물론 색리국의 토박이들 가운데 열다섯에서 마흔 살 미만의 사내들은 모두 백제국의 병사로 편입을 시킬 것입니다. 병사들의 훈련은 물론 말갈을 멀리 내쫓을 계책을 짜주시오."

"예, 소인이 책임지고 백제국의 병사를 천하의 제일 가는 병사로 꼭 만들고야 말겠습니다."

장수 육손이 머리를 조아렸다.

"오간과 마려는 궁실과 성을 쌓는 일에 힘을 다해야겠네. 성과 궁실이 완성되면 궁궐 호위병사를 책임지는 일을 맡아야겠지. 묵거 장수가 뒤에서 도와주도록 하시오."

"그리하겠사옵니다."

두 친구와 묵거가 예를 갖추었다.

"해루 사부님께서 앞으로 우리가 할 일을 말씀하시지요."

"우선은 왕자님께서 백제국의 폐하로 등극하시는 일입니다. 마침 이레 후가 대길일입니다. 처녀와 총각이 혼인을 하면 장차 나라의 재목이 될 큰 인물을 낳을 것이며 이사를 하면 재물이 산처럼 불어날 일진입니다. 그 날 등극을 하소서."

"알겠습니다. 그리하겠습니다."

온조가 예를 갖추어 대꾸했다.

"그러기 위해서는 우선 색리국의 백성이었다가 백제국의 백성이 될 백성들에게 백제국의 건국과 폐하의 등극을 선포하셔야 합니다. 마한 왕의 말에 의하면 색리국은 강북으로 사방 백 리라고 했습니다. 우선은 백 리 안의 백성들만이라도 불러모아야 할 것입니다. 그들 앞에서 폐하의 포부와 꿈을 당당하게 밝히셔야 할 것입니다."

해루의 말에 을음이 나섰다.

"허나 좌보 나리, 백성들을 불러모으려면 그들에게 나누어 줄 양식이 있어야 합니다. 십제국에서 싣고 온 양식은 턱없이 부족합니다."

"내일 내가 마한 왕을 다시 만나야겠습니다. 우선은 양식을 몇백 석이라도 빌려와야겠습니다. 다들 아시다시피 색리국에는 관곡이라고는 쌀 한 톨도 없습니다."

"빌려줄까요?"

"말갈을 막아준다는 조건이면 빌릴 듯 싶기도 합니다. 또한 제가 본 바에 의하면 마한 왕은 인정이 넉넉한 자처럼 보였습니다. 양식은 제가 어떻게든 빌려볼 것이오니, 우선은 폐하의 등극을 백성들에게 알리십시오. 묵거 재사의 빠른 걸음으로 이틀이면 사방 백 리 안을 돌 수 있을 것입니다. 한 가구에서 가장 한 명씩만 참석을 하라고 하십시오."

"예, 그리하겠습니다. 가는 길에 마을마다 산이며 들이며 강을 똑

똑히 보고 오겠습니다. 십제국에서처럼 백제국의 생김새를 낱낱이 알아오겠습니다."

"그래주시면 더욱 좋지요."

해루가 얼굴에 웃음을 띠고 묵거를 바라보았다.

"내 욕심대로라면 바다 건너 어마마마를 모시고 왕위에 오르고 싶지만, 너무 먼 길이니 어쩔 수가 없군요. 배가 돌아갈 때 도사공에게 이르면 되겠지요."

"이제부터는 십제국은 십제국이고 백제국은 백제국입니다. 서로가 도울 일은 별로 없을 것입니다. 너무 연연해하지 마십시오."

해루가 조금은 굳은 얼굴로 말했다.

다음 날이었다. 묵거가 사방 백 리 안의 백성들이 사는 마을을 돌아다니며 엿새 후에 있을 온조 왕의 등극에 참석하라는 전갈을 하러 다녔고, 해루는 을음과 함께 마한 왕을 찾아갔다.

"어찌 오셨소?"

막 사냥에서 돌아왔다는 마한 왕 주걸이 활을 손질하며 물었다.

"폐하의 하해 같으신 은혜로 겨우 자리를 잡고 짐을 풀었습니다."

"다행이구려. 말갈만 몰아내면 사람이 살기에 부족함이 없는 땅이지요."

"그렇습니다. 하온데 말갈이 문제입니다. 색리국은 말갈에 대한 대책이 전혀 없었습니다. 말갈과 공생공존하고 있었다고 할까요. 하지만 말갈을 그대로 두고는 폐하께서도 안전하시다고 볼 수 없을 것입니다."

"나까지 위태롭다?"

"그렇사옵니다. 말갈은 일단 자기들의 힘이 상대를 대적하겠다 싶으면 언제든지 변경을 침략할 족속입니다."

"상종을 못할 놈들이지요. 가끔은 강 남쪽까지 침략하여 부녀자를 약탈해 가고 있소."

"그놈들을 저희가 막아드리겠습니다."

해루가 자신있게 말하자 마한 왕 주걸이 두 눈을 꿈벅거렸다.

"겨우 오백 명 남짓 되는 병사로 말갈을 막아낸다?"

"어찌 오백 뿐이겠습니까? 색리국에 사는 열다섯 살 이상 마흔 살 미만의 남자들을 병사로 끌어들이면 일 만이야 안 넘겠습니까? 또한 십제국에서 건너온 오 백의 병사는 능히 일당십은 될 만큼 용맹스럽습니다. 중원을 누비며 대낙랑과도 대적했던 병사들이지요."

"그거야 대적을 해봐야 아는 일이고, 그대가 나를 찾아온 진짜 속셈이 뭐요?"

"양식을 빌려주시면 고맙겠습니다. 명색이 한 나라이었으면서도 색리국에는 관곡이 하나도 없었습니다."

"그건 그럴 것이오. 말갈과 세금을 나누어야 했으니, 창고에 보관할 양식이 어디 있겠소?"

"그렇습니다. 제가 대강 둘러 본 바에 의하면 말갈과 접경지역에 참으로 넓은 들이 있었습니다. 하온데, 말갈은 게을러서 농사를 짓지 않고 색리국 백성은 농사라고 지어봐야 말갈에게 빼앗기니까 짓지 않아 옥토가 그대로 놀고 있었습니다."

"한수를 중심으로 바다 쪽에 넓은 들이 있지요."

"그 땅에 농사만 지어도 십 만쯤의 백성들이 배불리 먹을 수 있는 양식이 나오겠더군요. 내년부터는 그 땅에 우리 백성들이 농사를 지을 수 있게 도와주십시오. 그냥 달라는 것이 아닙니다. 양곡 일천 석만 빌려주시면 일 년 후에 틀림없이 갚겠습니다. 또한 그 양곡을 밑천으로 국방을 튼튼히 하여 말갈을 쫓아낼 것이며 동예도 감히 마한을 넘보지 않도록 하겠습니다."

해루의 말에 마한 왕이 잠시 생각하다가 고개를 끄덕였다.

"좋소이다, 내가 양곡을 일천 석 빌려드리리다. 마침 요즘 몇 년 동안 내리 풍년이 들어 마한의 창고마다 양곡이 가득 차 있소. 일천 석 뿐만이 아니라 앞으로도 모자라는 양식은 내가 빌려주리다. 대신 방금 말한대로 말갈로부터 우리 마한을 보호해 주시오."

"참으로 고맙습니다. 우리 백제국을 위해서 큰 은혜를 베푸시는 것입니다. 백제국의 백성 모두가 폐하의 은혜에 감사할 것입니다."

"가만, 지금 뭐라고 했소? 백제국이라고 했소이까?"

마한 왕 주걸이 심각한 낯빛으로 말을 잘랐다.

"어차피 우리 온조 폐하께서 새로이 건국하는 나라가 될 것입니다. 처음에는 색리국이라는 이름을 그대로 쓸까도 했으나, 색리국이라고 하면 백성들이 따라주지를 않을 것 같아서 그리 정하였습니다."

해루가 말했다.

강을 건너오면서 충분히 예상했던 일이었다. 색리국이 아니라 백제국이라고 하면 마한 왕이 반발할 것을 예상하지 못한 것은 아니었다. 그러나 처음부터 당당하게 나가자고 작정했다. 마한과 대등한 입장에서 백제국을 세워야 한다고 믿었다. 마한의 한 속국을 맡아 다스리기 위하여 멀고 먼 바다를 건너 온 것은 아니었다.

"새 술은 새 부대에 담는다? 그것도 괜찮은 일이겠지요. 하면 우리 마한과는 어찌되는 것이오?"

"마한을 섬기고 폐하를 섬기겠습니다. 어떠한 경우에도 강 남쪽을 넘보는 일은 없을 것입니다. 영토를 넓히더라도 강 북쪽으로만 넓혀 나가겠습니다."

"그 약속을 지킬 수 있소?"

"제 복을 걸겠습니다."

"어차피 색리국은 버린 땅이었소. 색리국 안에서야 백제라 한들 어떻고, 천제라 한들 어떻겠소? 그렇게 하시오."

"이레 후에 온조 왕자께서 왕위에 오르십니다. 폐하께서도 참석을 해주시면 은혜가 크겠사옵니다."

"그 일은 생각해 보십시다. 아까 약속했던 양곡은 언제 실어갈 것이오?"

"내일부터라도 바로 실어가겠습니다. 강변까지만 옮겨주시면 우리가 배로 실어가겠습니다."

"이웃이 굶으면 굴뚝에 연기 내기를 부끄러워하는 것이 이곳 사람들의 인정이오. 창고에 곡식을 두고 내 어찌 나만 먹고 살겠다 하겠소. 내 보아하니, 신의를 저버릴 사람들은 아닌 것 같아 양식도 빌려주고 백제국의 호칭도 허용을 하겠소."

"앞으로 받들어 모시겠습니다."

해루가 머리를 조아렸다.

"바다를 건너간 을음 아우는 어찌 소식이 없다는 말이오? 가다가 몽땅 바다에 빠져 죽은 것은 아닌지 모르겠소."

온조를 보내고 두 달이 지나도 아무런 소식이 없자 소서노가 얼굴에 그늘을 만들고 안달을 했다. 낙랑태수 손중 앞에서는 그리도 당당하던 그녀였지만, 막상 자식 앞에서는 한낱 어미에 불과했다.

"너무 심려하지 마시오소서, 어마마마. 온조 아우는 잘하고 있을 것입니다. 아우가 떠난 이후 태풍도 불지 않아 뱃길도 순탄했을 것입니다."

"어미가 괜히 보낸 것 같소. 여기서 함께 힘을 합쳐 큰 나라를 이룰 것인데, 어미가 너무 서둘렀던 것 같소. 만에 하나 무슨 일이 있으면 어미가 명대로 못살 것이오. 자식을 죽을 자리로 보낸 어미가 어찌 마음 편히 살겠소?"

"기다려 보시옵소서. 꼭 좋은 소식이 있을 것이옵니다. 또한 어마마께오서 보내시지 않았어도 온조 아우는 결국 떠났을 것이옵니다. 아우도 꿈이 있는 사람입니다. 어찌 제 밑에서 신하노릇이나 하고 있겠습니까? 결국은 떠났을 것이옵니다. 스스로를 자책하지 마시옵소서."

비류가 간곡히 말했다.

그래도 소서노의 눈길이 자주 바다로 갔다. 잔잔한 바다였다. 그러나 언제 산더미같은 파도가 몰려올지 모르는 바다였다. 해루 사부가 말했었다. 바다는 잔잔할 때 더욱 무서운 것이라고. 잔잔한 그 안에 무서움을 숨기고 있는 것이라고.

해루의 말은 틀림없었다. 아침까지 잔잔하던 바다에 작은 파도가 일기 시작했다. 처음 시작은 늘 그랬다. 저 멀리에서 하얀 물살이 다가오는가 하면, 그것이 점점 커지고, 이윽고는 바닷가 바위를 후려치고 덤비는 큰 파도가 되어 저녁내 울부짖는 것이었다.

"이 일을 어찌한답니까? 바람이 불고 있지 않소? 파도가 치고 있잖소? 만약 바다 한가운데서 저 바람, 저 파도를 만났으면 모두가 몰살을 당할 것이 아닙니까?"

소서노가 저녁내 잠 한숨 안 자고 발을 굴렀다. 막상 집채더미만 한 파도 앞에서는 비류도 할 말을 잃었다. 그러나 얼굴까지 하얗게 질린 어머니를 그대로 두고 볼 수도 없었다.

"괜찮을 것입니다. 천문을 보는 해루 사부가 있지 않습니까? 한 달, 아니 일 년 후의 날씨까지 내다보는 해루 사부이옵니다. 우리 배가 바다 위에서 저 바람, 저 파도를 만나지는 않았을 것입니다. 장사에 능한 사람들이니 돌아오는 길에 장사를 하고 있을지도 모릅니다. 심려하지 마시오소서."

"내가 왜 보냈던고? 내 발등을 찧고 싶소이다. 차라리 중원에서 나라를 세우라고 할 것을, 그만한 병사, 그만한 백성이면 중원에서 도모해볼 수도 있었을 것을."

바람이 그치고 파도가 그치는 사흘 후까지 소서노가 밥 한 끼 먹지 못하고 안달을 했다.

바다를 건너갔던 배가 돌아온 것은 다시 열흘이 지나서였다. 갈 때는 열세 척이었는데, 일곱 척만 돌아왔다.

"을음 동생은 어찌 안 왔느냐?"

소서노가 그 일부터 물었다. 누구보다 먼저 배에서 내려 자초지종을 얘기해줄지 알았던 을음이 보이지 않자 소서노의 가슴이 철렁 내려앉았다. 가다가, 혹은 오다가 잘못된 것은 아닌가, 걱정이 된 것이었다.

"을음 우보께서는 백제국에 남겠다고 하셨사옵니다."

"백제국? 지금 백제국이라고 했느냐?"

"예, 대왕후마마. 온조 폐하께서 나라 이름을 그리 정하셨사옵니다. 벌써 한 달 반 전에 왕위에 오르셨사옵니다. 마한 왕이 손수 강을 건너와 참석하셨으며, 백성들도 일만여 명이나 참석했습니다."

도사공의 말에 소서노가 얼굴을 일그러뜨렸다.

"어찌 백제국이라 했다더냐? 제 형인 비류 폐하도 십제국인데, 어찌 백제국이라 했다더냐? 이것은 장차 제 형인 비류 폐하를 이겨 먹겠다는 수작이 아니더냐?"

그것이 못마땅한 것이었다. 중원에 건국한 나라도 겨우 십제국인데, 감히 백제국을 칭하다니. 온조의 저의가 그대로 드러난 이름이 아니냐고 소서노는 믿었다.

"소인도 확실한 것은 모르겠습니다만, 백 가구 남짓의 백성들이 바다를 건너와 건국한 나라라고 백제국이라고 했다 했사옵니다."

"백 가구가 건국한 나라라서 백제라? 핑계는 좋구나. 그래, 살기는 어떠하겠더냐?"

백제라는 국호가 소서노는 영 못마땅했다.

"미추홀에서 내려 배로 하루 낮 하루 밤을 올라갔는데, 마한 왕이 나와 강 북쪽의 색리국을 내주겠다고 했습니다. 나중에 알고 보니 말갈과 변경지역이었는데, 마한 왕도 말갈 때문에 속을 썩이고 있던 중이었습니다."

"하면 무엇이냐? 말갈의 방패막이로 마한 왕이 색리국이라는 소국을 기저 준 것이 아니더냐? 주기는 거저 주었다만 어찌 거저 먹을 수가 있을꼬? 말갈이 어떤 놈들인데? 그놈들은 그렇니라? 흉년이 들어 먹을 것이 없으면 다른 부족을 침략하여 사람까지 붙들어다가 잡아먹는 놈들이니라."

"사방 백 리의 땅을 얻기는 했으나, 말갈이 두고두고 괴롭힐 것이라고 좌보이신 해루 나리께서 말씀하셨사옵니다."

"옛날 주몽 폐하께서 그러셨듯이 말갈을 쫓아내는 일이 문제구나. 말갈만 멀리 쫓아낼 수가 있다면 백제국의 앞날은 탄탄대로가 되겠구나. 헌데 을음 동생은 거기에 남겠다고 했다고?"

"그렇사옵니다. 백제국에서 하실 일이 많으시다구요. 대왕후마마나 비류 폐하를 위해서는 하실 만큼 하셨다구요. 이제는 온조 폐하를 위해 일하시겠다구요."

"을음이 그럴 줄 몰랐구나. 그럴 줄 알았으면 처음부터 을음 아우는 보내지 않을 것인데. 여기 십제국에서도 을음 동생은 필요한데."

"아우가 처음 건국한 나라이옵니다. 을음 숙부께오서 도와주셔야 지요. 말갈이 문제기는 하지만 아우도 일단은 자리를 잡았다하니, 소자는 마음이 놓입니다."

비류가 말했다.

"갈 길이 첩첩산중이오. 우선은 백성들의 마음부터 얻어야 하고, 병사를 늘려 주변의 소국들을 도모하여 땅도 넓혀야 할 것이고."

"마한 왕이 양곡을 일천 석이나 빌려주어 백성들을 동원하는 일은 수월했사옵니다. 벌써 성을 쌓고 궁실을 짓는 공사를 시작했사옵니다."

"인정이 많은 사람이었던 모양이구나, 마한 왕이."

"산은 험하지 않았으며 들은 옥토가 대부분이었습니다. 요즘 몇 년 동안 내리 풍년이 들어 창고마다 양식이 그득 차 있다고 했습니다. 인정이 많은 사람들이었습니다, 마한의 백성들이. 처음에는 온조 폐하의 즉위식만 보고 오려고 했는데, 해루 나리께오서 가다가 바람을 만난다면서 더 머물도록 했습니다. 그러다가 궁실을 지을 재목을 상류에서 실어오느라 한 달 남짓을 더 있었사옵니다."

"알겠다. 앞으로도 도사공이 자주 바닷길을 왕래하며 소식을 가져오너라."

"해루 나리께서 그리 말씀하셨사옵니다. 백제국에서도 자주 사신을 보내겠다고 했습니다."

"사신이라고? 아직 궁실도 없는 나라에서 무슨 사신을 칭한다더냐?"

그리 말하며 소서노가 속으로 웃었다. 산 설고 물 설은 땅에 가서 일단 한 나라를 건국한 아들 온조가 대견한 것이었다. 서로 아비는 다르지만 둘 다 자기가 낳은 자식이 아닌가. 비류는 대륙에서, 온조는 바다 건너 반도에서 한 나라의 왕이 되었으니, 이제 죽어도 여한은 없다는 생각이었다.

비류가 말했다.

"참으로 다행이옵니다, 어마마마. 온조 아우를 제치고 제가 왕위에 오른 것이 늘 마음에 걸렸는데, 온조 아우가 그만큼 자리를 잡았다하니, 저도 마음이 놓입니다."

"그럴 수록에 폐하의 할 일이 막중하오. 우선은 하남 땅부터 도모하여 폐하의 영토를 늘려야할 것이오. 지금은 낙랑의 손태수가 가만히 보고 있지만, 언제 무슨 시비를 하여 침략해올지 모르오."

"소자도 알고 있사옵니다. 하여 낙랑 쪽으로는 성도 쌓고 목책도 둘러칠까 하옵니다."

"목책을?"

"우선은 경계를 확실히 해두자는 뜻이지요."

"폐하, 괜히 낙랑을 자극하는 일이 될 것이옵니다. 성은 몰라도 목책은 십제국의 힘을 더욱 기른 다음에 치는 것이 어떨까 하옵니다."

재사 극무가 우려의 눈빛을 띠었다.

"아니오, 폐하의 말씀이 옳으시오. 우리 영토를 확실하게 해놓자는데, 낙랑의 손태수가 새삼 시비를 할 리가 없지 않소? 폐하의 뜻대로 하시오."

소서노가 비류 편을 들고 나왔다.

그러나 비류가 백성들을 동원하여 성을 쌓고 목책을 치기 시작한 지 채 한 달도 안 되어 낙랑에서 사신이 왔다.

귀한 술과 고기 안주를 앞에 놓고 낙랑의 사신이 얼굴을 찡그렸다.

"이따위 술과 고기나 먹자고 먼 길을 온 것이 아니오. 손태수님의 말씀을 전하러 왔소."

사신이 시비조로 말했다.

"무슨 말씀입니까?"

비류가 물었다.

"무엇 때문에 강가에 성을 쌓고 목책을 치고 있소? 당장에 그만 두도록 하시오."

"그거야 경계를 확실히 하기 위해서가 아니오? 내가 성을 쌓고 목책을 치는 것은 우리 십제국의 백성이 함부로 낙랑 땅에 들어가지 않도록 하기 위해서요."

"허나 그것은 낙랑과 십제국 사이의 우호를 깨뜨리는 행위요. 지난번 대왕후마마께오서 다녀가신 이후 우리 손태수는 십제국을 나라 대접도 해주었고, 될 수 있으면 마찰이 없이 지내려 하고 있소. 그런데 성을 쌓고 목책을 치면서 우리를 경계한다는 것은 도리가 아니오. 당장 철거하시오."

"허나, 단 한 치도 낙랑 땅을 훼손하지 않았소. 성도 십제국의 땅에 쌓았으며 목책도 역시 십제국의 땅에 설치했소. 그런 것까지 간섭을 한대서야 말이 안 되지 않소?"

비류가 얼굴을 찡그리며 항의했다. 그러자 낙랑의 사신이 주먹으로 탁자를 내려치며 큰 소리로 말했다.

"그래서 우리 손태수님의 말을 듣지 못하겠다는 것이오?"

"사사건건 간섭을 한다면 우리로서도 유감이오."

"좋소, 폐하의 말을 그대로 가서 전하리다. 십제국의 비류왕은 낙랑과의 사이에 우호가 깨어져도 좋다고 하더라고 전하리다."

그것은 협박이었다. 말을 듣지 않으면 전쟁이라도 하겠다는 협박이었다.

"나는 늘 낙랑의 손태수께 고마움을 가지고 있는 사람이오. 어찌 우호가 깨지기를 바라겠소? 그것은 천부당만부당한 말씀이오. 다만 사사건건 간섭을 하면 우리로서도 받아들이기 힘든 점이 있다는 말씀이오."

비류의 변명에도 낙랑의 사신은 굳은 얼굴로 돌아갔다.

"괜찮겠소이까? 손태수가 가만히 있을지 모르겠소이다."

소서노가 걱정했다.

"그렇지 않으면 손태수는 우리가 하는 일마다 간섭을 하고 시비를 할 것입니다."

"그래도 아직은 우리가 손태수와 대적하기에는 힘이 약하오. 일단은 그의 말을 듣는 체라도 하는 것이 어떻겠소? 성도 낙랑 쪽으로는 쌓지 말고 목책도 낙랑 쪽으로 치지 맙시다. 강 남쪽만 도모해 나갑시다. 우리의 병사가 십 만이 될 때까지는 그리하십시다."

"아니옵니다, 어마마마. 우리가 호락호락하지 않다는 것을 보여주어야 합니다. 낙랑의 손태수인들 병사를 한번 움직이기가 쉽겠습니까?"

비류가 자기 고집대로 성을 쌓고 목책을 설치했다. 몇 차례 낙랑의 병사들이 멀리서 보고 갔다. 비류가 볼 테면 보란 듯이 작업을 독려했다.

낙랑에서 다시 사신이 온 것은 비류가 낙랑 쪽으로 이삼천 명의 병사들이 기거할 수 있는 성을 쌓고, 궁실에 가까운 곳으로 오십 리 남짓의 목책을 둘러 친 다음이었다.

"손태수께서 보내는 최후 통첩이오. 당장 성을 허물고 목책을 철거하지 않으면 낙랑의 병사들을 동원하겠다고 했소."

낙랑의 사신은 처음부터 협박이었다.

비류가 얼굴을 일그러뜨리며 대꾸했다.

"우리 십제국의 방위를 위해서는 성과 목책을 철거할 수가 없소. 이건 분명 우리 십제국에 대한 간섭이오."

"그래서 손태수의 말을 거역하겠다는 것이오? 정녕 전쟁을 원하오?"

사신의 눈꼬리가 찢겨 올라갔다.

'우선은 이놈의 목부터 잘라야 하는 것이 아닐까. 만약 손태수의 협박에 굴복하여 성을 허물고 목책을 걷어낸다면 두고두고 낙랑의 속국 노릇 밖에 못할 것이 아닌가.'

비류가 궁리에 잠겼다. 그러나 채 일 만이 안 되는 병사를 가지고 낙랑과 대결할 수는 없었다. 낙랑은 한이라는 대국의 한 군이었다. 낙랑군만 해도 십제국의 열 배가 넘는 땅과 백성과 병사를 가지고 있었다.

"우선은 손태수의 말을 따라주는 척이라도 하십시다. 따지고 보면 우리 십제국을 한 국가로 인정해 준 것만 해도 그 사람의 선심이 아니더이까? 성은 허무는 체라도 하고, 목책은 철거를 하십시다. 우리의 힘이 미약하기 때문이오. 성을 쌓고 목책을 치는 것도 중요하지만, 우선은 땅을 넓히고 백성과 병사를 늘리는 것이 급선무가 아니겠소?"

소서노의 말에 비류가 눈물을 머금고 허리를 굽혔다.

"그리하겠습니다, 어마마마."

"묵거 장수, 말갈은 어떻던가요? 어떻게 말갈을 칠 궁리는 하셨소?"

한수 북쪽의 성과 궁실이 완성되어 갈 무렵에 온조가 묵거에게 물었다.

"말갈이 사는 곳을 샅샅이 파악하여 좌보 나리께 말씀을 드렸사옵니다. 우선은 동예와 손을 잡고 말갈을 쫓아내는 것이 좋을 듯 싶었사옵니다."

묵거가 대답했다.

그는 백제국을 건국한 일 년여 동안 말갈과 동예를 돌아다니며 그곳의 지형이며 백성들이 사는 모습을 일일이 탐문하고 다녔다. 좌보 해루가 특별히 당부한 일이었다. 어차피 이쪽에서 도발하지 않으면 말갈이나 동예가 먼저 침략을 해오지 않을 것이라는 판단 때문이었다. 그러나 사방 일백여 리의 땅을 가지고 한 나라를 칭한다는 것은 세상 사람이 웃을 일이었다. 시작은 미약하지만, 그 일백 리의 땅을 가지고 사방 일천 리의 영토를 가진 당당한 나라로 가꾸어 나가야 하는 것이었다.

궁실 짓기가 진행되는 것을 보러 온 온조에게 해루가 말했다.

"우선은 강북에서부터 영토를 넓히셔야 합니다. 은혜를 갚는다는 것이 아니라 강남의 마한은 백제가 도모하기에는 무립니다."

"알고 있습니다, 나도. 마한은 아무튼 우리한테 은혜를 베푼 나라입니다. 동예나 말갈의 침략을 받아 위태로운 지경이 아니면 우리가 마한을 도모할 수는 없습니다."

"언젠가는 궁궐도 강 남쪽으로 옮기셔야 합니다. 그래서 아담하게 짓는 것입니다. 성과 궁궐이 완성되면 동예의 왕도 부르는 것이 어떻겠습니까? 우리의 힘이 미약할 때는 화친이 최상의 방책입니다."

"좌보께서 알아서 해주시오. 이 정도의 성이면 바다를 건너온 계루부의 백성들은 모두 함께 살 수가 있겠지요?"

"딱 알맞은 넓이입니다. 허나 오래 머물 곳은 아닙니다. 머지않아 강 남쪽으로 진출을 하게 될 것입니다. 동예와 마한은 사이가 좋지 않습니다, 마한은 주걸이 다스리는 나라가 아니라 각 지방의 호족들이 다스리는 나라입니다. 어찌 보면 주걸은 허울만의 왕이지요."

"그래도 우리는 주걸 왕을 배신할 수는 없습니다."

"그러나 동예나 말갈에게 내줄 영토라면 우리가 차지해야 합니다. 지금도 동예가 마한의 호족들을 끌어들이고 있습니다. 을음 우보의 말에 의하면 강 남쪽에 끝이 보이지 않는 평야가 있다고 했습니다. 그곳만 우리가 끌어들일 수가 있으면 마한을 도모하는 것은 식은 죽 먹기보다 쉬울 것입니다."

"지금은 말갈을 멀리 내쫓는데 치중하는 것이 좋겠습니다. 마한 왕한테 빌린 양곡으로 쌓는 성과 궁궐이 채 완성되기도 전입니다. 벌써 배신을 생각한다면 사람의 도리가 아니지요."

"주변 사정이 그렇다는 말씀을 드리는 것입니다. 그것보다도 십제 국의 형편이 곤란한 모양입니다."

해루가 말머리를 돌렸다.

"무슨 말씀입니까?"

"우리 백제국의 선단이 이번에 대륙에 다녀왔습니다. 바다를 건너 황하를 거슬러 올라가 십제국까지 다녀왔는데, 비류 폐하께서 변경 에 성을 쌓고 목책을 설치한 것 같습니다."

"그것이야 나라를 수비하는 방책이 아니오?"

"헌데 낙랑태수가 그걸 시비하고 나온 모양입니다. 당장 허물지 않으면 병사를 동원하겠다고 협박을 했다고 합니다."

"어마마마께서 속이 상하셨겠군요."

"결국 성을 허물고 목책을 철거했다고 합니다. 앞으로도 낙랑은 십제국을 두고두고 괴롭힐 것입니다."

"한 나라를 건국하여 키우고 다스리는 일이 어디 밥 먹듯이 쉬운 일이겠습니까? 끊임없는 대결을 통해 커나가는 것이지요. 성과 궁궐이 완성되면 우선 해야 할 일이 두 가지가 있습니다."

온조의 말에 해루가 잠시 생각하다가 되물었다.

"무슨 일이시옵니까?"

"주몽 폐하의 사당을 세우는 일이 그 첫번째이고 말갈을 멀리 쫓아내는 것이 그 두 번째 일입니다."

"그렇잖아도 묵거 장수를 시켜 말갈에 대해 샅샅이 알아오라고는 했습니다만, 주몽 폐하의 사당을 세우시다니요?"

"말년에 어마마마와 사이가 안 좋으시기는 했지만, 주몽 폐하는 내 아바마마이십니다. 나는 내가 세운 백제가 고구려의 정통을 이었으면 합니다. 사당을 세워 일 년에 한 번씩 제사를 올릴 것입니다."

"하오나 주몽 폐하께서는 유리에게 왕위를 물려주셨습니다. 폐하께서는 억수같은 장대비가 내리던 날 계루부를 떠나오던 치욕을 잊으셨습니까? 다른 신하들의 뜻이 어떨지 모르겠습니다."

"좌보께서 내 뜻을 잘 이해시켜 주셨으면 합니다."

온조가 간곡하게 부탁했다.

"그리하겠사옵니다."

내키지는 않았지만 해루가 고개를 숙였다.

주몽왕의 사당을 세우는 일에 제일 반대하고 나선 것은 우보 을음이었다.

"그것은 아니 됩니다. 따지고 보면 주몽 폐하는 계루부를 배신한 분입니다. 연타발 숙부님과 소서노 누님 덕분에 고구려를 건국하여 키워놓고는 다음 왕위는 엉뚱한 유리한테 넘겨주신 분입니다. 그런 분의 사당을 세우시다니요?"

"허나 폐하는 주몽 폐하에게서 백제의 정통성을 찾고 싶으신 것입니다. 아무튼 그분의 피를 받고 태어나신 분이니까요. 아직 미약한 백제국입니다. 그런 일로 폐하의 심기를 불편하게 해드릴 것이 뭐가 있겠습니까?"

"설령 사당을 짓는다고 해도 난 거기에 절을 하지 않을 것입니다. 폐하의 뜻이 그러시다면 어쩔 수 없는 일이지요."

을음이 얼굴을 굳힌 채 고개를 내저었다. 그러나 어차피 온조의 뜻이었다. 성과 궁궐이 완성되기 전에 주몽왕의 사당부터 짓고 첫번째 제사를 올렸다. 무사히 색리국을 얻어 백제국을 건국하고, 백제국의 백성들이 농사를 지어 첫 수확을 올리는 기쁨을 주몽 폐하의 영혼께 감사드리는 제사였다.

"을음 숙부님의 한이 가슴에 맺혀있을 것입니다. 충분히 이해할 수 있습니다."

제사가 끝나고 마련된 음식과 술을 참석했던 백성들한테 먹이며 함께 즐기던 온조가 조금은 쓸쓸한 낯빛으로 말했다.

"하오나 폐하, 지금은 그것이 문제가 아니옵니다. 올해 다행이 풍년이 들고 우보께서 장사로 많은 재물을 모았다고는 해도 마한 왕과 약속했던 양곡 일천 석을 갚아야 하며 말갈이 어찌 나올지 걱정입니다."

해루가 걱정스런 낯빛이 되어 말하자 육손 장수가 나섰다.

"좌보 나리, 말갈은 걱정하지 마시오소서. 묵거 장수가 수집해 온 정보에 따라 말갈의 길목을 우리 백제군이 철저히 지키고 있사옵니다. 말갈이 변경을 넘어오기만 하면 그 자리에서 물리칠 것이옵니다."

"허나 말갈은 사나운 족속이오. 먹을 것이 없으면 저희들끼리도 잡아먹는 추악한 놈들이지요. 일단 저희들 몫이 없어졌다하면 죽기 살기로 덤빌 것이 분명하오. 놈들은 작년처럼 세금을 거두러 백제국의 경계를 넘어 올 것이 분명하오."

"우리 백제국의 병사들도 훈련을 받을 만큼 받았습니다. 묵거 장수의 말에 의하면 말갈의 병사는 잘해야 천여 명이라고 했습니다. 색리국에 소속되어 있던 병사들도 이젠 제법 창을 쓰고 검을 다룰 줄 압니다. 그동안 백성들은 하루에 두 끼만 먹어도 병사들은 세 끼를 먹였습니다. 말갈에게 양식을 빼앗기면 자기들이 먹을 것이 줄어든다는 것을 알고 있습니다."

"병장기는 어떻소?"

온조가 물었다.

"염려하실 일이 아닙니다. 칼은 날이 시퍼렇게 갈아놓았으며 창 끝은 윤이 나도록 닦아놓았습니다. 뿐만이 아닙니다. 우리 병사들의 사기는 하늘을 찌를 듯이 높습니다."

육손은 자신만만했다.

"나는 육손 장수를 믿소. 말갈이 어떤 모습으로 나타날지, 그들도 백제국이 건국되었다는 것은 알고 있을 텐데, 옛날의 색리국이 아니라는 것은 알고 있을 텐데, 어찌 나올지 궁금하오."

주몽왕의 사당에 제사를 지낸 며칠 후였다. 해루가 말갈에서 사신이 오면 어찌 대처를 할까 궁리 중인데, 우보 을음 밑에 있는 장사꾼 사내가 사냥복 차림의 여인을 하나 데리고 왔다.

"폐하를 꼭 뵙겠다고 해서 우선 좌보 나리께 데리고 왔습니다. 자신의 말로는 마한 왕의 딸이라고 했습니다."

"마한 왕의 딸?"

해루가 깜짝 놀라며 여인을 바라보았다. 사내 못지 않게 큰 키에 그만한 몸체를 가지고 있는 여인이었다. 얼굴에 개칠은 했으나 바탕은 예쁘장했다. 그 뿐만이 아니었다. 검은 눈빛이며 두툼한 귓밥이 귀티가 흐르는 얼굴이었다. 더구나 상대방 앞에서 조금도 기 죽지 않고 당당한 모습이 여늬 처녀는 아니었다.

"주걸 폐하의 따님이라고 했소? 하면 공주님이 아니시오?"

"그렇사옵니다. 소녀는 주나리라고 하옵니다."

"헌데 공주마마께서 어인 일로 백제국을 홀홀단신 찾으셨사옵니까?"

"말갈에 볼모로 가 계시는 마충무 공자님에 대해 드릴 말씀이 있어 예의가 아닌 줄을 알면서도 찾아뵈었습니다."

"마충무?"

"예, 제 정혼자이십니다. 색리국이 말갈에게 횡포를 당하기 전에, 폐하이신 제 아버님께서 색리국을 발판 삼아 북쪽으로 영토를 넓히려는 꿈을 가지고 계실 때에 양가의 어르신들께서 정혼을 하였지요.

폐하이신 아버님이나 마공자의 아버님께서는 이미 정혼을 없었던 일로 하고 계시지만, 소녀는 그럴 수가 없사옵니다. 이미 마공자님을 뫼셨던 마음자리에 다른 사내를 받아드릴 수가 없습니다."

주나리가 또렷한 음성으로 또박또박 말했다. 이가 박 속처럼 희었다.

"그것이 지조있는 여인의 도리지요."

그제서야 해루는 주나리가 무엇 때문에 강을 건너왔는가 눈치를 챘다. 그러나 그쪽의 말을 들어보기로 작정하고 입을 다물고 기다렸다.

주나리가 해루를 바라보며 입을 열었다.

"얼마 전에 백제국의 추수가 끝난 걸로 알고 있사옵니다. 머지않아 말갈에서 양곡을 실어갈 사신이 오겠지요."

"그럴 것입니다."

해루가 고개를 끄덕였다.

"말갈의 사신에게 백제국에서 조건을 걸어주셨으면 합니다. 마공자와 양곡을 맞바꾸는 조건으로 말입니다."

"말갈은 잔혹하고 교활한 놈들입니다. 마공자는 양곡을 쉽게 얻을 수 있는 볼모인데, 호락호락 내주겠습니까?"

해루가 난색을 표명했다. 그렇잖아도 양곡을 얼마나 줄까, 작년에 오백 석을 받아갔다고 했으니, 그 정도는 주어야할까, 아니면 놈들이 풍년을 핑계로 더 많이 요구하면 어찌할까, 여러 가지로 궁리가 많던 참이었다.

"말갈은 의외로 뒤가 무른 놈들이라고 했습니다. 약한 쪽에는 강하게 나가고, 강한 쪽에는 한없이 비굴해지는 것이 말갈이라고 했습니다. 색리국에서 말갈에게 허리를 굽혔던 것은 땅이 비옥하지 못하고 병사들을 기르지 않았기 때문이었습니다. 아니, 나라의 병사들이 백성들을 보호해주지 못하니까, 백성들이 먼저 말갈에게 머리를 숙였다고 들었습니다."

"알고 있습니다. 그래서 우리 백제국에서는 무엇보다 먼저 병사를 확충하고 훈련에 열중하였습니다."

"그래서 드리는 말씀입니다. 백제국이 커가기 위해서는 어차피 말갈은 방해만 될 뿐입니다. 말갈을 토벌하지 않고는 백제국은 한 발자국도 클 수가 없는 나라입니다. 올해 양곡을 나누어준다고 해도 내년이면 토벌을 해야 할 족속입니다. 이번에 양곡을 주시면서 꼭 마공자님과 교환하자고 하십시오. 어차피 저희들 손으로 농사를 짓지 않는 놈들이니, 다만 얼마라도 양곡이 필요한 놈들입니다. 색리국과는 달리 백제국에서 강하게 나간다면 말갈은 틀림없이 고개를 숙이고 나올 것입니다. 이쪽에서 약한 티를 보이면 절대 안될 것입니다. 제게 병사 오 백만 있으면 당장 말갈을 치러 가겠습니다만, 소녀한테는 그럴 힘이 없습니다. 머리 숙여 부탁드립니다. 마공자님만 말갈에서 구해 주신다면 결초보은하겠습니다."

주나리가 간절한 눈빛으로 해루를 바라보았다.

"공주님의 말씀은 잘 알아들었습니다. 말갈에서 사신이 오면 참고로 하지요. 돌아가서 기다리십시오."

그렇게 하겠습니다, 하는 말이 나오려는 입을 해루가 꾹 다물었다. 앞일은 어찌 될지 몰랐다. 주나리의 말대로 말갈에게 호락호락하게 보일 필요도 없지만, 그렇다고 너무 강하게 나갔다가 자칫 낭패를 당할 수도 있었다.

일이 어떻게 풀릴지를 몰라 온조왕에게도 주나리가 다녀갔다는 말은 하지 않았다. 온조왕의 성미에 꼭 그리하라고 영을 내릴 것이었기 때문이었다.

말갈의 사신이 온 것은 주나리가 다녀간 사흘 후였다. 거무튀튀한 말가죽 옷을 입고 올 줄 알았는데, 제법 비단옷을 입고 말을 타고 거들먹거리며 왔다.

변경의 고개를 지키고 있던 병사가 말갈의 사신을 임시 궁실로 안내해 왔다.

"야만인입니다. 폐하께서 직접 만나실 것은 없습니다. 제가 상대하겠습니다."

자신이 직접 만나야 한다는 온조를 말리고 해루가 나섰다.

"좌보께서 담판을 지으십시오. 마령의 아들을 돌려주면 양식을 나누어주겠다고 하시오. 좌평의 말을 들으면 산 너머에는 땅이 비좁다고 했습니다. 험한 산이 많은 곳이라고 했습니다. 또한 말갈은 게을러 이웃 나라에서 약탈을 해 먹고 살았지, 제 놈들의 손으로 농사를 짓지 않는다고 했습니다. 다급한 쥐가 고양이를 문다고 했으니, 올해까지는 일단 양식을 나누어주기는 합시다. 허나 마령의 아들을 돌려받는 조건이어야 합니다."

"참으로 뜻이 깊사옵니다. 소인은 미처 거기까지는 생각을 못했습

니다."

해루가 그렇지 않아도 마령 왕의 딸이 다녀갔다는 말을 하려다가 말머리를 돌렸다. 이쪽에서 그런 낌새를 보이지 않아도 온조왕이 먼저 그 말을 꺼낸다는 것은 오래 전부터 그 일을 염두에 두고 있었다는 얘기였다.

온조가 말했다.

"아비로써 마령 왕이 흘린 눈물을 잊을 수가 없습니다. 그 사람은 모든 것을 포기하고 색리국을 떠났습니다만, 늘 그것이 마음에 걸렸습니다. 산 설고 물 설은 곳에 와서 오갈 곳이 없는 우리한테 선뜻 색리국을 내준 사람입니다. 은혜의 만 분의 일이라도 갚는 길이 있다면 갚아야지요."

"알겠사옵니다, 폐하."

해루가 온조 곁을 물러나와 말갈의 사신이 머물고 있는 임시 객사로 갔다.

"단도직입적으로 말하겠소. 올해는 대풍인 걸로 알고 있소. 한 달 안에 양곡 일천 석을 나누어 주시오."

말갈의 사신 가운데 우두머리가 말했다.

"무슨 말씀이오? 그대들은 손에 흙 하나 묻히지 않았소. 비록 풍년이라고는 하나 모두가 우리 백제국의 백성들이 땀 흘려 거둔 수확이오. 어찌 쉽게 내어줄 수가 있겠소?"

해루의 말에 말갈의 사신이 뭐요? 하고 고함을 질렀다.

"그렇다면 양곡을 나누어 주지 않겠다는 말이오? 이건 색리국 마령 왕과의 약속이었소. 수확량의 절반을 나누어 주기로 하고 우리는 색리국의 변경을 침략하지 않았소이다. 우리 족장님께서는 백제국도 역시 그러리라 믿고 그동안 지켜보고만 있었던 것이오. 그런데 이제 와서 딴 소리를 하면 우리 족장님께서 가만 있지 않을 것이오. 호랑이도 맨손으로 잡으시는 족장님이 화를 내실 것이오."

말갈의 사신이 먼저 협박조로 나왔다. 해루가 잠시 생각에 잠기다가 입을 열었다.

"이보시오. 그대는 살아서 돌아가고 싶지 않소? 아니면 그대의 뼈를 이곳 백제국에 묻을 참이오?"

"무슨 소리요? 지금 나를 협박하는 것이오?"

"협박은 그대가 먼저 했소. 우리 백제국은 정예병으로만 일 만이 넘소. 옛날의 색리국이 아니오. 그 뿐인 줄 아시오? 검은 날이 서 있고, 창끝은 날카롭게 갈아놓았소."

해루가 말갈의 사신을 마주 노려보았다.

"좋소. 우리가 어찌하면 양식을 나누어 주겠소? 조건을 말해 보시오."

말갈의 사신이 수그러들었다. 자칫 살아서 돌아가기 힘든 상황이 될지도 모른다는 걸 겨우 깨달은 모양이었다.

"볼모로 잡고 있는 마령 왕의 아들 마충무를 돌려주시오. 우리의 조건은 그것 한 가지뿐이오."

해루의 말에 말갈의 사신이 고개를 번쩍 치켜들었다.

"그걸 지금 말이라고 하는 것이오? 우리가 그런 멍청이같은 짓을 할 것 같소? 마령의 아들 마충무는 우리가 색리국으로부터 양식을 얻을 수 있는 최후의 보루였소. 돌려줄 수 없소."

"하면 우리도 양식을 나누어 줄 수가 없소."

해루가 한 마디로 잘랐다.

"그렇다면 마충무의 목숨은 없는 것이오. 내가 돌아가는 즉시 마충무의 목을 베어 보내겠소."

"알아서 하시오. 우리한테 그자의 목숨이 꼭 필요한 것은 아니오. 다만, 마령 왕의 은혜에 만 분의 일이라도 보답하는 뜻으로 내걸어 본 조건이었소만, 그대들이 싫다면 어쩔 수가 없지요. 사실 따지고 보면 우리 백제국으로서는 마충무의 목숨보다 단 한 톨의 양식이 더욱 소중할 수도 있소."

"이보시오, 당신의 왕을 만나게 해주시오. 폐하와 얘기하고 싶소."

말갈의 사신이 말했다. 그러나 해루가 고개를 내저었다.

"내 말이 즉 폐하의 뜻이오. 당신들이 마충무를 내어주지 않으면 양식을 나누어줄 수 없을 뿐만 아니라, 일 만 백제국 병사를 동원하여 당신들을 토벌하겠소."

"우리를 토벌한다? 우리가 당신들처럼 평지에서 사는 줄 아시오?"

말갈의 사신이 입가에 비웃음을 흘렸다.

"알고 있소. 당신들은 험한 산을 등진 벼랑 위에 은거하고 있다는 것을 말이오. 인수골과 백운골 너머에 이삼백 명씩 모여 살고 있다는 것도 알고 있소. 우리는 당신들이 다니는 길목을 일일이 파악하여 놓았소, 어디 그 뿐인 줄 아시오? 당신들의 창고에 양식이 얼마 남지 않았다는 것까지 알고 있소. 길목만 막고 있으면 당신들은 꼼짝할 수가 없소."

해루의 말에 말갈의 사신이 얼핏 당혹한 표정을 지었다. 그러나 애써 안으로 숨기며 마지막 허풍을 부렸다.

"그래서 그대들은 기어코 우리 말갈과 전쟁을 하겠다는 것이오? 화친을 깨고 적대관계로 돌아가겠다는 말이오?"

"그것은 당신들의 뜻에 달렸소. 계속 화친하고 싶으면 마충무를 돌려주시오. 어차피 당신 혼자 결정할 문제는 아닐 것이니, 내일 돌아갔다가 다시 오시오. 열흘의 여유를 주겠소. 다시 올 때는 마충무를 데려오시오. 그렇지 않을 것이면 오지 않는 것이 좋을 것이오. 당신의 목숨을 내가 보장해 줄 수 없으니 말이오. 마충무를 데리고 오면 양곡 일백 석을 나누어 주겠소."

"겨우 일백 석이오?"

"그 이상은 줄 수가 없소. 땀흘려 농사를 지은 우리 백제국의 백성들이 먹어야 할 양식이오. 어찌 쌀 한 톨인들 아깝지 않겠소. 다시 한번 말하지만 꼭 열흘이오. 마충무를 데리고 와 양식을 얻어가든지, 아니면 당신의 말대로 마충무의 목을 보내든지 알아서 하시오. 마충무의 목이 오면 그 즉시 백제국은 말갈을 토벌할 것이오."

해루가 마지막 승부수를 던졌다. 놈들의 창고가 비어간다는 것은 묵거를 통해 알고 있었다. 놈들로서는 당장 양식이 필요했다. 해마다 몇백 석씩 양식을 가져다가 창고에 쌓아놓고 일 년을 살았던 말갈이었다. 놈들의 창고에는 잘해야 한 달을 버틸까 말까한 양곡 밖에 없다고 묵거가 자신있게 말했다.

양식을 나누어 준다는 조건으로 어떻게든 마령 왕의 아들 마충무를 돌려받아야 했다. 마충무를 구해 주면 마한 왕 주걸이 강 남쪽의 한 속국을 내어줄지도 모를 일이었다. 더구나 마충무와 주나리가 혼인이라도 하게 되면 앞으로 강 남쪽으로 진출하는데 도움이 될 것이었다.

그걸 빌미로 어쩌면 마령이 다스리고 있다는 평리부를 백제국의 속국으로 만들 수도 있을 것이었다. 거기는 물이 풍족한 옥토가 끝이 보이지 않을 정도로 널려있다고 했다. 평리부만 얻을 수 있다면 백제국이 강 남쪽으로 뻗어나갈 발판을 마련하는 길이 될 것이었다.

해루의 생각은 그랬다. 강의 북쪽보다는 강의 남쪽을 도모해야 한다는, 강의 남쪽이 사람살기에 훨씬 좋다는 것을 알고 있었다.

말갈이 이쪽의 제안을 거절한다면 마충무를 포기하는 수밖에 없었다. 놈들은 성질이 포악할 뿐만 아니라, 급하기까지 하니, 열흘을 기다리지 않아도 판가름 날 것이라고 해루는 믿었다. 마충무를 데리고 사신이 다시 오든지 아니면 마충무의 목이 오든지 둘 중에 하나일 것이었다.

"너무 박대를 한 것이 아니요? 좌보."

해루로부터 자초지종을 들은 온조가 근심하는 낯빛으로 물었다.

"이쪽에서 약한 티를 보이면 더욱 기고만장하여 오기를 부릴 놈들입니다. 처음부터 기를 꺾어놓아야지요. 폐하께오서는 마충무의 목

459

숨을 어떻게든 구하라고 하셨습니다만, 그자의 목숨을 구하는 일은 백제국의 앞날에 비하면 하찮은 것일 수도 있습니다."

"무슨 소리요? 세상에 하찮은 목숨이란 없는 것이오. 어쩔 수 없어 전쟁을 하지만 비록 적군의 목숨일망정 귀하지 않은 목숨은 없는 법이오. 하물며 마충무는 은인의 아들이 아니오. 양식을 몇백 석 더 내준다고 해도 마충무를 꼭 구할 방도를 찾아보시오."

"소인의 생각이 짧았습니다, 폐하."

해루가 이내 고개를 숙였다. 그러나 속내는 그것이 아니었다. 말갈과의 협상은 이쪽에서 강하게 밀어붙여야 했다. 자칫 약한 티를 보였다가는 마충무도 구하지 못하고 양식만 내어 줄 일이 생길지도 몰랐다. 이쪽에서 마충무의 목숨을 포기한 것처럼 보이는 것이 오히려 말갈을 속이는데 유리했다.

다음 날 해루는 말갈의 사신이 돌아가는 길에 배웅도 하지 않았다. 묵거를 통하여 말갈의 사신이 화가 잔뜩 난 얼굴로 숨을 씩씩거리며 돌아갔다는 말만 들었다.

해루가 즉시 육손 장수를 불러 들였다.

"말갈이 무슨 짓을 할지 모르오. 변경의 경계를 더욱 철저히 하시오. 말갈의 일거수 일투족을 샅샅이 파악하고 있으시오. 만약 마충무의 목을 보내오면 그 즉시 토벌에 나서야 할 것이오."

"말갈이 사는 곳을 손바닥 들여다 보듯이 보고 있습니다, 좌보 나리."

"이번에 마충무를 돌려받는다고 해도 결국은 토벌을 해야 할 족속이오. 최소한 삼백 리 밖으로 쫓아내야 백제국의 앞날이 편안할 것이오."

"알겠습니다, 나리."

육손이 번쩍이는 눈빛으로 대꾸했다.

해루의 예상은 틀림없었다. 말갈의 사신이 다시 온 것은 이레만이었다. 지난 번에 왔던 우두머리 사내가 시종 하나만 데리고 나타났다.

"마충무는 어찌 아니 데리고 왔소?"

해루가 우선 그 일부터 물었다.

"우리 족장님께서 양곡 이백 석과 마충무를 맞바꾸자고 하셨소. 만약에 백제국에서 마충무만 받고 양곡을 주지 않으면 우리로서는 낭패가 아니오?"

"우리 백제국은 신의를 존중하는 나라요. 어찌 한번 한 약속을 어길 수가 있겠소? 그리고 양곡은 지난 번에도 말했지만 일백 석 이상은 더 줄 수 없소."

"그렇다면 우리도 마충무를 돌려줄 수가 없소. 아니, 그자의 목을 돌려주겠소."

"알아서 하시오. 우리 백제국의 병사들은 지금 말갈을 토벌하라는 명령만을 기다리고 있는 중이오. 내 말을 허투로 듣지 마시오. 우리는 이미 그대들이 사는 곳에 소나무 몇 그루가 있는 것까지 다 알고 있소. 명령만 떨어지면 하루도 못 되어 그대들의 은거지는 초토가 될 것이오."

"정 안 되겠소? 하면 일백오십 석은 어떠시오?"

"아니 되오. 난 한번 한 약속을 어기지도 않지만, 한번 한 말을 바꾸지도 않소."

해루가 끝까지 버티었다.

말갈의 사신이 난감한 표정으로 앉아 있다가 좋소, 하고 나왔다.

"좋소이다. 앞으로 닷새 후에 마충무와 양곡을 맞바꿉시다. 장소는 어디가 좋겠소?"

"백제국에서 변경까지는 실어다 주겠소. 그날 마충무를 데리고 나오시오."

해루가 시원한 낯빛으로 말했다.

"알겠소. 그렇게 하리다."

말갈의 사신이 허둥지둥 돌아갔다.

해루가 온조를 찾아가 협상결과를 보고했다. 마충무와 양곡 일백 석을 맞바꾸기로 했다는 말에 온조가 얼굴을 활짝 폈다.

"그래요? 참으로 잘된 일이오. 마령 왕이 얼마나 기뻐하겠소? 이제야 겨우 은혜의 만 분의 일을 갚은 기분이구려. 참으로 애쓰셨소."

"모두가 폐하의 은덕이옵니다."

"아니오. 좌보께서 치밀한 계책으로 말갈의 사신과 담판을 지은 덕이오. 좌보의 공이 큽니다. 내일이라도 당장 마령 왕한테 사람을 보내야겠소."

"아니옵니다, 폐하. 말갈은 변덕이 죽 끓듯 한다고 했습니다. 언제 마음이 변하여 마충무를 죽이고 변경을 침략하여 노략질을 할지 모릅니다. 마충무가 우리에게 무사히 돌아오기 전에는 알리지 않는 것이 좋겠습니다."

"그러십시다. 듣고 보니 좌보의 말씀이 옳은 것 같습니다."

대전을 물러나온 해루가 즉시 육손 장수를 불렀다.

"닷새 후에 말갈에게 양곡 일백 석을 넘겨주기로 했소. 마령 왕의 아들 마충무와 맞바꾸기로 했소."

"그러셨습니까? 그놈들이 나타나면 모조리 죽여버릴까요?"

"아니오. 아무리 우리가 토벌해야 할 말갈이지만 사신과의 약속은 지켜져야 하오. 토벌은 그 다음의 문제요. 허나 워낙 교활한 놈들이니 무슨 수작을 부릴지 모르겠소. 육손 장군은 병사 오 백을 동원하여 미리 매복을 하고 있으시오. 그러다가 교환이 제대로 이루어지지 않는다든지, 아니면 말갈이 양곡만 가져가고 마충무를 돌려주지 않으면 모조리 도륙을 하시오."

"알겠습니다. 정예병 오 백을 매복시키겠습니다."

육손이 자신있는 말투로 대꾸했다.

말갈과의 약속을 하루 앞두고서였다. 또 주나리가 강을 건너왔다. 아무래도 마음이 안 놓여 다시 왔다는 것이었다. 그녀의 마충무에 대한 사무치는 사랑이 가슴에 아니 와닿는 것은 아니었지만, 해루가 얼굴을 찌푸렸다.

"죄송스럽습니다. 하오나 백제국에서는 마공자님의 얼굴을 아는 분이 없지 않습니까? 소녀가 직접 그 자리에 나가겠습니다."

"공주님께서요?"

"말갈은 교활한 족속입니다. 나리께서 마공자님의 얼굴을 모르시는 걸 핑계로 전연 엉뚱한 놈을 데리고 와 넘겨주지 않는다는 보장이 없잖습니까? 말갈은 능히 그런 짓을 저지르고도 남을 놈들입니다. 양곡만 대어주면 변경을 침략하지 않겠다고 해놓고도 자주 침략하여 부녀자를 납치해 가고 소와 말을 약탈해간 놈들입니다."

"알겠습니다. 공주님의 뜻이 정 그러시다면 함께 가시지요. 우리 병사의 복장으로 가야합니다."

"알겠습니다. 고맙습니다."

주나리의 눈에 눈물이 어렸다.

다음 날 해루가 만반의 준비를 갖추어 직접 말갈과의 약속 장소인 변경으로 나갔다. 주나리도 함께였다. 모든 일이 순조롭게 이루어지면 말갈의 사신에게 꼭 해주고 싶은 말이 있었다.

약속장소인 인수골 고개 위에 가니 말갈에서는 벌써 수레 다섯 대를 준비하여 대기하고 있었다. 병사들도 스무 명 남짓 밖에 안 되었다.

해루가 수레에 싣고 온 양곡 일백 석을 먼저 내려놓았다. 그걸 확인한 말갈의 사신이 한 사내의 등을 떠밀었다. 해루가 병사들 속에 섞여 있는 주나리를 돌아보았다. 그녀가 눈물 글썽한 눈으로 고개를 끄덕였다.

마충무가 백제 쪽으로 걸어오고 있었다.

해루가 말갈 쪽으로 걸어가자 그쪽에서도 사신으로 왔던 자가 마주 걸어왔다.

중간에서 마주 섰을 때 해루가 말했다.

"그대의 족장에게 전하시오. 올 겨울은 지금 살던 곳에서 지내고 봄이 되면 삼백 리 밖으로 물러나라고 하시오. 내년 봄이 되어 산에 진달래꽃이 피면 우리 백제국의 병사들이 말갈을 도모할 것이오. 목숨을 부지하고 싶으면 삼백 리 밖으로 물러나라고 하시오. 내 말을 알겠소?"

말갈의 사신이 얼굴만 하얗게 질린 채 아무런 대꾸를 못했다.

"지금 그대들을 모조리 도륙하고 이 길로 말갈을 토벌할 수도 있소. 허나 오늘은 그러지 않겠소. 그것은 그대와 내가 했던 약속 때문이오. 허나 내 말을 허투로 듣지 마시오. 내년 봄 진달래가 피어도 지금 있는 그 자리에 있으면 백제국의 병사가 가만히 있지를 않을 것이오."

말갈이 양곡을 수레에 싣는 것을 지켜보다가 해루가 궁궐로 돌아왔다.

온조가 마충무의 손을 잡고 병정에 나갔던 자식이 살아서 돌아온 부모의 낯빛으로 반겼다.

"고생이 많았소. 진즉 그대를 데려오고 싶었으나, 아직은 우리 백제국의 힘이 미치지 못했소. 이번에 좌보께서 치밀한 계책으로 그대를 무사히 말갈의 손아귀로부터 벗어나게 했소."

"은혜가 크옵니다. 결초보은하겠사옵니다."

얼굴이 초췌한 마충무가 번들거리는 눈빛으로 허리를 조아렸다.

"무슨 말이오? 그대의 춘부장님이신 마령 폐하께 내가 입은 은혜가 참으로 크오. 이제야 내가 한 짐을 덜은 기분이오."

온조가 고개를 끄덕일 때 해루가 주나리를 앞으로 내세웠다.

"폐하, 주걸 폐하의 따님이신 주나리 공주이십니다. 마공자와는 정혼을 한 사이라고 했습니다. 이번에 직접 말갈과 만나는 자리까지 갔었습니다. 마공자의 얼굴을 확인하겠다고 말씀입니다."

"주걸 폐하의 딸?"

온조가 깜짝 놀라 주나리를 바라보았다.

"송구하옵니다. 소녀가 버릇없이 좌보 나리를 졸랐습니다. 이번에 말갈에게 양곡을 넘겨주실 때에 마공자님과 교환조건을 내걸으시라고 떼를 썼사옵니다."

"허허허, 그래요? 공주의 마음이 나와 통했구려. 나는 그것도 모르고 좌보한테 신신당부를 했었는데. 어떻소? 좌보. 내일이라도 직접 마한에 다녀오셔야 안 되겠소?"

"소신, 그럴 요량으로 있사옵니다. 지난 해 빌린 양곡을 갚는 문제도 상의를 드릴 겸 제가 다녀오겠사옵니다."

다음 날 해루는 마충무와 주나리를 데리고 마한으로 넘어갔다. 주걸 왕이 먼저 주나리를 사정없이 나무랐다.

"네가 지금 정신이 있는 게냐? 없는 게냐? 거기가 어디라고 홀홀 단신 넘어갔다는 말이더냐?"

"하오나 아바마마, 마공자님이 없으면 제가 단 하루도 살 수가 없을 것 같았사옵니다. 더구나 아바마마께서 마공자님을 포기하시고, 소녀를 동예의 왕자에게 시집을 보내시려는 걸 알고는 단 하루도 참을 수가 없었사옵니다."

"뭣이라고? 네가 어찌 그 일을 알고 있었다는 말이더냐?"

"소녀에게도 눈도 있고 귀도 있사옵니다. 만약 소녀가 동예로 시집을 가게 될 불상사가 생기면 스스로 목을 매려고 작정하고 있었사옵니다."

"저, 저런, 불효막심한 것 같으니라구."

"이제 모든 일이 잘 되었사옵니다. 소녀가 가기 전에 백제국의 온조 폐하께오서 이미 작정을 하고 계셨습니다. 올해 양곡을 넘겨주면서 마공자님과 교환조건을 내걸으시려고 작정을 하고 계셨사옵니다. 두 분 아바마마께오서 포기하신 마공자님을 온조 폐하께오서는 잊지 않고 계셨사옵니다."

"온조왕의 그런 인정을 내가 미리 알았기에 색리국을 두 말없이 내어준 것이 아니었더냐? 온조왕이 참말로 의리를 중히 여기는 사람이구나. 고맙소, 좌보."

"은혜의 만 분의 일이라도 갚았다면 참으로 다행이옵니다."

"만 분의 일이 무엇이오? 내가 오히려 온조왕께 큰 은혜를 입었소이다. 늘 기분이 찜찜했는데, 이제야 발을 뻗고 잠을 자겠소이다. 안 그렇소이까? 사돈 양반."

주걸 왕이 마령을 웃으며 돌아보았다. 마령은 눈물 글썽이는 눈으로 마충무를 바라보기만 했다. 따지고 보면 아비 쪽에서 먼저 포기했던 아들이었다. 그런 아들을 백제국에서 구해 온 것이었다.

"은혜는 잊지 않겠습니다. 언젠가는 꼭 갚을 것입니다."

마령이 진심으로 말했다.

"헛헛헛, 은혜라니요? 백제국에서 나한테 큰 선물을 가져왔는데, 내가 가만히 있을 수가 있겠소. 나 또한 온조왕한테 선물을 주리다."

마한 왕 주걸이 호탕하게 웃다가 말했다.

해루가 바라보았다.

"송구스런 말씀이옵니다. 우리 백제국은 이미 폐하께 큰 선물을 받았사옵니다. 폐하께서 빌려주신 양곡으로 백제국은 병사를 기를 수 있었고, 또한 성을 쌓고 궁궐을 짓는 대공사를 할 수 있었습니다. 선물이라니요? 당치 않으십니다."

"바로 그 양곡에 관한 일이오. 다행이 우리 마한은 각 나라마다 올 해도 대풍이 들었소. 다 하늘이 도우심이요. 그래서 나는 백제국에 빌려주었던 양곡 일천 석을 받지 않기로 했소이다. 내가 온조왕께 드리는 선물이오."

"은혜가 참으로 크시옵니다. 우리 백제가 북으로 뻗어가는 데 큰 힘이 될 것입니다."

해루가 몇 번이나 머리를 조아렸다.

"백제국과 우리 마한은 형제국으로 지낼 것이오. 난 온조왕의 신의를 믿소. 서로가 어려울 때 도우면서 살기로 합시다. 그럴 일이야 없겠지만 만에 하나 마한이 말갈이나 동예같은 나라의 침략을 받아 위태로울 지경이 되면 차라리 나라를 백제국에 넘기겠소."

"망극하신 말씀이옵니다."

해루의 눈에 문득 남쪽으로 남쪽으로 뻗어가는 백제국의 모습이 아른거렸다. 어쩌면 그 길이 의외로 쉽게 열릴지도 모른다는 생각도 함께 들었다.

낙랑에서 또 사신이 왔다. 이번에는 엉뚱하게도 조공을 재촉하는 사신이었다.

"어찌하여 십제국은 우리 낙랑에 조공을 바치지 않는 것이오? 따지고 보면 십제국의 땅은 모두가 낙랑의 영토가 아니었소?"

낙랑의 사신은 비류 앞에서도 당당했다. 명색이 한 나라의 왕 앞에서도 조금도 허리를 굽신거리지 않았다.

"무슨 말이오? 어찌 낙랑에게 조공을 바친다는 말이오? 내 비록 낙랑태수의 말대로 성을 허물고 목책을 치우기는 했소만 조공까지 바칠 수는 없소."

비류가 얼굴을 붉히며 거절했다.

"우리 태수님의 말씀을 거역하겠다는 뜻이오? 정녕 낙랑과 전쟁을 원하시오?"

"전쟁을 원하는 것은 아니오. 허나 무리한 요구는 들어줄 수가 없소."

"십제국은 지금도 바다 쪽과 남쪽으로 계속 영토를 넓히는 걸로 알고 있소. 강 남쪽의 일이라고 우리가 모를 줄 아시오? 우리 태수님께서 말씀하셨소. 십제국에서 바다 쪽과 남쪽으로 영토를 넓혀나가는 것은 간섭하지 않겠으나, 그 대신 영토를 넓힌 만큼 조공을 바치라고 했소. 일 년에 오백 석의 양곡을 낙랑에 바치시오."

"뭐요? 오백 석이오? 그건 우리 십제국의 백성들은 굶어죽으라는 소리나 마찬가지요. 그리할 수 없소이다."

비류는 그 자리에서 당장 낙랑군 사신의 목을 치고 싶었다. 그러나 뒷일이 문제였다. 사신의 목을 자른다는 것은 전쟁을 선포하는 것이나 다름이 없었다. 그래서 강한 나라의 사신은 약한 나라의 왕 앞에서도 오만방자할 수가 있는 것이었다.

따지고 보면 낙랑의 손태수는 한나라의 일개 군을 다스리는 벼슬아치일 뿐이었다. 그런 손태수가 비류 앞에서도 오만방자한 사신을 보낸 것은 뒤에 중원을 지배하고 있는 한나라가 버티고 있기 때문이었다.

"양단 간에 결정을 하시오. 양곡 오백 석을 조공으로 바치든지 아니면 낙랑과 화친을 깨고 전쟁을 하든지 말이오."

사신이 최후통첩을 하고 강을 건너 간 다음이었다. 비류가 소서노를 찾아갔다.

"갈수록 낙랑의 요구가 커지고 있사옵니다, 어마마마. 이번에 온 사신은 조공으로 일 년에 양곡 오백 석을 바치라고 했습니다."

"저런 쳐죽일 놈들이 있소이까? 거 손태수라는 놈이 사내인 줄 알았더니, 쥐새끼처럼 약삭빠른 놈이구려. 우리 십제국의 힘이 약한 것을 빌미로 무리한 요구를 해오고 있잖소이까?"

"그렇사옵니다. 아직은 낙랑의 속국노릇을 하라는 말은 없습니다만, 양곡을 바치고 나면 틀림없이 그리 나올 것입니다."

"아무래도 우리가 터를 잘못 잡은 모양이오. 낙랑이 두고두고 괴롭힐 모양이니 이 일을 어찌하오. 강 남쪽은 한계가 있지 않소? 땅을 아무리 넓힌들 사방 일천 리가 채 안 되지 않소? 그 안의 백성들을 다 모아야 낙랑의 한 부 밖에 안 되지 않소? 언제 나라를 키워 낙랑과 대적할 수가 있겠소이까?"

소서노의 눈길이 문득 바다 쪽으로 갔다. 거기에 온조가 있는 것이었다. 요즘 들어 소서노는 바다 쪽만 보면 마음이 든든했다. 지난번에 다녀간 장사꾼 사내의 말을 들어보면 온조도 이젠 제법 자리를 잡아가고 있는 듯 했다. 더구나 말갈에게 볼모로 잡혀있던 마령 왕의 아들을 구해주었다는 얘기를 들었을 때는 소서노의 눈앞이 갑자기 환해지는 느낌이었다.

처음 백제국이 강 북쪽에 자리를 잡았다는 말을 들었을 때는 답답한 느낌이더니, 마충무의 일을 계기로 백제국이 남쪽에 근거를 마련할 수 있을 것 같았기 때문이었다.

'그래, 부지런히 백제국을 키우거라. 낙랑이 정 횡포를 부리면 너한테 가마, 내 아들 온조야.'

그러나 소서노는 그런 내색을 비류한테는 내비치지 않았다. 우선은 대륙의 십제국에서 버틸만큼 버텨보는 것이었다. 버티다가 정 안 되면 바다를 건너가면 될 일이었다. 거기에 온조가 있기 때문이었다.

낙랑의 사신이 태수 손중의 최후통첩을 가지고 다시 온 것은 한 달이 지나서였다.

"어찌 하겠소? 손태수님의 제안을 받아들일 것이오? 아니면 전쟁을 하겠소? 우리 낙랑의 병사들이 지금 강 건너 삼십 리까지 와 있소이다. 만약 거절하면 바로 강을 건널 것이오."

비류도 이미 변경을 지키는 병사를 통해 낙랑의 병사 삼천여 명이 강 가까이 와 있다는 소식은 듣고 있는 중이었다.

"어쩌겠소? 낙랑의 한 속부로 전락하라는 말을 하지 않은 것만도 다행이구려. 다음을 위하여 져주는 척 하십시다."

소서노가 침울한 얼굴로 말했다.

손태수의 말대로 일 년에 양곡 오백 석을 조공으로 바치겠다는 약조를 하고 돌아온 비류가 한숨을 내쉬었다.

"이럴 줄 알았으면 차라리 제가 바다를 건너갈 것을 그랬습니다, 어마마마. 이곳을 온조 아우에게 맡기고 제가 그곳으로 갈 것을 그랬습니다."

"못난 소리 마시오. 거기는 사방이 채 사천 리가 안 되는 작은 땅이라고 했소. 여기는 사방 몇만 리가 넘는 대륙이 아니오. 모름지기 사내란 큰 곳에서 큰 꿈을 꾸어야 하지 않겠소?"

"하오나, 한나라의 일개 군인 낙랑한테도 쩔쩔 매고 있사옵니다. 사사건건 간섭하고 심지어는 조공까지 바치라 하고 있습니다. 그 속셈이 무엇이겠습니까? 우리 십제국을 더 이상 키우지 않겠다는 뜻이 아니고 무엇이겠습니까? 어마마마, 차라리 바다를 건너가고 싶습니다. 소식을 들으니 백제국은 이제 많이 안정이 되어가고 있다 합니다."

"못난 소리. 폐하가 정녕 어미 앞에서 못난 소리만 하고 있을 참이오이까? 그럴 시간이 있으면 한 번이라도 더 병사들을 훈련시키시오. 백제국은 온조의 나라이지, 폐하의 나라가 아니오."

　소서노가 매서운 눈빛으로 비류를 쏘아보았다.

11

BC 6년 봄, 소서노와 온조

"폐하, 말갈이 쳐들어오고 있다 하옵니다."

온조가 성과 궁실을 완성하여 대전을 옮긴 지 채 반 년이 지나지 않아서였다. 궁실에서 삼백 리 떨어진 변방을 지키고 있던 병사가 허겁지겁 말을 타고 달려와 아뢰었다.

"뭣이라고?"

온조의 목덜미에 힘줄이 불끈 솟았다.

"이번에는 이천 명이 넘는 대부대가 쳐들어온다고 하옵니다."

"뭣이? 이천 명이나?"

참 끈질긴 말갈이었다. 백제국의 삼백 리 밖으로 물러가지 않으면 병사를 동원하여 토벌하겠다는 해루의 통첩에 어쩔 수 없이 물러났던 말갈은 그 이후 시도 때도 없이 변경을 침략하여 노략질을 해갔다.

어떤 백성은 차라리 말갈에게 양식을 나누어주던 시절이 훨씬 마음 편히 살았다고 불만을 터뜨리기도 했다. 백제의 병사들이 말갈이

다니는 길목을 지킨다고 해도 한계가 있었다. 더구나 놈들은 야행성이었다. 밤으로 변경을 넘어와 민가를 약탈해 가고 나면 백제의 병사들은 아침이 되어야만 그 사실을 알 수 있었다. 언제나 한 발 늦기 일쑤였다.

그제서야 부랴부랴 병사를 동원하여 말갈의 은거지를 치면 벌써 놈들은 십 리 밖 혹은 이십 리 밖으로 물러나 있었다. 덕분에 백제의 영역은 넓어졌으나, 변경의 백성들은 늘 불안에 떨어야 했다. 그것이 백성들의 불만으로 터져나온 것이었다.

따지고 보면 하루도 말갈의 침략이 없었던 날이 없을 지경이었다. 어제는 북쪽에서 나타나 부녀자를 약탈해 가고, 오늘은 남쪽에서 나타나 가축을 몰고 갔다. 날마다 온조왕에게는 어디서 말갈이 넘어와 무엇 무엇을 약탈해갔다는 보고가 들어왔다.

"이 만이 넘는 우리 백제국의 병사들이 그까짓 일천 명도 채 안 되는 말갈한테 늘 당한다는 말이오?"

육손 장수를 채근해도 마찬가지였다. 대부대가 움직이면 이쪽의 눈에 쉽게 뜨이니 대처가 쉽다는 것이었다. 그런데 놈들은 잘 해야 스무 명 남짓이 움직인다고 했다. 스무 명 남짓 무리를 지어 여러 곳에서 동시에 나타난다는 것이었다. 피해는 크지 않았지만 백성들 입장에서는 언제 어디에서 말갈이 들이닥칠지 몰라 불안했다.

묵거의 말에 의하면 말갈의 병사는 잘해야 일천여 명이라고 했다. 더 북쪽으로 가면 더 많은 말갈이 있을지 몰라도 변경에 사는 말갈은 그 정도라는 것이었다.

그런데 이번에는 이천 명이 넘는 말갈이 침략해오고 있다고 하잖은가.

"아무래도 동예가 말갈과 한패가 된 것 같사옵니다, 폐하."

급히 달려 온 해루가 말했다.

"동예가요? 그들은 우리와 사신을 교환하면서 화친을 맺고 있지 않습니까? 지난 번 궁궐의 낙성식 때는 동예의 사신이 와서 한껏 축하해 주고 갔잖습니까?"

"겉으로만 화친하는 척할 수도 있사옵니다. 동예도 지금 우리 백제국을 경계하고 있는 것이 분명합니다. 더구나 요즘은 마한에서도 동예를 등한시하고 있사옵니다. 한때 말이 오고갔던 혼인도 틀어졌습니다. 마한 땅은 누구나 탐을 낼만한 옥토입니다. 더구나 비록 마한이라는 한 나라의 칭호를 쓰고는 있습니다만, 쉰 개 남짓의 호족들이 다스리는 나라이옵니다. 어찌 탐이 나지 않겠사옵니까?"

"정녕 동예가 말갈과 한 패가 되었다는 소리요?"

"말갈은 병사들 전부를 동원하여도 일천 명이 넘지를 않습니다. 그들만으로는 그런 무모한 침략을 해오지는 못할 것입니다. 동예가 가담한 것이 분명합니다."

"안 되겠소. 이번에는 내가 직접 전쟁에 나가야겠소."

"육손 장군에게 맡겨놓아도 될 것입니다, 폐하. 믿고 기다리시오소서."

"아니오. 동예까지 가담한 싸움이라면 내가 손을 놓고 있어서는 아니 되겠소. 더구나 우보께서도 장사길에 나가시고 안 계시오."

온조가 즉시 갑옷을 입고 말을 타고 변경으로 달려갔다. 해루가 책사로 따라왔다.

"보시옵소서. 얼굴 생김새가 확실히 차이가 나지 않사옵니까? 저기 얼굴이 검고 우락부락하게 생긴 놈들은 말갈이 확실하오나, 투구 밑으로 누런 얼굴을 드러낸 자들은 모두 동예의 병사들이 맞는 것 같사옵니다."

해루의 말은 어김이 없었다. 백오십 보 밖에서 진을 치고 있는 병사들은 두 패로 확연히 구분할 수 있었다. 말갈이나 동예나 산이 많은 곳에 사는 놈들답게 산을 등지고 진을 치고 있었다.

해루가 말했다.

"저놈들은 아무래도 우리 백제국의 병사를 산골짜기로 유인하여 한판 붙을 예정인 것 같사옵니다."

"유인책에 말려들면 안 되지요. 놈들이 후퇴하는 체 도망을 가더라도 골짜기 깊숙이는 따라 들어가지 않도록 병사들한테 각별히 주의를 주시오."

온조의 말에 해루가 말갈의 병사들과 그 뒤의 산세를 찬찬히 살피다가 어떤 계책이 섰는지 눈을 반짝이며 말했다.

"폐하, 오히려 역으로 이용하면 어떻겠사옵니까? 우리가 저놈들을 골짜기 안으로 몰아넣는 것입니다."

"골짜기 안으로?"

"하늘을 보아하니, 사흘 내로 눈이 오겠사옵니다. 그것도 사람의 키를 넘는 폭설이 내리겠습니다."

해루의 말에 온조가 하늘을 올려다보았다. 눈이 시리도록 푸른 하늘이었다. 눈을 머금고 있을 구름은 한 점도 보이지 않았다. 도무지 눈이 올 것 같지 않았다. 그러나 해루는 천문에 밝은 사람이었다. 그가 비가 온다고 하면 비가 왔고, 안개가 낀다고 하면 틀림없이 안개가 끼었었다.

"그러니까 좌보께서는 말갈과 동예의 군사를 골짜기로 몰아넣고 굶겨 죽이고 얼려 죽이자는 말씀이오?"

"바로 보셨사옵니다. 저놈들은 잘해야 이천 명의 병사이옵니다. 우리 쪽은 삼천 명의 병사이구요. 일단은 군량미를 옮기는 측과 싸움을 하는 병사들을 분리만 시킬 수가 있다면 화살 하나 날리지 않고 저놈들을 몰살시킬 수가 있겠습니다."

해루의 말에 온조가 육손 장수를 불렀다.

"육손 장수, 우리 병사 이 천을 가지고 저놈들을 골짜기로 몰아넣으시오. 나머지 일 천은 후방의 군량미를 운반하는 부대를 차단시키시오."

"예, 폐하."

백제국의 병사들이 육손 장수의 명령에 따라 와, 와, 와! 함성을 지르며 말갈군을 향해 돌진해 갔다. 처음에는 화살을 날리기도 하고 제법 창을 꼬나쥐고 저항하는 체 하던 말갈의 병사들이 어느 순간 퇴각, 퇴각, 하며 산골짜기로 도망갔다.

후방의 군량미 운반부대는 미처 따라갈 수가 없었다. 백제군 일천여 명이 후방부대를 동그랗게 포위해 버렸다.

말갈의 병사들이 골짜기 안으로 완전히 들어갔을 때 백제국의 병사가 일단 추격을 멈추었다. 육손 장수가 미리 명령을 내려놓았기 때문이었다.

"됐소. 놈들은 이제 독 안에 든 쥐새끼 신세가 되었소. 골짜기 입구에 우리 병사들의 막사를 지으시오."

해루가 말했다.

"지금 추격하면 말갈의 병사들을 한 놈도 남김없이 몰살시킬 수가 있습니다, 좌보 나리."

육손이 아쉬운 듯 말했다.

"아니오. 이번 싸움은 동예가 가담한 싸움이오. 어쩌면 골짜기 곳곳에 적군이 매복을 하고 있을지 모르오. 막사를 지어놓고 기다리기만 하면 놈들은 제 발로 걸어나올 것이오. 놈들에게는 지금 군량미가 없소."

"제가 할 일은 없겠습니까? 좌보 나리."

묵거가 물었다.

"묵거 장수는 걸음이 빠르고 산을 잘 타는 병사들 십여 명을 골라 저 산능선을 한 바퀴 돌아보시오. 혹시 놈들이 빠져나갈 구멍이 있을지 모르니 말이오."

"알겠사옵니다, 좌보 나리."

묵거가 이내 병사 십여 명을 이끌고 산능선을 타기 시작했다. 순식간에 사라지는 묵거의 뒷모습을 바라보다가 해루가 온조에게 눈길을 돌렸다.

"이번에야말로 말갈의 씨를 말릴 수 있겠사옵니다, 폐하."

"그리만 되면 얼마나 좋겠소. 두고두고 화근이었는데 말이오. 그런데 동예의 병사들은 어찌했으면 좋겠소. 지금이라도 동예 왕에게 사신을 보내 협상을 하는 것이 어떻겠소?"

"아닙니다, 폐하. 동예에도 우리 백제국의 군사력이 호락호락하지 않다는 것을 보여주어야 합니다. 결코 함부로 넘볼 수 없는 나라라는 것을 보여주어야 합니다."

"알겠소. 그렇게 합시다."

온조가 고개를 끄덕였다.

날이 어두워지고 있었다. 백제국의 주둔 막사에서는 저녁을 짓는 연기가 오르고 있었다. 밥이 익는 구수한 냄새가 바람을 타고 골짜기로 들어갔다.

"저놈들이 지금쯤은 당황하여 어쩔 줄을 모르고 있을 것입니다. 군량미는 없지, 밥 익는 냄새는 구수하지, 배가 고파 어쩔 줄을 모르고 있을 것이옵니다."

해루가 골짜기를 바라보며 빙그레 웃었다.

"참으로 싱거운 싸움을 하겠소, 좌보."

온조가 마주 웃을 때 묵거가 산에서 내려왔다.

"놈들이 우왕좌왕하고 있는 것이 분명합니다, 좌보 나리."

"매복은 없던가요?"

"저희들이 올라갔을 때 산 중턱에 진을 치고 있던 병사들이 골짜기를 내려가고 있었습니다. 오백 명쯤 되는 것 같았습니다."

"역시 제 예상이 틀림없었사옵니다, 폐하. 저놈들은 우리 백제국의 병사들이 계속 추격을 해올 걸로 믿고 있었던 것입니다. 하늘을 보시오소서. 날이 어두워졌는데도 별이 하나도 보이지 않습니다. 눈을 품은 구름이 몰려오고 있다는 징조입니다."

해루의 말에 온조가 하늘을 올려다보았다. 별 하나 보이지 않는 캄캄한 하늘이었다. 검은 하늘이 낮게 가라앉아 있었다.

"눈이 올 것입니다. 그것도 엄청난 눈이 올 것입니다. 우리 백제군은 기다리기만 하면 될 것이옵니다. 하루 세 끼 배불리 먹으면서 막사에서 편히 기다리기만 하면 될 것입니다."

"참으로 싱기운 전쟁이오."

온조가 말했다.

그랬다. 그것은 참으로 싱겁고 허망한 전쟁이었다. 밤새워 내린 눈이 두 자 이상 쌓였을 때 날이 밝았다. 산과 들이 온통 하얀 세상이었다. 산골짜기에서는 아무 소리도 들리지 않았다.

"아마 지금쯤은 자중지란이 일어났을 것입니다. 말갈과 동예의 병사들이 서로 잘못을 미루느라 싸움이 붙었을지도 모릅니다. 저 엄청난 눈과 추위에 견디어낼 장사는 없습니다. 이제 한 나절만 더 기다리시오소서, 폐하. 말갈의 장수가 되었건, 동예의 장수가 되었건 목이 폐하 앞에 놓여질 것입니다."

해루의 예상은 틀림없었다. 백제의 병사들이 느지막히 아침을 지어먹고 추위를 이기느라 훈련을 하고 있을 때였다. 하얀 깃발 하나가 산골짜기를 나왔다. 하얀 깃발을 따라 줄줄이 병사들이 쏟아져 나왔다. 하얀 깃발을 든 장수의 다른 왼손에 사람의 목이 하나 들려 있었다.

육손이 부장들을 시켜 항복하고 나온 일천 명에 가까운 동예의 병사들을 눈 위에 꿇어앉히고 장수만 온조 앞으로 데리고 왔다.

"소인은 동예의 장수 주목이옵니다. 이놈은 말갈의 추발로 이번 싸움의 선봉에 섰던 장수이옵니다. 이놈의 목을 폐하께 바치겠사옵니다. 살려주시옵소서."

동예의 장수 주목이 말갈인이 분명한 사내의 목을 온조 앞에 정성스레 내려놓았다.

그걸 흘끔 바라 본 온조가 얼굴을 찡그리며 말했다.

"나는 동예를 우리 백제국과 화친하는 나라인 줄 알았는데, 어찌 야만족인 말갈과 한편이 되어 침략을 해왔더란 말이냐?"

"소신은 다만 우리 폐하의 영을 따랐을 뿐이옵니다. 말갈이 동예를 침략하지 않는다는 조건으로 이번 한번만 도와주기로 한 것입니다. 제발 살려주소서. 어젯밤에 얼어죽은 병사가 벌써 수십 명이옵니다. 제 부하들에게 먹을 것을 나누어 주시옵소서."

"사람의 인정상 굶어죽어가는 걸 보고 나 몰라라 할 수는 없지. 육손 장군, 동예의 병사들에게 말갈에게 빼앗은 군량미로 아침을 지어 먹이도록 하시오."

육손에게 명령을 내린 온조가 해루를 막사로 불러들였다.

"동예의 병사들을 어찌했으면 좋겠소?"

온조가 물었다.

"폐하의 뜻대로 하시오소서. 폐하의 포로들이옵니다."

"말갈의 병사는 한 놈도 살려줄 수가 없소. 허나 동예는 다르지 않소?"

"그렇사옵니다. 동예의 병사까지 죽이실 필요는 없을 것 같사옵니다. 이렇게 하시면 어떻겠사옵니까?"

"말씀해보시오."

"동예의 병사들이 일천 명은 되는 것 같사옵니다. 일천 명의 포로를 돌려준다는 조건으로 동예의 땅 일부를 받는 것입니다."

"병사를 돌려주고 땅을 받는다? 그것도 괜찮을 것 같소. 하면 어느 땅을 달라고 하면 좋겠소?"

"한수를 거슬러 하루 낮 하루 밤쯤 올라가다 보면 우리 백제와 동예의 경계가 나옵니다. 언젠가는 도모하여 백제국의 영토로 만들어야 할 땅이었습니다. 더구나 그 땅은 한수를 경계로 백제국 쪽에 있사옵니다. 사방 일백 리 남짓 되는데 그 땅을 달라고 하면 될 것입니다."

"동예 왕이 들어주겠소?"

"안 들어줄 수가 없을 것입니다. 일단은 묵거 장수를 사신으로 보내시지요. 내일이면 동예 왕을 만나 담판을 지을 수 있을 것입니다. 이번 싸움의 자초지종을 들으면 동예 왕이 자신의 경솔했던 행동을 후회할 것이 분명합니다."

"허나 그는 화친을 약속해놓고 그걸 손바닥 뒤집듯이 깨버린 신의 없는 사람이오. 땅을 준다고 해놓고 약속을 저버리면 어찌하오?"

"말갈은 이번 싸움으로 당분간은 일어나기 힘이 들 것입니다. 말갈을 경계했던 병사를 그 쪽으로 돌리면 될 것이옵니다."

"좌보의 뜻대로 하십시다."

"폐하의 뜻대로 하시는 일입니다. 만약 동예 왕이 폐하의 제의를 거절하면 이번에는 우리 쪽에서 동예를 도모할 듯이 엄포를 놓아도 괜찮을 것이옵니다."

"알겠소. 묵거를 사신으로 보냅시다."

온조가 고개를 끄덕였다.

한겨울의 싱거운 싸움이 끝난 것은 만 사흘만이었다. 남아있던 말갈의 병사들이 스스로 골짜기를 기어내려온 것이었다. 온조는 말갈에게는 인정을 베풀지 않았다. 그들을 살려보내주면 다시 힘을 길러 백제국의 변경을 괴롭힐 것이 뻔했기 때문이었다.

결국 살아남은 말갈의 병사는 능선을 기어올라 산봉우리를 넘어간 백 명 남짓이었다. 그러나 해루는 그들도 살아남기는 힘들 것이라고 자신했다.

동예에 갔던 묵거가 돌아온 것은 또 사흘만이었다.

"동예의 왕이 백 배 사죄를 했사옵니다. 폐하께서 말씀하신 한수 상류에 있는 동예의 땅도 내어드리겠다고 했사옵니다. 거기에 사는 오백 가구 남짓의 백성은 폐하께서 알아서 하시라고 했사옵니다. 백제의 백성을 삼아도 좋고, 동예로 보내주어도 좋다고 했습니다."

"동예 왕이 다급했던 모양입니다, 폐하. 단 한 번의 사신에 고개를 숙이고 나온 것을 보면 말입니다."

"며칠 후에 정식으로 사죄의 사절을 보내겠다고 했사옵니다."

"수고했소. 좌보, 우리가 터를 잡은 위례성이 복이 있는 땅인 모양입니다. 궁실을 옮기고 얼마 안 되어 이런 좋은 일이 일어나는 것을 보니 말이오."

온조가 흡족한 표정으로 해루를 돌아보았다.

"하오나 폐하, 오래 머무실 곳은 아닙니다. 우리 백제국은 강 남쪽으로 뻗어나가야 합니다. 언젠가는 마한의 전 영토를 폐하의 것으로 만드셔야 합니다. 지금의 궁실에서는 남쪽을 도모할 수가 없습니다."

"그럴 날이 있을 것이오. 대륙의 비류 형님은 어찌하고 계실지. 어마마마께오서는 편안하신지. 문안 사신을 보내야겠소."

온조의 눈길이 멀리 바다 쪽으로 갔다.

"너무 애착을 갖지 마시옵소서. 소서노 대왕후마마는 결코 폐하의 편이 아니십니다."

"내 어머니요. 모자간에 네 편 내 편이 어디 있소? 어머니께 사람을 보내야겠소. 을음 숙부께서 장사길에 들리신다고 했으나, 뱃길이 순탄할지도 모르고, 내가 정식으로 어마마마의 안부를 여쭙는 사신을 보내야겠소."

온조의 말에 해루가 우려의 빛을 얼굴에 드러냈다.

"정말이냐? 온조가 말갈의 병사 일천여 명을 남김없이 죽였다는 말이더냐? 정말 그렇다면 이제 반도에서 말갈은 씨가 말랐겠구나. 거 참, 시원스레 잘했구나."

온조가 보낸 사신으로부터 말갈과의 싸움 소식을 들은 소서노가 모처럼 얼굴을 활짝 폈다.

"그 뿐만이 아니옵니다. 동예의 땅도 사방 일백 리 남짓을 얻었사옵니다. 포로 일천 명을 돌려주고 땅을 얻었사옵니다."

"그것도 기쁜 일이고. 온조는 잘 풀리고 있는 모양이구나. 아무렴 그래야지. 온조라도 잘 풀려야지. 그래야, 비류가 훗날을 도모할 수가 있지."

작년 가을 추수를 마치고 양곡 일천 석을 낙랑에 실어보낸 비류가 허망한 표정으로 소서노에게 말했다.

"어마마마, 소자는 바다를 건너가고 싶사옵니다. 여기 대륙에서는 희망이 보이지 않습니다."

"바다를 건너가면, 온조의 자리를 빼앗기라도 하겠다는 말씀이요?"

소서노가 얼굴에 분노를 드러냈다. 자신도 물론 그런 생각을 아니 해 본 것은 아니지만, 갈수록 나약해지는 비류가 안타까운 것이었다. 물론 낙랑이 사사건건 간섭을 하고 지배하려 드는 바람에 날마다 속을 끓이며 사는 것은 소서노 자신도 마찬가지였지만, 낙랑이 몇 번 몇천 명의 군사를 강변까지 끌고 와 시위를 하고 갔지만, 저리 나약해서야 장차 어찌 중원을 도모할 수 있을까, 하는 실망이 앞서는 것이었다.

"아우가 일으킨 나라인데, 제가 어찌 그럴 수가 있겠사옵니까? 그냥 아우에게 의탁하고 싶을 뿐입니다."

"그 꼴은 어미가 볼 수가 없소. 폐하가 온조 밑에서 신하노릇이나 하는 꼴은 어미가 볼 수가 없소. 죽든지 살든지 폐하는 여기서 결판을 내야 하오. 사내대장부가 그까짓 한 목숨 내놓고 시작하면 못 이룰 일이 무에겠소?."

"어, 어마마마. 소자 이젠 지쳤사옵니다. 언제 낙랑의 손태수가 속부가 되라고 할지 몰라 전전긍긍하고 있사옵니다."

"못난 소리, 참으로 못난 소리. 그런 폐하가 어찌 십제국의 왕을 칭할 수 있다는 말이오?"

소서노는 비류의 종아리를 회초리로 때려주고 싶은 충동을 느꼈다. 채 세 살도 되기 전에 말타기를 처음 가르칠 때, 말이 무서워 벌벌 떠는 비류를 회초리로 때렸듯이, 그렇게 비류를 때려주고 싶었다. 그러나 비류는 십제국의 왕이었다. 비록 낙랑이 무서워 쩔쩔매는 왕이었지만, 이만여 병사와 십만여 백성을 거느린 한 나라의 왕이었다.

그런 왕이 나약하니 소서노는 가슴에서 화가 치밀어 오르는 것이었다. 더구나 바다를 건너간 온조가 날이 갈수록 힘을 키워 땅을 넓히고 있다는 말에, 한편으로는 대견하기도 하면서 다른 한편으로는 섭섭한 것이었다.

온조를 바다 건너로 보낼 때에 사실은 그리 큰 기대도 하지 않았었다. 온조의 꿈을 알고 있었기에 되나 안 되나 바다를 건너가서 네 뜻대로 해보라고 병사와 백성을 나누어 주었을 뿐이었다. 온조를 보면 주몽이 떠올라 소서노는 유쾌한 기분이 될 수가 없었다. 한때는 비록 비류가 아니라면 온조도 좋다는 식으로 고구려의 왕위를 잇게 하기 위하여 노심초사했지만, 온조는 주몽처럼 미운 아들이었다. 비류가 어려우면 어려울수록, 온조가 잘 풀리면 잘 풀릴수록 소서노는 갈등을 겪을 수밖에 없었다.

"온조 폐하께서 말씀하셨사옵니다. 십제국이 안정이 되면 대왕후마마께오서 한번 백제국에 다녀가시라구요."

백제에서 온 문안 사신이 말했다.

"알겠느니라. 내 언제건 바다를 건너가 온조를 만날 것이니라. 모쪼록 일군 나라이니, 성심을 다해 키우도록 하라 전하거라. 여기 걱정은 말고 백제국을 키우는 데 온 정성을 다 바치라고 전하라."

"예, 대왕후마마."

백제에서 온 사신이 돌아간 며칠 후였다. 이번에는 을음이 찾아왔다.

"어서 오거라. 나는 일각이 여삼추로 너를 기다렸는데, 왜 이제야 오는 거냐?"

소서노가 눈물까지 글썽이며 을음의 손을 덥썩 잡았다.

"대왕후마마의 강녕하신 모습을 뵈오니, 이제야 마음이 놓입니다. 소신 또한 늘 대왕후마마를 생각하고 있었사옵니다."

"그런 사람이 이제야 와?"

"백제국을 건국하고 기틀을 잡는데 여러 가지로 어려웠습니다. 이제야 겨우 성을 쌓고 궁실을 완성하였사옵니다. 이만여 병사들에게 활 하나와 창 한 자루씩을 나누어줄 수 있을 만큼 안정이 되어가고 있사옵니다."

"모두가 을음, 네 덕이 아니겠느냐? 네가 이곳에 남아 비류를 도와주었더라면 오늘날 이런 어려움을 겪지는 않았을 텐데. 내가 너를 온조한테 딸려보낸 것을 많이 후회했구나. 아니, 네가 꼭 돌아올 걸로 믿고 함께 보냈던 것인데, 네가 오지 않아 내가 많이 허망했었다."

"송구스럽시옵니다, 대왕후마마. 하오나 온조 폐하 곁에는 제가 꼭 있어야 했사옵니다. 하온데 갈수록 낙랑의 횡포가 심해지고 있다구요?"

"그렇다는구나. 어쩌면 여기서 오래 버티지 못할 것 같구나. 언제 낙랑의 속부로 전락할지 모른다. 땅도 늘지 않고 백성도 여전히 십만이구나. 백성이 늘지 않으니 병사들 또한 늘 제자리이고."

"무황제가 백성들의 신임을 받고 있었사옵니다. 제가 장사길에 나서 천하를 돌아다니다 보니까, 세상 돌아가는 모습이 잘 보였사옵니다. 이제 한은 중원에서 완전히 자리를 잡았습니다. 소문으로 듣기에는 무제가 한의 주변에서 나라를 칭하고 있는 모든 소국들을 한으로 통폐합을 시킨다고 했사옵니다."

"그건 또 무슨 소리냐?"

"확실한 것은 아닙니다만, 또한 황제의 명령이라고 소국들이 모두

한의 속국이 되는 것은 아닐 것입니다만, 조금 전에 대왕후마마께오서 말씀하신 낙랑의 속부가 되기를 강요받을 날이 빨리 올지도 모른다는 뜻이옵니다."

"우리 십제국이 낙랑의 한 속부가 된다? 그럴 수는 없느니라. 낙랑의 지배나 받자고 그 먼 길을 온 것이 아니니라. 난 어떻게든 십제국을 중원의 당당한 대국으로 키워 훗날 주몽 폐하 앞에 보란 듯이 설 거야. 이 보거라, 아우야. 이번 원행에 고구려 소식은 좀 들었느냐? 유리는 어떻게 재대로 된 왕노릇을 하고 있다고 하더냐?"

"유리왕도 어려운 점이 많은가 보옵니다. 북부여의 대소왕과 계속 싸움을 하고 있다고 하옵니다."

"대소왕과? 하긴, 유리왕으로서는 대소왕한테 유감이 많을 게야. 대소왕한테 받은 수모를 어찌 잊을 수 있겠느냐?"

"선비족과의 싸움으로 국력을 소진한데다 북부여와 전쟁을 하려니, 힘이 부쳤나 보옵니다. 몇 년간은 조공을 바치면서까지 대소왕과 화친하려고 노력도 한 모양이었습니다."

"겉으로만의 화친이겠지? 원한이 골수에 사무쳐 있는데 진정한 화친이 되겠느냐?"

"더구나 계루부가 떠나온 다음에 연노부와 관노부가 완전히 강경파로 돌아섰다고 하옵니다. 유리왕이 하는 일마다 사사건건 딴죽을 걸고 나온다고 했사옵니다."

"유리왕한테는 그래도 우리 계루부가 든든한 버팀목일 수도 있었지. 내 비록 유리왕을 좋아하지는 않았지만, 연노부나 관노부에게 휘둘림을 당하게 내버려두지는 않았을 터이니까."

"그렇사옵니다. 이제서야 유리왕도 계루부를 떠나보낸 것을 후회하고 있다고 들었사옵니다. 하오나 사사로운 인정에 얽매어 있을 때가 아니옵니다. 제가 도와드리겠사옵니다. 지난 날 숙부님께서 주몽왕을 위해 맥궁을 만들 물소뿔을 사들이고, 무쇠를 사들였듯이 비류폐하를 위해 온갖 열성을 다 바치겠사옵니다."

"하면 네가 온전히 비류만을 위해 일할 수 있겠느냐?"

"아직은 백제국을 위해서 할 일이 남아있사옵니다. 양쪽을 오고가며 돕겠사옵니다. 십제국에 왔다가 돌아가는 길의 장사는 온조 폐하를 위해 하고, 백제국을 들렀다가 돌아오는 장사길에서는 십제국을 위해 장사를 하겠다는 뜻이옵니다. 비류 폐하나 온조 폐하 모두 소인에게는 사사로이는 조카이옵니다. 제가 할 수 있는 일은 무엇이든 하여 돕겠습니다. 두 형제가 나란히 대륙과 반도에서 번듯한 나라를 일구는 모습을 보는 것이 소인의 즐거움입니다."

"내 욕심대로라면 너를 내 곁에 붙잡아 두고 오직 비류만을 위해 살라고 하고 싶다만, 그러면 사람의 도리도 아니고, 어미의 도리도 아니겠지?"

소서노가 조금은 아쉬운 표정을 지었다.

사흘을 머물고 을음이 백제로 돌아간 다음이었다. 장수 무골이 낙랑의 병사라면서 세 놈을 잡아왔다. 원래는 다섯 놈이 넘어와 십제국을 염탐하고 다녔는데, 두 놈은 도망을 가고 세 놈만 붙잡아왔다는 것이었다. 무골의 무쇠같은 주먹에 얼마나 맞았는지 낙랑의 병사들은 볼따구니에 주먹만한 혹을 하나씩 달고 있었다.

"무엇을 염탐하러 왔느냐?"

비류가 손수 낙랑의 병사들을 심문했다.

"강을 건너온 십제국 백성의 말에 의하면 십제국에서 오봉산 너머의 옛 현도 땅에 성을 쌓고 목책을 설치한다는 말이 있어 확인하러 왔소이다."

"너희 태수가 시키더냐?"

"어찌 우리 마음대로 강을 건너올 수가 있겠소이까? 손중 태수께서 몸소 보내서 왔소이다."

낙랑의 병사는 목숨을 아예 포기한 것인지, 아니면 믿는 구석이 있는지 조금도 굴하지 않고 당당히 대꾸했다.

"그래, 무엇을 보았느냐?"

"소문대로 성을 쌓아놓은 것을 보았고, 목책도 확인했사옵니다."

"허나, 그곳은 낙랑과의 경계도 아닐 뿐더러 우리 십제국이 도모하여 넓힌 땅이니라. 낙랑에서 시비할 일이 아니지 않느냐?"

"아니지요. 우리 낙랑의 손태수께서 분명히 말씀을 드렸을 텐데요. 십제국은 단 하나의 성도 단 한 개의 목책도 사사로이 세울 수 없다고 말이옵니다."

"뭣이라?"

비류가 무골의 옆구리에서 칼을 빼어 들었다. 낙랑의 병사 하나가 눈을 똑바로 뜨고 말했다.

"그 칼로 저희들을 죽이고 싶으면 죽이십시오. 하오나 저희들의 목이 달아나는 순간 낙랑과 십제국은 전쟁을 하게 될 것이옵니다. 저희 병사 두 명이 강을 건너갔습니다. 아마 지금 쯤은 저희 처지를 태수나리께 고했겠지요. 저희들이 살아서 돌아가지 못하면 태수나리는 대병력을 동원하여 십제국을 치러 오실 것이옵니다. 저희들이 낙랑을 출발하면서 이미 약조가 되어 있던 일이옵니다."

'그랬구나, 그리 믿는 구석이 있었구나.'

비류가 속으로 한숨을 내쉬었다. 일개 낙랑의 병사 앞에서도 영이 서지 않는 자신의 처지인 것이었다. 마음 같아서는 당장에 놈들의 목을 치고 싶지만 놈들의 뒤에 버티고 있는 수만 낙랑의 병사들이 두려운 것이있다.

비류가 칼을 무골에게 돌려주며 갑자기 웃음을 터뜨렸다.

"헛헛헛, 내가 너희들을 어찌 하려는 것이 아니니라? 낙랑과 우리 십제국은 화친을 한 사이가 아니더냐? 내 어찌 우국의 병사를 해치겠느냐? 이 보시오, 무골 장수. 낙랑의 병사들을 잘 대접하여 돌려보내도록 하시오. 조금이라도 소홀함이 있어서는 아니 될 것이오."

비류가 참담한 심정으로 영을 내렸다.

그 날 이후로도 낙랑의 병사들은 제 집 드나들듯이 십제국을 드나들며 크고 작은 일을 간섭하고 나왔다.

'내가 바다를 건너야겠구나. 어마마마를 졸라 바다를 건너야겠구나.'

마한의 평리국에서 은밀히 사신이 온 것은 온조가 한수 북쪽에 터를 잡은 지 5년째 나던 봄이었다. 마한 왕 주걸의 사위인 마충무가 다스리고 있는 땅이었다. 그동안도 물론 일 년에 한두 차례 사신이 오고가며 우애롭게 지냈으나, 이번에는 마충무가 제일 아끼는 시종을 은밀히 사신으로 보내온 것이었다.

"우리 폐하께서 전하라 하셨사옵니다. 지금 마한은 많이 흔들리고 있다고 하옵니다. 동쪽에서는 동예가 영토를 확장하고 있사오며, 옥저 또한 마한의 소국들을 하나씩 잠식하여 들어오고 있사옵니다. 자칫 마한이 송두리째 동예와 옥저의 수중에 떨어질 위험이 있다고 하옵니다."

"그것은 우리도 알고 있소. 마한의 운명이 바람 앞의 등불이라는 것을 말이오. 헌데 마충무 폐하께서 뭐라고 하십디까? 우리 백제국이 어찌했으면 좋겠다고 하더이까? 그 말을 전하러 온 것이 아니던가요?"

온조는 침묵을 지키고 있었고, 해루가 대신 나서서 물었다.

"우선은 평리국을 백제국에 바치겠다고 했사옵니다. 마한의 소국이 아니라 백제국의 소국이 되겠다고 했사옵니다. 하오니, 우선 병사 오 천을 빌려달라고 하셨습니다."

"백제의 병사 오 천을?"

"그 병사로 하여금 남에서 올라오는 가야국을 막겠다고 했사옵니다."

"가야국을 막아 평리국을 우리에게 바치겠다? 폐하, 병사 오 천을 보내주는 것이 좋겠사옵니다. 이제야말로 우리 백제국이 남으로 뻗어나갈 절호의 기회이옵니다."

해루가 말했다.

"그 일은 생각을 좀 해보십시다. 아직 우리 병사도 채 오 만이 넘지 않소. 다시 세를 키운 말갈이며 동예가 호시탐탐 노리고 있소. 다른 말은 없었소?"

"마한을 도모하려면 지금이 기회라고 했사옵니다. 마한의 소국들이 하나라도 덜 동예며 옥저로 넘어가기 전에 백제의 소국으로 만들어야 한다 했사옵니다."

평리국 사신의 말에 온조가 알 수 없다는 표정을 지었다. 얼마 전에 다녀간 마한의 사신은 그런 내색을 조금도 하지 않았다.

해루가 말했다.

"그럴 수도 있사옵니다, 폐하. 마한 왕이 숨기고 있을 것입니다. 소국들이 하나 둘씩 동예며 옥저로 넘어가는 것을 뻔히 알면서도 어쩔 수 없는 사정에 숨기고 있는지도 모르옵니다."

"마한 왕이 그럴 리가 없소. 그는 누구보다 인정이 많고 의리를 중시하는 사람이었소."

"그것이 문제인 것입니다. 사실 한 나라를 다스리는 데는 인정이나 의리가 중요한 것이 아닙니다. 우선은 평리국을 백제국의 소국으로 하시고, 마한 왕이 거처하는 도성을 제외한 나머지 소국들을 백제의 소국으로 만들어야겠습니다."

"그러니까 좌보께서는 백제국의 병사 오 천을 평리국에 보내주자는 말씀이요?"

"그렇사옵니다. 어차피 평리국은 백제국의 소국입니다. 우리 병사가 거기에 가있다고 해서 다른 나라의 병사가 되는 것이 아니옵니다. 평리국을 발판으로 우리 백제국이 남쪽으로 커나갈 수 있을 것입니다. 역시 평리국의 마충무 왕은 의리가 있는 사람입니다."

"그렇사옵니다. 저희 폐하께오서는 말갈로부터 구해 주신 백제국의 은혜를 하루도 잊지 않고 계시옵니다."

평리국의 사신이 돌아간 다음이었다.

해루가 말했다.

"사실은 진즉부터 폐하께 아뢰려고 했사옵니다만, 폐하께오서 너무 의리를 중시하시는 바람에 말씀을 못 드렸습니다. 마한은 이제 기울어 가는 나라입니다. 한 번 기울기 시작하면 걷잡을 수 없는 것이 세상의 모든 이치입니다. 나라 또한 마찬가지입니다. 더구나 마한처럼 여러 개의 소국으로 이루어진 나라일수록 하나가 떨어져 나가면 둘이 떨어져 나가기는 쉬운 일입니다. 제가 마한 왕과 만나 담판을 짓고 오겠사옵니다."

"담판을 말이요? 어떻게요?"

온조가 우려 섞인 눈빛으로 물었다.

"우선은 평리국이 백제국의 소국이 되었음을 알려드리고, 그동안 동예나 가야국으로 넘어간 소국을 백제국이 되찾겠다고 하겠사옵니다."

"되찾아서 어찌하겠다고 하겠소?"

"그야 응당 백제국의 소국이 되는 것이지요. 동예를 강 북쪽에서 몰아내기는 했지만, 우리가 손을 놓고 있는 사이에 동예는 남쪽에서 실속을 차린 것입니다. 우선은 묵거 장수를 시켜 마한의 몇 개 소국이 동예나 가야국으로 넘어갔는지 알아오도록 시키겠습니다."

"좌보께서 알아서 하십시오. 난 좌보를 믿습니다. 내가 어렸을 때 학문을 가르쳐주셨던 사부로써 믿는 것입니다."

"송구하옵니다. 폐하와 백제국을 위해서라면 소신은 한 몸을 바쳐도 좋사옵니다."

해루가 물러간 다음 온조는 곰곰이 생각에 잠기었다. 아무리 나라를 키우는 것이 급하다고 해도 어려운 시절 사심없이 도와주었던 마한 왕을 배신해도 괜찮은 것인가, 이래도 되는 것인가, 생각하고 또 생각해 보았다.

따지고 보면 마한 왕 주걸이 아니었으면 어찌 백제국을 세울 수 있었겠는가. 물론 마한 왕으로서는 골칫거리인 말갈과의 사이에 완충지대로써 백제국을 허용했지만, 어차피 말갈은 강북 쪽에서만 노략질을 했다. 강의 남쪽만 다스릴 생각이었다면 구태여 완충지대를 만들 필요도 없었던 것이었다. 사실상 말갈의 땅이었던 강 북쪽의 사백 리 남짓한 땅을 영토로 넓힌 것도 마한 왕의 도움이 없이는 불가능했다. 선뜻 내놓은 양곡 일천 석이 사백 리 영토의 밑바탕이 되었었다.

그런데 해루는 마한 왕을 배신하자고 나오지 않는가? 정말 이래도 되는 것인가?

온조가 여러 가지 생각에 잠겨있을 때 멀리 남쪽으로 장사를 다녀

온 을음이 들어왔다. 거즌 일 년만이었다. 대륙에 들어가 어마마마
이신 소서노와 십제국의 폐하인 비류를 만나고 왔다는, 그쪽의 형편
이 많이 어렵더라는 말을 전해주고 간 이후 처음이었다.

"먼 길에 노고가 크셨습니다, 숙부."

"소신은 배를 타고 나가야 살맛이 나는 사람이옵니다, 폐하. 노고
랄 것이 있겠사옵니까? 하온데 폐하의 안색이 어둡사옵니다. 무슨
걱정이라도 있으신지요?"

"마한이 위태롭다고 합니다. 우리가 말갈로부터 구해주었던 평리
국의 마충무 왕이 사신을 보내와 평리국을 우리한테 바치겠다고 했
소. 즉 백제의 소국이 되겠다는 것이었소."

"그것이야 좋은 일이 아닙니까? 얼마나 바라던 일이옵니까?"

"우리한테 은혜를 베풀었던 마한 왕을 배신해야 되는데 좋은 일이
오?"

"썩 좋은 일은 아닙니다만, 폐하께오서 크게 마음 쓰실 일도 아닙
니다. 들어오는 길에 좌보 나리를 잠깐 만났사옵니다. 어차피 우리
가 가만히 있으면 동예나 옥저가 가져갈 나라입니다. 더구나 우리가
먼저 마한을 공격하자는 것도 아니지 않사옵니까? 좌보 나리의 말을
들으니까, 우선은 마한의 소국으로 동예나 옥저한테 넘어간 곳만 취
하겠다고 했사옵니다. 그것은 은혜를 배신하는 일이 아닙니다. 빼앗
긴 곳을 우리가 되찾아 갖겠다는 것입니다."

"알겠소. 숙부께서 좌보와 상의하여 마한 왕이 섭섭치 않게 처리
하십시오. 그래, 이번에는 색다른 소식이 없사옵니까?"

늘 그랬듯이 온조가 물었다. 장사길에 세상을 돌아다닌 을음은 세상 여러 나라의 여러 가지 소식을 가지고 돌아왔다. 고구려의 유리왕이 위나암이라는 곳으로 도성을 옮길 요량으로 성을 쌓고 있다는 소식도 을음이 가져왔고, 십제국의 비류왕이 낙랑의 하찮은 병사 앞에서도 쩔쩔맸다는 소식도 을음이 가져왔다.

"남쪽 끝 바다 가까이에 서라벌이라는 나라가 새로이 생겼습니다."

"서라벌이?"

"원래는 가락국이었지요. 하온데 여섯 촌장이 모여 박혁거세라는 알에서 나온 사내를 왕으로 모시고 한 나라로 합쳤다고 하옵니다."

"거기도 알에서 나왔소?"

온조가 슬쩍 웃음을 띠었다. 아바마마이신 주몽왕도 알에서 태어났다는 소문이 한때 세상을 떠돌아다녔지 않은가.

"박통같은 알에서 나왔다고 하여 성을 박씨라고 했다고 하옵니다."

"혁거세라는 그 사내도 썩 잘난 인물인 모양이구려."

"여섯 가락국을 하나로 합친 서라벌이 대대적으로 병사를 확충하고 있다고 하옵니다. 벌써 서라벌과 경계를 이루고 있는 마한의 소국 가운데 대여섯 개가 그쪽으로 넘어갔다고 하옵니다."

"이젠 서라벌까지?"

"하오니, 폐하께오서도 마한을 도모하는데 마음 쓰실 일이 아닙니다. 어차피 마한은 여러 조각으로 나누이게 되어 있사옵니다. 다른 나라가 차지하기 전에 우리가 도모하는 것은 결코 마한 왕을 배신하는 일이 아니옵니다."

을음의 말에 온조가 한숨을 내쉬었다.

'마한의 신세가 어쩌다 바람 앞의 등불이 되었을꼬.'

마한의 형편을 알아보기 위해 강을 건너갔던 묵거가 보름만에 돌아왔다. 주로 변경으로만 살피고 다녔다는 묵거가 해루와 함께 찾아와 아뢰었다.

"소신, 다녀왔사옵니다, 폐하."

"마한의 형편이 어떻든가요?"

"동쪽으로는 거즌 동예 쪽으로 넘어간 것 같았사옵니다. 새로 생겼다는 서라벌까지는 미처 돌아보지 못했사옵니다만, 마한의 소국 가운데 동쪽 바다 쪽으로는 모두 동예가 차지하고 있었사옵니다. 그 숫자가 다섯인가 되었사옵니다."

"다섯 소국이나? 그동안 마한 왕은 무얼 하고 있었다는 것이지?"

온조가 이해할 수 없다는 낯빛으로 해루를 돌아보았다.

"원래 소국이 모여 이룬 마한같은 나라의 맹점이 거기에 있사옵니다. 중원의 예를 보아도 그렇지 않사옵니까? 변방의 소국들은 하룻밤에도 주인이 바뀔 수가 있다고 했사옵니다. 마한 역시 마찬가지옵니다. 소국의 족장이 마음을 바꾸면 하룻밤 사이에도 마한이 되었다가 동예가 될 수 있는 것이옵니다. 마한 왕이 소국의 병사들을 모두 움직일 수 없는 상태에서는 어쩔 수가 없는 일입니다. 중앙에 강력

한 군사력이라도 있으면 그 힘으로 호족들을 지배할 수 있을 것입니다만, 마한 왕은 병사도 겨우 도성을 경비할 병사만 가지고 있는 정도입니다."

"그래서 꼭 우리가 마한을 도모해야 한다는 말씀이요?"

마음을 굳힌 온조가 물었다.

"그렇사옵니다. 동예나 옥저 혹은 서라벌한테 마한을 넘겨주지 않기 위해서는 우리도 나서야 합니다. 의리를 내세우고 강 건너 불 구경하듯이 기다리고 있다 보면 마한은 쪼개지고, 백제국은 강 남쪽으로 뻗어나갈 수가 없사옵니다. 내일이라도 제가 마한 왕을 만나고 오겠사옵니다. 만나서 얘기할 것입니다. 우리 백제국의 병사를 강 남쪽으로 옮겨 우선 동예나 옥저로 넘어간 소국부터 되찾겠다고 당당하게 말하겠습니다."

"불쾌하지 않도록, 결코 마한을 도모하기 위해서 하는 일이 아니라는 것을 말씀드리시오."

"알겠사옵니다. 결코 폐하께 누가 돌아오는 일은 하지 않겠사옵니다. 가는 길에 우리 백제의 도성을 강 남쪽에 쌓고 궁실을 옮기는 문제도 의논을 하고 오겠사옵니다."

"궁실을 남쪽에?"

"폐하의 궁실을 강 북쪽에 두고는 남쪽을 도모하는데 한계가 있사옵니다."

해루가 머리를 조아렸다.

"하오면 저는 우리 병사들이 건널 목교를 한수에 놓아야겠사옵니다. 여섯 척의 배로 건너려면 며칠이 걸릴 것입니다만, 다리를 놓으면 몇 시각도 안 되어 수 만의 병사가 건널 수 있을 것입니다."

을음이 서두르고 나왔다.

마음이 편치 않은 온조가 내전으로 금실래를 찾아갔다.

"어인 일이시옵니까? 폐하."

대낮에 찾는 일은 극히 드문지라 왕후 금실래가 웬일인가 하고 일어나 반겼다.

"좌보와 우보께서 마한을 도모하자고 하오."

"마한을 말씀입니까? 이제야 때가 온 것이군요, 폐하."

"때가 되었다구요? 왕후는 내가 배은망덕한 사람이 되는 것이 좋겠소?"

온조가 얼굴을 찡그렸다. 그 모습을 잠시 바라보던 금실래가 입을 열었다.

"폐하, 좌보 나리나 우보 숙부님께서 그리 막되어 먹은 분들은 아니지 않사옵니까? 폐하를 은혜도 모르시는 왕으로 만드시지는 않을 것이옵니다. 그럴만한 사정이 있을 것입니다."

"그렇기는 하오만 영 마음이 괴롭소. 차라리 마한과 힘을 합쳐 동예나 옥저를 친다면 몰라도 마한의 소국을 도모하여 백제국의 영토를 넓힌다는 것은 어쩐지 마음이 내키지 않소."

"폐하, 다루를 보시옵소서. 폐하께서는 다루 태자에게 번듯한 백제국을 물려주시고 싶지 않으십니까? 이제 폐하의 큰 꿈이 이루어지려나 보옵니다. 이 몸은 늘 폐하께서 강 북쪽의 좁은 땅만 가지고 연연하시는 것이 마음에 걸렸는데, 이제야 강 남쪽으로 마음껏 뻗어나가실 수 있게 되려나 보옵니다. 부디 계루부를 떠나던 날의 일을 잊지 마시오소서."

"내 어찌 그 날을 잊을 수 있겠소? 그 날의 꿈을 잊을 수 있겠소? 어마마마께서 비류 형님이나 나를 고구려의 왕위에 앉히시려고 노심초사하시던 일을 잊을 수 있겠소? 연노부의 추랑이, 관노부의 우족장이 비류 형님과 나를 죽여야 한다고 유리왕한테 아뢴 것을 내 어찌 잊을 수 있겠소."

문득 온조의 눈이 번들거렸다. 고구려만 생각하면 머릿속이 텅 비면서 가슴에서는 서늘한 기운이 치밀고 올라왔다. 비록 주몽왕의 사당을 지어놓고 일 년에 한 차례씩 제사를 올리고는 있지만, 고구려는 결국은 도모해야 할 나라였다. 온조가 강 남쪽보다 강 북쪽에 더욱 애착을 갖는 것은 북으로 북으로 뻗어나가다 보면 고구려와 맞닿기 때문이었다. 북으로 가야 고구려를 도모할 수 있기 때문이었다.

"이제 폐하의 꿈이 절반은 이루어진 것이옵니다."

금실래가 말했다.

"절반의 꿈이라고 했소?"

온조가 되물었다.

"그렇사옵니다. 적어도 이백만 명의 백성과 오십만 명의 병사를 가진 대국으로 키우셔야 폐하의 꿈이 온전히 이루어지는 것이옵니다. 그런 백제국을 다루 태자한테 물려주셔야 하는 것이옵니다. 마한을 도모하는 일에 너무 마음 쓰지 마시옵소서. 어차피 힘있는 나라가 힘없는 나라를 도모하는 것이 세상의 이치가 아니옵니까?"

금실래의 목소리가 불쑥 커졌다. 그 말투에서 온조는 계루부를 떠나올 때, 함께 가지 않으면 살아도 사는 것 같지 않을 것이라며 계루부 병사의 옷차림으로 따라나서던 금실래의 당찬 얼굴이 떠올랐다.

'나보다 강한 여자구나, 왕후는. 어마마마처럼 강인한 여자구나, 금실래는.'

언젠가 금실래가 그런 말을 한 일이 있었다. 소서노가 낙랑태수와 담판을 짓기 위하여 찾아갔다가 활쏘기 시합을 한 끝에 겨우 십제국을 인정받았다는 말을 듣고 금실래가 반짝이는 눈빛으로 말했었다.

"저라도 그런 경우를 당하면 어마마마처럼 했을 거예요. 우리 다루 태자가 세운 나라를 주변국에서 인정해 주지 않으면 정말 활쏘기라도 하자고 했을 거예요."

그때 온조는 픽 웃고 말았다.

"그대가 그럴 일은 없을 것이오. 나는 다루한테 번듯한 나라를 물려 줄 것이니 말이오."

"그러셔야지요. 아무렴 그러셔야지요."

금실래가 입술을 깨물었다.

그때만큼 다부진 얼굴로 금실래가 마한을 도모하라고 부추기고 있는 것이었다. 결국 온조는 금실래한테도 아무런 위로를 받지 못하고 내전을 물러나왔다. 마한을 도모한다는 것이, 바다를 건너와 처음으로 인정의 따뜻한 맛을 느끼게 해주었던 주걸 왕을 배신한다는 것이 마음에 걸려 밥을 먹어도 목구멍에 걸릴 지경이었다.

그런데 마한에서 돌아온 해루의 말은 또 전연 뜻밖의 것이었다. 마한의 주왕이 기분 상하지 않더냐는 물음에 해루가 아니옵니다, 폐하, 하고 아뢰었다.

"기분 나빠하지 않더란 말이요?"

온조가 물었다.

"기분을 나빠하기는커녕 오히려 반가워하는 눈치였사옵니다. 제가 조심스레 동예와 옥저가 마한을 도모한 얘기를 꺼냈더니, 마한 왕이 말했사옵니다. 자기한테는 소국을 다스릴 힘이 없다구요. 알고 보니까, 평리국의 마충무 왕이 소국을 백제국에 바치는 일도 마한 왕과 의논을 한 다음이었습니다."

"그래요?"

온조의 얼굴빛이 조금 밝아졌다.

"소국은 족장이 마음을 바꾸면 언제든지 등을 돌릴 수 있다고 했사옵니다. 또한 소국은 겨우 변방을 경비할 수백에서 일천 명 남짓의 병사 밖에 기르지 않는다고 했사옵니다. 하오나 동예같은 나라는 왕이 있는 도성을 중심으로 병사를 기르고 있지 않습니까? 왕의 한 마디면 수천에서 수만의 병사가 한 몸처럼 움직일 수 있다고 했습니다."

"그야 그렇지요. 그래서 나는 앞으로도 백제국의 모든 병사는 내 휘하에 둘 생각이오."

"응당 그러셔야지요. 마한 왕도 그걸 후회하고 있었사옵니다. 소국의 병사를 마한의 병사로 만들지 못한 것을 후회하고 있었사옵니다. 마한 왕이 그러셨습니다. 자기가 머물고 있는 도성만 아니라면 다른 소국들은 얼마든지 도모할 수 있으면 도모하라고 했사옵니다. 자기는 소국의 군주로 남아도 좋다고 했사옵니다. 강 남쪽에 성을 쌓고 궁실을 짓는 것도 말리지 않겠다고 했사옵니다. 동예나 옥저가 가져갈 소국을 백제가 가져간들 무슨 상관이냐고 했사옵니다. 다만 옛 의리를 생각해서 마한의 도성만은 지켜달라고 했사옵니다."

"마한의 주걸 왕이 그리 뒤가 무른 사람인 것을 몰랐소. 어찌 한 나라의 왕이 그런 허약한 말을 한다는 것이오? 혹시 말을 들어주지 않으면 우리 병사 이 만을 동원하여 치겠다고 협박을 한 것은 아니오?"

온조가 얼굴을 찡그리며 해루를 바라보았다. 도무지 이해할 수 없는 것이었다. 명색이 사방 일천오백 리의 영토를 가진 한 나라의 왕이 촌부도 할 수 없는 허약한 소리를 할 수 있겠는가?

"원래 정이 많은 사람은 뒤가 무른 법이옵니다. 마한 왕의 생각은 그런 것이겠지요. 백성의 입장에서야 어차피 마한의 백성이 되나 동예의 백성이 되나 마찬가진데, 쓸데없는 전쟁으로 목숨을 잃게 할 필요가 있느냐, 하는 것이겠지요."

"아무리 그래도 그렇지요. 어찌 자신이 다스리던 백성을 그리 쉽게 포기할 수 있다는 말씀이오. 어떻게든 지켜 줄 생각은 않고."

"지킬래야 지킬 힘이 없습니다. 병사들은 모두 소국의 족장들이 사병처럼 기르고 있는 것이 마한 소국의 사정이니까요. 마한 왕이 도성에서 몇 명의 병사를 동원하여 어느 나라를 도모하자고 해도 소국의 족장이 말을 듣지 않으면 그만인 것입니다."

"그래서 어찌 하실 생각이요? 좌보는."

온조가 곰곰이 생각하다가 물었다.

"우선은 동예가 차지한 마한의 소국을 백제의 것으로 되찾아 오겠사옵니다. 일 만의 병사만 그쪽으로 돌리면 될 듯 싶사옵니다. 평리국에 오 천의 병사를 보내고, 나머지 오 천의 병사로 도성과 북쪽을 지키도록 하겠사옵니다. 일단은 강 남쪽에 성을 쌓고 궁궐을 짓는 일을 시작하겠사옵니다. 강 남쪽으로 뻗어나갈 근거지를 마련하겠사옵니다."

"알겠소. 허나 땅을 넓히는 것도 중요하지만, 우선은 백성들의 삶이 안락한 것이 더욱 중요하오."

온조가 그런 식으로 마한을 도모하는 일에 찬성했다.

"어마마마, 낙랑의 손태수가 갈려갔다 하옵니다."

낙랑에 심어놓은 첩자의 보고를 들은 비류가 한 걸음에 소서노를 찾아갔다.

"손태수가 갈려 가? 그리도 지긋지긋하게 우리 십제국을 괴롭히더니, 속이 시원하구려. 헌데 어디로 갔다고 하더이까? 아예 벼슬자리를 내놓은 것이오?"

소서노의 얼굴에 화색이 돌았다. 그동안 몇 번이나 죽이고 싶던 손 중이었던가? 내 나이가 열 살만 젊었으면 당장 달려가 그놈의 목을 베어 내 아들 비류 폐하의 근심을 덜어줄 수 있을 텐데, 하며 한숨으로 지

샌 밤이 하루 이틀이 아니었다. 그런 손태수가 갈려갔다고 하지 않은가? 늑대를 피하니까 호랑이를 만나더라고, 더 지독한 사람이 태수로 부임해올지는 몰라도 우선은 십 년 묵은 체증이 내려간 듯 속이 다 시원했다.

"황실로 들어갔다고 하옵니다. 알고 보니까, 손태수의 춘부장이 황실에서도 제법 높은 지위에 있다고 하옵니다. 무황제의 신임이 두텁다고 하옵니다."

"이것 오히려 일이 더 잘못된 것은 아니오? 손태수 그놈이 황실로 들어갔다면 황제에게 말하여 우리 십제국을 아예 낙랑의 속부로 만드는 것이 아니오?"

"그 말은 진즉부터 있었지 않사옵니까? 무황제가 한의 변경에 있는 소국들을 한나라로 통합하겠다고 했다는 말은 진즉부터 있었지 않사옵니까? 허나 손태수도 그 말은 없었사옵니다."

"하긴, 한나라가 얼마나 큰 나라입니까? 황제의 명령이 낙랑까지 오려면 몇 달이 걸릴지, 오다가 중간에서 사라질지 어찌 알겠소? 더구나 여기는 황하의 남쪽이 아니오? 황제의 명령이 여기까지 온다는 보장도 없소. 낙랑의 태수만 눈 감아 주면 우리 십제국은 아무렇지도 않을 것이오."

"소자도 그리 되리라 믿사옵니다만, 강 남쪽은 너무 좁습니다. 언젠가는 황하를 건너 낙랑 땅을 십제국의 영토로 만들어야 합니다. 새로운 태수가 부임하기 전에 지난 번에 쌓다가 허문 성도 다시 쌓고 목책도 설치해야겠사옵니다."

"그러시구려. 기왕 쌓을 거면 아주 크게, 일 천의 백성과 이 천의 병사가 머물 수 있을 만큼 큰 성을 쌓으시오."

"마침 병사들이 놀고 있사옵니다. 백성들 또한 열심히 농사를 짓고 있구요. 농사란 역시 짓던 땅에 계속 거름을 주면서 지으니까, 땅이 순해지면서 기름져 지더군요. 올해도 풍년은 틀림없사옵니다. 창고에는 작년에 수확했던 양식이 절반이나 남아 있구요."

비류가 오랫만에 얼굴을 폈다. 소서노 역시 밝은 얼굴로 고개를 끄덕였다. 두 아들이 세운 나라가 모두 잘 돌아가는구나, 싶은 것이었다.

얼마 전에 다녀간 문안 사신의 말에 의하면 온조는 마한의 스무개 남짓한 소국을 영토로 만들었다고 했다. 처음에는 색리국이라는 사방 일백 리의 땅으로 시작한 백제가 바다를 건넌 지 십 년 남짓만에 강 남쪽을 합하여 사방 일천 리가 넘는 영토를 가진 나라로 발전하였다는 것이었다. 물론 아직도 동예나 옥저와의 싸움은 계속되고 있지만, 용맹스런 백제의 병사들이 싸움마다 이겨 하루가 다르게 영토를 넓혀간다고 했다.

"이제 백제는 바다 건너 반도에서는 제일 큰 나라가 되었사옵니다. 온조 폐하께오서는 마한을 완전히 도모하고 나면 동예와 옥저를 마저 도모하겠다고 하셨사옵니다. 그러니 대왕후마마께오서는 조금도 염려하지 말라고 하셨사옵니다."

백제에서 온 사신의 얼굴에서조차 번드레한 기름기가 흘렀다. 열흘 남짓의 바닷길에서도 그 정도의 얼굴을 유지할 수 있었다면 백제의 백성이 그만큼 잘 먹고 잘 산다는 뜻이었다.

"내 언제 한번 간다고 전해주게. 내 아들이 일군 나라인데, 내 눈으로 직접 보아야 하지 않겠는가?"

소서노의 말에 사신이 머리를 조아렸다.

"폐하께오서도 대왕후마마께오서 오시기를 학수고대하신다고 하셨사옵니다. 언제든 오시오소서."

소서노는 온조가 잘 풀려나가듯이 비류 또한 그러리라고 믿었다. 사사건건 십제국을 괴롭히던 손중 태수까지 갈려가고 없으니, 새로 부임하는 태수와 잘만 사귀어 놓으면 십제국의 앞날도 평화스러울 것이라는 믿음이 있었다.

비류는 날마다 병사들을 독려하여 성을 쌓고 목책을 세우고 있었다. 손태수가 갈려간 덕인지, 낙랑의 병사도 강을 건너오지 않았다. 강을 건너와서 성을 쌓는 일이나 목책을 세우는 일을 시비하는 일이 없어졌다. 새로운 태수가 오기 전에 성을 완성하고 목책을 다 세워놓으면 어떻게든 버텨볼 수가 있을 것이었다. 비류는 그렇게 믿었다. 그래서 날씨가 맑은 날이나 달이 밝은 밤은 밤을 새워 성을 쌓는 일에 몰두했다.

새로 태수가 부임하여 성이나 목책을 가지고 시비를 한다든지, 십제국을 낙랑의 속부로 만들려고 하면 목숨을 걸고 한번 싸워볼 참이었다. 어떻게든지 바다 건너 온조 아우보다는 큰 나라를 만들어야 했다. 벌써 온조보다 뒤지고 있지 않은가. 온조는 사방 일천 리의 땅을 가졌다고 했는데, 자신은 아직도 겨우 사방 오백 리의 땅 밖에 없는 것이었다.

온조 아우보다 뒤지는 것은 어머니를 실망시켜드리는 일이었다. 비류는 알고 있었다. 어머니 소서노가 온조보다는 자신을 더 사랑한다는 것을. 고구려에서도 그랬고, 계루부를 떠나오고 나서도 어머니 소서노의 머릿속에는 오직 자신만이 있었다고 믿었다. 그런 어머니를 실망시켜서는 아들 된 도리가 아니었다.

비류는 성 쌓는 일과 목책 세우는 일에 열중하면서 다른 한편으로는 병사수를 늘리는데 골몰했다. 다행이 십제국의 백성들이 수확한 양곡은 해마다 늘어갔고, 십제국의 백성들과 병사들이 배불리 먹고도 양식은 남아 돌았다.

한번은 소서노가 비류에게 말했다.

"폐하, 해마다 양식이 남아돈다는 말을 들었소. 창고를 채우고도 남는 양식은 강 건너에 나가 팔기도 한다고 들었소이다."

"그렇사옵니다, 어마마마. 백성들에게 세금으로 거둔 양식이 우리 병사들이 먹고도 절반 이상은 남사옵니다. 해를 넘길 수가 없어 다른 물건과 바꾸어오라고 했습니다."

"앞으로는 양식을 내다 팔지 말고 그 양식을 먹을 수 있는 사람을 구해 오시오."

"예? 그것이 무슨 말씀이옵니까?"

영문을 모른 비류가 놀란 눈으로 소서노를 바라보았다.

"우리 십제국은 땅에 비해서 사람이 적소. 옛날에 주몽왕이 고구려를 건국할 때도 그랬소. 어디서 소문을 들었는지, 백성들이 고구려로 가면 먹을 것이 넉넉하다는 소문을 듣고 날마다 몰려왔소. 그 때 내 아버지께서는 그 사람들에게 땅과 집을 주어 고구려의 백성으로 만들었소. 그 백성들이 농사도 짓고, 성을 쌓는 일에도 동원되고 나중에는 전쟁터에 나가는 병사도 되었소. 기왕에 양식이 남으니까, 유랑걸식하고 다니는 사람들을 끌어들이시오. 백성이란 그렇소. 배불리 먹이고 편한 잠자리를 주면 충성하게 되어 있소."

"어마마마의 말씀이 참으로 옳으십니다. 아직도 사람이 모자라 농사를 못 짓는 땅이 부지기수입니다. 어마마마의 말씀대로 하겠사옵니다. 백성의 수를 늘리는데 힘을 쏟겠사옵니다."

그 날 이후 비류는 장사를 나가는 선단에게 특별히 당부했다. 집도 없이 떠돌아다니는 사람이 있으면 십제국으로 보내라고. 특히 젊은 사내나 여자로만 골라 보내라고 단단히 당부했다.

소문처럼 빠른 것도 없었다. 날마다 사람들이 강을 건너왔다.

비류는 그들에게 집과 땅과 우선 먹을 양식을 주었다. 나이 마흔 살 아래의 사내는 무조건 병역에 동원하였고, 나이 든 사내와 아낙들은 성을 쌓는 일에 동원하였다. 그래도 유랑걸식 떠돌다가 십제국으로 온 백성들은 감지덕지 몸을 돌보지 않고 성을 쌓고 훈련을 받았다.

모든 일은 잘 풀리는 듯 싶었다. 성을 완성하고 목책을 다 세울 때까지도 낙랑에서는 아무런 시비가 없었다. 황충이라는 이름을 가진 새로운 태수가 부임하고 반 년이 지나도 낙랑에서는 사신을 보내오지 않았다. 오히려 십제국에서 은자 일천 냥을 조공으로 보내주었다.

계절은 어느 사이 겨울로 접어들고 있었다. 변방은 조용했다. 비류는 대장장이를 시켜 창과 칼을 만들게 했고, 궁장이를 시켜 활을 만들어 쌓았다. 겨울이 되자 십제국을 찾아오는 사람들은 더욱 늘어나고 있었다. 십제국으로 가면 집과 땅을 준다더라. 우선 먹고 살 양식을 준다더라. 그런 소문이 황하를 건너 중원까지 퍼져 나가고 있었다. 어떤 날은 서너 가족이 함께 몰려오기도 했다.

봄이 되었을 때 비류는 병사들을 다시 한번 점검하고 훈련을 시켰다. 이제 비류국의 병사는 이만 오천이 넘고 있었다. 병사들의 얼굴에는 살이 올랐으며 눈은 반짝였다.

'이제야 낙랑이 무섭지 않구나. 저 병사들을 가지면 한번 상대해 볼만 하지 않겠는가.'

비류가 다짐하고 있을 때였다. 거즌 일 년만에 낙랑에서 사신이 왔다. 낙랑과의 변경을 지키는 병사가 와서 아뢰었다. 사신을 모셔 올 수레를 보내고 나서 비류는 이만 오천의 병사를 궁실 가까이 데려다가 훈련을 시켰다. 낙랑의 사신이 보라고 일부러 그랬다.

그것이 효과가 있었던가? 낙랑의 사신은 처음부터 기가 죽어 있었다. 말 한 마디를 하더라도 이쪽의 기분이 상하지 않도록 조심했다. 겉모습조차도 손중이 보냈던 우락부락한 무뢰배가 아니라 방안에 들어앉아 글이나 읽는 골샌님처럼 보였다.

사신이 몇 번이나 머리를 조아리며 말했다.

"며칠 전에 황실에서 기별이 왔습니다. 한의 변경에서 소국 행세를 하는 나라들을 모두 한나라로 통합을 시키라는 전갈이 있었습니다."

"무슨 소리요? 변경의 소국들을 한으로 통합을 시키다니요?"

"황제폐하의 명령이 그랬습니다. 황제폐하께오서는 주변 소국들을 통합하여 한을 세상에서 가장 큰 대국으로 만들고 싶으신 것이옵니다. 소국의 입장에서는 오히려 그것이 나을 것입니다. 미약하여 늘 주변국의 침략을 받는 것보다 한이라는 큰 나라에 편입되어 백성들이 마음 편히 살게 하는 것이 나을 것입니다."

사신의 말은 공손했다. 그러나 그 말 한 마디 한 마디는 날카로운 비수가 되어 비류의 가슴을 쑤시고 있었다. 골샌님같은 사신 앞에서 화를 낼 수도 없었다. 설령 화를 낸다고 해도 아무 소용이 없다는 것을 비류는 알고 있었다.

비류가 말했다.

"우리 십제국은 고구려의 정통을 잇고 있는 나라요. 중원의 한과는 상관없이 개국한 나라란 말씀이오. 우리 십제국은 한나라로 편입할 수 없소이다."

"그렇습니까? 하오면 그리 하십시오. 낙랑은 전병사를 동원하여 십제국을 칠 것입니다. 저희 황충 태수께서 그리 전하라 하셨사옵니다."

사신의 얼굴은 흔들리지 않았다. 무장과는 달리 화를 내지도 않았고, 겁을 먹지도 않았다.

"그대도 보았듯이 우리 십제국에는 삼 만이 넘는 병사가 있소. 모두 힘이 넘치는 용맹스런 병사가 말이오. 낙랑이 쳐들어오면 우리 병사들이 가만 있지 않을 것이오. 낙랑이 단 한 치라도 십제국의 영역을 침범하면 우리는 대적하여 싸울 것이오."

"저희 황충 태수께 그리 전하겠사옵니다."

아무렇지도 않은 낯빛으로 사신이 돌아갔다.

"이 일을 어찌했으면 좋겠소? 극무 재사."

비류가 장수 칠중과 재사 극무를 불러들여 물었다.

"방법은 두 가지 밖에 없사옵니다. 낙랑 사신의 말대로 한으로 편입되든지 아니면 낙랑과 싸우든지 둘 가운데 하나입니다. 결정은 폐하께오서 하실 일이구요."

재사 극무가 난감한 표정을 지었다. 한이라는 중원의 큰 나라가 주변 소국을 통합하기로 작정했다면 일은 그렇게 되는 수밖에 없다는 것이 극무의 생각이었다. 십제국은 어차피 낙랑이 인정해 주어야 존재할 수 있는 나라였다.

"누가 그걸 모르겠소? 낙랑과 정녕 싸워야겠소? 만약 싸운다면 우리가 낙랑을 이길 수 있겠소?"

"다만 낙랑뿐이라면 이길 수도 있겠지요. 하오나, 낙랑의 뒤에는 한이라는 중원의 대국이 버티고 있사옵니다. 소신의 생각으로는 차라리 한의 속부가 된 것처럼 하다가 기회를 봐서 다시 십제국의 깃발을 거는 것이 어떨까 싶습니다만."

"어마마마와 내가 한의 속부나 지배하려고 계루부를 떠나온 것이 아니오. 아무리 작아도 나는 내 나라를 갖고 싶소. 어떻소? 칠중 장군. 낙랑과의 싸움에서 이길 자신이 있소?"

"우리 병사들의 사기는 하늘을 찌를 듯이 높습니다. 폐하에 대한 충성심 또한 마찬가지구요. 언제든지 명령만 내려주십시오. 그것이 어디가 되었건 목숨을 걸고 싸울 것입니다."

"좋소. 당장 낙랑과의 경계에 병사들을 배치하시오."

"예, 폐하."

칠중이 자신만만한 표정으로 돌아갔다. 그러나 극무는 결국 십제국은 낙랑의 속부가 될 수밖에 없음을 알고 있었다. 처음 한두 번의 싸움은 이길 수도 있을 것이었다. 그러나 한두 번 패했다고 포기하고 물러날 낙랑이 아니었다.

중원 사람들은 끈질기기가 고래심줄이라고 했다. 더구나 황실에는 낙랑의 태수였던 손중이 가 있다. 그가 십제국의 일을 잊지 않고 챙긴다면 황제의 군사를 보내 십제국을 칠지도 모를 일이었다.

'십제국의 앞날이 바람 앞의 등불이구나. 이 일을 어찌한다? 소서노 대왕후마마께 바다를 건너야 한다고 진언을 드리는 것이 낫지 않을까.'

극무의 머릿속으로 그런 생각이 흘러갔다.

그런 극무의 마음을 읽고라도 있었다는 듯이 소서노가 불렀다. 낙랑에서 사신이 다녀가고, 신하들이 모여 대책을 의논했다면서도 비류가 아무 말도 없자 극무를 불러 자초지종을 들으려는 것이었다.

"낙랑의 사신이 황충 태수의 전갈을 가져왔다는 것이 사실이오?"

소서노가 물었다.

"황태수의 전갈이 아니라 무황제의 전갈이었사옵니다."

"무황제의?"

"사신을 보낸 것은 황충 태수지만, 주변 소국을 통합하라는 칙서를 내린 것은 무황제가 아닙니까? 황제의 명령이나 마찬가지지요."

"그렇다면 무엇이오? 우리가 지금 한나라의 무황제를 상대하고 있다는 소리요?"

"실질적으로는 그렇사옵니다. 폐하께오서는 낙랑과 싸우겠다고 말씀하십니다만, 그것은 계란으로 바위를 치는 격입니다. 낙랑과 십제국이 나라대 나라로써 싸운다면 한번의 승리가 또는 한번의 패배가 의미가 있을 것입니다만, 낙랑의 뒤에는 한이라는 대국이 버티고 있습니다. 낙랑의 패배를 황제가 보고만 있지는 않을 것입니다."

"그래서 극무 재사의 뜻은 무엇이오? 우리 십제국이 낙랑에 굴복하는 것이 좋다는 소리요?"

소서노의 얼굴에 얼핏 노여움이 드러났다.

극무는 그걸 알고 있었다. 소서노가 지금 가슴을 치밀어 오르는 분노를 참고 있다는 것을. 그러나 승산 없는 싸움을 부추길 수는 없었다. 이것은 작은 싸움에서 계책을 내는 일이 아니었다. 낙랑과의 싸움은 어차피 병법이 필요없는 싸움이었다. 낙랑은 분명 배를 타고 강을 건널 것이고, 십제국의 병사들은 강변에서 기다리고 있다가 상륙하는 낙랑의 병사들을 물리쳐야 하는 것이었다.

"대왕후마마, 개구리가 한번 움추리는 것은 더 멀리 뛰기 위해서입니다. 한나라가 언제까지 중원의 대국으로 남아있을 것이라는 보장은 없사옵니다. 비록 대국일망정 호시탐탐 노리고 있는 주변국은 있으니까요. 또한 황실일수록 권력 투쟁이 심한 곳입니다. 언제 무황제가 물러날지 모를 일입니다. 그 때를 기다리면서 잠시의 굴욕을 참자는 말씀입니다."

극무가 용기를 내어 말했다.

"아니오. 난 그럴 수가 없소. 막연한 희망을 믿고 십제국을 낙랑의 속부로 줄 수는 없소. 내가 직접 말을 타고 나가 싸우겠소. 내가 나간 다면 우리 병사들의 사기가 하늘을 찌를 것이오."

"대왕후마마, 그것은 아니 되옵니다. 마마의 연세 올해 예순이십 니다. 어찌 말을 타시며 활을 잡으시겠사옵니까?"

"그런 소리 마시오. 아직 다섯 사내는 당할 힘이 있으니 말이오."

소서노의 눈빛이 활활 타올랐다.

오천 명이나 되는 낙랑의 대병사가 십제국을 향해 움직이고 있다 는 첩자의 보고가 들어온 것은 사신이 다녀간 지 보름 후였다.

"오천 명 정도의 병사라면 우리가 충분히 대적할 수 있소. 우리 십 제국이 허약한 나라가 아니라는 것을 보여줍시다."

비류가 전의를 불태웠다.

"그렇사옵니다, 폐하. 처음부터 낙랑에 본때를 보여주어야 하옵니 다. 다행이 낙랑은 배를 타고 강을 건너와야 합니다. 더구나 강가에 는 백 리 갈대밭이 있사옵니다. 우리 병사들이 갈대 속에 몸을 숨기 고 적을 기다리면, 우리 병사들은 적의 일거수 일투족을 볼 수 있지 만, 적은 우리를 볼 수가 없사옵니다. 적이 가까이 왔을 때 일제히 화 살을 날려 적을 몰살시켜야 합니다."

칠중 장군의 말에 극무가 나섰다.

"갈대를 의지한다는 것은 위험한 작전입니다. 만에 하나 적이 화공작전이라도 펼친다면 오히려 우리 십제국의 병사가 몰살을 당할 수도 있습니다. 다른 계책을 생각해 보십시다."

"그렇다면 극무 나리는 적이 십제국에 상륙을 할 때까지 기다리자는 말씀이오? 그것은 어리석은 작전이오. 난 낙랑의 병사들이 단 한 명도 십제국에 발을 들여놓게 하고 싶지 않소. 배가 닿는 포구 외에는 모두가 갈대밭이오. 놈들이 포구에 배를 대지는 않을 것이 아니요? 어차피 놈들도 갈대밭 쪽에 배를 대야 할 것이오. 배에서 내리는 놈들을 화살로 죽이고 창으로 찔러 죽이자는 것이오, 내 말은."

"나는 갈대밭에 우리 병사들을 매복시켜 놓자는 칠중 장군의 의견에 반대요. 너무 위험합니다. 낙랑이라고 십제국의 백 리 갈대밭을 모를 리가 없습니다. 분명히 그에 합당한 작전을 짜가지고 나섰을 것입니다."

극무의 말에 비류가 고개를 내저었다.

"설령 놈들이 화공작전을 펼친다고 해도 우리 병사들은 갈대 사이에 난 길을 손바닥처럼 훤히 보고 있소. 불을 지르면 물러나면 될 것이 아니요? 일단은 칠중 장군의 말대로 갈대밭에 매복하는 작전을 씁시다."

"아니 되옵니다, 폐하. 그것은 너무 위험합니다."

극무가 극구 말렸으나 비류는 꿈쩍도 하지 않았다.

'아, 십제국은 이제 끝났구나. 아까운 병사들만 몰살을 시키겠구나.'

극무가 한숨을 내쉬었다.

그러나 비류와 칠중은 이번에야말로 십제국의 위용을 낙랑에 보여줄 절호의 기회라면서 눈에 살기를 띠었다.

배가 닿을 포구에는 오 백의 병사를 배치하고 나머지 일 만여 병사는 갈대숲에 매복을 끝냈을 때 멀리 보이는 강 건너 낙랑 땅에서 낙랑의 병사들이 배에 오르는 모습이 들어왔다.

십제국에서는 낙랑의 병사들을 일일이 볼 수 있었으나, 낙랑 쪽에서는 갈대 속에 숨은 십제국의 병사를 볼 수 없을 것이었다. 아무 것도 모른 채 배를 몰아 강을 건너온다면 강의 중간쯤에서 낙랑의 병사들은 화살세례를 받을 것이었다. 비류나 칠중은 그리 믿고 있었다. 배가 닿기 전에 낙랑의 병사를 몰살시킬 수 있다고 철석같이 믿고 있었다.

'제발 폐하의 뜻대로 이루어지기를. 제발 안개가 끼지 않기를.'

극무에게는 낙랑의 화공작전도 걱정이었지만 안개 또한 마음에 걸렸다. 낙랑에서도 천기를 읽을 수 있는 재사가 있을 것이고, 도강은 어차피 날씨를 이용할 수밖에 없었다. 적은 안개를 틈타 움직일 것이었다. 극무는 그렇게 믿었다. 이쪽에서 뻔히 보고 있는 것을 알면서 무모하게 도강을 강행하지는 않을 것이었다.

그런 극무의 예상은 틀림없었다. 일단 배를 움직여 화살이 닿지 않을 만큼 다가온 낙랑의 배가 꼼짝을 않고 멈추어 있는 것이었다. 첫 날과 둘째 날은 날씨가 맑았다. 더구나 보름을 갓 넘긴 달이 중천에 떠 있었다. 달빛 아래에서 뒤로 물러가는 낙랑의 배가 보였다. 밤으로는 물러났다가 아침이 되면 어느 사이 강의 중간에서 이쪽을 빤히 바라보고 있었다.

사흘째 나던 아침이었다. 강물에 반짝이며 내리던 달빛이 슬그머니 죽는가 싶더니, 한 순간에 안개가 천지를 가득히 덮었다.

극무가 말했다.

"폐하, 우리 병사들을 갈대숲에서 빼내십시오."

"왜 병사들을 빼낸다는 말이요? 그러다가 적이 안개를 틈타 우리 땅에 상륙을 하면 어찌할 것이오. 안개 속에서도 소리는 들을 수 있소."

"폐하, 무모한 작전입니다. 만약 적이 화공을 쓴다면 큰 낭패를 당하옵니다."

극무가 간곡하게 말했다.

"이래서 문사는 겁쟁이라는 말을 듣소. 가만히 앉아서 적을 우리 땅에 불러들인다는 말이요? 그리 겁이 나거들랑 극재사는 궁으로 돌아가 책이나 읽으시구려."

칠중이 은근히 비웃고 나왔다.

안개 속은 고요했다. 가끔 청둥오리가 물고기를 쫓는 푸드득 소리가 들리고, 마른 갈대가 마른 갈대끼리 몸 부비는 소리만 들릴 뿐, 전장은 너무 고요했다.

그 때였다. 뒤에서 말이 멈추는 히힝 소리가 들리고 소서노가 나타났다. 계루부에서부터 따라왔던, 언젠가 낙랑에 함께 간 일이 있었던 여병사 십여 명과 함께 소리도 없이 나타난 것이었다.

"어마마마, 어인 일이십니까?"

"앉아서 기다릴 수가 없었소, 폐하. 이번 전쟁이야말로 우리 십제국의 운명이 달린 전쟁인데, 내 어찌 가만히 앉아 기다릴 수가 있겠소. 적의 동태는 어떻소?"

"움직임이 없사옵니다."

비류의 말에 극무가 나섰다.

"아니옵니다, 대왕후마마. 적의 움직임이 없는 것이 아니라, 우리가 적의 움직임을 감지하지 못하고 있는 것이옵니다. 지금이라도 우리 병사들을 갈대밭에서 빼내고 안개가 걷히기를 기다려야 하옵니다."

극무로서는 마지막 희망이었다. 소서노라도 자신의 의견을 받아들여 병사를 물린다면 설령 낙랑의 몇몇 군사가 땅에 오른다고 해도 큰 희생은 없을 것이었다.

"폐하, 안개가 불길한 예감을 주기는 합니다."

소서노가 말했다.

"그렇사옵니다, 대왕후마마. 우리 십제국으로서는 안개가 불길하옵니다. 그 뿐만이 아닙니다. 가까이 다가온 낙랑군이 불화살이라도 날린다면 우리 병사들은 꼼짝 못하고 타죽을 수밖에 없사옵니다. 제발 병사들을 물리게 하시옵소서."

그러나 소서노가 고개를 내저었다.

"아니오. 기왕 시작된 싸움이오. 우리 십제국의 병사들도 만만치 않소. 폐하의 뜻대로 두고 보십시다."

"대왕후마마, 이건 섶을 지고 불 속에 뛰어드는 행위입니다."

극무가 나즈막히 울부짖었을 때였다. 안개 속에서 느닷없이 반디불 몇 개가 날았다. 안개 속이라 그런 걸까. 반디불이 초록빛이 아니라 약간은 붉은 기운이었다. 아니, 주황빛의 반디불이었다. 그런데 반디불이라고 하기에는 너무 빠른 속도로 갈대를 향해 날아왔다.

극무의 가슴이 철렁 내려앉는데, 스무 걸음쯤 뒤에서 불길이 확 일어났다. 반디불이 아니라 불화살이었던 것이었다. 낙랑군은 안개를 타고 아주 가까이 다가와 있었다.

"화공이옵니다, 폐하. 어서 병사들에게 철수 명령을 내려 주십시오."

극무가 다시 한번 간청했다.

그러나 때는 이미 늦어있었다. 더구나 바람까지 등 뒤에서 강을 향해 불고 있었다. 수도 없이 날아온 불화살이 마른 갈대에 불을 붙였다. 그 불은 십제국의 병사들이 매복하고 있는 강 쪽을 향해 붙었다. 앞은 물이고 뒤는 불길이었다.

비류가 철수하라! 십제국의 병사들은 철수하라! 하고 소리를 질렀지만 병사들은 우왕좌왕할 뿐, 갈대를 빠져나가지 못했다. 손바닥을 들여다보듯 익혀놓았던 길이 아무런 소용이 없었다.

"퇴각해야 되겠사옵니다, 대왕후마마. 폐하, 어서 퇴각하시옵소서."

장수 칠중조차도 허둥거렸다. 뒤에서 타들어오는 불길에 속수무책이었다. 십제국의 병사들이 불길을 피해 물 속으로 뛰어들었다.

언제 다가와 있었던 것일까. 앞에서 기다리고 있던 낙랑의 병사들이 물 속으로 뛰어드는 십제국 병사의 가슴에, 혹은 등짝에 창날을 꽂았다.

그렇게 몇 시각이나 지난 것일까. 갈대를 태우던 불길이 수그러들면서 하늘에 부연 햇덩이가 모습을 드러냈다. 물 속에 쭈그리고 앉아 오들오들 떨고 있던 비류의 눈에 검게 탄 갈대 사이 여기 저기 시커먼 모습으로 누워있는 병사들의 모습이 들어왔다. 그리고 강은 십제국 병사들이 흘린 피로 벌겋게 물들어 있었다. 누런 황토빛이 아니라 붉은빛 강물이 흘러갔다.

언제 물러간 것일까. 낙랑의 병사들은 하나도 보이지 않았다. 낙랑군은 한 명의 병사도 땅에 발을 딛지 않고도 십제국 병사 오천여 명을 죽인 것이었다.

"재사 극무는 도대체 무얼 하고 있었소? 폐하나 장수가 잘못된 계책을 쓰고 있으면 목숨을 걸고라도 바로잡아야 할 것이 아니오."

궁궐로 돌아왔을 때 소서노가 불같이 노해 질책했다.

극무는 아무 말도 하지 않았다. 입이 열 개라도 할 말이 없는 칠중이 오히려 입을 열었다.

"처음부터 놈들은 우리 병사들의 일거수 일투족을 보고 있었던 것이옵니다. 우리 병사들이 갈대 속에 숨어있는 것을 알고 안개를 틈타 쥐새끼처럼 다가와 화공작전을 펼친 것입니다. 대왕후마마, 소신이 낙랑을 치러 가겠사옵니다. 놈들처럼 쥐새끼 작전을 펼치는 것이 아니라, 대낮에 당당하게 쳐들어갈 것입니다."

극무는 무모한 작전을 펼친 칠중 장수부터 목을 쳐야 한다고 주장하고 싶었다. 그러나 쓸데없는 일이 될 것이다. 칠중의 목 하나를 친들 십제국이 살아날 방법은 없었다. 이제 낙랑의 한 속부가 되는 길이 목숨을 부지할 수 있는 최선의 길이었다.

비류가 말했다.

"당분간은 사태를 관망해 보기로 합시다. 낙랑군이 십제국에 상륙하지 않고 그대로 물러간 것을 보면 다른 속셈이 있는 것이 분명하오. 그 속셈이 무엇인지 알 때까지는 기다려 봅시다."

"그럽시다. 낙랑에서 사신이 오면 그 때에 가서 대처하기로 합시다."

소서노의 얼굴이 참담했다.

낙랑에서 사신이 온 것은 사흘 후였다. 지난 번에 왔던 골샌님같은 그 사내였다.

"저희 황태수께서 전하라고 하셨사옵니다. 앞으로 이레 후에 낙랑에 들어와 부사의 사령장을 수령하라고 하셨습니다. 부의 이름은 십제부로 해도 상관이 없다고 했사옵니다."

사신의 태도는 공손했으나, 십제국의 죽음을 뜻하는 칼바람같은 것이었다.

"내가 가지 않으면 어찌 되는 것이오?"

"그 말씀은 없으셨습니다. 이레 후입니다."

사신이 돌아간 다음이었다. 소서노를 비롯한 몇몇 신하들이 모였다.

"어찌 하면 좋겠소? 낙랑의 속부가 되어야 하겠소?"

극무가 보기에 소서노는 이미 무엇인가 결정해 놓고 있는 모습이었다. 말투에서 풍기는 느낌이 그랬다.

"소자는 가지 않겠사옵니다. 낙랑에 가서 살아 돌아온다는 보장도 없지 않사옵니까?"

비류가 눈물까지 글썽이며 말했다.

"폐하가 간들 목숨이야 빼앗겠소? 그럴 것 같았으면 지난 번 싸움 때 그랬겠지요."

"그래도 전 싫사옵니다. 어마마마, 소자는 십제국이 싫사옵니다. 바다를 건너 온조 아우한테 가고 싶사옵니다."

"폐하의 뜻이 정녕 그러하오? 대륙에서의 큰 꿈을 버렸다는 말씀이오?"

"희망이 없사옵니다."

"알겠소."

소서노가 결단을 내렸다.

"폐하, 대왕후마마와 비류 폐하께오서 미추홀에 와 계십니다."

온조가 동예와의 싸움을 끝내고 막 궁궐로 돌아왔을 때 기다리고 있던 극무가 아뢰었다.

싸움터로 미리 찾아온 해루를 통하여 십제국의 사정은 물론 극무가 사신 자격으로 와 있다는 걸 알고 있던 온조가 무심한 낯빛으로 물었다.

"어마마마와 형님은 강녕하시오?"

"뱃길이 험하기는 했사옵니다만, 별 탈은 없으십니다."

"참으로 다행이오. 헌데 어마마마는 아들이 있는 곳이니까, 응당 오셔야겠지만, 형님께서는 어쩐 일이시오? 한나라의 군주께서 먼 길 행차를 하시다니요? 십제국의 형편이 그래도 될 만큼 안정되어 있소?"

"그것이 아니옵니다. 낙랑과의 싸움에서 크게 패한 다음에 십제국을 낙랑의 속부로 하라는 명을 거역할 수가 없어 바다를 건넌 것이옵니다."

"낙랑이 호락호락하지 않을 것은 처음부터 알고 있었던 일이 아니요? 더구나 낙랑은 중원을 다스리는 한의 한 군이 아니요?"

"폐하께오서 계실 때보다 사정이 더욱 악화되었사옵니다."

"알겠소. 가서 기다리시오. 내 곧 사람을 보내리다."

온조가 그렇게만 말했다.

마음 같아서는 자신이 손수 말을 타고 미추홀로 달려가 어머니와 형님을 모셔오고 싶었지만, 좌보 해루는 물론 외숙부 뻘인 우보 을음까지 두 사람을 백제국의 궁궐로 들이는 일은 다시 한번 생각해보자고 간곡히 당부했기 때문이었다.

"두 분을 들이시지 못할 이유가 무엇이요?"

온조가 두 중신의 속내를 알 수 없어 물었다.

대답은 해루가 했다.

"대왕후마마의 욕심을 모르십니까? 폐하. 소서노 대왕후마마는 고구려에 계실 때부터 오직 비류 폐하 밖에 모르시던 분입니다. 하

남에 정착했을 때도 중신들의 뜻은 물어보시지도 않고 비류 폐하를
왕으로 모셨사옵니다. 그런 분을 백제국에서 받아들이신다면 무슨
짓을 할지 모릅니다."

"무슨 짓을 할지 모르다니요? 내 자리를 내놓으라고 강요라도 하
신다는 말씀이요?"

"그렇지 않는다는 보장이 없으십니다. 두 분은 폐하께는 화근이십
니다. 받아들여서는 아니됩니다."

"좌보 나리의 말씀이 옳으십니다, 폐하. 두 분을 백제 땅에 받아들
이지 마시옵소서."

우보 을음도 한 마디 거들고 나왔다.

"숙부까지 그리 말씀하시면 어찌합니까? 설령 좌보께서는 반대를
하시드래도 숙부께서는 그러시면 아니 되지요."

온조가 얼굴을 찡그렸다.

"소신이 소서노 누님의 욕심을 누구보다 잘 알고 있기 때문에 그
러는 것입니다. 저는 진즉부터 그런 눈치를 채고 있었사옵니다. 지
난 번 장사길에 잠시 들렸을 때, 폐하의 백제국이 나날이 커가고 있
다는 말씀을 드렸더니, 소서노 누님이 눈빛을 반짝이며 말씀하셨습
니다. 그것은 비류를 위해서도 참으로 다행이라구요. 돌아오는 길에
그 말씀을 곰곰이 생각해 보았습니다. 그것은 만약 십제국이 실패하
면 백제국에 의탁하신다는 뜻이셨습니다. 비류 폐하를 위해서도 다
행이라는 것은 비류 폐하를 백제국의 왕으로 앉히시겠다는 욕심이
아니고 무엇이겠습니까? 아들 된 도리로 인정이 아닙니다만, 폐하는

한 나라를 경영하시는 군주이십니다. 사사로운 인정에 얽매어서는 아니 되십니다."

"정 안 되겠소? 난 어마마마와 형님을 가까이서 뵙고 싶소. 하면 내가 미추홀로 나가면 어떻겠소?"

온조가 두 중신에게 사정했다.

"그 일도 그만 두시는 것이 좋겠사옵니다. 그 일은 저희들이 알아서 할 것이오니, 폐하께서는 심려마십시오."

"허허허, 이것 날더러 사람노릇을 하지 말라니, 내가 어찌했으면 좋을지 모르겠소."

온조가 쓸쓸한 웃음을 흘렸다.

"송구하옵니다. 하오나 이번 일은 저희들한테 맡겨 주시옵소서."

"하루라도 빨리 사람을 보내시오. 몸이 편찮으시지는 않은지, 불편하신 점은 없으신지, 극진히 모시도록 하시오."

두 중신을 내보내고 온조는 내전으로 금실래를 찾아갔다.

"어마마마와 형님께서 미추홀에 와 계시다 하오."

"예? 그것이 무슨 말씀이십니까? 두 분이 어찌 함께 바다를 건너 오실 수가 있습니까?"

"십제국이 잘 안 되었다 하오. 낙랑과의 전쟁에서 오천 명의 군사를 잃었고, 더더구나 십제국을 한의 속부로 하라는 무황제의 어명이 있었다 하오. 비류 형님께는 대방부의 부사를 맡으라 했다 하오."

"그렇다면 비류 폐하께서는 부사가 하기 싫어 도망이라도 쳐오셨다는 말씀입니까?"

"그런 셈이요. 헌데 좌보와 우보가 두 분을 백제국에서 받아들여서는 절대로 안 된다고 반대를 하고 있소. 그것이 나는 마음이 아프오."

"그야 당연한 일이 아닙니까?"

금실래가 눈 하나 깜짝이지 않고 말했다.

"뭐요? 왕후는 사사로이는 시어머니인 어마마마를 미추홀에 그대로 두라는 소리요? 도대체 제 정신으로 하는 소리요?"

온조의 얼굴이 일그러졌다. 금실래만은 자신의 마음을 알아줄 줄 알았는데, 어미를 보고 싶어하는 자식의 마음을 알고 어서 모셔오라고, 그것이 사람의 도리이고 아들이 할 일이 아니냐고 등을 떠밀 줄 알았는데, 해루와 을음의 말이 지당하지 않느냐고 하지 않는가.

"저도 물론 어마마마를 뵙고 싶기도 하고, 이곳에 모셔다가 지극 정성으로 보살펴드리고 싶어요. 여염의 아낙이라면 그리했을 것입니다."

"왕후라고 여염의 아낙과 다를 것이 뭐가 있소? 그렇게 하면 될 것이 아니요?"

"우리 다루 태자를 생각해서라도 그리할 수가 없습니다."

"다루 태자를 생각해서?"

"그렇습니다. 어마마마를 받아들이면 틀림없이 비류 폐하를 백제국의 왕으로 삼으려 할 것입니다. 그리되면 인정이 많고 효자이신 폐하는 어마마마의 말씀대로 하시겠지요. 하오면 우리 다루 태자는 어찌 되옵니까? 사방 이천 리의 번듯한 백제국을 다루 태자에게 물려주자던 폐하와 제 꿈은 어찌 되옵니까? 좌보와 우보의 말씀을 따르시옵소서. 수 일 내로 제가 한번 미추홀에 다녀오겠사옵니다. 폐하께오서는 절대로 두 분을 만나지 마시옵소서."

금실래가 간곡히 말했다.

그러나 그녀가 미추홀에 가는 것조차도 해루가 적극 말리고 나왔다.

"아니 되옵니다. 왕후마마께오서도 모른 체 하고 계십시오. 가신다면 혼자 가시겠사옵니까? 태자마마도 모시고 가야 하지 않겠사옵니까? 하오나 태자마마는 사사로이 몸을 움직이실 수 없는 분이십니다. 사람의 인정상 도리는 아니오나 가만히 계시옵소서. 저희들이 알아서 하겠사옵니다. 곧 사람을 보내겠사옵니다."

해루가 말했다.

그러나 해루나 을음은 이레가 지나고 열흘이 지나도 사람을 미추홀로 보내지 않았다.

온조가 몇 번 접대 사신을 보냈느냐고 채근을 했으나, 곧 보낼 것이옵니다 했을 뿐, 보름이 지나도록 미추홀로 사신이 갔다는 말은 없었다.

"이런 괘씸한 놈이 있소이까? 제 놈이 백제국의 왕이면 왕이지, 어미를 이리 괄시할 수가 있더이까? 제 놈이 백제국을 건국한 것이 다 누구 덕인데, 내가 병사와 백성을 나누어주지 않았으면 제 어찌 백제국을 건국할 수 있었겠소이까?"

미추홀에 도착한 지 거즌 한 달이 되도록 온조가 아무런 반응이 없자 소서노의 분노가 폭발했다.

"참으시오소서, 아우한테 일이 있을 것이옵니다. 극무 재사의 말이 백제국은 지금 동예와 전쟁중이라고 하지 않았습니까? 전쟁이 끝나면 아우가 올 것입니다. 지난 번에 극무 재사 편에 실어온 양식이 아직은 많이 남아있사옵니다."

"아무리 전쟁중이라도 그렇지, 이것은 어미를 우습게 여기는 일이오. 어미한테 불효를 저지르는 일이오. 이보게, 극무 재사. 지난 번일을 다시 한번 말해 보게. 온조가 정녕 내가 왔다는 말에 반가운 빛을 띄우던가?"

"그랬사옵니다, 대왕후마마. 금방이라도 미추홀로 달려오실 기세였사옵니다."

"헌데, 아직까지 소식이 없잖은가?"

"동예와의 전쟁이 마무리 되지 않은 모양이옵니다. 사방 백 리가 걸린 싸움이라고 했사옵니다. 폐하께서 손수 참가하신 싸움이었사옵니다. 폐하께오서는 제가 왔다는 소식을 듣고 잠시 짬을 내어 싸움터에서 달려오셨사옵니다."

"아무리 그래도 그렇지, 겨우 일백 리의 땅을 가지고 한 달이 넘게 싸움을 한다더냐? 백제에는 비루먹은 병사들만 있는 모양이구나. 소문으로 듣기에는 제법 잘나가는 듯 했는데, 이제 보니 그것이 아닌 모양이구나."

소서노가 얼굴이 붉그락 푸르락 분노를 참지 못하여 소리를 질렀다.

"고정하시오소서, 어마마마."

비류가 씁쓸한 낯빛으로 소서노를 달랬다. 그 역시 아우가 괘씸하기는 마찬가지였다. 바다를 건너오면서도 내내 그 일이 마음에 걸렸다. 따지고 보면 어머니 소서노로부터 늘 사랑만 받아오던 자신이었다. 어머니는 늘 비류 자신만 챙겼었다. 어쩌면 아우의 가슴에는 그것이 한으로 남아있는지도 모른다는 생각을 했었다.

그 예상이 맞아들어가는 것일까. 아우는 한 달이 넘도록 소식이 없는 것이었다. 처음 찾아 간 극무한테 양식으로 삼으라고 쌀 스무 섬을 보내오고는 꿩 구워 먹은 소식이었다.

"폐하, 얼굴을 펴시오. 모든 것이 잘 풀릴 것이오. 십제국에서 낙랑에게 당했던 수모는 다시 당하지 않을 것이오. 폐하의 낯색이 어두우면 우리를 믿고 따라온 백성과 병사가 불안해 하오."

낙랑이 모르게 밤에 몰래 출발하느라, 계루부에서부터 함께 했던 백성 열 가구와 평소 눈여겨 보아두었던 무예가 뛰어난 병사 일백여 명만 배에 태워 온 길이었다. 채 이 백이 되지 않는 백성과 병사 앞에서 체면을 구길까 걱정하고 있는 것이었다.

"내 무슨 수를 쓰건 백제국을 폐하의 손에 넘겨주겠소. 백제국인들 이 어미가 아니었으면 어찌 세울 수가 있었겠소? 설령 온조가 세우고, 키운 나라일망정 그 주인은 폐하가 되어야할 것이오. 꼭 그리 만들고 말 것이오."

소서노가 입술을 깨물었다.

백제국에서 을음이 온 것은 한 달 반이 지나서였다. 밥을 짓던 아낙이 쌀이 달랑달랑하다고 걱정을 하던 그 날, 때맞추어 을음이 배 하나 가득 양곡을 일백 석이나 싣고 나타난 것이었다.

그 쌀을 보자 소서노의 가슴에서 서늘한 바람이 불고 갔다.

'이놈들이, 나를 여기에 방치해 둘 모양이구나. 먹고 살 양식은 대 줄 터이니, 여기에 그냥 있으라는 소리구나. 그렇지 않다면 무슨 쌀을 일백 석이나 싣고 올까.'

소서노의 온 몸이 부들부들 떨리는데, 을음이 큰 절로 예를 갖추었다.

"어찌, 이제야 오느냐? 내가 그리 하찮은 늙은이더냐? 온조는 어찌 안 오느냐? 어미가 왔다하면, 그 먼 길을 왔다하면 한 걸음에 달려와야 할 것이 아니냐?"

"아직 누님을 맞을 준비가 아니 되었사옵니다. 고정하시오소서."

"준비는 무슨 준비? 나를 위해서 새로이 궁실이라도 짓는다고 하더냐?"

"백제국의 형편이 여의치 못합니다. 하루도 전쟁이 끊일 날이 없사옵니다. 잠시만 더 이곳에 머무르시오소서."

"그래서 쌀을 일백 석이나 가져왔느냐? 도성이 여기서 채 이틀거리가 안 된다고 했지? 온조한테 이르거라, 사흘 내로 나를 데릴러 오지 않으면 내가 직접 가겠다고. 어미가 자식을 찾아가는데 설마 내치지는 않겠지?"

"어찌 내치겠사옵니까? 기왕에 기다리신 김에 잠시만 더 기다리시오소서. 결코 서두르실 일이 아니옵니다."

"사흘이다, 사흘."

소서노가 고집을 부렸다.

처음부터 양식만 전해주고 돌아가려는 심사였는지, 얼굴만 보고 을음은 이내 배를 탔다. 떠나는 을음에게 비류가 나와 말했다.

"어마마마의 노여움이 크시다고 폐하한테 전해주시오. 불같은 성미에 무슨 일을 저지르실지 모르오."

"알겠사옵니다, 폐하."

그렇게 을음은 뱃머리를 돌렸다.

그러나 다짐해 보냈던 사흘이 지나도 온조는 사람을 보내오지 않았다.

"이놈이 기어코 어미의 말을 듣지 않는구려. 이웃집 개 짖는 소리로 들은 것이 분명하구려. 내 이놈을 당장."

소서노가 금방이라도 포구로 달려나가 배를 탈 듯이 서둘렀다.

"참으시오소서, 어마마마. 곧 아우가 사람을 보내 올 것이옵니다."

비류가 말렸다.

다시 열흘이 지나고, 한 달이 지나도 온조에게서는 사람이 오지 않았다.

"소신이 다시 한번 백제국에 다녀오겠사옵니다. 가서 형편을 보고 오겠사옵니다."

두 달이 지났을 때 포구로 달려가는 소서노를 말린 극무가 말했다. 그렇게라도 하지 않으면 소서노가 온조에게 달려갈 기세였기 때문이었다.

"그리시오. 극무 재사가 가서 아우와 담판을 짓고 오시오. 어마마마와 나를 아니, 십제국의 백성을 받아들일 뜻이 있는지 없는지, 담판을 짓고 오시오."

"알겠사옵니다. 온조 폐하의 뜻을 확실히 알아오겠사옵니다."

극무가 난감한 얼굴로 배를 탔다. 그는 온조를 비롯한 백제국의 중신들이 소서노와 비류를 받아들이지 않을 것을 진즉부터 알고 있었다. 처음 백제국에 갔을 때, 폐하를 모셔오겠다면서 전쟁터로 달려가던 좌보 해루의 얼굴에서 그걸 눈치채고 있었다. 마음이 여린 온조는 중신들한테 어머니와 형님을 모셔오자고 했을 것이다. 그러나 마음이 여린 온조는 중신들의 반대를 물리치지 못할 것이다. 극무는 그리 믿었다.

그런 극무의 예감은 틀림없었다.

"극무 재사가 오실 줄 알았소. 소서노 누님의 성미가 어지간해야지요. 아마 이곳으로 쳐들어오겠다고 펄펄 뛰었겠지요?"

을음이 말했다.

"대왕후마마를 어찌하실 작정이십니까? 언제까지 미추홀에 두실 것입니까?"

극무가 단도직입적으로 물었다.

"백제국에서는 두 분을 맞아들일 수가 없소. 폐하께서야 인정상 모셔와야 한다고 하십니다만, 중신들의 반대가 큽니다. 백제국은 이제 한참 영토를 넓히며 뻗어나가고 있소. 두 분이 오셔서 자칫 분란이라도 생긴다면 백제국의 앞날도 장담할 수가 없소. 남쪽에서는 서

536

라벌이 가야국을 도모하고 북으로 올라오고 있으며, 북쪽에서는 고구려가 압록수와 두만수를 건너 남으로 뻗어오고 있다 하오. 삼국이 팽팽한 균형을 이룰 때까지는 하루라도 싸움이 없는 날이 없겠지요. 외부의 적을 다스리는데도 백제국의 힘이 벅찹니다. 사사로이는 내 누님이고, 조카입니다. 내 어찌 두 분을 거기에 두고 싶겠소이까? 허나, 중신들은 물론 장수들까지 반대를 하고 있소. 돌아가서 전하시오. 미추홀에 자리를 잡아 남은 여생을 편히 지내시라구요. 우리 백제국에서 양식은 충분히 대어주겠소. 언젠가는 폐하께오서도 누님을 만나셔야겠지요. 허나 지금은 아니오."

을음의 말이 간곡했다.

"알겠습니다. 아직 백제국에서는 두 분을 맞이들일 준비가 안 되어 있더라고만 말씀드리겠습니다. 그러면 알아들으시겠지요."

극무가 다른 말은 않고 백제국을 물러나왔다.

"이놈이, 나를 내치려 하는구나. 내가 제 어미인데, 자식이 되어가지고 어미의 얼굴도 안 보려 하는구나."

백제국에서는 아직도 두 분을 맞이할 준비가 안 되었다더라고 전하자 소서노가 얼굴이 파랗게 질려 펄펄 뛰었다.

"그럴 줄 알았습니다, 어마마마. 온조 아우는 내가 두려운 것입니다. 아니, 어마마마께오서 왕위를 빼앗아 제게 넘겨줄 것이 두려운 것입니다."

비류가 참담한 낯빛으로 말했다.

"이 보시오, 극재사. 정말 그런 눈치가 보입디까? 온조가 왕위를 빼앗길까봐 겁을 내고 있습디까?"

"폐하는 만나뵙지도 못했사옵니다. 을음 우보께서 기다리라고만 하셨사옵니다. 양식은 충분히 대어드릴 터이니, 기다리라고만 하셨사옵니다."

"안 되겠구나. 내가 직접 달려가야겠구나. 자식놈이 아니 온다면 어미라도 달려가야지 어쩌겠느냐? 보시오. 칠중 장수, 오늘부터 당장 병사들을 훈련시키시오. 백 보 밖에서 과녁을 꿰뚫을 수 있는 병사들만 특별히 골라내어 밤을 낮 삼아 훈련을 시키시오."

소서노가 장수 칠중을 불러 명령을 내렸다.

"모든 병사들이 백보 밖에서 과녁을 꿰뚫을 수 있사옵니다, 대왕 후마마."

장수 칠중이 대답했다.

그 만큼 정예병으로만 데리고 온 것이었다. 낙랑과의 전쟁에서 살아남은 일만 오천여 명 가운데 무예가 출중한 자들로만 골라온 이 백의 병사였다. 먼 바닷길을 건너오면서 죽어도 함께 죽고 살아도 함께 살자고 몇 번이나 다짐에 다짐을 했던 병사들이었다. 미추홀에 도착하고도 석 달 이상을 머무는 동안 병사들도 돌아가는 상황을 눈치채고 있는 중이었다.

이 백 명의 병사들이 낮으로는 훈련을 받고 밤으로는 창날을 갈고 화살촉을 다듬었다. 그렇게 한 달이 지났을 때였다.

소서노가 호랑이 무늬의 갑옷을 입고 나섰다.

"어찌 하시려고 이러십니까? 어마마마."

비류가 핼쑥해진 얼굴로 물었다.

"폐하는 아무 걱정말고 여기서 기다리시오. 내가 온조 이놈을 도모하고 오겠소. 어미를 괄시하는 놈이 어찌 한 나라의 왕이 될 수 있겠소. 내가 버르장머리를 고쳐놓고 오겠소."

소서노의 눈빛이 번들거렸다. 고구려의 왕위를 유리에게 빼앗기고, 그것을 되찾을 희망이 없을 때 계루부를 떠나기로 작정했던 그날처럼 번들거리고 있었다.

"참으시오소서, 어마마마. 소자는 백제국이 탐나지 않사옵니다."

"아니오. 이것은 백제국이 문제가 아니요. 어미 자식간의 문제요. 불효하는 놈은 용서할 수가 없소."

소서노가 앞장서서 배를 탔다. 때마침 서풍이 불어주었다. 오십 명의 사공이 노를 젓자 배는 바람처럼 강을 거슬러 올라갔다.

"도성이 강가에 있다고 했지?"

소서노가 붉게 충혈된 눈빛으로 멀리 백제국을 바라보며 물었다.

"그렇사옵니다. 강을 방벽으로 삼고 삼면을 흙으로 쌓은 토성이었사옵니다. 아무래도 어둠을 틈타 강 쪽으로 들어가는 것이 좋을 듯싶사옵니다."

재사 극무가 아뢰었다.

"그럽시다. 사공들한테 어두울 때 백제의 도성에 도착할 수 있도록 지시를 내리시오. 안개까지 끼어준다면 그 더욱 좋겠구려."

"오늘은 안개가 낄 날씨가 아니옵니다. 밤낮의 기온 차가 별로 나지 않사옵니다."

"그렇소?"

"배는 새벽에 도착할 수 있을 것 같사옵니다. 채 여명이 트기 전에 백제의 도성에 도착할 수 있을 것 같사옵니다. 다행이 날씨가 춥지 않아 설령 물에 젖는다고 해도 추위를 느끼지 않으실 것입니다."

"추위는 무슨 추위요? 내 몸이 지금 활활 타고 있소."

소서노가 온몸을 푸들푸들 떨었다. 눈빛에는 한과 증오가 가득 담겨 있었다.

하루 낮 하루 밤이 꼬박 걸리던 뱃길이 바람 덕에 서너 시각은 줄어들었다. 소서노 일행이 백제의 도성에 도착했을 때는 멀리 산 너머로부터 막 먼동이 트고 있을 무렵이었다.

배를 대기 전에 소서노가 말했다.

"모두들 듣거라. 우리는 이곳에 죽으러 왔느니라. 온조가 내 앞에 무릎을 꿇을 때까지는 닥치는 대로 죽이거라. 어른이건 아이건, 남자건 여자건, 늙은이건 젊은이건 가리지 말고 눈에 띄는 대로 죽이거라. 성난 호랑이가 이리 뛰고 저리 뛰며 사람을 물어 죽이듯이 그렇게 사납게 죽이거라."

소서노의 눈이 퍼렇게 빛났다. 이백 명의 병사들 역시 마찬가지였다. 함께 죽자고 했던 그 자리가 바로 백제국의 도성인 것을 모두 알고 있었다.

사공들이 조심스레 배를 대고 사다리를 내렸으나, 강 쪽을 수비하는 병사의 모습은 보이지 않았다. 하긴 가장 잠이 쏟아질 시간이었다. 밤새워 경비를 서다가 깜박 한숨 졸만한 시간이었다.

"가장 적당한 때에 배를 댈 수 있었습니다, 대왕후마마."

극무가 말했다.

"온조가 그 만큼 운이 없었던 게지요."

소서노가 이를 갈며 제일 먼저 배에서 내려갔다. 이어 장수와 병사들이 줄줄이 배에서 내려갔다. 어슴푸레한 어둠 속에 몇 채의 민가가 그림처럼 앉아있었다.

"불화살을 쏘거라! 저기 보이는 집들에 불화살을 쏘거라!"

소서노가 칼을 높이 치켜들고 소리를 질렀다. 병사들이 미리 준비하고 있던 불화살을 일제히 날렸다. 오랫동안 비가 오지 않은 건조한 날씨였다. 볏짚으로 지붕을 얹은 집들은 불화살을 맞자마자 이내 활활 타올랐다.

"불이야, 불."

집집에서 사람들이 쏟아져 나왔다. 그러나 사방에서 일어난 불길에 우왕좌왕할 뿐 속수무책이었다.

"보이는 대로 죽이거라! 모조리 죽이거라!"

소서노가 제일 앞에서 달려가며 성난 호랑이처럼 울부짖었다.

그들이 궁실 가까이 갔을 때였다. 궁실에서 온조의 호위병사들이 쏟아져 나왔다.

"저놈들부터 죽이거라! 모조리 죽이거라! 네 이놈들, 내가 누군 줄 아느냐? 온조의 어미니라. 온조를 나오라고 하거라. 겁쟁이처럼 숨지 말고, 이 어미 앞에 나서라고 하거라!"

소서노가 닥치는 대로 칼을 휘둘러 쓰러뜨리며 고함을 질렀다.

"네 이놈, 온조야. 내가 왔느니라! 네 어미가 왔느니라!"

기어코 궁실의 출입문까지 다가간 소서노가 대들보가 울리도록 소리를 질렀을 때였다. 사방에서 화살이 비오듯 날아왔다.

"이 불효막심한 놈아, 어서 나오지 못하겠느냐! 누구 덕으로 일군 백제인데, 네 어찌 어미를 괄시할 수 있다더냐! 어서 썩 나와 어미의 칼을 받거라!"

소서노가 칼을 공중에 치켜들고 포효할 때였다. 화살 하나가 그녀의 목 밑을 꿰뚫었다.

"네 놈이, 온조, 네 놈이 어미를 죽이는구나."

소서노가 앞으로 푹 고꾸라졌다. 백제의 호위병사들이 벌떼처럼 달려와 날카로운 창날을 그녀의 가슴 깊숙이 꽂았다.

'원통하구나, 참으로 원통하구나.'

중얼거리는 그녀의 뇌로 갈기 세운 말을 타고 끝없는 초원을 바람보다 빨리 달리던 한 여걸의 모습이 스쳐갔다.

─봄, 2월에 왕도에서 늙은 할미가 남자로 변하고, 다섯 마리의 호랑이가 궁성으로 들어왔다. 왕의 어머니가 죽으니. 이때 나이가 61세였다.

─삼국사기. 온조 13년─

소서노

1판 4쇄 발행 / 2014년 3월 1일

1판 1쇄 발행 / 2006년 7월 15일

지은이 / 최정주

펴낸이 / 소준선

펴낸곳 / 도서출판 세시

출판등록 / 3-553호

주소 / 서울시 마포구 대흥동 303번지 2층

전화 / 02-715-0066

팩스 / 02-715-0033

ISBN / 978-89-85982-29-0